郑铁生 著

红楼散篱

中州古籍出版社
·郑州·

图书在版编目(CIP)数据

红楼碎叶／郑铁生著.—郑州：中州古籍出版社，2020.1
ISBN 978-7-5348-8967-7

Ⅰ.①红… Ⅱ.①郑… Ⅲ.①《红楼梦》研究–文集 Ⅳ.①I207.414-53

中国版本图书馆 CIP 数据核字(2020)第 022070 号

出版社：中州古籍出版社
（地址：郑州市郑东新区祥盛街27号6层　　邮政编码：450016）
发行单位：新华书店
承印单位：河南新华印刷集团有限公司
开本：710mm×1000mm　　　　印张：37
字数：547 千字
版次：2020 年 1 月第 1 版　　　印次：2020 年 1 月第 1 次印刷

定价：78.00 元
本书如有印装质量问题，由承印厂负责调换。

目 录

曹学的学术空间

苏州与曹雪芹童年的人生体验 ………………………………………… 2

曹雪芹家族文化初探 …………………………………………………… 19

研究方法对厘定西山曹雪芹故居的重大意义 ………………………… 37

程伟元——《红楼梦》研究史的第一人 ……………………………… 52

《红楼梦》脂评的叙事结构思想 ………………………………………… 65

半个世纪中关于《红楼梦》叙事结构研究的理性思考 ……………… 84

《红楼梦》文本研究

《红楼梦》回目程乙本优于程甲本和脂评本 ………………………… 98

《红楼梦》前五回叙事结构形态的独创性 …………………………… 131

金陵十二钗判词的排序与《红楼梦》叙事结构的内在关系 ………… 145

焦大之骂与《红楼梦》叙事结构设置 ………………………………… 158

《红楼梦》性描写的叙事根据、层次和特征 ………………………… 171

《红楼梦》"程乙本"大众传播九十年 ……………………………… 187

关于《红楼梦》后四十回

百年红学最大的错案是阉割《红楼梦》后四十回 …… 200
《红楼梦》后四十回叙事的意脉 …… 212
谈《红楼梦》前八十回与后四十回的矛盾现象 …… 230
王熙凤悲剧命运与《红楼梦》后四十回 …… 248
《红楼梦》中"太平命案"的脉络和意蕴 …… 271
薛家与《红楼梦》后四十回的叙事结构 …… 282

走近当代红学家

胡适与《红楼梦》"程乙本" …… 304
周汝昌红学研究的理念和走向 …… 320
文化学者、红学家、诗人——周汝昌先生 …… 343
访王蒙谈《红楼梦》研究 …… 355
访红学家冯其庸 …… 366
李希凡学术研究六十周年访谈录 …… 382
论端木蕻良对红学的贡献 …… 415
红学研究的结晶及对学术走向的思考 …… 437
《红楼梦》文化研究的学术扫描和界说 …… 450
散点透视台湾红学 …… 460

批评与争鸣

与刘心武争鸣的态度、原则和意义 …… 474
刘心武红学之误源于周汝昌 …… 490
我是如何写作《刘心武"红学"之疑》的 …… 522

《红楼梦研究与津沽文化》创刊词 ………………………………… 529

从"忠实原著"谈《红楼梦》改编 …………………………………… 532

序言与札记

《红楼梦叙事艺术》自序 ………………………………………… 546

苔花如米小　也学牡丹开 ………………………………………… 551

《曹雪芹与〈红楼梦〉》后记 ……………………………………… 555

和珅与恭王府、《红楼梦》 ………………………………………… 558

关于《曹雪芹研究》创刊号编辑出版的工作汇报 ……………… 575

跋 ………………………………………………………………… 580

曹学的学术空间

苏州与曹雪芹童年的人生体验

《红楼梦》一开始就从苏州"富贵风流之地"①——阊门写起,黛玉是苏州姑娘,妙玉出家蟠香寺,薛蟠从虎丘带回来的泥人等。其实,苏州在《红楼梦》中的人文积淀远不止这些。因此,许多学者投入到对苏州织造李煦的考证和研究中。最早是周汝昌《红楼梦新证》中记载和梳理了李煦的行迹。近三十年来出现一批代表著作和论文,如王利器《李士桢李煦父子年谱》(北京出版社1983年版)、皮述民《苏州李家与红楼梦》(台北新文丰出版公司1996年版)等专著;叶征洛《由李士桢、李煦父子年谱来看红楼梦》,程宗骏《苏州织造李煦行略考》,徐恭时《那无一个解思君——李煦史料新探》,吴新雷《苏州织造府与曹寅李煦》,冯其庸《关于李煦》,孟庆先、李一鹗《关于"丁府新庄"——李煦在房山县家产调查及浅析》《李煦获罪缘由》,张书才《李煦获罪档案史料补遗》,雷广平《曹寅、李煦与宋荦》等论文。研究李煦的论著虽不多,但分量较重,从不同的角度、不同的层面揭示了苏州织造李煦与《红楼梦》创作素材的关系。而有的论著在研究方法上存在误导和理论的苍白,只有辨清这些历史素材与《红楼梦》创作之间的区别,才能更好地研究李煦与《红楼梦》。

中外文学史上许多作家都谈道:童年的人生体验生成并造就作家一生的心理结构和意向结构,对一个人的个性、气质、思维方式等的形成和发展起

---

① 除另外特别标明外,本书所引《红楼梦》一书文字,均出自曹雪芹著,程伟元、高鹗整理,张俊、沈治钧评批:《新批校注红楼梦》,商务印书馆2013年版。后文一般不再出注。又,每篇著录的文献凡重出者,一般不再重复记录出版者及时间。

着决定性作用，甚至引导和制约着一个人今后一生的思维、情感和言行的发展轨迹。所以，作家童年的人生体验，是我们打开作家创作心灵的一把钥匙。尽管我们对曹雪芹的身世了解是粗线条的，但对他童年来自江宁和苏州的生命体验是可以框架式地把握的，从物化在《红楼梦》中的审美意象来反观曹雪芹的创作心理。

《红楼梦》前80回描写宝玉童年到16岁的少年生活，构成了全书的主体篇章结构。这恰恰是作者曹雪芹在创作中自己童年人生体验的折射。体验是什么？就是创造主体带有强烈情感色彩的、活生生的、对于生命之价值与意义的感性把握。显然，在这种意义上的体验触及了艺术的本质。读懂曹雪芹童年的人生体验，是打通曹雪芹创作《红楼梦》人文积淀和审美意象的瓶颈之途，唯有如此才能复原毫无生气的史料中的鲜活基因，复原曹雪芹恢宏的创作历程。

一、曹雪芹童年的人生体验恰好是苏州织造李煦在康熙的支持、眷顾和关切下，极力帮衬、辅助和照看曹家的时期，生成并构建了曹雪芹一生体验的意向结构

李煦是江宁织造曹寅妻子的堂兄，是曹家的大舅爷。他接任苏州织造是曹寅推荐的，也是康熙精心安排的。曹李两家，公私兼顾，休戚与共，视如一体。曹寅接续父亲曹玺江宁织造之职，父子掌控此职长达四十多年，其是曹家走向辉煌的时刻。康熙五十一年（1712）七月，曹寅盛年在扬州病故，这对于曹家来讲，犹如天塌了下来；而且其任上的亏空，倘若追究，则势必家破人亡。当时内务府上奏请皇帝江宁织造补缺的名单上虽有五人，但没有曹寅之子曹颙。而康熙否定全部人选，特降谕旨："曹寅在织造任上，该地之人都说他名声好，且自督抚以至百姓，也都奏请以其子补缺。曹寅在彼处居住年久，并已建置房产，现在亦难迁移。此缺著即以其子连生补放织造郎中。"[①] 在曹家受到重创、命蹇时乖的危难时刻，苏州织造李煦在康熙皇帝的

---

① 故宫博物院明清档案部：《关于江宁织造曹家档案史料》，中华书局1975年版，第105页。

直接关顾下,协理曹寅之子曹颙撑起了曹家的门户,江宁织造曹家依旧故我。

曹家在巨大祸难面前虽有康熙的关照,但毕竟天高皇帝远,而眼下鼎力相助的就是曹家的大舅爷李煦。李煦主动向康熙请求再做一年两淮巡盐御史,以便补完曹寅名下所有的亏空。康熙对李煦此举很满意,给他的朱批特别指出:"曹寅与尔同事一体,此所奏甚是。"① 填补亏空对于曹家来说是天大的事,当时只有康熙在上面罩着,李煦方能鼎力相扶、相助、相救。事后,曹寅之子曹颙感激涕零,在康熙五十一年九月初四给皇帝的奏折中说:

> ……至父病临危,频以天恩未报,垂泪谆谕命奴才尽心报国,又以所该代商完欠及织造钱粮,槌胸抱恨,口授遗折,上达天听。气绝经时,目犹未瞑。奴才伤心恸哭,不知所措。
>
> 九月初三日,奴才堂兄曹顺来南,奉梁总管传宣圣旨,特命李煦代管盐差一年,著奴才看著将该欠钱粮补完,倘有什么不公,复命奴才折奏。钦此钦遵。跪聆之下,奴才母子不胜惶悚恐惧,感激痛哭,搏颡流血,谨设香案,望阙叩头谢恩。窃思奴才伶丁孤苦,举目无亲,负弥天之罪戾,万死何辞。乃蒙皇上格外洪慈,不即伏斧锧,重沛恩纶,昊天罔极,一至于此。不特故父名节得荷矜全,奴才身家性命,实蒙恩赐,即粉骨碎身,肝脑涂地,莫能仰报万一。惟有率领全家长幼,朝夕焚香顶祝,生生世世,图效犬马,衔结无穷。②

不到三年,曹家又遭灭顶之灾,康熙五十四年正月,曹颙在京病故,康熙甚是惋惜,"念其孀母无依,家口繁重,特命将曹頫承继袭职,以养赡孤寡,保全身家"。李煦在康熙关照下,一手料理曹颙后事,一手操持曹頫过继。李煦在给康熙的奏折里说:"奴才与曹寅父子,谊属至亲,而又同事多年,敢不仰体圣主安怀之心,使其老幼区画得所。"③

---

① 故宫博物院明清档案部:《李煦奏折》,中华书局1976年版,第120页。
② 《关于江宁织造曹家档案史料》,第103页。
③ 《李煦奏折》,第170页。

事后，康熙五十四年三月初七日，曹頫谨奏，代母陈情，恭谢天恩。

  窃奴才母在江宁，伏蒙万岁天高地厚洪恩，将奴才承嗣袭职，保全家口。奴才母李氏闻命之下，感激痛哭，率领阖家老幼，望阙叩头。随于二月十六日赴京恭谢天恩，行至滁州地方，伏闻万岁谕旨，不必来京，奴才母谨遵旨仍回江宁。……本月初二日，奴才母舅李煦前来传宣圣旨，奴才母跪聆之下，不胜感泣，搏颡流血，谨设香案，望北叩头谢恩。窃念奴才祖孙父子，世沐圣主豢养洪恩，涓埃未报。不幸父兄相继去世，又蒙万岁旷典奇恩，亘古未有。奴才母子虽粉身碎骨，莫能仰报高厚于万一也。①

  康熙对曹家无微不至的关怀，犹如定海神针，使得曹家屡遭大难而不败落，撑住了一片天。封建时代君臣之间能有如此深情厚谊，举世难寻。曹家对康熙感激涕零，恨不肝脑涂地，誓死仰报皇恩。

  李煦与曹家两代三人共命运长达三十多年，而按胡适"壬午说"推算，曹雪芹的童年，即7至13岁，其人生体验恰好是苏州织造李煦在康熙的支持、眷顾和关切下，极力帮衬、辅助和照看曹家的一个特殊时期。短短三年，曹家父死子亡，以曹寅孀妻李氏独自支撑，老舅爷苏州织造李煦频频往顾曹家。曹家的突变使得"奶奶"李氏对独根苗孙子曹雪芹的疼爱达到了无以加的地步，这一切给曹雪芹幼小的心灵烙上了永恒的印记，形成他童年时的各种感受、印象、记忆、情感、知识、意志……从而构成他心理世界的"焦点"。他一生的基本选择都受到这"焦点"的影响。随着他的成熟，这份童年的体验在他记忆的网膜中不断地重塑、变形和升华，对于创作《红楼梦》在不知不觉中发生着极大的影响。

  曹雪芹童年时代生活在"奶奶"李氏支撑的家族中，"奶奶"李氏在少年曹雪芹心中就是天，就是靠山，呵护和养育着他，和他一生如影随形。曹

---

①《关于江宁织造曹家档案史料》，第129页。

家当时的格局是过继的侄儿曹頫担任江宁织造,支撑外面的事务,而家政的主事就落在曹寅遗孀的身上。她是诰命夫人,有一定的社会地位。"因据徐恭时所考,曹寅早在康熙二十二年(1683),续弦李氏,为李煦之堂妹。曹李两家同属正白旗包衣,即使曹玺与李士桢彼此不太熟悉,但孙氏与文氏同为康熙保姆,自然相识,而二人之子极可能自幼为友,而康熙对这些情形,自然是清楚的。要找一个既能充分信任,又能与曹寅密切配合的人,没有比李煦更恰当的了。"① 皮述民先生在这里提到的李士桢是李煦之父,时任广东巡抚。文氏乃李士桢之妻。曹寅娶李煦之堂妹李氏,李煦成为曹寅的大舅哥。到康熙三十二年三月李煦39岁出任苏州织造,曹、李两家已是十多年的姻亲,而且两家轮番出任两淮盐运使,越走越近。曹寅逝世后,李煦是曹雪芹"奶奶"的堂兄,这位老舅爷无疑是"奶奶"娘家的撑腰人。特别是曹寅死后的十年里,苏州织造李煦这位老舅爷对堂妹家的帮衬、辅助和联络很是尽力,而两家的来往,无论公事还是私事,都十分密切。皮述民先生在《苏州李府半红楼》中说:"我们认为既有曹家的影子,也有李家的影子,甄、贾两府象征着有两个非常相似的家族,曹家的事和李家的事合起来写,真事与假事又穿插其间,所以'假作真时真亦假',从另一个意义来了解,应也寓'曹作李时李亦曹'的寄托。"② 据徐恭时在《那无一个解思君》中披露,曹雪芹生于苏州的信息来源主要有:(一)1962年徐恭时听陈子彝回忆,抗战以前听苏州老一辈者说,曹雪芹生于苏州织造府里,那时他母亲和婆婆李氏住在李煦家,他是那时诞育的;(二)1974年10月6日,吴恩裕给徐恭时的书札中说:他去苏州搜访曹雪芹史料,有一则口碑说曹雪芹生于苏州织造府;(三)徐恭时记录:据老人口传,康熙末期,曹雪芹诞生在苏州织造署的李煦家里,他母亲因家事去苏州而生他;(四)周汝昌在《曹雪芹与江苏》一文记载,传说由于某种特殊缘故,雪芹的母亲在苏州至亲李家而生下雪芹。③ 冯其庸先生在《关于李煦》一文中也曾说:"解放前我在苏州时,还听传说说雪芹是生在苏

---

① 皮述民:《苏州李家与红楼梦》,台北新文丰出版公司1996年版,第127页。
② 皮述民:《苏州李府半红楼》,《苏州李家与红楼梦》,第164页。
③ 《红楼梦研究集刊》第五辑。

州织造府的,还曾到过拙政园,因为拙政园还有一部分房子是曹寅任苏州织造时买的,后来归了李煦。还传说,李煦很喜欢雪芹,因为雪芹聪明,雪芹则因为李煦喜欢他,所以常到李煦家来玩。"① 由上述信息可以推想,舅爷李煦和奶奶及苏州织造李家,无论哪个方面都会给曹雪芹童年生命体验留下不可磨灭的印记。

概括来说,主要有以下几个方面:

第一,苏州李煦帮衬、照顾曹家的十年,继续支撑、延续着曹家家族文化,为曹雪芹的童子功奠定了极好的基础。

曹雪芹青年时代创作的《红楼梦》,所展现的天才的文学造诣,不能不让人联想到曹雪芹的童年受到过极好的教育,有着浓郁的家族文化熏陶。以唐诗在曹家家族文化中的独特性为例,曹寅受康熙之命,将自己收藏的唐诗总集、别集、选本、注本近百种(其中较多宋本),用之于编纂中国历史上第一部《全唐诗》。富有丰厚唐诗学养的他,带领十翰林,之所以能够在这么短的时间内完成至今还被人称赞的传世之作,不能不说得力于其藏书、识书的眼力。这是曹寅完成编纂刊刻《全唐诗》的内驱力,也是促成其家族文化知识积淀的亮点。传统文化的根基往往是通过家族文化这根链条一脉相承而流惠后学,沾溉学界。正是由于曹寅对唐诗这一传统文化的酷爱和潜心研究,才使唐诗文化成为曹寅家族文化经典内容,并全方位渗透、继承和融合在曹雪芹创作的《红楼梦》中,像基因一样在《红楼梦》叙事结构中流转。一是《红楼梦》诗词直接引用、间接化用唐诗达200多处。曹雪芹有精湛的诗歌造诣,而且多半受到唐诗的浸润。二是在叙事中取名寓意、状物写情、酒令诗谜、谈话说笑中也多取唐诗的诗句或唐诗意象。如第六十二回,香菱道:"前日我读岑嘉州五言律,现有一句,说'此乡多宝玉。'怎么你倒忘了?后来又读李义山七言绝句,又有一句'宝钗无日不生尘。'我还笑说,他两个名字都原来在唐诗上呢。"三是把学唐诗的方法和对唐代诗人的解读都融于《红楼梦》叙事之中,这无疑可看作曹雪芹诗歌观念的直接表达。如第四十八回,

---

①《红楼梦学刊》1996年第四辑。

香菱向黛玉笑道:"我只爱陆放翁的诗'重帘不卷留香久,古砚微凹聚墨多',说的真切有趣!"黛玉道:"断不可看这样的诗。你们因不知诗,所以见了这浅近的就爱,一入了这个格局,再学不出来的。你只听我说,你若真心要学,我这里有《王摩诘全集》,你且把他的五言律读一百首细心揣摩透熟了,然后再读一百二十首老杜的七言律,次之再李青莲的七言绝句读一二百首。肚子里先有了这三个人做了底子,然后再把陶渊明、应、刘、谢、阮、庾、鲍等人的一看。你又是这样一个极聪敏伶俐的人,不用一年的工夫,不愁不是诗翁了!"

要之,是历史给了曹寅机遇,使他的文化修养和超人才干成就了他奠基曹氏家族文化,奠定在清代文化史上的地位。所以说,没有曹寅,就没有曹氏家族文化,或许中国文学史上就不会有《红楼梦》。而研究曹雪芹和他的《红楼梦》,不能离开对曹氏家族文化的考量。曹寅时代的曹家不仅富贵繁华达到了顶峰,而且因富有文化艺术的氛围而显赫一世。然而,曹寅去世15年后,即雍正六年(1728),曹家被抄,曹寅竭力经营的赫赫扬扬的贵族之家顿时如大厦倾颓,但家族文化并没有因此中断。此时正当少年的曹雪芹,面对突然崩塌的家庭,强烈地感受了那场由盛而衰的大跌落,但也正是由于这剧烈的人生变故,使得他有了自己更深刻的顿悟和人生体验,失去的昔日愈来愈深地烙印在他的脑海,愈来愈强烈地逼迫他再现那熟悉的生活。

第二,在苏州李煦帮衬、照顾曹家的岁月里,"奶奶"李氏格外疼爱丧父的孙儿雪芹,给了他全部的爱。这打下《红楼梦》基本的思想情感倾向,颂赞人性美,同情孤老,同情女性,同情弱者。

童年是一个人一生的重要发展阶段。童年体验是一个人心理发展的一个不可逾越的中介,对一个人一生的个性、气质、思维的形成和发展都起着决定性的作用。因此,探讨《红楼梦》基本的思想倾向,首先应当回到"原点"(即作者的童年体验)来看其"基本选择"。在曹雪芹的童年,家族虽接连遭遇不幸,但他却始终受到"奶奶"李氏亲情的关爱,这正是他人格健康发展的重要因素。

举《红楼梦》第二十九回中一个小例子:贾母去清虚观打醮,众人陪伴。

可巧有个十二三岁的小道士儿，拿着个剪筒，照管各处剪蜡花，正欲得便且藏出去，不想一头撞在凤姐儿怀里。凤姐便一扬手，照脸打了个嘴巴，把那小孩子打了一个斤斗，骂道："小野杂种，往那里跑！"那小道士也不顾拾烛剪，爬起来往外还要跑。正值宝钗等下车，众婆娘、媳妇正围随的风雨不透，但见一个小道士滚了出来，都喝声叫："拿，拿！打，打！"

贾母听了，忙问："是怎么了？"贾珍忙过来问。凤姐上去搀住贾母，就回说："一个小道士儿，剪蜡花的，没躲出去，这会子混钻呢。"贾母听说，忙道："快带了那孩子来，别唬着他。小门小户的孩子，都是娇生惯养的，那里见过这个势派。倘或唬着他，倒怪可怜见儿的，他老子娘岂不疼疼。"说着，便叫贾珍去好生带了来。贾珍只得去拉了。那孩子一手拿着蜡剪，跪在地下乱颤。贾母命贾珍拉起来，叫他不用怕。问他几岁了。那孩子总说不出话来。贾母还说"可怜见儿的"，又向贾珍道："珍哥带他去罢。给他几个钱买果子吃，别叫人难为了他。"贾珍答应，领他去了。这里贾母带着众人，一层一层的瞻拜观玩。外面小厮们见贾母等进入二层山门，忽见贾珍领了一个小道士出来，叫人来带了去，给他几百钱，不要难为了他。家人听说，忙上来领了去。

一部大书穿插这一小细节，意在表现《红楼梦》中所说宝玉的"意淫"，实际就是博爱，其无所不在地流贯于《红楼梦》之中，这可贵思想的闪现，折射出曹雪芹童年对爱的体验。

第三，曹雪芹从童年到少年的经历，恰好是苏州织造李煦与曹家被抄的时期，形成了他人生体验大起大落的激荡、升华和认知。

曹雪芹大约出生于康熙五十四年（1715），也就是其爷爷曹寅在康熙五十一年逝世后的第三年，此时苏州织造李煦在康熙的支持、眷顾和关切下，极力帮衬、辅助和照看曹家。曹家依旧诗礼簪缨、荣华富贵，曹雪芹的童年和少年是这样度过的，小时候还常跟着大人到苏州和扬州去。李煦在苏州的家庭戏班子，曹寅扬州书局的典籍，接驾皇上的行宫，江南织造的丝织、漂染、刺绣，当地的风土人情……给曹雪芹一生留下刻骨铭心的记忆。雍正元年（1723），苏州织造李煦因"亏空官帑"被抄家，雍正五年又以"谄附阿其那（即胤禩）"之名而被下狱，定为"奸党"，"发往打牲乌拉"，时年73岁。接着曹家被抄，举家回到北京，才结束了这"烈火烹油，鲜花著锦""锦衣纨绔，饫甘餍肥"的贵族生活。

李家、曹家相继被抄，这场变故对曹雪芹的一生影响至大，特别是处在兴衰、荣落、贵贱、悲欢、爱憎、雅俗等众多"交叉点"上，使他在盛衰转化、成败相依、祸福相倚的人生体验中，阅历非凡，感悟深刻，其思、其才都得到了审美的超越和境界的升华。

二、曹雪芹的人生积淀是以苏州织造李煦的兴衰为心理走势，建构主体意识，进行选择性和创造性的记忆重组

为什么要谈这个问题，是因为涉及《红楼梦》素材来源，以及原型。谈论这样的问题，又令人感到不是理据苍白，便是理论滞后。也许像这样的问题在理论界早已是明白的话题，而在红学圈里却屡屡被人曲解和误导。因此，不得不理辩。

冯其庸在《论红楼梦思想》的"自序"中说了一段发人深省的话：

> 在研究《红楼梦》的思想过程中，我同时研究了那个时代的社会，才更加体会到《红楼梦》里的"真假""有无""虚实"等等的概念，不仅仅是指书中的贾府，也不仅仅是隐指曹、李两家，而是具有更深远的社会现实意义的。因此，研究《红楼梦》，确应重视曹家和李家从煊赫到败落的家史，但不应该仅限于此，因为当时社会上真假、有无、虚实的情况太多，"落了片白茫茫大地真干净"的人家绝不限于曹、李两家，因

此它具有更广阔更深远的历史内涵和意义。①

　　这段话所提出的《红楼梦》里的"真假""有无""虚实",触及的理论问题是:人文积淀是一个心理过程,在主体意识的支配下,一方面童年记忆被纳入整个人生经验的长河之中,会不断地重塑与变形,不断地变换与生成;另一方面,童年体验融入生命活动和心理结构后,参与新的人生体验和行为方式,而此时"真假""有无""虚实"是在心理结构过程中凝聚,逐步形成一个人的心理定式。这一点往往不被人理解或者被人忽视,甚至把素材直接与《红楼梦》的情节和人物相比附。脂砚斋很多评注都是这样,指出某些情节或细节"实有其事"。如《庚辰本》第二十五回侧批:"句句都是耳闻目睹者,并非杜撰而有。"又如第八回贾母赠给秦钟一个金魁星,甲戌本眉批:"作者今尚记金魁星之事乎?抚今思昔,肠断心摧。"再如第十三回"秦氏托梦",甲戌本眉批:"'树倒猢狲散'之语,全犹在耳,屈指十五年矣。伤哉,宁不恸杀?"正因为有这些似曾相识的细节能够被熟悉曹雪芹生活和创作的脂砚斋所识别和点破,所以就产生了一个悖论:"贾曹互证""贾李互证"。

　　尤其在对待《红楼梦》的主体建构上,这种错误导向就更为严重了。《红楼梦》四大家族审美建构与曹雪芹以苏州、江宁、杭州织造"三位一体"的人文积淀是分不开的。曹雪芹少年时代经历了江宁织造、苏州织造、杭州织造的兴衰,以后在《红楼梦》整个创作过程中,都是以写江宁织造曹家和苏州织造李家的本事为基础,深入挖掘曹、李、孙三家的历史素材是可信的,也是不可置疑的。曹、李两家均为内务府正白旗包衣,曹寅的母亲孙氏和李煦的母亲文氏,都曾做过康熙的保姆,所以两家同时成了皇帝的亲信。康熙四次南巡,经南京时住在江宁织造府曹家,经苏州时住在苏州织造府李家,他俩共同担当了"接驾"的重任。曹寅死后,曹雪芹的父辈曹颙、曹頫继承江宁织造之职,李煦鼎力翼护两个晚辈,所以两家的亲眷也时有往来。张书才先生在《曹雪芹家世生平探源》中指出:"康熙帝关于'三处织造,视同

---

①冯其庸:《论红楼梦思想·自序》,黑龙江教育出版社2002年版,第3页。

一体'的谕旨,当寓指曹、李、孙三家有亲戚关系。""康熙时期出任三织造的官员,确是连络有亲,即与曹家有姻戚关系。康熙时期三织造,基本上为曹、马、李、金、孙五家所垄断,而马、李、金三家可确知与曹家有姻戚关系。概括说来就是:曹寅之妻李氏为苏州织造李煦之表妹;曹寅之姊嫁与杭州织造金遇知之子侄,而金遇知之子侄金依尧又与曹寅为连襟;曹寅之儿媳、曹颙之妻马氏乃江宁织造马桑格之女或侄女。据此看来,曹玺之妻、曹寅之母孙氏,乃杭州织造孙文成之姑或堂姑,自有可能,且在情理之中。"① 曹寅与孙文成相识甚早,他在奏折中说:"孙文成系臣在库上时,曾经保举,实知其人,自然精白乃心,共襄公事。"② 但曹雪芹建构《红楼梦》四大家族时,却有一个人文积淀的过程,不是曹、李、孙三家的摹写。首先,形成自己的主体意识是对他生命体验最有冲击力、最有震撼力、最难以忘怀的人和事,他不是像史学家一样冷静地研究和综合历史素材,去分析,去考证,然后得出自己的看法,而是在创作时,调动在他一生体验长河中反复翻滚的童年体验,进入大脑过滤,这记忆已分不清"真假""有无""虚实"。正如黑格尔所指出:"艺术家所选择的某对象的这种理性必须不仅是艺术家自己所意识到的和受到感动的,他对其中本质的真实的东西还必须按照其全部广度与深度加以彻底体会。因为没有深思熟虑,人就不能把在他身心以内的东西搬到意识领域来,所以每一部伟大的艺术作品都使人感到其中材料是经过作者从各方面长久深刻衡量过的,熟思过的。"③ 对于曹雪芹来说,童年的他眼中、心中只有曹家和李家,曹家有"奶奶"李氏的百般疼爱,李家有老舅爷李煦的亲切关照,其他亲戚关系较之与老舅爷李煦都要疏远、模糊、淡漠。尤其是他7岁到13岁人生观确立的时候,老舅爷李煦家遭到灭顶之灾,家破人亡,童年的曹雪芹会感到何等的震撼、惊心、恐惧!这个事件过后,到他约28岁开始创作《红楼梦》时,已经过去15年了。

在写作的十年当中,曹雪芹和他的朋友还经常回顾往事,这往事既是童

---

① 张书才:《曹雪芹家世生平探源》,白山出版社2009年版,第346页。
② 《关于江宁织造曹家档案史料》,第41页。
③ 黑格尔:《美学》第1卷,商务印书馆1982年版,第358页。

年体验，也是盛年重组，形成"真假""有无""虚实"的人文积淀。我们可以从他们的互答诗歌中寻找这些情感、记忆的"碎片"。

"秦淮旧梦人犹在，燕市悲歌酒易酾。"敦敏这句诗写于乾隆二十五年庚辰（1760），曹雪芹时年45岁。他们在一起回忆、谈论"秦淮旧梦"。"燕市哭歌悲遇合，秦淮风月忆繁华。"敦敏这句诗写于乾隆二十六年辛巳（1761）秋天，曹雪芹时年46岁。他们在一起依旧回忆、谈论"秦淮旧梦"，而且特别点出"忆繁华"。

我们可以推想这时他们在一起回忆、谈论的"秦淮旧梦"，既是当年曹雪芹童年在南京钟鸣鼎食的富贵生活，也可能重叠苏州织造李家的繁文缛节的官场活动，还可能有当时被查抄朝廷命官重臣之流，已绝非曹雪芹童年记忆中的南京了，杭州织造孙文成、北京姑姑家平郡王府……都涌入他的脑海。只有一点可以肯定，"秦淮旧梦"是以曹雪芹童年体验为心理结构，在此基础上接受其他意象，与记忆进行叠加、重组、变形。其具体创作形态我们不得而知，而爱新觉罗·永忠在他的《延芬室稿》里《因墨香得观〈红楼梦〉小说吊雪芹三绝句姓曹》诗中一句"都来眼底复心头，辛苦才人用意搜"却说到家了。问题是，"贾曹互证""贾李互证"这种思维错误的根源，恰如德国哲学家卡西尔所指出的：

> 在人那里，我们不能把记忆说成是一个事件的简单复现，说成是以往印象的微弱映象或摹本。它与其说只是在重复，不如说是往事的新生；它包含着一个创造性和构造性的过程。仅仅收集我们以往经验的零碎材料那是不够的；我们必须真正地回忆亦即重新组合它们，必须把它们加以组织和综合，并将它们汇总到思想的一个焦点之中。只有这种类型的回忆才能给我们以能充分表现人类特性的记忆形态，并把它与在动物或有机生命中的所有其他现象区别开来。①

---

① 卡西尔：《人论》，上海译文出版社1983年版，第65—66页。

在主体意识的支配下，童年记忆会重塑与变形，逐步形成心理定式，但还不能直接与审美构建对接。我们知道，一部伟大作品最终的成功，是创作者在文学创作过程中心理定式和审美超越互动的结果。所谓心理定式，就是创作者人生的体验、艺术的修养和情感的勃发。这是一个长期的积累过程。因此，任何一部作品里，作者都会自觉不自觉地在情节或者细节中，流露积累过程中的原始素材的痕迹、影像和风貌，那么作品的"原型"和"本事"色彩就会浓一些。曹雪芹在《红楼梦》开篇便道出自己的这一心理定式，他说："至若离合悲欢，兴衰际遇，则又追踪蹑迹，不敢稍加穿凿，徒为供人之目而反失其真传者。"但是，曹雪芹并没有停留在心理定式的束缚上，而是始终向表现社会生活的广度和深度挺进。也就是审美超越。所谓"审美超越"，它是创作者从心理定式这一基点出发，经过社会化的本质提炼，达到一种人文积淀的境界。如果说心理定式是"真""有""实"这些概念，那么审美超越，就是"假""无""虚"这些概念。创作者对二者之互动把握的态势，都会在作品中自然表现出来。当然，这不是一蹴而就的，这是在心理定式和审美超越互动中反反复复提升的。

审美超越的前提是创作者把心理定式转换为人文积淀，在曹雪芹创作的《红楼梦》中表现最典型的就是贾、史、王、薛"四大家族"的衰败叙事。曹雪芹在创作中把以曹、李、孙为代表的诸多家的历史素材，转换、提升和创造为《红楼梦》中的"四大家族"，这是他本身主体审美超越力对心理定式跨越与突破的结果。"四大家族"不再是曹、李、孙三家的历史具象，而是整个中国封建社会官僚豪族的缩影，形象地再现了"君子之泽，五世而斩"的历史规律，完成了在文学创作过程中心理定式和审美超越的互动——人文积淀。

"四大家族"为《红楼梦》构建了整体的叙事结构，形成了贾、史、王、薛"四家皆连络有亲，一损俱损，一荣俱荣"的格局，并贯穿全书。特别是赫赫扬扬的贾府已历百年，尽管背后所隐藏的是"内囊尽上"，但表面上还是呈现出"鲜花著锦，烈火烹油"之盛，成功地刻画了贾府"百足之虫，死而不僵"，展现了百年望族在上流社会盘根错节的关系——所形成的政治、经济和人望的势已衰败，只不过仍被"虚热闹"笼罩着。而本质的都蕴含在《红楼梦》"筋骨笔墨"的披露之中。总之，《红楼梦》的创作成功，正是因为曹雪芹把心理定式转换为人文积淀，实现了审美超越。但这一复杂的创作过程，始终离不开他心中积淀的生命体验和生活积累，也就是那丰厚的历史素材。正是在这个意义上，严迪昌在《曹雪芹及其〈红楼梦〉人文构成斠原举证》中说："任何文学创作都不可能超越作者累积于特定生存状态之心智，即使小说不免于虚构与敷衍，亦系作者实际感知之变形架构而已。实以虚出，迥非向壁捏造，毋论其实其虚，均难以超脱撰著人之文化构成。"[①] 但这并不等于说，《红楼梦》故事中人物和事件与历史史实都是相对应的，甚至认为连"岁时节序、年龄大小""都是真真确确的"吻合。所以说，周汝昌在《红楼梦新证》中所采取的"曹贾互证"和皮述民在《苏州李家与红楼梦》中所采取的"李贾互证"都存在着研究方法上的错误导向，他们只看到了小说蕴含历史素材的一面，没有看到小说创作的成功就在于突破了作者原有的心理定式和超越了自我，达到了审美超越的最高境界。曹雪芹正是这样的文学天才。

三、曹雪芹的人生积淀、审美超越与当时历史细节的自然流露

作家在文学创作过程中心理定式强化和保留了某些原始素材，是其生活的根据和思维方式的显现。由于每个人都不可能离开一定的历史文化背景，必然受到社会历史文化潜移默化的浸润和滋养。因而，心理定式有双重性，有个性化的一面，即个人独特的人生体验、艺术修养和情感勃发。正如冯其庸所说：元妃省亲"这一大段文字里，还隐括着李煦家的另外一段往事，这就是王熙凤说的'那时我爷爷单管各国进贡朝贺的事，凡有的外国人来，都是我们家养活。粤、闽、滇、浙所有的洋船货物都是我们家的'这段话。原来康熙二十三年，李煦曾任宁波府知府，这是向外商开放的口岸，当然会与外国商人接触。康熙二十四年，开放海禁，设置粤海关、闽海关、浙海关、

---

① 严迪昌：《曹雪芹及其〈红楼梦〉人文构成斠原举证》，《明清小说研究》2001年第4期。

江海关四处机构。李煦之父李士桢于康熙二十一年任广东巡抚,此时正在广东巡抚任上,当时的对外通商口岸,以广州为第一,许多外国货物,大都经粤海关入,所以李士桢、李煦父子两人,与外商接触较多。上引王熙凤的这段话,实际就是以李家父子的事实为素材的"①。

  上面所说李煦的宦海生涯,这都是个性化的东西。换句话说,像曹雪芹这样拥有独特的经历、独特的生活道路,天下能有几人呢?正是这一切,形成了曹雪芹独特的心理定式,并使他在这个基础之上进行选择性和创造性的记忆和重组。这是一次有意义的发现、一次意蕴的开掘、一次理性的飞跃。因此,它一般都表现在主体框架的建构上,表现在整体的审美超越上,也就是我们过去常说的"典型环境"。比如《红楼梦》是写衰败史,已不再是老舅爷苏州织造李煦与曹家的关系,关照、往来、亲情等等这一切,而是上升为逻辑意义的层面上,贾府衰败的阶段性演化为《红楼梦》生命的节奏。其一,冷子兴演说荣国府,明确指出贾府一个重要的现实:虚架子。贾雨村听冷子兴讲"如今的这荣宁两府也都萧疏了",大为不解:"大门外虽冷落无人,隔着围墙一望,里面厅殿楼阁,也还都峥嵘轩峻,就是后边一带花园里,树木山石,也都还有葱蔚洇润之气,那里像个衰败之家?"冷子兴听了笑道:"亏你是进士出身,原来不通!古人有云:'百足之虫,死而不僵。'……如今外面的架子虽没很倒,内囊却也尽上来了。"《红楼梦》开篇就定下了贾府衰败的基调。其二,第五十三回,乌进孝交租。贾珍看了交租单子很不满意,随意感慨中透出,荣府那边迎皇妃省亲,掏尽了百年积蓄的老底。这一细节第一次正面触及贾府的经济困顿、"内囊尽上",也就是全年整个收支发生了入不敷出,揭开了贾府衰败的经济原因。不仅为凤姐因难以支撑局面而借病告退、探春理家、开源节流这一系列的情节做了铺垫,而且是整部《红楼梦》意脉的转折点。其三,展现贾府衰败的"筋骨笔墨"是层层铺垫而形成的。贾府被抄后,贾政问起现有的经济情况:"那管总的家人将近来支用簿子呈上,贾政不看则已,看了急得跺脚道:'岂知好几年头里已就寅年用了卯年

---

① 冯其庸:《曹雪芹的祖籍、家世和〈红楼梦〉的关系》,《曹雪芹祖籍在辽阳》(续集),辽宁人民出版社2004年版,第29页。

的，还是这样装好看，竟把世职俸禄当作不打紧的事情，为什么不败呢！我如今要就省俭起来，已是迟了。'"请注意贾政所说的"岂知好几年头里已就寅年用了卯年的"，从"元妃省亲"到"贾府被抄"才五年，贾政说的"好几年"虽是一个虚数，但相差不多，逆时而推，不正是"元妃省亲"的那一两年吗？恰好印证了冷子兴说中的"内囊尽上"。非但贾府外面的人看不透，就连贾府的主子们也还沉浸在"安富尊荣"、豪奢淫靡之中。衰败过程的最后阶段是由第七十九回多事之秋的薛家全面展开的。曹雪芹宕开一笔，写薛家的"窝里斗"，内生祸乱，正好和贾府的衰败相映照，应了《红楼梦》贾、史、王、薛"四家皆连络有亲，一损俱损，一荣俱荣"。

心理定式的另一面就是社会化的一面，即特定的历史生活和社会意识在个人心理中的积淀，当然包含着人类文明的因子和认知方式，也就是"集体无意识"。正是由于这双重积淀的潜能所在，使得每个人的心理定式都微妙多变，千差万别。虽然如此，特定的历史生活和社会意识在个人心理中的积淀，会在作者笔下对当时历史细节产生不自觉的自然流露，也就是历史背景不可改变，是历史细节真实的再现。这就是我们过去常说的"细节真实"。比如，明末清初流行的大众文化，便是昆曲。苏州一直是昆曲的大本营，不仅社会上演习成风，而且士大夫往往蓄有"家乐"，就是家庭戏班。清代康、乾年间，是昆曲的极盛时期，吴新雷说："曹寅在苏州三年，对昆曲甚为熟习，不仅自备家庭戏班，而且还从事戏曲编剧。现存曹寅创作的《北红拂记》《表忠记》《续琵琶》和《太平乐事》四个剧本，其中《北红拂记》就是任苏州织造时写成的，当时苏州的戏曲家尤侗曾为此剧写了'题记'，而曹家的戏班则在拙政园内演出尤侗编的《李白登科记》，一时传为佳话。""正因为这样，《红楼梦》在描写家备童伶女班和演出剧目等情况时，都能出色当行，事事贴切。如十六回写贾蔷'下姑苏请聘教习，采买女孩子，置办乐器行头等事'，二十二回写'贾母内院搭了家常小巧戏台，定了一班新出的小戏，昆、弋两腔都有'。书中写到的戏曲演出，确是昆弋的剧目。特别是第五十四回还通过贾母之口说道：'他爷爷有一班小戏，偏有一个弹琴的，凑了《西厢记》的《听琴》，《玉簪记》的《琴挑》，《续琵琶》的《胡笳十八拍》，竟成了真的了.'其中《续琵琶》曲本,就是曹寅的作品。由此可见,曹雪芹创作《红楼梦》决非凭空杜撰,而是有现实生活的深厚基础并富有时代感的。曹、李两家在苏州的梨园经历,可能就是他汲取素材的源泉之一。"①

综上所述,曹雪芹的童年生命体验的特殊历史背景,恰好是苏州织造李煦在康熙的支持、眷顾和关切下,极力帮衬、辅助和照看曹家的一个特殊时期。曹寅孀妻李氏独自支撑曹家,老舅爷苏州织造李煦频频往顾曹家。曹家的突变、"奶奶"李氏在夫死子亡的悲惨境遇下对"独根苗"孙子曹雪芹的疼爱无以复加,这一切给曹雪芹幼小的心灵烙上了永恒的印记,形成他童年时的各种感受、印象、记忆、情感、知识、意志等"点",他一生在这个"焦点"上交织、重组、提升,完成了人文积淀和审美超越互动的过程,从而创作出一部伟大的作品《红楼梦》。

原载《曹雪芹研究》2014年第2期,收入"曹寅、李煦《红楼梦》与苏州学术研讨会"论文集

---

①吴新雷:《苏州织造府与曹寅李煦》,《红楼梦学刊》1982年第四辑。

曹雪芹家族文化初探

在中国文化史有一个成才的连环现象,就是几代人的文化积淀才能托起一个文化巨人。所谓"文化积淀",这里指的是家族文化的现象。旷世天才曹雪芹的身上流贯着其家族文化血液,遗传着其家族文化的基因,与其家族文化有着必然的潜在的因果联系。周汝昌在《红楼家世——曹雪芹氏族文化史观》自序中说:

> 实际上我所以致力于家世研究,正是为了追寻雪芹身上的文化积累、造诣,以及他的宇宙、人生、社会观的思想真源及客观因素。①

只不过从曹雪芹上溯几代后,由于家世史料的缺乏,使得我们对这个问题虽然早就意识到了,但至今难以深入开掘。为了使论题集中,先对论题的概念加以界定,"家世"与"家族"两个概念有联系,但内涵又有区别。我这里把"曹雪芹家族"只限定在相对集中的历史文化时空里,也就是江宁织造的曹家,曹雪芹没有在江宁织造任上,而他却是江宁织造的曹家直接的文化继承人,所以只谈曹家四代具有血缘关系的男性,从曹玺延续到曹雪芹。

从对某一个作家的文学研究,转入其家族文化与作家个体的因果联系上,这是文学与文化结合的研究方法,是文学研究本身的深化。比如曹操家族是中国文学史上第一个真正的文学家族,不但有曹操、曹丕和曹植、曹睿祖孙

---

①周汝昌:《红楼家世——曹雪芹氏族文化史观》,黑龙江教育出版社2002年版,第1页。

相继，其余能文者也很多。曹氏文学家族代表的是文学创作与家族势力的第一次结合，开创了建安文学的繁荣。再如对苏轼家族文化的研究，苏轼从小生活在一个"门前万竿竹，堂上四库书"——富有文学传统的家庭里。祖父苏序，虽未做官，却很有文化教养，喜作诗。伯父苏澹、苏涣"皆以文学举进士"。父亲苏洵虽一介布衣，却因文学实绩被列为唐宋八大家之一。中国近代以来，显赫一时的家族很多，但多是昙花一现，能绵延几代，为世人尊敬的实在很少。"义宁陈家"如今已是一个历史名词，从陈宝箴、陈三立到陈衡恪、陈寅恪，陈家三代都在历史上留下了痕迹。与陈寅恪交情很深的吴宓有一番中肯的评价："先生父子，秉清纯之门风，学问识解，惟取其上，而无锦衣纨绔之习，所谓'文化之贵族'。非富贵之骄奢荒淫。降至衡恪寅恪一辈，犹然如此。诚所谓君子之泽也。"[①]

　　文化家族之"君子之泽"，突出的表征是一门风雅，形象地反映出文化家族内部文人化的聚合状态。对外显示出家族的人文的优越；对内成为产生文化巨人的土壤——家庭环境。而实质则是这个家族流贯的"文化之贵族"的血液，一种潜在的精神，一种伟岸的人格，一种高傲的气质。曹雪芹家族就具有这种"君子之泽"。曹家三代四人是以江宁织造为"地域"圆心所形成的家族文化，正是涵养一代天才的沃土。犁开这块处女地，才能看到曹氏文化家族形成的基本因素。

一、曹氏三代四人为江宁织造，以此依托形成曹氏家族文化

　　曹氏文化家族有一个显著的特征，即曹氏三代四人为江宁织造，曹玺做了21年，曹寅做了23年，曹颙做了2年多，曹頫做了13年，几乎一个甲子。逐渐演进为家学与权势的结合，彼此支持，以此依托，形成百年望族——曹氏家族文化。按其演化过程大体分为四个阶段，分别标志着创始、开创、继承、升华。

[①] 吴宓：《读散原精舍文集笔记》，《吴宓诗话》，商务印书馆2005年版，第8页。

(一) 江宁织造曹家始于曹玺

如果曹玺任江宁织造时期算是曹氏文化家族起步阶段，那么使之得以发展有两个因素：

一个是外在因素，曹氏文化家族的形成，绵延百年，是和获得康熙皇帝的信任和支持是分不开的，曹氏家族三代四人担任江宁织造这个职务，都受之于康熙的钦命，几乎与康熙王朝相始终。其造就了曹家长期而稳固的权势和社会地位，是其家族文化发展的重要因素。织造本来只是内务府的普通官员，但有清以来历任织造官员都是皇上"钦派"的，又因在经费来源上与关差、盐政等国家财政部门建立了密不可分的联系，甚至身兼关差、盐政等职，再加上织造这一官员无一例外地来自内务府包衣三旗，即"各盐政织造关差皆系内府世仆"，江宁、苏州织造在任上最久、最受康熙皇上宠信的曹氏父子、李煦都自称"身系家奴""臣本包衣下贱"，因而他们与皇上之间形成永久的、牢固的、忠实的主仆关系，常常成为皇上的"耳目"。这样，织造的地位可以和一品大员相提并论。

一个是内在因素，曹玺开创的家风的优良传统，使其家族的人才链不仅能够传承，而且出高才、出英才、出大才。只有这样，一个文化家族才能得以延续和拓展。尽管关于曹玺没有过多的史料，但我们还是尽力爬梳和梳理，拢出几点曹玺家风传统特征：

第一，踔厉敢为，文武兼备。

这八个字可以概括曹玺的性格和人生道路。曹玺大约生于明万历四十七年（1619）；顺治元年（1644）随父进关，约25岁；顺治六年（1649）二月随多尔衮出征大同，"玺少好学，沉深有大志；及壮，补侍卫，随王师征山右有功"，约30岁；康熙二年（1663）曹玺担任江宁织造，约45岁。当时政局极为严峻动荡，聚武拒垒，江湖啸聚，反清复明，江南并非一块"乐土"，而曹玺在任上显示出超人的才干和出色的功绩。"玺至，积弊一清，干略为上所重"，回京面圣，"陈江南吏治，备极详剀"，受到皇帝的赞许和嘉奖，官至一品。曹玺任江宁织造18年，康熙二十三年（1684）六月而殁，66岁。其一生走南闯北，足迹遍及大半个中国，"踔厉敢为，文武兼备"精神却激励着子孙。①

第二，重视教育，培养后代。

勤学读书则被视为振兴家族的基本途径。当年曹玺任江宁织造，其子曹寅6岁与弟弟曹宣随父之任。我们已不清楚曹玺当年家学的具体细节，但从后人零星记述所披露可知，曹玺很喜欢传统文化，曾在花园亲手种植一棵楝树，在浓密的树荫遮蔽的亭子下指点两个儿子读书。康熙二十三年（1684）九月至十一月康熙南巡，特意到曹家抚慰。纳兰性德扈从康熙南巡时到过曹家，回到京都曾作《曹司空手植楝树记》，深情地追思了曹玺其人其德："此即司空之甘棠也。"他写道：

> 余友曹君子清，风流儒雅，彬彬乎兼文学政事之长，叩其渊源，盖得之庭训居多。子清为余言：其先人司空公当日奉命督江宁织造，清操惠政，久住东南，于时尚方资黼黻之华，间阎鲜杼轴之叹，衙斋萧寂，携子清兄弟以从。方佩觿佩韘之年，温经课业，靡间寒暑。其书室外，司空亲栽楝树一株，今尚在无恙。……余谓子清："此即司空之甘棠也……"②

这些往事也给曹寅留下极深的印象，为了纪念其父，他曾邀集当代名士写诗作文，绘画题字，名之《楝亭图》。将父亲和儿子的亲情凝固在一个象征物——楝树，并永远摇荡着家庭教养和社交文化记忆的涟漪。在曹玺创设的这种家庭氛围下，曹寅与弟弟曹宣都成才了。顾景星为曹寅早年自编诗集《荔轩草》作序，就夸赞曹寅是"神童"："子清门第国勋，长江南佳丽地。束发即以诗词经艺惊动长者，称神童。"③曹宣是一个很有成就的画家，作

---

①唐开陶：《康熙上元县志·卷十六·曹玺传》，引自《曹雪芹祖籍在辽阳》，辽海出版社1993年版，第145页。
②纳兰性德：《曹司空手植楝树记》，引自周汝昌《红楼梦新证》，人民文学出版社1976年版，第309—310页。
③曹寅：《楝亭集》，顾景星序，上海古籍出版社1978年版，第1页。

《洗桐图》，除曹寅题诗外，著名文学家朱彝尊也为其题词。

第三，延揽宾客，诗酒雅聚。

文化家族的风雅之举多表现为延揽宾客，诗酒雅聚。这是明清时代上流社会文人沟通情感、交流学问、切磋诗文的一个形式。它对一个家族的家风趣尚，对后代视野的开拓，以及生活情趣的熏陶，都是大有好处的。曹玺当年经常延揽当世名士，"风堂说旧诗，宾客列前席"。曹玺死在江宁织造的任上以后，康熙的师傅大学士熊赐履所作挽诗就描述过这一点："云间已应修文召，石上犹传锦字诗。"[①] 赞誉曹玺的文才传誉江南，和他往来的都是鸿儒名士，如周亮工、李渔一流。"曹寅十岁。时周亮工官江宁，监察十府粮储，与玺有通家之好，常抱寅置膝上命背诵古文，为之指摘句读。"[②] 便是当时的一幅素描画。

（二）曹寅是诗礼簪缨、百年望族继往开来的人物

一个文化家族发展的进程中，其文化的积淀愈丰厚，愈有可能催生一代旷世之才，这不仅是一个家族兴旺的标志，而且也是一个文化家族的特征。曹寅是一位诗礼簪缨、百年望族继往开来的人物，在某种程度上可以说，没有曹寅，就没有曹氏文化家族。曹寅这个时期对曹氏文化家族来说，是一个创造的时期。

从康熙十四年（1675）到康熙二十九年（1690）曹寅一直生活在北京，与康熙朝夕相处。而后康熙派他出任苏州织造，时年33岁。康熙三十一年（1692）35岁时以苏州织造兼任江宁织造。其在江宁任上主要事迹为：政治上担当江南的"统战工作"，经济上出任江宁织造兼两淮巡盐御史，文化上建立扬州书局，在当时是颇为风光的。他的一生与康熙帝的关系极为特殊，可谓"君仁臣良"。曹寅任江宁织造21年，政绩很出色，不仅皇上赏识，同僚也给予好评。康熙五十一年（1712）曹寅病逝。如果说曹玺为曹家家族文化奠定了基石的话，那么，曹寅以其丰富而辉煌的经历，及其显现的家学特征成为诗礼簪缨、百年望族继往开来的核心人物。

---

①引自周汝昌《红楼梦新证》，第304页。
②引自周汝昌《红楼梦新证》，第271页。

(三) 曹颙、曹𬱖继任江宁织造时期

曹雪芹的父辈曹颙、曹𬱖的行迹后人知之甚少。曹寅之子曹颙在父亲死后的第二年，即康熙五十二年（1713）继任江宁织造，仅仅两年，康熙五十四（1715）年正月病逝。康熙痛惜地说："曹颙系朕眼看自幼长成，此子甚可惜。朕所使用之包衣子嗣中，尚无一人如他者。看起来生长的也魁梧，拿起笔来也能写作，是个文武全才之人。他在织造上很谨慎。朕对他曾寄予很大的希望。"①

曹寅过继子嗣曹𬱖接任江宁织造，直到雍正六年（1728）被抄家，在任13年。关于曹𬱖的人品和学问，有如下资料可证：

1. 康熙五十四年（1715）曹𬱖《江宁织造曹𬱖复奏家务家产折》云"窃奴才自幼蒙故父曹寅带在江南抚养长大"②，这说明他从小就寄养在曹寅任职的江宁织造府署中，受到了曹寅家学的培养和熏陶。

2. 曹寅《辛卯三月二十六日闻珍儿殇，书此恸兼示四侄寄西轩诸友三首》之二：

> 予仲多遗息，成材在四三。
> 承家望犹子，努力作奇男。
> 经义谈何易，程朱理必探。
> 殷勤慰衰朽，素发满朝簪。③

曹寅盼望曹𬱖"成才"，并寄托他"承家"，成为好"奇男"。

3. 据《康熙上元县志·曹玺传》载："𬱖字昂友，好古嗜学，绍闻衣德，识者以为曹氏世有其人云。"④ "好古嗜学""绍闻衣德"语出《尚书·康

---

①《关于江宁织造曹家档案史料》，第125页。
②《关于江宁织造曹家档案史料》，第132页。
③曹寅：《楝亭集·诗别集卷四》，第8页。
④唐开陶：《康熙上元县志·卷十六·曹玺传》，引自《曹雪芹祖籍在辽阳》，第145页。

诰》，表明他以儒家学说修身养性，对于程朱理学也有一定的造诣。

4. 康熙五十四年（1715）《内务府奏请将曹𬩽给曹寅之妻为嗣并补江宁织造折》引李煦奏语："曹荃第四子曹𬩽好，若给曹寅之妻为嗣，可以奉养。"又引曹寅家人老汉的话说："我主人所养曹荃的诸子都好，其中曹𬩽为人忠厚老实，孝顺我的女主人，我女主人也疼爱他。"①

以上史料都是曹𬩽未任江宁织造之前的，之后关于他的史料又集中在查抄曹家前后，由于各种原因，对其褒贬相左不一，难以为凭。倒是《龙之帝国》中一段外国人对曹𬩽的评价，颇能看出曹氏家风：

余祖腓立普赴华经商，有缘结识曹𬩽君，当时彼任"江宁织造"；并应曹君之请为该厂传授纺织工艺。曹君极其好客殷勤，常即兴赋诗以抒情道谊。余祖亦常宣教《圣经》，纵谈莎剧，以资酬和。②

这段话值得重视，在记述中不经意地披露了曹𬩽个人的才情，使我们看到他自幼生长在曹寅家里，所受到的耳闻目染。虽然这个时期史料极其缺乏，但在蛛丝马迹中，也可以看到，曹氏文化家族的传统在继承、在延续。

（四）曹雪芹时期

学术界对曹雪芹的生平事迹知之甚少，近几十年来，红学家精心搜求和考证，大略勾勒了他的行迹。虽然很难勾勒曹雪芹人生命运的曲线图，但当时与雪芹交厚的清宗室子弟敦诚、敦敏和张宜泉等人，曾与之彼此唱和，留诗数首，这极其珍贵的文字，可以使我们了解到雪芹豪放不羁、才华横溢、高谈雄辩的风貌；了解到他迭遭大故，感愤时事，倾注笔端，执着创作；了解到他晚年生活困顿，境遇悲凉，流落京西。除却曹雪芹家世档案材料和《红楼梦》脂评批注提供的若干信息而外，敦敏、敦诚等人的诗中关于曹雪芹的行状就是最有价值的了。尽管诗歌使我们感悟到的是凝缩在诗句中的精神，

---

① 《关于江宁织造曹家档案史料》，第125—126页。
② 严中：《红楼丛话》，南京大学出版社1991年版，第40页。

一种追求独立人格的精神,一种人生的无奈,在无奈中寻找个性至上的精神,但毕竟更真实,更可靠,神胜于形。正是这种诗的灵感,复活了沉睡而冷漠的档案史料一种灵性;注入了锈渍斑驳的文物一股生气;焕发出虫蠹风蚀的字画一点光彩。从中使我们体味、追思一代文豪的性格神韵、文采诗胆和气节风骨。

曹氏家族文化在曹雪芹身上得到完美体现,他的朋友多次颂赞其诗才,如"诗才忆曹植""诗追李昌谷""知君诗胆昔如铁"等,三国时代的曹植、中唐李贺都是年少的诗歌天才,用他们来比喻曹雪芹,足见其才华横溢。在《红楼梦》这部举世无双的巨著中他的才华得到充分的展现。他把民族的智慧、文化和才华,都发挥到极致,无论思想还是艺术都达到了前所未有的高度。《红楼梦》之所以成为一门学问——红学,是因为它拥有博大精深的知识底蕴、艺术成就、文化积淀。人们常说"说不完的《红楼梦》",是极其准确的通俗表达。恰如刘梦溪先生所说:"《红楼梦》是传统文化的结晶,里面渗透的传统文化的因子异常丰富。就反映生活的丰富性来说,是封建社会的百科全书;就其包含的文化因子来说,堪称中华民族传统文化的总汇。文学、艺术、技艺的各种形式,包括诗、词、曲、赋、歌、赞、诔、偈、匾额、对联、尺牍、谜语、笑话、酒令、说书、百戏、雕刻、泥塑、参禅、测字、占卜、医药,以及诗话、文评、画论、琴理,《红楼梦》中应有尽有,真可以说是文备众体。没有多方面的文化积累,断写不出《红楼梦》这样作品。"[①]

曹雪芹13岁时,曹家被抄。全家从江南来到北京,从此结束了"烈火烹油,鲜花着锦""锦衣纨绔,饫甘餍肥"的贵族之家的生活。这场变故对曹雪芹的一生影响至大,特别是处在兴衰、荣落、贵贱、悲欢、爱憎、雅俗众多"交叉点"上。"喜荣华正好,恨无常又到",使他在盛衰转化、成败相依、祸福相倚的人生体验中,阅历非凡,感悟深刻,其思、其才都得到了升华。而这种"升华",不是一种个体现象,而是一个文化家族几代人的积淀在个体身上的显现。这正是我们研究曹雪芹家族文化的实质所在。

[①] 刘梦溪:《红楼梦与百年中国》,河北教育出版社1999年版,第44页。

通过上述简单的对史料的梳理和勾勒，我们可以得出如下结论：

（一）在曹雪芹之上，曹氏三代四人为江宁织造，这一特殊的政治地位和权势是曹氏文化家族长期存在的直接原因，逐渐演进为家学与权势的结合，彼此支持，以此依托，形成百年望族——曹氏家族文化。

（二）在曹氏文化家族整个形成过程中，曹玺把传统文化作为家学的内容继承下去；曹寅是曹氏文化家族的开创者；而从对家族文化的传承和积淀来说，站在家族前辈的肩上，绽放辉耀古今、异彩奇葩的则是曹雪芹。

（三）曹氏家族文化是一种精神财富。它涵养了人的气质，提升了精神境界，蓄积了知识的升华。尤其是苦难，对于富有这种精神财富的人来说，才是一个真正有思想的人，才是一个有风骨的人，否则，无论其身世遭际如何，都不可能成为伟大的人物。

二、曹寅继往开来地开创了曹氏家族文化

曹家在江南形成"诗书之族"，至曹雪芹时代结出最璀璨的文学奇葩，是一个文化家族发展的过程。一般说来，其间有推动文化家族发展的核心人物，其具有高超的创造才能，将曹玺开创的家风的优良特征：踔厉敢为、文武兼备，重视教育、培养后代，立族趣尚、诗酒雅聚等都推向一个新的层面，为孕育高才大才创造了良好的家族文化。曹寅之所以能做到这些，是因为他本人就是这样的人，才华横溢，诗词歌赋、琴棋书画，无所不通，颇擅风雅。其主要表现：

（一）曹寅的文学创作为家族文化铺垫了基石

曹寅自认"三曹"，即曹操、曹丕、曹植为先祖，以曹氏父子是建安文坛领袖自诩。他在给丰润族兄曹冲谷诗中说："吾宗自古占骚坛。"今存《楝亭集》是其诗、词、文创作，共千余篇。从《楝亭集》中可以看到他的人生轨迹，对于研究曹雪芹家族文化，《楝亭集》具有可贵的历史资料价值。

曹寅天资颖异，诗词皆有逸笔，是曹寅一生经历的直接记录者。正如杜

岕为曹寅作的序言中所说：

> 诗者，曹子不可须臾离者也。曹子以诗为性命肌肤，于是导之、引之、抑之、搔之。辗转反侧，恒有诗魁垒郁勃于胸中。①

曹寅备受当时的名家赞誉。毛际可是江浙名士，时称"浙中三毛，文中三豪"。康熙十八年（1679）应博学鸿儒之征，与曹寅相识。二十年后康熙为曹家御书"萱瑞堂"，毛际可作《萱瑞堂记》。俩人相交数十年，相识颇深，他称曹寅诗："苍然以朴，淡然以隽，悠然以远。"姜震英亦当世名家，曾参加《明史》纂修。曾为曹寅作序，认为"楝亭诸咏，五言今古体出入开宝之间，尤以少陵为滥觞。故密咏恬吟，旨趋愈出。七言两体，胚胎诸家，而时阑入于宋调，取其雄快，芟其繁芜，境界截然，不失我法"②。清代著名学者沈德潜编写《国朝诗别裁集》选了曹寅两首诗，其一是《岁暮远为客》："晓灯寒无光，驱马别亲故。残月堕枫林，荒烟白山路。十年游子怀，惜此岁华暮。载咏无衣诗，何以蒙霜露。"并批注："起手十字，写尽辞家之苦，可与《别赋》并读。"其二是《读洪昉思稗畦行卷感赠一首兼寄赵秋谷宫赞》："惆怅江关白发生，断云零雁各凄清。称心岁月荒唐过，垂老文章忧患成。礼法世难拘阮籍，穷愁天欲厚虞卿。纵横捭阖人间世，只此能消万古情。"③

对于曹寅文学创作的成就，中国社会科学院文学所编写的《中华文学通史》曾对曹寅评价说：

> 正白旗满洲内务府包衣人曹寅，是康熙年间一位重臣，也是当时有成就的文学家。他的《楝亭集》中，收有一些呈现民族文化特征的力作。《满江红·乌喇江看雨》，以雄浑的笔力，再现了满族发祥地东北地区的山河气象：

---

① 曹寅：《楝亭集》，杜岕序第2页。
② 曹寅：《楝亭集》，姜震英序第6页。
③ 沈德潜等：《国朝诗别裁集》，上海古籍出版社1984年版，第797页。

鹳井盘空,遮不住、断崖千尺。偏惹得北风动地,呼号喷吸。大野作声牛马走,荒江倒立鱼龙泣。看层层春树女墙边,藏旗帜。

蕨粉溢,鲤糟滴,蛮翠破,猩红湿,好一场莽雨,洗开沙碛。七百黄龙云角矗,一千鸭绿潮头直。怕凝眸,山错剑芒新,斜阳赤。①

乌喇江即今吉林市之松花江,原为乌喇部故地。康熙二十一年(1682)曹寅随康熙东巡至此,故有是作。自古以来少有以词写东北景物者,曹寅此词特色与气势俱佳。此词写江、写山、写雨、写风,动静相衬,气势雄浑,眼界绝大,充分显示出满族和八旗兴盛时期的精神面貌,非汉地词人所能领略也。这只是从满族文学创作角度谈的,还没有对他全部文学成就作评价。

曹寅还是剧作家,写过《续琵琶》《虎口余生》《铁冠图》等杂剧。《红楼梦》第五十四回,贾母指着湘云道:"我像他这么大的时候儿,他爷爷有一班小戏,偏有一个弹琴的,奏了《西厢记》的'听琴'、《玉簪记》的'琴挑'、《续琵琶》的'胡笳十八拍',竟成了真的了。比这个更如何?"这个小细节与曹寅所作《续琵琶》传奇暗合。

曹寅博学多才,善书法,懂绘画,喜收藏,精鉴赏。还学佛理、道教之书。至于茶、酒、卜筮、歌舞伎艺,亦兼通。从佩笔侍从到弓马娴熟,从熟谙朝章到扈驾随行,从丝织工艺到巡盐管理,曹寅长期的文化活动和文学创作直接涵养了家学,形成诗礼簪缨、钟鸣鼎食之家。特别是他的文学造诣对曹雪芹潜移默化的影响是巨大的。胡绍棠在《楝亭集笺注》前言中指出:"总之,到了曹寅这一代,这个以军功起家的包衣世家,已俨然成了'家世华胄、位望通显'的贵族。曹寅又能诗词,喜剧曲,富藏书,广泛结交知名文士,所以曹寅时代的曹家不仅富贵繁华达到了顶峰,而且富有文化艺术气氛。"②

(二)藏书、刻书,颐养后代、泽被世人

藏书不仅是江南家族文化的普遍风尚,也是衡量家族文化的一个重要尺

---

①张炯、邓绍基、樊骏主编:《中华文学通史》第4卷,华艺出版社1997年版,第39页。
②曹寅著、胡绍棠笺注:《楝亭集笺注》,北京图书馆出版社2007年版,第3页。

度。它既是物质文化积淀，又是一笔精神财富。曹寅爱好藏书，自称有"聚书之癖"，多方求购，得季振宜、徐乾学所藏，更加丰富了曹寅的藏书楼。据《楝亭书目》介绍，曹寅收藏的善本书就有3287种之多，可见藏书之富，成为有清一代屈指可数的大藏书家。

私家藏书往往为治学而藏，以达到对收藏的典籍实现学术传播衍生的目的。尤其是世家藏书，既以文献收藏传承为己任，更以学术编纂传衍为使命。藏书家们校正辑佚、编总刻印、自撰著述，形成了一种学术的传承衍生文化。

曹寅精通版本、校勘、目录之学，康熙四十四年命其编纂和印刷《全唐诗》。曹寅一手擘画操办，设立扬州书局，董督其事，于五月初一日天宁寺开局。其主要贡献：

1. 搜求遗诗，使之完备。明人多出初、盛唐诗集，"再中、晚唐诗，尚有遗失，已遣人四处访觅"①，"并用内府所藏唐人诗集参校，'又旁采残碑断碣、稗史、杂书之所载，补苴所遗'（四库总目全唐诗提要），共收诗四万八千九百余首，作者二千二百余人"②。这至今都是最有价值的一部唐诗总集。

2. 拟定凡例，开创体例。前人编选唐诗，多以初、盛、中、晚四期划分唐诗的时代，正如凡例第十条写道："唐人世次前后，最为冗杂，向来别无善本。"曹寅在开创新体例上颇下功力，"商酌校刊全唐诗凡例，进呈钦定"。康熙帝也很重视，审阅后批道："凡例甚好。"③

3. 书写雕刻，娟秀工整。康熙帝对刻书的字体很关注，他在给《文献通考》的序中有专门的批示："此后刻书，凡方体均称宋字；楷书均称软字。"④这话透露出康熙帝对明朝正、嘉以来形成的横轻竖重的仿宋字体不甚喜欢，追求一种自己喜欢的新字体。曹寅选用唐代欧阳询、元代赵孟頫的楷书取代官刻长期沿用的宋体字。而且为了书写统一，"一样笔迹者甚是难得，仅择其相近者，令其习成一家，再为缮写"⑤。如此精工，尽善尽美，扬州书局所刻

---

① 《关于江宁织造曹家档案史料》，第33页。
② 《全唐诗》点校说明，中华书局1960年版，第1页。
③ 《关于江宁织造曹家档案史料》，第33页。
④ 康熙帝：《文献通考》序，中华书局2011年版。
⑤ 《关于江宁织造曹家档案史料》，第33页。

之书，采用圆润隽秀的手写软体字，开一代新风。为《全唐诗》的编撰印制这事，从康熙四十四年五月一日至四十五年九月十五日曹寅给康熙上奏七个折子，详细汇报了校订、编纂、书写、雕刻、印刷等问题，仅用一年零五个月的时间，就"装潢成帙，进呈御览"。这次机会，使他为中国文化史做出了杰出的贡献。该书局所刻之书，字体娟秀工整，纸张光亮，着墨乌黑均匀，成为清代雕版史上的佳作和"康版"的典范。

　　从《楝亭书目》可以看出曹寅作为诗人十分重视收集整理诗文材料。其收藏的唐诗总集、别集、选本、注本就有近百种，其中较多是宋本，这些丰富的材料说明他素来唐诗学养积淀得深厚。这不仅是他完成编纂刊刻《全唐诗》的内驱力，也促成其家族文化的知识积累。当年曹寅带领十翰林之所以能够这么短的时间完成至今都被人称赞的传世之作，主要得力于其藏书、识书的眼力。从曹寅的藏书、刻书，也可以看出曹氏家学的渊源。这一点已从《红楼梦》诗词化用《楝亭集》得到证实。如宝玉在"杏帘在望"题了一联："新涨绿添浣葛处，好云香护采芹人。"后一句与《楝亭诗文钞》诗别集卷一《水仙》中"夜香深护读书人"几乎是一个意思。

　　从康熙四十三年至五十一年曹寅病逝，在这八九年之间，于政事繁忙之暇，他来往于金陵、仪真（江苏仪征）、扬州之间，把主要精力都放在了刻书事业上，事必躬亲，兢兢业业，从未怠忽，直到生命的最后一刻还念念不忘刻书之事。他借主政扬州书局之机，精工刻印了一些流传不广、内容有特色、濒临失传的宋元旧版书籍。其中《曹楝亭五种》是讲求文字、音韵的书籍，包括《集韵》《广韵》《大广益会玉篇》《类篇》及《礼部韵略附释文互注》。这些书都是据当时稀见的宋元旧椠翻刻的，其中《集韵》影响最大。明清两朝，《集韵》只是作为稀世珍品藏于皇家的内府秘阁，民间难以获睹。曹寅得此珍本，本着对古人尊重、对今人负责的精神，马上邀请名家进行精校，并传之于世，世称"楝亭本《集韵》"。《集韵》经曹寅刊刻复出后，立即引起乾嘉学派学者的重视，戴震、钱大昕、段玉裁、王念孙等使用此书，稽考《广韵》的韵类以及与宋代韵书的关系，高度评价《集韵》在古音研究中的价值。

(三) 唐诗学——传统文化和曹氏家族文化组接在一根链条上

传统文化的根基往往通过家族文化这根链条一脉相承而流惠后学，沾溉学界。曹寅对唐诗的酷爱，使他倾心而为之。既是工作，也是研究。唐诗文化能成为曹寅家族文化经典内容，最有力的证明就是对《红楼梦》的润泽和沾溉是全方位的，没有任何一种传统文化要素像唐诗文化那样全方位渗透和融合在《红楼梦》。这种文化现象在其他古典小说中也是绝无仅有的，究其原因，不能不寻找到曹家家族的文脉上。唐诗文化是曹寅家族文化经典内容之一，像基因一样在《红楼梦》叙事结构中流转：

一是《红楼梦》诗词直接引用、间接化用唐诗达 200 多处。曹雪芹有深湛的诗歌造诣，而且多半与唐诗的影响分不开。

二是在叙事中取名寓意、状物写情、酒令诗谜、谈话说笑中也多取唐诗的诗句，或唐诗意象。第六十二回香菱道："前日我读岑嘉州五言律，现有一句说'此乡多宝玉'，怎么你们倒忘了？后来又读李义山七言绝句，又有一句'宝钗无日不生尘'，我还笑说他两个名字都原来在唐诗上呢。"

三是把学唐诗的方法和对唐代诗人的解读都融于《红楼梦》叙事之中。它们无疑可看作曹雪芹诗歌观念的直接表达。如第四十八回香菱向黛玉笑道："我只爱陆放翁的诗'重帘不卷留香久，古砚微凹聚墨多'，说的真有趣！"黛玉道："断不可学这样的诗。你们因不知诗，所以见了这浅近的就爱，一入了这个格局，再学不出来的。你只听我说，你若真心要学，我这里有《王摩诘全集》，你且把他的五言律读一百首，细心揣摩透熟了，然后再读一二百首老杜的七言律，次再李青莲的七言绝句读一二百首。肚子里先有了这三个人作了底子，然后再把陶渊明、应玚、谢、阮、庾、鲍等人的一看。你又是一个极聪敏伶俐的人，不用一年的工夫，不愁不是诗翁了！"

总之，是历史给了曹寅机遇，加上他的文化修养和才干，成就了他奠基曹家的家族文化，奠定其在清代文化史上的贡献和影响。如果没有曹寅，就没有曹家的家族文化，中国文学史上或许就不会有《红楼梦》。而研究曹雪芹和他的《红楼梦》，曹家的家族文化应该是一个视角。曹寅时代的曹家不仅富贵繁华达到了顶峰，而且富有文化艺术的氛围。然而，在曹寅去世后的十五年，即雍正六年曹家就被抄家，曹寅竭力经营的赫赫扬扬的贵族之家顿时如大厦倾颓，而家族文化并没有因此中断，而是在曹雪芹的身上得到了发扬光大。曹雪芹就是生活在这样一个断裂层家庭里，少年时代就感受了那场由盛而衰的大跌落，但这个家族文化反而给他巨大的文化养分和精神寄托，使他以如椽的巨笔，写下家世的衰败巨变的不朽的文学著作。

三、同名士交游唱和，形成特定的人文社交圈子，促进了曹氏文化家族的提升

  在明清显赫的文化族群中，曹雪芹家族文化也是翘楚。究竟其中存在什么样的机制，这的确是一个重要的命题。我认为，不同文化家族存在着不同的倾向，是封闭性的，还是开放性的，这不仅涉及能否长足发展，而且更重要的是家族文化能否提升到高层次。开放性的家族的核心人物在社会上都有广泛的影响。曹寅一生中，几乎与康熙时代所有著名的文人都有过结识和交往。美国学者史景迁在论说曹寅的社交圈时，谈了两个问题，首先界定了曹寅是上等阶层，他说：

  曹寅，虽然是一个包衣，但却是上等阶层中的一员。这一点可以从他的生活方式、他的教养、他的朋友以及他的品味上明显地看出来，虽然他从来没有参加过科举，也没有在通常的官僚机构中任职，但依靠着在皇室精英中的地位，他成为上等阶层中的一员。

其次，史景迁又强调了两种文化在曹寅身上的融合和优势：

  在曹寅那里，两种文化达到了一种平衡。很清楚的是，他不仅带着激情投入于满族军事操练的那种活跃的骑马生涯中，而且他还是一个汉

族文化的灵敏的诠释者。①

这些复杂的因素交织在曹寅身上，说不清楚什么因素在什么境况下，和什么人交往，形成他特定的高层人文社交圈子。但是从他交往的时空，大体可以看出：

曹寅的高层社交圈有三点值得注意：

其一，曹寅一生的社交圈分为北京和江南两地。

从康熙十四年（1675）到康熙二十九年（1690）曹寅在北京生活了十五年。据史料记载，曹寅任侍卫时，年仅二十出头，住在皇都一所宽阔的庭院里，有高大的房屋和雕花的门廊，一副豪富宅第的气派。曹家的钱财对当时无论是来京的名士，还是京官穷翰林们，都令其羡慕和趋同。何况曹寅年方弱冠，其颖异的天资，尤其在诗词经艺方面所显露出的才华，为顾景星、杜濬、杜岕等长者所称道。少年入侍，就有机会认识熊赐履、张英、高士奇等皇室的高级讲官。任侍卫期间又结识了众多当代著名文人，如著名的词人陈维崧和纳兰性德、戏曲家尤侗、学者施闰章等，并与之成为朋友。纳兰性德于康熙十五年（1676）任三等侍卫，曹寅比纳兰性德小4岁，入宫作玄烨的侍读，从康熙十五年（纳兰性德22岁，曹寅18岁）到康熙二十三年（纳兰性德30岁，曹寅26岁），两人始终在皇室供职，长达八年之久，彼此建立了深厚的友情。这些在京城结识的名流学者，许多日后又成为他江南的座上客。曹寅与朱彝尊的相识于康熙十七年（1678）开博学鸿儒科之时，杨钟羲《雪桥诗话》记载："子清官侍从时，与辇下诸公为长短句，兴会飙举，如飞仙之俯尘世，不以循声琢句为工，所刻《楝亭词钞》仅存百一。"曹寅在江南和朱彝尊多有往来，康熙四十四年（1705）还把朱彝尊邀请到扬州书局，请他对编纂《全唐诗》给予指教。朱彝尊还到仪真与曹寅相聚半月。在此期间，曹寅对朱彝尊真挚相待。考虑到朱彝尊晚年生活困窘，曹寅提出明年二月邀朱彝尊入书局。朱彝尊担心招来嫉妒，未能成行。《全唐诗》于次年十月编纂完

---

①史景迁：《曹寅与康熙》，上海远东出版社2005年版，第53、58页。

成。这部近千卷的皇皇总集，仅凭十人之力，在不到一年零五个月的时间里编成，疏误遗漏，在所难免。朱彝尊随即写了一份包括147种书的《全唐诗未备书目》的材料送曹寅，表达了他真切的支持。

其二，在江南曹寅以他的文才、胸襟气度、政治地位，更能够广泛结交名人，成为江浙人文阶层的核心人物，虽然不乏投献唱和、附庸风雅之事，但在扬州、南京一带几乎形成了一个以他为中心的文艺沙龙，呼朋唤友。无论是社交的范围，还是学术层面，都不同于他在京都的社交圈。这一典型特征标志着其家族文化的扩展和提升。

曹寅回到江宁，为父亲出纪念书画集《楝亭图》，尤侗、叶燮、姜宸英等是他在京结识的老朋友，都为《楝亭图》题字作画。特别是"督造江宁，并兼盐课，公余多暇，开阁延宾，文酒之盛，时无伦比"，结交了许多在朝或在野的江淮文士。《青溪文集》谈及曹寅在江南的盛况时写道："及公（曹寅）辖盐务于两淮，金陵之士从而渡江者十八九。"再加上曹寅又兼主持出版《全唐诗》等，有利他聚揽人才，如彭定求、查嗣瑮、杨中讷、徐树本、汪绎、俞梅、汪士鋐、车鼎晋、沈三等位翰林，一时才俊荟萃，曹寅俨然成了一方风雅之主，有力地活跃了当时的文化空气，促进了人文阶层之间交流和沟通。另外，他还资助负有人望的学者刊刻学术或诗文集。如顾景星的《白茅堂集》、施闰章的《学余全集》、朱彝尊的《曝书亭集》等，使得这些文化成果得以保存和流布。

总之，家族文化与当代学界的交往、沟通和渗透，关乎一个家族文化的扩展和提升。曹寅和当世学界的名望所形成的文化沙龙是促使曹家家族文化走向清代最高水准的标志。

其三，曹寅的高层社交圈大部分是与朝廷疏远的汉族知识分子，只有纳兰性德是满人。曹寅在江南为官二十多年，结识了不少明遗民中的重要人物。

李希凡说："周汝昌同志的《红楼梦新证》曾经记述了曹寅与所谓'身份声气极高的明遗士'黄冈'二杜'等'交游倡和，情谊异常'，而玄烨对已经解了职的宠臣熊赐履以及其后代的结交、活动，都屡次密令曹寅予以注意并奏闻，为什么独独那么放手让曹寅与'明遗士'广为交游呢？首先，曹寅是皇室的'家奴'，他的母亲又是玄烨的乳母，关系非同一般；其次，曹寅本身也是个知识分子，文学上很有造诣，能作诗写曲，在封建文人中颇有点'名望'。由他出面来笼络不驯服的封建士大夫——特殊使命的一个重要方面——是合适的，所以玄烨才那样对他信任。曹寅没有辜负玄烨的期望，他在江南结识了不少明遗民中的重要人物，如：钱澄之、杜濬、杜岕、顾赤方等，还网罗了如诗人朱彝尊、施闰章，戏曲《长生殿》的作者洪昇等，成为他的挚友。曹寅的江宁织造署实际上是康熙在江南的暗中搞情报和'统战'工作的一个机构。"① 这些因素是存在的，也是不可忽视的。

但更主要的是曹寅与名士的交往，或是心性志趣接近；或见知于诗文书画，更多的则是人格的敬重和心灵的沟通。从清代法式善的《梧门诗话》抄本上一则有关曹寅的记载，可见一斑。里面谈到文人张大受题给曹寅的六首七言绝句："曹楝亭性豪放，纵饮徵歌，殆无虚日。酷嗜风雅，东南人士多归之。张匠门题其诗后云。"其二：

　　当官雅意荡江湖，白下苏台兴总殊。
　　更到扬州歌吹地，狂吟肯让牧之无。

曹寅从33岁到苏州上任到54岁病逝，二十多年间，不论"苏台""白下"，还是"扬州歌吹地"，他视官场如同"江湖"，把"当官"看作游荡山光水色，随时随处，雅兴所至，犹如与东南名士交游之雅意，唱和之兴致，狂饮之性情。

原载《广东技术师范学院学报》2013年第1期

---

①李希凡：《关于江宁织造曹家档案史料》前言，中华书局1975年版，第10页。

研究方法对厘定西山曹雪芹故居的重大意义

曹雪芹诞辰三百周年在北京西山黄叶村举行了隆重的庆典活动。

黄叶村是曹雪芹故里的象征,那些慕名而来的政府要人、文化名人、外国友人、南来北往的游人,三十年来参观人数达800多万,在这里凝聚民族文化的认同,唤醒一种历史的记忆。他们来此瞻仰,即使对曹雪芹的了解是一知半解的"断片",说说曹雪芹的零零碎碎,聊聊《红楼梦》的三言两语,也要想方设法地在这里"续上"。到黄叶村老屋转一转,到古槐树旁站一站,向远处的卧佛寺望一望,凡驻足这里人们,都是为了一种记忆、一种乡愁。

这种记忆,来自曹雪芹在西山生活和创作的口碑传说。尽管没有写在书本上,但当年的口耳相传,潜在地传递历史的信息,是十分珍贵的口述史料。这种记忆具有共同性、民族性,永远为伟大的文学家——曹雪芹而自傲,在为中华民族优秀文化而守望。20世纪六七十年代红学家吴恩裕等呕心沥血地考证曹雪芹在北京的经历,著名作家端木蕻良倾注心血写作长篇小说《曹雪芹》,老百姓成群结队到樱桃沟重踏曹雪芹的小道,总之,正如端木蕻良所说:"曹雪芹著书黄叶村,这却是事实。黄叶村在西山脚下,是正白旗所在地,这也是事实。这一带曹雪芹把最后的生命注入的地方,也是世所公认的。"[1]

关于曹雪芹研究,近几十年在学术上虽拓荒奋进,颇有成就,但与弘扬中国传统文化的生气勃勃的势头相比,显然缺乏有思想含量和文化内蕴的理

---

[1]《解放日报》1984年3月26日。

性研究。究其原因，我认为是研究方法上存在着不可忽视的问题，亟待认真地反思。恰如《文心雕龙》所曰"若无新变，不能代雄"。

一、对当代曹雪芹研究方法的反思

为什么要从研究方法讲起呢？我们知道：学术创新一般表现为是否具有"三新"：即新材料、新方法、新观点。关于曹学的新材料固然十分重要，但时至今日，除了考古、出土发现惊人之举而外，要寻觅古代典籍中未经人用过的材料已非易事，而且即使发现一些"新材料"，也未必能导致新结论。在不少情况下，新材料也可能只是对旧认识的一种补充和印证。于是，新方法便提升到了突出的地位。方法是观察的角度，方法的变化也意味着视域的拓展。只有更新方法，才能发现此前未曾留意的新问题，才能在旧材料中读出新见解。事实上，随着每一次成功的方法变化，都会给研究者带来新的发现空间。学术史就是一部新的研究方法不断迭出的历史。1904年夏王国维撰写《红楼梦评论》，给红楼梦研究带来了现代学术研究的范式；以胡适为代表的学者把乾嘉考证学应用到红学研究，于是有了新红学。红学史雄辩地证明：没有研究方法的进步、更新和引进，就没有红学的发展。

百年红学史的上半叶主要是曹雪芹家世史料的发现和研究，可以说是考据方法的天下，以至延续当今，持续走红。百年红学史的下半叶，也就是从20世纪60年代以后，陆续发现曹雪芹生平的文物、口述史料，从方方面面指向一个聚焦点：曹雪芹在西山。先看看近几十年发现的有关曹雪芹在西山的主要材料：

（一）1963年3月一批红学家吴恩裕、吴世昌、周汝昌、陈迩冬，以及吴恩裕的夫人骆静兰女士，专程访谈了张永海先生。从清初到现在，张永海先生家住在香山正黄旗。他口述历史说："那时曹家还有好多亲戚有钱不借给他。到了年下，鄂比就送他一副对联：'远富近贫以礼相交天下有，疏亲慢友因财绝义世间多。'他和鄂比非常好，鄂比也很关心他。曹雪芹在正白旗住了四年，他的原配妻子就死在那里（不知哪年）。"① 时隔八年，1971年4月4日香山正白旗38号舒成勋的老屋"题壁诗"被发现，其中最有价值的是一副对联，印证了八年前张永海先生的访谈讲到的一副对联："远富近贫以礼相交天下少，疏亲慢友因财而散世间多。"只有三个字不同，上联尾字"有"为"少"，比"有"更工对，上联"少"对下联"多"；下联"因财绝义"为"因财而散"，基本上一致。口碑材料与文物的统一，这是历史考证方法重要的体现，也是乾嘉学派传统历史考证的重要方法。对张永海先生的访谈，在当时被吴恩裕先生公布后，引起学术界极大的震撼和影响，1984年位于北京植物园内的曹雪芹纪念馆，就是在它最直接的推动下创建的国内第一家以曹雪芹、《红楼梦》为主题的博物馆。

（二）1973年吴恩裕公布了《曹雪芹的佚著和传记材料的发现》，主要有：《废艺斋集稿》的大概内容；曹雪芹《南鹞北鸢考工志》自序；董邦达《南鹞北鸢考工志》序文；敦敏《瓶湖懋斋记盛》残文。其中记述了乾隆二十三年（戊寅，1758）腊月二十四日董邦达请曹雪芹鉴定两幅画的细节：一幅是《秋葵彩蝶图》；另一幅是《如意平安图》。三十年后北京曹雪芹学会公布了250年前董邦达请曹雪芹鉴定的两幅画仍在世间，《秋葵图》收入人民美术出版社的《中国历代名画集》，《如意平安图》收入社科文献出版社的《宋元明清名画图录》。这意味着董邦达请曹雪芹鉴定的两幅画的细节具有历史的真实性，它不可怀疑地佐证了敦敏《瓶湖懋斋记盛》的史实。

（三）1977年发现曹雪芹书箱一对。1978年2月1日，冯其庸先生约上林默涵和王世襄先生，去书箱主人张行先生家里目验。王先生是鉴定古代木器家具的专家，经他鉴定，书箱及箱上刻的兰花、刻字，都是乾隆时期的。第二年，冯其庸先生便以"二百年来的一次重大发现"为题，高度评价："这是二百年来关于这位驰名世界的伟大作家的遗物的第一次重大发现。它的发现，打破了整整两个世纪的沉寂，人们终于看到了这位巨人生前的遗物。手泽犹存，墨痕尚在，睹其遗物，想见其为人，人们的心潮久久不能平静。"②

---

①李强：《做不完的红楼梦——曹雪芹在香山正白旗》，中国文联出版社2007年版，第121页。
②《红楼梦学刊》1980年第一辑。

曹学的学术空间　39

三十多年后冯其庸先生又一次亲自目验书箱,并发表《曹雪芹书箱补论》,指出雪芹死于"壬午除夕",有文献记载和实物佐证,无可怀疑。领悟了这一点,再来读书箱上"乩谶玄羊重克伤"这句诗,"因为壬午年的十二月二十二日即已立春。按旧俗,立春以后,已是来年的节气了,也就是进入羊年的节令了,按诗句也就是说,雪芹一碰到羊年,就遭厄运,就遭到了克星而逝世了,这样解释,才符合当时的习俗,才是这句悼诗的本意"①。

(四)1981年舒成勋口述、胡德平整理《曹雪芹在西山》。这是目前最完备的记述舒成勋耳闻目睹有关曹雪芹故居的一部著作。内容主要分三个部分:

第一部分,西轩传世的题壁文字:
1. 我的居处——正白旗村旗下老屋;
2. 旗下老屋修建于何时;
3. 旗下老屋题壁诗的发现。

第二部分,曹公笔下的香山景物:
1. 宝玉命名的根据;
2. 黛玉称谓的缘起;
3. "木石前盟"的由来;
4. 《红楼梦十二钗》取名的意境探寻;
5. "太虚幻境"的生活原型;
6. "大观园"反衬何处。

第三部分,诗句入实的黄叶村:
1. 香山何处黄叶村;
2. 有谁"曳杖过烟林";
3. 曹雪芹卖过画吗;
4. 曹雪芹"庐结西郊别样幽"的生活情况;
5. 黄松书箱的发现;

---

①《红楼梦学刊》2011年第三辑。

6. 曹雪芹故居在哪里。

　　出版的目的显而易见，就是从发现的曹雪芹的文物、口述史的"碎片"中，寻找与《红楼梦》文本的内在联系，进而"知人论世"。

　　以上这些材料虽不能说丰满，但已支撑起曹雪芹在西山的框架结构，以及曹雪芹人格和才华的彰显，为探索《红楼梦》博大的内涵显露了枝枝脉脉。曹雪芹研究亟待在此基础上开掘而进，遗憾的是至今许多红学家对此都很漠然，看不到它对厘定曹雪芹西山故居的重大意义。学术界为什么出现这种现象？原因可能是多方面的，但首要的是研究方法上出现了问题。我们知道：新红学的考证研究方法很强势，至今不衰。其缘由是胡适在五四新文化运动之中，适应民主和科学的新思潮，在《红楼梦》研究中引进和运用乾嘉学派的考证方法，灌注在新红学之中，从根本上继承了传统的治学方法。胡适认为："中国旧有的学术，只有清代的朴学确有科学精神。"[①] 胡适、俞平伯、顾颉刚等学人正是运用乾嘉考据学，在《红楼梦》作者、家世和版本上做出划时代的贡献。后继者有周汝昌、吴恩裕、吴世昌等学者，在红学考证方面影响很大。但是当代一些红学家忽视了一个现象，就是在耀眼的成果背后潜伏着考据派的弊端。恰如罗炳良先生在《清代乾嘉历史考证学研究》一书中指出的："毋庸讳言，清代的历史学者也存在着极其明显的历史局限。乾嘉历史考证学家开创求实征信的治史学风，其初衷是把考证作为阐明其学术宗旨的手段，而不是终极目标。然而清代中叶以后，学者考证古代典籍知其然不知其所以然，渐渐形成为考据而考据的陋习，把手段变成目的，专嗜前代坠简残编，以补苴前人罅漏为能事，认为只有考证才是真正的学问，出现了舍考证而无学问的流弊。"[②] 考据这种方法在清代出现的流弊，同样也表现在红学中，尤其后期流弊愈来愈烈。主要表现为只有从书中求得"无一字无来历"，才是一种深奥的学问，书上写了，有根有据。甚至认为线装书上写的才是最可靠的，而对新时代新的研究方法漠然视之，甚至本能地排斥。比如一

[①] 胡适：《胡适文存·清代学者的治学方法》，首都经贸大学出版社2013年版，第8页。
[②] 罗炳良：《清代乾嘉历史考证学研究》，北京图书馆出版社2007年版，第23页。

些红学家对田野调查和口述史的轻视。

其实这种轻视本身就是浅薄的表现。美籍华人学者唐德刚在《史学与红学》一书中谈到口述历史说：

> 口述历史是在中国和外国都有的老传统。……我们中国有记录的历史应该从孔子的《春秋》算起，而孔子的《春秋》却断自唐尧虞舜，那么唐尧虞舜的历史都只是传闻，也就是口述历史了。后来的三皇五帝也都是以口述为凭推出的史前历史。……刘汉以后也有很突出的口述历史，那就是司马迁《史记》中的列传七十篇（再大胆假设一下）可能有一半是他道听途说的，要不然就是interview他人听说的，也就是根据口述史料加以整理编写而成的。最好的例子是《刺客列传》写荆轲刺秦王那一段，他说得很明显，现在抄录下来看看：

> 太史公曰：世言荆轲，其称太子丹之命，"天雨粟，马生角"也，太过。又言荆轲伤秦王，皆非也，始公孙季功，董生与夏无且游，具知真事，为余道之如是。

> 从以上所录看来，司马迁认为他的故事比传闻更为正确，因为他是听公孙季功和董生说的。而公孙和董又是直接听夏无且大夫说的，而夏是秦始皇的"私人医生"，当暗杀进行之时，"夏医生"帮着"老板"用"药囊"打过荆轲，其话当然可信。这是一篇极好的文学著作和历史，而司马迁就讲明他所用的是口述史料，其他来说的正不知有多少。

> 另外如太平天国覆灭时，忠王李秀成的供词（口供）也是我国传统"口述历史"的上品。

> 大陆上最好、最出色的一本口述历史的书，应是末代皇帝溥仪的

《我的前半生》。①

所以说，口述历史和文字记载的文献，有不可割断的脐血联系。而红学家吴恩裕恰恰看到了这一点，当年他和周汝昌、吴世昌并列为三大考证学家。他虽然很重视文献的发掘和资料的考证，像敦敏的《懋斋诗抄》手稿、敦诚的《鹪鹩庵笔麈》手稿、永忠的《延芬室集》稿本等，都是他发现的，但同时他也倾心田野调查，写作口述史，在曹雪芹生平的研究上另辟蹊径。正如北京曹雪芹学会会长胡德平所指出的："他在学术方面的努力与贡献给我（们）相当的指引和教诲。"

二、吴恩裕先生采用田野调查方法的成果及启示

新红学对曹雪芹研究的最大成果是曹雪芹世家、版本的文献的发现，最大的空白就是对曹雪芹生平的了解，特别是曹雪芹从南京回到北京的行踪事迹。吴恩裕先生说："解放前《红楼梦》的研究者就提出过曹雪芹在西郊的居住问题。当时材料很少，他们只根据敦诚'日望西山餐暮霞'这句诗，说曹雪芹是住在西山。但西山地区包括的范围很大，北京西北连绵二百多里的那条山脉，一般都泛称'西山'。其中包括北起昌平，南抵房山的太行山余脉。中间被永定河截为两段，南麓以马鞍山、潭柘寺为主峰，北麓的中段就是香山。由香山东向是青龙山，有青龙桥。南向到翠微山、八大处。在这样大一个地区里，曹雪芹当时究竟住在哪里，无法确定。"并且特别指出："这个问题，一直没有人认真地考察研究。"② 吴先生说的这种现象，岂止是过去？即使是现在，对曹雪芹在西山的认真研究者也寥寥。可见吴恩裕先生在当时是卓然而立的。他对曹雪芹在北京的研究取得了令人瞩目的成果，主要体现在《曹雪芹丛考》一书。大体界定了曹雪芹在北京的生活时间段，捕捉了曹雪芹在每个时间段的主要行径，并聚焦曹雪芹在西山故居。

---

①唐德刚：《史学与红学》，广西师范大学出版社2008年版，第21—23页。
②吴恩裕：《曹雪芹丛考》，上海古籍出版社1980年版，第116页。

（一）乾隆八九年前曹雪芹在京城期间，"曹雪芹当过内廷侍卫，哪年当的记不清，因为他是皇族的内亲才挂名当侍卫的，平常不去上班，有时候陪着王爷们游玩游玩。这个差事听说俸禄很高。大约在乾隆十一年到十三年间，他就不干了。为什么不干了，不知道。"① 曹雪芹还在右翼宗学做过事，这一史实是从敦诚"当时虎门数晨夕，西窗剪烛风雨昏"诗句中，吴恩裕先生考证"虎门"一词发现的，填补了曹雪芹生平的一大段空白。在这一段日子里，曹雪芹与敦敏、敦诚结为至深的朋友。正是从敦氏兄弟的诗词中透出了有关曹雪芹十分重要的信息：曹雪芹开始创作《红楼梦》。

（二）曹雪芹从城里搬到西山大约是乾隆八九年。迁出北京城的头一个郊居是蓝靛厂，即火器营所在地。吴恩裕先生是从考证"红楼梦夯歌"得出这一看法的。张宜泉在这里结识了曹雪芹，他当年赠曹雪芹的诗，也是当今考证曹雪芹生平的重要文献。乾隆十九年冬于叔度曾到这访问过曹雪芹，打这以后才迁到香山。

（三）曹雪芹搬到香山健锐营，住在黄叶村正白旗营营房，即现在正白旗39号院。乾隆十九年（1754）甲戌，时年曹雪芹40岁，完成第五次增删《红楼梦》书稿。"据老一辈传说，当时，曹雪芹在北京写这部小说时，常常去找曾在贵族大家庭做过事的老妈子。或访问亲戚中的一些女孩子。要他们谈这些人家中老的或少的种种生活情况，他听了就记下来，经年累月地积累材料，所以笔底下的女子人人性格不同，描写得真实细腻。"② 他周围的朋友，其中包括脂砚斋、畸笏叟等传看《红楼梦》手抄本，并加以批注。据《瓶湖懋斋记盛》所述，乾隆二十二年冬天腊月二十四日在宣武门里结了冰的太平湖上，曹雪芹给董邦达、过子和、于叔度、敦敏等人，表演放风筝，并在这一时段完成了《南鹞北鸢考工志》的编写。

（四）乾隆二十三年春夏之交曹雪芹由香山迁往白家疃村。乾隆二十四年正月董邦达为《南鹞北鸢考工志》作序，盛赞曹雪芹："尝闻教民养生之道，不论大术小术，均传盛德，因其旨在济世也。扶伤救死之行，不论有心无心，

---

①吴恩裕：《张永海谈曹雪芹的事迹》，《曹雪芹佚著浅探》，天津人民出版社1979年版，第146页。
②吴恩裕：《陈病树谈〈红楼梦〉掌故》，《曹雪芹佚著浅探》，天津人民出版社1979年版，第171页。

悉具阴功，以其志在活人也。曹子雪芹悯废疾无告之穷民，不忍坐视转乎沟壑之中，谋之以技艺自养之道。厥功之伟，曷可计量也哉。"曹雪芹在这里住了四年之久，完成编写最后一部著作《废艺斋集稿》。"孔祥泽云：'日人所购之《废艺斋集稿》曾在敌伪时期之《武德报》报社存放过。杨凤亭曾于一九四四年在该社见此八册书。'余于一九六五年许曾为此事访扬于其半壁街住所，证实此说。"①

　　吴恩裕考察曹雪芹在西山，于是他得出一个结论："这些年来，由于有关传说和文字材料的陆续发现，我对这个问题的看法，也有些变化。原来我认为曹雪芹在北京西郊只有某一个住处，现在知道他在北京西郊曾几度迁徙，因而前后不止一个住处。"吴恩裕先生的研究为曹雪芹在西山的行踪轨迹设置一个基本框架。以后，红学家根据有关曹雪芹诗文的意象写照，进行田野调查和史籍考证，概略知晓曹雪芹北京西郊生活的环境和居处有三个特点：

　　第一，香山脚下的旗营。著名学者曹聚仁在1958年前曾三次依据敦氏兄弟的诗句，到香山碧云寺寻找曹雪芹的足迹，他认为曹雪芹住在"旗军营垒，也正在西山碧云寺地区"。可以说他是曹雪芹旗居说的创始者。② 旗人群居的房屋、围墙形成有一条条胡同的村落。北京西郊地方文化学者严宽说："'于今环堵蓬蒿屯'的环堵，乃围墙之谓。如清代梁份《帝陵图说》云：'缭以环堵，植以松柏，守以寺人，祀以它时。'此处之环堵，分明指陵园的围墙。另香山民间百姓至今将墙称为堵，如一堵墙、四堵墙等。"③《庄子》也有"吾闻至人，尸居环堵之室"，此处的"堵"，即指墙。

　　第二，清代北京西郊有三个营盘：圆明园护军营、蓝靛厂火器营、香山健锐营。"令其远屯圻，不近繁华"，都是远离京城繁华，远离纷扰喧嚣熙攘的大路，保持八旗兵丁的朴实勇健之风。而曹雪芹选择兵营所居，除了贫穷所致而外，清幽的远离喧闹的环境，是他搞创作的极好的条件。

---

①吴恩裕：《杨凤亭曾见〈废艺斋集稿〉》，《曹雪芹佚著浅探》，天津人民出版社1979年版，第188页。
②严宽：《红楼梦八旗风俗谈》，中华书局2015年版，第159页。
③严宽：《红楼梦八旗风俗谈》，第151页。

第三，附近有竹林、废寺，人迹罕至。集中指向香山樱桃沟，根据徐恭时的考证，废寺是广泉寺，离健锐营不远。曹雪芹曾多次和朋友踏访广泉寺。可以用"黄叶村"作为纪念性的地标。

胡文彬先生曾这样概括："有人谓：'曹雪芹穷居著书的地点，可能在北京西郊健锐营。'或谓曹雪芹住在颐和园后过红山口去温泉的路上，附近名叫'镶黄旗营'，死后葬于此地。也有人谓，曹雪芹故居即在南辛庄之杏石口，其地在阅武楼及宝胜寺之南。还有人说，曹雪芹住香山卧佛寺南峒峪村附近，后来因房屋倒塌，迁到了白家疃。三十余年前有人说，曹雪芹的'悼红轩'就是正白旗村38号（北京植物园内'曹雪芹纪念馆'所在地）。民间传说，时间不一，真真假假，但其共同之处是都与西山附近的黄叶村有关。由此，我们可以将曹雪芹迁居西郊或西山后居处的范围再缩小一些——或许就是今天香山脚下的'黄叶村'，这里与敦氏兄弟及张宜泉诗中所描绘的曹雪芹居处的自然环境十分相似。"① 端木蕻良、顾平旦、曾保泉等都有文章表述"曹雪芹著书黄叶村"这一观点，可以用"黄叶村"作为纪念性的地标——曹雪芹故居。

吴恩裕对曹雪芹在北京的田野调查和口述史写作，对我们极有启迪的意义。

第一，把田野调查和口述史的方法引进曹雪芹研究中来。

传统考证派对这种新方法历来持蔑视、拒绝和排斥的态度。而我们为什么在曹雪芹生平研究当中提倡这种方法呢？因为从某个角度说，口述史是重视下层民众历史的产物，因为下层民众的活动和心理很少见诸文献，为了研究他们，必须借助口头资料。曹雪芹当年沦落在西山，是一个破落的八旗子民，他的生活和行径不可能被官方的文献所记载，这一点决定了对曹雪芹生平的研究更多的是依靠田野调查。由此，可以看出吴先生为什么如此重视曹雪芹在西山的田野调查，同时，启迪我们在研究方法上的刷新。

将田野调查和历史研究的方法相结合，是把"读社会"和"读文献"结

---

①胡文彬：《曹雪芹在北京的日子》，陕西人民出版社2008年版，第86页。

合起来，改变视觉，重新审视，也许会出现"柳暗花明又一村"的境界。田野调查的结果就是口述史，从方法上说，口述史是历史学与社会学、民族学、人类学等注重田野工作，即实地调查的学科相结合的产物。因为口述史必须通过调查采访等直接手段，从特定的当事人或相关人那里了解和收集口述资料，以其为依据写作历史。作为一种史学方法，它被普遍地运用于各个学科，如政治、历史、军事、艺术、社会史等，特别是用来抢救那些濒于失传的藏于民间的非物质文化遗产。有时纵使千言万语的文字记录，也抵不上简短的一刻钟录音，短短的一小段录像。这在学术界已经取得了非凡的成就，而红学界许多学者还没有从考据的传统惯性思维的影子下走出来，片面地认为田野调查是一种粗浅的知识，从田野调查得来的材料不能登大雅之堂。因而造成20世纪60年代以后，陆续发现曹雪芹生平的文物、口述史料，长期被搁置一边，鲜有问津。

第二，田野调查并非轻而易举，调查者应该具有优秀史学工作者的基本素质。

所谓基本素质，即才、学、识、德等的要求。在才这方面，需要落落大方，短时间、近距离赢得受访者的信任，具有进行访谈的能力。在德这方面，需要吃苦耐劳、坚忍不拔、无私奉献的精神。在学这方面，需要对受访者的性格特点、个人经历以至涉及的风土人情等各方面的知识有所了解。吴恩裕的同事徐大同回忆说："吴先生在治学上，真是一个不可多得的大才。而更让人佩服的，是他为治学舍得下功夫。现在的人已经难于想象当时吴先生进行实地考察、体验所付出的劳动之艰辛。就拿他去香山探寻曹雪芹足迹来说，那时北京西郊的道路和交通可不像现在那么方便，香山在当时根本就没有公交。吴先生家住东城区的老北大沙滩，来回往返都不是一件小事；况且，他在那边发现的实物材料、证据，搬运起来，都得自己想办法。""'在文字资料十分缺乏的情况下，有关雪芹的口头资料，也是值得珍视的。'他珍视口头传说，可不只是说说而已。北京西郊的香山，江南各地，都有他为实地考察和体验而留下的脚印。在香山附近的村子里，他还租过一间小屋，并不时去住上一住，以盼发现更多材料。功夫不负有心人，他跑野外、搜资料，勤奋读书,流的汗水,最终都结成了硕果。"①

吴恩裕自己也总结了这些年的田野调查:"从1954年我开始注意有关曹雪芹的传记材料。他在西郊的居处,当然也是个重要问题。从那时起,二十三四年来,我陆续到以下各地调查访问:香山健锐营各旗营、小屯、蓝靛厂、门头村、大有庄、南辛庄的杏石口、韩家川、白家疃。接触的人,早期(即1954年开始调查时)的,已记不得了。1973年以来直到1976年6月16日止的访问,曾与下述诸人谈过:白家疃的张德顺、刘兰、王荣等,香山北辛庄的赵伯英,正白旗的舒成勋、南宪章、任老头、尹世林,原住北坞后迁至正白旗的王世珍,小屯的麻淑林,蓝靛厂的麻廷惠,大有庄的杨增厚,韩家川的曾汝丁等等。其中大都是七八十岁的老人。"② 一个大学教授不惜徒步奔走乡村,不耻下问拜访老农,且不说当代学者能有几人比得上,就吴恩裕先生数十年坚持的田野调查,就已为我们树立了榜样。胡德平先生在《纪念吴恩裕先生》一文中说:"我知道,1962年以后,他在香山做调查的日子里,他的儿子吴季松星期天把他送到香山驻地,总是搭最后一班车返回清华上学,当时政治环境对他的家庭并不有利,然而父子两人孜孜不倦求学、求知、求真的态度让我十分感动。"③

三、研究方法最终目的:知人论世

任何研究方法都是一个学者思维、认知和情感的表现,说到底都是一种手段。最终应该是殊途同归,落脚点是知人论世。如果偏离根本目的,那一定是走歪了。

我们先来看红学考证方法中存在的弊端。1982年9月郭豫适先生在《文艺理论研究》发表《论红学的考证、索隐及其他》一文,说:"最近有同志在一次红学讨论会上转述了历史学界、古典文学界一些专家学者这样的批评:

---

①王坚:《吴恩裕:"歪打正着"的红学家(徐大同先生采访记)》,《名人传记》2012年第3期。
②胡文彬:《曹雪芹在北京的日子》,陕西人民出版社2008年版,第66页。
③吴恩裕:《曹雪芹〈废艺斋集稿〉丛考》,当代中国出版社2010年版,第1页。

'你们红学界把我们考据的名声败坏了。'这句话很有典型性,话是说得厉害,也不一定很全面,但说得直率尖锐,在某种意义上真可说是一语中的,显得切实有力。""'你们红学界把我们考据的名声败坏了。'主要的无非是批评两点,一是烦琐考证,二是主观猜测。平心而论,批评这两点,是有一定道理的。"① 为什么有道理呢?

无论是烦琐考证,还是主观猜测,都脱离了考证的根本宗旨,也就是"知人论世"。仿佛说到这一点,有人以为考证都是从微观下手,何谈得上"知人论世"宏观范畴?问题还是出在对考证方法的认识上。近年来专门研究乾嘉学派的著作,对乾嘉历史考证的形成原因、学术内涵、考证方法和社会作用进行深入而客观的论述,从根本上突破了传统认识的局限,特别指出考证研究不只是微观的范畴。"瞿林东先生在《中华文明史》第九卷中指出:乾嘉学者不仅有思想,而且还有理论:'历来有一种说法,认为乾嘉时期的考史学派,只擅长微观的、具体的考据,既没有理论,又脱离社会实际。这种说法,至少是片面的。'他的《中国古代史学批评纵横》一书初步揭示了乾嘉历史考证学的史学批评成就,指出:'从钱大昕、赵翼所论,可以看出清代考史学家在史学批评上所持的知人论世的方法论及其具体运用的形式。'"② 我们只有逐渐扭转对考证研究方法只是微观的考证、没有思想和理论的偏颇之见,才能正确地评价这一方法。

我们知道,"知人论世"出自《孟子·万章章句下》:"颂其诗,读其书,不知其人,可乎?是以论其世也。"其本义是阅读著作必须把握作者人格、思想。孟子"知人论世"的主张对后世产生很大影响,与"以意逆志"一样,成为传统文学批评的重要方法,也奠定了孟子在中国文学批评史上的重要地位。所谓"曹学",实际上研究的就是曹雪芹的生平、思想、家世和时代,以及与《红楼梦》的关系。因而只有知其人、论其世,即读懂曹雪芹,才能更好地读懂《红楼梦》。孟子的这一原则为历代文学批评家所自觉或不自觉地遵循,清代章学诚在《文史通

---

① 郭豫适:《拟曹雪芹"答客问"——论红学索隐派的研究方法》,华东师范大学出版社2006年版,第165、171页。
② 罗炳良:《清代乾嘉历史考证学研究》,北京图书馆出版社2007年版,第31页。

义·文德》中说:"是则不知古人之世,不可妄论古人文辞也。知其世矣,不知古人之身处,亦不可以遽论其文也。"① 所以说,离开了对作者、版本、家世的考证,我们就难以理解《红楼梦》意蕴的博大精深。

正确、全面地认识考证学"知人论世"固然重要,而更重要的则是把握和运用。吴恩裕曾经这样说过:"我认为不但研究曹雪芹光靠《红楼梦》不行,只就《红楼梦》这部书的本身研究《红楼梦》也不行。……我认为:读其书、研究其书,必知其人;而知其人,必知其家、论其世。"② 他做红学考证,并非只满足于在寻章摘句及细节上下功夫,而是遵奉孟子所谓"读其书不可不知其人"的原则。1973 年,他在《文物》杂志上发表了《曹雪芹的佚著及其传记材料的发现》一文,指出《废艺斋集稿》等作品是曹雪芹佚著,"他之所以要为了帮助穷人写这样一部《废艺斋集稿》,却是当他贫居西郊,生活落拓,和那些穷人接触之后'不忍坐视'他们无以自活的情况,才决心撰写的",是通过这本书,来教会穷人和残疾人一种谋生手段,"以技艺自养之道"。③ 由此可知,《废艺斋集稿》充满了人道主义精神和人文关怀。表明曹雪芹向往"新的"思想——"同耕复同织,无君亦无役""大道之行也,天下为公……故人不独亲其亲,不独子其子,使老有所终,壮有所用,幼有所长,鳏、寡、孤、独、废、疾者,皆有所养"的理想社会。《废艺斋集稿》的发现,不仅轰动了学术界,而且受到了学术界的支持和点赞,如茅盾、俞平伯、冯其庸、蔡义江、周策纵等。因为它打开了洞悉曹雪芹心灵世界的一扇窗子。茅盾还专门作诗一首,高度评价《废艺斋集稿》的发现,并称曹雪芹"自称废艺非谦逊,鄙薄时文空纤妍"。"敦敏之《瓶湖懋斋记盛》一文,俞平伯先生见之,函余曰:'懋斋'一文,详尽生动,诚为佳作,若芹圃其人呼之欲出矣。"④

从所发现的曹雪芹在北京的文献、文物、口述史等来看,打开曹雪芹心

---

① 章学诚著,严杰、武秀成译注:《文史通义全译》,贵州人民出版社 1997 年版,第 336 页。
② 吴恩裕:《曹雪芹佚著浅探》,天津人民出版社 1979 年版,第 4 页。
③ 吴恩裕:《曹雪芹〈废艺斋集稿〉丛考》,当代中国出版社 2010 年版,第 191 页。
④ 吴恩裕:《俞平伯谈瓶湖懋斋记盛》,《曹雪芹佚著浅探》,天津人民出版社 1979 年版,第 165 页。

灵世界，沟通《红楼梦》的艺术世界，正是"知人论世"。目前曹雪芹在北京各时间段史料还处于"碎片"的形态，曹雪芹的精神气质和《红楼梦》所表达的人性美的共同之处还存在"两张皮"的现象。这种现状与弘扬中国优秀传统文化的时代精神相距甚远，亟须改变现状，首先从研究方法入手。无论考证方法，还是田野调查方法，都应优势互补，形成大信息量研究氛围，既需要工艺史、科技史、艺术史、思想史等各方的人才参与，又需要文艺理论家、红学家、学者，下大力气，共同努力。只有这样，对曹雪芹在北京各时间段之间的内在联系深入开掘，才可能有实质性的突破。

真正的学术研究方法，其目的不仅仅是传播文化知识，更是传递一种理念，是一种文化传承，甚至可以说，是从事一项民族文化认同的凝聚工作。因此，我们对曹雪芹西山故里的研究要能够深化、细化其文化内涵。曹雪芹故居是一面旗帜，因为它具有重要的人文价值，和北京这座历史名城的古建筑、老胡同一样，是中华民族文化的重要构成部分，可以说北京因曹雪芹故居镶嵌其中，同莎士比亚、巴尔扎克、托尔斯泰故居一样而享誉世界。世界各国友人、国内观众参观曹雪芹故居，如同翻阅一本厚重的历史书。它默默无声地向每一位参观膜拜者叙说着当年曹雪芹所处的历史时代，以及他的生存、思想和精神，能够带领人们进入整个民族过往的某段历史的想象，唤起国民的民族自尊。从这个意义上讲，曹雪芹故居彰显着一个民族的文化意识与胸怀，传承着对传统文化的构建与崇尚，拥有着一份理性的力量之源，不仅镌刻着中华民族的历史记忆，而且承继着中国的历史文脉。曹雪芹的人格、《红楼梦》的人性美，永远是传统文化的坐标。

从上面的概述，不难看出研究方法对厘定西山曹雪芹故里的重大意义。遗憾的是吴恩裕过早地离开了我们，不然他会和我们一起奋进，为让曹雪芹这位世界文化名人屹立在世界文化之林而努力。

2015年12月11—15日"纪念曹雪芹诞辰三百周年"
国际学术研讨会会议论文，原载《曹雪芹研究》2016年第3期

程伟元——《红楼梦》研究史的第一人

220年前,程伟元探骊得珠,整理、编辑、刊印了百二十回《红楼梦》。这部伟大著作的问世和传播,使得中国几代人为此自豪、骄傲。程伟元当之无愧是红学史上最有贡献的人。然而,近百年间程伟元却被冷落了,别说一般读者不知道他,就是学者对他也知之甚少。这种现状,不能不令人扼腕而叹!

对于一位杰出的文化遗产保护者,遭到长期不公而落寞而言,最好的纪念方式就是让程伟元的思想、才华和人格抖落净历史的尘垢,让其以真实的面貌回到历史文化的空间,让我们读懂他。胡文彬先生的新著《历史的光影——程伟元与〈红楼梦〉》就是怀着这样一个目的,推出了至今能够发现的陌生而珍贵的程伟元资料,评价了百二十回本《红楼梦》问世二百二十周年的文献价值和历史地位。如此厚重的笔墨,不仅丰满了这一领域的苍白,而且是对程伟元最有意义的纪念。

程伟元长期遭到不公而落寞,不是个人的问题,透过他折射出当代理论思维的滞后所带来的倒错现象,反映出非学术因素导致的学术腐败现象。在"黄钟毁弃,瓦釜雷鸣"的环境,一些具有良知的学者艰难地在学术荒漠拓垦,形成良莠共存。可称之为"程伟元现象"。

一、"程伟元现象"是理论思维的滞后而带来的倒错现象

220年前程伟元的名字和《红楼梦》一起闻名于世,最初欣赏《红楼梦》

抄本的人，他可能不是第一人，而发现《红楼梦》的价值，受到旷世珍品美的魅力的吸引，"自藏书家甚至故纸堆中无不留心，数年以来，仅积有廿余卷。一日偶于鼓担上得十余卷，遂重价购之，欣然翻阅……""竭力搜罗"《红楼梦》抄本，并刊印问世，可以说程伟元是第一人。《历史的光影——程伟元与〈红楼梦〉》开篇便指出这一点：

> 说到程伟元是曹雪芹与《红楼梦》的知音，实在无须多说什么大道理。首先，程伟元没有一定的鉴赏力，对《红楼梦》的思想、艺术价值没有相当的认识，他就不会去"竭力搜罗"，甚至不惜"重价购之"。喜欢《红楼梦》，认识到其"潜在"的巨大价值，这是程伟元的眼光，也是他下决心进行搜集、整理并出版的前提。程伟元在序中没有像后人那样直接评论《红楼梦》是"千古不磨、可与日月争辉"的不朽名著，但他在《引言》中还是表达了自己的基本看法："是书词意新雅"，"其中用笔吞吐，虚实掩映之妙，识者当自得之"。这说明程伟元的眼光是相当深邃的。①

明确这一点很重要，这是认识、读懂、评价程伟元的平台。

程伟元的努力看似寻常，却似"于无声处听惊雷"。正是因他整理出版了百二十回本《红楼梦》，才使我们民族的伟大的不朽的文学名著早在220年前得以广为传播。我们知道：不管《红楼梦》多么伟大，但只有她美的价值被广大读者接受和传播，才能显现作品底蕴的辉煌，才能开创中国文学史灿烂的篇章，才能走向世界文学之林。一部红学史告诉我们，红学与百年中国的政治思潮相裹挟，与文化积淀相表里，与各种文艺形式相衬托，迅速形成一门显学——红学。几乎中国现代进程方方面面的精英对此都投入了热情、倾注了笔墨、喊出了声音。《红楼梦》对后世影响如此之巨，对于红学研究史上第一人，本应在中国文化史上记载他的丰功伟绩，然而目前程伟元声誉却与

---

① 胡文彬：《历史的光影——程伟元与〈红楼梦〉》，时代出版社2012年版，第5页。

他在文学史上应有的地位相差甚殊。他的贡献，不仅没有得到红学史应有的评价，反而遭受贬低，冷寂到被人遗忘的角落。因此，我们今天说到百二十回本《红楼梦》问世220年的文献价值，首先应从学术史上为程伟元正名。因为这不是仅仅为一个人的名誉，而是为着重写红学史。

"程伟元现象"，在近几十年已引起大陆、台湾的有识学者的重视，是有深刻学术背景的。关于"高鹗续书"从"外证"上被众多学者驳斥得千疮百孔，此说不成立，已成为共识。其标志是2008年人民文学出版社出版的红楼梦研究所重校的《红楼梦》，在封面署名上标明百二十回《红楼梦》是程伟元、高鹗整理。第一次以学术权威机构的名义，明确地对程伟元、高鹗整理和出版百二十回《红楼梦》的历史功绩给予了恰当而公正的认定。这里不再赘述。但从"内证"上研究《红楼梦》后四十回，以及"程伟元现象"还很单薄，其中一个重要的原因就是理论思维的滞后而带来的倒错现象。举一例说明：

东晋伟大的诗人陶渊明出身寒微，加之他的诗风独特，与当时的时尚的审美意趣相异，因此，在其生活的年代，他的诗并没有引起当代的文学理论家的重视。刘勰《文心雕龙》对陶渊明只字未提。钟嵘《诗品》评价了那个时代122位诗人，分为上中下三品，却将那个时代成就最高的诗人陶渊明列入中品。沈约在写《宋书》时，将其归入《隐逸传》。只有萧统力排众议，不仅为陶渊明编订诗集，而且在《陶渊明集序》中高度评价他："有疑陶渊明诗，篇篇有酒，吾观其意不在酒，亦寄酒为迹者也。其文章不群，辞彩精拔，跌宕昭彰，独超众类，抑扬爽朗，莫之与京。横素波而傍流，干青云而直上。语时事则指而可想，论怀抱则旷而且真。加以贞志不休，安道苦节，不以躬耕为耻，不以无财为病。自非大贤笃志，与道污隆，孰能如此乎？"① 然而，这一评价，毕竟是鹤立鸡群，形单影孤。继之，终唐之世三百年，诗歌走向顶峰的时期，陶诗依旧不显赫，甚至也未受李白、杜甫的重视。直到苏轼鼎力彰明，才被提高到独一无二的地步。美学家李泽厚曾深刻地指出了这个问

---

① 郭绍虞主编：《中国历代文论选》（第一册），上海古籍出版社1979年版，第335页。

题:"苏轼在美学上追求的是一种质朴无华、平淡自然的情趣韵味,一种退避社会、厌弃世间的人生理想和生活态度,反对矫揉造作和装饰雕琢,并把这一切提到某种透彻了悟的哲理高度。无怪乎在古今诗人中,就只有陶潜最合苏轼的标准了。只有'采菊东篱下,悠然见南山''此中有真意,欲辨已忘言'的陶渊明,才是苏轼所愿顶礼膜拜的对象……苏轼发现了陶诗在极平淡质朴的形象意境中,所表达出来的美,把它看作人生的真谛,艺术的极峰。千年以来,陶诗就一直以这种苏化的面目流传着。"[1]

"程伟元现象"其中重要原因也是理论思维的滞后而带来的倒错现象。无论旧红学的索隐,还是新红学的考证,都有一个致命的弱点,就是远离文本的意蕴,缺少理论的支持。20 世纪八九十年代少数有识学者认识到这一点,提出一个口号——"回归文本"。为此,海外学者余英时先生针对新红学后期已暴露的不可逆转的内在危机,力图以转换理论思维从红学危机中突破。他在 2000 年初发表了《近代红学的发展与红学革命——一个学术史的分析》长文,提出要突破、要变革、要提倡新"典范"。他说:"胡适可以说是红学史上一个新'典范'的建立者……这个新红学的传统至周汝昌的《红楼梦新证》(1953)的出版而登峰造极。在《新证》里,我们很清楚地看到周汝昌是把历史上的曹家和《红楼梦》小说中的贾家完全地等同起来了。其中《人物考》和《雪芹生卒与红楼年表》两章尤其具体地说明了新红学的最后归趋。换句话说,'考证派'红学实质上已蜕变为曹学了。《新证》以后虽然仍有大量的考证文字出版,并且在个别难题的解决上也多少有所推进,但从红学的全面发展来看,'自传说'的'典范'已经陷入僵局,这个'典范'所能解决的问题远比它所不能解决的问题为少。这就表示'自传说'的效用已发挥得极边尽限,可以说到了功成身退的时候了。"为此,他展望新"典范",他说:"这个可能建立的新'典范'是把红学研究的重心放到《红楼梦》这部小说的创造意图和内在结构的有机关系上。""新'典范'的两个特点:第一,它强调《红楼梦》是一部小说,因此特别重视其中所包涵的理想性与虚

---

[1] 李泽厚:《美的历程》,文物出版社 1982 年版,第 163 页。

构性。……第二，新'典范'假定作者的本意基本上隐藏在小说的内在结构之中，而尤其强调二者之间的有机性。所谓有机性，是说作者的意思必须贯穿全书而求之。古人论文曾有'常山之蛇，击其首则尾应，击其尾则首应，击其中则首尾俱应'之说，这当是文学夸张后的比喻，但却可以借来表示我们所谓有机性的意思。"① 提倡新"典范"，用意在于以飙扬西方叙事学，对小说的结构模式、叙事机制、形式技巧的分析，呈现科学化和系统化。试图用当代文艺理论提供的最有力的"批评的武器"，开拓红学的文学批评和理论研究的广度和深度，作为挽救红学危机的一条可行的实践的学术方法。

像这样的倒错现象在中国学术发展史上并不令人奇怪，美学理论总是产生在美学实践的基础之上，又常常落后于实践的。我们对于一个诗人、作家，或者一种文学现象的评价是一个认识过程，需要时间。特别是发现超越传统美的价值，还需要一种方法的变革，一种思维方式的提升，一种理性的创造，从而形成新的见解、学术理念。一旦新的理论刷新人们的视野，倒错现象便会随之消退。例如20世纪80年代学术界为金圣叹、《金瓶梅》正名，就经历过由"反"到"正"的变化过程。倘若余英时倡导的这种方法能形成当代红学研究的主流意识，至少成了一些气候，那么"程伟元现象"也就会日渐冰封化解。可是，他的学术倡导并没有起到"一石激起千层浪"，出现当年为金圣叹、《金瓶梅》正名之效果。事实说明挽救红学危机的认识只是少数学者的主观愿望，在红学界并没有形成共识。另外，原因是多方面的，并不仅仅是学术因素的局限，还有更多的非学术因素的制约。屈原痛斥的"黄钟毁弃，瓦釜雷鸣"的现象，在红学研究中长期存在，非一日之弊。问题的复杂在于非学术因素常常以学术的面目出现，使人混淆不清，难辨真伪。

二、"程伟元现象"中的非学术因素之弊

考察任何一种文学现象，我们都必须在特定的历史情境下来理解，处理

---

①余英时：《红楼梦的两个世界》，上海社会科学院出版社2002年版，第10、18页。

好其历史线索与历史背景的关系才能更好地认识一种文学现象的演进与发展。过去谈论"程伟元现象",不论对程伟元否定还是肯定,视野大都是从学术上看问题,往往把问题的原因推到胡适身上,很少注意非学术因素的作用。我认为这是不公的。新红学史长达90年,其中后60年胡适的影响已经很小了。20世纪50年代举国从政治思想上批判胡适思想,至少到80年代之前,胡适在大陆销声匿迹。80年代以后,胡适再度被人们提起,只不过是作为历史人物的介绍和研究罢了。

"程伟元现象"的起因是胡适的一个主观的判断,他认为程伟元是一个书商,程伟元出钱、高鹗出力,完成了后四十回。于是近百年红学界出现一个怪圈,只要肯定后四十回是高鹗"续书",前八十回脂评本是曹雪芹原著,那么,自然而然地就不再谈百二十回本《红楼梦》了,探讨的视野始终没有放在程伟元身上。如此,即使不用着意贬低程伟元,他也从红学圈出局了。这是他长期被冷寂的原因。最早怀疑《红楼梦》后四十回不是曹雪芹写的是胡适先生,是他在《红楼梦考证》中谈到几点疑点时提出的,但并没有坐实。因为他认为那些疑点属于"外证",还需从"内证"上考辨。在1921年发表《红楼梦考证》(改定稿)时他就强调:"这些证据固然重要,总不如内容的研究更可以证明后四十回与前八十回绝不是一个人做的。"由于他强调文本研究,因而并没有否定后四十回文学成就:

> 我们平心而论,高鹗补的四十回,虽然比不上前八十回。也确然有不可埋没的好处。他写司棋之死,写鸳鸯之死,写妙玉的遭劫,写凤姐的死,写袭人的嫁,都是很有精彩的小品文字。最可注意的是这些人都写作悲剧的下场。还有那最重要的"木石前盟"一件公案,高鹗居然忍心害理的教黛玉病死,教宝玉出家,作一个大悲剧的结束,打破中国小说的团圆迷信。这一点悲剧的眼光,不能不令人佩服。①

---

① 宋广波:《胡适红学研究资料全编》,北京图书馆出版社2005年版,第175页。

近年宋广波在台湾收集了胡适晚年一些罕见的资料，出版了《胡适评红集》。披露了胡适晚年从"内证"的角度研究《红楼梦》不同版本，侧重在叙事内容、叙事线索、叙事肌理的比对上，引发他的一系列深刻的见解。他那一段段批注，折射出他一贯的思维方式：重文本。特别是对程乙本的许多地方的叙事都很值得赞赏。虽然他早期曾提出"高鹗续书"说，但并不是盲目排斥程高本。早在1927年他就向上海亚东图书馆推荐程乙本《红楼梦》的出版，可见在他的心目中对程乙本一直是看重的。值得注意的是，胡适和俞平伯始终把《红楼梦》后四十回作为学术问题进行考证。何况，中华人民共和国成立60年以来胡适在大陆的影响甚微，把大陆的"程伟元现象"完全归之胡适，也不实事求是。

胡适的影响潜在地表现在考证派大家周汝昌的身上。他沿着胡适的新红学倡导研究路数，完成了他的代表作《红楼梦新证》，初版于1953年，首当其冲地对后《红楼梦》四十回口诛笔伐，也就是对程高本彻底否定。他进而将后四十回不是曹雪芹所写这一说法坐实，1957年人民文学出版社出版的《红楼梦》，在作者曹雪芹署名的后面第一次加上了高鹗的名字，半个世纪以来，"高鹗续书"这一说法几乎被传播成了常识。周汝昌在1976年出版了《红楼梦新证》（增订本），关于程高续书这一观点又大大向前推进，特别引人注意。他说程高续书的过程和动机，"乾隆朝的统治者们，在收买、威逼、迫害、破坏种种伎俩都经使尽……为了这一特殊使命要物色'人才'。……物色的结果，差使落到高鹗（也是内务府旗人）、程伟元二人头上。其成绩，就是后来一直传世的百二十回本的《红楼梦》"。不过当时他还强调"还只是我个人的推测，是否能得其事之实，有待进一步研究讨论"。这一观点20年后又在《〈红楼梦〉"全璧"的背后》①一文中得到了进一步的阐述，变成了高鹗续书是在乾隆皇帝及其大臣和坤策划下的"一个政治事件"，续书的目的是篡改、歪曲前八十回。这里需要指出的是由于支持其观点新的史料匮乏，上述观点是在支离破碎的材料上，用推理、想象、探佚的手段编织和涂抹成

---

①《红楼梦学刊》1980年第四辑。

的，已经掺杂大量的非学术因素。资深学者的妄断，诸多人的盲从，学术与非学术因素的交织，使得非学术因素占了势头，把事情搅得越来越复杂化。从此，关于续书的论争，可以说进入了另一个阶段。其特征：

第一，非学术因素的严重性和复杂性并不在事情的本身，而在于当今存在一种十分有害的倾向，主流文化的失语或缺失，缺乏健康的文艺理论和文学批评的声音。好的得不到主流文化的回应和支持，处于自生自灭的状态，甚至受到排斥、侵扰和打压。相反什么臆想探佚、戏说误导的东西却登堂入室，招摇过市。所以要营造弘扬和追求厚重深沉的人文底蕴、自由独立的学术品格、健康无私的理论批评的学术氛围，这是一种精神的力量，一个时代的面貌，更是一种社会的责任。唯此，才能降低、削弱、排除非学术因素的浸润。

第二，对偏执理论的执拗固守，以及为此理论观点的延续与加强一谬再谬，从而给红学界造成了含混不清的重灾区。主要表现在：

其一，从个人的非学术立场出发的见同则引为同类，拉之、捧之、吹之；见异则视为对立，拒之、压之、贬之。其二，对文学观念新质因素的进入与扩容进行排斥与抵触。其三，20世纪90年代中后期以来，学术的市场化使得中国的学术再度迷失自我，学术具有了商品的市场价值，并与学者的切身利益相联系，往往是以学术问题出之，而背后则牵涉到权力之争、利益分配、资源重组等一些非学术因素。

第三，文学的社会作用，是通过不同的层面介入的，基本上是"小众学术，大众欣赏"。小众即学者、编导、作家等，他们的研究是大众欣赏的基础。如果小众学术发生偏离，如胡文彬先生所言，"他们的错误论断和某些成见被一些人无限放大，其影响之深之广，简直成了一种痼疾，达到一种难以'医治'的程度"，久而久之，必然架空了经典文化的社会效应，影响了大众文化素质的提升。

"程伟元现象"中反映出的非学术因素带来的学术腐败，是当代不可忽视的问题。如果不正视这一点，就无法合理地解释为什么置发掘出的程伟元史料于不顾，一味地坚守在风雨飘摇中欲倒塌的百年老屋里弹唱那些陈词老调呢？

三、对程伟元"实相"的追索

面对"程伟元现象"这种理论思维的滞后而带来的倒错现状，凡有学术良知的学者都会肩负起拨乱反正的责任。20世纪70年代文雷就撰写了长篇论文《程伟元与〈红楼梦〉》[①]驳斥了胡适等学者关于程伟元是一介书商的说法。时隔不久台湾学者潘重规与之相呼应，尖锐地指出："传播《红楼梦》一书的功臣，最具劳绩而又最受冤枉的，要数程伟元。"林语堂先生也发表重头文章称颂程伟元传播《红楼梦》的历史地位。而在大陆、台湾众多的学者中，持之以恒地追踪、研究程伟元生平资料，在荒芜的学术领地推出第一部专著的是胡文彬先生。

对程伟元本来面目的追索，需要长期的学术积累，需要责任感。《历史的光影——程伟元与〈红楼梦〉》正是这种积淀。我们反观作者留下的一路上追索的印迹和思考的空间，从中捕捉到一种治学的路子：善于将传统的乾嘉考据方法和西方诠释学方法相结合，坚持回到历史的现场，寻找当时的其人其境，据此回答有关程伟元的倒错问题。著名历史学家朱维铮认为，只有这样才能回到历史的真实，他将此概括为：历史的"实相"。正如胡先生所言："我们关注他的这些才艺，甚至不惜笔墨来探讨他的成就，目的是要印证他（程伟元）是否如某些人所说的只知道'出钱'而不懂艺术或说读不懂《红楼梦》，没有能力参加整理这部小说的'书商'。就我个人而言，则希望通过上述的探讨能够追索到这位曾对《红楼梦》的搜集、整理、刊刻、流传做出巨大贡献的历史人物创作上的心路历程和艺术追求。"[②] 为此，作者数十年倾力，从一诗一画、一言一行的点点滴滴史料中挖掘和考索程伟元的才艺、交游，以及生平史料，汇集方方面面的信息，穿越历史的隧道，回到历史的现场，逐步接近程伟元的"实相"。具体的做法，可以概括为：

（一）从零星的史料入手，沿着蛛丝马迹，步步推进，层层扩大，逼近

[①]《文物》1976年第10期。
[②] 胡文彬：《历史的光影——程伟元与〈红楼梦〉》，时代作家出版社2011年版，第52页。

"实相"。该书第三章《程伟元诗文书画才艺初论》；第四章《程伟元的交游》是史料的核心部分，达100页，占据了全书的三分之一的篇幅，可见分量之重。这部分史料的发现、研究、追索，并陆续发表论文，从20世纪80年代初至今，已有三十多年了。这对于一位学者来说，为之焚膏继晷，孜孜以求，披览史册，旁搜博采，笔耕不辍，其甘苦且不言，单那为红学百年冤案正名的情结，就时时牵动他的心，支撑他耗费半生心血，追索程伟元。

（二）把握文献重心，不断发现新的线索，顺藤摸瓜，勾勒"实相"。与程伟元交往的晋昌将军是一个核心人物，程伟元受其邀请，于嘉庆五年（1800）赴盛京做幕僚、兼教书，至嘉庆二十五年（1820），在盛京长达20年。在这富有文人气质的小环境，以晋昌将军为领袖形成一个盛京文人小沙龙，程伟元就活跃其中，与李銮、金朝觐、叶耕畬、刘大观、善怡庵等人诗酒唱和，以文会友。这种交游的内容和层次，很能流露程伟元的艺术生命的表征。因此，选择这个角度，发掘程伟元的诗、文、书、画，不仅真实可信，而且使后世读者能够了解程伟元的"实相"。加之从李銮《惜分阴诗钞》、陆懋修编辑的《苏州长元吴三邑科第谱》、朝鲜文人李海应的《蓟山纪程》和严良训的《程氏迁吴支谱》中，终于搞清，原来程伟元是宋代理学家程颐的后人，是其第"三十一世孙"。可见，无论是其出身书香门第，还是在盛京的文人生活，都无可辩驳地说明程伟元是一位有才气的文人，只不过功名未就，仕途偃蹇罢了。

（三）梳理文献，系统推进，素描"实相"。晋昌的《且住草堂诗稿》是程伟元"记而录之，荟萃而成帙"，即整理编辑的。对于这本诗集，胡先生特别珍视。他说：其中"有记相聚的，有相互唱和的，共有10题50首。从这些诗中，我们不仅了解到程伟元工诗擅画能书，而且还了解到程伟元在辽东的交游，使我们对他的人品、才艺等诸方面有一个轮廓性的认识。过去的二百年间，红学研究者一是对'程高本'倍加贬抑，不注重对刻本系统的研究；二是根据一些'传闻'材料对程高二人做出的贡献作了不公正的评判；三是由于对程伟元的身世情况不甚了了，所以只能用一句'一介书商'而排斥在研究之外。由晋昌的《且住草堂诗稿》的发现，打破了200年来对程伟元评论的偏见,给程伟元生平研究,乃至《红楼梦》后40回的研究带来希望之光"①。

对程伟元"实相"的追索,主要体现在文献的挖掘、史料的考证上,胡先生在《历史的光影——程伟元与〈红楼梦〉》这部书中处处标明、介绍、羽扬他人的学术成果,而借助这些已取得的成果,他展开了更系统的梳理、挖掘和考证,将程伟元的研究推向更高的层面,完成了一部程伟元年表。这是目前对程伟元"实相"研究最有价值的学术成果。

四、告别新红学,为程伟元的研究搭建了学术框架

《历史的光影——程伟元与〈红楼梦〉》的推出,也许还没引起人们的重视,但其璞玉之质奠定了它的学术品位。这就是告别新红学,为程伟元研究搭建了学术框架。

所谓告别新红学,是因为新红学最大的失误之一,就是对程伟元及其整理编辑的程高本《红楼梦》倒错的评价,造成红学史残缺的一章,给《红楼梦》全璧的光辉蒙上了一层尘垢。而今天对程伟元做出了实事求是的评价,恢复其本来面目,就是给新红学的失误画上句号。

所谓为程伟元研究搭建了学术框架,主要是指勾勒了一部程伟元年表,为红学研究史上第一人、《红楼梦》第一个版本的研究,提供了一个完整的程伟元学术研究的框架。虽然尚是璞玉,有待凿琢,但具有的开创性,已显露无遗:(一)《程伟元生平年表》是红学史第一部程伟元年表,是当代的红学研究中建设性的成果。这本著作和《后记》所披露的,即将推出的新著《孤独的真相——高鹗与〈红楼梦〉》,其价值、意义、效果都会不同凡响,根本原因是为一个新的领域学术廓清了方向、铺垫了平台、提供了文献,也就是作了许多除旧布新的事情。(二)作者考订出程伟元的生卒年,将其定格在具体的历史时空上。程伟元生活的时代,即乾隆十年(1745)至嘉庆二十五年

---

①胡文彬:《历史的光影——程伟元与〈红楼梦〉》,第72页。

(1820)。这是一个文化高峰时代,如修建举世闻名的颐和园、岳麓书院、圆明园;编纂《四库全书》《国史列传》《全唐文》等。是一个涌现文化巨人的时代,如桐城派领袖方苞、姚鼐,大作家吴敬梓、曹雪芹,大画家郑板桥,大诗人沈德潜,大学者章学诚、纪晓岚等都产生在这个时代。盛世出伟业、出巨人、出精品,因之,程伟元整理、编辑、刊印了百二十回《红楼梦》。

(三)《程伟元生平年表》是一个框架性的成果,突出了红学研究史的特点,侧重于程伟元的生平事迹与《红楼梦》抄本的流传、脂砚斋的评阅、程高刻本的风行、续书跟风等关系。

这个学术框架有一个特点,为学者探寻程伟元留下思考的空间。比如,程伟元与高鹗的交往、合作和分手,程刻本的"历史现场",脂评本之间北京话的演变,当然,更重要的是《红楼梦》后四十回与全书内在的联系、艺术的不平衡性和基本评价,从而显示《红楼梦》全璧的光辉。

《历史的光影——程伟元与〈红楼梦〉》字里行间透出急匆匆的感觉,显示出作者除旧布新的使命感。在这块荒漠的前沿领地,他独自奋斗三十多年,才肩闸起一座风向标。它将标志"程伟元现象"结束的时限,引领后继者为之创造实绩。当我们再纪念这位文化巨人的时候,程伟元在国人的心目中,将以崇高而伟大的形象屹立在五千年文明史册上。

原载《红楼梦研究辑刊》2012年第四辑

附记:

2011年为纪念《红楼梦》程甲本刊印二百二十周年,胡文彬先生在历年积累的程伟元生平资料基础上,梳理、提升、理论概之,终成专稿。其目的是:"为了广泛征求学界友人的批评指正,此书成稿后自费印了二百册分赠朋友。"当年胡先生送我这本书后,不久,接到上海《红楼梦研究辑刊》主编萧凤芝的电话约稿,他们正组织对《历史的光影——程伟元与〈红楼梦〉》的评论,希望我能撰稿。我当即应允,随后写了《程伟元——红楼梦研究史的第一人》一稿,发表在该刊第四辑。此事,一晃九年过去了，胡先生《历史光影——程伟元与〈红楼梦〉》今年被中国文史出版社再版。胡先生又赠送我一本，深感荣幸，特记于此。

2019 年 12 月 5 日

《红楼梦》脂评的叙事结构思想

脂评一进入学者的视野，便被作为考据学、版本学的宝贵资料来使用，开创了红学研究的新天地，建树颇丰。20世纪80年代初，孙逊先生的《红楼梦脂评初探》[①]对脂评的本体及价值进行了系统的梳理，展现了对脂评研究多元化的视角。叙事结构是长篇小说具有宏观意义的创造工程，是小说叙事学研究的首要问题。脂评中有关此的三言两语，即连接着中国传统叙事结构思想，又处处折射富有生命律动的《红楼梦》整体叙事形态。其中不少作为明清小说叙事学的珍贵材料，尚待开掘和深入探讨。

脂评形式琐碎，又非出于一人之口，俞平伯先生认为"其中有许多极关紧要之评，却也有全没相干的"[②]。因而，通览脂评，拨冗见真，撮其精要，归纳几点，即叙事结构与脉络、叙事时空与形态、叙事方法与技巧，进而阐发其叙事思想。

明清小说评点家关于叙事结构的意识都十分强。他们对小说叙事结构成分的排列和组合、小说内在结构的完整性与动性所产生的"文势"，以及贯穿结构的线索与网结，等等，常常作具象的概括。金圣叹十分注意叙事的内在结构，评注《水浒》首先将其作为一个有机的整体看待，并提出一个重要的观点："伸其神理。"这种在欣赏和诠释作品中着眼微观、指向宏观的分析方法，在他评注《水浒传》《西厢记》等作品中，处处得到了体现。譬如他说："盖此书七十回、

[①] 孙逊：《红楼梦脂评初探》，上海古籍出版社1981年版。
[②] 俞平伯：《脂砚斋评〈石头记〉残本跋》，见人民文学出版社编辑部：《红楼梦研究参考资料选辑》第二辑，人民文学出版社1973年版，第14页。

数十万言，可谓多矣，而举其神理，正如《论语》之一节两节，浏然以清，湛然以明，轩然以轻，濯然以新。"① 又说："《水浒传》七十回，只用一目俱下，便知其二千余纸，只是一篇文字。中间许多事体，便是文字起承转合之法。"② 正是由于金圣叹对叙事内在结构的洞明和把握，他才从凝固的文字中始终看到动态的潜在的结构线索穿插交互，为叙事成分的组合和连接起到或隐或显的作用。并称之"草蛇灰线"，"聚看之，有如无物；及至细寻，其中便有一条线索，拽之通体俱动"③。金圣叹这种叙事结构分析法对后世产生了很大的影响，其中脂砚斋对《红楼梦》的评点便是其重要反响。

脂砚斋对叙事结构的点评第一回便出现了。〔甲戌眉批〕：

> 事则实事，然亦叙得有间架、有曲折、有顺逆、有映带、有隐有见、有正有闰，以至草蛇灰线、空谷传声、一击两鸣、明修栈道、暗度陈仓、云龙雾雨、两山对峙、烘云托月、背面傅粉、千皴万染、诸奇书中之秘法亦不复少。余亦于逐回中搜剔剖剂，明白注释，以待高明再批示谬误。④

这段点评涉及的问题虽然较多，但可以窥视到脂评的一个思想，循着对叙事方法的解析，逐步逼近《红楼梦》结构形态。

一、叙事时空结构与心理结构的交互

第二回〔甲戌回前总评〕：

> 此回亦非正文，本旨只在冷子兴一人，即俗谓"冷中出热，无中生

---

① 金圣叹：《水浒传会评本》，北京大学出版社1981年版，第11页。
② 金圣叹：《水浒传会评本》，第16页。
③ 金圣叹：《水浒传会评本》，第20页。
④ 浦安迪编释：《红楼梦批语偏全》，台北南天书局有限公司1997年版，第1页。

有"也。其演说荣府一篇者,盖因族大人多,若从作者笔下一一叙出,尽一二回不能得明,则成何文字?故借用"冷字"一人略出其大半,使阅者心中已有一荣府隐隐在心,然后用黛玉、宝钗等两三次皴染,则耀然于心中、眼中矣。此即画家三染法也。

未写荣府正人,先写外戚,是由远及近、由小至大也。若使先叙出荣府,然后一一叙及外戚,又一一至朋友、至奴仆,其死板拮据之笔,岂作"十二钗"人手中之物也?今先写外戚者,正是写荣国一府也。故又怕闲文赘累,开笔即可写贾夫人已死,是特使黛玉入荣之速也。通灵宝玉于士隐梦中一出,今于子兴口中一出,阅者已洞然矣。然后于黛玉、宝钗二人目中极精极细一描,则是文章锁合处。盖不肯一笔直下,有若放闸之水、然信之爆,使其精华一泄而无余也。究竟此玉原应出自钗、黛目中,方有照应。今预从子兴口中说出,实虽写而却未写。观其后文可知。此一回则是虚敲旁击之文,笔则是反逆隐回之笔。①

脂评用了这么多文字点明"冷子兴演说荣国府"这段叙事手法在结构中的作用,以及叙事效果,可知他捕捉到这一点,已经"知其然"。大致可以概括为几个要点:

第一,荣府的历史的概貌,"今于子兴口中一出,阅者已洞然矣。"而且这种叙事手法在脂砚斋看来是极省俭的文字,又达到了最佳的效果。"盖因族大人多,若从作者笔下一一叙出,尽一二回不能得明,则成何文字?"

第二,这种叙事手法达到的叙事效应,则是"未写荣府正人,先写外戚,是由远及近、由小至大也"。

第三,这种叙事手法,是一种"实虽写而却未写","观其后文可知。此一回则是虚敲旁击之文,笔则是反逆隐回之笔"。

这三点,脂评都说得十分准确,也就是说其直观的艺术感悟力是十分强的,而且更为可贵的是这些零散的思想萌芽都是从结构意识出发的。

---

① 吴铭恩:《红楼梦脂评汇校本》,浙江古籍出版社2018年版,第29页。

由于脂评这些直觉思维的弱点，不能"知其所以然"，所以我们今天将其上升为理性思维，加以重新审视。

"冷子兴演说荣国府"这一回脂评本有首回前诗：

一局输赢料不真，香销茶尽尚逡巡。
欲知目下兴衰兆，须问旁观冷眼人。①

冷子兴便是"旁观"贾府兴衰的"冷眼人"，他是王夫人陪房周瑞家的女婿，而周瑞是荣府掌管地租收入的管家，当然冷子兴有这种内里的亲戚，很便利了解贾府的底里。再加上他好结交官宦名流，颇有见识，连贾雨村这位官场见风使舵、飞黄腾达的人，"最赞这冷子兴是个有作为大本领的人"。因此冷子兴述荣府，不仅有资质，而且有见解。他叙述贾府的五代世系，繁简适宜，脉络清晰，重点突出了宝玉的个性，并且道出了他的看法："如今虽然不似先前那样兴盛，较之平常仕宦人家，到底气象不同。如今人口日多，事务日盛，主仆上下，都是安富尊荣，运筹谋画者竟无一人。那日用排场，又不能将就省俭，如今外面的架子虽没甚倒，内囊却也尽上来了。——这也是小事。更有一件事：谁知这样钟鸣鼎食之家，如今的儿孙，竟一代不如一代了！"从这可以看出，冷子兴所叙不是贾府的历史客观形态，而是被他主体精神所把握贾府的历史透视后的形态，是时空结构与心理结构相交的叙事方法。另外，时空结构与心理结构的走向是一致的，也就是心理结构只是时空结构潜在的内蕴反映，常常忽隐忽显地联结着或指向着时空结构中的人物或情节。恰如脂评所言："故借用'冷字'一人略出其大半，使阅者心中已有一荣府隐隐在心。"

这种叙事结构方法有两个特点：

一是以小见大。冷子兴演说的虽只是贾府，而从中阐述的道理却是历史发展的一条基本规律。俗语说："穷不过三辈，富不过五代。"孟子说："君子

---

① 吴铭恩：《红楼梦脂评汇校本》，第30页。

之泽，五世而斩。"意思都是一样，社会的发展，权力和财富都在不断地再分配，谁也不能阻挡。这种现象在封建时代屡见不鲜，贾府是其中的一个典型罢了。清二知道人感慨："太史公纪三十世家，曹雪芹只纪一世家。太史公之书高文典册，曹雪芹书假语村言，不逮古人远矣。然雪芹纪一世家，能包括百千世家。"① 季新也指出了以小见大的特征："此书描摹中国之家庭，究形尽相，足与二十四史方驾，而其吐糟粕，涵精华，微言大义，孤怀闳识，则非寻常史家所及。此本书之特色也。"② 这一特色冷子兴口中寥寥数语便体现了。

二是以虚涵实。贾府"大门外虽冷落无人，隔着围墙一望，里面厅殿楼阁，也还都峥嵘轩峻，就是后面一带花园里，树木山石，也都还有葱蔚洇润之气"。而冷子兴恰恰就这种架式气派指出："古人有言：'百足之虫，死而不僵。'如今虽说不似先前那样兴盛，较之平常仕宦人家，到底气象不同。……如今外面的架子虽没甚倒，内囊却也尽上来了。"这些是主观性的概括介绍，相对于前五回以后情节对此客观的展现，可谓虚。而第三回"接外孙贾母惜孤女"；第六回"刘姥姥一进荣国府"；第十一回"庆寿辰宁府排家宴"；第十三回"秦可卿死封龙禁尉"；第十七、十八回"荣国府归省庆元宵"；第四十回"史太君两宴大观园"；第五十三回"宁国府除夕祭宗祠"；第五十六回"敏探春兴利除宿弊"；第七十五回"开夜宴异兆发悲音"；第七十六回"凸碧堂品笛感凄清"等，都是透过殿阁楼堂的峥嵘轩峻，树木山石的葱蔚洇润而显示出内囊尽衰，是具体的情节辅陈，可谓实。冷子兴演说荣国府之虚涵盖了诸多具体情节的展现之实，所以脂评直观地感悟到了这是"虚敲旁击之文"。又由于实的在后，虚的在前，发生在后，涵盖在前，脂评又说："笔则是反逆隐回之笔。"

---

① 一粟：《古典文学研究资料汇编·红楼梦卷》，中华书局1963年版，第102页。
② 一粟：《古典文学研究资料汇编·红楼梦卷》，第302页。

二、叙事表层结构与深层结构的对应

第四回〔甲戌眉批〕

> ……所谓此书有繁处愈繁，省中愈省；又有不怕繁中繁，只要繁中虚；不畏省中省，只要省中实。此则省中实也。①

这则脂评过去不大为人注意，其实，这是一个极重要的法则。他首先提出了两个对称的范畴，一个是"繁"，一个是"省"，而且明确地主张要"繁中虚""省中实"。那么，这两个范畴的内涵到底指的是什么？顺着脂评标示的第四回"此则省中实"的思路去理解，这一叙事结构单元以"葫芦案"为焦点透视了贾、史、王、薛四大家庭"一损俱损，一荣俱荣"的社会政治关系，是整部《红楼梦》深层结构的基石。若说"省中实"，却只用了四句俗言口碑，借着小门子向贾雨村的介绍便披露出来。可见，省俭的语言、省俭的情节、省俭的叙事，表达出的哲理或文化的内蕴具有普遍的意义。

类似"省中实"的表述，有时还用"筋骨"二字代替，如第十五回〔庚辰眉批〕："《石头记》总于没要紧处，闲一二笔，写正文筋骨。看官当用巨眼，不为彼瞒过方好。壬午季春。"② 这则脂评针对的是：贾府先人为后辈置办阴阳两宅，为送灵人口寄住，不料"源远水则浊，枝繁果则稀"，后人不知富贵，败家毁业，令脂砚斋感慨万端。这与冷子兴评述贾府一代不如一代，同出一辙，认识雷同，平平的叙述，隐含着发人深省的内蕴。

而"繁"的内涵，"繁中虚"的艺术取向是什么，脂评没有明确标示例证。我们只好依据相反相成的范畴去理解。《红楼梦》与传统的才子佳人小说的不同，是它不再以一连串的故事情节为主，而是像生活的河流、细节的河流，积聚成浪花飞溅的长河。从叙事学角度来说，它的表层结构情节线索淡

---

① 吴铭恩：《红楼梦脂评汇校本》，浙江古籍出版社2018年版，第77页。
② 吴铭恩：《红楼梦脂评汇校本》，第242页。

化了，代之则是生活的厚度和意蕴的深度，组成了叙事结构的生命形态。脂评这种直观的评论，揭示了中国古典小说自《金瓶梅》向《红楼梦》发展过程中，叙事结构的一个重大变化，叙事的表层结构形象主体越来越生活化，平凡化。那数以千计的生活细节依靠人物的心理活动和感情因素织成了情节的网。虽然表层结构故事情节线索的力度被削弱，而深层结构的意识世界却强化了表层结构叙事组合力度的功能，托起了整个叙事结构的生命之躯。下面以刘姥姥二进荣国府为例说明"繁中虚"的叙事结构艺术。

从第三十八回至第四十二回，用了整整五个章回的篇幅，描绘了贾府女主人、小姐及大丫头琐细而普通的日常生活，如行云流水，自然挥洒。潇湘馆贾母讲窗纱，富贵至极，是"用"之例；秋爽斋设宴，借刘姥姥打趣，上下笑破了肚子，是"乐"之例；探春居室陈列的名画名帖宝砚古玩，是"住"之例；藕香榭家宴，出酒令，尽性情，是"玩"之例；讲茄鲞一菜的做法，是"吃"之例；栊翠庵妙玉处品茶，是"喝"之例；刘姥姥醉卧怡红院，才结束了对贾府钟鸣鼎食之家、珍馐玉食之地的展示。其间又穿插刘姥姥的憨诚幽默、滑稽乖巧、风趣话语，整个行文荡漾着欢声笑语、喜剧气氛，是一连串生活的散珠串起来，形成流光溢彩的生活场面。这一切只是表层结构，而生活细流中潜在的则是贾府兴衰的哲理与文化的底蕴。

"如今人口日多，事务日盛，主仆上下，都是安富尊荣，运筹谋画的竟无一个。那日用排场，又不能将就省俭，如今外面的架子虽没很倒，内囊却也尽上来了。"这正是脂评所说的"不怕繁中繁，只要繁中虚"，是意识深层结构托起"不怕繁中繁"的一切描写。

"繁中虚"与"省中实"是对应组合的，在不经意的"闲笔"当中总要带上"筋骨"的笔墨来。如刘姥姥在大观园所见所闻，每每咂舌嘬嘴，叹为观止。看到一顿小而普通的螃蟹宴就花了20两银子，她情不自禁地叹道："阿弥陀佛！这一顿的银子，够我们庄稼人过一年了！"进了大观园，贾母问她："这园子好不好？"刘姥姥感慨道："我们乡下人到了年下，都上城来买画儿贴，闲了的时候儿，大家都说：'怎么得到画儿上逛一逛！'想着画儿也不过是假的，那里有这个真地方儿？谁知今儿进这园里一瞧，竟比画儿还强十倍！"每每这些地方脂评都点出是"紧要处""筋骨"，其实就是"省中实"的表现。

三、叙事结构中的稳态与变态

第七十回［戚序回末总评］：

  文与雪天联诗篇一样机轴，两样笔墨。前文以联句起，以灯谜结，以作画为中间横风吹断；此文以填词起，以风筝结，以写字为中间横风吹断，是一样机轴。前文叙联句详，此文叙填词略，是两样笔墨。前文之叙作画略，此文叙写字详，是两样笔墨。前文叙灯谜，叙猜灯谜；此文叙风筝，叙放风筝，是一样机轴。前文叙七律在联句后，此文叙古歌在填词前，是两样笔墨。前文叙黛玉替宝玉写诗，此文叙宝玉替探春续词，是一样的机轴。前文赋诗后有一首诗，此文填词前有一首词，是两样笔墨。噫！参伍其变，错综其数，此固难为粗心者道也。①

  这则脂评是针对第五十回"芦雪庭争联即景诗，暖香坞雅制春灯谜"与第七十回"林黛玉重建桃花社，史湘云偶填柳絮词"的章法和结构作了对比，提出"一样机轴，两样笔墨"的见解。所谓"机轴"，即杼轴，比喻文章的构思。一样机轴，就是构思相同，而表达的形式不相同，出现"两样笔墨"。脂评对上述两个章回的概括和评论是否正确，另当别论，但这里却提出了一个值得注意的问题：叙事结构中的稳态和变态。

  脂评提出的许多叙事方法，我们都不难找到与前代许多评点家的提法有似曾相识的感觉，甚至有的还是直接继承，如草蛇灰线。同理，曹雪芹《红楼梦》的叙事结构和叙事方式也是在中国明清小说的发展土壤中诞生的，它汲取了中国叙事学的精粹和营养，并将其在自身体现出来，这是叙事结构中

---

① 吴铭恩：《红楼梦脂评汇校本》，第1144页。

稳态的一面；同时，富有艺术生命的叙事形态中有其创新和变异的一面，也就是变态。任何一部伟大的叙事作品的结构形态都是处于文化传统的流程中，以稳态和变态的统一而构成。以脂评多次提到曹雪芹写梦为例：

第二十四回［庚辰回末总评］：

《红楼梦》写梦章法总不雷同，此梦更写得新奇，不见后文，不知是梦。①

第四十八回［庚辰夹］：

一部大书，起是梦，宝玉情是梦，贾瑞淫又是梦，秦［氏］之家计长策又是梦，今作诗也是梦，一并"风月鉴"亦从梦中所有，故［曰］《红楼梦》也。……脂砚斋。②

叙事方法在这里不可不谓重要，但归根到底还是从结构创新和变异这一根本问题上做出回答。叙事成分并不简单地排列组合，它被设计和安排在什么位置上，叙事结构关系产生的意蕴也就不同。即使同时写梦，也千差万别。脂评提到了几个梦，一个是甄士隐夏日之梦，设计在了《红楼梦》开篇，对全书整个叙事结构来说，一是通过甄士隐此梦，将两个神话故事：青埂峰下石头动凡心被神瑛侍者下凡时夹带入世和绛珠仙子还泪联结起来，造成一个象征性的预示，宝玉出生。另一是向读者说明《红楼梦》的故事都是似梦非梦的。甄士隐落魄之后，在现实中又遇到了梦中所见的一僧一道，并跟着他们走了。正如《红楼梦》一副对联开启的意义：

假作真时真亦假，无为有处有还无。

---

①吴铭恩：《红楼梦脂评汇校本》，第420页。
②吴铭恩：《红楼梦脂评汇校本》，第783页。

另一个梦是宝玉太虚幻境之梦。这个梦在全书结构中的意义就更重要了。梦境中展示的《金陵十二钗判词》《红楼梦十二支曲》，含蓄地预示了黛玉、宝钗、贾家四春、凤姐、李纨、秦可卿、巧姐、湘云、妙玉，以及袭人、香菱、晴雯不同的生活道路和独特的命运结局，支撑起了整个女性人物体系的框架。清话石主人也看到了这些，他说："开场演说，笼起全部大纲，以下逐段出题，至游幻起一波，总摄全书，筋节了如指掌。"①

除上述叙事的设计和安排而外，大量的则是人物性格的张力为叙事结构的拓展提供了内在的机制。形形色色的人物性格在社会环境中活动、矛盾和冲突，不仅反映出人物性格张力的丰富性，而且构成结构形态的千姿万态。脂评中提到的种种梦境的描写，实质正是人物意识活动的内部世界的反映，而且折射出的能量因人的性格的不同而呈现多姿多彩，对叙事结构的拓展也呈现千变万化。以秦氏给王熙凤托梦为例：

> 秦氏鬼魂说："莫若依我定见，趁今日富贵，将祖茔附近多置田庄、房舍、地亩，以备祭祀、供给之费皆出自此处，将家塾亦设于此。……便败落下来，子孙回家读书务农，也有个退步，祭祀又可永继。若目今以为荣华不绝，不思后日，终非长策。"

这种见解以梦的形式出现，而其内蕴显然是曹雪芹创作《红楼梦》整体艺术构思的体现。早在冷子兴演说荣国府时就已说贾府当时的情形是"百足之虫，死而不僵"，而且要命的是"如今养的儿孙，竟一代不如一代了"！那么这个结局不正如秦氏鬼魂未卜先知的吗？"如今我们家赫赫扬扬，已将百载，一日倘或'乐极生悲'，若应了那句'树倒猢狲散'的俗语，岂不虚称了一世诗书旧族了？"说完贾府的大势所趋，还点到了一个具体的事情："不日又有件非常的喜事，真是烈火烹油，鲜花著锦之盛。——要知道也不过是瞬息的繁华，一时的欢乐，万不可忘了那'盛筵必散'的俗语。若不早为后

---

① 一粟：《古典文学研究资料汇编·红楼梦卷》，第182页。

患,只恐后悔无益了。"言外之意暗示了元妃省亲盛事之后:"三春去后诸芳尽,各自须寻各自门。"

这一切不正是整个叙事结构深含的蕴意又一次披露,从表层结构现出的笔笔"筋骨",处处伸向深层结构,而且每一笔都是整体结构蕴含着特殊意味的一点吗?无论是哲理的还是文化的,最终都将从整体结构的底蕴中找到合理的解释。但这特殊意味的每一笔常常与人物性格融为一体,成为人物性格张力的能量释放。秦氏之所以托梦给凤姐,是因为凤姐是荣府实际的掌权人,而且贾府的臭男人还不如她这个女流之辈。凤姐对贾府的衰败的趋势,在潜意识上也不是没有感应,有时一种担心和不安的情绪会自然地流露。芦雪庭联诗,本来是众姐妹们诗社的聚会,凤姐也一起凑趣。

而她不会吟诗,便随口说了一句粗话:"一夜北风紧。"表面上看似不经意,而恰恰在这不经意之中,流露出凤姐潜意识的思虑。这可以用凤姐对平儿诉说当家难来做注脚:

> 你知道我这几年生了多少省俭的法子,一家子大约也没个背地里不恨我的。我如今也是"骑上老虎"了,虽然看破些,无奈一时也难宽放。二则家里出去的多,进来的少,凡有大小事儿,仍是照着老祖宗手里的规矩,却一年进的产业,又不及先时多;省俭了,外人又笑话,老太太、太太也受委屈,家下也抱怨刻薄。若不趁早儿料理省俭之计,再几年就都赔尽了!

这番心里话道出的贾府入不敷出,正如形象的语句:"一夜北风紧",钱少用项多,当家人自然处处感到紧,"紧"正是凤姐的心理感受。

四、叙事形态的正笔与衬笔

小说家对叙事文本机制的控制首先表现在对叙事时空的调节和驾驭上。《红楼梦》脂评有些已涉及了这一问题,但只能用意象的言辞表述自己的感悟,不能用理性思维清晰地表达,可我们还是能够意会。

第六十回[戚序回前总批]:

前回叙蔷薇硝,戛然便住,至此回方结过蔷薇案。接笔转出玫瑰露,引起茯苓霜,又戛然便住。着笔如苍鹰搏兔,青狮戏球,不肯下一死爪。绝世妙文。①

[戚序回末总评]:

以硝出粉是正笔,以霜陪露是衬笔。前必用茉莉粉,才能构起争端,后不用茯苓霜,亦必败露马脚。须知有此一衬,文势方不径直,方不寂寞。宝光四映,奇彩缤纷。②

这两段脂评涵盖的是两个章回的叙事,第五十九回"柳叶渚边嗔莺咤燕,绛云轩里召将飞符",和第六十回"茉莉粉替去蔷薇硝,玫瑰露引来茯苓霜"。从这两个章回叙事的具体形态,我们再理解这两段脂评的内涵。

何谓正笔、衬笔?从"前回叙蔷薇硝,戛然便住,至此回方结过蔷薇案",占了两个章回四分之三的篇幅,而"接笔转出玫瑰露,引出茯苓霜"才只有四分之一的文字,曹雪芹在这里对两个故事用的笔墨多少,表明他对重头的故事则采用工笔细描,次要的部分采取线条勾勒,这样才反映出生活密度的不同。决定生活密度的实质是叙事时间,一般说来,生活密度越大,叙事时间的跨度越小;相反,生活密度越小,叙时间的跨度越大。当然,反映到叙事文字上就如同脂评所言,有正笔、衬笔之别。生活密度大的叙事则为正笔;生活密度小的叙事则为衬笔。

由生活密度构成的"密—疏"这对范畴,并不仅仅表现在叙事时间上,它常常以潜在形式存在于空间展开的一切形式中,也就是以人物的叙事活动

---

① 吴铭恩:《红楼梦脂评汇校本》,第957页。
② 吴铭恩:《红楼梦脂评汇校本》,第970页。

的空间来表现时间。正笔以蔷薇硝引出的故事实际上是表现在两个地点，而且二者之间并不搭界。各自都有缘起、发展、变化和收结，即有开有合。可见覆盖的生活空间场面之大。先说前一个，湘云向宝钗要蔷薇硝，宝钗因没有了，便命丫鬟莺儿去黛玉处取。莺儿去时，藕官一同陪往。二人说笑着到了柳叶渚，莺儿用新嫩的柳条编花篮，又采摘鲜花，送给黛玉。拿上蔷薇硝，返回时藕官也一同跟着走。莺儿又在柳叶渚编花篮，正巧碰上春燕。春燕便向藕官讲起她姑妈夏婆子因状告藕官在大观园私自烧纸钱一事未成，心里不满。所以春燕嘱咐莺儿："你这会子又跑了来弄这个，这一带地方上的东西，都是我姑妈管着。他一得了这地，每日起早睡晚，自己辛苦了还不算，每日逼着我们来照看，生怕有人糟蹋……一根草也不许人乱动，你还掐这些好花儿，又折他的嫩树枝子。他们即刻就来，你看他们抱怨。"

莺儿却不以为然，认为花草本应给各房去送，我们不让送，今天折些算什么。不料夏婆子来了，"见采了许多嫩柳，又见藕官等采了许多鲜花，心里便不受用"，果然借数落她侄女春燕指桑骂槐。还倚老卖老，拿拐杖捅她骂她。莺儿先前还与夏婆子开玩笑，此时一见她动了气，便上前劝解，反遭夏婆子的一顿抢白。偏在这时春燕的娘又来找她，夏婆子便向她娘抱怨。"她娘也正为芳官之气未平，又恨春燕不遂他的心"，便打骂起春燕。春燕一头往怡红院跑去，正碰上袭人，春燕她娘也不听劝，还吵闹着，连宝玉的话都不听。直到请平儿，叫先撵出去，再打四十大板子，才震住她。"那婆子听见如此说了，吓得泪流满面，又央告袭人等"。最后还是宝玉给平息了事。此事从夏婆子向莺儿等人发难为"开"，中经春燕妈打骂女儿，到被平儿震住，宝玉摆平，才"合"。这件事"开—合"叙事形态是发生在取蔷薇硝的路上。其实与蔷薇硝没有什么直接的因果关系。

而另一个"开—合"的小事件却是因蔷薇硝而引发的。春燕和她妈给莺儿赔个不是，临走，蕊官让他们捎给芳官一包蔷薇硝。芳官手里拿着时，宝玉要瞧一瞧，正巧贾环在旁边，便张口要一半儿。芳官舍不得给，想拿平日使的支应他，可打开妆奁时却没了，麝月便让她弄点茉莉粉打发贾环。贾环拿上便来找彩云送给她。彩云打开一看，笑道："这是他们哄你这乡老儿呢！

这不是硝,这是茉莉粉。"赵姨娘旁边听见,倒气不过,便说:"有好的给你?谁叫你要去了?怎么怨他们耍你!依我,拿了去照脸摔给他去。……"贾环不言语,彩云忙劝说:"这又是何苦来!不管怎的,忍耐些罢了。"赵姨娘骂贾环"没刚性"。贾环急了,顶了他妈一顿,说:"你不怕三姐姐,你敢去,我就服你!"一句话戳了他娘的心,赵姨娘便嚷道:"我肠子里爬出来的,我再怕了,这屋里越发有活头了!"说着拿起那包,便直奔园子里。赵姨娘正在火头上,碰上夏婆子,她又添油加醋,挑唆赵姨娘大闹。赵姨娘直奔芳官而来,"便将粉照芳官脸上摔来,手指着芳官骂道:'小娼妇养的!你是我们家银子钱买了来学戏的,不过娼妇粉头之流,我家里下三等奴才也比你高贵些。你都会看人下菜碟儿!'"又上前打了她两个耳光,芳官哪里肯依,便打滚撒泼地撞在赵姨娘的怀里。当下葵官、豆官、藕官、蕊官听说后,一齐跑入怡红院,手撕头撞,将赵姨娘围住。尤氏、李纨、探春带了平儿与众媳妇来了,才把四个喝住。探春又训导了赵姨娘一番,背里查讯才知是夏婆子与芳官不合而唆闹事。到此了结,又算一个"开—合"。

  从上面分析可以看出:所谓"正笔""衬笔",实际上是生活密度决定的"密—疏"范畴的叙事形态。而"密"的叙事形态,时间跨度小,空间展示相对大,所含的故事不止一个,常常是两个或数个有"开—合"的叙事形态。而"疏"的叙事形态,时间跨度大,空间展现小,一般都是粗线条的勾勒。

五、叙事形态的"章法"

  脂评认为"着笔如苍鹰搏兔,青狮戏球,不肯下一死爪",实质上提出了一个时空结构宏观布局、经营位置这一"章法"的大问题。中国古典小说最讲究"章法",明清小说评点家许多直观的感悟都是由此引发的。章法的最基本形式和基础形态是一开一合,开中有合,合中有开。前面我们分析的春燕的娘打骂春燕,指桑骂槐,泄心中愤怒是一个"开—合"。赵姨娘与芳官等人厮打,借机倾怨、逞凶,又是一个"开—合"。从蔷薇硝这个由头说起,两个小故事又构成开中有合,合中有开。而且"开—合"要恰到好处,开之过分则松散，合之过分则局促。春燕的娘是下人，平儿几句话就将其震住，不再敢吵骂；赵姨娘是半个主子，半个奴才，况且又是探春的生母。李纨、尤氏不搭言，只由探春训导她，了结闹剧。这人际关系的分寸掌握得十分准确，也就是"开—合"的最佳形态。

"开—合"是中国小说"章法"的最基本形态，其他许多范畴，如"聚—散""动—静""冷—暖""阴—阳""虚—实""主—宾""繁—简""气—势"等，都是"开—合"的特殊形态。脂评中有些评语是针对这样的特殊叙事形态，有感而发。

1. 第十六回〔甲戌回前总批〕：

> ……赵妪讨情闲文，却引出通部脉络。所谓由小及大，譬如登高必自卑之意。细思大观园一事，若从如何奉旨起造，又如何分派众人，从头细细直写将来，几千样细事，如何能顺笔一气写清？又将落于死板拮据之乡。故只用琏、凤夫妻二个一问一答，上用赵妪讨情作引，下文蓉、蔷来说事作收，余者随笔顺笔略一点染，则耀然洞彻矣。此是避难法。①

这段脂评讲的是"以简御繁"的大手笔章法。它不单单是避免了叙说建造大观园的繁杂琐细的笔墨，而且还是一种"开—合"叙事形态中特殊的类型。合是辐辏性的合，开是放射性的开。以合为主，合中有开。从人物来说，贾府实权派的人物都集中到这里，荣府实际掌权人凤姐，协理宁国府，威风八面。其夫贾琏刚一到家，一会是贾政唤他议事，一会是贾珍让儿子相告要事，家中奶妈为儿子来请托，贾蔷、贾蓉来亲近叔叔婶子，整个筹办省亲的实权都落在贾琏、凤姐夫妻手中，形成贾府聚合的中心。从事件来说，凤姐与奶妈闲聊，便披露了贾家、王家过去接驾的盛况，"把银子花得象淌海水似的"，眼下准备省亲，又是派人姑苏买道具、戏子，又是大造园子，堆山凿池，起楼竖阁，种竹栽花，打造金银器皿……虽说是简疏之笔，却是落笔千

---

① 吴铭恩：《红楼梦脂评汇校本》，第251页。

斤，形成一种权势聚合之势，透着豪华富贵之气。

开合是二元张力对立统一的形态，大合之中有小开。奶妈赵嬷嬷要贾琏为她的两个儿子找事干，迟迟没有着落。这次请托贾琏同时，又求凤姐帮忙，这时凤姐说："妈妈，你的两个奶哥哥都交给我，你从小儿奶的儿子，还有什么不知他那脾气的？拿着皮肉，倒往那不相干的外人身上贴。可是现放着奶哥哥，那一个不比人强？你疼顾照看他们，谁敢说个'不'字儿？没的白便宜了外人。我这话也说错了：我们看着是'外人'，你却看着是'内人'一样呢！"说着，屋里的人都笑了。赵嬷嬷也笑个不住，又念佛道："可是屋子里跑出青天来了。要说'内人''外人'这些混账事，我们爷是没有的；不过是脸软心慈，搁不住人求两句罢了。"凤姐笑道："可不是呢。有'内人'的他才慈软呢！他在咱们娘儿们跟前才是刚硬呢！"……贾琏此时不好意思，只是讪笑道："你们别胡说了，快盛饭来吃……"本来是小夫妻离别新聚，亲热无比。而凤姐与赵嬷嬷应酬话，却句句说给贾琏听，对贾琏在外乱搞女人的行径，贬斥得那么婉转、俏皮，揶揄得那么洒脱、诙谐。"注彼而写此"，外射性的散，内涵性的开，恰到好处。赵嬷嬷笑了，满屋子的人都笑了。笑中针砭，以柔克刚，弄得贾琏理屈词穷，"不好意思"起来。

2. 第七十七回［戚序回前总批］：

> 司棋一事，前文着实写来，此却随笔收去。晴雯一事，前文不过带叙，此却竭力发挥。前文借晴雯一衬，文不寂寞；此文借司棋一引，文愈曲折。①

此评讲的是叙事结构形态的"主—宾"范畴。"开—合"构成中国古典小说的章法的二元，一开一合的无限性变化使章法产生了多样性，而多样要归于统一。"主—宾"便是"以开为主，开中有合"或"以合为主，合中有开"的特殊形态。这一点在文化艺术的结构形态中的表现，比比皆是。乐曲

---

① 吴铭恩：《红楼梦脂评汇校本》，第1255页。

有主调、主旋律；绘画要主宾分明，即使小到点滴，两点必分一大一小。建筑群落，大到主体建筑是主，依次错落有致的建筑是宾；中轴线是主线，两边依次递减……但小说是叙事结构所体现的主宾范畴，就不仅仅局限在上述意义上了。

  以社会生活为内容的"主—宾"叙事结构形态的设计，一个重要的特点，时空结构的改变便为精神文明空间的改变，意味着人与人之间关系的某种格局化。正是这种人际关系巨大的落差的对比，自然形成了小说"主—宾"叙事结构的形态。以晴雯为例，她被撵出大观园，只能依存在唯一的亲戚、靠伺候园中买办杂差的姑舅哥哥处。宝玉偷着去他家看晴雯时，"一眼就看见晴雯睡在一领芦席上"。宝玉含泪轻轻唤她，才"强展双眸，一见是宝玉，又惊又喜，又悲又痛，一把死攥住他的手，哽咽了半日"。她想喝口水，说："且把那茶倒半碗我喝。渴了半日，叫半个人也叫不着。""宝玉听说，心拭泪问：'茶在那里？'晴雯道：'在炉台上。'宝玉看时，虽有个黑煤乌嘴的吊子，也不像个茶壶。只得桌上去拿一个碗，未到手内，先闻得油膻之气。宝玉只得拿了来，洗了两次，复用自己的绢子拭了，闻了闻，还有些气味，没奈何，提起壶来斟了半碗。只见晴雯如得了甘露一般，一气都灌下去了。"可见生活在社会底层的穷苦。而自小在温柔富贵之家长大的晴雯，身患重病，四五日水不曾沾牙，又遭到如此精神打击，其命运可想而知了。更令人不堪忍受的是她嫂子"多姑娘"，打扮得妖妖道道，招惹男人，风流下作。她见了宝玉，"便一手拉了宝玉进里间来，笑道：'你要不叫我嚷，这也容易。你只是依我一件事。'说着，便自己坐在炕沿上，把宝玉拉在怀中，紧紧的将两条腿夹住"。吓得宝玉死往外拽，乘有人来，借机跑了。

  这些笔墨叙述，与贾府完全是另外一个世界，是政治、经济、风俗等一体化在社会底层的折射，是这一具体生活环境人际关系的具体体现。正是这一切成为小说叙事格局的内在依据。如果说"晴雯一事，前文不过带叙"，只是点拨晴雯的个性而已，那么"此却竭力发挥"的文字，则是晴雯的生活的巨大遭遇和命运的结局。一个重要人物的性格与生活遭遇相撞击，是毁灭还是再生，必然会爆发出重要的叙事篇章。因此说：叙事结构章法的安排，无论是"开—合"这一范畴,还是"主—宾"范畴,除却小说家对时空的控制,表现在一定的叙事形式之中,体现叙事主体的主观情感和对历史现实的注解而外,它还更深深地受叙事客体本身的社会人际关系所形成的格局化的制约。

3. 第六十五回〔戚序回前总批〕:

> 文有双管齐下法,此文是也。事在宁府,却把凤姐之尖毅刻薄、平儿之任侠直鲠、李纨之号菩萨、探春之号玫瑰、林姑娘之怕倒、薛姑娘之怕化,一时齐现,是何等妙文。①

脂批这里的"双管齐下法",谈的也是叙事结构的安排和设置,即章法。这一回四分之三的篇幅都是热热闹闹的叙事,一会是贾琏偷娶尤二姐;贾珍欲将尤氏姐妹作粉头玩弄,遭到尤三姐的一顿抢白。一会又是贾琏欲嫁出尤三姐,尤三姐吐露思嫁柳湘莲,故事迭起。突然笔锋一转,有四分之一的文字是对贾琏的心腹小厮兴儿的大段介绍。兴儿乘着酒兴在"新奶奶"尤二姐面前大胆地概括了凤姐的"心里歹毒,口里尖快"的特点,什么"嘴甜心苦,两面三刀;上头是一脸笑,脚下使绊子;明是一盆火,暗是一把刀"。她的婆婆邢夫人恨她"雀儿拣着旺处飞",贾琏和她一块靠在荣府。"如今合家大小,除了老太太、太太两个人,没有不恨他的。"

这两部分文字一是写宁府,一是写荣府,即"双管齐下"法,其实是叙事视角的转移,借兴儿的眼睛里看到的讲述出来,组接两个完全不同的叙事空间,形成了这样截然不同的叙事格局。写宁府是动态的描写,写荣府是静态的叙述。以动为主,以静为辅,动静统一,相辅相成。这也是"开—合"中国古典小说"章法"的最基本形态的表现,不过其更典型的是一包含二、二合归一。正如太极图所标示,在阳中最发达的位置存在阴的核;同样,在阴中也存阳的核,相互搏击,相互吸纳,互为需要,生机盎然地生成流传。

---

① 吴铭恩:《红楼梦脂评汇校本》,第1045页。

如果我们仔细地将此回与后面第六十七回"闻秘事凤姐讯家童"联系起来，便看出第六十回"双管齐下"是开，而六十七回则是合。依旧是"开—合"的结构形态，只不过"开—合"表现在几个连续的章回之中罢了。

上述谈了五个问题，从几个方面分析了脂评的叙事思想。若进一步归纳到思维方法上，叙事时空结构的交互，是"实—虚"的范畴；叙事结构的稳态和变态，是"常—变"的范畴；叙事结构的正笔与衬笔，是"密—疏"的范围，至于叙事结构的"章法"，更是讲的艺术范畴的问题。"这就触及中国叙事中一个基本原理：对立者可以共构，互殊者可以相通，那么在此类对立相，或殊相的核心，必然存在某种互相维系、互相融合的东西，或者借用一个外来语，存在着某种'张力场'。这就是中国所谓'致中和'的审美追求和哲学境界。内中和而外两极，这是中国众多叙事原则的深处的潜原则。无中和，两极就会外露和崩裂；无两极，中和就会凝固和沉落，中和与两极，二者也是对立统一的，它以两极对立为动力，以中和使审美动力学形成一个完整的境界。"①

脂评与杨义先生阐释的这一原则，或明或隐，或深或浅地有许多相通之处，可见脂评虽直观、零碎，但其精华却表现了中华传统的思维特征，特别是脂评诸人与曹雪芹有着亲密的关系，言语间把社会、历史、心理因素溶进了对《红楼梦》叙事艺术的认识里，更具有民族文化漫长发展和积淀的思维特色。

原载《红楼梦学刊》2001年第一辑

---

①杨义：《中国叙事学》，人民出版社1997年版，第21页。

半个世纪中关于《红楼梦》叙事结构研究的理性思考

《红楼梦》的叙事结构作为小说艺术形态的建构手段和最终凝固形式，是我们探寻《红楼梦》文本无穷艺术魅力的重要途径，也是红学界长期以来探讨和争论的重大理论课题。尽管至今也没有取得较为一致又令人信服的说法，但学者们真诚的努力和不懈的追求，为后来者的探寻铺垫了一层层理论的台阶，无论是积淀的合理的意蕴，还是定型或蹩脚的思维方式，都值得我们重新审视，进行深入的理性思考。

半个世纪以来，红学界关于《红楼梦》叙事结构的理论探讨，相对"新红学"远离文本的研究来说是一个历史的进步，客观上为建构中国小说叙事学做了理论准备。它的每一个论点的出现，都与同时期学术界的理论主导和论者个人的学养是直接相关的，因此，回顾每一个学说的形成，其意义并不在评析其深浅高低，重要的是启迪我们的思维方式，转换研究视角，从而使对《红楼梦》叙事结构模式的认识能够深化，对中国古典小说叙事结构的基本方式的把握成为可能。

对于这一理论课题形成的种种说法，按其理性内涵的不同，大致可以归为几种类型：

一、各种主线论

当红学研究最初把视野聚焦在《红楼梦》叙事结构上的时候，其破璞见玉的功力都倾注在"《红楼梦》的主线是什么?"这是论及《红楼梦》艺术结构时争论最多的一个问题。尽管多数人主张用一条主线,多条副线涵盖之,但具体到每一位学者所概括的内涵又不尽相同。大体有如下几种代表性的说法:

(一)持宝、黛爱情为主线的学者较多。最早提出此说的是何其芳先生,他认为:"贾宝玉和林黛玉的爱情悲剧是《红楼梦》里面的中心故事,是贯穿全书的主要线索。"① 后又有蒋和森先生详细阐释。他说:"《红楼梦》在艺术上是采取的多线结构。它以贾宝玉作为全书的主人公(此书原名《石头记》即据此而来),并以主人公的爱情婚姻悲剧作为全书的主要情节故事。当然,整个小说并不是仅仅沿着这条线索发展,还描写了以贾府为代表的封建四大家族的衰亡过程,其中又集中描写荣国府。不妨说,这也是贯穿全书的一条'线索'。它与前一条线索互相穿插地交织在《红楼梦》里。"②

(二)持四大家族衰败过程为主线的学者也较多。洪广思在《阶级斗争的形象历史》一书中最早提出此说,后又有学者进一步论证。如:曾扬华认为,"从《红楼梦》全书所反映的内容来看,足以担当得起这副担子、成为全书主线的,就只有贾府由盛到衰的过程,因为只有这个过程才能容纳得了书中已写的一切人物和事件。由于这是主线,还是一条很粗大的主线,其中就不免融汇了一些具体事物的发展过程,它们本身也各自可成大小长短不等的线"③。

(三)持两条主线说者则是上述观点的合二而一,力图涵盖面更大一些。他们认为一条主线是宝、黛的恋爱,另一条主线是贾府的盛衰。此说发端于北京大学中文系55级学生编写的《中国文学史》,后又有学者持此说,如王启忠说:"《红楼梦》中的家庭衰亡和爱情与婚姻悲剧两大主线便是全书的中心事件。"④

(四)持贾政与宝玉的卫道与叛逆的矛盾和冲突为主线的,代表学者则有

---

① 何其芳:《论"红楼梦"》,《红学三十年论文选编》,百花文艺出版社1983年版,第589页。
② 蒋和森:《〈红楼梦〉的艺术特色和成就》,《红楼梦新论》,黑龙江人民出版社1982年版,第6页。
③ 曾扬华:《〈红楼梦〉艺术结构试探》,《红楼梦新论》,第80页。
④ 王启忠:《试论〈红楼梦〉的艺术结构》,《红楼梦新论》,第94页。

马国权、张锦池等先生。马国权在《〈红楼梦〉的情节主线是什么》一文中明确指出:"通过以贾府为代表的四大家族的衰亡史,批判处于'运终数尽,不可挽回''末世'的封建贵族社会,并宣判它的必然死亡,是曹雪芹在《红楼梦》里所要表达的重大历史主题。而表现在贾政和宝玉父子间的卫道与叛逆的激烈冲突,则是曹雪芹为了表现这个重大的历史主题而构思的庞大艺术结构中的情节主线。""宝、黛爱情只是《红楼梦》里从属于主线的另一条重要副线,因为全书的四个矛盾冲突高潮有三个与其无关,而唯一有关的高潮'黛玉之死',主要还不是由于爱情,而是由于卫道者与叛逆者在宝玉的人生道路上的斗争形势决定的。"①

(五)第五种主线说是何宁在20世纪80年代初提出的,他说:"我认为以王熙凤为主人公,通过王熙凤在管理荣国府过程中和赵姨娘、邢夫人、贾琏的三组矛盾,使王熙凤由威重令行到心劳日拙到积劳以死,从而表现了这个家族的衰败,这才是《红楼梦》的主线。"②

上述"各种主线"论尽管内涵各不相同,但作为一种叙事方式的表述,都有其叙事的根据,这就是在对文本解读过程中,不管主张哪条线索,都力图寻求描画出情节发展的轨迹。在这个意义上讲,他们解读的思维方式是一致的,立足于线性情节结构的分析上。这种思维方式是有其历史文化意识积淀的渊源的。

首先是中外古典作品在发展形态上都是故事型的范式,那些杰出的作家无不在对故事层的设计和安排上呕心沥血,独出心意,但是遵循线性情节结构基本轨道,这是因为文化的积淀和审美的发展都遵循着人类认识实践的规律。因此美国学者浦安迪在研究中国叙事学时,发现"中国的历史叙事文究竟是用何种具体方法,来选成所需要的外形呢?这个问题可以从两方面看,一方面它把人生的经验截成一个个小段,另一方面又把一段段单元性的人生经验组合连贯起来,营造出经验流的感觉。在这一过程中,'史事'是截段的标准。也就是说,中国的史文籍'事'来划定整篇叙事文从哪一点开始,经

---

①马国权:《〈红楼梦〉的情节主线是什么》,《红楼梦新论》,第321页。
②何宁:《论〈红楼梦〉的主线》,《红楼梦学刊》1983年第四辑。

过怎样几个阶段，到哪里终止。我们之所以视历史为叙事文的典范，是因为史书有同其他虚构文学一样的一系列定型的惯用的叙事单元。人们把'事'作为中国叙事文学的分段标准，其实与西方以史诗为代表的叙事文学惯用的topos分段方法是一脉相承的"①。而在古典文学作品的基石上发展起来的西方文艺理论探讨情节的论述，从古希腊时期的亚里士多德、18世纪的狄德罗到19世纪的黑格尔，虽说不断地丰富和发展小说的情节理论，但始终都是围绕情节的基本内容，即时代、情境和性格。马克思、恩格斯将它发展到经典的地步，提出了"典型环境中的典型性格"这一不朽的命题。西方文艺理论和马列文论传播到中国，特别是中华人民共和国成立后成为主宰中国批评界的主要理论武器之一。我国文坛上大多数文艺理论和古典文学研究者是生活在这样的文化背景下，他们自觉或不自觉地形成一种文化心理定式，总是以线性情节结构这一审美方式去解读文学作品。这是一方面原因。

其次，《红楼梦》之前的中国古典小说，尽管结构模式众态纷呈，各有特色，但都遵循着一个共同的规律：即以某个具体人物或具体事件为中心线索来结构全书，有的是复线，有的是单线。以几部名著为例，《三国演义》可称为"块状结构"，它是以三国的形成、发展、瓦解到归晋这样一条历史进程的线索贯穿，又以蜀汉为中心，交叉展示了三国风云际会的历史人物和波澜壮阔的军事战争。《水浒传》的艺术结构特征可喻之为"链环结构"，它是依靠一个个英雄好汉被逼上梁山的人物小传，互相咬合，前后衔接而串联在一起的，最后聚义梁山，形成农民军的集体斗争和战争。《西游记》的艺术结构特征可喻之为"竹节结构"，它是以孙悟空大闹天宫为起点，唐僧师徒四人西行取经，一个行程又一个行程，一个事件又一个事件，经历了九九八十一难，包含了七七四十九个故事，逐一向前延伸展开的。《金瓶梅》的艺术结构比之前的名著有了新的特色，但其仍旧是以西门庆一家的兴衰为中心线索，进而展示了风月场、商场、官场的腐烂侈靡，几乎是编年体。这些名著的情节结构，总之都是线性结构，都遵循着共同的叙事方式，以主要人物或主要事件

---

① 浦安迪：《中国叙事学》，北京大学出版社1996年版，第60页。

为线索，挽结了大大小小的故事单元，创建属于自己的艺术框架。从文学理论到文学作品都毫无例外地携带着文化心理结构的积淀，长时期影响着几代人的文学批评意识，由此观之，我们就不难理解为什么那么多学者围绕"《红楼梦》的主线是什么"这一题目孜孜以求，反复论证，这既有其时代理论根据，又离不开个人文化心理的积淀和思维定式。

再次，当我们回到"各种主线"论本身来重新审视，线性结构说主要还是停留在表层结构的解读上，即人物和事件在时空顺序的构架上。没有能深入到内在的非时间的思维模式结构中，从《红楼梦》潜在思维状态来透视出文本构成体制的规范和奥秘。虽说对深层叙述结构未能揭示，但毕竟已经进入了《红楼梦》的文本形态上了。比之那些连文本的表层结构都不顾，一味地索隐，牵强附会，走入神秘怪圈的新、旧索隐派，该是巨大的进步。所以，目前的问题是，在定势心理扬弃的过程中，突破原有的文学观念和思维方法。

二、网状结构论

《红楼梦》叙事结构是以复杂的形态组合的多种叙事成分和叙事单元，因而解读之难是可以想象的。就是在许多学者主张"各种主线"论的时候，也没有停止探寻的目光。蒋和森先生一边主张"主线论"，可一边又感到言犹未尽，还在补充、修正、完善自己的说法："除了以上所说的以外，《红楼梦》还交织着其他许多各有起讫、自成一面，但又无不和整体交相联系的人物和事件。如甄士隐的穷衰潦落，尤三姐的爱情悲剧，贾雨村的宦海浮沉，等等，等等。曹雪芹就是把这许多千头万绪的生活场面一齐抓在手里，然后此起彼伏而又主次分明地展现了一幅气象万千、风态多姿的封建社会的历史生活图卷。"[①]

早在这之前的1956年，李希凡、蓝翎先生就在主线、副线说的基础上，指出了"网状"的特征。"《红楼梦》的故事情节有两条线索。一条主线是贾

[①] 蒋和森：《〈红楼梦〉的艺术特色和成就》，《红楼梦新论》，第6页。

宝玉和林黛玉的叛逆的性格和爱情婚姻以及生活命运的悲剧,一条副线是他们所生活的这个封建家族的日趋崩溃瓦解的形形色色。这两条故事线索错综地交织起来,相互辉映地展开着,而副线又决定着主线的发展和结局,构成主线的背景,越是要挖掘叛逆者失败悲剧的社会原因,就越要广泛地揭露封建贵族阶级的残酷和腐朽。于是,由这两条大的骨干织成的《红楼梦》的结构,像一幅庞大的网延伸开去,在广阔的社会生活的场景上勾勒出鲜丽的画图。"尽管作了这样的论述,但他们依旧觉得难以尽美,文章的结尾又强调:"所谓艺术结构,绝不是简单地等于作品部分的划分和排列顺序,也不是依靠故事线条的多寡而形式主义地分成'单线式'、'双线式'、'复合式',持着这样的规格分析《红楼梦》的艺术结构,必然会得出驴唇不对马嘴的结论,甚至直接损害了《红楼梦》的内容。"[①]

学者们对主线、副线说解释《红楼梦》叙事结构不能自圆其说的认识,愈来愈鲜明。到了20世纪80年代主张"网状结构"的学者越来越多,如薛瑞生指出:"《红楼梦》中所反映的社会矛盾错综复杂,故事线索千头万绪,绝不是这一主一副两条线索所能完全总揽的。但是,不管多么复杂与纷乱,却都或直接或间接地与这两条线索发生联系(指宝、黛为主线,以四大家族尤其是贾府的盛衰为副线——笔者注)。这就由许多大的网眼再生发出许多小的网眼,人物的'悲欢离合',四大家族的'兴衰际遇',就在这大大小小的网眼中透露出了个中消息。"[②] 他并在此文中提出"织锦"式网状艺术结构新说。这种网状结构有什么特点,他概括了三点:其一"是用结构主线结成结构网眼,开展情节"。其二"是始终以人物性格为出发点,去组织生活和安排情节"。其三"就是前呼后应,击首动尾"。

"网状结构"论是在"各种主线论"基础上形成的认识,这是不言而喻的。在这个意义上讲,它反映了整整一代红学家对此孜孜以求的理论探寻。对我们的启示有三:

第一,既不割断《红楼梦》的叙事结构同中国古典小说叙事结构的血缘

[①] 李希凡、蓝翎:《红楼梦评论集》,人民文学出版社1973年版,第267、278页。
[②] 薛瑞生:《红楼采珠》,百花文艺出版社1986年版,第39页。

联系，又力求描画出它的创新之所在。因为，任何事物都存在于发展的链条之中，它的身上永远都继承着传统，又开辟着未来，是传统与未来整合的产物。唯有如此，才有进步，才有发展。鲁迅先生凭借着自己的艺术感悟力，说："总之自有《红楼梦》出来以后，传统的思想和写法都打破了。"① 遗憾的是他没有展开阐释，但我们可以意会到："打破"是不墨守成规、因循守旧，是主动冲破中国古典小说传统的束缚，但并不意味着它与传统的决裂。相反，更重要的则是如何认识创新。所谓创新，究其实质，都是在传统的那个自身系统扬弃保守的因素而以变革的因素代之，这变革的内容同仍然存在着有价值的而且保持民族文化基因的稳固因素形成整合，形成一种变化了的传统，也就是创新。它永远处于变革因素与稳定因素不断的扬弃，又不断地整合之中，因此，鲁迅先生讲的"打破"只是说了变革的一面，而没有讲到整合后的创新是什么的另一面。我们之所以强调这一点，是因为众多学者从"各种主线论"进而提出"网状结构"，是符合对传统中稳定的因素和变革的因素是相统一的认识。这是我们认识问题的一个基本点，否则，我们很难在中国小说叙事学中给《红楼梦》的叙事结构找到一个准确的定位。

第二，在形成"网状结构"的前前后后论述中，几乎所有的学者都喜欢用一个动态性的词汇描述《红楼梦》叙事结构的特征，不要小看这一字眼的使用。正是结构的动态性将导致我们认识的深化。李希凡先生比喻"《红楼梦》的结构，像一幅庞大的网延伸开去"；刘梦溪先生比喻"仿佛无数条蜿蜒的细流织成的巨大河网，纵横交错，百面贯通"。这种不经意从作者笔端流淌出的字眼，正好反射出他们已经意识到了《红楼梦》叙事结构的生命形态。也就是说它不单是一个表层结构，在其之内，或之间，或之外还蕴藏着一个意识世界，一个思维世界。不管是小说中的人物形象，还是作者，对人生、社会以及艺术的理解，不受时空的限制，像生命的河在流淌着，永远让人感到有说不尽的话题。如果"网状结构"比之"各种主线"论更有价值的话，不在于描述其结构是如何组合的，而在于它已经逼近揭示结构的有限的时空

---

① 鲁迅：《鲁迅全集》第9卷，人民文学出版社1987年版，第338页。

形式与无限的意识世界相结合的生命过程和生命形态。

第三,"网状结构"的提法很富有中国古代文论概念的意象特色。这一概念从一产生,在思辨分析和阐释方法上就以艺术思维方式审视、领悟和体验文本对象,从而使这种理论观照具有一定的直观性、具象性和虚涵性。但它毕竟不是一个科学的概念,其内涵和外延都缺乏一定的理论规范。虽然论者都从时空线索建构的框架模式进行了描绘,但"生活的网眼"到底指的是什么,按照我们对情节或细节的传统理解,很难清晰而准确地进行理性的把握。胡文彬先生说:"红学研究方法问题没有引起足够的重视和研究,习惯于熟悉的老一套的方法,对新方法的学习、引进和运用缺乏热情。……红学研究的发展历史证明,新红学派之所以能够取代旧红学派的索隐派、评点派……其中重要的原因之一,就是新红学派所运用的研究方法比旧红学派的方法更进步、更科学些。"① 这话说得很有见地,按照当代叙事学理论重新审视,所谓"生活的网眼",从外延上来讲,它是小说叙事时空结构的交叉点,也称为"时空结",指时间与空间相互交叉的那个区域。苏联文艺理论家米·巴赫金说:"我们研究长篇小说的时空关系的意义何在?首先,很明显的是它们的情节意义。它们是小说主要情节事件的有机中心。在时空关系中情节的枢纽被编织和解开。简直可以说,基本情节组成意义就属于这些枢纽。""时空关系,作为空间的主要的时间物化对于全部小说来说是描绘具体化和体现的中心。小说全部的抽象因素——哲学和社会的概括、思想、因果分析,等等——趋向时空关系并通过它获得丰满的血肉,获得艺术形象性。时空关系的造型意义正是如此。"② 上述的话,从范围上来讲,规定"生活的网眼"的外延是适合的,但其内涵是指时空交叉点的情节的哪一个层面,未能一语中的。

法国叙事学代表人物巴尔特认为,情节最小的叙事单位是功能,并将其分为四种类型:核心功能、催化功能、标志功能和信息功能。笔者认为:"生活的网眼"应和核心功能对应。因为它不仅是故事情节中最基本的单位,而

---

① 胡文彬:《红楼放眼录》,华艺出版社1995年版,第203页。
② 米·巴赫金:《时间的形成与长荒小说中的时空关系·结论》,吕同六主编:《20世纪世界小说理论经典》下册,华夏出版社1996年版,第185页。

且在情节结构中具有选择作用,能够导引情节向规定的方向发展。而催化功能只起着附属作用,修饰和扩展核心功能。举一例说明:

"抄检大观园"是《红楼梦》叙事结构中一个完整的故事情节单元,它是由拾捡、发难、责询、抄检四个序列组成的,而每一个序列又覆盖着一小群功能。"拾捡"序列有两个功能。一个是14岁的傻大姐在大观园山石背后捉蟋蟀,"忽见一个五彩绣香囊,上面绣的并非花鸟等物,一面却是两个人赤条条的相抱,一面是几个字"。傻大姐不认得这是什么东西,"心下打量:敢是两个妖精打架?不就是两个人打架呢?"于是递给了邢夫人。另一个是邢夫人借绣香囊这张"牌",存心向荣国府掌握家政大权的王夫人、凤姐姑侄俩发难。如果能抓住凤姐的把柄最好,若不能,至少也落个王夫人"治家无方"的不是。于是派自己的陪房王善保家的送绣香囊给王夫人,看她如何处置。后一个功能虽只有一两句话,但却是核心功能。它已紧紧扣在了贾府长期形成的房族两派之争上,一派是以王夫人为首,凤姐操纵,后面有贾母和王夫人的胞妹薛姨妈的支持,代表了"四大家族"的利益;另一派是邢夫人、赵姨娘、尤氏等人。而正是这一切都是在表层结构蕴藏的深层思维世界之中,即不同角色的心理世界的张力所形成的冲击波,使人意会到了贾府内部你死我活的斗争情感,情绪的弥漫、聚合,终于导致一场风波。其功能直指即将被抄检的空间范围——大观园。在整个情节中不仅具有重大的抉择作用,能够规定情节的发展方向,而且挽结了一批加入房族派系斗争之中的人物,以各自不同的身份、不同的性格和不同的心理"亮相"。核心功能在叙事结构中的地位与我们一般形象的说法"生活的网眼"很类同。当然核心功能的长度有长有短,有大有小,艺术的容量是不同的,但其作用和意义是相同的。由无数"生活的网眼"所构成的"网状结构"已经逼近了深层思维结构的揭示,然而它却是直观的,没能上升到理性的规范和论述。尽管如此,"网状结构"一说对《红楼梦》的叙事结构的揭示还是很有价值的。

三、对称结构

1989年周汝昌先生在《红楼梦与中华文化》一书中提出"红学的重要一

环：结构学",其中侧重是讲"对称结构"问题。摘其要点：

其一,整体结构的对称,"一百零八回书,恰似'中缝'为分水岭——第五十四与五十五之间为一大界断,前后各为六个九回,成为两'扇',前扇写'盛'写'聚'写'欢'写'荣',后扇写'衰'写'散'写'悲'写'辱',构成一个完整精严的大对称法"①。

其二,"一部《石头记》,一共写了三次过元宵节、三次过中秋节的正面特写的场面。这六节,构成全书的重大关目,也构成了一个奇特的大对称法"②。

其三,运用数字的序列讲求结构的对称。周先生说:"十二的作用最明显,'金陵十二钗'的书名是最著称的了,书中还处处点'十二',例不胜举。比如,大观园中,十二处馆苑榭,十二个大丫鬟,十二个小优伶。冷香丸的配方药味剂量,无一不是十二为数。秦可卿出殡时的富贵王孙隐着十二支生肖。周瑞家送的宫花是十二支。连女娲炼的大石也是方径二十四丈,高径十二丈。所以无待烦辞,大家都会承认'十二'乃是《石头记》中的一个基数。"③

将《红楼梦》对称结构研究推向极致的,还有王国华的《太极红楼梦》,其核心是阐释"《红楼梦》结构的太极之道,是它的两大部、六段落、十二节及九五成章的规律与《易》之两仪、四象、八卦和六十四卦结构法则的吻合性"④。这种研究不排除自有其合理的因素,但如果强调到了"《红楼梦》就是对称结构的艺术,认为对称结构比什么都重要,对称结构就是一切,不懂这个就等于没有研究《红楼梦》"⑤,也就太绝对了。我们这里不臧否其功过,但其研究方向和思维方式却值得注意。

第一,中国古代思维方式的双构性。从"对称结构"的提出到"太极红楼梦"说,很鲜明地表现出中国古代"阴阳之道"的思维特色。产生于殷周

---

①周汝昌、周伦苓:《红楼梦与中华文化》,工人出版社1989年版,第195页。
②周汝昌、周伦苓:《红楼梦与中华文化》,第185页。
③周汝昌、周伦苓:《红楼梦与中华文化》,第193页。
④王国华:《太极红楼梦》,中国国际广播出版社1994年版,第5页。
⑤王国华:《太极红楼梦》,第1页。

之际的《易经》就已经用许多矛盾对立的词语反映人们对事物的认识，如吉—凶，福—祸，大—小，出—入，往—来，进—退，上—下，得—失，生—死，外—内，泰—否，益—损……并由此总结出一个深刻的命题——"一阴一阳之谓道"。而且中国古代这种思维方式的双构性，不仅成为解释世上一切的辩证思维，甚或成为社会行为方式的理论依据。

对称美在文学艺术中的应用是中国古代思维方式的双构性的体现。对偶句的使用可以上溯到《诗经》《论语》，骈文、律诗的兴起，以至于在明清小说戏剧中广泛应用。在这种文化背景下，无论是创作者还是研究者，都十分重视结构中的对称美。曹雪芹创作《红楼梦》是自觉地构建对称结构是自然之理，研究者解读时发现《红楼梦》中存在的对称结构也是自然之理，但二者有时是相合，有时却不尽一致。小说文本解读过程是一个开放性的结构，研究者并不满足于小说文本叙述的一个虚构的故事，而是依据自己的审美思维定式去努力寻找文本中的空白、矛盾，以致神秘的地方，建构文本的深层结构模式，发现文本意义的多重性。这对任何一个研究者来说都是正常的。正如脂砚斋在第七十回文前一条总批（《戚序本》）所云：

> 文与雪天联诗篇一样机轴，两样笔墨。前文以联句起，以灯谜结，以作画为中间横风吹断，此文以填词起，以风筝结，以写字为中间横风吹断，是一样机轴。前文叙联句详，此文叙填词略，是两样笔墨。前文之叙作画略，此文叙写字详，是两样笔墨。前文叙灯谜；叙猜灯谜；此文叙风筝，叙放风筝，是一样机轴。前文叙七律在联句后，此文叙古歌在填词前，是两样笔墨。前文赋黛玉替宝玉写诗，此文叙宝玉替探春续词，是一样机轴。前文赋诗后有一首诗，此文填词前有一首词，是两样笔墨。噫！参伍其变，错综其数，此固难为粗心者道也。①

这段脂评解读《红楼梦》时，是自己的审美见解，还是曹雪芹创作时的

---

① 朱一玄：《红楼梦脂评校录》，齐鲁书社1986年版，第523页。

意图，尚不可得知。但因这一条脂评，便将其推广到《红楼梦》整部书中作为一种原理或公式去套，必然会跨过界线而偏离真理越走越远。

第二，运用数字的序列结构情节，体现叙事结构的简约性、对称性和递进性，是中国古典小说的民族特色。从任何一部古典小说都可以找出一大堆数字对称的现象，其中有的是民族文化心理的折光，小说的表层结构是由各个部分、各个层次、各个序列联系起来的整体，因而形成结构的关系的连接和设置这样一个美学原则，位置的不同，关系的不同，必然导致产生的意义也不同。结构的美学含义在于"关系"对"意义"的生成作用，而关系的设置又是一个形式问题。运用数字序列恰当地表现叙事结构内部各部分、各层次、各序列之间的关系，不仅简约，具有高度的概括力，而且凝练和浓缩，充分显示了运用数字结构故事情节这一艺术手段的优长。"以三为法"便是这样典型的表现手段，但这并不意味着所有运用数字的地方都具有这种民族文化的内涵和艺术表现的效应。周汝昌先生罗列的"冷香丸的配方药味剂量，无一不是十二为数，秦可卿出殡时的富贵王孙隐着十二生肖"，便是没有太多"意味"的数字。

第三，无论是西方结构主义，还是中国明清小说评点家都十分重视叙事结构的根据。西方结构主义探寻小说文本内部结构的根据是对其各要素及各要素之间的相互关系的准确把握。而中国明清小说评点家运用的话语与此不同，但也十分重视结构内部要素的排列和组合的严谨和统一。金圣叹曾说过："如一篇之势，前引后牵，一句之力，下推上挽，后首之发龙处，即是前首之结穴处，上文之纳流处，即是下文之兴波处。东穿西透，左顾右盼，究竟支分流别，而不离乎宗。非但逐道分拆不开，亦且逐语移置不得，惟达故极神变，亦惟达故极严整也。"[①] 这就说明结构关系的连接和组合，形成结构内部的运动，是小说创作的一种审美规律。一旦这一规律被破坏，其作品不是残缺不全，便是支离破碎。从这个意义上讲，王国华努力寻找《红楼梦》对称结构的动机是好的，但运用《易经》的方法去重新组合则是不可取的。

---

① 金圣叹：《金圣叹文集》，巴蜀出版社1997年版，第220页。

简言之,"对称结构"尽管对小说文本的表层结构做出了属于自己的表述,并且有一定的启发意义,但究其实质仍旧在表层结构上探求,未能深入到系统的深层结构之中。相对"网状结构"这种直观的意象的整体性的探求,离合理的内核距离更大。

上面勾勒了半个世纪关于《红楼梦》叙事结构研究的概况,并做了一些理性的思考。也许有人会认为你是否要做出结论性答案呢?回答是否定的。我只想在理性思考之中,启迪大家是否转换思维方式,认真地总结红学的研究方法,什么是有价值的东西,什么是无价值的东西,少设立一些大而空的这个"学",那个"学",多研究一些文学范畴的艺术规律,实事求是地分析问题。使《红楼梦》文本的生命形态鲜活地被解读出来,建树新世纪红学研究的里程碑。

原载《红楼梦学刊》1999年第二辑

《红楼梦》文本研究

《红楼梦》回目程乙本优于程甲本和脂评本

回目对于研究《红楼梦》文本的重要性早已经引起当代学者的重视,刘世德先生《红楼梦眉本研究》《红楼梦舒本研究》等专著中,分别设有专章《从回目看眉本》《从回目看舒本》,来探讨《红楼梦》版本的演化。最近刘上生先生推出专著《探骊:从写情回目解味红楼梦》。为什么中国长篇章回小说的回目如此受到学者的青睐,这既是小说文论探讨的课题,也是本文《红楼梦》不同版本回目比对的话题。

回目是中国古代长篇小说的章回之目,《红楼梦》的长篇叙事结构是由叙事单元构成的生命有机体,依据其艺术生命流程的阶段性,一部长篇著作可以划分成诸多的章回。因此,章回结构的整体性、叙事肌理和典型细节往往是作者提炼和凝缩回目文字的叙事根据,"以一目尽传精神"。可以说回目是中国长篇章回小说叙事内容最集中最典型最凝缩的涵盖,所以回目虽然只是几个词语,但因其是整个章回中最有意蕴的一点,由此能够透视出深刻性和整体性的因素。所以,作者往往倾力对回目反复推敲,斟酌选定最佳词语,这正是造成《红楼梦》诸抄本、刻本、印本回目不同的原因。由此通过比对《红楼梦》成书过程不同抄本、刻本回目之间的差异,从叙事内容和修辞效果,可以基本判断不同抄本、刻本回目的差异。

《红楼梦》版本存在两个系统,即120回版本系统的程甲本、程乙本、梦稿本;而外是80回脂评本系统,即甲戌本、己卯本、庚辰本、戚序本、舒序本、苏联列藏本、眉盦本、甲辰本。蒙古王府本虽有120回的回目,但只有80回的内容,有些学者认为蒙古王府本是一种混合本,它的前80回的回目是脂评本，后40回的回目是程高本。因此，把它划为80回脂评本系统。而且80回脂评本系统版本各自残存的章回数量也不尽相同，不能形成章回回目一一对应的关系，所以只能对现存的同一章回的回目进行比对。《红楼梦》120回系统的前80回与80回脂评本系统的回目比对后，两个系统所有抄本、刻本完全相同的回目，即相同点。当然，相同的回目中有个别的字眼出现笔误，在此忽略不计。不同的回目，即异同点。后者是本文讨论的内容，将对异同点逐一辨析。

《红楼梦》抄本、刻本回目的异同点。主要表现为：

首先是回目与本章回叙事内容的切合程度，也就是一个回目对本章回叙事内容的提炼、概括、凝缩得是否准确。这是最基本的，就一个章回来说，这是从整体上的考量。

其次，一个回目的修辞形式对表达本章回的叙事内容的审美效果是否尽善尽美。虽然是一个字或者一个词，属于局部的斟酌、修饰，也是以小见大的事情。

第三，章回与章回的回目之间的内在联系、转换，是否能够得到体现。

上面三方面可以说是判断《红楼梦》抄本、刻本的哪些回目是最优的叙事根据，也是具体的方法。

一、《红楼梦》120回回目最佳版本是程乙本

《红楼梦》120回系统之间回目的比对，筛选出的异同点出现两种现象，一部分是程甲本、程乙本、梦稿本独有的回目的异同点。另一部分是梦稿本和其他脂评本相同的回目而与程高本相异。凡后者这样的回目都放在和其他脂评本一起比对，这里只比对程乙本、程甲本、梦稿本独有的回目的异同。

下面具体比对程乙本、程甲本、梦稿本回目的差异。

（一）第七回

程乙本：送宫花贾琏戏凤姐　晏宁府宝玉会秦钟

程甲本：送宫花贾琏戏凤姐　宁国府宝玉会秦钟

回目是对偶句，基本原则就是对仗。程乙本对程甲本回目下联的一个字做了修改，将"宁国府"改为"晏宁府"。原因是"宁国府"与上联"送宫花"不对仗，改一个动词"晏"与"送"就般配了。上联是"送宫花"，下联是"晏宁府"，修辞工对。

（二）第十四回

程乙本：林如海灵返苏州郡　贾宝玉路谒北静王

程甲本：林如海捐馆扬州城　贾宝玉路谒北静王

第十四回甲戌本、己卯本、庚辰本、梦稿本、蒙古王府本、戚序本、舒序本、苏联列藏本、甲辰本回目都和程甲本回目相同，"林如海捐馆扬州城"。那么，这些版本的回目为什么都不如程乙本的回目"林如海灵返苏州郡"呢？通俗易懂是中国古典小说的一大特征，所有小说的元素都要体现这一原则，当然，回目亦然。"捐馆"，文言词，死的讳语。如《战国策·赵策二》："今奉阳君捐馆舍。"这个文言词远不如"灵返"通俗易懂。

（三）第三十一回

程乙本：撕扇子作千金一笑　因麒麟伏白首双星

梦稿本：撕扇子公子追欢笑　拾麒麟侍儿论阴阳

程乙本、程甲本、甲戌本、己卯本、庚辰本、蒙古王府本、戚序本、舒序本、苏联列藏本、眉盦本的回目上联"撕扇子作千金一笑"，只有梦稿本回目上联"撕扇子公子追欢笑"，相比之下，后者叙事主体错位。因为"撕扇子"主体行为是晴雯，她的所作所为带有和宝玉赌气的性质，其任性、娇憨，一旦宝玉服软，凭她撒气，宝玉是被动的，晴雯很得意。所以说"撕扇子作千金一笑"，而不是"撕扇子公子追欢笑"，可见梦稿本回目上联概括本章回叙事内容不准确。

程乙本、程甲本、甲戌本、己卯本、庚辰本、蒙古王府本、戚序本、舒序本、苏联列藏本、眉盦本的回目下联都是："因麒麟伏白首双星"，这一联自清代就出现多种解释，其中有代表性的是宝玉与湘云说。但学术界许多人否定这个探佚的说法，如白先勇先生说："这个回目'因麒麟伏白首双星'，很多研究者据此推论最后贾宝玉与史湘云结了婚。可是它整个伏笔下来，并没有这个迹象,而且太虚幻境的册诗讲湘云命运的时候,也没有提到这一笔,所以是个悬案。"再一种说法是,俞平伯早年在《红楼梦研究·八十回后的红楼梦》"注一"中讲道:"第三十一回之目后来我受他人的启示,方得到一个新解释,虽然我也不知道是不是。现在姑且写下,供读者参考。依他说,此回系暗示贾母与张道士之隐事,事在前而不在后。所谓'白首双星'即是指此两老;所谓'因''伏''麒麟',即是说麒麟本是成对的,本都是史家之物,一个始终在史家,后为湘云所佩,一个则由贾母送与张道士,后入宝玉手中。因此,事不可明言,故曰'伏'也。此说颇新奇,观之本书,亦似有其线索。……但全是一面之词,未为定论。颉刚也说:'新解似乎有些附会,不敢一定赞成。'"① 其实,这也是一种探佚的说法,至今仍在说。

我认为,"因",通过。"因麒麟"是捡到金麒麟,才引发湘云和丫鬟翠缕议论世间万物的阴阳属性,从天地说到植物、动物,最后扯到男女的事情。所以,梦稿本回目下联是"拾麒麟侍儿论阴阳",但这只是诱因。由此埋下了伏笔,"书中实际提到的就是后来湘云嫁给了一个贵族公子卫若兰,不幸得病早逝,湘云很年轻就变成了寡妇。据脂砚斋批注,卫若兰出现的时候身上戴了个麒麟,所以回目可能指的是卫若兰"②。"白首"是指没有走到白头到老,就阴阳两隔,有如"双星",牛郎织女,永远分离。恰如己卯本批注:"后数十回若兰在射圃所佩之麒麟,正此麒麟也。提纲伏于此回中,所谓'草蛇灰线,在千里之外'。"③

(四)第七十五回

程乙本:开夜宴异兆发悲音　赏中秋新词得佳谶

梦稿本:开夜宴异兆发悲音　赏中秋新词得佳识

程乙本同程甲本、庚辰本、蒙古王府本、戚序本、苏联列藏本、眉盦本、甲辰本的下联一样。"赏中秋新词得佳谶"中的"谶"字,梦稿本则为"识"。"谶",古代方士预示吉凶的隐语。"识",见识。这两个字哪个更符合

---

① 俞平伯:《红楼梦研究》,棠棣出版社1952年版,第173页。
② 白先勇:《细说红楼梦》,广西师大出版社2017年版,第346页。
③ 吴铭恩:《红楼梦脂评汇校本》,浙江古籍出版社2018年版,第537页。

本章回的叙事内容呢？先看一看这一回"赏中秋新词"，描写宝玉、贾兰、贾环三人作诗。张俊先生批注："诗无明文，下文贾兰、贾环诗并缺。庚辰本回前批曰：'缺中秋诗，俟雪芹。'则此为书未完稿之失。然不明标其诗，亦别具一格，或系作者有意为之。"① 不管是缺诗，还是有意为之。其叙事效果是：第一，荣国府正脉子孙都会吟诗，宝玉自不必说，这是他的长项。贾兰虽小，亦不示弱，"贾政看了，更觉欣喜"。贾环能诗，"贾政看了，亦觉罕异"。虽三人诗作水平有别，但都会作诗，就不枉诗书传家。第二，在贾府内囊尽上，悲音异兆笼罩族人之时，这一段描写的叙事效果，如戚序本总评所言："有骏马下坡，鸳鸟将翔之势。"第三，为贾兰、宝玉未来科举中的做了铺垫。总之，都是好兆头，所以称之"佳谶"。

（五）第一百一十四回

程乙本：王熙凤历幻返金陵　甄应嘉蒙恩还玉阙

程甲本：王熙凤历劫返金陵　甄应嘉蒙恩还玉阙

这一回有一处不同，程乙本用"历幻"，而程甲本用"历劫"，到底哪个词汇更准确，这就涉及对本章回叙事内容的概括了。"历幻"是人物主体意识上幻觉、臆测、梦境等的现象。从第一百一十三回就开始描写凤姐重病在身，脑子里虚幻出过去与自己有恩怨的人和事。"凤姐此时只求速死，心里一想，邪魔悉至。只见尤二姐从房后走来，渐进床前，说：'姐姐，许久的不见了。做妹妹的想念的很，要见不能，如今好容易进来见见姐姐。姐姐的心机也用尽了，咱们的二爷糊涂，也不领姐姐的情，反倒怨姐姐作事过于刻薄，把他的前程去了，叫他如今见不得人。我替姐姐气不平。'凤姐恍惚说道：'我如今也后悔我的心忒窄了。妹妹不念旧恶，还来瞧我。'平儿在傍听见，说道：'奶奶说什么？'凤姐一时苏醒……""凤姐刚要合眼，又见一个男人一个女人走向炕前，就像要上炕。凤姐急忙便叫平儿……"这些描写都只写了一个"幻"，即凤姐意识上的虚幻、梦境，都是凤姐自身心理的反映，忏悔宿怨。而到第一百一十四回写凤姐"的病有些古怪，从三更天起，到四更天的时候，

---

① 张俊、沈治均评批：《新批校注红楼梦》，商务印书馆2013年版，第1371页。

没有住嘴,说了好些胡话,要船要桥,只说赶到金陵归入什么册子去"。张俊先生在这批注道:"此处照应第五回凤姐判词所谓'哭向金陵事更哀',及一百一十回诗签所谓'去国离乡二十年,于今衣锦返家园'。"① 指出凤姐是上天"金陵十二钗"之一,在人间历练了二十多年,现在要返回上天。表达了一个"历"。因此,此回目用"历幻"是对叙事内容的精准的表达。而程甲本"历劫"则是指人生在现实社会中经历的坎坷和磨难,不是什么心理的反映、意识的折射,所以说,"历劫"用在这里显然不准确。

比对《红楼梦》的回目程乙本与程甲本的差异,使我们更清楚地看到:

第一,程乙本与程甲本的回目差异,只有3回,占0.025%,可以说基本相同,堪称程高本系统。与梦稿本的回目差异,只有2回。

第二,程乙本依据叙事理据和修辞原则,对与程甲本回目异同的地方进行了修订,效果是好的,逼近了完美。

第三,选出程乙本作为标杆,展开与诸多脂评本进行比对,寻找差异,分析优劣,是恰当的。

二、从涵盖章回叙事内容比对程乙本与诸脂本回目

优秀的文学作品,其叙事的每一点,都是整体结构中蕴含着特殊意味的一点。尤其是回目所蕴含的意味、意义和审美性,应当是整体结构最凝练、最集中、最概括的体现。因此,衡量一个回目是否精当,首先要从其对本章回叙事内容的涵盖准确程度、对叙事肌理描绘精准程度上审视。脂评本这个系统不同的版本各自保留的章回多少不同,致使有的能对应,有的不能对应,所以很难从脂评本中选出一个最佳的本子。只能采用诸多脂本直接与120回系统中选出程乙本作比对,这样才能得出实事求是的结论。

---

①张俊、沈治均评批:《新批校注红楼梦》,第2009页。

(一) 第三回

程乙本、程甲本：

  托内兄如海荐西宾 接外孙贾母惜孤女

甲戌本：

  金陵城起复贾雨村 荣国府收养林黛玉

己卯本、庚辰本、梦稿本：

  贾雨村夤缘复旧职 林黛玉抛父进京都

戚序本、蒙古王府本：

  托内兄如海酬训教 接外甥贾母惜孤女

舒序本：

  托内兄如海酬闺师 接外孙贾母惜孤女

苏联列藏本、眉盦本、甲辰本：

  托内兄如海酬训教 接外孙贾母惜孤女

  第三回回目上联程乙本、程甲本是"托内兄如海荐西宾"，不仅交代了林如海与贾政的姻亲关系，而且突出了荐西宾，准确地概括了林如海当时的心态，小说这样写道："因向蒙教训之恩，未经酬报，遇此机会，岂有不尽图报之理？弟已预筹之，修下荐书一封，托兄务周全，方可稍尽弟之鄙诚。"叙事肌理自然而具象，与叙事内容合卯对缝。

  而苏联列藏本、眉盦本、甲辰本、戚序本、蒙古王府本的回目上联都是"托内兄如海酬训教"，舒序本是"托内兄如海酬闺师"。"酬训教""酬闺师"只涵盖了林如海感激之因，没有点明酬谢的内容即举荐。同样的字数，而概述的内容却大不相同。甲戌本"金陵城起复贾雨村"更等而下之，"金陵城"只是个地点作状语，缺少"起复"动词作谓语的主语。所以说直接点明朝廷起复贾雨村，缺少叙事肌理，没有交代具体环境中的人物关系，看不到贾府在贾雨村重返官场所起到的作用。当时虽有了政治气候，有了机缘，但"起复"之力全仰杖贾府。贾政因"系妹丈致意，因此优待雨村，更又不同。便极力帮助，题奏之日，谋了一个复职。不上两月，便选了金陵应天府"。己卯本、庚辰本、梦稿本回目上联是"贾雨村夤缘复旧职"，也很含糊，"夤缘"

意指攀附权贵，凭借关系，但攀附谁，凭借谁，都没有指明。不能不说相比之下，程乙本、程甲本的回目优于其他脂评本。

程乙本、程甲本下联"接外孙贾母惜孤女"。舒序本、苏联列藏本、眉盦本、甲辰本下联都与程乙本相同。人物关系明确，一个"惜"字透出了贾母当时的心态和黛玉的境况。黛玉第一次进贾府之由是"孤"，用她父亲的话来说"年又极小，上无亲母教养，下无姊妹扶持。今去依傍外祖母及舅氏姊妹"。当她进贾府，曹雪芹是用暖色调进行描写的："只见两个人扶着一位鬓发如银的老母迎上来。黛玉知是外祖母了，正欲下拜，早被外祖母抱住，搂入怀中，'心肝儿肉'叫着，大哭起来。"对照文本叙事内容，此回目既准确又传神。戚序本、蒙古王府本回目下联"接外甥贾母惜孤女"中"外甥"是错的。刘世德先生在《红楼梦眉本研究》中指出："女儿的儿女叫外孙。姐姐或妹妹的儿女叫外甥。外孙和外甥差着一辈儿。《红楼梦》的读者，人尽皆知，林黛玉是贾母的外孙，而不是贾母的外甥。"① 甲戌本说"荣国府收养林黛玉"，且不说"荣国府"一词笼统、空泛，没有涵盖人物的叙事关系，"收养"二字亦不确切。己卯本、庚辰本、梦稿本"林黛玉抛父进京都"，"抛父"二字不仅改变林如海送黛玉去外婆家的初衷，而且也扭曲了黛玉当时的心态和情感，更不准确，与程乙本等相去甚远。

总之，第三回的回目程乙本、程甲本最优。

（二）第五回

程乙本、程甲本、甲辰本：

　　贾宝玉神游太虚境　警幻仙曲演红楼梦

甲戌本：

　　开生面梦演红楼梦　立新场情传幻境情

己卯本、庚辰本、梦稿本：

　　游幻境指迷十二钗　饮仙醪曲演红楼梦

---

①刘世德：《红楼梦眉本研究》，社会科学文献出版社2013年版，第169页。

蒙古王府本、戚序本、舒序本、眉盦本：

> 灵石迷性难解仙机　　警幻多情秘垂淫训

第五回程乙本、程甲本、甲辰本的回目相同，即"贾宝玉神游太虚境　警幻仙曲演红楼梦"，将主体人物、叙事核心、时空特征都明确地概括出来了。特别是"神游"二字把宝玉梦幻的情态传达得很贴切，他从尘世到上天的仙界，即太虚幻境，见到警幻仙姑，由她导引，听她新谱的《红楼梦曲》。此章回目的上句与下句顺接自然，要事不烦。己卯本、庚辰本、梦稿本此回目"游幻境指迷十二钗，饮仙醪曲演红楼梦"的缺陷，一是没有标明叙事主体人物。二是没有交代本章回的叙事中心警幻仙姑与《红楼梦曲》。三是用了一些似是而非或概括力不强的词句，如"游幻境""饮仙醪"都不是叙事核心内容，而且时空特征不明。

《红楼梦》第五回设置贾宝玉"太虚幻境之梦"是全书整个叙事结构的需要，重心是隐喻的金陵十二钗为代表的女子的悲剧命运。而蒙古王府本、戚序本、舒序本、眉盦本此回回目："灵石迷性难解仙机，警幻多情秘垂淫训"，"迷性""多情"词意含糊，没有精准概括本章回的叙事内容，起到章回眼目的作用。至于甲戌本"开生面梦演红楼梦，立新场情传幻境情"，也有同样的问题，没有叙事主体，没有提炼出本章回叙事的基本内容，"立新场情传幻境情"用词泛泛，大而无当。

总之，第五回的回目程乙本、程甲本、甲辰本最优。

（三）第七回

程乙本、己卯本、庚辰本：

> 送宫花贾琏戏熙凤　　宴宁府宝玉会秦钟

甲戌本：

> 送宫花周瑞叹英莲　　谈肄业秦钟结宝玉

蒙古王府本、戚序本、苏联列藏本、眉盦藏本：

> 尤氏女独请王熙凤　　贾宝玉初会秦鲸卿

舒序本：

> 送宫花周瑞叹英莲　　谈肄业秦钟结宝玉

程甲本、甲辰本：

    送宫花贾琏戏熙凤　　宁国府宝玉会秦钟

梦稿本无回目。

第七回程乙本、己卯本、庚辰本回目相同，"送宫花贾琏戏熙凤　宴宁府宝玉会秦钟"。"送宫花"和"会秦钟"是本回比较集中的两件叙事内容。上联写周瑞家的送宫花过程，折射出几位小姐的性格侧面，"迎春、探春二人正在窗下围棋"，大家闺秀，娴雅淑静。惜春和小尼姑一起玩，说笑道："我明儿也要剃了头跟他作姑子去呢……可把花儿戴在哪里呢？"这笑话无意之中映射了她的未来。送到黛玉处，她问道："还是单送我一个人的，还是别的姑娘们都有呢？"周瑞家的回答："各位都有了，这两枝是姑娘的。"黛玉冷笑道："我就知道么！别人不挑剩下的也不给我呀。"表现了她的小性儿。这中间只有送凤姐那四枝，未见其人。周瑞家的以为凤姐正在睡中觉呢，只见"奶子笑着，撇着嘴摇头儿。正问着，只听那边微有笑声儿，却是贾琏的声音"。贾琏戏熙凤，叙事含蓄，文字简洁，与对其他四位小姐的叙述文字长短差不多，为什么回目偏偏点出王熙凤，而不旁及他人？只有理解整个叙事结构的设置，才能了然于胸。

其一，从叙事结构上看，《红楼梦》的叙事从第六回开始到第十八回元妃省亲结束。这一叙事单元用浓彩重墨来刻画王熙凤，正如甲戌本［回前批］写道："此回借刘妪，却是写阿凤正传。"① 其二，从叙事手法上看，甲戌本脂批："阿凤之为人，岂有不着意于'风月'二字之理哉？若直以明笔写之，不但唐突阿凤身价，亦且无妙文可赏。若不写之，又万万不可。故只用'柳藏鹦鹉语方知'之法，略一皴染，不独文字有隐微，亦且不至污渎阿凤之英风俊骨。所谓此书无一不妙。"② 可见，提炼回目的文字，不但要注意本章回的叙事，还要注意与整体结构的关系。由此观之，甲戌本、舒序本回目上联题为"送宫花周瑞叹英莲"，把周瑞家的感叹香菱一事作为回目，离开了本章回的叙事中心，是本末倒置，而且周瑞家的感叹时，香菱到了薛家早已不叫

---

① 吴铭恩：《红楼梦脂评汇校本》，第107页。
② 吴铭恩：《红楼梦脂评汇校本》，第131页。

英莲了。何况"周瑞家的"是不能简缩为"周瑞"的。

蒙古王府本、戚序本、苏联列藏本、眉盦藏本的回目都只偏重本章回后一半叙事内容:"尤氏女独请王熙凤,贾宝玉初会秦鲸卿",偏而不全。回目同样的字数却只涵盖章回的一半叙事内容,而程乙本、己卯本、庚辰本却涵盖了全部叙事内容,相比之下,蒙古王府本、戚序本、苏联列藏本、眉盦藏本回目的信息量就少得多了。

(四)第八回

程乙本、程甲本、甲辰本:

贾宝玉奇缘识金锁 薛宝钗巧合认通灵

甲戌本:

薛宝钗小恙梨香院 贾宝玉大醉绛芸轩

己卯本、庚辰本、梦稿本:

比通灵金莺微露意 探宝钗黛玉半含酸

蒙古王府本、戚序本、眉盦本:

拦酒兴李奶母讨厌 掷茶杯贾公子生嗔

舒序本、苏联列藏本:

薛宝钗小宴梨香院 贾宝玉逞醉绛芸轩

第八回的回目有四种不同的文字:

第一种是程乙本、程甲本、甲辰本。

第二种是甲戌本、舒序本、苏联列藏本。

第三种是己卯本、庚辰本、梦稿本。

第四种是蒙古王府本、戚序本、眉盦本。

我们先看程乙本、程甲本、甲辰本第八回的回目,即"贾宝玉奇缘识金锁,薛宝钗巧合认通灵"。它的优点是从宝玉与宝钗的双方不同的视觉,揭示了"金玉良缘"之说的缘起,紧扣《红楼梦》贯穿的主线之一——宝黛钗的爱情婚姻悲剧的内容。而且上下句的顺承关系,如水到渠成;对偶工巧,毫无斧痕。相比较之下,第二种是甲戌本与舒序本、苏联列藏本略有不同。甲戌本"薛宝钗小恙梨香院"只点到"探宝钗"之因。舒序本、苏联列藏本

"薛宝钗小宴梨香院"，讲的是形式，都对本章回丰富的内容略而不叙。下句甲戌本"贾宝玉大醉绛芸轩"和舒序本、苏联列藏本"贾宝玉逞醉绛芸轩"，也只告诉了一个结果。一头一尾，唯独没有中间丰富的叙事内容，是极不成功的回目。

第三种己卯本、庚辰本、梦稿本"比通灵金莺微露意，探宝钗黛玉半含酸"，将此章回的两部分叙事内容都涉及了，但没有把"金玉良缘"这个重要的叙事要点点明。但下联有特色，"探宝钗黛玉半含酸"将人物的心理和情态传达得惟妙惟肖，呼之欲出。这个回目第一次揭开了宝、黛、钗青春的萌动，初恋的心绪萦绕在每个人的内心深处，常常透过一言半语折射出此时此地的情感变化，"半含酸"正是这种情态的传神写照。

第四种是蒙古王府本、戚序本、眉盦本"拦酒兴李奶母讨厌，掷茶杯贾公子生嗔"，没有能涵盖本章回的重要叙事内容，即"金玉良缘"之说。早在20世纪二三十年代王伯沆已指出："此回文字非目所能包括也。查原目琐碎无义，尚不逮此。"① 王氏所指的原目，即"拦酒兴李奶母讨厌，掷茶杯贾公子生嗔"，他认为还不如程乙本，何由？李奶母劝宝玉少喝酒引得宝玉扫兴。宝玉因李奶母到他房中任意吃东西而生气摔杯。这两个细节在此章回中都是无足轻重的，即使删掉，也不会影响它的基本内涵的展示和人物的情态的刻画，以及叙事过程氛围和色彩的渲染。因而王先生认为它"琐碎无义"，其理由就是因其所涵盖的叙事内容是舍本逐末的。

综上所述，程乙本、程甲本、甲辰本回目最佳。

（五）第九回

程乙本、程甲本、甲辰本：

  训劣子李贵承申饬　嗔顽童茗烟闹书房

己卯本、庚辰本、梦稿本、蒙古王府本、戚序本、舒序本、苏联列藏本、眉盦本：

  恋风流情友入家塾　起嫌疑顽童闹学堂

---

① 王伯沆：《王伯沆红楼梦批语汇录》，江苏古籍出版社1985年版，第102页。

甲戌本缺佚。

第九回回目分两种：己卯本、庚辰本、梦稿本、蒙古王府本、戚序本、舒序本、苏联列藏本、眉盦本八个版本的回目一样，与程乙本、程甲本、甲辰本有别。程乙本、程甲本、甲辰本此回回目："训劣子李贵承申饬，嗔顽童茗烟闹学堂"。宝玉与秦钟相约去读书，贾政冷笑道："你要再提'上学'两个字，连我也羞死了。依我的话，你竟玩你的去是正经。"贾政训斥完宝玉，又唤跟班的仆人李贵进去。贾政先是训诫，接着又问询宝玉读书情况，最后叮嘱："就说我说的，什么《诗经》、古文，一概不用虚应故事，只是先把《四书》一齐讲明背熟，是最要紧的。"这是本章回前一部分叙事主要内容，所以说"训劣子李贵承申饬"概括得很到位，特别是"承申饬"三字，很恰当。贾政对宝玉恨铁不成钢，虽表面怒斥他，但内心还是关切有加，因此才又接着告诫李贵，一会严斥，一会叮嘱，都是从不同的角度告诫他们，让他们看好宝玉。

此章回的后一半叙事内容是书房闹事，先是贾府宗族的子弟"诟谇淫诼"，是非生事。于是，宝玉的书童茗烟找生事的金荣算账。金荣也不甘示弱，双方大打出手，闹将起来，飞砚台、掷书篋、挥板子、使马鞭，乱成一团。从叙事肌理剖析，程乙本、程甲本、甲辰本的回目概括得还是很好的。己卯本、庚辰本、梦稿本、蒙古王府本、戚序本、舒序本、苏联列藏本、眉盦本，把宝玉和秦钟为伴来读书，只是视为"恋风流"，就有失偏颇。宝玉喜欢秦钟，当然与秦钟长的"眉清目秀，粉面朱唇，身材俊俏，举止风流"，惹人喜欢，不无关系；另一方面，二人交谈，心心相印，有共同的情趣和向往，岂止是"恋风流"？另外，"起嫌疑顽童闹学堂"只点明金荣等学生闹学的前一个层次，没有像程乙本、程甲本、甲辰本那样把"嗔顽童"和"茗烟闹书房"两个接续的层次都表达了出来。因此，相比较来说，还是程乙本、程甲本、甲辰本的回目为优。

（六）第十八回

程乙本、程甲本、甲辰本：

皇恩重元妃省父母　天伦乐宝玉呈才藻

梦稿本：

　　林黛玉误剪香囊袋　　贾元春归省庆元宵

蒙古王府本、戚序本：

　　庆元宵贾元春归省　　助情人林黛玉传诗

舒序本：

　　隔珠帘父女勉忠勤　　搦湘管姊弟裁题咏

甲戌本、苏联列藏本第十八回回目空缺。

己卯本、庚辰本不分回。

第十八回的回目分为四种：

第一种是程乙本、程甲本、甲辰本。

第二种是蒙古王府本、戚序本。

第三种是梦稿本。

第四种是舒序本。

程乙本、程甲本、甲辰本的回目"皇恩重元妃省父母，天伦乐宝玉呈才藻"，与蒙古王府本、戚序本的上句基本叙事内容的概述是一样的，区别是程高本多了一层意思，即"皇恩重"。早在第十六回已通过贾琏与凤姐的对话透露出皇恩浩荡，恩准贵妃省亲。为此几个贵妃娘家都大造省亲别院。"元妃省亲"这一章回正是"皇恩重"的具体体现，可见，这三个字不是可有可无的，是对叙事内容深层的把握，是对叙事肌理的准确描绘。下句在这方面程乙本、程甲本、甲辰本比蒙古王府本、戚序本"助情人林黛玉传诗"更高出一筹。蒙古王府本、戚序本只概括了元妃命众姊妹作诗过程中的一个细节，无论其叙事的长度，还是叙事的分量，都不足与上句相匹配。这就涉及小说回目的对偶，不仅仅是辞格上的形式要求，还要看其涵盖的叙事内容本身所具有的思想文化内涵，到底有多大的价值，是否上下句分量匹配平衡。从这一章回的叙事内容来分析，元妃省亲，在看望祖母及父母亲一家人的时候，叙事肌理不断出现元妃关爱宝玉的叙述和描写：

1. 元妃与宝玉"那宝玉未入学之先，三四岁时，已得元妃口传教授了几本书，识了数千字在腹中。虽为姊弟，有如母子。自入宫后，时时带信出来与父兄说：'千万好生扶养，不严不能成器；过严恐生不虞，且致祖母之忧。'眷念之心，刻刻不忘"。

2. 进见已毕，"元妃因问：'宝玉因何不见？'贾母乃启道：'无职外男，不敢擅入。'元妃命引进来……命他近前，携手揽于怀内，又抚其头笑道：'比先前长了好些……'一语未终，泪如雨下"。

3. 元妃游幸大观园，"元妃起身，命宝玉导引"。

4. 元妃看了宝玉题咏的匾额对联，情不自禁地说："且知宝玉竟能题咏，一发可喜。"

5. 宝玉咏大观园的诗，"元妃看毕，喜之不尽，说：'果然进益了！'"此章回叙事肌理中，几乎每个穴位上都有元妃疼爱宝玉、夸赞宝玉的感情文字，所以程乙本下句以"天伦乐宝玉呈才藻"，对应上句"皇恩重元妃省父母"，匹配得当，涵盖精当。王伯沆《红楼梦批语》写道："改目甚好，若依原本，下句反小气可哂。"[1] 原本指第二种是蒙古王府本、戚序本"助情人林黛玉传诗"，"改目"是指程乙本、程甲本、甲辰本，并肯定了下句的炼意深刻。

第三种是梦稿本"林黛玉悮剪香囊袋，贾元春归省庆元宵"。因有的脂评本有十七回和十八回不分，导致回目的错乱。此回目上句"林黛玉悮剪香囊袋"是第十七回的叙事内容。

第四种是舒序本"隔珠帘父女勉忠勤，搦湘管姊弟裁题咏"。这联很独特，描述细致，对仗工整，唯一的不足，是没有表露"元妃省亲"这一重要的历史信息，突出贾府是皇亲，受到"皇恩重"的殊荣。

相比之下，还是程乙本、程甲本、甲辰本回目最优。

（七）第八十回

程乙本、程甲本：

美香菱屈受贪夫棒　　王道士胡诌妒妇方

---

[1] 王伯沆：《王伯沆红楼梦批语汇录》，第191页。

梦稿本：

懦迎春肠回九曲　娇香菱病入膏肓

蒙古王府本、戚序本、眉盒本：

懦弱迎春肠回九曲　姣怯香菱病入膏肓

舒序本第：

夏金桂计用夺宠饵　王道士戏述疗妒羹

苏联列藏本第十八回回目空缺。

甲辰本：

美香菱屈受贪夫棒　丑道士胡诌妒妇方

庚辰本无回目。

第八十回的回目可以分以下几种形态，张俊先生批注："本回题面，颇有参差。甲乙两本同，甲辰本'王道士'作'丑道士'。蒙戚两本作'懦弱迎春肠回九曲，姣怯香菱病入膏肓'；梦稿本上下联各少'弱'与'怯'，成七言回目，不合全书体例。舒序本残存总目，作'夏金桂计用夺宠饵，王道士戏述疗妒羹'，别具一格。"①

第一，程乙本、程甲本的回目"美香菱屈受贪夫棒，王道士胡诌妒妇方"与甲辰本只差一个字，一个是"王道士"，一个是"丑道士"，基本是一类的。

第二，戚序本、蒙古王府本、眉盒本与梦稿本也基本相同，只差一个字，梦稿本"懦迎春"，其他是"懦弱迎春"；梦稿本"娇香菱"，其他是"姣怯香菱"，意思是一样的。

第三，舒序本"夏金桂计用夺宠饵　王道士戏述疗妒羹"。

程乙本、程甲本回目"美香菱屈受贪夫棒　王道士胡诌妒妇方"，优于戚序本、蒙古王府本、眉盒本的回目"懦弱迎春肠回九曲　姣怯香菱病入膏肓"之处，十分明显。前者涵盖本章回的基本叙事内容，而后者只点到了本章回的两个细节，回目与叙事内容构不成对应关系。第八十回的前半部分与后半

---

①张俊、沈治均：《新批校注红楼梦》，商务印书馆2013年版，第1453页。

部分的叙事内容都相对集中，小说生动地刻画夏金桂先是以妻压妾，以正欺庶，强迫香菱改名为秋菱。继而设计陷害香菱，致使香菱遭受薛蟠毒打。接着又阴毒地折磨香菱，最后导致她"复加以气怒伤肝，内外折挫不堪，竟酿成干血之症，日渐羸瘦，饮食懒进，请医服药不效"。而欺侮凌压香菱的夏金桂，是一个典型的泼悍妒妇，贪婪狠毒，挟制丈夫，顶撞婆婆，装神弄鬼，撒泼骂街，"于是宁荣二府之人，上上下下，无有不知，无有不叹者"。宝玉本来对香菱就十分关爱，第六十二回：香菱的新裙子弄脏了，"宝玉方低头一瞧，便嗳呀了一声，说：'怎么就拖在泥里了？可惜这石榴红绫最不经染。'宝玉道：'你快休动，只站着方好，不然连小衣儿膝裤鞋面都要拖脏……'"又让香菱换上袭人的裙子。香菱"点头笑道：'就是这样罢了，别辜负了你的心。……'宝玉听了，喜欢非常"。虽然此章回没有写到宝玉对香菱的关切一事，但通过他同王一贴聊到治病之方，单单问道："可有贴女人的妒病的方子没有？"曲折地透出宝玉对香菱的惦念，对夏金桂之流妒妇的厌恶。从这一章回的下半部分叙事内容来看，迎春受侮，和宝玉与王一贴对话，虽都是叙事的成分，但如果从上半部的叙事脉络伸展着眼，还是题为"王道士胡诌妒妇方"为好，这样气脉一贯。

第四，对舒序本"夏金桂计用夺宠饵　王道士戏述疗妒羹"，张俊先生批注说"独具一格"，一是和其他的程高本、脂评本的回目都不同。二是概述本章回的叙事内容很到位。三是对仗工整。唯一不足的是不如程乙本、程甲本、甲辰本的回目通俗流畅。

通过上面从回目涵盖本章回的叙事内容的比对，可以清晰地看出回目最佳的版本是程乙本。而最接近程乙本的是脂评本系列中的甲辰本。脂评本系列中出现近亲现象，己卯本和庚辰本的回目大都相同，蒙古王府本和戚序本的回目也大都相同。

三、从《红楼梦》回目词语修辞比对程乙本与诸脂评本

我们上面主要针对叙事内容基本相同的章回，由于回目的不同，导致叙

事内容涵盖得准确程度和叙事肌理描述得贴切程度有别，而进行了同一章回的不同的回目对照和分析。也就是从涵盖本章回叙事内容是否精当合理去比对程本与脂本的回目。下面主要针对回目上出现了部分词语的异同，也就是从词语修辞上进行程乙本与诸脂评本的比对。

（一）回目通俗易懂是第一要素

回目词语意义相近，哪个版本的回目更通俗易懂、口语明快、准确无误，哪个版本为优。如：

1. 第六回

程乙本、程甲本、庚辰本、梦稿本、舒序本、眉盦本、甲辰本：

　　贾宝玉初试云雨情　　刘姥姥一进荣国府

甲戌本、己卯本：

　　贾宝玉初试雨云情　　刘姥姥一进荣国府

蒙古王府本、戚序本：

　　贾宝玉初试云雨情　　刘老妪一进荣国府

第六回程乙本、程甲本、庚辰本、梦稿本、舒序本、梦盦本、甲辰本的上联均为"贾宝玉初试云雨情"，而甲戌本、己卯本则为"贾宝玉初试雨云情"，"云雨"与"雨云"是意义相同的词语，但习惯运用是"云雨"。第六回程乙本、程甲本、庚辰本、梦稿本、舒序本、梦盦本、甲辰本的下联"刘姥姥一进荣国府"，蒙古王府本、戚序本则是"刘老妪一进荣国府"。"刘姥姥"与"刘老妪"孰佳？"妪"是文言词，是妇女的通称，《史记·高祖本纪》："有一老妪夜哭。""刘姥姥"比"刘老妪"通俗，从古至今在社会生活中使用率极高。古典小说面对的是大众读者，所以，"刘姥姥"一词用在古典小说的回目上更佳。此现象第四十一回也存在。

2. 第二十五回

程乙本、程甲本、甲戌本、甲辰本：

　　魇魔法叔嫂逢五鬼　　通灵玉蒙蔽遇双真

庚辰本、蒙古王府本、戚序本：

　　魇魔法姊弟逢五鬼　　红楼梦通灵遇双真

《红楼梦》文本研究

梦稿本：

  魇魔法叔嫂逢五鬼　通灵玉姐弟遇双仙

舒序本、苏联列藏本：

  魇魔法叔嫂逢五鬼　通灵玉蒙蔽遇双仙

  第二十五回程乙本、程甲本、甲戌本、甲辰本、梦稿本、舒序本、苏联列藏本的上联"魇魔法叔嫂逢五鬼"，其中"叔嫂"一词已卯本、庚辰本、蒙古王府本、戚序本都为"姊弟"。"姊弟"只表的是年龄、性别的差异，而"叔嫂"更强调血缘和和伦常的关系，以之指代凤姐和宝玉的关系更明确。"双真""双仙"都是指癞头和尚和跛足道人，第二十五回与前五回出现的癞头和尚和跛足道人不一样，是现实生活中的僧道，没有仙人的背景，所以"遇双真"要比"遇双仙"要精确。

  3. 第二十六回

程乙本、程甲本、庚辰本、蒙古王府本、戚序本、甲辰本：

  蜂腰桥设言传心事　潇湘馆春困发幽情

甲戌本：

  蜂腰桥设言传密意　潇湘馆春困发幽情

舒序本：

  蜂腰桥目送传密语　潇湘馆春困发幽情

梦稿本、苏联列藏本：

  蘅芜院设言传密语　潇湘馆春困发幽情

  第二十六回程乙本、程甲本、庚辰本、蒙古王府本、戚序本、甲辰本的上联"蜂腰桥设言传心事"。其中"心事"一词在甲戌本中则为"密意"、在梦稿本、舒序本、苏联列藏本中为"密语"。"密意""密语"二词相通，除却含有内心隐秘的事情这层意义而外，还有感情等方面的意义，很含蓄。不如"心事"，即心里惦记着的事，准确明白。与小说的描写很吻合，小红因暗恋贾芸的心事，没着没落，不开心，佳蕙不知道，安慰小红，小红却道："你那里知道我心里的事！"恰巧过来一会，"小红刚走至蜂腰桥门前，只见那边坠儿引着贾芸来了。那贾芸一面走，一面拿眼把小红一溜；那小红只装着和坠儿说话，也把眼去一溜贾芸：四目恰好相对。小红不觉把脸一红，一扭身往蘅芜院去了"。再者，梦稿本、苏联列藏本回目上联"蘅芜院设言传密语"，"蘅芜院"地点不确。

4. 第三十九回

程乙本、程甲本、甲辰本、己卯本、庚辰本、苏联列藏本：

村老老是信口开河　情哥哥偏寻根究底

戚序本、蒙古王府本：

村老妪是信口开河　痴情子偏寻根究底

舒序本：

村老妪是信口开河　痴情子偏寻根问底

梦稿本、眉盦本：

村老妪谎谈承色笑　痴情子实意觅踪迹

第三十九回程乙本、程甲本、甲辰本、己卯本、庚辰本、苏联列藏本回目的下联："情哥哥偏寻根究底"中的"情哥哥"，通俗流畅，而戚序本、蒙古王府本和舒序本却是"痴情子"，不仅拗口，而且不通俗。整个回目相比，梦稿本、眉盦本比程乙本、程甲本、甲辰本、己卯本、庚辰本、苏联列藏本用语艰涩拗口。

5. 第四十六回

程乙本、程甲本、庚辰本、梦稿本、苏联列藏本、甲辰本：

尴尬人难免尴尬事　鸳鸯女誓绝鸳鸯偶

蒙古王府本、戚序本、眉盦本：

尴尬人难免尴尬事　鸳鸯女誓绝鸳鸯侣

己卯本无回目。

第四十六回程乙本、程甲本、庚辰本、梦稿本、苏联列藏本、甲辰本都是"鸳鸯女誓绝鸳鸯偶"，"偶"字在蒙古王府本、戚序本、眉盦本作"侣"。"侣"与"偶"都有伴侣的意思，但"偶"可表示双数，而"侣"只能表示伴侣。这里将贾赦梦想的鸳鸯梦，被鸳鸯坚辞拒绝。这桩婚事从提出到破灭，整个叙事没有一点二人的情感成分，根本谈不上"侣"。只是邢夫人提出要鸳鸯婚配给贾赦,因此,"偶"比"侣"更精准。

6. 第四十七回

程乙本、程甲本、庚辰本、梦稿本、苏联列藏本、甲辰本:

  呆霸王调情遭苦打 冷郎君惧祸走他乡

蒙古王府本、戚序本、眉盦本:

  呆霸王调情遭毒打 冷郎君惧祸走他乡

己卯本无回目。

第四十七回程乙本、程甲本、庚辰本、梦稿本、苏联列藏本、甲辰本"呆霸王调情遭苦打"中的"苦"字,蒙古王府本、戚序本、眉盦本作"毒"。"毒打"是狠命地打,而"苦打"则含有教训、调侃意味的打,打得有分寸、有节奏、有深浅。小说描写柳湘莲打薛蟠时,"知道他是个不惯挨打的,只使了三分气力,向他脸上拍了几下",又"用脚尖点了一点",接着"便取了马鞭过来,从背后至胫,打了三四十下"。"掷下鞭子,用拳头向他身上擂了几下"……仔细体会"打"的过程,便知这"苦打"与"毒打"一字之差的韵味了。

7. 第四十九回

程乙本、程甲本、庚辰本、甲辰本:

  琉璃世界白雪红梅 脂粉香娃割腥啖膻

蒙古王府本、戚序本、眉盦本:

  白雪红梅园林佳景 割腥啖膻闺阁野趣

苏联列藏本、梦稿本:

  琉璃世界白雪红梅 脂粉香娃割腥啖膻

第四十九回程乙本、程甲本、庚辰本、甲辰本、苏联列藏本、梦稿本回目上联"琉璃世界白雪红梅",突出的是"白雪红梅",与叙事吻合。宝玉"出了院门,四顾一望,并无二色,远远的是青松翠竹,自己却似装在玻璃盆内一般。于是走至山坡之下。顺着山脚刚转过去,已闻得一股寒香扑鼻,回头一看,却是妙玉那边栊翠庵中有十数枝红梅如胭脂一般,映着雪色,分外显得精神,好不有趣"。而"琉璃世界"只是环境的衬托。蒙古王府本、戚序本、眉盦本"白雪红梅园林佳景",则把"白雪红梅"化作了"园林佳景"之一景,和文本叙事也不贴切。

程乙本、庚辰本、梦稿本回目下联"脂粉香娃割腥啖膻"是主谓结构,与特定的人物特定环境吻合,而蒙古王府本、戚序本、眉盦本的回目下联"割腥啖膻闺阁野趣"把叙事主体忽略了,叙事的外延扩大,意义反倒泛泛了。

8. 第五十回

程乙本、程甲本、甲辰本:

  芦雪亭争联即景诗 暖香坞雅制春灯谜

梦稿本:

  芦雪庭争联即景诗 暖香坞雅制春灯谜

庚辰本第五十回:

  芦雪广争联即景诗 暖香坞创制春灯谜

蒙古王府本、戚序本、眉盦本:

  芦雪庵争联即景诗 暖香坞雅制春灯谜

苏联列藏本:

  芦雪庐争联即景诗 暖香坞创制春灯谜

第五十回程乙本、程甲本、甲辰本回目上联:"芦雪亭争联即景诗"中"芦雪亭",与庚辰本的"芦雪广(yán)"、梦稿本的"芦雪庭"、蒙古王府本、戚序本、眉盦本"芦雪庵"、苏联列藏本的"芦雪庐"诸本皆不相同。冯其庸先生曾作专文,得出结论:"这个'芦雪×'就只能是'芦雪广',其余统统不对。过去因为不认得这个'广'字,总以为是'庵'字之类的字的简写,殊不知它却是地地道道的正字。"[1] 冯先生所说的正字,是因为最早出自东汉的《说文解字》,"因广为屋,象对剌高屋之形"。指山崖边的房屋。曹雪芹在第四十九回描写得很清楚"原来这芦雪亭盖在一个傍山临水河滩之上"。

---

[1] 冯其庸:《石头记脂本研究》,人民文学出版社1998年版,第32页。

那么，程乙本为什么不用这个"广"，而用"亭"呢？因为"广"是文言词汇，在唐代以后基本就不用了。亭不仅仅是常见的四面洞口的亭阁，在北方，大量的亭子是有环形廊檐的，中间被隔板或墙围成一个屋子，四周有窗子，可以在屋子里推窗眺望，也可以走出房间，在环形廊檐上移步观光。无论"芦雪广"也好，"芦雪亭"也好，都不应是考证的具象，而是小说描写中的一个典型环境，当然以"亭"通俗为佳。台北桂冠版也是以程乙本为底本，它的第五十回上联是"芦雪庭争联即景诗"，"庭"作为典型环境也未尝不可，所以没有什么对或错的问题。

9. 第五十六回

程乙本、程甲本、甲辰本：

敏探春兴利除宿弊　贤宝钗小惠全大体

己卯本、庚辰本：

敏探春兴利除宿弊　时宝钗小惠全大体

梦稿本、蒙古王府本、戚序本、眉盦本：

敏探春兴利除宿弊　识宝钗小惠全大体

苏联列藏本：

贾探春兴利除宿弊　薛宝钗小惠全大体

第五十六回上联都一样，唯有下联"贤宝钗""时宝钗""识宝钗"略有区别，到底哪个更好？这个"贤"，即有德有才。"时"，即处女、姑娘的意思。另外，含有"时中"之意，即儒家伦理，《礼记·中庸》："君子之中庸也，君子而时中。"认为君子应求中庸之道，喜怒哀乐不行于色。"识"，有知识、有见识。与"贤"字相比，都不如"贤"，与宝钗在当时人们心中的评价贴切，通俗易懂。"薛宝钗，年纪虽大不多，然品格端方，容貌美丽，人人都说黛玉不及。那宝钗却又行为豁达，随分从时，不比黛玉孤高自许，目无下尘，故深得下人之心，就是小丫头们亦多和宝钗亲近。"

（二）回目炼词炼意要精确

从章回的叙事肌理、人物情态上仔细推敲回目的用词，发现程高本回目与脂本部分用词不同的情况下，程乙本的炼词、炼意，更趋准确。举例说明：

1. 第四十二回

程乙本、程甲本、庚辰本、梦稿本、苏联列藏本、甲辰本：

  蘅芜君兰言解疑癖 潇湘子雅谑补余音

蒙古王府本、戚序本、眉盦本：

  蘅芜君兰言解疑语 潇湘子雅谑补余香

第四十二回程乙本、程甲本、庚辰本、梦稿本、苏联列藏本、甲辰本回目上联："蘅芜君兰言解疑癖"的"癖"字，蒙古王府本、戚序本、眉盦本为"语"。虽一字之别，却大有深意。"癖"指黛玉喜欢看《牡丹亭》《西厢记》这类读物，无意之中竟能择其警句"良辰美景奈何天"作酒令。像《牡丹亭》《西厢记》这类读物在封建大家闺秀中是禁书，宝钗抓住黛玉这一"失误"，便要审她。"黛玉不解何故，因笑道：'你瞧，宝丫头疯了！审我什么？'宝钗冷笑道：'好个千金小姐，好个不出屋门的女孩儿！满嘴说的什么？你只实说罢。'黛玉不解，只管发笑，心里也不免疑惑。口里只说：'我何曾说什么？……'宝钗笑道：'你还装憨儿呢！昨儿行酒令儿，你说的是什么？我竟不知是哪里来的。'黛玉一想，方想起昨儿失于检点，那《牡丹亭》《西厢记》说了两句，不觉红了脸。"黛玉读《西厢记》《牡丹亭》，第二十三回曾描写她"从头看去，越看越爱……"真可谓"书癖"。若用"疑语"则难以传达叙事肌理之中的神韵。另外，"解疑癖"与"兰言"是天然合成，张俊先生评注："宝钗'解疑癖'，乃由四十回鸳鸯行令时，黛玉说出《牡丹亭》《西厢记》中曲词抽出生发，写宝钗冷语教训黛玉，一番大议论，谆谆戒之，说的黛玉垂头不语。倘使宝钗之对宝玉，有如山中晶莹之雪；其待黛玉也，则似隐谷幽兰。回目中'兰言'二字，下语的当。"①

下句程乙本、程甲本、庚辰本、梦稿本、苏联列藏本、甲辰本"潇湘子雅谑补余音"，"余音"是宝钗夸赞黛玉"用'春秋'的法子，把市俗粗话，撮其要，删其繁，再比方出来，一句是一句。这'母蝗虫'三字，把昨儿那

———————

①张俊、沈治钧：《新批校注红楼梦》，第769页。

些形景都画出来了"。而蒙古王府本、戚序本、眉盦本作"余香",则与这叙事内容大相径庭。

2. 第六十一回

程乙本、程甲本、梦稿本、蒙古王府本:

  投鼠忌器宝玉瞒赃　　判冤决狱平儿行权

己卯本、庚辰本、甲辰本:

  投鼠忌器宝玉情赃　　判冤决狱平儿情权

戚序本:

  投鼠忌器宝玉情赃　　判冤决狱平儿徇私

苏联列藏本:

  投鼠忌器宝玉认赃　　判冤决狱平儿行权

眉盦本:

  投鼠忌器宝玉认赃　　判冤决狱平儿夺权

第六十一回程乙本、程甲本、梦稿本、蒙古王府本回目下联:"判冤决狱平儿行权"中的"行权",己卯本、庚辰本、甲辰本、苏联列藏本作"行权",戚序本作"徇私",眉盦本作"夺权"。"平儿行权"这一叙事的重心在"行"字上,小说叙事肌理分为三个层次刻画平儿是如何行权的。凤姐病后,由李纨与探春共同理家。林之孝家的查找丢失的"玫瑰露",捉住了五儿这个线索。便带她"回李纨与探春",李纨和探春,恰好有事,又让她去找凤姐。"凤姐方才睡下,听见此事,便吩咐'将她娘打四十板子,撵出去,永不许进二门;把五儿打四十板子,立刻交给庄子上,或卖或配人'。"并让平儿依言嘱咐林之孝家的。"五儿吓得哭哭啼啼,给平儿跪着",细说玫瑰露的来龙去脉,平儿没有按凤姐的话去处理,而是便命暂且先将她"看守一夜",明日再作处理。这是平儿行权之始。"谁知和他母女不和的那些人,巴不得一时就撵他出门去。生恐次日有变,大家先起了个清早,都悄悄地来买转平儿,送了些东西,一面又奉承他办事简断,一面又讲述他母亲素日许多不好处。平儿一一的都应着,却悄悄地来访袭人。"平儿一查,才知五儿拿的玫瑰露,是宝玉给芳官,芳官又转送她的。而王夫人屋里丢的玫瑰露则是赵姨娘唆使彩云干的。这是一宗。五儿有的茯苓霜是其舅父从守门礼中分得的一份，转送给了她。这又是一宗。如果都将这些事挑明，宝玉则担心："露虽有了，若勾起茯苓霜来，他自然也实供。若听见了是他舅舅门上得的，他舅舅又有了不是，岂不是人家的好意，反被咱们陷害了？"这是其一。

其二，前些日子因茉莉粉、蔷薇硝一事，赵姨娘与四个小戏子大闹一场，弄得探春觉得无脸面，生了一场气。若暴露出赵姨娘唆使彩云偷玫瑰露，又担心让刚刚理家的探春生气。于是，宝玉、平儿、袭人一商量，为息事宁人，宝玉将这些事都应在自己身上，因而此回目上句"投鼠忌器宝玉瞒赃"。这也是平儿第二次行权。平儿将宝玉应承一事向凤姐汇报后，凤姐不同意，她认为："虽如此说，但宝玉为人，不管青红皂白，爱兜揽事情。……咱们若信了，将来若大的事也如此，如何治人？还要细细地追求才是。依我的主意，把太太屋里丫头都拿来，虽不便擅加拷打，只叫他们垫着磁瓦子跪在太阳底下，茶饭也不用给他们吃，不说跪一日，就是铁打的，一日也管招了。"

其三，若往常凤姐一声令下，平儿早就办了。可此时平儿却劝凤姐放弃这一做法，她说："何苦来操这心？'得放手时须放手'，什么大不了的事，乐得施恩呢。……没的结些小人的仇恨，使人含恨抱怨。况且自己又三灾八难的，好容易怀了一个哥儿，到六七个月还掉了。焉知不是素日操劳太过、气恼伤着的？如今趁早儿见一半不见一半的，也倒罢了。"一番话说动了凤姐，依平儿的话去做了。这是平儿行权的第三次。

由上观之，无论是己卯本、庚辰本、甲辰本、苏联列藏本"行权"，还是戚序本"徇私"，眉盦本"夺权"两字，内涵既不明确，又易出歧义，都不如程乙本、程甲本、梦稿本、蒙古王府本、苏联列藏本的"行权"两字准确到位。

3. 第六十七回

程乙本、程甲本、己卯本、庚辰本、梦稿本、蒙古王府本：

见土仪颦卿思故里　闻秘事凤姐讯家童

戚序本：

馈土物颦卿思故里　闻秘事凤姐蓄阴谋

苏联列藏本、眉盦本、甲辰本：

  馈土物颦卿念故里 闻秘事凤姐蓄阴谋

  第六十七回程乙本、程甲本、己卯本、庚辰本、梦稿本、蒙古王府本回目上联"见土仪颦卿思故里"中的"见土仪"，与戚序本、苏联列藏本、眉盦本、甲辰本"馈土物"不同。"土仪"，即土特产的礼物，"土物"即土特产。二者之别不仅在这里，主要是"见"与"馈"两个动词的提炼。薛蟠从苏州经商返回金陵，给他母亲和妹妹带来二箱子苏州产的土特产礼品。这些都是黛玉家乡的产品，当宝钗将这些东西分赠给众姐妹后，"惟有黛玉看见他家乡之物，反自触物伤情，想起：'父母双亡，又无兄弟，寄居亲戚家中，那里有人也给我带些土物来？'想到这里，不觉得又伤起心来了"。可见"见土仪"与"思故里"的主体人物都是黛玉，与叙事情节十分契合。而"馈土物"的"馈"是赠送的意思，主体人物则变为宝钗，"馈土物"与黛玉思乡之情没有因果关系，不如"见土仪颦卿思故里"更顺畅。二者相比较，还是程乙本、程甲本、己卯本、庚辰本、梦稿本、蒙古王府本的回目为上。

  4. 第六十八回

  程乙本、程甲本、己卯本、梦稿本、苏联列藏本、眉盦本、甲辰本：

    苦尤娘赚入大观园 酸凤姐大闹宁国府

  蒙古王府本、戚序本：

    苦尤娘赚入大观园 酸凤姐闹翻宁国府

  庚辰本：

    苦尤娘赚入大观园 俊凤姐大闹宁国府

  第六十八回程乙本、程甲本、己卯本、梦稿本、苏联列藏本、眉盦本、甲辰本回目下句"酸凤姐大闹宁国府"中的"大闹"，蒙古王府本、戚序本则为"闹翻"。这两个词看似差不多，但对照文本叙事，差异还是很明显的。"大闹"是偏正结构，"大"是修饰"闹"的手段和气焰。而"闹翻"则是动补结构，"翻"是补充"闹"的程度和后果。王熙凤大闹宁国府之前，先是把尤二姐接到大观园，控制证据，接着唆使张华告贾琏在"国孝家孝的里头，背旨瞒亲，仗财依势，强迫退亲，停妻再娶"，造成外部攻势之后，才开始大闹的。

一是有理。凤姐反复喝骂斥责尤氏、贾蓉"你痰迷了心,脂油蒙了窍,国孝,家孝,两层在身",就敢"背旨瞒亲",用封建的宗法像一把尚方宝剑,横在贾珍、尤氏他们的头上。

二是有利。凤姐哭闹着拉着尤氏去见官,进一步相挟持。还"滚到尤氏怀里,嚎天动地,放悲大声",并在骂声中点明她为了平息官司、打点官府用了五百两银子。为了让尤氏他们认账,"又要寻死撞头"相威胁。结果凤姐银子到手了。

三是有节。直到"众臣妾丫头媳妇等已是黑压压跪了一地",赔笑求情,答应赔付银两。这时凤姐才止了哭,又见贾蓉"磕头不绝",才缓下口气,表白自己年轻,听见有人告官,就"吓昏了"为遁词,结束了这场"大闹宁国府"。凤姐既出了这口恶气,又赚了三百两银子。

凤姐虽是"大闹",但做得有理、有利、有节,她的目的并不是"闹翻",而是为了降服宁国府,堵住贾珍、尤氏的嘴,为进一步整治尤二姐做了铺垫。

(三) 不同版本同一章回的叙事内容发生变化而导致回目不同

章回基本叙事内容不变的情况下,我们可以从各种版本回目的异同,比较鉴别孰优孰劣;但当章回的叙事内容或叙事成分发生改变,那么就必须依据其变化而具体地分析。

第十七回

程乙本、程甲本、甲辰本、己卯本、庚辰本、苏联列藏本:

　　大观园试才题对额　　荣国府归省庆元宵

梦稿本:

　　会芳园试才题对额　　贾宝玉机敏动诸宾

蒙古王府本:

　　大观园试才题对额　　怡红院迷路探曲折

戚序本:

　　大观园试才题对额　　怡红院迷路探深幽

舒序本：

　　大观园试才题对额　　荣国府奉旨赐归宁

第十七回回目程高本与脂评本上联都相同："大观园试才题对额"，与本章回的叙事内容丝丝入扣，表里一致。唯有下联，可分为三种类型：

一是程乙本、程甲本、甲辰本、己卯本、庚辰本、苏联列藏本："荣国府归省庆元宵"。舒序本"荣国府奉旨赐归宁"与上面一联比较接近，划为一类。

二是梦稿本："贾宝玉机敏动诸宾"。

三是蒙古王府本："怡红院迷路探曲折"、戚序本："怡红院迷路探深幽"。

纵观上述不同的回目，无论哪个版本都不尽如人意。程乙本"荣国府归省庆元宵"在本章回中无此内容，正如王伯沆《红楼梦批语》中所指："本回书与目下一句全不合，亦系失检。"形成这一缺憾的原因，我们从脂评本可以找到答案，庚辰本与己卯本全是第十七、十八回不分开，如果上联指第十七回，下联指第十八回，那么回目与章回叙事内容十分吻合，无可挑剔。但分断后，将回目都归在第十七回，下句便失去叙事根据的依托。脂砚斋在此批注："此回宜分二回方妥。"至戚序本第十七、十八回已经分断，并在这有眉批："今本第十七回至备车轿去迎接句止，十八回起句作话说彼时又有人回云云。"①

但戚序本分断后，所加的下联回目出手不高。"怡红院迷路探深幽"，是此章回的一小细节，描写怡红院曲经回廊，山石树木，互相遮掩，门径幽迷，贾政因而一时找不到出口。其用意在于渲染大观园巧夺天工，豪华无比，没有叙事深层的意蕴。以此为下联回目，难以与上句匹配。虽说不像程高本下联空洞无物，但也非理想的回目。

---

①曹雪芹：《戚蓼生序本石头记》卷二，人民文学出版社1975年版。

第六十五回

程乙本、程甲本、己卯本、庚辰本、苏联列藏本、眉盦本、甲辰本：

贾二舍偷娶尤二姨　尤三姐思嫁柳二郎

梦稿本：

贾二舍偷娶尤二姐　尤三姐思嫁柳二郎

蒙古王府本、戚序本第六十五回：

膏粱子惧内偷娶妾　淫奔女改行自择夫

第六十五回程乙本、程甲本、己卯本、庚辰本、苏联列藏本、眉盦本、甲辰本、梦稿本的回目下联："尤三姐思嫁柳二郎"，与蒙古王府本、戚序本"淫奔女改行自择夫"的回目不同，是因为叙事内容有异而造成的。各种脂本描写尤三姐与贾珍的关系暧昧，贾珍先命小厮去尤氏姊妹所居的院子，打听贾琏在与不在。"小厮回来说不在，贾珍欢喜，将左右一概先遣回去，只留两个心腹小童牵马，一时到了新房，已是掌灯时分，悄悄入去。"当尤老娘、尤二姐、尤三姐与贾珍一同吃了一会酒。"尤二姐知局，便邀她母亲说：'我怪怕的，妈同我到那边走走来。'尤老也会意，便真个同她出来，只剩小丫头们，贾珍便和三姐挨肩擦脸，百般轻薄起来。小丫头子们看不过，也都躲了出去，凭他俩个自在取乐，不知作些什么勾当。"且不论贾珍与尤三姐到底有什么勾当，只看尤二姐借故和老娘躲出去，便知他们的关系在别人心里早已明白。程高本将这些及其他字里行间不雅的字句都删掉了，尤三姐成了一个清白无污的女子。可见，程高本与脂评本是两个不同形象的尤三姐。

白先勇先生在《细说红楼梦》一书中把文学创造的规律和《红楼梦》文本叙事的肌理两方面结合起来，详细谈到这个问题。他说："把尤三姐写得那么低俗，我觉得这里文笔也不好，把尤三姐完全破坏掉了。第一，尤三姐绝对不可能跟贾珍先有染，有染以后，她后来怎么硬得起来，她怎么敢臭骂贾珍、贾琏他们两个人？自己已经先失足了，有什么立场再骂？如果它是这样写，下面根本写不下去了。""接着是精彩得不得了的一段来了。刚刚贾琏嬉皮笑脸地要拉线，拉拢贾珍跟三姐儿，你看看三姐儿的反应。庚辰本说三姐儿本来就失足了，本来就跟贾珍有染了，那这一回根本写不下去。三姐儿是很烈性的一个女孩子，所以才有这一段非常精彩的反应。贾琏不是叫她妈？看看程乙本：'三姐儿听了这话，就跳起来，站在炕上。'这个力量有多强！

"指着贾琏冷笑道：'你不用和我"花马掉嘴"的！咱们"清水下杂面——你吃我看"。'杂面是北方吃的一种面，据说用油来和就好吃，用清水和不好吃。不好吃的面你吃，我看着你吃，你吃我看是歇后语。'提着影戏人子上场儿——好歹别戳破这层纸儿。'那个影戏的跑马有灯，隔了一层纸，大家心中有数。你们两个是什么东西，大家心里也有数，不要戳破这一层。'你别糊涂油蒙了心，打量我们不知道你府上的事呢！这会子花了几个臭钱，你们哥儿俩，拿着我们姊妹两个权当粉头来取乐儿。'粉头是妓女、娼女。'你们就打错了算盘了！我也知道你那老婆太难缠。如今把我姐姐拐了来做了二房，"偷来的锣鼓儿打不得"。我也要会会这凤奶奶去，看他是几个脑袋？几只手？若大家好取和儿便罢；倘若有一点叫人过不去，我有本事先把你两个的牛黄狗宝掏出来，再和那泼妇拚了这条命！喝酒怕什么？咱们就喝。''说着自己拿起壶来，斟了一杯，自己先喝了半盏，搂过贾琏来就灌，说："我倒没有和你哥哥喝过。讲清楚了嘛！我跟你哥哥没事的。今儿倒要和你喝一喝，咱们也亲近亲近。"吓的贾琏酒都醒了。''浪荡子情遗九龙珮'，对那一个还可以，碰到这个不行了。'贾珍也不承望三姐儿这等拉的下脸来。兄弟两个本是风流场中耍惯的'，两个人本来就是跟女人调情的情场老手，'不想今日反被这个女孩儿一席话说的不能搭言'。

"下面尤三姐的表演精彩得不得了。'三姐看了这样，越发一叠声又叫："将姐姐请来！要乐，咱们四个大家一处乐。俗语说的，'便宜不过当家'，你们是哥哥兄弟，我们是姐姐妹妹，又不是外人，只管上来！"'贾琏不是要喝个杂烩汤嘛！'尤老娘方不好意思起来'。妈妈坐在旁边不好意思了，自己女儿那么泼辣。'贾珍得便就要溜'，他想这个算了！快点跑吧！写溜掉了。'三姐儿那里肯放？'别走，还有话呢！贾珍此时反后悔，不承望他是这种人，与贾琏反不好轻薄了。"

白先勇先生精细的分析，这里不多举了，他的结论是："当初庚辰本是手抄本，也可能是曹雪芹未定稿的一个本子。手抄本的人不见得文学修养高，他们抄了拿去卖的嘛！"①

因此，蒙古王府本、戚序本回目"淫奔女改行自择夫"是未定稿或手抄本所致，远不如程乙本、程甲本"尤三姐思嫁柳二郎"为佳。也许正是这个缘故，连脂评本中己卯本、庚辰本、苏联列藏本、眉盦本、甲辰本，还有梦稿本都没有与蒙古王府本、戚序本的这个回目相同，反倒与程乙本、程甲本一致。可见，审美欣赏趋同的一致性。

上面从三个方面点点滴滴的剖析，仅从回目这一视觉审视，大致可以归纳出如下几点认识：

（一）《红楼梦》120回系统的前80回与80回脂评本系统的回目比对后，两个系统所有版本完全相同的回目有46个章回，相同率达57.5%。这个现象说明，程甲本、程乙本刊刻前吸收了之前未定稿的所有最优秀的文字，程高本与脂评本之间亲和程度是主要的。

（二）程甲本与程乙本的回目基本相同，其中有几处异同，程乙本经过修改后，优于程甲本。

（三）诸多脂评本中回目最接近程乙本的就是甲辰本。程乙本前八十回与甲辰本回目相同的有69个章回。相同率达76.4%。可以说明甲辰本是脂评本走向程高本的过渡本。

（四）在诸多脂评本的回目比较中，己卯本与庚辰本的回目也存在着亲和关系，蒙古王府本与戚序本的回目也存在着亲和关系。

（五）程乙本与梦稿本后四十回的回目全部相同。

总之，最后的结论是：《红楼梦》回目程乙本优于程甲本和诸多脂评本。从这一文本具体的元素的考量中，我们可以得出这样的推论：《红楼梦》程甲本、程乙本是曹雪芹最后写定本的传世之作，为程伟元和高鹗所刊刻，程乙本在程甲本的基础上修订，成为问鼎于世的巨著。而所有之前的脂评本，

---

① 白先勇：《细说红楼梦》，广西师大出版社2017年版，第526—532页。

都是曹雪芹的未定稿不同时期的抄本，出现诸多与程高本不同的情况，这是必然的过程。所以，我依然倡导"大众欣赏，小众学术"的策略。所谓"大众欣赏"，就是提供给广大读者最通达的读本，当然首取《红楼梦》程乙本，而所谓"小众学术"，就是研究者面对诸多脂评本以及程高本，研究、探讨《红楼梦》的成书过程和版本变异，从而提升对曹学、红学研究的不断深入。

2019年6月13日在台北《新世纪重评红楼梦》

两岸交流论坛上的发言稿

《红楼梦》前五回叙事结构形态的独创性

纵观20世纪《红楼梦》研究史，最薄弱的是文本研究，最值得注意的倾向是文本"碎片"研究方法。即缺少整体性把握的自觉意识，常常是解读一部大书讲到某一个情节，某一个人物，甚至某一个细节时，津津乐道，一旦把它放到整体结构之中，视作一个有机的生命，让情节和人物定位在其所属的自然的流变的位置上，就苍白无语了。只有整体性的解读，才会全牛在胸，目视一端，顺着叙事肌理自如地伸张，不会让某一人物或事件孤立地出现，评论一二，难免走偏。

吴宓是20世纪最早从整体性角度谈《红楼梦》结构的学者，他发表在1920年《民心周报》上的一文说："凡小说中，应以一件大事为主干，为枢轴，其他情节，皆与之附丽关合，如树之有枝叶，不得凭空裂放，一也；此一件大事，应逐渐酝酿蜕化，行而不滞，续不起断，终至结局，如河流之蜿蜒入海者然，二也；一切事实，应由因生果，按步登程，全在情理之中，不能无端出没，亦不可以意造作，事之重大者，尤须遥为伏线，三也；首尾前后须照应，不可有矛盾之处，四也。以上四律，《石头记》均有合。"[①] 显然，这种整体性角度还是从中国传统文论视角入手分析的。20世纪40年代最为人称道的当属李辰冬的论《红楼梦》结构，他说："《红楼梦》这样结构法，在西洋'小说研究'或者'小说作法'一类书里，找不出适当名称的，有人就以为《红楼梦》没结构或者不注意结构。其实，西洋小说结构的名称，系由

---

① 吴宓：《红楼梦新谈》，吕启祥、林东海：《红楼梦研究稀见资料汇编》（上），人民文学出版社2001年版，第30页。

西洋小说里归纳出来的，根本无《红楼梦》一类的作品，如何有适当的名称？这种结构，我们可名之为'海潮式'或《红楼梦》式。"① 李辰冬的《红楼梦》结构论，简言之，有三个特点：一是，他发表论著时，"红学几乎成了索隐派和考据派的一统天下。在这种情形之下，李辰冬是第一个接续了王国维的香火，'以文学的立场，把小说当做专书来研究'的学者"（解玺璋语）。二是，他是站在中西方广阔视域的角度，看待《红楼梦》结构的第一人。三是，他融入了西方结构单元的研究意识，提出全书可分为六个单元结构。其中第一个单元结构就是前五回，就要看到它的独特性。遗憾的是直到80年代，刘梦溪发表了《论〈红楼梦〉前五回在全书结构上的意义》②，才将这一课题推向20世纪《红楼梦》研究史学术新高度。

一、《红楼梦》前五回叙事结构的独创性

《红楼梦》前五回给人的印象，从天上到人间，由梦幻到现实。既有人生悲欢离合儿女情长，又有仙姑僧道幻化玄虚；既有官场盘根错节荣损与共，又有市井细民恩怨纠葛；既有豪族百年兴衰五世而斩，又有社会底层百姓生老病死……为我们所展现的叙事形态既绚丽多姿又云遮雾障；既有精巧完整的结构又隐含着说不尽的意蕴。仿佛每个章回都看似独立，而这正是前五回叙事结构的一个特征。每个章回的相对独立性很强，展现的时空跨度也很大，这似断而连的多层叙事结构，恰恰展示了社会形态的多样而统一，形成了由相对独立单元情节与整体艺术浑然相成的鲜活生命体征。《红楼梦》前五回的写法，在全书叙事结构中具有特殊意义，它不仅是悲剧故事的一个缩影和象征，更是整个叙事形态的脉络和穴位。贾府赫赫扬扬的崩塌过程，形形色色人物命运的走向，红楼悲剧主旋律的回旋，仿佛都将在这里生发，牵一而动百，触末而致首。如何认识《红楼梦》前五回在整个叙事结构中的地位和功能，是我们解读和欣赏这部伟大著作至关重要的问题。

---

①李辰冬：《知味红楼》，中国档案出版社2006年版，第116页。
②刘梦溪：《红楼梦新论》，中国社会科学出版社1982年版，第82页。

审视20世纪《红楼梦》研究史，对于《红楼梦》前五回叙事结构的独创性的研究，首推刘梦溪"论《红楼梦》前五回在全书结构上的意义"，并分八个小题，展开了论述：一、为什么研究前五回；二、现实主义——曹雪芹结构艺术的纲领；三、"说起根由虽近荒唐，细谙则深有趣味"；四、整个悲剧的一个插曲；五、典型环境；六、"目注此处，却不便写，却去远远处发来"；七、"护官符"的作用；八、梦中之梦。这八个问题概括了《红楼梦》前五回叙事结构的基本内容，并提出了前五回叙事结构形态的独创性。自此以后至今，也没有谁对这个命题进行认真而深入的诠释。当我们站在前代学者铺就的理论平台上，将理论的探头继续推向前时，会发现我们依然面临着许多未解的问题。

其一，《红楼梦》前五回"是整个悲剧的一个缩影"，那么有一个问题不能回避，曹雪芹是如何把百年兴衰的时间之长、叙事内容之繁、叙事成分之杂，浓缩在前五回这么短的篇章里呢？这些故事与故事之间的空间跨度非常大。跛足道人、癞头和尚一下子从天上来到人间；甄士隐的悲剧发生在姑苏（苏州）；黛玉从维扬（扬州）到京城；贾雨村走的地方更多，姑苏、维扬、京城都到过。而故事时间就更模糊而零散。"石头""还泪"的故事都是天上的事，时间无法计算。就说甄士隐，原来住在姑苏，有一年正月丢了女儿，烧了房子，年底投奔其岳父。在乡下住了两年以后才出家，中间又隔了近两年，甄士隐的故事前前后后大约有五年多。所以有些学者用考古锤敲敲打打，总想把前五回的时间考证清楚，结果事倍功半。前五回每一个章回都是一个独立的时空层面。章回与章回之间，层面与层面之间，也就面临着其叙事的对接和转换，也就是小说时间艺术空间化的处理。

其二，前五回有相对独立的叙事结构。"读完前五回有读完全书的感觉，只有正确地理解前五回，才能进而理解曹雪芹和他的《红楼梦》。"前五回看似每个章回的相对独立性很强，展现的时空跨度也很大，但这似断而连的多层的叙事领域却在意蕴上产生了一个合力，因而形散而神不散，给人一个相对独立的感觉，成为《红楼梦》"整个悲剧的一个缩影"。这是一个不同的意蕴范畴之间如何衔接和共生的问题。

结构的美学意义就在于"关系"对"意义"的生成作用,《红楼梦》巨大而深厚的意蕴来自叙事结构经络般的"关系"中,而关系主要着眼于"故事链"的安排和设计。许多情节线索都在前五回中"埋下了根蒂",是从前五回中抽引出来的。前五回每个故事层面都有其不同的意蕴,但前五回开拓的意蕴空间不等于各个层面的意蕴相加之和,因为构成《红楼梦》整体悲剧所承载的审美意蕴要远远超出各个层面悲剧意蕴之和。那么前五回单个的意蕴是如何聚焦才产生了共生效应的呢?

其三,曹雪芹如何对前五回叙事框架的建构是作者自己的事,一旦作品问世,读者能否通过阅读,感知作者创造的叙事空间又是另一回事。感知是阅读的重要形态,而且主要体现在读者对小说叙事的空间的判断上,在脑海里出现了想象的空间形状。细细品味,不难发现,读《红楼梦》前五回,犹如从天上走来,从远处走来,经过曹雪芹设置的"导引",沿着介绍贾府、走近贾府、进入贾府这条中轴线,了解百年望族之家。《红楼梦》的主要人物就集结在这样的典型环境之中,读者身临其境,感同身受,前五回的艺术使命才能得以完成。因此说,作者创造的叙事空间能否成功,最终是通过阅读来检验的。

上面所有问题,都指向一个基本的理论问题:时间艺术的空间化。张世君说:"小说作为时间艺术不容抹杀,但是时间叙事中有空间,并且时间序列要靠空间叙事来展开,时间的空间化是一个世界性的开拓问题。"[1] 假如把《红楼梦》前五回比作一朵莲花,它的每个相对独立章回是一个故事,每一个故事都是花托上的一个莲花瓣,整体布局就像盛开的一朵莲花向外伸展开来。展示的中心是花蕊,花蕊就是贾府。犹如戴维·米切尔森指出的:

> 空间形式的小说不是萝卜,日积月累,长得绿意流泻;确切地说,它们是由许多相似的瓣组成的橘子,它们并不四处发散,而是集中在唯一的主题(核)上。[2]

---

[1] 张世君:《明清小说评点叙事概念研究》,中国社会科学出版社2007年版,第35页。
[2] 约瑟夫·弗兰克等:《现代小说的空间形式》,北京大学出版社1991年版,第142页。

这种时间艺术的空间化特征，在中国也有独特的表现。吴士余先生曾指出：

> 明清时期，小说家从园林文化中接纳了创造艺术空间的思维意识，激活了审美主体思维的空间效应，逐步形成了小说形象组合的多元空间存在形态，于是，中国小说的结构美被凸现出来，小说叙事模式也由此而趋于完善和定型。①

《红楼梦》前五回相对独立的多维时空形态的建构，源于小说叙事的核心问题：时间艺术的空间化。那么曹雪芹是如何建构《红楼梦》前五回相对独立的多维时空形态的呢？

《红楼梦》前五回出现统领全书的三个神话故事和三个现实故事，即："石头补天""绛珠还泪""太虚幻境"和甄士隐故事、黛玉进京、"葫芦案"。当这三个神话故事和三个现实故事被组合到五个章回之中时，面临三个基本问题：第一，采取什么方式讲述故事？第二，故事与故事之间如何排列和衔接？第三，每个层面的故事所产生的意蕴如何都围绕一个核心？我们通过对《红楼梦》文本的研究，发现曹雪芹主要是通过以下方法进行有效处理的。

二、《红楼梦》前五回利用过场人物设置对话的空间场景，讲述故事，组接人物

《红楼梦》前五回，每一个章回都似独立。为了让我们读懂这似断而连的多层叙事领域，曹雪芹借用了三个过场人物甄士隐、贾雨村、冷子兴，各自发挥不同的叙事贯穿作用，组接起大跨度的多维历史时空，构成了一个浑然有机的艺术整体。让读者跟着他们，渐渐走进贾府，看到以贾府为中心的

---

① 吴士余：《中国小说思维的文化机制》，华东师范大学出版社1990年版，第176页。

封建上流社会形态。《红楼梦》前五回具体的叙事策略：

（一）三个过场人物充当了"导游"

三个过场人物引领读者由远及近、由浅入深、由外到里，走进《红楼梦》艺术的殿堂。其实过场人物所充当的"导游"、"路线图"和"解说词"都是由曹雪芹这个叙述人安排和调度的，以此来表达他的叙事用意。正如美国学者布斯在《小说修辞学》中所指出的：

> 他们（注：小说的作者）不能说话，也就是说，不能直接说话。小说中的对话，是小说全部经验的中心，在对话中，作者的声音仍然起主导作用。[1]

我们再仔细注意一下"导游"说故事，都不是冗长的叙述，而是在活跃的"对话"的空间形式中完成的。

（二）"对话"的空间形式：讲述和展示

"对话"的空间形式涉及叙事的两种不同方式，即讲述和展示。讲述侧重时间形态，展示侧重空间形态。小说中人物的存在、活动，显示自己的空间，并在空间因素和形态形状的具体表现中，体现出时间的因素。利用对话的空间场景讲故事，就是把展示和讲述巧妙的结合。既是作者叙事空间化的过程，也是读者感知的空间存在。荷兰米克·巴尔指出：

> 空间感知中特别包括三种感觉：视觉、听觉和触觉。所有这三者都可以导致故事中的描述……借助这三种官能感觉，可以指明人物与空间之间的两类关系。人物位于其中的空间，或正好不位于其中的空间，可被看作为一个结构。[2]

---

[1] W·C·布斯：《小说修辞学》，北京大学出版社1987年版，第302页。
[2] 米克·巴尔：《叙事学：叙事理论导论》，中国社会科学出版社1995年版，第106页。

《红楼梦》超时空的神话故事展示在两个神仙的对话空间场景中，由甄士隐完成了神仙世界与人间的对接。

却说女娲氏炼石补天之时，于大荒山无稽崖练成高经十二丈、见方二十四丈大的顽石三万六千五百零一块。那娲皇只用了三万六千五百块，单单剩下一块未用，弃在青埂峰下。谁知此石自经锻炼之后，灵性已通，自去自来，可大可小。因见众石俱得补天，独自己无才不得入选，遂自怨自愧，日夜悲哀。

正当这块顽石自怨自叹之际，恰有茫茫大士、渺渺真人一僧一道两位神仙说说笑笑飘然而至。顽石听了他们的谈论，思慕世间的荣耀繁华，便恳请二仙携入红尘。于是二仙便携之幻形入世。顽石"听了"，正说明是从听觉落笔的。

"还泪"是第二则神话——神瑛侍者浇灌仙草，绛珠仙子以泪还情。这则故事是借茫茫大士之口说了它的前因后果：

看见那灵河岸上三生石畔有棵绛珠草，十分娇娜可爱，遂日以甘露灌溉，这绛珠草始得久延岁月。后来既受天地精华，复得雨露滋养，遂脱了草木之胎，幻化人形，仅修成女体，终日游于离恨天外，饥餐秘青果，渴饮灌愁水。只因尚未酬报灌溉之德，故甚至五内郁结着一段缠绵不尽之意。常说："自己受了他雨露之惠，我并无此水可还。他若下世为人，我也同去走一遭，但把我一生所有的眼泪还他，也还得过了。"因此一事，就勾出多少风流冤家，都要下凡，造历幻缘，那绛珠仙草也在其中。今日这石正该下世，我来特地将他们带到警幻仙子案前，给他挂了号同这些情鬼下凡，一了此案。

在梦境之中恰好甄士隐见到了两位仙人，"一日，炎夏永昼，士隐于书房闲坐，蒙眬中至倦抛书，伏几盹睡，不觉蒙眬中走至一处，不辨是何地方。忽见那厢来了一僧一道，且行且谈。只听道人问道：'你携了此物，意欲何往？'那僧笑道：'你放心，如今现有一段风流公案，正该了结，这一干风流冤家尚未投胎入世。趁此机会，就将此物夹带于中，使他去经历经历。'"一僧一道两个神仙叙说石头的经历，引起甄士隐的好奇将石头接过来看时，便听那僧说到"已到幻境"，两边出现一副对联：

假作真时真亦假，
无为有处有还无。

甄士隐还想跟着过去听，"忽听一声霹雳，若山崩地陷"，惊吓中方醒，原来是一场梦。这种将神话故事与现实生活组接到一起的手法，在古典小说中司空见惯，但《红楼梦》前五回中的这种叙事设置却有着不同寻常的作用。它为创造《红楼梦》潜隐结构进行了基础施工。甄士隐的故事则开启了《红楼梦》的人间百态。

（三）分层叙事，强化了叙事的空间化

《红楼梦》讲究分层叙事。前五回不断地分层把读者引向叙事结构中心，其中一个重要的过场人物是贾雨村。第二回展示了他与故友冷子兴"邂逅"相遇的叙事情节，从而有机缘介绍了贾府；第三回是他送林黛玉到外婆家，导引视线走进了贾府；第四回是他亲自判"葫芦案"，让读者认识了贾府。这是大的方面的分层叙事。

其次，即使同一叙事情节，也要用分割场面，呈现出叙事的空间化。比如：冷子兴与贾雨村"邂逅"相遇的叙事情节，是依靠几个相对独立对话的空间场面分割完成的。对话的第一层面：说起百年望族的贾府，贾雨村不明白为什么富贵荣华的宁、荣两府现在处于末世，冷子兴解释了其中的原因。第一，贾府子孙是靠祖宗的德泽享受荣华，而且是一代不如一代。第二，"如今人口日多，事务日盛，主仆上下都是安富尊荣者，运筹谋划者无一个；那日用排场费用，又不能将就省俭，如今外面的架子虽没很倒，内囊却也尽上来了"。昭示了贾府的走势——君子之泽，五世而斩；百足之虫，死而不僵。

对话的第二层面：介绍了贾府的谱系。宁荣二公开创基业，宁荣二府的子孙依次袭了祖上的官位，至今世袭已到了第四代。家族把承继的希望都压在了宝玉身上，通过科举求取功名，可偏偏他不喜读书，实在是贵族家庭中令人悲哀的事。

对话的第三层面：冷子兴说起宝玉，专门介绍了这个一生下来就衔着一块五彩玉的公子，只爱脂粉钗环之物，说起话来更是奇怪："女儿是水做的骨肉，男子是泥做的骨肉。我见了女儿便清爽，见了男子便觉浊臭逼人。"由此引发了贾雨村一通长篇大论，天地所秉正邪二气。借贾雨村之口，明确宣示作者曹雪芹的"人物观"：其一，人与时势的关系，即"大仁者则应运而生，大恶者则应劫而生"；其二，人是气和形的合一，"形者，气所附以为凝结；气者，形所附托为运动"（吕坤语）；其三，人都秉"正邪二气"，且二者"正不容邪，邪复妒正"。这既是历史人物论，又是创作人物论。

这样层层递进，把讲述的内容分割在几次对话的场面中，强化了叙事的空间化。

三、《红楼梦》前五回沿着中轴线设置故事与故事的排列和衔接

《红楼梦》前五回的结构，像中国绘画的散点透视那样，将局部连缀起来，整个空间看似一个整体，实际上局部与局部、章回与章回之间在形式上都留有空白，都有界限。章回是以时空为界限划分的形式，其中时间可以淡化和模糊处理，比如前五回的三个神话故事，你能说清它的时代吗？但空间却不能淡化和模糊，只要有人物活动的场所，就有故事的空间。以致当我们一说起某个故事的时候，脑海里自然会闪现与故事情节不可分离的空间镜头。因此，每一章回相对于小说整体的独立性，在一定意义上讲，就是小说叙事的空间分割。小说叙事结构所依赖的和据以腾挪变化的也是空间，叙事的空间化对小说叙事结构的创建更有深刻的美学意义。

犹如我们走进故宫，别说那庞大的建筑群体有9000多间房屋，就是那三宫六院，走进去也一时让人眼花缭乱，但为什么游览后，会对其基本的布局结构有一个清晰的印象？那是因为它有一条南北走向的中轴线贯穿紫禁城，中轴线上以太和、中和、保和三大殿为中心，两翼分列其他宫院。其实《红楼梦》前五回的排列和布局也是这样，也是围绕着一条中轴线而展开的。《红楼梦》前五回出现三个过场人物：甄士隐、贾雨村和冷子兴，分别从不同的视角、不同的联系，完成了相对独立的、多维的、大跨度的叙事时空之间的转换，把我们的视野引到了《红楼梦》的主叙事——贾府的故事。如果说曹雪芹以贾府这条中轴线为叙事展开的基础和背景，那么切割空间就成为引发读者的感知点的主要手段。村郊酒店"冷子兴演说荣国府"是向读者平面介绍贾府。"黛玉进贾府"是从外向里让读者透过黛玉的"眼睛"展示贾府，一步一景。到了贾雨村在京城"乱判葫芦案"，则是从点到面展示贾府。贾府是一个点，它与薛家、王家和史家结成四大家族，是一个"面"，往外与皇亲国戚，又形成一个"面"，也就是封建官僚社会关系网。其特征就是葫芦案中小门子所言："一损俱损，一荣俱荣。"透视出社会的潜规则：讲关系，靠关系，拉关系。小门子对贾雨村所说的一番话是"讲关系"；薛蟠打死人，扬长而去，无法无天是"靠关系"；贾雨村借乱判葫芦案，向贾府这棵大树靠得更紧了，是"拉关系"。无论盘马弯弓，左右摇曳，还是柳暗花明，步步深入，三个过场人物的叙事艺术使命都是沿着走进、介绍和认识贾府这条中轴线，把典型人物从不同的时空，集中到贾府，同时展示贾府这个典型环境。为第六回到第一百二十回的《红楼梦》故事的主叙事层面铺设各种预述、因素和伏脉。

由此，可以对前五回沿着中轴线设置故事与故事的排列和衔接进行归纳：

第一，设置故事与故事的排列和衔接，从形式上来看，实质就是时间和空间的分割和组合，或者进行时间与空间之间的转换。作者可以淡化和模糊时间，而空间是无法淡化和模糊的，小说叙事结构就是依赖和腾挪变化空间场景。比如冷子兴的村郊酒店、黛玉在贾府、贾雨村官府断案……

第二，设置故事与故事的排列和衔接，从内容上来看，都是一株花木上绽放的几朵花瓣。比如冷子兴——贾府的谱系、黛玉——贾府的现实人际关系、贾雨村——四大家族关系网……其间排列和组合的内容就一目了然，都在贾府这个"主题核"上展开，并层层深入。

第三，设置故事与故事的排列和衔接的形式越是腾挪变化大，金圣叹称赞为"章法错落"，那么引发读者的感知就越是强烈，而内容越是集中到一个"主题核"，给读者的感知就越是深刻。

四、《红楼梦》前五回每个层面故事的意蕴都是围绕一个主题核的

《红楼梦》前五回每个层面都有意蕴产生，而且围绕一个主题核，那么共生的意蕴是什么呢？

美国浦安迪教授在北京大学讲演时指出："我们要肯定，'讲故事'是'叙事'这种文化活动的一个核心功能。古往今来的不少批评家都注意到了讲故事作为人类生活中一项必不可少的文化活动的意义，不讲故事则不成其为人。"① 世世代代的人们都喜欢用故事来满足自己重见历史的欲求，这种历史提供的人生体验愈是丰富和深刻，愈是受到欢迎，中外皆然。

甄士隐的故事，寄托着对苦难人生、多舛命运、艰难时世的感悟，对世俗社会和世态人情的关注，对彼岸世界和人生选择的幻想。它是对历朝历代人生基本欲望的追思；也是由于社会对人性的挤压，导致心灵对无常的拷问。落叶知秋，甄士隐的故事揭示了人性的欲望和潜力，并在《红楼梦》群体人物身上裂变和演化；还揭示了人性面对自身命运的无奈，以及似乎看透无常世界的幡然警醒。这种潜意识中的无奈、惶恐和警醒，构成了《红楼梦》的主题核，并最终渗透在《红楼梦》主要人物——黛玉、宝玉、宝钗、凤姐、贾母身上，只是表现形态不同罢了。

前五回两则神话故事传递出的"木石前盟"的爱情寓意，与世俗社会现实的"金玉良缘"式的婚姻潜规则具有对抗性。它像幽灵一样游荡在贾府，

---

①浦安迪讲演：《中国叙事学》，北京大学出版社1996年版，第5页。

像潜意识一样弥漫在贾府上上下下的人们心中。如果说《红楼梦》故事像一座冰山，那么它就像冰山下面浮动、激荡的海水，越是底层，越是能窥见林林总总人性的隐秘和心态，越是能透视贾府这"富而好礼之家"的"体仁沐德"。正如王国维所言："金玉以之合，木石以之离，又岂有蛇蝎之人物，非常之变故，行于其间哉？不过通常之道德，通常之人情，通常之境遇为之而已。"① 而"通常之道德，通常之人情，通常之境遇"当指中国几千年来积淀并凝固下来的传统文化。这种文化以伦理为本位，以封建的孝道作纽带，把个人、家族、国家联系起来，除了强调个体对宗族、国家的义务，还造就了个体的逆来顺受、自我压缩，大家自觉不自觉地盲从于宗法社会的伦理道德规范，淹没了个性，充斥着奴性，丧失了与生俱有的自由、平等观念。最后那些鲜活的生命被这种文化无情地吞噬，这就是封建伦理文化的悲剧，已成为几千年来根深蒂固的超稳定的文化结构和社会心理。

　　其实，《红楼梦》每个层面的意蕴，不管以什么形式出现，但都在与《红楼梦》的悲剧主题核形成共振，就会生成共性的东西。《红楼梦》以传神文笔刻画了在封建礼教压抑下从底层百姓到上流贵族各阶层的真实百态，以及在封建意识和反封建意识中每一个个体的人性的美丽和扭曲。家族悲剧、婚姻悲剧和爱情悲剧构成了《红楼梦》悲剧的主干，而整体悲剧所承载的意蕴要远远超出每个单一性质的悲剧。所以说《红楼梦》打破了传统"写法"，在前五回形成叙事的潜隐结构。无论撕开血淋淋的包头布，还是扯下温情脉脉的面纱，都会在这儿找到深层的答案。

　　当每个层面的意蕴围绕一个主题核，那么共生的意蕴是什么呢？这就是《红楼梦》在叙事结构形态之中隐括着一个潜隐结构。杨义在《中国叙事学》中说：

　　　　孤立地考察它们本身，是不足以组成结构的，但是许多情节线索从这里抽引出来，而且它们之间形成某种张力，吸附整个情节向特定的方

---

① 俞晓红：《王国维红楼梦评论笺说》，中华书局2004年版，第97页。

向发展。这种非结构的结构，乃是一种潜隐结构，它们相互呼应，以象征的方式赋予整个情节发展以哲学意义。①

这段话所说的潜隐结构，包含三层基本意思，即：许多情节线索源于潜隐结构，潜隐结构是一个张力网，潜隐结构制约或者牵引着情节发展的方向。以家族悲剧为例，赫赫扬扬的贾府已历百年，尽管背后所隐藏的是"内囊尽上"，但表面还呈现"虚架子"之盛。贾府是全书的一个叙事中心，前五回把贾府这一官僚贵族的特征、贾氏宗族的脉系、上流社会的关系简而不繁地点到了，为第六回———百二十回的生发和拓展打下了结构定势，铺设了叙事文脉。再以"葫芦案"为例，它是整部小说的引子，涵盖豪族与司法勾结的序幕。它透视了封建政治的腐败现象之一：以权谋私、以法谋私、徇私枉法。第四回薛蟠打死人与第八十五回薛蟠再次打死人的描写；第四回贾雨村徇私枉法、胡乱判案与第四十八回以权徇私、诬陷石呆子、豪夺古扇等，不仅仅透视了封建政治的腐败，而且折射出贾府衰败的过程。

《红楼梦》从政治、社会、宗法讲述了一个贵族之家，再现了封建社会各种社会矛盾和家族矛盾，描写出封建社会各色人物的日常生活细节和人物活动的环境，为人们形象地展示了一幅18世纪中国社会的风俗画卷。它的意蕴博大精深，而且是多层面的。叶朗先生谈到《红楼梦》的意蕴时曾指出：

> 《红楼梦》意蕴的三个层面是层层递进的。《红楼梦》的人物、情节构成一个历史的、生动的、具体的社会生活画面。这是第一层。作者的审美理想突破这个现实。这是第二层。再进一步，从根本上追问和体验人生的终极意义和价值。这是第三层。
>
> 《红楼梦》意蕴的第一个层面和第二个层面（对当时社会生活、人情世态的反映和悲剧性），都是和特定的历史时代相联系的。第三个层面也是和特定的历史时代相联系的，但又超出一定的历史时代。它写出了不

---

① 杨义：《中国叙事学》，第49页。

同时代的人所共有的体验和感受。这是艺术作品中带有永恒的东西。①

叶朗先生指出了《红楼梦》的意蕴有三个层面,其中第一个层面和第二个层面相当于叙事学讲的表层结构,"都是和特定的历史时代相联系的"。第三个层面是潜隐结构,即"从根本上追问和体验人生的终极意义和价值"。它是《红楼梦》前五回独创的叙事结构,与第六回到第一百二十回形成两种叙事形态,造就潜隐结构的形成。其意蕴生成的创新点,是前五回造就的语境结构所规定的几个"关系"。这几个"关系"在故事层面相互交织,互为生发,扩大了叙事内容的张力,并且沿着文化意蕴形成三条主要意脉向前推进,向前拓展,贯穿全书。显示了对广阔社会生活的概括,显示了社会、人性、心灵三个层面的交互影响,把每一回的意蕴都延伸到了原生的社会形态,揭示了不同的社会群体人生的欲望和价值。

原载《内江师范学院学报》2014年第1期

---

① 叶朗:《胸中之竹——走向现代之中国美学》,安徽教育出版社1998年版,第132页。

金陵十二钗判词的排序与《红楼梦》叙事结构的内在关系

《红楼梦》第五回，写宝玉梦中神游太虚幻境，遇到了警幻仙姑。警幻仙姑是梦幻世界掌管"普天下所有女子过去未来的簿册"的女神，是女儿命运之神，是情爱之神，是性爱之神。她让宝玉在"薄命司"看了《金陵十二钗》的图册，宝玉犹自未解其中深意，又让他再听《红楼梦曲》，以"警其痴顽"。这无疑是《红楼梦》中的一个特殊的叙事内容。《金陵十二钗判词》图册，暗含和预示着贾府青年女性的生活道路和命运结局。尽管幻中有真，真中有幻，虚虚实实，并不影响读者对每首词蕴意的理解，但是作为《红楼梦》前五回的重要组成部分，又以《红楼梦》整部书的"小样"形式出现，其实大有深意，然而学术界迄今为止，不是很少触及，便是语焉不详。为什么要透过宝玉的眼睛，向读者展示《金陵十二钗》的图册？为什么判词中人物的排序，黛玉和宝钗并列第一而后，"贾家四春"中间被湘云、妙玉隔开？三姑娘探春怎么排在二姑娘迎春的前面？为什么秦可卿在金陵十二钗中排在最后？因此，探讨金陵十二钗判词的排序是揭开《红楼梦》叙事结构的一个重要的视角，并可透视其在《红楼梦》整体叙事结构中所具有的重要功能。

一、宝玉揭开《红楼梦》金陵十二钗的盖头

《红楼梦》第五回为什么要设置这样一个梦幻故事？警幻仙姑要带宝玉去看《金陵十二钗》的图册，去听《红楼梦曲》呢？曹雪芹这样做的目的又是

什么呢？

《红楼梦》叙事结构是多层次的，其中包括人物结构和序列。曹雪芹在贾府这个由男性贵族主宰的宗法王国中，挥洒笔墨，精心绘饰出了"远近高低各不同"层面上的美与丑相对比的人物群体形象，而留给读者刻骨铭心的却是那一群美丽的年轻的动人的青年女性。恰如曹雪芹所言："然闺阁中历历有人，万不可因我之不肖，自护其短，一并使其泯灭也。"（第一回）。然而在《红楼梦》前五回构建的蓝图中，没有更多的空间留给那一群美丽的年轻的动人的青年女性正面亮相，而又不能不叙说到她们，于是便凝缩在《金陵十二钗判词》图册中，出现在一个梦幻故事里。

《红楼梦》中人物的具体的生活环境：贾府和大观园。从而自然形成两个相对集中的人物圈子，从人物结构上分成了两大系列：

一类是贾府的男性贵族和一些"一嫁了汉子，染了男人的气味"，就混账的女性当家的、管家的人物，而这一系列人物在《红楼梦》第五回之前已作了介绍，或者大部分亮相了。

另一类是金陵十二钗，及其一些身份低微而品性不凡的青年女性，她们大多数在《红楼梦》第五回还没有走到幕前。

和这两大系列人物广泛交往和接触最多人物就是宝玉，可以说是这两大人物系列的一个轴心。特别是他的思想意识不同于贾府的其他男性贵族，又得天独厚地"奉旨"住在大观园里，与他周围众多的青年女性有着多种难以割舍的联系，多种如醉如痴的"情"义。有固有的手足之情；有产生的爱恋之情；还有的是知己之情、友谊之情、关爱之情、体贴之情等，曹雪芹正是借助宝玉与青年女性人物系列之间"情"的联系，透过宝玉的眼睛，在《红楼梦》长卷展示了年轻女性的个性、行为和命运。这是《红楼梦》展示故事内容需要，而且唯有宝玉才能肩负起这一叙事视角使命。由于这些青年女性多数贯穿全书，但在前五回又不能展开细说，于是曹雪芹先将金陵十二钗及其一些身份低微而品性不凡的青年女性的生活道路和独特的命运，涵盖在诗、图、曲中，在故事的叙事中打下"伏笔"。宝玉所见的《金陵十二钗》和所闻的《红楼梦曲》，正是这一"伏笔"的内涵，它隐寓着《红楼梦》青年女子的生命信息，含蓄地预示着黛玉、宝钗、湘云、妙玉、贾家四春、凤姐、李纨、秦可卿、巧姐，以及香菱、晴雯和袭人的不同的人生结局，支撑起了《红楼梦》"半壁江山"的女性人物体系框架。成为《红楼梦》第五回建造的一座扑朔迷离的艺术迷宫，清话石主人看清了这一点，他说：

> 开场演说，笼起全部大纲，以下逐段出题，至游幻起一波，总摄全书，筋节了如指掌。①

宝玉不仅仅肩负起这一叙事视角使命，另外还有更重要一方面，即环境与性格的关系。金陵十二钗及其一些身份低微而品性不凡的青年女性的生活道路和独特的命运，作为宝玉性格演进的特殊的生活环境的一部分，又无时无刻不影响和推动着宝玉性格结构的变化和新的成分的增长；冲击和拉动着宗法家族贾府的解构和衰落。关系出性格，宝玉与黛玉、宝钗爱情婚姻的纠葛直接影响着宝玉性格的发展和演化。第三十六回宝玉对宝钗劝他走仕途经济之路很反感，"好好的一个清静洁白女子，也学的钓名沽誉，入了国贼禄鬼之流……不想我生不幸，亦且琼闺绣阁中亦染此风，真真有负天地钟灵毓秀之德了"。众人见他如此，亦不多向他说正经话了。独有黛玉自幼儿不曾劝他去立身扬名，所以他深敬黛玉。宝玉与元春的姊弟关系虽时隐时现地在情节中点染几笔，但每当关键时刻，这条线索都牵动着宝玉人生的走向。就连晴雯、袭人这些丫头的性格和命运也深深地影响和改造着宝玉。晴雯一向洁身如玉，自尊自爱，虽然生得比谁都俊俏，却从来没有私情密意地勾引宝玉。可是她在病中被王夫人赶出大观园，诬陷她是狐狸精，横遭迫害。眼看就要不久人世时，她竟然对前来看望她的宝玉说："我今儿既担了虚名，况且没了远限，不是我说一句后悔的话，早知如此，我当日——"满腔的情和爱，像洪水一下子冲决堤坝，喊出一个自尊自爱的姑娘深藏内心的真情。晴雯的死对宝玉后期性格的影响是至深的。在某种意义上说，离开了金陵十二钗及其

---

① 一粟：《古典文学研究资料汇编·红楼梦卷》，中华书局 1963 年版，第 182 页。

一些身份低微而品性不凡的青年女性，也就没有宝玉的性格。

二、金陵十二钗排序是以女性人生三个层面为基本原则

传统有一个似是而非的说法，宝玉是"情榜"之首，这十二支曲的人物排序，是以与宝玉关系的亲疏作为原则的。以此审之，黛玉和宝钗并列第一，理当如此！元春是宝玉的嫡亲长姐，对宝玉"独爱怜之"，宝玉住进大观园、宝玉的婚事，都是她钦定的，自然比别人更近一层。探春有强烈的封建正统观念，"只管认得老爷、太太两个人"，平日只向王夫人靠拢，与宝玉犹如嫡亲兄妹一般，自然比迎春和惜春靠前。湘云则有一只大小相仿的母金麒麟，衔玉而生的宝玉是要配有金饰物的小姐。恰好宝玉在清虚观也捡到一只公金麒麟。别看这小小的金麒麟，黛玉还是非常在意这"金玉"之论的。妙玉与宝玉关系也不寻常，从吃茶与怡红公子共用一只"绿玉斗"，到折红梅，送寿帖，她一直暗恋着宝玉。虽是"槛外人"，身在空门，远眺红尘，但她与宝玉的交往，比宝玉这两个从姊妹迎春与惜春都要多。

假如说以上八人与宝玉关系密者在前，疏者在后，有一定道理的话，那么后四个人，按照与宝玉关系而论，就难以自圆其说了。凤姐是宝玉的表姐，又是堂嫂，她是看着贾母、王夫人的颜色很喜欢亲近这个兄弟，说不得亲也说不得不亲。李纨是宝玉的亲嫂子，青春丧偶，过得"竟如槁木死灰一般"，平日"惟知侍亲养子之外，则陪侍小姑等，针黹诵读而已"，百事不问。巧姐年龄尚小，与宝玉平日有一定间隔。秦可卿排在最后，死得最早，她和宝玉没有什么直接的交往。那么，这四个人为什么也排在"金陵十二钗"之中了呢？

审视小说人物的一个重要层面，就是人物角色在小说中的地位。曹雪芹在小说中构思设计的人物主次轻重的地位，直接关系到如何出场，怎样亮相，在《红楼梦》故事里占多大的叙事成分，在叙事情节中演绎作品深层内蕴的分量，等等。如果这样审视人物的话，且不用说别人，就凤姐一人就大不合适了，她一个人几乎占《红楼梦》叙事内容的三分之一，应该是数一数二的

人物，怎么才排在第九位？秦可卿虽出场不多，但在《红楼梦》叙事中也是大红大紫的人物，怎么才排在最后？可见，金陵十二钗的排序，仅仅以与宝玉关系的亲疏作为根据，显然失之偏颇。

金陵十二钗的薄命看似个人的事情，实则每一个人都牵动着宗法家族特有的人际关系，尽管形形色色，但都是封建宗法制度下悲剧的女性，显现封建伦理文化的基本特征：男尊女卑，男女有别。从她们身上可以看到封建宗法婚姻家庭制度的缩影。曹雪芹对金陵十二钗排序的寓意是非常深刻的。

我们知道：《红楼梦》的时代，中国封建社会发展到了繁荣昌盛的顶峰，同时也将中国社会从传统向近代的转型推向了一个新的阶段。这是一个继承传统，但又蕴含变革的特殊历史时期，资本主义萌芽已经存在，商品经济发展到了白银货币化的水平，在一定程度上改变了中国传统经济和社会的面貌。其演变具有两个显著的趋势：其一是宗法政治高度集中化的趋势。其二是封建宗法制度对社会控制出现松弛化的趋势。因此，奏响《红楼梦》爱情、婚姻和家庭主旋律的金陵十二钗，有的演绎爱情悲剧，有的演绎婚姻悲剧，有的演绎家庭悲剧，而且表现出的女性意识和自我个性的程度也不尽相同，依据这一点，金陵十二钗排序展示了女性人生的三个层面：

第一，爱情悲剧——《红楼梦》的重要叙事内容：黛玉和宝钗。

因为小说叙事中宝玉的婚恋关系，是按两条线索并行交替叙写的。一条是宝玉与黛玉的情恋，可称之曰"木石姻缘"；另一条即是宝玉与宝钗的婚恋关系，可称之曰"金玉姻缘"。她俩与宝玉的切身利害关系最为密切，是《红楼梦》一条主要叙事线索，所以当居首位。有爱情当数黛玉。那个时代的女性在婚姻上完全没有自主权，终身大事全凭"父母之命、媒妁之言"，如若违反，则属"非礼""自择夫""淫奔女"。而曹雪芹却用酣畅的笔墨抒写了黛玉和宝玉的爱情故事，主要集中在第八回至第九十八回约九十多个章回的叙事中，黛玉在爱情悲剧中陨落。这是整个《红楼梦》的叙事结构之中的重头戏，将它凝缩在诗词曲中，以谶语的形式预言着。

〔枉凝眉〕　　一个是阆苑仙葩，一个是美玉无瑕。若说没奇缘，今生偏又遇着他；若说有奇缘，如何心事终虚化？一个枉自嗟呀，一个空劳牵挂。一个是水中月，一个是镜中花。想眼中能有多少泪珠儿，怎禁得秋流到冬、春流到夏！

这首抒情诗是人物心声，表达了人物在宗法伦理下爱情不得以实现的内心苦闷。

过去人们常常简单地指斥宗法伦理对青年男女爱情的禁锢和扼杀，没有看到处于宗法伦理社会氛围中的青年男女，不只是两个人的情感问题，而更重要的是因爱情而导致的宗法权力文化阐释，也就是贾府家族对这个女儿的评价和认可。宝钗也希望拥有"金玉良缘"这份爱情，她有少女的爱情，但不敢大胆追求，也不轻易流露，遵从"父母之命"。但她深深地懂得如何把自己纳入"礼"的规范之中，时时处处以封建淑女的标准要求自己，决不多走一步，也决不走错一步。品格端方，容貌美丽，人人都说黛玉不及。那宝钗却又行为豁达，随分从时，不比黛玉孤高自许，目下无尘，故深得下人之心，就是小丫头们，亦多和宝钗亲近。因此黛玉心中便有些不忿，宝钗却是浑然不觉。她的一点一滴、一言一行，赢得了贾府女性家长的欢心，终于在宗法权力文化中占据了优势。性格的因素更深刻地揭示了悲剧命运的整合性，那些行高于众的人，越是超脱世俗，行高和寡，越是走向中国文化的深渊，被孤独，被扼杀。一个像潇湘馆前的竹子一样的瘦劲孤高、不为俗曲的人，一个与宝玉情投意合、两情相悦的人，却得不到爱的归宿，越是苦闷，越是悲哀，鸣发出的心声，令人荡气回肠。

宝玉对黛玉的爱刻骨铭心，始终不能释怀，终于遁入空门。宝钗的婚姻也在悲剧中了结。尽管黛玉、宝钗她俩的命运结局不同，但产生悲剧的社会原因却是一样的。对于贾府嫡系继承人宝玉的择偶，"起决定作用的是家世的利益，而绝不是个人的意愿"（恩格斯语）。冷子兴演说荣国府时已透露了贾府是威名赫赫，而内囊空虚，是"贵"而不"富"；而薛家是门庭冷落，但家财殷实，也就是"富"而不"贵"。这种互补的优势给宝玉与宝钗的结合带来了契机，而黛玉进贾府则是"接外孙贾母惜孤女"，与宝钗是母亲带她住亲戚，而且一切开支用费都自理，不靠贾府是大不一样的。因为促使人际关系交往亲密，至关重要的因素之一是金钱和财富。曹雪芹将这普遍的规律蕴含在黛玉和宝钗的爱情婚姻悲剧之中，更显示出事体情理的真真切切。

第二，得不到爱的薄命女儿：元春、探春、湘云、妙玉和迎春、惜春。

元春、探春、湘云、妙玉她们四人处在宗法社会下有着不同的生存状态，但表现出的女性意识却是一致的，而且个性较强；而迎春、惜春相对黯弱。《红楼梦》从几个不同的视角展示了得不到爱的薄命女儿，这也是《红楼梦》悲剧的重要叙事内容。

皇室的婚姻。元春"因贤孝才德，选入宫中作女史去了"，进宫后由女尚书到皇妃。一个"贤"字向我们透露了许多信息。封建时代女性的"贤"，无非是恪守封建的妇道，常常与温顺、谦恭和贤良的品性分不开。元春"贤"到了贵为妃，除了给末世的贾府带来"烈火烹油、鲜花着锦"的虚热闹而外，自己只得到不可挽回的人生体验：元春省亲时，对贾母、王夫人说了一句极为痛楚的话："当日既送我到那不得见人的去处……"一语道破在元春眼中的这种婚姻非但不是"荣华富贵"，反倒是皇妃未必强于民妇。在刻画她的不多的笔墨中，流露更多的则是礼教的压抑和人性的欲望的矛盾，贯穿于她性格的始终，她有贵妃尊贵和虚荣的一面，也有人的本能欲望的一面，向往自由，渴求亲情，充满欲望，然而在"君临天下"的时代，"君门一人天由生，唯有宫莺得见人"。中国皇帝的婚姻制度是对女性的极度摧残，元春的欲望被压抑了，被窒息了。实际也属于"薄命司"。

精明而有才干、有能力、有思路的探春，对宗法伦理制度下的男尊女卑有着十分清醒的认识；面对贾府衰败的经济状况，她既不趁机豪取多得，也不一味地唾弃埋怨，而是抓住时机，以极大的魄力，实行改革，除弊兴利，然而她却不能在自己的婚姻上有任何的主动权。《大清律例》卷十《户律》中规定：子女"嫁娶皆由祖父母、父母主婚，祖父母、父母俱无者，从余亲主婚。其夫亡携女适人者，其女从母主婚"。礼的规定及世俗的习惯，就是家长对子女婚姻对象的选择和确定，依照父母之命，媒妁之言。"庶出"的探春的婚姻当然更是这样。

乐观豪放、豁达开朗、率真憨厚的湘云，表面看似无忧无虑，实际却掩藏着自幼丧亲、寄人篱下的辛酸和隐痛；尽管是"侯府千金"，在家"一点儿作不得主"，反而常常"做活做到三更天"。大观园曾给她带来短暂的快乐，又嫁个"才貌仙郎"也给她带来为期不长的快乐，谁知一年后她竟落个早寡的命运。

妙玉"本是苏州人氏，祖上也是读书仕宦之家"，只因父母双亡，"自小多病，买了许多替身儿皆不中用"，便到名山宝刹——苏州玄墓山蟠香寺"带发修行"。不过，她人虽出家，却没了断尘缘。她虽以"槛外人"自命，但还暗恋着"槛内人"宝玉。不仅这爱终究是可望而不可即，更可悲的是在贾府败落、朝不保夕的境况下，她还落个深陷泥淖的悲惨结局。

迎春是买卖婚姻的牺牲品。她是姨娘所生，从小死了娘。父亲贾赦和邢夫人对她毫不怜惜，贾赦欠了孙绍祖五千两银子，将她嫁给了孙家，实际上借婚姻的形式来抵债。迎春到了孙家受尽欺凌和折磨：

中山狼，无情兽。全不念当日根由。一味的骄奢淫荡贪欢媾。觑着那，侯门艳质同蒲柳；作践的，公府千金似下流。叹芳魂艳魄，一载荡悠悠。

贾府的小姐表面殊荣，而婚姻大事都不美满。元、迎、探"三春"的不幸命运，湘云的早寡，迎春的早夭，抄家败亡，愈发让惜春感到现实生活的可悲与可怕。现实生活的巨大的刺激和深刻的启示，使她选择了另一条道路：出家："可怜绣户侯门女，独卧青灯古佛旁。"

第三，生存在宗法婚姻家庭中的女人：凤姐、李纨、巧姐、秦可卿。

她们四人处在宗法家庭环境下，婚姻问题主要是通过家庭形式表现出来的。贾家的媳妇凤姐、李纨、秦可卿的家庭都是悲剧。

凤姐、秦可卿是《红楼梦》家庭悲剧的代表人物，她们的婚姻家庭与贾府衰败这条脉络紧紧裹挟在一起，昭然若揭。

李纨是少妇守寡节欲，一生虽形式上与宝钗有异，但实质是一样。她极懂得自尊，懂得人情世故，极力用封建道德"贞洁"检点言行，是人格高尚的女子。但她的生活"居处于膏粱锦绣之中，竟如'槁木死灰'一般"，灵魂被封建伦理挤压得失去了鲜活和生趣，"那美韶华去之何迅，再休提绣帐鸳衾"。什么节妇烈女，"也只是虚名儿与后人钦敬"。年轻的少妇处于漫长的青灯孤影的生涯之中，空寂与苦闷伴其一生。时时处处以封建道德伦理的修养调节和平衡自己的心理，越是平静，越是痛苦得如死水一般，越是显示出悲剧的深重。是宗法社会儒教庞大的社会网络，笼罩着她，束缚着她，使她的青春枯萎，使她的欲望窒息，不声不响地为封建伦理纲常而殉葬。

"家败休云贵"，侯门之女巧姐沦落为村妇，是整个贾府衰败的调色板上的一抹。

总之，三个不同层面的女人种种不同的生活道路和形形色色的悲剧命运，都表现出封建社会的一个主流意识——"男尊女卑"，凸现了封建宗法社会形态的本质所在。《红楼梦》思想意蕴的深刻，艺术力量的震撼，其中重要的一点，就是在贾府这一典型的宗法封建家族中，始终贯穿"男尊女卑"的主旋律，形象地以各类女子的独特生活道路和命运遭遇作为变调的方式多次出现，最后以多声部和弦的方式，整合地演奏了一场封建时代的悲剧乐章。它撕破了罩在以血缘关系为纽带的家庭表面上温情脉脉的面纱，揉碎了美丽、聪明、才情洋溢的鲜活的少女生命，揭示了封建宗法伦理道德对两性关系的扭曲，和对女性摧残的社会现象的普遍。"千红一窟（哭），万艳同杯（悲）"的挽歌宣告了贾府势败人亡，如《红楼梦曲》最后一支曲的总括：

  为官的，家业凋零；富贵的，金银散尽；有恩的，死里逃生；无情的，分明报应；欠命的，命已还；欠泪的，泪已尽；冤冤相报自非轻，分离聚合皆前定。欲知命短问前生，老来富贵也真侥幸。看破的，遁入空门；痴迷的，枉送了性命。——好一似食尽鸟投林，落了片白茫茫大地真干净。

三、金陵十二钗排序与《红楼梦》叙事结构的关系

第三个层面是生存在宗法婚姻家庭中的四个女人：凤姐、李纨、巧姐、秦可卿。也许有人还会问：秦可卿怎么排在最后一位？无论从年龄，还是地位，秦可卿都不至于排在巧姐的后面，别看这个问题很小，要说清它，还得从《红楼梦》整体叙事结构谈起。曾记否？第二回冷子兴为什么单单演说荣国府？贾府不也包括宁国府吗？冷子兴说：

> 当日宁国公是一母同胞弟兄两个。宁公居长，生了两个儿子。……只剩了一个次子贾敬，袭了官，如今一味好道，只爱烧丹炼汞，别事一概不管。幸而早年留下一个儿子，名唤贾珍，因他父亲一心想作神仙，把官倒让他袭了。他父亲又不肯住在家里，只在都中城外和那些道士们胡羼……如今敬老爷不管事了，这珍爷那里干正事，只一味高乐不了，把那宁国府竟翻过来了，也没有敢来管他的人。再说荣府你听……

既然宁国府居长，那么为什么不说"演说贾府"？而单单说"演说荣国府"呢？道理就在这儿。

首先从叙事结构来看，《红楼梦》故事发生在贾府，形成的整体叙事框架：宁国府和荣国府两条支脉交互演进，以荣国府正面叙事，以宁国府侧面衬托。宁国府的当家人贾珍沿着"淫于宁、乱于宁、衰于宁、终于宁"的路子走下去，宁国府最早显露衰败的征兆，荣国府渐渐披露；宁国府最早败家，荣国府维持残局。宁国府只是表现贾府衰败的一条副线，或者说意脉。因而，《红楼梦》一百二十回中，直接描写宁国府的故事，约有十二三个章回，所花笔墨约占全书的十分之一。因此，叙事内容远远逊于荣国府。《红楼梦》从第六回开始，进入故事主体的叙事，虽然人物众多，事情纷繁，但从故事演进的过程中，可以捕捉到三条发展的脉络。一条是赫赫扬扬的贾府已历百年，尽管背后所隐藏的则是内囊尽上，但表面还呈现鲜花著锦、烈火烹油之盛。

衰败是一个过程，它首先表现在经济上，金钱的挥霍，导致日渐困顿，而且潜伏的房族之争、嫡庶之争、尊卑之争越来越激化。对所有的人物来说，贾府的衰败影响了个人的悲剧命运；个人的悲剧又拓展了贾府衰败的层面。对此《红楼梦》首当其冲地描写了"秦可卿出丧"，一次白事就花掉了宁国府的家底。当贾敬出丧时，花销再俭省，也要拆了东墙补西墙，经济拮据到了捉襟见肘的地步。仅以出丧这一个视角，祖孙两代人丧事的对比，就将宁国府"内囊"的败落先于荣国府摆明了。此时的荣国府的架子还不被外人看清，处在"葱蔚洇润之气"中，那里像个衰败之家。

另外两条叙事脉络，一条是宝、黛、钗情窦初开，发展到宝黛热恋，最后导致黛死钗嫁，和宁国府几乎不搭界。一条是王熙凤才干和性格的张扬、欲望的膨胀，最终淹没在封建礼教的习惯势力之中，落了个悲剧的下场。其中只有"王熙凤大闹宁国府"等章回与宁国府有关。当然这三条发展脉络是互相裹胁、互为影响地开拓着自己生命的历程。《金陵十二钗判词》人物排序的三个层面，应当说是以这三条发展脉络整合性为根据的。因此，金陵十二钗判词以荣国府为主，宁国府只占两位，恰好是秦可卿和惜春。

其次，从叙事线索、叙事肌理来看，贾家的衰败先在宁国府表现出许多征兆，而后才在荣国府显现。如果说《红楼梦》是一部封建贵族世家衰败的历史画卷，那么在这张画稿上，宁国府是贾府的一个小样。正如判词所指出的"造衅开端实在宁""家事消亡首罪宁"，掀起贾府的盖头来，贾府的故事大都在荣国府演绎，因此，金陵十二钗三个层面的排序，都是荣国府的人在前，宁国府的人在后：

第一层面，在爱情悲剧中的女儿：黛玉（荣）、宝钗（荣）

第二层面，得不到爱的薄命女儿：元春（荣）、探春（荣）、湘云（荣）、妙玉（荣）、迎春（荣）、惜春（宁）

第三层面，生存在宗法婚姻家庭的女儿：凤姐（荣）、李纨（荣）、巧姐（荣）、秦可卿（宁）。

凤姐和李纨是贾母的孙媳妇；巧姐和秦可卿是重孙辈的，何况秦可卿又是宁国府的人，当然是倒数第一人。

第三,《金陵十二钗判词》《红楼梦曲》的真正叙事目的,是在《红楼梦》整个叙事流程中隐含和开启青年女性人物系列的性格发展和命运走向,矛头直指封建宗法的婚姻家庭制度,掀开贾府悲剧的大幕。

曹雪芹设计第五回宝玉神游太虚幻境的故事,把金陵十二钗都归入太虚幻境的"薄命司"。她们共同的命运,即"千红一窟(哭)""万艳同杯(悲)"。命运的基调是"悲金悼玉"。

所谓"悲金悼玉"包含两层意思:

从具象意义上讲,概括了贯穿全书的宝、黛、钗爱情婚姻悲剧这一条重要的叙事线索。《红楼梦曲》"悲金悼玉"的曲子:

〔终身误〕 都道是金玉良姻,俺只念木石前盟。空对着,山中高士晶莹雪;终不忘,世外仙姝寂寞林。叹人间,美中不足今方信:纵然是齐眉举案,到底意难平。

这是拟宝玉的口气写的咏叹调。薛宝钗"德言工貌",样样俱全,才智出众,是封建淑女的典范,而"罕言寡语""安分随时"的处世哲学,也使她与贾府那样的环境、社会绝无冲突,相反倒有"好风凭借力,送我上青云"的机会。所谓"金玉良缘",虽是罩上神秘的面纱,出于癞头和尚冥冥之中的安排,实则反映出贾府这样的"钟鸣鼎食之家,翰墨诗书之族",为迫使宝玉读书上进,以便继承祖业而在婚姻问题上做出的抉择。"山中高士晶莹雪"暗喻薛宝钗的冷漠和超然,书中还多次以"冷香丸""冷美人""任是无情也动人"等隐喻,来强调她性格的这一特点。"金玉良缘"对他们来说,只是一杯没有爱情的苦酒。尽管薛宝钗克尽妇道,像传说中的孟光那样"齐眉举案",几近完美,但宝玉仍不能忘情悲凄而逝的林黛玉,终于看破红尘,怀着不平之意,撒手出家,而薛宝钗也不免在孤寂冷落中抱憾终身。

初恋的宝、黛之间那种一会"好",一会"恼",愈是"冤家",愈"聚头"的情形,表达了封建时代少男少女恋爱时微妙复杂的心理。黛玉何以会在恋爱中以泪洗面?固然因她"小性儿、爱恼",其与宝玉性格的差异曾引起一些误会和微波，但更重要的原因是，他们真挚的爱情有悖于那个时代陈腐的道德观念，只能以"囫囵不解语"相互试探，"一个在潇湘馆迎风洒泪，一个在怡红院对月长吁"。一旦宝玉"诉肺腑"，剖白心曲，误会也随之冰释，他们的性格冲突，就让位于更深刻的难以自身解决的难题，即他们的爱情与贾府封建伦理纲常的尖锐冲突。黛玉沉重抑郁之情反日甚一日，其间虽有紫鹃为促成他们婚姻进行过大胆的尝试，宝玉也为此激成"痴迷"，但主宰着他们婚姻的王夫人、贾母等人对此无动于衷。这种无人替黛玉做主的现实，反过来又加重了黛玉性格的忧郁清怨，终于泪尽而亡。

全书所描写的宝、黛、钗爱情婚姻悲剧的主要叙事内容和基本旋律，一直贯穿全书所展开的悲剧的浩瀚乐章之中。宝、黛、钗爱情婚姻悲剧，既与贾府衰败的基本意脉相联系，又自成首尾，通体一致，有相对独立的思想内涵。它不仅表现为封建纲常伦理和家族政治经济的需要，而扼杀了一对青年男女的自由爱情和婚姻，同时也导致宝钗的不幸；而且突出了反封建的叛逆思想的萌生，歌颂了黑暗势力吞灭这有价值的新生事物悲剧的伟大。由此可知，黛玉和宝钗并列第一，理当如此。

广义上讲"悲金悼玉"还应该包括贵族出身和小姐地位的十二金钗所有女子。有"贾家四春"：元（原）、迎（应）、探（叹）、惜（息）和属于贾家的媳妇凤姐、李纨、秦可卿，还有外孙女巧姐。其余二人，湘云是侯门之女，四大家族史家的小姐；妙玉"祖上也是读书仕宦之家"，其判词定为"可怜金玉质"。所以说她们都是"金枝玉叶"式的人物。"因此上，演出这悲金悼玉的《红楼梦》"。

原载《铜仁学院学报》2008年第5期

焦大之骂与《红楼梦》叙事结构设置

《红楼梦》第七回写一个过场人物焦大,因嫌派他黑灯瞎火地去送人,不满而乱骂。凤姐看不上眼,说道:"成日家说你太软弱了,纵的家里人这样,还了得吗?"尤氏叹道:"你难道不知这焦大的?连老爷都不理他,你珍大哥哥也不理他。因他从小儿跟着太爷们出过三四回兵,从死人堆里把太爷背了出来,得了命;自己挨着饿,却偷了东西给主子吃;两日没得水,得了半碗水,给主子喝,他自己喝马溺。不过仗着这些功劳情分,有祖宗时,都另眼相待,如今谁肯难为他?他自己又老了,又不顾体面,一味的好酒,吃醉了无人不骂。我常说给管事的,以后不用派他差事,只当他是个死的就完了。今儿又派了他。"焦大未亮相之前,先由尤氏的话对他作了介绍。

焦大是《红楼梦》中唯一见过五代人最有资历的"包衣"。

本来焦大只是骂管家赖二办事不公。贾蓉叫人将他捆起来,于是激怒了他,反大叫起来:"蓉哥儿,你别在焦大跟前使主子性儿。别说你这样儿的,就是你爹,你爷爷,也不敢和焦大挺腰子呢……"众小厮见他太撒野了,只得将他揪翻捆倒,拖往马圈里去。焦大越发连贾珍都说出来,乱嚷乱叫说:"要往祠堂里哭太爷去。那里承望到如今生下这些畜生来!每日偷狗戏鸡,爬灰的爬灰,养小叔子的养小叔子,我什么不知道……"

"焦大之骂"所含的意蕴分为三个层面,每个层面牵动着一条叙事线索。第一,焦大是贾府衰败的长镜头。他是亲身感受到"那里承望到如今生下这些畜生来",这和冷子兴演说荣国府时断言"谁知这样钟鸣鼎食的人家儿,如今养的儿孙,竟一代不如一代了"同出一辙。一个是在大墙内的切身感受,一个是在大墙外的冷眼观看,遥相呼应,都一语中的:贾府衰败。第二,"爬灰的爬灰",捅破了贾珍与秦可卿的乱伦。是从第七回"焦大之骂"到第十三回"秦可卿出丧"的一条叙事明线,拉开"家事消亡首罪宁"的大幕。第三,"养小叔子的养小叔子",是一条不为人所注意的暗线,加大了致秦可卿之死的内在张力。因而"焦大之骂"在《红楼梦》叙事结构的设置上有特殊的意义。

一、贾府衰败过程的长镜头

"焦大之骂"发生在宝玉大约十岁那一年。他所怒斥的宁国府的弊端,是贾府日渐衰败的两大原因之一。焦大并不是这一次开骂,媳妇们回说:"焦大醉了,又闹呢。"为什么总是借酒撒疯?不平则鸣,论资历,焦大在贾府中的仆人中,无人可比,按贾府约定俗成的规矩,服侍过父母的年高的仆人,比年轻的主子还体面。贾母议事时,赖嬷嬷都有板凳坐,而凤姐、李纨等则站着。按理,焦大属于至少不低于赖嬷嬷这样的有头有脸的仆人,何况他还有随主子出生入死的经历,毫无疑问,应远在赖二之上。恰恰相反,不但受赖二的分派,还干着苦差事,因此他牢骚满腹,不得不借酒撒疯,吐胸中不平之气。焦大很有性格,别看他骂现在的主子,那是恨铁不成钢,想当年贾府的创业,掺着他的血汗,他对贾府是有感情的。当他看到贾府后人偷鸡摸狗,为非作歹,便气愤填膺,没有文化、没有地位,只能靠骂,斥责贾府不肖子孙们不争气。越骂越惹得主子讨厌,越不待见他;他也就越发地生气,心里愤愤不平,才出现第七回"焦大之骂"这个细节。

焦大第二次出现,已经时隔八年,宝玉大约十八岁那一年,到了《红楼梦》一百五回贾府被抄,"贾政在外,心惊肉跳,拈须搓手的等候旨意。听见外面看守军人乱嚷道:'你到底是那一边的?既碰在我们这里,就记在这里册上,拴着他交给里头锦衣府的爷们!'贾政出外看时,见是焦大,便说:'怎么跑到这里来?'焦大见问,便号天踩地的哭道:'我天天劝这些不长进的爷们,倒拿我当作冤家!爷还不知道焦大跟着太爷受的苦吗?今朝弄到这个田地!珍大爷、蓉哥儿都叫什么王爷拿了去了,里头女主儿们都被什么府里衙役抢得披头散发,圈在一处空房里。那些不成材料的狗男女,都像猪狗似的拦起来了。所有的都抄出来搁着,木器钉得破烂,磁器打得粉碎。他们还要把我拴起来,我活了八九十岁,只有跟着太爷捆人的,那里有倒叫人捆起来的……',"

焦大的愚忠跃然出现在眼前,他和赖大之流形成鲜明的对比,在主子大难临头时,赖大之流趁危逃走,而焦大却奋不顾身看护贾府;痛惜贾府落到了今天这个下场,还念念不忘他和老太爷出生入死的当年。焦大的身上承袭着满族早期"包衣"的身影。"包衣"是满语,可以译为奴才或家里人。这就说明他们和主子的关系很亲密,出则打仗掠夺,入则生产管理。包衣和主子之间,虽然是支配与被支配的关系,但彼此之间在一定程度上有共同的荣辱、利害关系。主子犯法,其包衣也要被没入官,或赏赐他人,或市场出卖。焦大时时关心贾府的命运,和这一背景不无关系。《红楼梦》满汉文化交融,常常流露在细微之处。

二、"爬灰的爬灰",捅破了贾珍与秦可卿的乱伦

秦可卿是《红楼梦》争议最大的人物,也是认识《红楼梦》叙事结构的突破点。秦可卿是《红楼梦》金陵十二钗中排名最后而又最先离去的一位,从第五回出场到第十三回便去世了。曹雪芹惜墨如金,多处点缀她在《红楼梦》全书叙事结构中具有的特殊意蕴。她是一个双重的人物形象,在神仙梦幻的世界里,她是一个梦幻式的人物;在现实世界里,她是一个不可或缺的隐喻式的过场人物。用墨虽少,但在《红楼梦》的结构设置中,占据着重要的地位。

红学发展史上最早引发"秦可卿之死"的学术论争,是从胡适、顾颉刚、俞平伯这几位学者的讨论开始的,并由俞平伯写出了《秦可卿之死》的考证文章。但早在清道光年间,《红楼梦》著名的评点家王雪香就说:"秦氏死后,不写贾蓉悼亡,单写贾珍痛媳,又必觅好棺,必欲封诰,僧道荐忏,开丧送

柩，盛无以加，皆是作者深文。"① 王雪香的评点虽没有直接说明秦可卿的淫丧，但说出了贾珍对儿媳不正常的举止，似乎隐藏着媾合之行为。因此，他对秦可卿死因产生了推测。同治年间的青山山农在《红楼梦广义》中有了进一步推测："秦可卿本死于缢，而书则言其病，必当时深讳其事而以疾告于人者。观其经理丧殡，贾珍如此哀痛，如此慎重，而贾蓉反漠不相关，父子之间，嫌隙久生。"② 但这些推测没有产生多大影响，也谈不上学术论争。

关于秦可卿之死因。1927年夏，胡适先生得到"甲戌本"，第一次发现了脂砚斋的批语，揭开了"秦可卿之死"这一章回的删改问题。如："甲戌本"十三回回前总批残文：

〔……〕在封龙禁尉，写乃褒中之贬，隐去天香楼一节，是不忍下笔也。

同回回末有朱批：

"秦可卿淫丧天香楼"，作者用史笔也。老朽因有魂托凤姐贾家后事二件，嫡（岂）是安富尊荣坐享人能想得到处？其事虽未漏，其言其意令人悲切感服，姑赦之。因命芹溪删去。

又有朱笔眉批：

此回只十页，因删去"天香楼"一节，少却四五页也。

后出之《庚辰本》第十三回也有回末批语：

通回将可卿如何死故隐去，是大发慈悲心也。叹叹！壬午春。

---

① 《红楼梦》三家评本王雪香《增评补像全图金玉缘》第十三回批语。
② 一粟：《古典文学研究资料汇编·红楼梦卷》，中华书局1963年版，第213页。

凤姐听见传事云板连敲四下报丧音,急忙起身往王夫人处。"彼时合家皆知,无不纳罕,都有些疑心"处,有朱笔眉批:

九个字写尽天香楼事,是不写之写。

在"另设一坛于天香楼上"句旁有行间侧批:

删,却是未删之笔。

在"丫鬟名唤瑞珠者,见秦氏死了,他也触柱而亡"句旁也有侧批:

补天香楼未删之文。

胡适为此专门在《考证〈红楼梦〉的新材料》一文中,写了"秦可卿之死"这一节,他说:

后来删去天香楼一长段,才改为"死封龙禁尉"平仄便不调了。

秦可卿是自缢死的,毫无可疑。第五回画册上明明说:
画着高楼大厦,有一美人悬梁自缢。(此从脂本)其判云:

情天情海幻情深,情既相逢必主淫。
漫言不肖皆荣出,造衅开端实在宁。

俞平伯在《红楼梦辨》里特立专章,讨论可卿之死。但顾颉刚引《红楼佚话》说有人见书中的焙茗,据他说,秦可卿与贾珍私通,被婢撞见,羞愤自缢死的。平伯深信此说,列举了许多证据,并且指出秦氏的丫鬟瑞珠触柱

而死,可见撞见奸情的便是瑞珠。现在平伯的结论都被脂本证明了。我们虽不得见未删天香楼的原文,但现在已知道:

(一)秦可卿之死是"淫丧天香楼"。

(二)她的死与瑞珠有关系。

(三)天香楼一段原文占本回三分之一之多。

(四)此段是脂砚斋劝雪芹删去的。

(五)原文正作"无不纳罕,都有些疑心",戚本始改作"伤心"。①

前辈大师做学问多么的严谨,且彼此平和地讨论,唯是以求。也就是这种考证和探佚紧紧扣在《红楼梦》的文本上,这是他们研究方法上最主要的特征。正如石昌渝先生所评价的:"俞平伯主要是用文学的方法研究《红楼梦》,他最大的贡献是第一个把文学的方法运用于红学,使红学具有了文学性质的学术品格。"② 说得更准确些,他是第一个把考证方法与文学的方法同时运用于《红楼梦》研究中来的人。胡适、顾颉刚、俞平伯的学术通信,引发了关于"秦可卿之死"的考证。伴随着新红学派的声名鹊起,自此以后,秦可卿之死乃是与贾珍有染而悬梁自尽之说,遂成定论。

"甲戌本"第十三回脂砚斋批注开启了研究"秦可卿之死"的滥觞,诸说纷纭,但基本都是在文本的基础上,结合脂批,展开考索或探析,有助于"秦可卿之死"阶段性叙事结构的解析和意脉的开掘。

三、"养小叔子的养小叔子",是一条不为人所注意的暗线

焦大骂"爬灰的爬灰,养小叔子的养小叔子",指的都是谁?焦大乱嚷乱叫说:"要往祠堂里哭太爷去。那里承望到如今生下这些畜生来!每日偷狗戏鸡,爬灰的爬灰,养小叔子的养小叔子……"不言而喻,一般都知道"爬灰的爬灰"指的是贾珍与秦可卿私通,那么"养小叔子的养小叔子"指的是谁呢?可能知之者甚少。能够懂得曹雪芹如此安排和设置结构的人就更少,而

---

①胡适:《胡适红楼梦研究论述全编》,上海古籍出版社 1988 年版,第 169 页。
②石昌渝:《政治介入学术的悲剧》,《文学遗产》1989 年第 3 期。

恰恰后一点对理解《红楼梦》更重要。

戚序本第七回的一条总批："焦大之醉，伏可卿之病至死……"戚序所谓"焦大之醉"，指焦大醉后大骂贾府子孙"爬灰的爬灰，养小叔子的养小叔子"。后一句点出秦可卿从病到死的叙事过程，对此，戚序本第十回总批作了更明确的说明：

>欲速可卿之死，故先有恶奴之凶顽，而后及以秦钟来告，层层克入，点露其用心过当，种种文章逼之。虽贫女得居富室，诸凡遂心，终有不能不夭亡之道。我不知作者于着笔时何等妙心绣口，能道此无碍法语，令人不禁眼花缭乱。①

《红楼梦》对秦可卿从病到死的叙事过程的设置，层层铺设，含而不露，采用"不写之写"的手法，唯有细心铺排，才能寻出潜在的信息和文脉。第十回尤氏对金寡妇说："偏偏儿的早起他兄弟来瞧他，……谁知昨日学房里打架，不知是那里附学来的学生倒欺侮了他。里头还有些不干不净的话，都告诉了他姐姐。婶子，你是知道的，那媳妇虽则见了人有说有笑的，他可心细，心又重，不拘听见个什么话儿，都要忖量个三日五夜才算……这病就是打这'用心太过'上得的。今儿听见有人欺负了他兄弟，又是恼，又是气。恼的是那群混账狐朋狗友的扯是搬非、调三惑四的那些人；气的是他的兄弟，又是恼，又是气。恼的是那狐朋狗友，搬弄是非，调三窝四；气的是为他兄弟不学好，不上心念书，才弄的学房里吵闹。他为这事，索性连早饭也没吃。"可见秦可卿对这些"不干不净的话"看得很重，"爬灰"和"养小叔子"的丑事，焦大已经骂街，连凤姐、宝玉都听到了，学房里"那群混账狐朋狗友"怎会不知？在打架斗嘴的气头上，冲口骂将出来。这就连到第九回"闹书房"，起因是骂秦钟与秦香"贴烧饼"，即搞同性恋。顺便拉扯出许多闲言碎语。"金荣越发得了意，摇头咂嘴的，口内还说许多闲话，……谁知早又触怒

---

① 吴铭恩：《红楼梦脂评汇校本》，浙江古籍出版社2018年版，第186页。

了一个人。你道这一个人是谁？原来这人名叫贾蔷，亦系宁府中正派元孙，父母早亡，从小跟着贾珍过活，如今长了十六岁，比贾蓉生得还风流俊俏。他弟兄二人最相亲厚，常共起居，宁府中人多口杂，那些不得志的奴仆，专能造言诽谤主人，因此，不知又有什么小人诟谇谣诼之辞。贾珍想亦风闻得些口声不好，自己也要避些嫌疑。这贾蔷外相既美，内性又聪敏，虽然虚名来上学，亦不过虚掩耳目而已。仍是斗鸡走狗、赏花玩柳为事。上有贾珍溺爱，下有贾蓉匡助，因此族中人谁敢来触逆于他。"

这闲言碎语怎么触及了贾蔷？小说文本没有明写，但披露出内因，由秦钟"贴烧饼"，即搞同性恋，牵出秦钟的姐姐秦可卿"爬灰"和"养小叔子"的丑事。说"爬灰"，点到贾珍与秦可卿，因此，"贾珍想亦风闻得些口声不好，自己也要避些嫌疑"。说"养小叔子"点到秦可卿与贾蔷，因此，贾蔷感到"说得大家没趣"。像贾蔷这样"外相既美，内性又聪明"，比贾蓉生得还风流俊俏的"宁府中正派元孙"，既是"赏花玩柳"能手，又和贾蓉"最相亲厚，常共起居"，能不和他那"擅风情，秉月貌"的蓉嫂子时常往来言笑、垂涎希冀？秦可卿与贾蔷天长日久，厮混熟了，难免眉来眼去，有所动作。这样一来暗写金荣骂语，明写焦大骂话，一明一暗，"爬灰"和"养小叔子"的丑事就昭然若揭。正因如此，写贾蔷"口声不好"的当儿突然插入贾珍"自己也要避些嫌疑"。只不过是明说贾蔷，暗写贾珍罢了。这样乱伦的事一旦泄出，受谴责的首当其冲的就是被人们视为"难养""祸水"的女人秦可卿。婆婆尤氏所说秦可卿："他可心细，心又重，不拘听见个什么话，都要忖量个三日五夜才算。"从张太医之口可知用心太过伤神："据我看这脉息，大奶奶是个心性高强、聪明不过的人；但聪明太过，则不如意事常有；不如意事常有，则思虑太过。此病是忧虑伤脾，肝木忒旺……"道出秦可卿终日焦心，内心痛苦，正像尤氏对金寡妇说她的病"就是打这个秉性上思虑出来的"。张太医论病穷"源"，这"源"只有秦氏本人心里明白，哑巴吃黄连，有苦说不出。不然就不会既"恼"又"气"，连早饭都吃不下去了。

其实，婆婆尤氏心知肚明，婆婆尤氏强调秦可卿："她这个病得的也奇。"秦氏刚死，整个宁府"乱烘烘人来人往，里面哭声摇振山岳"。而且丧礼隆重,皇亲国戚,老亲旧眷,好友相识,频频吊唁。而对一向关心体贴秦氏的尤氏,书中仅淡淡提了一句"尤氏又犯了旧疾,不能料理事务",从秦氏咽气到出丧断七,尤氏借病回避,与整个气氛似乎很不协调。秦氏淫荡,私通贾珍,伤害了尤氏,引起了尤氏的内心怨愤。她为人懦弱,慑于贾珍淫威,唯命是从,不敢发作罢了,何况自古道家丑不外扬。外面风言风语,摇头咂嘴的,尤氏对金寡妇寓意深长地说:"所以我这两日心里很烦。偏偏儿的早起他兄弟来瞧他,谁知那小孩子家不知好歹,看见他姐姐身上不好,这些事也不当告诉他,就受了万分委曲,也不该向着他说。谁知昨日学房里打架,不知是那里附学来的学生倒欺负了他。里头还有些不干不净的话,都告诉了他姐姐……"什么"不干不净的话",所指分明是秦氏的丑事,她本人焉有不气不恼之理!借闹学堂事件又亲自去劝说过秦可卿,暗示丑闻已内外皆知,使秦可卿在病中分外增添心理压力,更加煎熬。从尤氏口中得知秦可卿已病得不轻:"经期有两个多月没有来","到了下半日就懒怠动了,话也懒怠说,神也发涩",三四个大夫轮流着一天几次看脉。后来冯紫英推荐了个姓张的先生,贾珍请来看过,这位先生说是病已耽搁,"显出一个水亏木旺的症候来",只有"三分治得"了。并且暗示难以挨过来年春天。到了九月中旬贾敬生日,秦可卿已是"十分支持不住",卧床不起,自己已预感到"未必熬得过年去"。此后则"也有几日好些,也有几日仍是那样"。到了十一月三十日冬至前后,"也没见添病,也不见甚好"。这正应了那位张先生的话:"今年一冬是不相干的。"又到了"腊尽春回",秦可卿终于长期精神痛苦,疾病折磨,又无医好的希望,万念俱灰而亡。

贾珍对秦可卿的病因是揣着明白装糊涂,但很心虚,金寡妇刚走,他赶忙问:"今日他来,又有什么说的?"一个"又"字,披露之前金荣口无遮拦,将宁国府贾珍、贾蔷与秦可卿的淫乱之事公开嚷嚷出去。听说金寡妇来了则担心又有什么丑事传出。

贾蓉从秦可卿病到死,都跟没事人似的,也侧面披露他的心态,老婆一是跟父亲有染,一是跟兄弟勾搭,他处在非常尴尬的地步。秦可卿贴身丫鬟在秦可卿死后,摄于贾珍的淫威,一个撞柱而死,一个甘做义女为其摔丧驾灵送终。靖藏本中那条脂批："因命芹溪删去遗簪、更衣诸文。"秦可卿"遗"贾珍金簪，被尤氏发现；丫头给秦可卿更衣，撞见她和公公贾珍私通。所以说，"遗簪""更衣"唯有丫头知道此事的来龙去脉，秦可卿遂即上吊。

四、明写秦可卿死于病，暗写上吊而亡

秦可卿死的方式，《红楼梦》明写秦可卿死于病，暗写上吊而亡，其目的是遮丑。但在影影绰绰的叙事中，也可以看出"秦可卿淫丧天香楼"。

内证一，《红楼梦》创作过程有许多增删、修改之处，可以从"脂评"中得到一些信息。以秦可卿之死为例：

庚辰本第十三回回前总批抄录了一首回前题诗，诗曰：

一步行来错，回头已百年。
古今风月鉴，多少泣黄泉。

由此题诗可知，第十三回有关可卿之死的描写，所谓"古今风月鉴，多少泣黄泉"，指的就是秦可卿因妄动风月之情，而最终"泣黄泉"的故事。关于这一故事的具体情节，我们从今天看到的《红楼梦》版本中已很难知道细节，但脂批却为我们披露了一些线索。

当这一回写至秦可卿死时，"彼时合家皆知，无不纳罕，都有些疑心"。

〔甲戌眉〕九个字写尽天香楼事，是不写之写。

同一回，写秦氏死后，"贾珍哭的泪人一般"。

〔甲戌侧〕可笑！如丧考妣。此作者刺心笔也。

同一回，写贾珍痛心地拍手回答众人劝说，道："如何料理，不过尽我所

有罢了。"戚本双行夹批云:

> [戚序]"尽我所有",为媳妇是非礼之谈,父母又将何以待之?故前此有恶奴酒后狂言,及今复见此语,含而不露,吾不能为贾珍隐讳。

写设坛于天香楼上,为秦氏超度。

> [甲戌侧]删。却是未删之笔。

写秦氏丫鬟瑞珠见秦氏死了,也触柱而亡。

> [甲戌侧]补天香楼未删之文。

同一回回末,分别有眉批或总批云:

> [甲戌眉]此回只十页,因删去"天香楼"一节,少却四五页也。
> [庚辰回后]通回将可卿如何死故隐去,是大发慈悲心也,叹叹!壬午春。
> [甲戌回后]"秦可卿淫丧天香楼",作者用史笔也。老朽因有(其)魂托凤姐贾家后事二件,嫡是(非)安富尊荣坐享人能想得到处。其事虽未漏,其言其意则令人悲切感服。姑赦之,因命芹溪删去。

从上述脂评为出的信息,我们可知此回回目原为"秦可卿淫丧天香楼",但是,后来把有关贾珍和秦氏之间丑事的描写删去了,如秦可卿在公公贾珍威逼下与他私通,"爬灰"的丑行被秦氏贴身的丫鬟撞见,秦可卿的簪子被公公拔去,又落入婆婆尤氏之手,出现了婆婆"问簪",使秦可卿预感到奸情已经败露。这个生性心细、要强的人,终于由于羞愤成疾而导致悬梁自缢。

内证二,第五回秦可卿的判词仍旧保留秦可卿死因。

情天情海幻情深，情既相逢必主淫。

漫言不肖皆荣出，造衅开端实在宁。

再如写秦可卿的曲子：

〔好事终〕　　画梁春尽落香尘。擅风情，秉月貌，便是败家的根本。箕裘颓堕皆从敬，家事消亡首罪宁。宿孽总因情！

关于秦可卿的判词和曲子很清楚地向我们披露了：秦可卿死于高楼上悬梁自尽，死因是乱伦淫奸，并指出这是"败家的根本"，罪责当然是宁国府的贾珍。对这些，原著有多处描述过，如第二回一开始介绍宁国府时，曹雪芹就写道："如今敬老爷不管事了，这珍爷那里干正事，只一味高乐不了，把那宁国府竟翻过来了，也没有敢来管他的人。"贾珍和儿媳妇"爬灰"便是典型败家的事件。秦可卿死后，贾珍一因痛惜，二为炫耀，便不惜"尽我所有"，大办丧事。由荒淫而至奢华，家私消耗殆尽。宁国府到这个地步，是由贾敬辈开始的，到了贾珍、贾蓉这些子孙，更是一代不如一代，眠花眠柳，偷鸡摸狗，无所不为。

内证三，《红楼梦》第一百一十一回写鸳鸯殉主。鸳鸯上吊是秦可卿当日缢死情状的再现。鸳鸯欲死时，却想不出"一时怎么样的个死法"，她"一面想，一面走到老太太的套间屋内。刚跨进门，只见灯光惨淡，隐隐有个女人拿着汗巾子，好似要上吊的样子。……细细一想，道：'哦，是了，这是东府里小蓉大奶奶啊。他早死了的了，怎么到这里来？必是来叫我来了。他怎么又上吊呢？'想了一想，道：'必是教给我死的法儿。'"这情景正好是秦可卿当日缢死情状的再现。借鸳鸯之口说"倒比我走在头里了"，这里鸳鸯之死法是衬托，秦可卿之死法是实写罢了。

秦可卿这个过场人物在《红楼梦》叙事结构中所起的作用，就是直接展示宁国府的败落。《红楼梦》一百二十回中，直接描写贾珍和宁国府生活的约有十二三回，所花笔墨约占全书的十分之一。从叙事线索、叙事肌理来看，贾家的衰败先在宁国府表现出许多征兆，而后才在荣国府显现，如果说《红楼梦》是一部封建贵族世家衰败的历史画卷，那么在这张画稿上，宁国府是荣国府的一个小样。可以说是"造衅开端实在宁""家事消亡首罪宁"。贾珍正是宁国府的败家子。正如第二回冷子兴介绍的：

  当日宁国公是一母同胞弟兄两个。宁公居长，生了两个儿子。宁公死后，贾代化袭了官，也养了两个儿子：长子名贾敷，至八九岁上便死了，只剩了一个次子贾敬，袭了官，如今一味好道，只爱烧丹炼汞，别事一概不管。幸而早年留下一个儿子，名唤贾珍，因他父亲一心想作神仙，把官倒让他袭了。他父亲又不肯住在家里，只在都中城外和那些道士们胡羼。这位珍爷也生了一个儿子，今年才十六岁，名叫贾蓉。如今敬老爷不管事了，这珍爷那里干正事，只一味高乐不了，把那宁国府竟翻过来了，也没有敢来管他的人。

宁国府是《红楼梦》叙事结构的一条意脉。宁国府和荣国府两条支脉交互演进，以荣国府正面叙事，以宁国府侧面衬托。贾珍沿着"淫于宁、乱于宁、衰于宁、终于宁"的路子走下去，宁国府最早显露衰败的征兆，荣国府渐渐披露；宁国府最早败家，荣国府维持残局。

原载《铜仁学院》学报 2009 年第 3 期

《红楼梦》性描写的叙事根据、层次和特征
——兼谈与《金瓶梅》的比较

美籍华人学者田晓菲在《秋水堂论金瓶梅》一书中,提出了一个不得不正视的观点:"竟觉得《金瓶梅》实在比《红楼梦》更好。"[①]支持此观点的理据,概括起来是《金瓶梅》比《红楼梦》在性欲描写上更加写实、真切而大胆。因为《金瓶梅》是写成人世界的小说,写出了成人男女的坦率,并且把西门庆、潘金莲、李瓶儿、陈经济、吴月娘都作为"慈悲的对象";而《红楼梦》则是一部写青少年的诗意小说,对贾琏、晴雯的嫂子、鲍二家的和赵姨娘这些"成人世界"的人,"没有什么容忍和同情"。显然这些说法,触及人性内涵与文学叙事关系的重大理论问题。文学作品中的性描写,无论是作为叙事视角,还是作为叙事内容,都是作家窥探和展示人性隐秘世界最常见的选择。衡量这一描写成功与否,必须从分析其叙事的根据、层次和特征入手。关于《红楼梦》性描写的研究,虽说不是新的课题,但就其叙事和审美的特征的开掘,还远远没有触及。因而有必要重新审视《红楼梦》性描写的叙事内涵,并在与《金瓶梅》性描写的叙事比较中,来发现性描写的审美意义及在文学史上的价值。

一、传统道德评价掩盖了《红楼梦》性描写的叙事理据

田女士是美国学者,她所处的社会环境和文化空间,自然与长期受社会

[①] 田晓菲:《秋水堂论金瓶梅》,天津人民出版社2003年版。

政治道德思维熏陶的中国学者，无论是评价《金瓶梅》还是《红楼梦》方面，都迥然有别，这是不难理解的。而在中西文化碰撞和交流的今天，已不再把文学作品中性描写视为丑事。我国学者宁宗一教授就从自身研究《金瓶梅》的经历，谈到了这种认识的演变：

> 在今天，我还是看到了《金瓶梅》无论在社会上、人的心目中，乃至研究者中间，它似乎仍然是一部最容易被人误解的书。而且我自己就发现，在一个时期内，我虽然曾殚精竭虑、声嘶力竭地为之辩护，原来我竟也是它的误读者之一。因为我在翻看自己的旧稿时，就看到了自己的内心的矛盾和评估它的价值的矛盾，这其实也反映了批评界和研究界的一种值得玩味的现象。我已感觉到了，中国的批评界和读者看问题的差异，其中一个重大差别就是研究者比普通读者虚伪。……研究者大多有一种"文化代表"和"社会代表"的自我期待，而一个人总想着代表社会公论，他就必然要掩饰自己的某些东西。①

这段肺腑之言是对长期以来用社会道德思维评判文学作品性描写的批评与自我批评，可以说代表了新时期文学理论界进步的呼声。只有清理思维认识的层面上的东西，才能穿透性描写的现象，找到合理的叙事根据。《秋水堂论金瓶梅》的分析方法给我们的启发是，文学是叙事，而传统道德评价的真正要害是掩盖了文学叙事的内涵。以贾琏为例。红学家王昆仑对贾琏人物形象的分析集中在以下几点：其一，"贾琏在《红楼梦》书中担任着两种职务：一种是用他来反映王熙凤；一种是用他来表现出一个封建王府的浪荡公子。……可以说他是'淫而不好色'了，因为他诚如贾母所骂的话……'不管香的臭的都弄到屋里来'。贾琏是一个永远饥饿于肉体行为的'下流种子'"。其二，贾琏在性的叙事段子，有两个小插曲：与多姑娘、鲍二老婆偷情；一个完整的故事：偷娶尤二姐。其三，贾琏对王熙凤自然是反感日深，恨得他

---

① 宁宗一：《"性"与"丑"：阅读行为与〈金瓶梅〉的意义》，《湖北大学学报》2001年第4期。

说："等我性子上来，把这醋罐子打个稀烂。"①

王昆仑先生把贾琏视为"下流种子""衣冠禽兽"，是延续了传统道德分析方法，其观点在国内学术界是很典型的。两性本来是人际关系最隐蔽、最真实的交往，从中表现出的性意识、性行为、性观念，往往反映了人际关系最深刻的本质的一面。性描写体现出的这一点，也就是合理的叙事根据。

第一，贾琏的性交往是王熙凤性格结构中的一个重要叙事成分。贾琏从偷情到偷娶，愈来愈大胆地施展自己的"本事"，而又每每败在凤姐的手下。这一桩桩事件中，凤姐既释放着自己的性格能量，又消耗着自己。也就是说凤姐在贾府称雄了，得势了，而与贾琏的夫妻关系却渐趋冷峙，为她悲剧的命运埋下了祸根。被贾母称为"美人胎子"的凤姐为啥满足不了贾琏的性要求，如果归结为贾琏下流，那就简单化了。凤姐掌管着荣国府的家政大权，事无巨细，事必操劳。特别是上有老祖母、王夫人，下有兄弟姐妹，更有那围绕她的婆媳矛盾，等等。此外，她还"弄权铁槛寺"、"毒设相思局"、使钱赚钱，甚至连日常空闲之余，也不放过打情骂俏，煽风点火，在自己私生活中有一块暧昧天地，落下"养小叔子的养小叔子"恶名。凤姐要强的性格，多表现为能量的放射，举凡贾府大小事，少不了凤姐露脸、风光、操持，可她身体却亏损了，落下先是流产，继而血崩的病症。而她丈夫贾琏这个有闲有钱的贵族公子，正处于性欲旺盛的青壮年时期，对性的要求很强烈。小说第六回写周瑞家的送宫花，就含蓄地披露了夫妻俩白日调情。久之，凤姐心有余而力不足，应付不了贾琏强烈的性欲要求，常常借口回避。她生病除外，另外还以女儿出水痘为由，"命平儿打点铺盖、衣服，与贾琏隔房"。"那个贾琏，只离了凤姐便要寻事，独寝了两夜，便十分难熬"。"如今贾琏在外熬煎，往日也曾见过这媳妇，垂涎久了，只是内惧娇妻，外惧孪童，不曾得手。那多姑娘儿也曾有意于贾琏，只恨没空儿，今闻得贾琏挪在外书房来，他便没事也走三四趟，招惹的贾琏似饥鼠一般。"一个有心，一个有意，两人便偷起情来。但这并没有影响到他们的夫妻感情，待到女儿出完痘疹，"贾琏仍复搬

---

① 王昆仑：《红楼梦人物论》，三联书店1983年版，第158页。

进卧室,见了凤姐,正是俗语云'新婚不如远别',更有无限的恩爱,自不必说"(第二十一回)。

随着凤姐在贾府日益得到贾母、王夫人的宠信,可以独断专行,地位飙升,贾琏反倒成了配角。无论经济还是私生活总被"少说也有一万个心眼子"的凤姐看管得甚紧,自己可支配的空间越来越小,贾琏从心理上感到压抑。这从他和鲍二家的偷情时的对话可以看出。"那妇人道:'多早晚你那阎王老婆死了,就好了。'贾琏道:'他死了,再娶一个也这么着,又怎么样呢。'"贾琏称凤姐为"夜叉星",一语道出他受老婆的干涉太多,心怀不满,背地里诅咒她,夫妻关系处于"冷战"的状态。贾琏极力摆脱凤姐的控制,瞒着她开拓自己性生活的小天地。偷娶尤二姐是贾琏与凤姐夫妻关系走向对立的转折点,贾琏的情感世界发生了转移,他不仅从尤二姐的身上寻求自己性欲的需求,而且还从尤二姐的身上得到情感的慰藉。如果说贾琏同多姑娘、鲍二家的是偷情取乐,满足一时的快感,那么贾琏偷娶尤二姐,并不像尤三姐所说的当"粉头看",而是有着实实在在的"情爱",使他尝到了凤姐那里不能得到的情感满足。自打娶了尤二姐,"那贾琏越看越爱,越瞧越喜,不知要怎么奉承这二姐才过得去,乃命鲍二等人不许提三说二,直以'奶奶'称之,自己也称奶奶,竟将凤姐一笔勾倒"。贾赦看到贾琏敢于对抗,"十分欢喜,说他中用,赏了他一百两银子,又将房中一个十七岁的丫鬟名唤秋桐赏他为妾",故意给凤姐心中添堵。房族之争掺到夫妻之争里,形成对凤姐多重的压力。而凤姐的能量释放也更大了,并呈现为复杂的形态,对外买通官府,威慑贾琏;对内大闹宁国府、收拢秋桐,合伙欺负尤二姐。此时尤二姐在贾琏的眼里:"人人都说我的那夜叉婆俊,如今我看来,给你拾鞋也不要!"凤姐的悲剧从此而始,待到她第二次、第三次病倒,竟像与贾琏"不相干的","回来也没有一句贴心的话"。

第二,贾琏性行为是以男性为中心的封建上流社会性文化的折射。原本,"食色,性也",乃是人伦、人欲之常,由于不同时代不同阶层的心态及其趣味,却在不同的历史脉络中出现各异的对待方式,这就是性文化。明中叶以降,纲常名教大坏,人的性意识得以苏活和滋长的同时,情欲也像潮水一样汹涌四溢,青楼妓院，鳞次栉比，养妓纳妾，习以为常。贾琏的身上凝缩这个时代的特征和色彩。《红楼梦》可贵之处，就在不经意的地方将性文化的色彩涂抹几笔。

据史料记载，明中叶是春宫画空前发展的黄金时期，不仅刻工精致，而且数量可观，流传很广。即使目不识丁的平民百姓也能从中获得性技巧和性教育。像贾琏这样出入姑苏、扬州的贵族公子，对这些可以说司空见惯。因而，他性意识开放，对性技巧追求。贾琏陪黛玉从姑苏回来，与凤姐性生活的第二天，贾琏"悄悄的笑道：'我问你，我昨儿晚上不过要改个样儿，你为什么就那么扭手扭脚的呢？'凤姐听了，把脸飞红，'嗤'的一笑，向贾琏啐了一口，依旧低下头吃饭"（第二十三回）。这个细节寥寥几笔，道出贾琏感到与凤姐性生活的单调，颇不尽兴，想改个样，凤姐就扭捏，不情愿，不配合。这可以看出凤姐的矜持，过分的自尊。她优越的地位、出众的容颜、超人的聪明，使其养成了不愿受制于人的性格，即使在夫妻性生活中也未见得对男人百依百顺。同时贾琏对凤姐这样的老婆，不敢放肆而为，也只是夫妻说悄悄话时调笑几句。相反，他对别的女人就不同了，毫无顾忌。一则对方地位底下，二则她们有主动地竭尽侍奉男人的本事。比如多姑娘，"谁知这媳妇有天生的奇趣，一经男子挨身，便觉遍身筋骨瘫软，使男子如卧绵上，更兼淫态浪言，压倒娼妓。贾琏恨不得化在他身上"。由于双方没有自尊和羞涩心理的约束，自由自在，放任纵情，反倒使性交更充满了感官的刺激和快感。大概正是这个原因，封建时代的官宦、文人、商贾大都有嫖娼狎妓的习俗，正如谢肇淛所说："今时娼妓布满天下，其大都会之地，动以千百计，其他穷乡僻邑，在在有之。"贾琏之流有钱有闲的贵公子，出则寻花问柳，入则偷鸡摸狗，这不是传统道德评判的什么"淫乱"，而是他们的一种特定生活方式。（一）纳妾是中国历史上"一夫一妻制"婚姻家庭的合法补充，是一种妻妾有别的礼制。（二）嫖娼是男性社会的必然反映，是世俗之欲在商品经济下的泛滥。正如贾蓉所概括的："从古至今，连汉朝和唐朝，人还说'脏唐臭汉'，何况咱们这宗人家！谁家没风流事？"因而说，如果将贾琏同多姑娘、鲍二家的性交往以道德评判，那么就掩盖了贾府之中凤姐与贾琏这个小家庭的演变是《红楼梦》叙事结构中不可替代的一条叙事线索，就看不出凤姐与贾琏性格能量的对抗中，凤姐妒火燃烧，施放了能量，既是开拓自己生命的历程，也是消耗自己、走向悲剧的过程。

第三，对贾琏婚外性交往，《红楼梦》叙事持客观而平和的态度，与后人的评论是不同的。首先，贾琏与鲍二家的偷情引起"凤姐泼醋"，小说写得热热闹闹。凤姐对望风的小丫头大打出手，又拿平儿出气，与贾琏撒泼，叙事情节起伏跌宕，可到了贾母那里，只淡淡的一句话就将这场风波平息了。贾母道："什么要紧的事！小孩子们年轻，馋嘴猫似的，那里保的住呢？从小人人都打这么过。——这都是我的不是，叫你多喝了两口酒，又吃起醋来了！"你看贾母多么宽容与慈悲，不以为然，社会就是这样，贵族家的人就是这样。她对贾琏所不满意的一则是"凤丫头和平儿还不是个美人胎子？你还不满足？成日家偷鸡摸狗，腥的臭的，都拉了你屋里去！"二则"为这起娼妇打老婆，又打屋里人，你还亏是大家子的公子出身，活打了嘴了！"

平儿作为贾琏的妾，她对贾琏的婚外性交往也很平和，甚至暗中为他掩饰，对尤二姐还处处表现了同情。这固然与平儿为人平和善良的性格有关，但也透视出当时社会人们对这类事习以为常的心态。贾琏同多姑娘偷情后，平儿收拾贾琏的衣服铺盖，发现了一绺青丝，平儿会意，拿着头发笑问贾琏，贾琏不由分说去夺，平儿笑道："你这个没良心的，我好意瞒着他来问你，你倒赌厉害！"笑谈中流露出护着贾琏，也没把这事当事。凤姐将尤二姐骗进荣国府，"每日只命人端了茶饭了到他房中吃。那茶饭都系不堪之物。平儿看不过，自己拿钱出来弄菜给他吃；或是有时只说和他园中逛逛，在园中厨内另做了汤水给他吃"。尤二姐死后，贾琏一则是无银两发丧；二则是伤心，哭了起来，"平儿又是伤心，又是好笑，忙将二百两一包碎银子偷出来悄递与贾琏，说：'你别言语才好。你要哭，外头有多少哭不得？又跑了这里来点眼！'贾琏便说道：'你说的是。'"

二、《红楼梦》性描写的叙事层次和特征

文学作品中的性描写，是根据特定历史条件下塑造人物的性格和人与人

之间关系，以及叙述社会心理和世俗风情的需求，或多或少，或隐或显地展现的叙事内容。因而不同的文学作品性描写的叙事成分和叙事比重都各不相同，构成了不同的叙事层次和叙事特征。《红楼梦》性描写的多层次性，主要的是通过不同阶层、不同教养、不同性别、不同年龄的人物的性意识、性欲望、性交往、性行为，表现个性化和隐秘的特色，千人千面，纷呈异彩。下面分三个层面具体地分析：

性意识在人物命运的轨迹中，或留下记忆的年轮，或抒写爱情的追求，或流露性的渴望，总之，这方面的描写特点，常常是含蓄不露，或闲笔带出，解读时需要顺着草灰蛇线，仔细探寻。

性梦是人的潜意识，是人正常的性意识。《红楼梦》中性梦种种，都表现了人物在特定的境遇下自身特有的性意识。

妙玉是一个尘缘未断、"带发修行"的少女，她并不是看破红尘，遁入空门，而是用舍身出家做僧道的方式来消除"命中的灾难"，羁留佛门。她对爱情生活是向往的，特别是对宝玉充满深深的爱意：请喝茶，赠红梅，叩芳辰。一次她坐在禅床，心旌动摇，无法入定；又闻瓦上猫儿叫春，便作了一个梦："有许多王孙公子要来娶他，又有些媒婆扯扯拽拽扶他上车，自己不肯去。一会儿，又有强盗劫他，执刀执棍地逼勒，只得哭喊求救。"这个性梦反映了妙玉的潜意识里对爱情的渴望和焦虑，青灯古佛陪伴孤寂，晨钟暮鼓送来无奈，她寄人篱下，没有人为她做主，焦虑之中还透着恐惧的情绪。

说笑闲聊、喝酒游戏，常常把性生活作为寻常事，插科打诨，以性为俗，以性为趣。

在第二十八回冯紫英举行的家宴中，薛蟠所做的酒令，一向被评论者斥为"庸俗""无聊""浅露""下流"，等等。其实它是社会生活中的一种现象，性笑话经常在茶楼酒肆、树下村头，甚至还在上流社会的一些非正式场合传播。这正反映了性欲是人所共知的事情，可又隐而不宣，一旦有人说破，便会引发众人会心的欢笑。人物的性格只有显露"本真"一面的时候，才会摆脱"发乎情，止乎礼义"的束缚，更多地流露出性意识，放开了伦理规范未能剥夺的最后一片私人领地。贾政一向是正统的派头，他与贾赦相比，少了一些骄奢，多了一些书卷气，为官做人，认认真真。但曹雪芹犀利的笔锋并没有疏忽作为有血有肉的凡人的他，有着七情六欲，也有着俗气。赵姨娘是他的妾，出身于家生子，地位低微，缺少教养。这个被欺凌被压抑的底层女人，有着扭曲的性格，说话"三不着两"，做事"委琐"，心地偏狭，有极强的报复心。可她偏偏能和贾政生活在一起，生儿育女，就不难看出贾政的另一面的情趣和性欲。王夫人是五十望外的人了，年轻的赵姨娘是贾政依赖的性伙伴，只不过《红楼梦》没有正面笔墨展示罢了。中秋月夜贾母与孙男外女在一起"击鼓传花"，贾政也来凑热闹，还说了一个笑话：

> 这个怕老婆的人，从不敢多走一步。偏偏那日是八月十五日，到街上买东西，便见了几个朋友，死活拉到家里去吃酒。不想吃醉了，便在朋友家睡着了。第二日才醒，后悔不及，只得来家赔罪。他老婆正洗脚，说："既然这样，你替我舔舔就饶你。"这男人只得给他舔，未免恶心要吐。他老婆便恼了，要打，说："你这样轻狂！"吓得他男人忙跪下求说："并不是奶奶的脚腌臢。只因昨儿喝多了黄酒，又吃了月饼馅子，所以今日有些作酸呢。"（第七十五回）

贾政不顾高堂和子侄在面前，说了这样一个庸俗不堪的笑话，可见其潜意识中对女人的话题感兴趣。他虽然只在家族给他提供的性天地中生活，不敢逾越"礼仪"的限制，宿娼纳妓，但并不能隐藏在内心深处充满的强烈的性欲望，正表现了他一直处于性欲的压抑中。

性欲是人之大欲，包括的内容很多，诸如性冲动、性饥渴、性刺激、性虐待等，其基本特征是把行乐作为性行为的唯一或主要的目的，甚至满足于对女人的占有欲。

秦可卿淫靡奢华的卧室里许多性的物件，对于一个情窦未开的少年充满了诱惑，令宝玉心旌摇动，恍惚地睡去，做了一个充满性爱色彩的梦，导致了宝玉性亢奋，梦中遗精。性欲的冲动，又使他当晚"遂强袭人同领警幻所训云雨之事"。这是《红楼梦》中所描写的性冲动事例之一。

贾瑞是年轻人，在贾府这么污秽淫靡的环境中，与那些有钱有闲的纨绔子弟整日来往，岂能不受影响？但他家庭经济窘迫，又受到祖父严厉管束，因而他一直处在性饥渴的状态中。不料他利令智昏，竟在凤姐身上打起了主意。性饥渴的煎熬，使他忘了自己的身份地位，一次又一次地被凤姐下饵，诱上钩；他一次又一次地被玩弄、被欺侮，却不知悔改，执迷不悟，甚至单相思日甚一日。他二十来岁人，尚未娶亲，迩来想着凤姐，未免有那"指头儿告了消乏"等事。沉迷于性的他，性梦连连，与凤姐"云雨"，不断遗精。而强烈的性欲，又使他难以自禁，频繁的手淫，终至"恣淫伤身"，一命呜呼！

恋童癖是性变态的一种，淫狎娈童的风气在清代很盛，反映了这种畸形变态的刺激对人性的严重扭曲。

在《红楼梦》中就有多处描写。薛蟠有恋童癖，他到贾府去上学的动机之一，便是"学中广有青年子弟，不免动了龙阳之兴"。还有恋童癖者邢大舅为此事，与薛蟠争风吃醋，一次俩人赌钱，邢大舅输了，又看到薛蟠"搂着一个娈童吃酒"，于是借着醉意，大发醋劲："你们这起兔子，就是这样专洑上水，天天在一处，谁的恩你们不沾，只不过我这会子输了几两银子，你们就三六九等了。"旁边的纨绔子弟趁机打趣："……我且问你两个：舅大爷虽然输了，输的不过是银子钱，并没有输丢了鸡巴，怎就不理他了？"（第七十五回）

性虐待可以说是封建社会男尊女卑的典型的社会现象，它不只发生在权贵富豪之家，也存在广大市井之家。只不过出现的形态和程度各不相同罢了。

《红楼梦》中最典型的性虐待狂莫过于孙绍祖了："一味的骄奢淫荡贪欢媾，觑着他，侯门艳质同蒲柳；作践的，公府千金似下流。"迎春回贾府哭诉道："孙绍祖一味好色"，"将家中所有的媳妇丫头淫遍"。迎春忍无可忍，稍一规劝，便遭到孙的打骂，关到下房去与仆人同居一室。迎春回贾府没住上几日，孙绍祖又派人来接。可见，他不是厌恶迎春，而是为了满足强烈的性欲。柔弱的迎春终日处在孙绍祖的性虐待下，"可怜一位如花似玉，结缡年余，不料被孙家揉搓以致身亡"。（第一百回）

上面我们从性欲描写的种种现象分析，可以看出性冲动、性饥渴是人性的本能要求，无所谓好与坏之分，只是当它和具体人物、具体事情水乳交融在一起，才能展现人物的性格和情操。但不管怎么说，这种性欲的要求还是停留在自然属性阶段，更多的是生理成分。而性变态、性虐待则表现了一种占有欲，将女性视为玩物，是男人对女人的压迫，是阶级社会形成早期最典型的特征，也是阶级社会最丰富最复杂的人性表现。既与社会属性方面，诸如与金钱、权势、地位相伴随；又与自然属性方面，诸如相貌、性心理、性技巧、性器官等等相掺和。这个问题很复杂，说不清，就是那瞬息的变化也令人"欲说还休"。

以情爱为目的的性追求、性交往，是《红楼梦》性描写的重头戏，也是最精彩最震撼人心的旋律，是人性美的体现。

《红楼梦》首先表现了青年对自由恋爱的向往和追求。薛宝琴是宝钗的堂妹，从小跟着父亲行商，走南闯北，性格开朗，见识广博。她一到大观园就带来了一股"开放"的气息。暖香坞做灯谜，她一连作了十首怀古诗，其中两首引发了大家的争议。《蒲东寺怀古》："小红骨贱最身轻，私掖偷携强撮成。虽被夫人时吊起，已经勾引彼同行。"诗句表层没有过多的感情色彩，但深层却赞美了小红这个婢女主动、热情帮助张生和崔莺莺自由相爱、自主婚姻，老夫人阻挠，也无济于事。《梅花观怀古》："不在梅边在柳边，个中谁拾画婵娟？团圆莫忆春香到，一别西风又一年。"宝琴借怀古，赞颂了杜丽娘因情而死，因情而生的爱情，表达对婚姻恋爱自主的倾慕。《西厢记》《牡丹亭》都是戏剧题材中歌颂恋爱自由、婚姻自主的代表作，显然与传统的礼教是不合拍的，因而宝钗以"后两首却无考"，加以否定。而黛玉表示赞同，因为她与宝琴的思想观念相通。宝玉、黛玉共读《西厢记》。黛玉"不到一顿饭的工夫，将十六出俱已看完，自觉词藻警人，余香满口"。黛玉对《牡丹亭》之曲的欣赏，达到入痴入迷的程度，"细嚼'如花美眷，似水流年'八个字的滋味"，以至"心痛神痴，眼中落泪"。探春马上支持黛玉的说法，接着李纨又巧妙地做了一番解释，突出了后人对前代"有名望的人"的"敬爱"，才穿凿附会，制造古迹，口头相传，因而无所谓什么出处。李纨是个不爱讲话的人，这一番话是从心底流露出来的真情表白。《红楼梦》关于怀古诗争论的情节，实际上是大观园中以黛玉、探春为代表的青年女子对爱情的渴慕，是对情爱追求的性爱观念的委婉的表露。

《红楼梦》描写的宝黛爱情悲剧是一首美丽而凄婉的哀歌，其在性爱方面所显示的进步意义，既不同于《西厢记》，也不同于《牡丹亭》。《西厢记》《牡丹亭》尽管相对于封建礼教那一套"父母之命""媒妁之言"来说，是一个历史的进步。但都是一见钟情，性爱的缘起是郎才女貌，促成婚姻结合的基础是金榜题名。而宝黛爱情却大大突破了这一历史的局限性，具有近代性爱的典型特征。

宝黛是在长期的互相了解、认识和磨合的基础上而产生了爱情。起初宝玉对黛玉并不很专一，有时见了宝姐姐，忘了林妹妹。使他坚定"只念木石前盟"，是由于历练渐深，从同情社会下层被压迫的女婢、优伶开始，感到了人世间的阴冷的氛围。这种社会感受，使他逐渐厌恶"禄鬼"，厌恶仕途，而喜欢同那些经常环绕着他，而且保持着人间真情的小姐和丫鬟往来。于是在日常生活中，与屡屡规劝他走封建仕途经济之道的宝钗，在心理和感情上就拉开了距离，而与从不说这些"混账话"的黛玉却越来越心心相印。宝玉违背了男尊女卑和严格的等级制度，遭到贾政严厉的毒打，不但没有使其从同情社会下层人的道路上拉回来，反倒坚定了他的人生选择。最明显的就是宝玉把一向同情他、支持他、爱他的黛玉作为自己人生的"知己"。宝黛情投意合，黛玉写下"手帕诗"，呈上少女最珍贵的心声，用"眼空蓄泪泪空垂，暗洒闲抛却为谁"诗句，表达了自己的爱情。所以说，宝黛爱情是建立在共同的思想意识和生活情趣的基础上的。

宝黛都是以心血和生命浇灌着爱情之花，使其持久而热烈。在男尊女卑、繁文缛节的贵族大家庭里，宝玉叛逆的思想和乖张的性格，使他时时感到凉意，感到孤独；而黛玉父母双亡，无依无靠，她还不愿意也不会仰人鼻息，个性鲜明，也是时时感到孤独。两颗孤独的心撞击了，撞击出的是情爱，是风采，是才气。黛玉是秀美的才女，带着清高的书卷气，甚至过分敏感，有时使点儿小性儿。这一切宝玉都喜爱，他爱黛玉的眉"似蹙非蹙罥烟眉"，隐含着感情的光，又像烟一样舒卷、起伏、变换；他爱黛玉的眼"似喜非喜含情目",是智慧性灵的闪烁,其幽深、清澈,仿佛古今精华灵秀都集于她一身。她写的诗,宝玉最欣赏;她说的话,宝玉句句爱听。宝玉用全身心去呵护她,唯恐她受制。宝玉到黛玉那里,常常刚下台阶,又复转身回去,不厌其烦地询问:你想吃什么?告诉我。你一夜咳嗽了几次?这平淡重复的每一句问话,都倾注着多么深深的关爱,只有黛玉能从中品出里面包含着多么不寻常的爱!黛玉几乎为恋爱而生,也为恋爱而死,她的生命里除了恋爱,似乎什么都没有了。黛玉爱得是那么专一,那么投入,那么心力交瘁。恰如何其芳先生指出的:

  异性之间的爱情,这种本来是基于性的差别和吸引而发生的情感,到了后来竟至升华为一种纯洁的动人的心灵的契合,好像性的吸引反而不是最重要的原因了。人类生活里面出现了这种情感,就不能不在观念上和实际上都对于两性生活发生了很大的影响:婚姻只有在爱情的基础上才是合理的,幸福的,道德的,否则就是相反的东西。①

三、《红楼梦》与《金瓶梅》性描写的叙事区别

  上面将《红楼梦》性描写的叙事层次,从性意识、性欲望和以情爱为目的的性爱三个方面,大致扫视后,进入了论题的另一个层面,《红楼梦》性描写的叙事有什么特征?它与《金瓶梅》的性描写根本区别在哪里?我们究竟应当如何评论《红楼梦》和《金瓶梅》的性描写在文学发展史上的审美价值?回答这些问题的一个理论前提:首先清楚什么是两性关系的本质,以及对待两性的社会形态。

  费孝通先生说:"人类必须依赖两性行为的生物和心理机能来得到种族的延续、社会结构的正常运行,以及社会的发展,但是又害怕两性行为在男女

---

① 何其芳:《论红楼梦》,刘梦溪:《红楼梦三十年论文选编》,百花文艺出版社 1983 年版,第 591 页。

心理上所发生的吸引力破坏已形成的人际关系的社会结构，不得不对个人的性行为加以限制。这就是社会对男女关系态度的两重性。"① 从《红楼梦》性描写中，我们可以披览到封建社会制度的演变和延伸，清统治者继续推行程朱理学，禁锢两性之间的"人之大欲"。这种钳制的直接后果，把性爱中鲜活而绚丽的情感色彩抹去了，单单剩下性交的本能，于是人的性欲发生了"异化"。一方面是对人所共知的寻常事讳莫如深，甚至认为羞耻，尤其存在广大的女性群体中间。另一方面则是性畸变，追逐女色，人欲横流。面对这种社会现实，明中叶以后出现反礼教和个性解放的进步思潮，对当时占统治地位的程朱理学进行猛烈抨击，唯物地解释了两性关系。特别是在家庭婚姻、男女关系上，李贽的观点大大超越了同时代的人。他主张自择配偶，男女平等，显示了民主主义的新思想。清代对妇女最富有同情心的，莫过于李汝珍和俞正燮。他们主张男女平等，实行严格的一夫一妻制，男女爱情要专一。哲学上的新思潮必然反映到文学作品中来，因此说，《红楼梦》性描写的叙事内容是封建时代全面而客观的表现。

  性欲、性行为、性意识的形态所揭示的社会生存状态，往往是很深刻的，是一种文化现象。从这一点上来衡量《金瓶梅》这部作品的性描写，无可厚非，对于研究明代后期的社会形态和性文化来说，是一部不可多得的作品。田晓菲女士这部《秋水堂论金瓶梅》，从始至终从文学叙事的角度审视人物的性描写，得出与那些专门寻找性描写章句的人完全不同的结论："又有人说：金瓶没有情，只有欲。没有精神，只有肉体。这是很大的误解。是的，金瓶中的人物，没有一个有反省自己的自知自觉，这没有错；但是，小说人物缺自省，不等于作者缺自省，不等于文本没有传达自省的信息。"（316 页）这话说得很有道理，令人很受启发。其实早在清人张竹坡所写的《批评第一奇书金瓶梅读法》中就曾指出：

  《金瓶梅》不可零星看，如零星，便止看其淫处也。固必尽数日之

----

① 费孝通：《重刊潘光旦译注霭理士〈人之大欲〉书后》，霭理士《性心理学》，生活·读书·新知三联书店1987年版，第555页。

间，一气看完，方知作者起伏层次，贯通气脉，为一线穿下来也。

凡人谓《金瓶梅》是淫书者，想必伊止知看其淫处也。若我看此书，纯是一部史公文字。

张竹坡不像现代学者懂得叙事艺术，但他清醒地看到，是作为一个"整体"还是"零星"地解读《金瓶梅》是大不一样的。整体上去审视性描写，可以得出如下的结论：

（一）《金瓶梅》的性描写是商贾、恶霸、豪绅西门庆一家兴衰荣枯的罪恶发家史的重要组成部分。西门庆是一个很精于世道的人，他洞察了社会上人欲和金钱的关系，他发展商业，从一个药铺，七八年的工夫发展到绸缎铺、典当行、绒线铺等多种经营，资产达十万之巨。他交结官府，偷税漏税，同时跻身官场，名声显赫，形成财权势的整体效应。西门庆与一妻五妾以及众多女人发生性关系，还嫖娼宿妓，但这些女性无一是遭强暴被迫而为的，甚至还是自愿企盼的。促成这些性行为的原因很多，其中一个重要原因是西门庆家财富足、名望巨大。另外，西门庆也把歌楼妓院看作交结朋友，洽谈生意的好去处，不少生意都是靠在这些地方传递信息，牵线搭桥。总之，金钱膨胀了人们的世俗，越是商品经济发达的地方，越是"娼肆林立，笙歌杂沓"。

（二）姬纳妾，嫖娼玩妓，是中国封建末世特有的社会现象——财富的象征。明清时期有名的商人"召客高会，侍越女，拥吴姬，四坐尽欢，夜以继日"，用这种消费，表现自己富甲一方。这是商品经济发展下新兴资产者的典型特征。因为他们懂得社会向财富倾斜的规律，并不是看中金钱本身，而是看重金钱的消费在特定时空内产生的效应。西门庆也做善事，他对吴月娘说："咱只消尽这家私广为善事，就是强奸了常娥，和奸了织女，拐了许飞琼，盗了西王母的女儿，也不减我泼天富贵。"

（三）《金瓶梅》性描写是作者寻找的独特视角，与全书的叙事内容是一个整体，反映了封建末世疯狂的世俗之欲。金钱、女人，只有这两个方面才能最深刻地体现以男性为中心的阶级社会的欲望和追求。商品经济像润滑剂一样,加速和刺激了这种世俗之欲。反过来,这种世俗之欲的普遍、疯狂和扭曲,必然导致社会的腐败,扼杀了资本主义经济在中国的发展。因此,并不在《金瓶梅》性描写的对象多么丑、多么淫、多么浪,而在于这恶之花是以艺术的形式表明它是中国封建末世特有的产物。

总之,《金瓶梅》性描写是有充分叙事根据的,是作者寻找一个独特的视角去看人生、看世界,并对这一世界作了一次独特的巡礼和展现,其叙事特征是以展示世俗之欲为主体,没有人性美的存在,没有理想的闪光。

《红楼梦》与《金瓶梅》性描写略作比较,便会发现,二者的区别,主要表现在以下几个方面:

其一,从叙事根据来说,它们都是严格的写实,都是对那个时代社会风貌、人情世态、人物心理的反映。只不过《金瓶梅》把一张张遮羞布都抛到了一边,使隐秘的私人角落暴露在光天下日之下,把性欲、性交赤裸裸地展示出来。不像《红楼梦》表现得那么含蓄,留有空白。但肯定《金瓶梅》的同时,也不能过分张扬。因为它比《红楼梦》在性欲描写上更加写实、真切而大胆,这并不能成为《金瓶梅》比《红楼梦》更好的叙事理据。只是在叙事根据这个基点上,我们肯定它把性描写作为一个视角,真实地表现了那个时代、社会和人。

其二,从叙事层次来看,《红楼梦》三个层面的性描写,更加全面地展示了封建社会不同阶层、不同年龄、不同教养的人们各自独特的心理和性行为。相对《金瓶梅》性描写来说,层次更多,色彩更斑斓,有暗处,也有亮点。有丑,也有美。而《金瓶梅》描写的层面较为集中,把视野都投到了世俗之欲的展示上了。有暗处,没有亮点。有丑,缺少美。所以说二者的区别不是什么"成人小说"与青少年诗意小说之别。这是显而易见的。

其三,从叙事特征来讲,《金瓶梅》性描写的某些地方,尽管描写得赤裸裸,但经作者将其转化为艺术形式,呈现在人们面前的时候,并没有因为性描写的某些地方赤裸裸而使自身也变得丑了,相反它属于艺术美的范畴。这就是《金瓶梅》在文学史上的价值。而《红楼梦》性描写的叙事对象既有丑的,也有美的。尤其可贵的是把宝黛爱情从封建王国黑暗拖出来,于是纯洁的心灵就奏出了美妙的乐曲,成为艺术美的形式和内容完美结合的经典之作,至今都令人荡气回肠！没有任何一部文学作品可以比拟，成为中国文学史上璀璨的明珠。可能田晓菲女士太钟情于《金瓶梅》的艺术价值，便得出"竟觉得《金瓶梅》实在比《红楼梦》更好"的结论，未免个人感情色彩有些重了。毋庸细说，这是不会被多数评论家首肯的。当然，因为田女士的专著主要是谈《金瓶梅》，不过是在其序言和后记发了点带感情的言论，我们也没有必要深说，当然笔者所说也是一家之言，还请大方之家指正。

原载《红楼梦学刊》2004年第四辑

《红楼梦》"程乙本"大众传播九十年

小 序

  《红楼梦》是中国文学史上最伟大的小说,当然应该以最佳版本广为流行。但《红楼梦》的版本复杂,也是经常引起争论的一个问题。《红楼梦》的版本大致可分两类,有脂砚斋等人批注前八十回手抄本,简称"脂本",今存十二种,另一类是由程伟元、高鹗整理刻印的"程高本",又分程甲本(1791)、程乙本(1792)。以程乙本为底本的《红楼梦》自从1927年由胡适推荐,上海亚东图书馆印行,加新式标点并分段落,此后程乙本《红楼梦》在海内外便广为流行,数十年间,影响了好几代的读者,迄今已有九十年的历史。但1982年,人民文学出版社出版了冯其庸等人校注以"脂本"庚辰本为底本的《红楼梦》。从此,庚辰本《红楼梦》便变成了大陆最具权威的版本,三十多年间,基本上完全取代了程乙本《红楼梦》。2014至2015年,笔者有机会在台湾大学教授了一年半的"《红楼梦》导读"课程,有机会把程乙本与庚辰本《红楼梦》从头到尾对比了一次,发觉庚辰本作为研究本,有其珍贵价值,但作为普及本却有不少问题,笔者在《细说红楼梦》一书中已一一指出。程乙本《红楼梦》在20世纪曾经产生重大影响,这样一个重要的《红楼梦》版本,实在不应该任其被边缘化。

  郑铁生教授是北京曹雪芹学会副会长,中国大陆著名红学学者。《〈红楼梦〉"程乙本"大众传播九十年》一文对庚辰本及程乙本此起彼落的历史背景及复杂原因,有精辟的分析,是一篇《红楼梦》版本研究的重要文献。

——白先勇

1927年《红楼梦》"程乙本"作为新文化运动中白话文的典范被普及,至今已整整90年了。其意义已远远不是一部大众文学读物普及的成功,而是中华优秀传统文化有机组成的传播和弘扬,独领风骚,扬厉中外。

一、《红楼梦》"程乙本"作为大众阅读普及本的确立和变化

20世纪20年代初,在新文化运动的热潮中,出版界敢于创新,率先运用新式标点符号,对有深远影响的四大古典白话小说,进行标点、刊印,以适合更广大人民群众的阅读,起到了文学读物空前大普及的作用,其意义的深远无可比拟。

(一)胡适在1927年11月14日所作的《重印乾隆壬子本〈红楼梦〉序》说:"从前汪原放先生标点《红楼梦》时,他用的是道光壬辰(1832)刻本。他不知道我藏有乾隆壬子(1792)的程伟元第二次排本。现在他决计用我的藏本做底本,重新标点排印。这件事在营业上是一件大牺牲,原放这种研究的精神是我很敬爱的,故我愿意给他做这篇新序。"[①] 显然汪原放为了支持胡适的学术主张,把《红楼梦》"程乙本"作为新文化运动中白话文的典范推出,被称为"亚东本",这是《红楼梦》大众文学读物的普及本。直至到20世纪60年代胡适逝世前,在长达半个世纪的岁月中,在胡适收藏、研读、题跋的所有《红楼梦》版本中,唯一向大众推介出版的是"程乙本",因此,1961年1月24日胡适《与胡天猎书》说:

---

① 宋广波:《胡适红学研究资料全编》,北京图书馆出版社2005年版,第207页。

自从民十六亚东排印壬子"程乙本"行世以来，此本就成了《红楼梦》的标准本。近年台北远东图书公司新排的《红楼梦》，香港友联出版社新排的《红楼梦》，都是根据此本。大陆上所出各种排印本，也都是"程乙本"。①

在胡适为代表的新红学派的努力下，"程乙本"《红楼梦》作为大众阅读的普及本成为大陆以及港台、东南亚华语文化圈唯一流行的最广泛的版本。

（二）20世纪80年代初，人民文学出版社出版了中国红楼梦研究所校注本，以庚辰本替代了程乙本。关于这个问题，笔者在2011年9月21日采访过冯其庸先生，当面向他请教和问询了一些情况，其过程是：

1974冯其庸先生抽调到文化部《红楼梦》校订组，以什么版本作为《红楼梦》校订本的底本，在校订组有不同的意见，但冯先生是牵头人，而且有着强烈的主观意向，认为以庚辰本作《红楼梦》校订本的底本最好。理由是什么呢？他向我讲了两点：一个是庚辰是乾隆二十五年，这时离开曹雪芹去世只有两年（曹雪芹卒于乾隆二十七年壬午除夕）。到现在为止，还没有发现比这更早的曹雪芹生前的改定本，是最接近作者亲笔手稿的完整的本子。另一个是它有七十八回，甲戌本是十六回；己卯本是四十一回又两个半回，所以说也是最完整的一个本子。为此，他凭借自己对庚辰本的研究成果，说服了其他人员，文化部《红楼梦》校订组决定采用庚辰本为底本。

1979年以文化部《红楼梦》校订组为班底筹建了中国艺术研究院红楼梦研究所，继续这项工作。以庚辰本为底本的《红楼梦》校订本，是中国艺术研究院红楼梦研究所的一个集体成果，由于集聚一批红楼梦专家的智慧，凝结了他们研究的心血，受到人民文学出版社的重视，于是1982年人民文学出版社推出以庚辰本为底本的《红楼梦》，结束了自1954年以来长达28年的以程乙本为底本的《红楼梦》的普及本历史。人民文学出版社副编审胡文骏2016年12月20日在《光明日报》发表了《〈红楼梦〉的优质版本是怎样炼

---

① 宋广波：《胡适红学研究资料全编》，第412页。

成的》一文指出:"1982年3月,我社又推出了由中国艺术研究院红楼梦研究所校注的新一版的《红楼梦》。这个校注本是在红学所的主持下,经过一代红学家的集体努力完成的。此后,它就成了最为流行的《红楼梦》读本,至今仍在市场上保持着稳定而不俗的销量。"出版后又历时二十年,修订了三次。冯先生说:"我们的书出来以后,李一氓特地写了一篇评论文章,认为这个本子可以作为定本。那还是第一次的本子呢。到了2008年,我们修改以后,大家心里更觉得痛快。吕启祥、胡文彬——他出了很大力,都很高兴。"形成《红楼梦》读本中的主流品牌,占据市场,累计发行700多万套。

(三)2017年6月广西师范大学出版社理想国推出《红楼梦》"程乙本"和台湾白先勇先生的《细说红楼梦》。白先勇先生力主大众普及本应是《红楼梦》"程乙本",他是文化名人,其说法在名人效应下具有挑战意义。由此引发出人们的一些疑问和不同的见解。比如1982年以来大陆为什么要用《红楼梦》庚辰本代替了程乙本?如何评价《红楼梦》的不同版本的功能和价值?为什么说程乙本《红楼梦》是最适合广大人民群众阅读的普及本,等等。

二、对待《红楼梦》"庚辰本"和"程乙本"不同的看法

《红楼梦》"庚辰本"与"程乙本"两个版本究竟有什么不同?这是我们判断它们的功能和价值的基本点。

首先是"庚辰本"与"程乙本"外结构的不同,"庚辰本"只有78回,它的后四十回是用程高本补上的。因此120回不是一个体系。而"程乙本"则是120回。

其次是内结构中也存在着一些不同。中国红楼梦学会首任会长吴组湘教授早在1981年就撰文指出:

> 拿"程乙本"跟"庚辰本"对照,先不管词句之类的小差异,有多处情节场面确实经过删改了。且举两处看看:
>
> "庚辰本"第六十三回,贾宝玉叫芳官改扮男装,"将周围的短发剃

了去,露出碧青的头皮来";又说芳官的名字不好,改了个番名叫做"耶律匈奴",后被叫成"野驴子";又把她"算个小土番儿"来献俘,"引得合院无不笑倒"。可是"芳官十分称心"。……这一大段描写,到百二十回刻本就删削得不留痕迹。

第六十五回写了尤三姐。"庚辰本"写道:"贾珍便和三姐挨肩擦脸,百般轻薄起来。小丫头们看不过去,也躲了出去,凭他俩个自在取乐,不知做些什么勾当";"谁知这尤三姐天生脾气不堪,仗着自己风流标致,偏要打扮的出色,作出许多万人不及的淫情浪态来";并且写到"底下绿裤红鞋,一对金莲或翘或并,没半刻斯文",等等。尤三姐心高气傲,是书中唯一的光明正大公开要求婚姻自主、自择配偶的一个姑娘。她对惯于玩弄女子的豪门纨绔子弟一向心存反感和蔑视。现在照这样写,明显有损这个光辉形象。书中一贯避免写女子的鞋脚,唯独这里直写无隐,这也违背了书中描写女性的一个美学信念。这些,在百二十回本里,都作了删改。我们是不是也应该认为改得好,改得必要?

像这样的修改,都深入到决定人物形象塑造的情节去取和意义掌握的问题。我想说,可能只有原作者曹雪芹本人有此种敏感;无论续书作者是谁,连同脂砚、畸笏等批者在内,都不像能够有此水准。我设想,曹雪芹以他的历史水准和生平经历,写作这样一部博大精深的作品,随着创作实践的进展,对生活现实的认识自必不断有所提高。写在后面,必得回头改写前面,还须重新修改后面。也未必三两次就可以改好或定稿。所谓"批阅十载,增删五次"的过程必然不免,而且仍然不能完工。①

面对《红楼梦》"庚辰本"与"程乙本"两个版本这种现状,形成截然对立的观点。有的学者认为《红楼梦》后四十回是补写的,非曹雪芹原著,甚至推理前八十回也被修改。正如吴组湘先生所指出:有些学者总认为最接

---

①吴组湘:《中国小说研究论集》,北京大学出版社1998年版,第289—294页。

近曹雪芹原初稿才是《红楼梦》的本来面目，比经过修改的质量还高，所以无限地推重乾隆年间三脂本，即甲戌本（1754）、庚辰本（1760）、己卯本（1759）。这个观念一直支撑着崇尚脂本的学者，崇脂本贬程本。因此，他们不看好120回的程乙本，而格外推重脂本。这种观念无论在出版界，还是在学术界，都占据着掌控局面的地位。因此，人民文学出版社出版《红楼梦》，不加任何说明，主观地将曹雪芹与高鹗并列为作者。近年来学术界的考证，高鹗补写不确，已成事实。于是红楼梦研究所的《红楼梦》校注本，又改为无名氏补写。

而另一部分学者则认为20世纪红学最大的冤假错案就是阉割《红楼梦》后四十回，120回都是曹雪芹的原著。他们认为把抄本上的干支武断地判定为乾隆年间的抄本，是缺乏理论根据的。脂本是1927年以后陆续才发现的，而在乾隆、嘉庆、道光、咸丰这130多年间，并不见于任何公私藏书的著录，何况从书中不避康熙皇帝的讳"玄"字的这一事实，更无法证明就是乾隆年间的抄本。特别难以自圆其说的是，它却避道光皇帝的讳，据欧阳健先生的统计，在乾隆年间三脂本中，道光皇帝的讳"宁"字的出现次数及避讳次数分别是：甲戌本出现36次，避讳33次；己卯本出现41次，避讳41次；庚辰本出现54次，避讳54次，从而为我们破除了其为"乾隆抄本"的推论提供了不可忽视的理据。①

笔者同台湾红学会会长朱嘉雯专门谈过这个问题，她告诉我：在20世纪80年代之前，台湾出版的《红楼梦》著作，署名都是曹雪芹。只是台湾80年代以后也出版了大陆红楼梦研究所《红楼梦》校注本，才出现曹雪芹、高鹗并列的现象。

这是一个长期被雾霾笼罩的非学术问题，以致阴晴难辨，瓦釜长鸣。正如胡文彬先生所言："新红学考证派不论是开山泰斗还是其集大成者，在《红楼梦》后四十回的评价上和所谓程伟元'书商'说的论断，却是无法让人苟同和称善的。他们的错误论断和某些成见被一些人无限放大，其影响之深之

---

①欧阳健：《利用讳字鉴定〈红楼梦〉抄本的新思路》，欧阳健：《古小说研究论》，巴蜀书社1997年版，第435—445页。

广，简直成了一种痼疾，达到一种难以'医治'的程度。"①

白先勇先生针对贬斥后四十回的论调，一针见血地指出："至于不少人认为四十回的文字风采、艺术价值远不如八十回，这点我绝不敢苟同。后四十回的文字风采、艺术价值绝对不输前八十回，有几处可能还有过之。《红楼梦》前大半部都是写贾府之盛，文字当然应该华丽，后四十回是写贾府之衰，文字自然比较萧疏，这是应情节的需要，非功力不逮。"②

三、怎么样认识和评价《红楼梦》"庚辰本"与"程乙本"的不同

怎么样认识和评价《红楼梦》"庚辰本"与"程乙本"的不同？其关键是如何正确地评价《红楼梦》后四十回。

胡适关于评价《红楼梦》后四十回的原则有两点：一是"外证"，另一是"内证"，而且强调"内证"比"外证"更重要。目前学术界关于后四十回不是曹雪芹的原著的说法，大都是从"外证"的视角得出的结论，遗憾的是从"内证"视角研究还形成不了规模。胡适晚年亲自实践他自己提出的"内证"原则，是十分可贵的。1927年他从支持程乙本成为普及本流传开来，到晚年用程乙本与程甲本、戚序本相比，认为程乙本最适合大众阅读，正是出自对大众欣赏的重视、推介、支持，而且为程乙本在中国各地的广泛发行感到自豪和欣慰。

特别是胡适晚年的一个重要观点，即把程甲本、程乙本、甲戌本、庚辰本、戚序本等，都看作《红楼梦》版本的不同形态。正如1961年5月18日《跋乾隆甲戌脂砚斋重评石头记影印本》所说："这是《红楼梦》小说从十六回的甲戌（1754）本变到一百二十回的辛亥（1791）本和壬子（1792）本的版本简史。"正是在这个意义上，我们说庚辰本和程乙本无所谓孰优孰劣，它们都在《红楼梦》版本史上占据一定的位置。换句话说，它们各有各的价值和功能。而学者对待它们的原则应当是有的版本侧重研究，有的版本侧重阅

---

①胡文彬：《历史的光影——程伟元与〈红楼梦〉》，时代作家出版社2011年版，第8页。
②白先勇：《细说红楼梦》，广西师范大学出版社2017年版，第17页。

读,也就是"小众学术,大众欣赏"。

根据"小众学术,大众欣赏"的原则,《红楼梦》各个版本所承担使命是不一样的。我认为:

《红楼梦》脂本也好,程本也好,凡版本问题都是"小众学术"的范畴,比如说庚辰本与己卯本的关系、甲戌本与作者、后四十回人物的命运和结局,等等,都是专家的研究范畴,没有必要推向大众。

而对于读者欣赏《红楼梦》,则选择《红楼梦》版本中相对语言通俗明快、结构完整、人物鲜明生动的版本推向大众。大众欣赏不是考证《红楼梦》,而是通过阅读理解《红楼梦》美的世界,以及人生意蕴和学习、掌握历史文化。

所谓"小众学术",是指研究红学的学者、专家,他们从文本到版本,从作者到家世,上穷典籍,下考文物,举凡涉及曹雪芹及其家世的一纸一石、《红楼梦》版本的几张残叶都孜孜以求,当然,更多的还是阐释《红楼梦》文本的艺术成就。一言以概之,学术也。"小众学术"为红学研究奠定了基石,并从不同的层面、不同的角度开掘了红学研究的领域。

所谓"大众欣赏",简单地说,欣赏是解读的过程,《红楼梦》在未被读者解读之前,是一种雪藏状态的审美现实,是潜在的艺术世界,是开放的心灵家园。只有通过读者的欣赏,《红楼梦》才能成为有生命的审美现实;《红楼梦》文本的审美意义,才能进入读者理解的意向结构之中。而解读的深浅粗细,往往取决于读者自身所具有的感悟、情感和体验。"凡操千曲而后晓声,观千剑而后识器。"

二者之间的关系是一个互动的过程,只有大众欣赏得到普及,对理性的需求提高,才会对小众学术激励和推动;相反,小众学术越是把理论研究贴向大众,为提升大众的理解力和欣赏水平铺桥架路,小众学术才会越有生命力。小众学术只有深入地为红学的研究开拓和奠基,才能不断地为大众欣赏铺设普及的台阶。欣赏也是不断提升的过程,"大众欣赏"与"小众学术"的两极差越小,"大众欣赏"的整体水平就越高。从某种意义上讲,"小众学术"达到的极至就是雅俗共赏。

四、为什么说程乙本《红楼梦》是最适合广大人民群众阅读的普及本

最适合广大人民群众阅读的《红楼梦》普及本,应当具有三个鲜明特征。

第一,艺术的整体性。

艺术的整体性是好的故事的基础框架,是艺术生命的基本要素。只有具备整体性,才能产生美的效应。程乙本《红楼梦》首先具有这个特征,有脂本所不具有的优势。白先勇先生的《细说红楼梦》,从结构、人物、语言多方面考察,认为《红楼梦》后四十回就是曹雪芹不可分割的组成部分。程乙本是《红楼梦》版本中最好的版本。最近我阅读了白先勇先生《细说红楼梦》的一部分,虽然我不认同他的某些观点,或者说其论证存在着不确之处,但值得首肯的是:白先勇先生是把《红楼梦》作为一个生命整体来看待,谈到了"后四十回的文字风采、艺术价值绝对不输前八十回,有几处可能还有过之","长期以来,几个世代的红学专家都认定后四十回的一些情节乃高鹗所续,并非曹雪芹的原稿。因此也就引起一连串的争论:后四十回的一些情节不符合曹雪芹的原意、后四十回的文采风格远不如前八十回,这样那样,后四十回遭到各种攻击,有的言论走向极端,把后四十回数落得一无是处,高鹗续书变成千古罪人"。[①] 他实践了胡适提出的"内证"的方法,在解读《红楼梦》全书的过程中,把程乙本和庚辰本做了比较。对两者比对并不少见,但从全书的解读过程全面铺开进行比对,这是比较少见的,这种整体性研究方法也是我们今天最值得提倡的。所谓"内证",就是白先生所讲的,"把这部文学经典完全当作小说来导读,侧重解析《红楼梦》的小说艺术:神话架构、人物塑造、文字风格、叙事方法、观点运用、对话技巧、象征隐喻、平行对比、千里伏脉,检验《红楼梦》的作者曹雪芹如何将各种构成小说的元素发挥到极致"[②]。

---

① 白先勇:《细说红楼梦》,第 16 页。
② 白先勇:《细说红楼梦》,第 6、17 页。

第二，故事性强。

2009年笔者在《红楼梦学刊》发表《从红楼梦文本叙事反观程本与脂本的异同》一文，从回目入手，探讨了《红楼梦》的故事结构。《红楼梦》故事是由复杂的叙事结构单元和叙事成分构成的生命有机体，依据其故事流程的阶段性，可以划分诸多的章回，也就是小故事。因此，小故事，即章回结构的整体性和叙事的肌理往往是作者提炼和凝缩回目文字的叙事根据，可以说"以一目尽传精神"。由于回目是章回叙事内容的最集中最典型的涵盖，是章回艺术构思的聚焦点，是章回的叙事内容的眼目，所以我们从回目就可以考量《红楼梦》大故事与小故事的内在联系、小故事与小故事的内在联系，以及贯彻环节和过渡设置，总之，最终体现在故事性的强与弱上。

依据上述原则，考察了诸脂本与程甲、程乙本回目的异同，发现程乙本的回目是《红楼梦》所有版本中最精准的。如：

程甲本第七回	送宫花贾琏戏熙凤　赴家宴宝玉会秦钟
程乙本第七回	送宫花贾琏戏熙凤　宴宁府宝玉会秦钟
甲戌本第七回	送宫花周瑞叹英莲　谈肄业秦钟结宝玉
戚序本第七回	尤氏女独请王熙凤　贾宝玉初会秦鲸卿

第七回送宫花和会秦钟是本回比较集中的两个叙事内容。周瑞家的送宫花过程，折射出几位小姐的性格侧面，"迎春、探春二人正在窗下围棋"，大家闺秀，娴雅淑静。惜春和小尼姑一起玩，说笑道："我明儿也要剃了头跟她作姑子去呢……"这笑话无意之中映射了她的未来。送到黛玉处，她问道："还是单送我一个人的，还是别的姑娘们都有呢？"周瑞家的回答："各位都有了，这两枝是姑娘的。"黛玉冷笑道："我就知道么！别人不挑剩下的也不给我呀。"表现了她的小性儿。这中间只有送凤姐那四枝，未见其人。周瑞家的以为凤姐正在睡中觉呢，只见"奶子笑着，撇着嘴摇头儿。正问着，只听那边微有笑声儿，却是贾琏的声音"。这贾琏戏熙凤，叙事不仅含蓄，而且文字很少。它与对其他四位小姐的叙述文字长短差不多，为什么回目偏偏点出王

熙凤?只有理解整个故事结构的设置,才能了然于胸。一是,从故事结构上看,《红楼梦》的叙事从第六回开始到第十八回元妃省亲结束,这一叙事单元用浓彩重墨主要是刻画王熙凤,正如甲戌本[回前墨]写道:"此回借刘妪,却是写阿凤正传。"二是,从叙事手法上看,甲戌本脂批:"阿凤之为人,岂有不着意于'风月'二字之理哉?若直以明笔写之,不但唐突阿凤声价,亦且无妙文可赏。若不写之,又万万不可。故只用'柳藏鹦鹉语方知'之法,略一皴染,不独文字有隐微,亦且不至污渎阿凤之英风俊骨。所谓此书无一不妙。"可见,提炼回目的文字,不但要注意本章回的叙事内容、整体结构的设置,还要注意叙事艺术的独特表现。由此观之,甲戌本题为"送宫花周瑞叹英莲",把周瑞家的感叹香菱一事作为回目,是本末倒置,何况"周瑞家的"是不能简缩为周瑞,而且周瑞家的感叹时,香菱到了薛家早已不叫英莲了。戚序本这章回目只偏重后一半叙事内容:"尤氏女独请王熙凤,贾宝玉初会秦鲸卿",偏而不全。同样的文字却只涵盖章回的一半叙事内容,而程本却涵盖了全部叙事内容,相比之下,戚序本回目的信息量太少了。

回目不是某个词语的个别现象,而是《红楼梦》整体艺术构思的浓缩,所以程乙本显现的优势属于宏观的范畴。

第三,语言通俗、简洁、明快。

白先勇先生是以小说家的眼光来比对的,着眼最多的"内证"之处是人物和词语。比如比较了两个版本中对秦钟、尤三姐、晴雯、袭人、芳官、司棋等人物描写的差异,从叙事肌理、人物性格和情节因素等方面说明程乙本为佳。另外是词语的运用,强调通俗、简洁、明快。比如贾母打趣凤姐,程乙本说她"泼辣货"优于庚辰本的"泼皮破落户"。庚辰本"芳气笼人是酒香"不如程乙本"芳气袭人是酒香"。《红楼梦曲》中庚辰本"怀金悼玉"不如程乙本"悲金悼玉",等等,其分析大都是很有道理,令人信服的。

2015年我校订《曹雪芹与〈红楼梦〉》清样的时候,出现一个问题,过去引证《红楼梦》原著时,使用的是红研所校订的《红楼梦》,当时手头没有红研所的《红楼梦》,恰好张俊先生送笔者一套"程乙本"《新批校注红楼梦》(商务印书馆2013年),于是我顺手就用这个本子校对。没想到程乙本与庚辰本差别不小，几乎每段文字都有差异，但每每程乙本胜出一筹，更精练，更通俗，更明快。这件事给我的印象很深，程乙本的文字的确超出其他版本。

白先勇先生提出的问题是百年红学研究的瓶颈之处。借此举推波助澜，特别是在新红学 100 周年之际，对红学史的研究做一次大反省、大总结、大推进。

原载香港《明报》月刊 2017 年 10 月号。收入白先勇主编《正本清原说红楼》，台湾时报文化出版股份有限公司 2018 年 7 月

关于《红楼梦》后四十回

百年红学最大的错案是阉割《红楼梦》后四十回

20世纪红学最大的冤假错案就是阉割《红楼梦》后四十回。这既是一个学术上大是大非的问题，又是一个长期被雾霾笼罩的非学术问题，以致阴晴难辨，瓦釜长鸣。正如胡文彬先生所言："新红学考证派不论是开山泰斗还是其集大成者，在《红楼梦》后四十回的评价上和所谓程伟元'书商'说的论断，却是无法让人苟同和称善的。他们的错误论断和某些成见被一些人无限放大，其影响之深之广，简直成了一种痼疾，达到一种难以'医治'的程度。这种'痼疾'不仅成了新红学考证派自身的悲哀，也是整个红学史上的一种悲哀。"①

今年在纪念曹雪芹逝世二百五十周年的日子，我们不能让历史的尘垢继续蒙在红学史第一人程伟元的头上，要为其正名，要推介、弘大、研究百二十回本《红楼梦》。连红学家俞平伯晚年也感叹："腰斩红楼""佛头著粪"。当然为程伟元正名，难度是极其大的，唯其难，我们才愈加努力，在拨乱中硬往前走。

一、"程伟元现象"

220年前，程伟元探骊得珠，整理、编辑、刊印了百二十回《红楼梦》。

---

① 胡文彬：《历史的光影——程伟元与〈红楼梦〉》，时代作家出版社2011年版，第8页。

这部伟大著作的问世和传播，使得中国文学又有了一颗璀璨的明珠，光照史册；使得中国几代人为此自豪、骄傲。程伟元当之无愧是红学史上最有贡献的第一人。然而，近百年程伟元却被冷落了，别说一般读者不知道他，就是学者对他也知之甚少。这种现状，令人扼腕而叹的同时，不能不思考红学出了什么问题了！

二百多年前，最初欣赏《红楼梦》抄本的人，程伟元可能不是第一人，而发现《红楼梦》的价值，受到旷世珍品美的魅力的吸引，"自藏书家甚至故纸堆中无不留心，数年以来，仅积有廿余卷。一日偶于鼓担上得十余卷，遂重价购之，欣然翻阅……""竭力搜罗"《红楼梦》抄本，并刊印问世，可以说程伟元却是第一人。程伟元的发现、努力、玉成看似寻常，而当我们纵观中国文学发展史，便会体认到那一番作为却似"于无声处听惊雷"。我们知道：《红楼梦》伟大的前提，是其美的价值被广大读者接受和传播，才能显现作品底蕴的辉煌，才能开创中国文学史灿烂的篇章，才能走向世界文学之林。特别是百年红学与中国的政治思潮相裹挟，与文化积淀相表里，与各种文艺形式相展示，迅速形成一门显学。以至中国现代进程方方面面的精英对此都投入了热情、倾注了笔墨、喊出了声音。既然《红楼梦》对后世影响如此之巨，那么自然对于红学研究史上第一人程伟元，应在中国文化史上记载他丰功伟绩的建树。然而，他的贡献，不仅没有得到红学史应有的评价，反而遭受贬低，冷寂到被人遗忘的角落。导致程伟元的声誉与文学史应有的地位相差甚殊。因此，我们今天说到百二十回本《红楼梦》问世220年的文献价值，首先要从学术史上先为程伟元正名。最好的方式就是抖落历史的尘垢，让程伟元的思想、才华和人格以真实的面貌回到历史文化的空间，让我们读懂他。程伟元长期遭到不公而落寞，不是个人的问题，透过他能够折射出当代理论思维的滞后所带来的倒错现象，反映出当代非学术因素导致的学术腐败现象，可称之为"程伟元现象"。

"程伟元现象"所透视出问题，不是仅仅一个人的名誉，而是重写红学史。

考察任何一种文学现象，我们都必须在特定的历史情境下来理解，处理好历史线索与历史背景的关系，才能更好地认识一种文学现象的演进与发展。"程伟元现象"的起因是胡适的一个主观的判断，他认为程伟元是一个书商，程伟元出钱、高鹗出力，完成了后四十回。既然后四十回是高鹗"续书"，前八十回脂评本才是曹雪芹原著，于是近百年红学界出现一个怪圈，谈《红楼梦》不再谈百二十回本《红楼梦》了，自然而然地就把探讨的视野淡出后四十回。即使不用着意贬低程伟元，他也从红学史上被"出局"了。这是程伟元长期被冷寂的原因之一。论者不论对程伟元否定还是肯定，大都还是注意非学术因素，便一股脑儿把原因推到胡适身上。当然，推到胡适身上是不公的。因为新红学史长达90多年，其中后60年胡适的影响已经很小了。20世纪50年代举国从政治思想上批判胡适思想，至少到80年代之前，胡适论著在大陆销声匿迹。80年代以后，胡适虽然再度被人们提起，只不过是作为历史人物的介绍和研究罢了，根本谈不上对大陆红学有什么影响，怎么能直到今天还要把账算到胡适头上。

最早怀疑《红楼梦》后四十回不是曹雪芹写的是胡适先生。但要注意，他在《红楼梦考证》谈到几点疑点时并没有坐实。这是其一。其二，他认为那些疑点属于"外证"，还需从"内证"上考辨。在1921年发表《红楼梦考证》（改定稿）时就强调："这些证据固然重要，总不如内容的研究更可以证明后四十回与前八十回决不是一个人做的。"其三，即使他认为后四十回不是曹雪芹原著，也并没有因此而否定后四十回的文学成就：

> 我们平心而论，高鹗补的四十回，虽然比不上前八十回。也确然有不可埋没的好处。他写司棋之死，写鸳鸯之死，写妙玉的遭劫，写凤姐的死，写袭人的嫁，都是很有精彩的小品文字。最可注意的是这些人都写作悲剧的下场。还有那最重要的"木石前盟"一件公案，高鹗居然忍心害理的教黛玉病死，教宝玉出家，作一个大悲剧的结束，打破中国小说的团圆迷信。这一点悲剧的眼光，不能不令人佩服。①

---

① 宋广波：《胡适红学研究资料全编》，北京图书馆出版社2005年版，第175页。

胡适晚年从"内证"的角度研究《红楼梦》不同版本，侧重在叙事内容、叙事线索、叙事肌理的比对上，从而引发他的一系列深刻的见解。他那一段段批注，折射出他一贯的思维方式：重文本。特别是对程乙本的许多处叙事都很赞赏。虽然他早期曾提出"高鹗续书"说，但并不是因此盲目排斥程高本。早在1927年他就向上海亚东图书馆推荐程乙本《红楼梦》的出版，可见他心目中对程乙本一直是看重的。值得注意的是，胡适和俞平伯始终把《红楼梦》后四十回作为学术问题进行考证。

如果说"程伟元现象"的起因是胡适的一个主观的判断，那么"程伟元现象"的坐实则是考证派大家周汝昌。他沿着胡适新红学倡导的研究路数，完成了他的代表作《红楼梦新证》，初版于1953年。这部著作与胡适红学思想根本不同的地方：彻底否定《红楼梦》后四十回。

周汝昌首当其冲地对后《红楼梦》四十回口诛笔伐，也就是对程高本彻底否定。进而将后四十回不是曹雪芹所写这一说法坐实，1957年人民文学出版社出版的《红楼梦》，在作者曹雪芹署名的后面第一次加上了高鹗的名字，半个世纪以来，"高鹗续书"这一说法几乎被传播成了常识。周汝昌在1976年出版了《红楼梦新证》（增订本），关于程高续书这一观点又大大向前推进，特别引人注意的是，他明确说出程高续书的过程和动机：

> 乾隆朝的统治者们，在收买、威逼、迫害、破坏种种伎俩都经使尽而仍然得不到曹雪芹的丝毫让步的情形下，便施展出最为阴险毒辣的一著：抽梁换柱，暗地腾挪，使之整个存形变质，并且还要刻出"全部"来。为了这一特殊使命要物色"人才"。这种人才要不显山不露水，能力还要混得过耳目，身份地位要能够知己知彼，才便于取中要害。物色的结果，差使落到高鹗（也是内务府旗人）程伟元二人头上。其成绩，就是后来一直传世的百二十回本的《红楼梦》。[1]

---

[1] 周汝昌：《红楼梦新证》，人民文学出版社1976年版，第1161页。

不过当时他还强调"还只是我个人的推测,是否能得其事之实,有待进一步研究讨论"。这一观点后来又在《〈红楼梦〉"全璧"的背后》一文中得到了进一步的阐述,变成了高鹗续书是在乾隆皇帝及其大臣和坤策划下的"一个政治事件",续书的目的是篡改、歪曲前八十回。这里需要指出的是由于新的史料匮乏,上述观点是在支离破碎的材料上,用推理、想象、探佚的手段编织和涂抹成的,已经掺杂大量的非学术因素。资深学者的妄断,诸多学者的盲从,学术与非学术因素的交织,使得红学出现了混乱势头,事情被搅得越来越复杂。从此,关于续书的论争,可以说进入了另一个阶段。梁归智在《周汝昌传》说:"周汝昌的一切活动、说辞都围绕着一个核心运转,那就是辨明后四十回续书对曹雪芹原著的遮蔽扭曲,恢复原本《红楼梦》真正的伟大。"① 很概括、精到地揭示了贯穿周汝昌一生学术研究的心理动机,也是对他一生红学研究最深刻的总结。从红学史上来看,他的晚年与胡适的学术走向截然不同。这一点正需要我们特别的注意,因为这是周汝昌学术的命脉。

二、关于《红楼梦》后四十回论争的走向

胡适提出"高鹗续书说",经半个世纪学者的考证和探索,已经面临破产。因为理据是《红楼梦》初以八十回抄本流传于世,神龙无尾,"殊非全本"。据此便认定曹雪芹《红楼梦》原稿就只有八十回。其实,程甲本问世之前已有一百二十回《红楼梦》抄本流传在世。这就意味着《红楼梦》版本有三个体系:除了八十回的脂评本,还有一百二十回的手抄本。证据有三:

1. 周春《阅红楼梦随笔》记载:"乾隆庚戌秋,杨畹耕语余云:'雁隅以重价购钞本两部:一为《石头记》,八十回;一为《红楼梦》,一百廿回,微有异同。'"② 乾隆庚戌,即乾隆五十五年(1790),在《红楼梦》程甲本之前,与程伟元《红楼梦序》所言"好事者每传抄一部,置庙市中,昂其值得

---

① 梁归智:《红学泰斗——周汝昌传》,漓江出版社2006年版,第286页。
② 一粟:《古典文学研究资料汇编·红楼梦卷》,中华书局1963年版,第66页。

数十金,可谓不胫而走者矣。然原目一百廿卷,今所传只八十卷,殊非全本"十分吻合。

2. 脂本《红楼梦》中唯一的一百二十回本是《乾隆抄本百廿回红楼梦稿》,简称《红楼梦稿》。

3. 明义《题红楼梦》绝句是目前发现的最早的题红诗,而且透露出《红楼梦》后四十回的情节信息。据周汝昌考证:"《题红楼梦》绝句,往早说,可能是乾隆三十五年或稍前的作品;往至晚说,也绝不会是四十六年以后的作品:离曹雪芹去世才不过五六年到十五六年之间的光景,下距程伟元、高鹗续书刊板(乾隆五十六、七年),却还有足足十年至二十年的光景。……二十首诗中最重要的,恐怕要推末三首。由于第十八首,知道黛玉的葬花词后来'似谶成真',则明义似已见到曹雪芹写黛玉病死的部分……第十九首所写似系全书结束,'金玉姻缘'亦不可问,宝玉宝钗结褵后不久即分散,而顽石也回到大荒山无稽崖的青埂峰下去,而且灵气已尽,亦即'通灵宝玉'复还为石头。第二十首说锦衣玉食,未有几时,'王孙'已瘦骨嶙峋了。"[1] 蔡义江指出:明义《题红楼梦》"末了三首已写到八十回后贾府败落事,且并无'未窥全豹'之憾"。如"伤心一首葬花词,似谶成真自不知",[2] 诗意流贯在第二十七回与第九十七回之间;"莫问金姻与玉缘,聚如春梦散如烟。石归山下无灵气,纵使能言亦枉然。"概括了宝玉与宝钗的"金玉良缘"及命运结局,浓缩了一百二十回《红楼梦》的一条重要意脉。

上述外证显然说明程伟元、高鹗刊印一百二十回《红楼梦》之前已出现两种不同的抄本,一是八十回本;一是一百二十回本。因此仅凭借脂本多是八十回为由,将《红楼梦》后四十回割裂出来是没有道理的。关于"高鹗续书"从"外证"上被众多学者驳斥得千疮百孔,此说不成立,已成为共识。其标志是2008年人民文学出版社出版的红楼梦研究所重校的《红楼梦》,在封面署名上标明百二十回《红楼梦》作者是曹雪芹,整理者是程伟元、高鹗。第一次以学术权威机构的名义,明确地对程伟元、高鹗整理和出版百二十回

---

[1] 周汝昌:《红楼梦新证》,第1073—1074页。
[2] 蔡义江:《红楼梦诗词曲赋鉴赏》,中华书局2001年版,第517页。

《红楼梦》的历史功绩给予了恰当而公正的认定。

长期以来这种腰斩《红楼梦》的做法遭到许多学者的批评。尤其是从内证进行分析加强了，着眼于《红楼梦》人物前八十回与后四十回性格的连贯和发展，情节前后的吻合和进展等。近年来王蒙发表了一系列文章谈到"续书的不可能"。他说："从理论上、创作心理学与中外文学史的记载来看，真正的文学著作是不可能续的……至于像《红楼梦》这种头绪纷繁，人物众多，结构立体多面，内容生活化、日常化、真实化、全景化的小说，如何能续？不要说续旁人的著作，就是作者自己续自己的旧作，也是不可能的。而高鹗续了，续得被广大读者接受了，要不是民国后几个大学问家特别是胡适的'考据'功夫，读者对全书一百二十回的完整性并无太大怀疑。"王蒙是作家，有着创作的深刻体验，他谈后四十回着眼：一是创作的体验；二是叙事的整体性；三是对"考据"的质疑。字里行间虽然没有明确否定胡适的考证，但流露出一百二十回《红楼梦》无论怎么说都是一个整体的观点。半个世纪以来，我们可以看出有识之士越来越趋于一个基本点上，那就是把一百二十回《红楼梦》作为一个气韵生动的生命有机体来看待。

究竟如何评价《红楼梦》后四十回，最重要的是研究方法的问题。"程伟元现象"其中重要原因也是理论思维的滞后而带来的倒错现象。无论旧红学的索隐，还是新红学的考证，都有一个致命的弱点，就是远离文本的意蕴，缺少理论的支持。20世纪八九十年代少数有识学者认识到这一点，提出一个口号——"回归文本"。20世纪70年代余英时就从学术史的发展角度提出突破和变革《红楼梦》的研究方法。他认为胡适的新红学研究方法是一个典范，至周汝昌达到极致。1973年，余英时在香港中文大学新亚书院作了一个题为《〈红楼梦〉的两个世界》的学术讲座，会后把报告的内容整理成两篇文章：《〈红楼梦〉的两个世界》和《近代红学的发展与红学革命——一个学术史的分析》，分别于1974年和1975年公开发表，就已经提出"红学的内在危机"，只不过没有引起红学界的细致的长期的讨论，取得学术思想的实质性的提升。他针对新红学的后期已暴露不可逆转的内在危机，力图以转换理论思维从红学危机中突破，提出要突破、要变革、要提倡新"典范"。他说："胡适可以说是红学史上一个新'典范'的建立者……这个新红学的传统至周汝昌的《红楼梦新证》(1953)的出版而登峰造极……《新证》以后虽然仍有大量的考证文字出版,并且在个别难题的解决上也多少有所推进,但从红学的全面发展来看,'自传说'的'典范'已经陷入僵局,这个'典范'所能解决的问题远比它所不能解决的问题为少。这就表示'自传说'的效用已发挥得极边尽限,可以说到了功成身退的时候了。""这个可能建立的新'典范'是把红学研究的重心放到《红楼梦》这部小说的创造意图和内在结构的有机关系上。""新'典范'的两个特点:第一,它强调《红楼梦》是一部小说,因此特别重视其中所包含的理想性与虚构性。……第二,新'典范'假定作者的本意基本上隐藏在小说的内在结构之中,而尤其强调二者之间的有机性。"提倡新"典范",用意在于以飙扬西方叙事学,对小说的结构模式、叙事机制、形式技巧的分析,呈现科学化和系统化。试图用当代文艺理论提供的最有力的"批评的武器",开拓红学的文学批评和理论研究的广度和深度,作为挽救红学危机的一条可行的实践的学术方法。

倘若余英时倡导的这种方法能形成当代红学研究的主流意识,至少成了一些气候,那么"程伟元现象"也就会日渐冰封化解。可是,他的学术倡导并没有起到"一石激起千层浪",事实说明挽救红学危机并不仅仅是学术因素的局限,还有更多的非学术因素的制约,在红学研究中已非一日之弊。问题的复杂在于非学术因素常常以学术的面目出现,使人混淆不清,难辨真伪。这才是真正的原因。周汝昌以红学大师自居,树立旗帜,营造团伙。不仅他本人对偏执理论的执拗固守,以及为此理论观点的延续与加强一谬再谬,而且给红学界制造了混乱的重灾区,后来又被"学术明星"的"《红楼梦》揭秘",引向更大的混乱。非学术因素主要表现在:其一,从个人的非学术立场出发,见同则引为同类,拉之、捧之、吹之;见异则视为对立,拒之、压之、贬之。其二,对文学观念新质因素的进入与扩容进行排斥与抵触。其三,20世纪90年代中后期以来,将其红学著作市场化,使得中国的学术再度迷失自我。学术具有了商品的市场价值,并与学者的切身利益相联系,往往是以学术问题出之,而背后则牵涉到权力之争、利益分配等一些非学术因素。

"程伟元现象"中反映出的非学术因素带来的学术腐败，是当代不可忽视的问题。如果不正视这一点，就无法合理地解释为什么视发掘出的程伟元史料于不顾，而一味地坚守在风雨飘摇中欲倒塌的百年老屋里弹唱那些陈词老调呢。

三、从"程伟元现象"看红学危机与红学重建

最近，孙伟科在《红楼十二钗评论史略》（马经义著）一书的序言中指出："当我们检视当前的红学热点、红学格局时，不得不说，潮流浩荡，千帆竟进，唯缺红学。红学依然被索隐的迷雾遮蔽，依然被斟字酌句的微言大义所覆盖，依然被揭秘、猎奇心理、心态控制左右着，依然被门户之见、唯我独尊所分隔……"此话一语中的。当前一些索隐红学、龙门红学、娱乐红学，什么《红楼梦》揭秘、探佚、戏说等，都顶着历史文化的面具，登堂入室，招摇过市。虽然一个标志性的人物红学家周汝昌走了，他所延续的新红学最后的学术生命解体了，考证、索隐、探佚在浮躁、喧闹中罩上的光环也失去了。但他所倡导的"探佚"研究方法，以及他把新红学留下的问题，什么"高鹗续书"，什么"后四十回"等推向了极端，不但没有解决，反而仍旧困惑着人们。

周汝昌的影响在短时期难以消除，这主要反映在盲目地迷信、吹捧、鼓噪周汝昌的代表作《红楼梦新证》，是"划时代的""里程碑式的"顶级的红学著作。其实，对于近80万字的《红楼梦新证》很少有人认真地全部读过，更不要说对它的分析研究了。即使在学术界也是如此，更何况那些"粉丝"了。只知皮毛，不知内里。还有些名作家也跟着胡吹乱捧，就令人难以理解了。像刘再复在20世纪80年代曾推出《性格组合论》，一个时代具有标志性的文学理论著作，却在给《周汝昌传》写序，称周汝昌是"中国文学第一天才的旷世知音"。我怀疑刘再复长期在国外，大概也不了解国内红学界的情况，凭着浮躁文坛的一声半语的信息，就说出令人啼笑皆非的呓语。因此人为地造成迷信、吹捧、鼓噪，不仅由来已久，而且鱼目混珠。加之近年出版

界把周汝昌当作卖点，蜂拥而上，争着抢着出版周作。他一生出版46本书，其中有40本是1980年以后出版的，而且新出的红学著作不但没有一部能赶上《红楼梦新证》，而且良莠混杂，甚至沉渣泛起。

我们知道：周汝昌一生的红学研究主要围绕两个中心，一个是《红楼梦新证》，牵三扯四、叠床架屋地铺排与《红楼梦》和曹雪芹家世有关的材料。其长是为《红楼梦》研究做了文献资料的整理工作，为研究者提供了详尽的史料，省去在史籍中爬梳、搜罗、寻找之功；其短则是缺乏"独断之学"。清代章学诚曾说："高明者多独断之学，沈潜者尚考索之功，天下之学术不能不具此二途；譬犹日昼而月夜，夏暑而寒冬，以之推代而成岁功，则有相需之益；以之自封而立畛域，则有两伤之弊。"（《文史通义·答客问中》）章氏"自封而立畛域，则有两伤之弊"之语恰恰点中周汝昌之命脉。红学研究主要是对《红楼梦》文本和曹雪芹生平的研究，由此探索《红楼梦》创作的规律和价值，而不是依靠文献资料的整理和微言琐事的考证。整理和考证只不过是进行红学研究所需要的起码的手段，而不能用它代替红学研究的本身。其实，周汝昌所做的考证，其高之处，就是《红楼梦》文献资料的整理和考索；其低之处，他把胡适的"贾曹互证"不仅推向了极端，而且抖搂出一些与《红楼梦》毫无关系的闲言碎语，什么贾宝玉就是曹雪芹，史湘云就是脂砚斋，而且用毕生精力去"探佚"，去证实，去宣扬。

另一个中心是周汝昌在20世纪80年代以后，为了提升《红楼梦新证》在红学史上的地位，打造自己是"新中国红学研究第一人"的地位，开创《红楼梦》后四十回探佚研究。他极力地改变《红楼梦》的研究性质，扩展到历史文化范畴，解构了《红楼梦》文化研究的定性、定量和定位。周汝昌、周伦玲在《红楼梦与中华文化》中强调了三点：（一）曹雪芹是中华文化的杰出人才："中国的文化历史非常悠久，少说已有七千年了。这样一个民族，积其至丰至厚，积到旧时代最末一个盛世，产生了一个特别特别伟大的小说家曹雪芹。这位小说家，自然早已不同于'说书'人，不同于一般小说作者。他是一个惊人的天才，在他身上，仪态万方地体现了我们中华文化的光彩和境界。他是古今罕见的一个奇妙的'复合构成体'——大思想家、大诗人、大词曲家、大文豪、大美学家、大社会学家、大园林建筑学家、大服装陈设专家、大音乐家、大医药学家……他的学识极广博，他的素养极高深。这端的是一个奇才绝才。"（二）红学是文化学。"'红学'所要涉及的众多问题，只有将它在文化史上的来龙去脉弄清楚，才能谈得到分析评议。""《红楼梦》是一部文化小说。"（三）强调程高伪续的"性质"。

我国20世纪80年代以来，《红楼梦》文化研究在国内外文化热潮的裹挟下，也越来越红火。从文化视野来透视文学表层中内含的文化因素，在一种多维度、多层次的整体关照中揭示文学的深层内涵，显然是一种新的学术视角。《红楼梦》整体生命形态的驱动，就是写了"君子之泽，五世而斩"衰败的过程，本身就具有巨大文化意义隐喻功能的构成，任何一个学者都不会忽视对这种文化空间的文化密码的解读。其实，早在20世纪二三十年代就已有散篇零章谈论到了，从吕启祥、林东海主编的《红楼梦研究稀见资料汇编》中，我们已经看到了多篇文章，涉及了地域文化、民俗文化、民族文化和性文化许多问题。虽然它的外延很宽泛，但始终应以文本为基石。简言之，就是文本所提供的以"人物"为中心的文化世界里的具体时空。然而周汝昌多年来在《红楼梦》文化研究中所倡导的是一种泛文化的倾向，离开或超越文本所提供的文化空间，文化与文学的区别在其阐述中被忽视，文学审美性的特征被模糊。

周汝昌这些成果涌现并不是孤立的，20世纪70年代"文革红学"，冲击学术，让位政治，造成文本解读的庸俗化，常常根据所需把《红楼梦》中人物或情节当由头，为我所用。这种被政治绑架而产生的负面影响，必然产生怪胎。这就是以晚年周汝昌及刘心武等为代表，阉割《红楼梦》精髓，丧失一部伟大著作的品格，睁大眼睛寻找隐私、阴谋、淫乱。另外，主流意识形态放任自流，这就导致学术的非学术的因素混杂并出。出现这种现象并不严重，严重的是当今存在一种十分有害的倾向，主流文化的失语或缺失，缺乏健康的文艺理论和文学批评的声音。好的得不到主流文化的回应和支持，处于自生自灭的状态，甚至受到排斥、侵扰和打压。

这些现象是大家都能看到的，最近《红楼梦学刊》发表了一位八十多岁的老学者应必诚先生的文章《红学为何　红学何为》，长达四万六千字。又就余英时提出的问题，进行了系统的诠释，实际上是对"红学危机"全面的解析，为当下红学应当重建又一次发出了强有力的呼喊。因此，学界不断传来大声疾呼的声音：红学应当重建。其实，提出"红学危机"并不是什么新的话题，红学重建也并不是推倒重来，另起锅灶，而是摒弃糟粕，加强理性。也就是营造弘扬和追求厚重深沉的人文底蕴、自由独立的学术品格、健康无私的理论批评的学术氛围，这是一种精神的力量，一个时代的面貌，更是一种社会的责任。

原载《乌鲁木齐职业大学学报》2013年第2期

《红楼梦》后四十回叙事的意脉

众所周知，有一种说法认为《红楼梦》后四十回是高鹗所续。把这种说法物化在作品上，则始于1957年人民文学出版社出版的《红楼梦》，第一次在曹雪芹的后面加上了高鹗的名字。半个世纪以来，这一说法几乎被传播成了常识。直到2008年人民文学出版社出版的红楼梦研究所重校的《红楼梦》刊行，才标明前八十回作者是曹雪芹，后四十回是"无名氏"，百二十回《红楼梦》是程伟元、高鹗整理。第一次以学术权威机构的名义，明确地对程伟元、高鹗整理和出版百二十回《红楼梦》的历史功绩给予了恰当而公正的评价。后四十回标注"无名氏"，虽然不是什么理想的做法，但毕竟在拨乱反正的方向上迈开了步子。

本文所谈《红楼梦》后四十回叙事的意脉，以及与前八十回的内在联系，说明后四十回是《红楼梦》整体结构的有机组成部分。

一、从《红楼梦》的整体结构上审视后四十回

中国古代文论十分重视叙事结构的整体性，常常从结构线索入手，在文本本身中寻找叙事的经络，必然涉及故事与故事、人物与人物之间的关系。像《红楼梦》这样人物繁多、故事网结密密麻麻的作品，捕捉线索就像探索文本的迷宫，反反复复，不得其解。无论从哪里开始，最终都会被带到另外的地方；无论想解开文本中的哪个结，却发现这些成分在另一个地方再次缠结起来。所以，我们所能做到的就是要通过细读的方法，提炼贯穿全书主脉，

我们称之为"意脉"。犹如中医针刺"要穴",不但能把握脉络的走向,而且通过某一部位产生疗效。所以它不是一个简单的线性运动,而是深入到文本内含的意蕴之中,使它的各种成分清晰起来,"活"起来,以辨明走向。

《红楼梦》百二十回整体叙事结构是一个什么形态呢?

《红楼梦》文本叙事时间与故事时间是两个层面,而且形成了互动互补、显隐相彰的动态性叙事形态,构成了巨大的隐喻结构,蕴含和诱发出无限的生命信息。这一创生点集中体现在:一是前五回作为《红楼梦》故事的蓝图,展示了故事时间贯穿贾府兴衰的百年,勾勒了贾府末世衰败的流程,其目的就是介绍《红楼梦》的主要人物和他们生活的典型环境,给读者一个初步的印象,如同身临其境,感受贾府。另一是第六回至一百二十回为《红楼梦》文本的生命历程。这是《红楼梦》叙事的主体,是一座璀璨夺目的艺术大厦,展示出活脱脱的群体人物形象的生命轨迹,包容着巨大的思想内涵。这部大书从第六回以后,其实只写了十二年的光景,即宝玉十岁读书到二十一岁出家。而这十二年的叙事是依托在"前五回"百年望族的历史背景之中的。

前五回亮相的人物及他们的性格命运,与第六回以后所展开的艺术生命形态,形成了互动相彰的动态性叙事形态。在前五回宝玉亮相时八岁、黛玉进贾府时七岁,宝钗随母进入贾府时九岁,凤姐这时也就是十七八岁。曹雪芹采用画龙点睛式的笔法刻画了他们性格的核心因素,为张扬他们的性格能量留下了巨大的空间,都将在第六回以后的叙事中,不仅渐显性格的丰富性,而且在贾府衰败的定势结构中开拓着他们自身的生命历程。于是结构中内含着性格的能量,性格能量又外射为结构的复杂形态,出现共生效应。无论是贾府的老爷少爷、奶奶太太,还是以金陵十二钗为代表的青年女子群体,都被封建的伦理和宗法的网络捆绑在一起,在温情脉脉的面纱下,有的是掩饰着内心的淫邪、贪婪、嫉妒和仇恨;有的是压抑着青春生命的活力、气血、情感和欲望。总之是互相冲撞、彼此张扬、互为影响、彼此拉扯着,在生活的岁月里丰满着肌体,激活着气脉,增添着折皱,消磨着命运……于是形成了三条贯穿整部书百二十回的意脉。

一条是赫赫扬扬的贾府已历百年,尽管背后所隐藏的则是"内囊尽上",

但表面还呈现出鲜花著锦、烈火烹油之盛。衰败是一个过程。它首先表现在经济上——金钱的挥霍，导致长期的入不敷出，不仅家族生活日渐困顿，而且潜伏着的房族之争、嫡庶之争、尊卑之争越来越激化。一条是宝、黛、钗情窦初开，以"金玉良缘"与"木石前盟"为标志的爱情，在封建宗法家庭环境下，发展到宝黛热恋；却又在封建家长的预谋下，造成钗嫁黛死，无奈宝玉终放不下"木石前盟"情感重负，只好出家。一条是王熙凤性格的张扬、欲望的膨胀，虽然最终淹没在封建礼教的习惯势力之中，导致悲剧的下场，但前期她仍以女强人的风采活跃着。当然这三条意脉是互相裹挟、互为影响地开拓着自己生命的历程，相生相克、由表及里，汇集、贯穿于《红楼梦》贾府衰败的过程，像夕阳下残存着的一座风雨飘摇中的王府大厦。

凡否定《红楼梦》后四十回的观点，不论何种理据，归根到底都是强调《红楼梦》前八十回与后四十回的叙事肌理不一致，甚至矛盾对立。因此，要害是如何证明《红楼梦》后四十回是全书整体的有机结构，而焦点就在于后四十回是否沿着《红楼梦》三条意脉发展，直至推向悲剧的结局。《红楼梦》的故事从第六至一百二十回的演进过程，每一条意脉都有三个质的变化阶段：第一条意脉贾府"内囊尽上"是个过程，从第六回开始到第五十三回乌进孝交租为第一阶段；从第五十四回到第七十一回贾母八十大寿为第二阶段；从第七十二回到第一百七回贾母分余资为第三阶段。这一渐进的衰败过程的最后阶段是由后四十回完成的。第二条意脉宝玉爱情婚姻悲剧也是一个过程，具体表现为三个阶段：从第八回"探宝钗黛玉半含酸"开始到第三十六回黛玉赠手帕诗为第一阶段；从第三十七回到第七十八回宝玉写"芙蓉女儿诔"为第二阶段；从第七十九回到第一百二十回黛死钗嫁、宝玉出家为第三阶段。第三条意脉王熙凤的性格悲剧也表现为三个阶段：从第六回贾琏戏凤姐开始到第四十四回凤姐泼醋为第一阶段；从第四十五回夫妻冷峙到第六十九回尤二姐之死为第二阶段；从第七十回托鸳鸯夫妻争吵到第一百一十四回凤姐之死为第三阶段。从以上贯穿全书三条大的意脉拢廓《红楼梦》主要叙事内容的发展过程来看，后四十回沿着《红楼梦》悲剧向前演进，应当是全书整体的有机结构。正如李希凡、蓝翎在《〈红楼梦〉的后四十回为什么能存在下来?》一文指出:"后四十回和前八十回是比较自然地构成了一幅完整的画面。这个画面不是由两个互不相干的部分硬拼凑起来的,也不是仅仅从表面上把它们扯在一起,因此它在人的印象中,并没有形成两个独立的东西。那么,这就很明显地看出,它们之间的联系是存在于整个故事的发展中,人物性格的发展中,矛盾冲突的发展中。总之,它们是在总倾向上取得了一定程度的一致性,也就是说,后四十回发展和完成了前八十回的悲剧结构,尤其是悲剧的主导线索——宝黛叛逆性格和叛逆爱情的悲剧。"[1]

二、前八十回与后四十回之间是否有一条接缝

我们知道:想要真正读懂一部著作,只有解读它的叙事单元、叙事脉络,从分析全书的叙事肌理入手,才能抓住根本,这也是唯一的途径。否则我们无法说清《红楼梦》后四十回作为《红楼梦》整体结构的有机组成部分,是耶,非也。假设说后四十回事是续书,那么它与前八十回之间必定有一条接缝,于是就会在一个人物身上,或者一个事件发展流程中,也就是在一个叙事单元的叙事肌理中,出现人为的弥合、精巧的组接。当然问题就会出现在前八十回与后四十回之间的第八十一回。下面是具体的分析。

八十回之前从第七十三回傻大姐捡到"绣春囊",引发"抄检大观园"事件,最后导致晴雯之死,以第七十八回宝玉作"芙蓉女儿诔"结束,是一个完整的故事,可以概括为"抄检大观园"叙事单元。其肌理自然严密,曹雪芹在写宝黛二人热恋时,不时地穿插笔墨,暗写以贾母为一方和以王夫人、薛姨妈、贾妃为另一方,围绕宝玉婚事而产生的矛盾,不露声色地展开微妙而又尖锐的较量,最终王夫人清理异己,占了上风。第七十四回王善宝家的有意无意在王夫人面前说晴雯:"别的还罢了,太太不知,头一个是宝玉屋里的晴雯那丫头,仗着他的模样儿比别人标致些,又长了一张巧嘴,天天打扮的像个西施样子,在人跟前能说惯道,抓尖要强。一句话不投机,他就立起

---

[1] 李希凡、蓝翎:《红楼梦评论集》,人民出版社1973年版,第281页。

两眼睛来骂人。妖妖调调，大不成个体统。"王夫人听了这话，猛然触动了往事，便问凤姐道："上次我们跟了老太太进园逛去，有一个水蛇腰、削肩膀、眉眼又有些像你林妹妹的，正在那里骂小丫头，我心里很看不上那狂样子……"凤姐说记不清了，王夫人仍然恨意未消地说："我一生最嫌这样的人，况且又出来这个事。好好的宝玉，倘或叫这蹄子勾引坏了，那还了得。"王善保家的出主意立刻使人唤来晴雯，王夫人怒骂她："我看不上这浪儿样……"这些话，虽说是骂晴雯，但却折射出她阴暗的心理。晴雯像黛玉的"影子"，王夫人把晴雯和黛玉二人的容貌联系起来，而且还说"最嫌这样的人"，这就明白地流露出王夫人心里的倾向。自从薛姨妈带着宝钗来到贾府，姊妹俩就想撺掇宝玉宝钗的婚事，只是碍于贾母，不敢明说。因为贾母把宝玉和黛玉自小就视为一对。王夫人冷淡黛玉，越是宝黛热恋，王夫人越是不满。晴雯是王夫人同贾母围绕"金玉良缘"在宝黛婚姻问题暗斗的牺牲品。在第七十七回抄检大观园之后，尽管没抓住晴雯任何把柄，还是背着贾母，把晴雯撵了出去。晴雯本是贾母的丫鬟，"是老太太给宝玉"的。按贾府的规矩，是先要回过贾母，才能处置晴雯。王夫人"先斩后奏"。有一天王夫人往贾母处来省晨，见贾母喜欢，趁机便说道："宝玉屋里有个晴雯，那个丫头也大了，而且一年之间，病不离身。我常见他比别人分外淘气，也懒。前日又病倒了十几天，叫大夫瞧，说是女儿痨。所以我就赶着叫他下去了，若养好了也不用叫他进来……"一片谎话，一脸虚伪。贾母有些疑惑，说："况晴雯这丫头，我看他甚好，言谈针线，都不及她，将来只他还可以给宝玉使唤的，谁知变了。"在贾府这个钟鸣鼎食的官宦之家中，礼仪至上，孝字当头，王夫人平时在贾母面前"木头人似的""很少讲话""可怜见的"，仿佛是一个对贾母孝敬有加的大老实人。然而背后她为了达到娶自己亲外甥女儿为儿媳的目的，使出种种手段，同贾母抗衡，逼得"老祖宗"还落泪。

这是一个结构完整而叙事肌理自然的叙事单元，不仅与宝玉爱情婚姻悲剧的意脉丝丝相扣，而且也是宝玉爱情婚姻悲剧的转折点，正好处在《红楼梦》整个叙事结构的黄金分割线的范围。

从第七十九回转换到多事之秋的薛家与贾家（第七十九—九十一回），又是一个相对完整的叙事肌理自然严密的故事。特别是第七十九、八十回，写薛蟠娶妻，招来夏金桂大闹薛家，弹压薛蟠，蹂躏香菱，与薛姨妈拌嘴……故事集中在薛家。而薛家并不是《红楼梦》叙事结构的重心，但是在写贾府内囊尽上、经济衰败已经显露表面的情况下，突然宕开一笔，写薛家的"窝里斗"，内生祸乱，正好和贾府的衰败相映照。应了《红楼梦》开篇小门子所给贾雨村的介绍：贾、史、王、薛"四家皆连络有亲，一损俱损，一荣俱荣"，如今四大家族都是四面悲歌，衰败之势急转直下。宁府被抄，家运衰败，死丧接连，刁奴欺主。王家因声势显赫的封疆大吏王子腾暴病而亡，一下子坍塌了。在《红楼梦》悲剧的结构的黄金分割线的范围之内，如此写薛家，突出薛家，包含了深刻的意蕴。

显然，前八十回与后四十回两个叙事单元的自然衔接处在第七十八回和第七十九回之间，而不在第八十回。再者在小说叙事肌理自然流转，没有任何断裂、接续的瑕疵，生生地从这分割，显而易见是人为的做法。

三、后四十回凸现了《红楼梦》悲剧的最强音

《红楼梦》是一部悲剧。贾府这个百年望族在短短十几年，从支撑着钟鸣鼎食的"虚架子"，到"内囊尽上"，家势日渐颓败，到处弥漫着悲凉之气。后四十回正是悲剧演进过程的最后阶段，也是一个必然的过程，舍此便不成为一部真正的百年望族的悲剧。读懂《红楼梦》的要害，就是要看清悲剧演进过程暴露出的各种矛盾，以及积重难返的因素，有历史文化积淀的辉煌掩盖下的潜在的蛀蚀和霉烂；有庞大的权势关系网遮罩下的僵化和腐朽；有新旧思想的碰撞下新一代的沉没……总之，悲剧形成一种内在的意蕴、能量和动力，在演进的过程中，拓展与消耗并存，不断走向衰败。衡量后四十回是不是《红楼梦》悲剧结构的有机部分，就要考察它是不是具有《红楼梦》悲剧结构的系统质。即：

（一）以权势网为特征的四大家族"一损俱损"，日趋败落；
（二）以"内囊尽上"为特征的贾府经济由"虚架子"转向败絮其外；

（三）以"大锅饭"为特征的贾府管理体制的崩溃。

曹雪芹写《红楼梦》所要反映的是处于"末世"的封建贵族阶级无可挽回的崩溃和灭亡。"脂评"非常明确地指出："作者之意，原只写末世。"而且在评语中一而再、再而三地点明"末世"二字，这绝不是泛泛之语，而是来源于对曹雪芹创作意图的深切了解，建筑在对《红楼梦》叙事生命流程的深刻认识之上的。整部《红楼梦》所描写的贾府内主子之间的嫡庶之争、婆媳之争、房族之争；主子与奴仆之间层层叠叠、尊尊卑卑、上上下下的错综关系；统治者与叛逆的年轻一代在思维方式和生活方式上的冲撞与较量，都裹挟在大大小小的生活事件之中，表现在吃吃喝喝、生老病死、婚丧嫁娶、生儿育女之中，形成了涓涓的生活细流，从而汇聚成了"山雨欲来风满楼"之势。

贾府这座大厦就在这种势能之下风雨飘摇……

（一）以"权势网"为特征的结构性的败落

以贾府为代表的封建社会官僚阶层权势网的特征："连络有亲，一损俱损，一荣俱荣。"而《红楼梦》后四十回所展示的正是"一损俱损"的局面。

贾府的"老祖宗"贾母当年曾是"阿房宫三百里，住不下金陵一个史"的史家小姐；其儿媳、贾政的妻子王夫人是"东海缺少白玉床，龙王请来金陵王"的王家小姐，是现任京营节度使王子腾的妹妹，又与薛姨妈是亲姊妹；凤姐是王夫人的内侄女。可谓"连络有亲"。到凤姐这一代，贾、史、薛三大家族已不是当年烈火烹油、鲜花著锦的时代了，特别是史家已经败落。每次接史湘云来贾家住几日，湘云都流露出在家起早贪黑干针线活很累的情绪，不意间披露出家境的困难，经济的拮据。贾母在贾府被抄后，曾回忆史家"摆了几年虚架子"。按照"元妃省亲"到"贾府被抄"才五年来推算，史家应该是在四五年前"元妃省亲"时就败落了。薛家也只是薛姨妈守着皇商的家底和子女过活，薛蟠做买卖不但不挣，还赔不少，加上惹是生非，糟蹋银两，整个是一个败家子，薛家也日渐衰落；贾家"外面的架子虽没倒，内囊却尽上来了"。"内囊"就是内里。主要是指贾家经济状况日渐衰竭。独有王家的权势和豪富，依旧炙手可热。如今凤姐的叔叔王子腾任京营节度使，继而升了九省统制，是一位声势煊赫的封疆大吏。比贾府的几位老爷都有实权，贾、薛两家都攀附着王家，仰仗着王子腾办事。因而王家在"四大家族"中有举足轻重的地位。进入《红楼梦》后四十回的描写，以贾府为中心的四大家族每况愈下，如果说在第七十一—七十八回"贾府用度紧巴、大故叠起"，写贾府衰败的转折之前，衰败的本质还是被掩饰在"烈火烹油，鲜花著锦"的"虚架子"中，那么，第九十二—九十八回写元妃之死、王子腾暴病而亡，顷刻间贾家、王家的顶梁柱就坍塌了，只剩下"内囊尽上"，从里到外的破败，连"虚架子"也支撑不开了。贾家在第九十九——百十回：薛家闹丧、贾家被抄这个叙事单元，百年望族的贾府仅仅三年就已经衰败到了风烛残年的地步，无论给它注射什么强心剂，也挽不回走向败亡的命运。

上面是外围贾府四大家族姻亲攀附，互为依托，即社会网的破败。而内围则是宁荣二府的衰败，这是《红楼梦》整个叙事框架的中心。

宁国府和荣国府两条支脉交互演进，以荣国府为正面叙事，宁国府是侧面衬托。可以说，宁国府的衰败是表现贾府衰败的一条副线，或者说是一条小意脉。因而，《红楼梦》百二十回中直接描写宁国府生活画面的约有十二三回，所倾注的笔墨约占全书的十分之一。从叙事线索、叙事肌理来看，贾家的衰败先在宁国府表现出许多征兆，而后才在荣国府显现，贾珍沿着"淫于宁、乱于宁、衰于宁、终于宁"的路子走下去，宁国府最先衰败，荣国府渐渐显露；宁国府最早败家，荣国府维持残局。如果说《红楼梦》是一部封建贵族世家衰败的历史画卷，那么在这张画稿上，宁国府是荣国府的一个小样。可以说是"造衅开端实在宁""家事消亡首罪宁"。

早在秦可卿出丧的时候，贾珍为了曾与自己关系暧昧的儿媳，不惜尽其所有，内囊倾出，家底荡尽，日后很快就陷入经济上紧巴的状态之中。第五十三回黑山村庄头乌进孝交来的租税，只有往年的一半。贾珍非常不满意，说照这样下去，宁国府的年没法过了。八九个庄子，两处报了旱涝，其他各处一个送得比一个少，宁国府的收入已到了难以维持的地步。

第六十四回宁国府为贾敬办丧事，连棚杠孝布的钱都没付清，"一日，有小管家俞禄来回贾珍道：'前者所用棚杠孝布并请杠人青衣，共使银一千一百十两，除给银五百两外，仍欠六百零十两。昨日两处买卖人俱来催讨，小的特来讨爷的示下。'贾珍道：'你先往库上领去就是了，这又何必来回我。'俞禄道：'昨日已曾上库上去领，但只是老爷殡天以后，各处支领甚多，所剩还要预备百日道场及庙中用度，此时竟不能发给。所以奴才今日特来回爷，或者爷内库里暂且发给，或者挪借何项，盼咐了奴才好办。'贾珍笑道：'你还当是先呢，有银子放着不使。你无论那里借了给他罢。'俞禄笑回道：'若说一二百，奴才还可巴结，这五六百，奴才一时那里办得来。'贾珍想了一回，向贾蓉道：'你问你娘去，昨日出殡以后，有江南甄家送来吊祭银五百两，未曾交到库上去，家里再找找，凑齐了，给他去罢。'贾蓉答应了，连忙过这边来，回了尤氏，复转来回他父亲道：'昨日那项银子已使了二百两，下剩的三百两，令人送至家中，交给老娘收了。'贾珍道：'既然如此，你就带了他去，向你老娘要了出来，交给他。……下剩的，俞禄先借了添上罢。'贾蓉与俞禄答应了……"六百零十两银子，库里都无法支出……堂堂的宁国府当年挥金如土，掷银若灰，而如今贾珍的日子已过得只能东挪西凑，以后还不知如何应付呢。

在写宁国府的衰败的同时，也在不经意之处提到了荣国府的今不如昔，日渐衰落。荣国府的衰败有三个特征：

其一，"百足之虫，死而不僵"。一个百年望族之家，有复杂的盘根错节的社会关系，即使是"虚架子"，也可以支撑若干年。中国有句古语"百足之虫，至死不僵，扶之者众也"，就是这个道理。《红楼梦》内蕴深刻之处，就在以"百足之虫，死而不僵"的形式，写出了"君子之泽，五世而斩"的本质。这就为这部大书的内容定下了一个基调：末世。

其二，荣国府的衰败和家族一代不如一代如影相随。荣国府到了贾赦这一代，不但不能继承先人的事业，就连祖宗那笔遗泽和遗产也销蚀殆尽，终归不免于灭亡。正如冷子兴所言："更有一件大事：谁知这样钟鸣鼎食的大家儿，翰墨诗书之族，如今的儿孙竟一代不如一代了！"

其三，写荣国府的衰败的笔墨大都在《红楼梦》整个悲剧结构的黄金分割线之后，也就是《红楼梦》后四十回。第七十二回贾母八旬寿诞前后，是贾府败絮其外的转折点。

(二) 以"内囊尽上"为特征的经济困顿

"君子之泽，五世而斩"的历史规律无情地显现在赫赫扬扬的百年望族上。旧"泽"日渐损易，新"泽"尚未积聚。尤其是"出的多，进的少"，"进"指的几处地租和房租；"出"指的日用开支，迎来送往，奢侈浪费。久而久之，只好靠掏空老本——押家具，卖物件，甚至抵押细软，于是"内囊"就"尽上来了"。这是一切逐渐走向衰朽的封建家庭的经济特点，而贾府的子孙，"燕巢帷幕之上"，竟没有一个人觉察到危机，"只一味高乐不了"，"安富尊荣"，"那日用排场，又不能将就省俭"，将祖宗的显赫当成了自己的威风，个个卖瓦抽砖，弄得大厦动摇，家道衰败是注定了的。

贾府的衰败体现在小说的叙事结构之中，形成的"伏脉""意脉""草蛇灰线"，起到精神和意识内在的聚焦，情节和走势贯通的作用。《红楼梦》意脉的起点就是末世，从第二回就已经点明，到第五十三回借乌进孝交租再一次一针见血地挑透，到第七十二回为筹措贾母过八十大寿，银子短缺，贾琏偷着当东西，再到第一百五回"宁府被抄"贾母散余资，真可谓一波三折、水到渠成、瓜熟落地，写透贾府的衰败。这不正是一部衰败史吗?！其实这些，在第二回冷子兴演说荣国府时，就讲过了。他说"如今这荣宁两府也都萧索了，不比先时的光景"，贾雨村听了却大为不解：

> 那日进了石头城，从他宅门前经过。街东是宁国府，街西是荣国府，二宅相连，竟将大半条街占了。大门外虽冷落无人，隔着围墙一望，里面厅殿楼阁，也还都峥嵘轩峻；就是后一带花园子里面，树木山石，也还都有葱蔚洇润之气，那里像个衰败之家？

冷子兴听了笑道："亏你是进士出身，原来不通！古人有云：'百足之虫，死而不僵。'如今虽说不似先年那样兴盛，较之平常仕宦之家，到底气象不同。……如今外面的架子虽没很倒,内囊却也尽上来了。"

什么是"内囊却也尽上来了"?就是家底,指的是家财和资产。贾府的经济状况是入不敷出,日渐衰落。冷子兴并明确地指出了问题的根源:"如今生齿日繁,事务日盛,主仆上下,安富尊荣者尽多,运筹谋画者无一。那日用排场费用,又不能将就省俭。"脂砚斋在侧批中还提示:"记清此句,可知书中之荣府已是末世了。"冷子兴在《红楼梦》开篇简单的几句介绍,常常引不起人们的注意,《红楼梦》恰恰写的就是这样一个贾府的衰败史。那么,为什么有人不能认识到这一点呢?原因是有些学者认为《红楼梦》秦可卿出丧的奢靡和铺张、贾元春省亲的豪华和盛大、荣国府的钟鸣鼎食、大观园的春花秋月,都是贾府的盛事,所以据此认为《红楼梦》写的是盛衰史。而我认为这恰恰是没有读懂《红楼梦》。"末世"二字,在小说曾数次出现。凤姐判词"凡鸟偏从末世来",探春判词"生于末世运偏消",都点明"末世"。这既是对当时整个封建社会所处历史时期的一种形象而深刻的总结,也是对小说所写的贾府最鲜明的时代特点的概括。理解这一点很重要,《红楼梦》是写贾府的衰败史,而不是写兴衰史,否则我们就不能正确地理解第六回以后,全书的叙事肌理的运转、展开和整合所产生的内蕴,并显示出《红楼梦》悲剧结构的系统质。其实那些描写,不过是贾府"内囊"掏空,衰败的本质被掩饰在"烈火烹油,鲜花著锦"的形态中罢了。很容易遮住人们的眼睛,仿佛此时贾府还处在兴盛时期,其实,刚好相反,《红楼梦》写的是末世的贾府。这是读懂《红楼梦》的关键。

值得注意的是"元妃省亲"发生在宝玉十四岁那年的正月十五,到腊月二十几贾家在宁国府正忙着除夕祭年祠的时候,黑山村的庄头乌进孝给贾珍交租,这是第五十三回的事情。实际上"元妃省亲"和"乌进孝交租"是发生在同一年,一个是年初,一个是年末。

贾珍看了乌进孝这张交租单很不满意,他算定至少应交五千两银子,现在只有一半。感叹地说:"真真是又叫教别过年了。"当乌进孝说到荣府那边也是如此,土地"比爷这边多着几倍,今年也只这些东西,不过多二三千两银子,也是有饥荒打呢"。

贾珍道:"正是呢。我是边倒可已,没什么外项大事,不过是一年的费用。我受用些就费些;我受些委屈就省些。再者年例送人请人,我把脸皮厚些,也就完了。比不得那府里,这几年添了许多花钱的事,一定不可免,是要花的,却又不添些银子产业。这一二年赔了许多,不和你们要,找谁去?"

乌进孝笑道:"那府里如今虽添了事,有去有来,娘娘和万岁爷岂不赏呢?"

贾珍听了,笑向贾蓉等道:"你们听听,他说的可笑不可笑?"

贾蓉等忙笑道:"你们山坳海沿子上的人,那里知道这道理。娘娘难道把皇上的库给了我们不成!他心里纵有这心,他不能作主。岂有不赏之礼,按时按节,不过是些彩缎、古董、玩意儿。就是赏,也不过一百两金子,才值一千多两银子,够什么?这二年,那一年不多赔出几千两银子来!头一年,省亲连盖花园子,我算算那一注花了多少,就知道了。再两年,再一回省亲,只怕就精穷了。"

这话中透出的意思很明显,荣府那边迎皇妃省亲,掏尽了百年积蓄的老底。长此以往,入不敷出,能不"精穷"吗?

王熙凤是荣国府的理家人,她对此看得很清楚,《红楼梦》第五十五回写凤姐小产了,不能理事。让李纨协理、探春帮助。凤姐下台,小产只是个表面原因,真实的原因,凤姐对平儿讲过:

一是经济上亏空,出得多进得少,这个家当不了。

二是家族内部的矛盾,荣国府长房、二房之间的房族之争,赵姨娘最恨凤姐,总想置凤姐于死地,这是嫡庶之争。凤姐周旋其中,得罪的人多,同情她的少。

贾府虚火上升,表面装点出一片豪华的景象,而实际上却入不敷出,大处大亏,小处小亏,几近青黄不接。第七十二回写贾母八旬寿诞之后,从几个层面展示了当家人贾琏、王熙凤等所承受的压力。

凤姐同旺儿媳妇说到收债，冷笑道："我也是一场痴心白使了。我真个的还等钱作什么？不过为的是日用，出的多，进的少。这屋里有的没的，我和你姑爷一月的月钱，再连上四个丫头的月钱，通共一二十两银子，还不够三五天使用呢。若不是我千凑万挪的，早不知过到什么破窑里去了。如今倒落了一个放账的名儿。既这样，我就收了回来。我比谁不会花钱？咱们以后就坐着花，到多早晚就是多早晚。这不是样儿？前儿老太太生日，太太急了两个月，想不出法儿来，还是我提了一句，后楼上现有些没要紧的大铜锡家伙，四五箱子拿出去弄了三百银子，才把太太遮羞礼儿搪过去了。我是你们知道的：那一个金自鸣钟卖了五百六十两银子。没有半个月，大事小事没十来件，白填在里头。今儿外头也短住了，不知是谁的主意，搜寻上老太太了。明儿再过一年，各人搜寻到头面衣服，可就好了！"她已预感到了败家的命运："不是我说没能耐的话，要像这样，我竟不能了。"大厦将倾，一木难支，贾府浩大的靡费与枯竭的财源形成了尖锐的矛盾。这对于当家人来说是一个十分棘手的问题。

管家林之孝说起家道艰难，便趁势说："人口太众了。不如拣个空日回明老太太、老爷，把这些出过力的老家人，用不着的，开恩放几家出去。一则他们各有营运，二则家里一年也省些口粮月钱。再者，里头的姑娘也太多。俗语说，'一时比不得一时'，如今说不得先时的例了，少不得大家委屈些，该使八个的使六个，使四个的使两个。若各房算起来，一年也可以省得许多月米月钱。况且里头的女孩子们，一半都大了，也该配人的配人，成了房，岂不又滋生出些人来？"贾琏道："我也这样想着……"

第七十二回写贾母八旬寿诞之后，贾琏向鸳鸯道："这几日，因老太太的千秋，所有的几千两都使了。几处房租、地租、统在九月才得，这会子竟接不上。明儿又要送南安府里的礼，又要预备娘娘的重阳节，还有几家红白大礼，至少得三二千两银子用，一时难去支借。俗语说：'求人不如求己。'说不得姐姐担个不是，暂且把老太太查不着的金银家伙，偷着运出一箱子来，暂押千数两银子，支腾过去。"贾琏要鸳鸯配合他偷出贾母房里的金银家什去典当，应酬贾母的生日。

第一百五回"宁府被抄"发生在宝玉十八岁那年的冬天。与"元妃省亲"相隔不到五年。当贾政问起现有的经济情况时,总管家人将近年来日用开支流水账呈上,贾政不看则已,一看惊呆了。先查现金是入不敷出,又加连年宫里花用,账上竟是亏空。再查东省地租,近年所交不及祖上一半,如今用度比祖上多了十倍。贾政看了急得直跺脚道:"这还了不得!我打谅琏儿管事,在家自有把持,岂知好几年头里,已经'寅年用了卯年'的,还是这样装好看,竟把世职俸禄当作不打紧的事,有什么不败呢!我如今要省俭起来,已是迟了。"

请注意贾政所说的"岂知好几年头里,已经'寅年用了卯年'的",好几年虽是一个虚数,逆时而推,不正是"元妃省亲"后的那一两年吗!因为当时贾府的主子们还沉浸在"安富尊荣"、豪奢淫靡之中时,但那些管家却心知肚明,特别是像冷子兴的岳父周瑞掌管贾府春秋两季的地租,更是心中有数。贾府有大批的领地,是大的封建庄园主,其经济来源主要靠土地剥削。地租逐年减少,贾府的经济势必困顿。周瑞家的在王夫人手下管理家族内部具体事务,花钱的事,可能她比主子还有数。别看这两口子都是仆人,一个对外,一个对内,由于他们管的事情,所处的位置,都在掌管贾府经济的要害上,所以最清楚贾府的"内囊",只不过下人对上报喜不报忧罢了。冷子兴是他们女婿,可能是听他们在私下的叨念,因此才对贾府的经济状况门儿清。

等到贾府被抄,贾政、贾母过问经济状况,才大为震惊,贾母感叹道:

我这几年老的不成人了,总没有问过家事。如今东府是抄了去了,房屋入官不用说。你大哥那边,琏儿那里,也都抄了。咱们西府银库和东省地土,你知道还剩了多少?他两个起身,也得给他们几千银子才好。

贾政正是没法,无奈地回答:

若老太太不问,儿子也不敢说。如今老太太既问到这里,现在琏儿也在这里,昨日儿子已查了。旧库的银子早已虚空,不但用尽,外头还有亏空。

贾母听了,又急得眼泪直淌,说道:

怎么着,咱们家到了这个田地了么!我虽没有经过,我想起我家向日比这里还强十倍,也是摆了几年虚架子,没有出这样事,已经塌下来了,不消一二年就完了。据你说起来,咱们竟一两年就不能支了?

"虚架子"说得多么形象!从表面撑着的"虚架子"到"虚架子"的败露,总共才用了五年的时间,体现了小说家对《红楼梦》叙事的时空机制的调控。从第十七回"元妃省亲"到第一百五回"宁府被抄",前前后后共写了88个章回,占据《红楼梦》叙事内容的三分之二还要多,而且这条意脉贯穿《红楼梦》始终,特别是后四十回,节奏明显加快,凸现衰败的命运的走势。这正说明了《红楼梦》基调是衰败,是悲剧。

其实贾母何尝没有意识到这一点?早在贾府还在撑着的"虚架子"的时候,有一次她看过各房按旧例孝敬的几色菜后,这位安于享乐的老祖宗也不得不感叹道:"上几次我就吩咐,如今可以把这些蠲了吧,你们还不听。如今比不得在先辐辏的时光了。"虽然王夫人极力解释这是天灾人旱所致,但贾母的话语却传导出一个信息——贾府的经济拮据,物质匮乏,已显露在外面。

贾母问贾政:"咱们西府银库和东省地土,你知道还剩多少?"

贾政回答:"旧库的银子早已空虚,东省的地亩早已寅年吃了卯年的租儿了。"

贾母听了,又急得眼泪直淌,说:"怎么看,咱们家到了这个田地了么?"

贾政道:"想起亲戚来,用过我们的,如今都穷了;没有用过我们的,又不肯照应。"(第一百七回)

贾府的家运衰败,尤其是剩下贾赦的妻子邢夫人、贾珍的妻子尤氏都孤独无靠。抄家暴露出的问题最要紧的是借卷,王熙凤数年放高利贷,克扣月钱,积聚起五七万金,一朝而尽。真是"机关算尽太聪明,反误了卿卿性命"。

(三) 以"大锅饭"为特征的管理体制的崩溃

贾府的管理体制是"大锅饭",实行严格的等级制度,贾府内无论是主子还是奴才,都有不同的等级和地位。荣国府是贾母、王夫人、凤姐几个少数主子说了算,从管家一直贯彻到最低层次的奴才。按照不同的身份和地位,领取不同数量的"月钱",但说起干活,干与不干一个样,干多干少一个样。这正是"大锅饭"管理体制的典型特征。导致贾府上下只图享乐,不知节省,日渐衰败。第五十五回写探春理家,开始进行一系列的改革,也是从破除"大锅饭"入手的。实行承包责任制,把园子里的花草树木、池塘土地都承包出去,责任到人。引进奖励机制。承包的婆子"一得了这地,每日起早睡晚","生怕有人糟蹋"。就是炎热的夏天也有人专拿了掸子,在葡萄架下赶马蜂。这一改革每年可收四百两银子。

第六十一回写"司棋闹厨",就很典型地暴露了贾府的体制上的根本问题。

小丫头莲花儿说:"司棋姐姐说,要碗鸡蛋,炖的嫩嫩的。"柳家的道:"就是这一样儿尊贵。不知怎么,今年鸡蛋短的很,十个钱一个还找不出来……你说给他,改日吃罢。"莲花儿道:"前儿要吃豆腐,你弄了些馊的,叫他说了我一顿。今儿要鸡蛋,又没有了。什么好东西,我就不信连鸡蛋都没有了,别叫我翻出来。"一面说,一面真个走来揭起菜箱,一看,只见里面果有十来个鸡蛋,说道:"这不是?你就这么利害!吃的是主子分给我们的分例,你为什么心疼?又不是你下的蛋,怕人吃了。"小莲花的一顿抢白,激怒了柳家的,于是柳家的发起牢骚,却道出了管理体制上的问题:

问题一:连小姐带丫鬟四五十口人,每人每月的"分例"交到厨房,在一个厨房里大家吃饭,难以满足每个人的口味,"买来的不吃,又要别的"。

问题二：粮食菜蔬随行就市，眼下维持正常的开支还可以，一旦碰上物价高扬时，就会吃紧。

问题三：柳家的说："只是我又不是答应你们的，一处要一样，就是十来样。我倒不用伺候头层主子，只预备你们二层主子了。"

那么在这种情况下，如何处理"这个点这个，那个点那个"的矛盾，就涉及人与人之间的关系问题。柳妈是下人，不敢得罪"头层主子"，就是各屋的小姐。问题就出在"二层主子"身上。司棋是迎春的丫头，要吃豆腐，给弄一碗馊的；又要吃蒸鸡蛋，柳妈说没了。当莲花翻出鸡蛋，柳妈以"行市"上涨为由推脱。莲花顿时揭其短——晴雯要吃蒿子秆儿，柳妈一会问是肉炒，还是鸡炒，一会"狗颠屁股儿似的"亲捧了去。莲花的责难道出问题实质，按说晴雯和司棋都是"二层主子"，地位一样，只不过是宝玉的丫头，仗着主子有头有脸，柳家的就不敢得罪她们。于是就看着脸面，对她们有亲有疏，有远有近。那么亲谁？不亲谁？就看有用没用，有权没权。实质是人与人之间的关系问题。司棋闹厨只是贾府的管理体制中溅出的一个小水花，但随着贾府经济的拮据，问题越来越多，事情越来越棘手。这就又回到了凤姐为什么暂时下台，探春接手后为什么要搞改革这一根本问题上。探春的改革没有打碎贾府"大锅饭"的管理体制，不触及贾府的根本利益，不触及贾府的掌权人，而采取的是一些小打小闹的补救措施，所以很快探春理家就遭到贾府固有的矛盾的阻力，而且激化了各种矛盾，主要表现在三个方面：

一是触及早已根深蒂固、习以为常的等级制。在等级严格的贾府，婆子的地位最低，丫鬟也可以使唤她们。而现在因为管得好与坏直接与婆子们的利益挂上钩，经济利益迫使婆子敢管丫鬟掐花，一下就触及早已成为习惯的等级制。即使高于婆子的小丫头也感到不舒服。打破了原有的等级观念，是承包园子后带来的新问题。

二是公平办事触及人际关系的亲疏。探春的生母赵姨娘的兄弟赵国基死了。探春是庶出，她十分在意这一点，称王夫人是母亲，王夫人的哥哥王子腾是舅舅，当然不会认这个舅舅。但是赵姨娘认为探春是自己生的女儿，去找探春多要银子，结果被探春训斥了一顿。赵姨娘大为不满，撒泼叫骂。弄得探春很伤感。

三是矛盾错综复杂，牵三扯四，难以下手。玫瑰露案发，贼和赃都明显摆在那里，却不敢处理，只能装糊涂掩盖。因为认真追下去，会带出许多案子来，还会引起小人的仇恨。于是平儿主张让宝玉将这些事兜起来。

探春理事引发的是是非非，总是触及贾府的积弊。探春在理不清的矛盾和阻力面前犹豫了，干脆又推给了凤姐。这场小小的改革很快就淹没在深宅大院的积习之中。

《红楼梦》是整体有机的生命，其叙事结构的黄金分割线在第八十一回与八十二回之间，后四十回恰恰处在黄金分割线之后，悲剧结构的色彩更浓，悲剧的氛围更重，为悲剧的主旋律奏响了更强音。

原载《红楼梦学刊》2011年第五辑

谈《红楼梦》前八十回与后四十回的矛盾现象

否定后四十回是《红楼梦》整体有机结构的理据,有"内证"和"外证"之别,胡适的考证主要是"外证",近九十年来,不但没有什么新的过硬的材料出现,而且旧的材料也已被批驳得体无完肤。唯其"内证",尚有待梳理和开垦的空间。主要指前八十回与后四十回在人物性格的内涵上、叙事肌理的演进中出现的一些矛盾现象。最早从"内证",即文本角度研究且有影响的是俞平伯,以后断断续续有不少学者发表自己的见解,虽不乏真知灼见的颗粒,但大都淹没在个人的主观情感之中,即使对文本同样一个情节、同样一个事件、同样一个人,都会有各自不同的理解和认识。可见,问题的要害,不仅在于重视文本,更重要的是重视文本的研究方法。我们并不是强求欣赏的同一性,但是应当尊重《红楼梦》叙事的整体性、叙事肌理的自然流变、人物性格的主导性和特殊情境下的变异,也就是审美感受的整体把握和文本细读的客观分析。

我们梳理一些比较有代表性的观点:一是黛玉称赞八股文的言论;二是宝玉读《四书》,考科举;三是前八十回贾政和宝玉对立的性格在后四十回调和了;四是凤姐命运结局应当是沿着"一从二令三人木"人生轨迹走下去,先被休,而后死在娘家;五是贾府恢复世职,落了个"光明"的尾巴。当然还有许多说法,我们不可能一一辨析。究竟如何评价《红楼梦》后四十回,首当其冲的是一个研究方法,必须以触及《红楼梦》整体叙事结构为原则,否则就会流于公说公有理,婆说婆有理。择要而论,我认为应当从梳理以下四个问题入手来认识《红楼梦》前八十回与后四十回的矛盾现象。

一、如何看待宝玉学习八股文和走科举道路

在八十回之前,宝玉基本性格的表征是"潦倒不通世故,愚顽怕读文章",称热心仕途经济的人为"国贼禄鬼",为了逃学没病也要装有病。仔细阅读文本,便会发现宝玉不是不喜欢读书,是不喜欢读《四书》,而喜欢读被"正统"鄙弃的小说戏剧,喜欢被视为不务正业的"杂学旁收"。

证据一,宝玉和黛玉第一次见面。宝玉问:"妹妹尊名?"黛玉便说了名。宝玉又问表字。黛玉道:"无字。"宝玉笑道:"我送妹妹一字,莫若'颦颦'二字极妙。"探春便问出处?宝玉道:"《古今人物通考》上说:'西方有石名黛,可代画眉之墨。'况这林妹妹眉尖若蹙,用取这个字岂不美!"

证据二,贾政问道:"袭人是何人?"王夫人道:"是个丫头。"贾政道:"丫头不拘叫个什么罢了,是谁起这样刁钻名字?"王夫人见贾政不自在了,便替宝玉掩饰道:"是老太太起的。"贾政道:"老太太如何晓得这样的话,一定是宝玉。"宝玉见瞒不过,只得起身回道:"因素日读诗,曾记古人有句诗云:'花气袭人知昼暖。'因这个丫头姓花,便意起的。"王夫人忙向宝玉说道:"你回去改了罢。老爷也不用为这小事生气。"贾政道:"其实也无碍,不用改。只可见宝玉不务正,专在这些浓词艳诗上做工夫。"

证据三,第二十三回《西厢记妙词通戏语 牡丹亭艳曲警芳心》专门描写宝玉读经典戏剧的场面,这些随口用典的细节都说明宝玉读书面很宽,知识丰富。这功底从第十七回"大观园试才"可以看出,贾政因听到"代儒称赞宝玉专能对对","却有些歪才","便命他跟入园中"。在"试才"全过程中,贾政的心情一直很好,与宝玉对话的口吻轻松而和蔼,如:"回头命宝玉拟来""笑命他也拟一个来""笑道:……你且说你的来我听""听了,点头微笑""方才众人说的可有使得的?""点头道……""笑道……"父子二人自如地对话交流。即便贾政偶有"冷笑""喝道""断喝",也是在宝玉无所顾忌地评头论足,或者被众清客哄捧着齐声拍手喊"妙"的时候,才摆出严父

的样子，故作姿态。那些常年跟随贾政的下人，对贾政的举止了如指掌的小厮们，都明白今儿与往常不同，说今儿老爷"喜欢"，哥儿"大展其才"，得了"彩头"。脂砚斋看透了这一点，评道："爱之至，喜之至，故作此语。"

宝玉不喜读《四书》、不喜八股文、不喜科举仕途，反映了处在少年时代的他对从事仕途经济"须眉浊物"的讨厌，对私塾教育的讨厌，从而流露出一种偏激的情绪。直到第八十二回，贾政送宝玉二进家塾，宝玉依旧讨厌学《四书》、读八股。他对黛玉说："还提什么念书。我最厌这些道学话。更可笑的是八股文章，拿他诓功名混饭吃也罢了，还要说'代圣贤立言'。好些的，不过拿些经书凑搭凑搭还罢了。更有一种可笑的，肚子里原没有什么，东拉西扯，弄的牛鬼蛇神，还自以为博奥。这那里是阐发圣贤的道理？目下老爷口口声声叫我学这个，我又不敢违拗，你这会子还提念书呢。"黛玉道："我们女孩儿家，虽然不要这个，但小时跟着你们雨村先生念书，也曾看过。内中也有近情近理的，也有清微淡远的。那时候虽不大懂，也觉得好，不可一概抹倒。况且你要取功名，这个也清贵些。"宝玉听到这里，觉得不甚入耳，因想："黛玉从来不是这样人，怎么也这样势欲熏心起来？"又不敢在她跟前驳回，只在鼻子眼里笑了一声。这不单是一个少年的愤激情绪，即使当时的一些思想家对科举和八股文也有激烈的批评，但这并不能说明封建社会的科举和八股文就一无所取。

如何对待封建社会的科举制和八股文？搞清这个问题是分析和看待宝玉学习八股文和走科举之途的一个必要的前提。20世纪学术界和社会上，对于科举制和八股文一律骂倒，仿佛过街老鼠，人人喊打。这种现象和当时极"左"思维的泛滥有很大关系，其实"应当承认科举考试的形式是封建时代所可能采取的最公平的人才选拔形式，它扩展了封建国家引进人才的社会层面，在历史上确实也吸收了大量出身中下层社会的人士进入统治阶级，特别是唐、宋时期，科举制度正发展为成熟之时，显示出生气勃勃的进步性，当时的政治环境也比较宽松，从而形成了中国古代文化发展的一个黄金时代"[①]。至于

[①] 金诤：《科举制度与中国文化》，上海人民出版社1990年版，第5页。

八股文，启功先生也说："其实'八股'是一种文章形式的名称，它本身并无善恶之可言。只是被明清统治者曾用它来做约束士子思想的工具，同时他们又在这种文章形式中加上些个烦琐而苛刻的要求。由积弊而引起的谴谥，不但这种文体不负责任，还可以说这种文体本身被人加上的冤案。"① 过去对于科举制和八股文偏激的否认，正如邓云乡先生所指出的："遗憾的是对于现在和未来，那就造成了许多模糊和错误的历史认识，或使人陷于习惯盲从的思维状态。"② 以上论说为科举制和八股文拨乱反正，使我们更加看清过去错误的认识和盲从的思维影响着对《红楼梦》的认识和评判，仿佛宝玉参加科举、黛玉赞扬八股文，人物性格就被扭曲了，从而认定后四十回的描写违背了曹雪芹的本意。

除却上述一般的历史文化认识的影响而外，还有一个文学艺术的理念问题，即如何认识人物性格的复杂性。人物的性格随着社会历史大环境和具体的生活小环境都有一个相应变化和演进的过程。性格中积极的因素可能向前发展，也可能出现反复，甚至还会出现倒退。相反，随着积极因素的变化，消极因素也会发生演化。因此，人物性格出现复杂性才是真实的、活生生的人性。因为它是复杂的社会人际关系的投影，那种完全围绕核心性格，缺乏性格的多侧面描写，是违反人性的基本形态。宝玉去读书，是贾政硬逼他去的，"奉严慈"重入家塾，也是贾母、王夫人希望他去的，宝钗、袭人劝他去的。宝玉处处受制于人，什么事都做不了主，只能在矛盾冲突中进行有限的反抗，刺激他潜在的叛逆性格因素的发展。宝玉所作出的叛逆行为，以及他的思想认识，既有受时代思潮的影响和制约的一面，又有异于当时社会一般人的地方，那就是宝玉极敏锐地窥透了现实中的种种弊病，又敢于以牺牲精神去追求理想，因而被视为异端。但在其身上流贯的亲情，则是传统伦理的基因，不可能一刀两断。何况此时宝玉已十六七岁，不像前几年那样任性狂放。贾政对他读书盯得也很紧，第八十四回描写贾政问宝玉进学后读什么书、做什么文，还具体指导他作文如何"破题"。既有来自伦理的压力，又是亲情

---

① 启功：《说八股》，中华书局1994年版，第1页。
② 邓云乡：《清代八股文》，中国人民大学出版社1994年版，第3页。

的感召，宝玉才二进私塾，读《四书》，做八股。在这种情境下，黛玉和宝玉才说起八股文和科考，不能简单地认为黛玉之所以能和宝玉建立起至死不渝的爱情，是因为她从来不说劝宝玉读书求取功名的"混账话"，而此时黛玉讲了八股文的好处，就违背了初衷，性格发生了扭曲。宝玉只是从前不喜欢八股文，其实他的聪明与悟性，以及对诗词歌赋的喜欢，杂学旁收的浏览，还有助于他学习八股文，所以他一旦去应考，便中了举。尽管宝玉的这些行为与少年时代的不喜读《四书》的偏激，形成了对立的组合，这不但不说明其性格的扭曲，反而更深化了他的性格内涵；才会有与贾代儒答问时力避"发迹做官之旨"的曲折迂回；才会有散学后急奔潇湘馆，在知音面前尽吐心曲的渴望；才会有最后中举出家，自愿抛弃"前程"和妻儿、去当和尚的举动。宝玉赴试前辞母的肺腑之言："母亲生我一世，我也无可答报。只有这一入场，用心作了文章，好好的中个举人出来，那时太太喜欢喜欢，便是儿子一辈子的事也完了，一辈子的不好也都遮过去了。"显然，传达的是异兆悲音。宝玉失去了一生最亲近的人——贾母和黛玉，爱之毁灭后的反思，促成了他毅然入禅的进程。这也许是宝玉当时抗争所能采取的唯一选择，深刻地揭示了他违心参加了科举考试，但并不留恋中举带来的荣誉和仕途，依旧我行我素，走上了出家之路。这才是真正的悲剧的实质。因此，出家与中举不仅不是人物性格逻辑的悖谬，反而说明宝玉的性格结构的多元化和复杂化，所以说，不能离开特定环境的复杂性孤立地评论人物的某一举动。

二、贾政和宝玉父子矛盾的性质

贾政和宝玉父子之间有矛盾，焦点就是读什么书、走什么路。贾政严厉地要求宝玉按照他的意志去读《四书》，走科举。贾政代表的不仅仅是个人的意愿，而是来自对当时社会主流文化价值的追求。明清时代读书人对科举的追捧，达到了皓首穷经的地步，也成为不同等级、不同身份、不同教养的家长、师长对读书晚辈的共同期盼。贾政是仕宦之家的读书人，他"自幼酷爱读书"。并以宁荣二公遗训"留意于孔孟之间，委身于经济之道"为处世准则。加之其在朝廷为官,当然代表主流文化的价值观。另外还有一个重要的原因,就是家族的价值期待。清朝百年后朝廷上政治势力的一个显著变化,就是那些世袭贵族与科举新贵相比,地位日渐没落。"贾政,自幼酷喜读书,为人端方正直,祖父钟爱,原要他从科甲出身,不料代善临终遗本一上,皇上怜念先臣,即叫长子袭了官;又问还有几个儿子,立刻引见,又将这政老爷赐了个额外主事职衔,叫他入部习学,如今现已升了员外郎。"可见通过科举改换门庭的家族愿望,历经两代,全部落到了宝玉的身上。贾府唯一的科举出身的至亲,就是贾政的妹夫林如海,乃前科探花,林家也是到林如海这一代才改换的门庭,"原来这林如海之祖,也曾袭过列侯的,今到如海,业经五世。起初只袭三世,因当今隆恩盛德,额外加恩,至如海之父,又袭了一代;到了如海,便从科第出身。虽系世禄之家,却亦是书香之族"。所以说读书仕进是贾政因袭的家族的重担,只不过他将因袭的重担全部寄托在宝玉的身上,始终有望子成龙的强烈意识。第九回写宝玉入私塾读书,贾政问跟班的李贵:"你们成日家跟他上学,他到底念了些什么书!倒念了些流言混语在肚子里,学了些精致的淘气。等我闲一闲,先揭了你的皮,再和那不长进的东西算帐!"吓得李贵忙双膝跪下,摘了帽子碰头,连连答应"是",又回说:"哥儿已念到第三本《诗经》,什么'呦呦鹿鸣,荷叶浮萍',小的不敢撒谎。"说的满座哄然大笑起来,贾政也撑不住笑了,因说道:"那怕再念三十本《诗经》,也是'掩耳偷铃',哄人而已。你去请学里太爷的安,就说我说的,什么《诗经》古文,一概不用虚应故事,只是先把《四书》一齐讲明背熟,是最要紧的。"贾政为了激励宝玉,还让他接触科举出身的贾雨村,陶冶他的性情。宝玉非但没有按照贾政的话去做,不愿意谈论"仕途经济"一类的"混账话",就连和"为官做宰"的人物交往也觉得厌恶。在第三十二回贾雨村来访,"老爷叫二爷出去会"时,宝玉便"心中好不自在","一面蹬着靴子,一面抱怨道:'有老爷和他坐着就罢了,回回定要见我。'"又说:"我也不敢称雅,俗中又俗的一个俗人,并不愿同这些人往来。"当见了贾雨村也"全无一点慷慨挥洒谈吐,仍是葳葳蕤蕤",引起了贾政对他的不满。加之丫鬟金钏投井而死,贾政很诧异,心想:"好端端,谁去跳井?我家从无这样事情。自祖宗以来，皆是宽柔待下，来大约我近年于家务疏懒，自然执事人操克夺之权，致使弄出这暴殒轻生的祸来。若外人知道，祖宗的颜面何在！"偏偏这当口，与贾府不属于同一政治集团的忠顺王府来寻戏子蒋玉菡，是宝玉结交的身份低贱的优伶。这又触犯了贾政的封建等级观念，气得贾政"目瞪口歪"。贾环趁机添谗言："我母亲告诉我说，宝玉哥哥前日在太太屋里，拉着太太的丫头金钏儿，强奸不遂，打了一顿，金钏儿便赌气投井死了。"这话无疑火上浇油，使原本盛怒的贾政立刻气得"面如金纸"，大喝："快拿宝玉来！"随后又是"一叠声"："拿宝玉！拿大棍！拿索子捆上！把各门都关上！有人传信往里头去，立刻打死！"这就是父子矛盾发展到白热化的程度出现的宝玉挨打。其实父亲打儿子，不过是人们普通生活中习以为常的事，一个暴怒的父亲将一个不成器的儿子痛打一顿，即使在贾府也不是什么新鲜事。第四十五回贾府几代的老仆人赖嬷嬷说："这些小孩子们全要管的严，饶这么严，他们还偷空儿闹个乱子来，叫大人操心。知道的，说小孩子们淘气；不知道的，人家就说仗着财势欺人，连主子名声也不好。恨的我没法儿，常把他老子叫了来，骂一顿才好些。"因又指宝玉道："不怕你嫌我，如今老爷不过这么管你一管，老太太就护在头里。当日老爷小时，你爷爷那个打，谁没看见的。老爷小时，何曾象你这么天不怕地不怕的！还有那边大老爷，虽然淘气，也没像你这扎窝子的样儿，也是天天打。还有东府里你珍大哥哥的爷爷，那才是火上浇油的性子，说声恼了，什么儿子，竟是审贼！如今我眼里看着，耳朵里听着，那珍大爷管儿子，倒也像当日老祖宗的规矩，只是着三不着两的。"

贾府老子打儿子的那点事，赖嬷嬷唠叨了好几代，可能大都因儿子不听话、调皮、生事等原因，是随机性的。贾政打儿子目的，肩负着家族改换门庭的因袭的重担，目的明确，始终如一，是有深刻的文化和历史的意蕴。即使是这样，充其量也不过代表了两种不同的文化意识和生活道路的冲突，而不能提升到什么封建正统的卫道士与反封建反礼教的叛逆者之间斗争的高度。贾政与宝玉有矛盾、有冲突，但还有骨肉亲情。人性内含的亲情是血缘关系，在不同的人身上或多或少或浓或淡地保留着血浓于水的感情，但表达方式不同。有的人看似脸面冷漠，言语生硬，而蕴含的感情很深。贾政在宝玉面前是一副"严父"的样子，而实际上他最看重宝玉。第二十三回接到元妃的意旨，让宝玉与姊妹们搬进大观园去住。宝玉被叫进门，"贾政一举目，见宝玉站在跟前，神彩飘逸，秀色夺人；又看看贾环人物委琐，举止粗糙，忽又想起贾珠来。再看看王夫人只有这一个亲生的儿子，素爱如珍，自己的胡须将已苍白，因此上把平日嫌恶宝玉之心不觉减了八九分"。这种亲情随着年岁的增长，阅历的增多，柔情也会多添几分。第七十七回写有人请贾政寻秋赏桂花，贾政因喜欢宝玉前儿作的诗好，特意要带他们去。"贾政在那里吃茶，十分喜悦。宝玉请了早安，贾环、贾兰二人也都见过。贾政命坐吃茶，向环、兰二人道：'宝玉读书，不及你两个；论题联和诗这种聪明，你们皆不及他。今日此去，未免叫你们做诗，宝玉须随便助他们两个。'王夫人自来不曾听见这等考语，真是意外之喜。"待宝玉等跟贾政出外回来，王夫人忙问："今日可丢了丑了没有？"宝玉笑道："不但不丢丑，拐了许多东西来。"接着就有老婆子们从二门上小厮手内接进东西来。王夫人一看时，只见扇子三把，扇坠三个，笔墨共六匣，香珠三串，玉绦环三个。宝玉说道："这是梅翰林送的，那是杨侍郎送的，这是李员外送的，每人一分。"说着，又向怀中取出一个檀香小护身佛来，说："这是庆国公单给我的。"王夫人又问在席何人，做何诗词。说毕，只将宝玉一分令人拿着，同宝玉、环、兰前来见贾母。贾母看了，喜欢不尽。这一年宝玉十六岁，他在写诗作对方面显示出的才气，令贾政欣赏。他将宝玉与贾环、贾兰相比，"第一件他两个终是别路，若论举业一道，似高过宝玉。若论杂学，则远不能及；第二件，他二人才思滞钝，不及宝玉空灵涓逸，每作诗亦如八股之法，未免拘板庸涩。那宝玉虽不算是个读书人，然亏他天性聪敏，且素喜好些杂书，他自为古人中也有杜撰的，也有误失之处，拘较不得许多；若只管怕前怕后起来，纵堆砌成一篇，也觉得甚无趣味。因心里怀着这个念头，每见一题，不拘难易，他便毫无费力之处，就如世上的流嘴滑舌之人，无风作有，信着伶口俐舌，长篇大论，胡扳乱扯，敷演出一篇话来。虽无稽考，却都说得四座春风。虽有正言厉语之人，亦不得压倒这一种风流去"。"近日贾政年迈，名利大灰，然起初天性也是个诗酒放诞之人，因在子侄辈中，少不得规以正路。"

贾政的性格结构具有典型的两面性，一面是世宦儒家的价值体系的载体，从外部支撑家族的权威地位，从内部规划家常的生活形态。既展现出某种优雅仁慈的大家风度，又滋生出封建官僚的丑恶阴暗和冷酷无情。另一面则是普通人的人性、人情、趣味。前者是贾政与宝玉产生矛盾和冲突的所在；后者则是贾政与宝玉亲情的链带。随着贾政在仕途上的心灰意冷，其身上所显示的前者的色彩愈淡化，而后者的情味愈浓郁，这正表明其人性的回归，也正是这种变化，他开始正视宝玉身上的亮点。当贾政"近见宝玉虽不读书，竟颇能解此，细评起来，也还不算十分玷辱了祖宗。就思及祖宗们，各各亦皆如此，虽有深精举业的，也不曾发迹过一个，看来此亦贾门之数，况母亲溺爱，遂也不强以举业逼他了，所以近日是这等待他。又要环兰二人举业之余，怎得亦同宝玉才好，所以每欲作诗，必将三人一齐唤来对作"。人性的回归使得贾政越来越少"严父"的话语权力，最显著的是话语方式的改变。一次《姽婳词》命题作诗，贾政命他三人各作一首，贾兰先有了，贾环生恐落后也有了。而宝玉尚在构思，并讲了一番自己的看法，"贾政听说，也合了主意，遂自提笔向纸上要写，又向宝玉笑道：'如此，你念我写。若不好了，我捶你那肉。谁许你先大言不惭了！'"一派父子之间舒卷自如、情意融融的样子，哪里有大打出手的半点影子。有一位学者作了如下概括："前八十回《红楼梦》中，贾政与宝玉二人关系经历了三个时间段。倘从矛盾的主要方面即贾政的角度考察，可以说，文本入情入理地展露了贾政面对'贾宝玉现象'的'嫌恶'心态（第一时段）、绝望心态（第二时段）和妥协心态（第三时段），呈现了他从无比焦躁到无限痛苦到无奈妥协的心路历程。"[1] 其实这说的就是贾政心路历程回归的轨迹。

三、从凤姐命运的结局看什么是《红楼梦》悲剧的实质

凤姐命运的结局直接涉及前八十回与后四十回的不同问题，而引起这个

---

[1]刘敬圻：《贾政与贾宝玉关系还原批评》，《学习与探索》2005年第2期，第101—107页。

话题的关键之点，就是如何看待《红楼梦》第五回王熙凤的判词：

> 凡鸟偏从末世来，都知爱慕此生才。
> 一从二令三人木，哭向金陵事更哀。

其中"一从二令三人木"一句，到底是什么意思？由于它关系到对王熙凤这一重要人物命运结局的理解和对《红楼梦》后四十回内容的把握，有的学者对《红楼梦》研究中关于王熙凤的判词二百多年来的众说进行了评议，归纳出一个比较有说服力的看法：① "一二三"是序数词，"从"就是"从"，"令"就是"令"，只有"人木"是用了"拆字法"的，合起来是"休"……正合凤姐一生命运三阶段即三大转折的大体轨迹：先是"从"——从属、训从、乖巧于这个"末世"的家族、社会；继而"令"——成为整个大家族的大管家，最大地挥了她"力挽大厦于将倾"的才能。使风唤雨，指挥、使令，八面玲珑。软的硬的手腕都有，能将一切玩于股掌之中，亦即"发号施令"。可惜最后却是"休"——一切努力都无济于事，下场悲惨。万事皆休，落了个白茫茫大地一片真干净，"哭向金陵事更哀"也就是自然的了……这种对王熙凤的判词的理解，大致可以从文本中勾勒出王熙凤的人生道路和悲剧命运。从第六回到第四十四回"凤姐泼醋"为第一阶段，她嫁到贾府，与贾琏即便不是郎才女貌，论门第、论财富，也算很般配。从第四十五回到第六十九回"尤二姐之死"为第二阶段，她作为贾府的管家人，无论是对内发令施威，聚揽钱财，还是对外操纵司法，逼压宁府，使风唤雨，软硬兼施，都将一切玩于股掌之中。从第七十回到第一百一十四回"凤姐之死"为第三阶段，抄家后凤姐落了个一无所有，威信扫地，虽强打着精神，但已力绌心衰，病体难支，走向死亡。因此说，王熙凤的人生悲剧的轨迹和她的判词大体一致。但是长期以来，"牵强附会其一言一事，或一字一词。甚至生拉硬拽，烦琐考证，索隐猜谜，虽用功甚勤，意欲字字坐实，反而远失其真"。问题的焦

---

① 王庆云：《二百年来红楼梦"一从二令三人木"众解平论》，《山东大学学报（哲学社科版）》2002年第5期，第73—78页。

点就出在她死前的一个"休"字的解释上,有一种说法"三人木"是指她失势后被贾琏休弃。而后四十回给王熙凤安排的结局,不符合曹雪芹的原意。王熙凤的结局必然是被休,其理由如下:一是公公婆婆对她的怨恨,要报复;二是丈夫贾琏对她的痛恨,特别是她害死了尤二姐,使贾琏有绝嗣之虞;三是王熙凤妇道有亏,严重触犯"七出"之条。以上两种代表性的意见,如果纠缠在对王熙凤判词的具体词句上,永远是个"谜"。早在二百多年前的清代周春《阅红楼梦随笔》就对判词进行注解,至今已有二三十种解释,意见相左的有之,标新立异的有之,重复修订的有之,但谁也说服不了谁。症结就在于离开了王熙凤性格悲剧的意蕴,在具象的形态上敲敲打打,寻寻觅觅。王熙凤性格悲剧的意蕴究竟是什么?王熙凤死在贾家,还是被休后死在娘家,意义究竟有多大?王熙凤性格悲剧在前八十回与后四十回差别究竟在哪儿?我认为这才是问题的实质。

(一)王熙凤性格悲剧轨迹的转折点——生病,一直到死

王熙凤性格悲剧轨迹的转折点是第五十五回"凤姐生病"。"且说荣府中刚将年事忙过,凤姐儿因年内年外操劳太过,一时不及检点,便小月了,不能理事,天天两三个大夫用药。凤姐儿自恃强壮,虽不出门,然筹画计算……谁知凤姐禀赋气血不足,兼年幼不知保养,平生争强斗智,心力更亏,故虽系小月,竟着实亏虚下来。一月之后,复添了下红之症。他虽不肯说出来,众人看他面目黄瘦,便知失于调养。"凤姐帮助王夫人打理贾府的内部事务,凡婚丧吊庆、迎来送往,哪怕一点露脸的事,她都乐于应酬,在这当中张扬自己,表现自我,撑持贾家的门面。那种虚荣和权势欲,给王熙凤注射了兴奋剂,使她不知疲劳地周旋于各种事务之中,应付那"从上至下,也有三百余口人,一天也有一二十件事,竟如乱麻一般"的局面。过分的操劳,身体的透支,尽管挣扎,也不能持久。她病了,再不能再像"无事的人一样"。打这以后,《红楼梦》描写凤姐生病的文字比黛玉还要多,这是王熙凤性格悲剧内容的一个重要特征。

第六十回赵姨娘骂街"趁着这会子,撞丧的撞丧去了,挺床的挺床",这

"挺床的"便是指凤姐。

第六十一回平儿劝凤姐说："何苦来操这心。'得放手时须放手'，什么大不了的事，乐得施恩呢。依我说，纵在这屋里操上一百分心，终久是回那边屋里去。没的结些小人的仇恨，况且自己又三灾八难的，好容易怀了一个哥儿，到了六七个月还掉了，焉知不是素日操劳太过，气恼伤着的？如今趁早儿见一半不见一半的，也倒罢了。"

第七十二回鸳鸯去看望凤姐，碰上凤姐睡午觉，平儿悄声笑道："才吃了一口饭，歇了中觉了。你且这屋里略坐坐。"鸳鸯因悄问："你奶奶这两日是怎么了？我近来看着他懒懒的。"平儿叹道："他这懒懒的，也不止今日了。这有一月之前头，就是这么着。这几日忙乱了几天，又受了些闲气，从新又勾起来。这两日比先又添了些病，所以支持不住，就露出马脚来了。"

第七十四回凤姐带领人抄检大观园完事后，"谁知夜里下面淋血不止。次日便觉身体十分软弱起来，遂撑不住。请医诊视，开方立案，说要保全重而去"。

第七十八回王夫人便唤了凤姐，问她丸药可曾配来。凤姐儿道："还不曾呢，如今还是吃汤药。太太只管放心，我已大好了。"王夫人见她精神复初，也就信了。

第八十八回凤姐白天听了水月庵老尼遇鬼的事，"将近三更，凤姐似睡不睡，觉得身上寒毛一乍，自己惊醒了，越躺着越发起渗来，因叫平儿秋桐过来作伴"。

第一百一回贾琏告诉凤姐闲话，之所以没有将凤姐的哥哥王仁的缺德事告诉她，"头一件，怕太太和姨太太不放心，二则你身上又常嚷不好，所以我在外头压住了，不叫里头知道的"。"你身上又常嚷不好"披露出凤姐长期拖着病身子。

第一百五回凤姐听到抄家，"先前圆睁两眼听着，后来一仰身便栽到地下"。"凤姐面如纸灰，合眼躺着"，平儿说："奶奶才抬回来，觉着像是死了的，歇息一会子，苏过来，哭了几声，这会子略安了一安神。"

第一百六回凤姐病重，气息奄奄。

第一百十回贾母病逝，凤姐失去了最后一位关护她的人。在料理贾母后事的时候，她受到邢夫人的夹板气，又加上病身子，多日劳累，"凤姐这日竟支撑不住，也无方法，只得用尽心力，甚至咽喉嚷哑，敷衍过了半日。到了下半天，亲友更多了，事情也更繁了，瞻前不能顾后。正在着急，只见一个小丫头跑来说：'二奶奶在这里呢。怪不得大太太说，里头人多，照应不过来，二奶奶是躲着受用去了。'凤姐听了这话，一口气撞上来，往下一咽，眼泪直流，只觉得眼前一黑，嗓子里一甜，便喷出鲜红的血来，身子站不住，就蹲倒在地。幸亏平儿急忙过来扶住。只见凤姐的血一口一口的吐个不住"。

第一百十四回凤姐之死。

从上面勾勒的凤姐从生病到死的断断续续的线索，不难看出对其影响最大的三次生病，一次是第五十五回写正月里刚将年事忙过，凤姐便"小月"了，谁知一个月之后又添"下红"之症，一直服药调养到八九月间，才渐渐恢复过来。身子骨还没有好利索，便闻知贾琏偷娶尤二姐。又一次是第一百五回腊月贾府被抄后凤姐晕死过去，这是一次致命的打击，致使她身心如焚，病情岌岌可危。距第五十五回正月生病才四年。再一次是第一百十回写抄家的转年正月贾母病逝，凤姐托着病身子操劳、受气，导致吐血病重，是第二年死亡的前兆。凤姐从生病到死，前前后后，总共五年。后两次从病危到死，虽然是后四十回笔墨，但叙事的肌理与前八十回丝丝入扣，走向人生悲剧的路上。究其生病致死的原因有三：一是逞强好胜，透支身体。贾琏不经意的一句话"你（凤姐）身上又常嚷不好"，就是说凤姐常拖着病身子，不能不是影响他们夫妻生活的一个潜在的因素。贾琏先是偷鸡摸狗，后来干脆偷娶尤二姐，只等凤姐死了，将尤二姐扶正。夫妻感情的破裂，反过来又是致凤姐长期生病的重要原因。二是贪婪钱财，祸及己身。凤姐半生苦心孤诣地聚揽银子，抄家后，落了个钱财尽失，还被人家戳其项背，彻底毁掉了她的人生的欲望。三是家族倾轧，深受其害。凤姐从一开始就贴在她姑姑王夫人和贾政一边，恨得她公公贾赦和婆婆邢夫人咬牙切齿，使她在房族之争中越陷越深，当贾母去世，在失去唯一的保护的时候，成为受气的小媳妇。

(二) 王熙凤死因的必然与偶然

有些学者只着眼于凤姐死前是被休,"哭向金陵事更哀",还是没有被休,病死在贾家。进而判断王熙凤悲剧结局是否符合曹雪芹的本意。其实这都是一个形式问题,说明不了问题的实质。为什么这样说?

其一,说穿了有些学者之所以着眼于凤姐死前是被休,还是没有被休,是因为建立在男权制的基础之上对文学艺术作品进行审视和评价的一种观念和方法,也是人类进入文明社会之后形成的一种源远流长的传统批评观念和方法。它的主要文化特征就是将女性的价值置于男性的价值观中来衡量,它所遵循的是男性制定的标准和尺度,用一整套严格的道德和伦理体系来规范女性的思想和行为。从男性文化的观念出发,认为凤姐与贾琏夫妻关系的冷漠,导致被休,这固然可悲,但这并不是凤姐性格悲剧的必然因素。

其二,判断一个人死因是否对其悲剧内涵有决定的影响,主要看它是偶然因素,还是必然因素,是偶然因素的成分多,还是必然因素的成分多。因为死因越是偶然因素的成分多,越是减少悲剧内涵的力量,哪怕情节凄楚动人,使人泪水涟涟,也说明不了悲剧的实质。相反,死因越是必然因素的成分多,越是增强悲剧内涵的力量。凤姐临死前,用民间的话说都"脱形"了。再也看不到那俊俏风骚,那干练机敏,那风风火火,那眼睛都会说话的"凤辣子"了。她的精神崩溃了,没了思想,没了寄托,没了灵魂,只好乞灵在鬼神的脚下。第一百十三回写凤姐精神恍惚,"一时苏醒,想起尤二姐已死,必是他来索命。被平儿叫醒,心里害怕,又不肯说出,只得勉强说道:'我神魂不定,想是说梦话。'""凤姐刚要合眼,又见一个男人一个女人走向炕前,就像要上炕的。凤姐急忙便叫平儿,说:'那里来了一个男人,跑到这里来了!'连叫了两声,只见丰儿、小红赶来说:'奶奶要什么?'凤姐睁眼一瞧,不见有人,心里明白,不肯说出来。"恰好这时刘姥姥来了,吊唁贾母,看望凤姐。"刘姥姥看着凤姐骨瘦如柴,神情恍惚,心里也就悲惨起来,说:'我的奶奶,怎么这几个月不见,就病到这个分儿。'""凤姐叫刘姥姥坐在床前,告诉他心神不宁,如见鬼怪的样子。刘姥姥便说,我们屯里什么菩萨灵,什么庙有感应。凤姐道：'求你替我祷告，要用供献的银钱我有。'便在手腕上退下一支金镯子来交给他。刘姥姥道：'姑奶奶，不用那个。我们村庄人家许了愿，好了，花上几百钱就是了，那用这些。就是我替姑奶奶求去，也是许愿。'"精明一生的凤姐也落入愚昧，也穷得没钱。凤姐出身于"东海缺少白玉床，龙王来请金陵王"之家，生活在花钱像淌海水一般的贾府，她做梦也没想到自己会穷得没钱。贾府被抄，"历年积聚的东西并凤姐的体己不下七八万金，一朝而尽"。"贾琏走近旁边，见凤姐奄奄一息，就有多少怨言，一时也说不出来。平儿哭道：'如今事已如此，东西已去不能复来。奶奶这样，还得再请个大夫瞧瞧才好。'贾琏啐道：呸！'我的性命还不保，我还管他呢。'"到头来贾琏竟没钱，也无心给她治病。所以说凤姐最后是死于愚昧和贫穷，而这才是封建时代千千万万下层妇女死亡的必然原因。

  女性在封建礼教的禁锢和压迫下，无意识地盲从和顺从男性话语权，大多数女性生活于愚昧和贫穷，死于愚昧和贫穷。而凤姐并不是社会下层妇女，而且她还有过并不屈从男性话语权的经历，为什么也落入下层妇女这一不可逃避的命运中呢？凤姐泼辣，甚至撒泼，反抗贾琏与鲍二家的偷情、阻止丈夫与尤二姐的婚外恋，虽然在客观上是对封建社会享有性自由特权男人的一次又一次正面的、直接的、自发性的挑战，努力维护了一个女人的尊严，但并不等于说凤姐具备了女性意识。"凤姐泼醋"惊动了贾府上上下下的所有人，不仅关乎凤姐个人，而且触及到了男权社会里的女性价值、女性地位。然而却被贾母说笑间抹平了。贾母不认为贾琏偷情有什么大不了的过错，未给凤姐任何道义上的支持，还让她落了个爱"吃醋"的名声。凤姐无奈地默默地吞下这杯苦酒。在以男权为中心的封建社会里，女性没有什么自我价值，唯一的职能就是生儿育女、相夫教子。婚姻是女性获得生活保障的唯一途径，一旦发现自己的情感和生活受到外来干涉时，她们就会对自身的生存产生一种严重的忧虑感。男性文化对凤姐的挤压下，促生她阴暗的心理勃发。贾琏偷娶尤二姐，深切的自身危机感向凤姐袭来，贾琏和尤二姐与贾琏和他人的多次偷情不同，直接威胁到了凤姐在贾府中的地位。要是尤二姐生了儿子，那么凤姐在贾府中的地位可能会岌岌可危。"凤姐越想越气，歪在枕上只是出神，忽然眉头一皱，计上心来"，凤姐吸取了上次的教训，一改往日正面的直接的争斗。她暗中唆使曾与尤二姐有婚约的张华到都察院状告贾琏"违旨背亲",利用王法家规威吓贾琏;将尤二姐诱入贾府,待之如宾,暗中却倍加折磨她;在贾母和王夫人面前,主动为贾琏纳妾续后做伪装,使得贾母等人为她的"贤良"而大加赞赏;对待贾珍夫妇,她一面高扬国法家法的令箭,让他们感到无理而屈从;一面又采取泼妇撒野的方式,大闹宁国府。这一系列呼风唤雨的举措在那个社会,非凤姐而不能矣,然而对一夫多妻婚姻制的反抗却是无力的。她和尤二姐一样,都是一夫多妻制的受害者。她伤害的只是尤二姐。表面她得胜了,而实际上大失人心,为自己的下场涂抹了更多的悲剧色彩。可见,凤姐并没有形成清晰的女性意识,在男权社会死于愚昧和贫穷也是自然的。在某种程度上说,越是性格复杂、人生道路奇特的人物,在他们身上最终揭示死因的必然因素的成分越多,越是增强悲剧感人内涵的力量。曹雪芹以冷峻的眼光感悟到了这一点,个人的聪明无济于事,只能带着一份心酸叹息:

> 机关算尽太聪明,反算了卿卿性命。生前心已碎,死后性空灵。家富人宁,终有个家亡人散各奔腾。枉费了,意悬悬半世心,好一似,荡悠悠三更梦。忽喇喇似大厦倾,昏惨惨似灯将尽。呀!一场欢喜忽悲辛。叹人世,终难定!

四、"百足之虫,死而不僵"的真实再现

如何看待第一百十九回写贾府恢复世职,"沐皇恩""延世泽","兰桂齐芳",这是后四十回争论的一个焦点。有人将此视作《红楼梦》悲剧的否定因素,认为《红楼梦》的结尾"食尽鸟投林",应该是"白茫茫大地真干净",一切都荡然无存。现在这个结尾没有把贾府败落写惨、写尽、写绝。而我们却认为其中包孕着极为丰富的历史意蕴。这并不是公说公有理,婆说婆有理,必须从《红楼梦》叙事结构的深层意蕴来审视。《红楼梦》作为伟大的悲剧,其意蕴是多层面的。它呈现给读者的主体是《红楼梦》叙事结构的生命过程和生命形态,具体表现为贯穿《红楼梦》全书的三条意脉所承载的叙事内容

的完整体现。一条是赫赫扬扬的贾府已历百年，尽管背后所隐藏的则是"内囊尽上"，但表面还呈现鲜花著锦、烈火烹油之盛的"虚架子"。百二十回《红楼梦》就是展示一个衰败过程，从第一百五回"贾府被抄"到第一百十六回"筹措银子送灵柩南归"是贾府经济彻底的败落。一条是宝、黛、钗的爱情婚姻悲剧。从第七十八回"芙蓉女儿诔"到第九十七回黛死钗嫁是"金玉良缘"与"木石前盟"为标志的爱情婚姻的结束，而宝玉终放不下"木石前盟"情感重负，无奈出家。一条是王熙凤性格也经历了悲剧的三个阶段，直至凤姐之死。这三条意脉裹挟着向前推进，在后四十回奏响了悲剧的最后乐章。其中死亡描写的节奏紧凑急促。第九十七回黛玉之死，第一百九回写迎春之死，第一百十回贾母之死，第一百十一回鸳鸯之死，第一百十三回赵姨娘之死，第一百十四凤姐之死，在这一批人的死亡中，贾母是最后倒下的大树老树，预示着贾府树倒猢狲散的到来。

第一百十九回写贾府恢复世职，"沐皇恩""延世泽"，"兰桂齐芳"，在《红楼梦》叙事结构的生命过程和生命形态中处于什么地位呢？显然，只是一种简单的叙说，一种信息的传达，它并不能成为《红楼梦》叙事结构的生命过程和生命形态的重要成分。那么曹雪芹设置这样一个信息背景，目的是什么呢？我们再回到第二回冷子兴演说荣国府，说"如今的这荣宁两府，也都萧索了，不比先时的光景"，贾雨村听了却大为不解，说："那日进了石头城，从他宅门前经过，街东是宁国府，街西是荣国府，二宅相连，竟将大半条街占了。大门外虽冷落无人，隔着围墙一望，里面厅殿楼阁，也还都峥嵘轩峻，就是后边一带花园子里，树木山石，也还都有葱蔚洇润之气，那里像个衰败之家？"冷子兴听了笑道："亏你是进士出身，原来不通！古人有云：'百足之虫，死而不僵。'如今虽说不似先年那样兴盛，较之平常仕宦之家，到底气象不同。……如今外面的架子虽没很倒，内囊却也尽上来了。"贾府绝不会像甄士隐那样的小财主，几经打击，便一蹶不振，而贾府是封建上流社会豪族势力的一角，"百足之虫，死而不僵"是对一个百年望族之家最深刻的盖棺论定。因为他们有极其复杂而又盘根错节的社会关系，即使到了"虚架子"的地步，也能靠着家底或社会关系支撑几年。何况贾府与皇家命系一脉，元春这个角色，把最高统治权皇权与以贾府为代表的贵族联系起来，把皇权外化为"德"和"仁"与世俗的权力联系起来。元妃也可以说是皇权的化身，是贾府为代表的四大家族权力的支柱。她的省亲得到皇上的支持，可以看成皇权对贾府的恩宠，也在进行着皇权新一轮扩张。但另一方面，从长远角度既要考虑维护皇朝的政治清明和稳定，延续体制的生命，又要对统治阶层的腐败惩治和限制。贾府即使再遭打击，也不会败落到"落了片白茫茫大地真干净"。所谓《红楼梦·尾曲》："为官的，家业凋零；富贵的，金银散尽；有恩的，死里逃生；无情的，分明报应；欠命的，命已还；欠泪的，泪已尽，冤冤相报自非轻，分离聚合皆前定。欲知命短问前生，老来富贵也真侥幸。看破的，遁入空门；痴迷的，枉送了性命。好一似食尽鸟投林，落了片白茫茫大地真干净。"只是一种象征，不是意味着一切都消失。有些学者抓住这个词语非要把贾府的败落等同于一败涂地。这不仅是理解上的狭隘，而且更多的是对《红楼梦》悲剧意蕴理解的肤浅。百年望族的贾府悲剧的命运落了个"百足之虫，死而不僵"之势，正是写出了"君子之泽，五世而斩"的本质。其特点是：中国上流社会的豪族本身就是"官本位"的直接体现者，无论是"泽"，还是"斩"都体现了权力至上，这就决定了富依靠贵，贵依靠富，否则就不会有长久的保障。贵的最大依附，就是皇权。皇上可以顷刻叫你富，也可以叫你顷刻倾家荡产。这不完全取决于子孙的肖与不肖，也不完全取决于贵族之家自生自灭，它的根本命运是依附皇权。元妃省亲和贾府恢复世职这两个情节正好说明了这一点。贾府恢复世职，"沐皇恩""延世泽"，"兰桂齐芳"，这不是《红楼梦》叙事结构内涵的主体，却是其内涵升华的最深刻的意蕴。

原载《咸阳师范学院学报》2010年第5期

王熙凤悲剧命运与《红楼梦》后四十回

《红楼梦》这部古典名著,刻画了数十个性格鲜明的人物,其中最鲜活、最精彩、留给读者印象最深刻的是王熙凤。她在"东海缺少白玉床,龙王请来金陵王"贵族之家长大,她"模样又极标致,言谈又极爽利,心机又极深细,竟是个男人万不及一的",而这样一个强势的人物,却"枉费了,意悬悬半世心",年轻轻的就死了。王熙凤人生为何落到这种悲剧的地步?解读的要害和难点,无法离开《红楼梦》后四十回。从某种意义上说,解读王熙凤,就等于解读了半部《红楼梦》。

王熙凤性格悲剧命运是贯穿百二十回《红楼梦》的一条主意脉,与贾府衰败史这条主意脉相互裹挟、拉扯、渗透,既催化着她的本体势能的张扬,又加速着她命运的悲剧性。但她是一个活生生的生命。因此,需要探讨的关键问题:其一,王熙凤悲剧性格脉络在前八十回与后四十回是否贯通?其二,王熙凤命运悲剧的走向是否在后四十回形成?其三,王熙凤性格悲剧命运的必然性和偶然性的内涵是什么?也就是这条主意脉相对独立的意义。

一、王熙凤性格的二重组合及本体势能

我们知道:系统地了解一个人物的命运,首要的问题是把握其本体性格是什么,其性格脉络在前期和后期是否一致,这是从本质上探析一个人物的命运的基本点。

王熙凤从出场到去世,横贯《红楼梦》一百一十多回,其性格脉络是完

整的，其生命流程有节奏地向前推进，表现出了王熙凤性格的本体势能，推动和开拓其生命历程。这是人物性格的生命力，是性格的本体。尽管其在人生不同的阶段或者不同的情境中表现形态有所变异，但是人性的基本点是不变的。这是读懂一个人物的首要内容。另一方面，潜在的社会习惯势力会改变人的意识，突变的环境会扭转人的命运。男权文化和家族巨变是如何渗透和加剧了王熙凤的悲剧命运？必须从叙事肌理的流变中梳理王熙凤性格悲剧的轨迹。只有在这两方面分析，才能把握其性格生命的整体性，厘清《红楼梦》后四十回是否保持了王熙凤悲剧性格的流贯。

（一）凤姐性格的二重组合

刘再复先生最早从理论上深刻揭示典型人物性格的生命原动力，他说："这种性格的二重组合，乃是人物性格丰富的内在源泉。它不仅可以使不同性格的人物以丰富多彩的形式互相对映，而且是塑造人物形象获得成功的最根本的美学基础和最重要的美学方式。"[1] 凤姐的性格正是由这样一种充满着对立性的矛盾两极所构成的。丰满、活脱、多维，充满灵与肉的搏击、美与丑的交织、善与恶的统一。她做事干练泼辣，妥善周全，有男子的英风俊骨，令人钦佩折服；她施虐逞威，谋财害命，又心狠手辣，冷酷阴毒；对上恭敬顺从，伶俐可人；对下骄横跋扈，颐指气使，嬉笑怒骂，不拘礼数；得意时心高气傲，怡然自得；悲观时心灰意懒，含悲带泣；有时争强好胜，有时自哀自叹；有时庄重尊荣，有时轻浮浅薄。小厮兴儿曾对王熙凤性格的两面性作了形象的概括："嘴甜心苦，两面三刀；上头笑着，脚底下就使绊子；明是一盆火，暗是一把刀，他都占全了。"

性格的二重组合并不是多元性格因素的杂凑，而成功的标志是一元化。王朝闻先生的美学专著《论凤姐》详尽地论述了王熙凤性格的既复杂又单纯，它们互相交错地构成了一个有机的整体，有一种连续的稳定的基本"质"贯穿王熙凤的一生，也就是一元化。在她身上体现出的是一种主导的性格因素，

---

[1] 刘再复：《性格组合论》，上海文艺出版社1986年版，第192页。

她的所有性格表象和情感波动,都由她的主导的性格因素衍生、支配而转化的。贾母一句戏谑的话,可以看作对凤姐这一主导性格因素精辟的概括:

> 你不认得他,他是我们这里有名的一个泼辣货,南京所谓"辣子",你只叫他"凤辣子"就是了。

"凤辣子"既招人喜欢,又令人畏惧。那种"辣",是一种强势的主导性格因素的外露,既是一种主动、积极、果敢、自信,又是一种霸气、严酷、狠毒,在不同的时空有不同的形态。曹雪芹在打造、刻画和烘托这一轴心人物时,着意王熙凤的主导性格因素,将其作为贯穿百二十回《红楼梦》主意脉的动力因素。因此,凤姐一亮相,就聚光在她这一主导性格因素的表现上。迎接黛玉时,凤姐刻意打扮,通身珠光宝气,气派非凡,体现了其地位之高、脾性之骄、心气之盛。这与迎春、探春、惜春三人"皆是一样的装饰",形成鲜明的对比,显示出一种自我表现、个性张扬的意识。黛玉看见凤姐,眼前一亮:"一双丹凤三角眼,两弯柳叶吊梢眉,身量苗条,体格风骚,粉面含春威不露,丹唇未起笑先闻。"她俏丽,丹凤眼,吊梢眉。她性感,"身量苗条,体格风骚"。既不是黛玉充满书卷气、娇喘微微、泪光点点的病态美,也不是宝钗那种藏愚守拙、大家闺秀的矜持美。凤姐气质夺人,"粉面含春威不露"。"春",美得可爱。"威",英气逼人。她一出场,下人们顿时"敛气屏声、恭肃严整"。这种天生的气质和她高贵的身份、显赫的地位融于一身,不可一世。

(二) 王熙凤性格结构的本体势能

人物的二重的性格世界本身就是一个张力场,存在着正与反、肯定与否定、积极与消极、善与恶、美与丑等两种性格力量互相对立、互相渗透、互相制约的张力。这两种力的相互冲突、依存、联结、转化,便是人物性格的本体势能,构成人物的真实性格。"本体势能一般来自作品中人物性格的双构性或多构性,及其在特殊情境中能量释放的反应。它属于性格的本体、属于内在，情境是为他的能量释放设置的触媒。同样的情境，不同的性格本体的反应是不同的，叙事作品往往从不同的角度设计情境，考验同一性格本体的不同侧面。"①

《红楼梦》"毒设相思局""协理宁国府""弄权铁槛寺"等几个章回浓墨重彩刻画王熙凤性格的本体势能所产生的对立的作为、欲望和品行，折射出其张扬的个性、贪婪的欲望，以及与男性文化对抗的潜意识。"协理宁国府"从正面落笔，"弄权铁槛寺"在反面着墨，刻画她那强势的主导性格因素，有心计，有手腕，有办法，有才干。她作为内当家，对那个日趋没落的家族，虽然尽了一根顶梁柱的责任，但又是权力的"寻租"者，也在偷偷地挖损贾府这座大厦的基石。有贾母这棵大树为她遮风挡雨，有一块展示自己才能、拓展生存的空间，她有极强的欲望、极大的能量，在复杂的社会关系中不仅开拓着自己生命的历程，而且她的存在还影响着他人，牵制着他人，玩弄着他人，不断地与生活环境中复杂人际关系发生冲撞和联系，从而显示出了她性格的丰富性，并外射为叙事结构的复杂形态。贪图金钱只是凤姐欲望的一个侧面，是她性格结构中的一个组成元素，只有把她内心深处迸发出的其他欲望、情绪和情感融合到一起，才是一个完整的王熙凤。

性格张扬、手段毒辣、私欲贪婪的凤姐，性格结构诸要素经常处于不断的转化、变异、发展和消亡之中，最终还是被淹没在封建礼教的习惯势力之中。她的性格演变与贾府衰微——瓦解的过程是一致的，自身生命历程也发生了强横——消歇——绝望的变异。也就是说，王熙凤的性格与《红楼梦》的悲剧结构是互相咬合的，是《红楼梦》的悲剧的一条重要意脉。其短暂的人生轨迹大体可以划分为三个阶段：第三回凤姐亮相到第四十四回"凤姐泼醋"为第一阶段；第四十五回夫妻冷峙到第六十九回尤二姐之死为第二阶段；第七十回夫妻争吵到第一百十四回凤姐之死为第三阶段，而这三个阶段始终性格如一，气贯如一。

上面的分析旨在说明：王熙凤性格结构的本体势能在其人生的第一个阶

---

① 杨义：《中国叙事学》，人民出版社1997年版，第78页。

段就已成熟。只有充分认识到这一点，才能真正理解王熙凤悲剧命运形成的内在理据和外在原因，其前八十回与后四十回的变化和差异是沿着叙事肌理的自然流变而展开的。这正是百二十回《红楼梦》塑造凤姐性格始终如一获得成功的根据。

（三）王熙凤二重性格的社会本质

王熙凤性格的二重结构是丰富社会生活的投影、习惯势力的烙印、生命体验的显现，其性格空间的两极张力愈大，摇摆的幅度就愈强，撞击出的生命火花就愈辉煌。"只要这种性格是多构的和强大的，它就会以正正反反的内在能量在复杂的情境中开拓自身的生命历程，从而显示出性格的丰富性。"①

凤姐是在四大家族"连络有亲"的社会关系背景里泡大的，她非常明白，家族权势的勾结，是"一损俱损，一荣俱荣，扶持遮饰，皆有照应"。到凤姐这一辈时，贾、史、薛三大家族已不是当年烈火烹油、鲜花著锦的时代了，史家已经败落；薛家也只是薛姨妈守着皇商的家底和子女过活，钱是花一个少一个；贾家"外面的架子虽没甚倒，内囊却尽上来了"。独有王家的权势和豪富，依旧炙手可热。凤姐懂得如何依靠娘家之势，谋取私利，豪横霸道。懂得同各种各样的人打交道，随机应变。因为她目睹了一个个家族的兴衰变化，目睹了家族之间的荣辱与共，目睹了家族内部人际关系的趋炎附势，这种家族内外盘根错节的人际关系，正是生出她有"一万个心眼子"的温床。因此，她既能在繁文缛节的礼仪之中驾轻就熟，又不受封建礼教的束缚。封建纲常融入女性人格的从属意识相对弱化，个性张扬则构成了她主导性格的核心。

从第三回凤姐亮相到第四十四回"凤姐泼醋"的第一阶段，主要以一个抗争男性文化的女强人面目出现，独领风骚。她一心维护一夫一妻的家庭，敢于追逐情欲。"夫为妻纲"的礼教在凤姐面前受到了挑战。"连那些束带顶冠的男子也不能过"，是"脂粉队里的英雄"。她身上这种叛逆因素，是一种

---

①杨义：《中国叙事学》，第79页。

不自觉的女性意识。显赫的家世，男权主义的影响，拜金主义的腐蚀，家族权力的追求，最终导致了她女性意识的逐渐异化，呈现出明显的分裂特征。她竭力保持女性所特有的风范，满脸春风，风姿绰约，恍若神仙下凡，然而她的性格意识中却用男权文化的思维定式和权谋手段，去扩展私欲，贪图金钱，整治异己，表现出性格另一侧面，一种狡诈和阴险，甚至是残忍。王熙凤性格结构所产生的本体能量，是封建时代一般女性难以企及的。她独特的性格带给人们宽广的审美视野，折射出深邃的社会文化内涵。

以上所论凤姐性格的二重组合、本体势能及其社会本质，为我们进而探寻凤姐悲剧命运搭建了理论的平台。

二、王熙凤悲剧性格的转折点：
逼死尤二姐既是她性格能量的最大释放，
也是悲剧潜质的聚积

凤姐大约十五六岁嫁到贾府。第六回刘姥姥第一次见她时说："大不过二十岁。"第四十四回写其过生日、"凤姐泼醋"，时年二十四岁。其性格中的悲剧潜质就逐渐显露，明显的转折就在《红楼梦》第六十五回贾琏偷娶尤二姐到第六十九回尤二姐之死这一时段，她那充满对立矛盾的两极性格，达到了翻手覆云、转换自如的境界，本体势能释放到了极致，而结果却落了个众叛亲离。离凤姐之死仅仅三年的光景，恰恰完全表现在《红楼梦》后四十回的叙事之中，形成悲剧的最强音。纵观王熙凤性格发展史，正如杨义在《中国叙事学》所指出的：

> 这种本体势能在结构进展中丰富着、充实着和壮大着自己。换言之，结构也是可以反过来给人物性格或本体势能"充电"的，在"结构——本体势能"的互动中不断地增强势能拓展结构的力度。本体势能在推动结构进展之中，既消耗着自己，又补充着自己。[1]

---

[1] 杨义：《中国叙事学》，第79页。

这段话说明互为因果的两个方面，一是人物本体势能越大，拓展结构的力度也越强。二是这一过程"既消耗着自己，又补充着自己"。在逼死尤二姐这个事件上，王熙凤性格能量释放之大，完全超越了封建家族上层女性所染指的范围，主要表现在：

首先，不动声色，等待时机，准备报复，先掌握和控制人证。第六十五回王熙凤等贾琏出外差期间，亲自登门去请尤二姐。一见面"妹妹""妹妹"地叫个不停，又是笑，又是哭，情挚挚，意切切，说什么妹妹"果然生下一男半女，连我日后都有靠"。当下，还向尤二姐送上一份"拜见礼"。她软硬兼施地把尤二姐赚入大观园以后，便以贾琏"国孝家孝之中，背旨瞒亲"，违背了封建礼法这个"理"，威胁尤二姐"别见老太太、太太"。她说："倘或知二爷孝中娶你，管把他打死了。"从此尤二姐如同落入陷阱一般，凤姐变着法儿挑唆他人来蹂躏、折磨她，自己反充好人。

其次，凤姐利用王家的权势延伸到官府，假手于司法。仗着"都察院素来与王子腾交好"，派王信用三百两银子买通都察院，出票传讯贾蓉，"虚张声势，惊吓而已"。造势借以弹压、震慑、控制贾府诸人。又背地将与尤二姐退了亲的张华"勾来养活"，调唆、收买、诱逼他去告贾琏的状。

第三，王熙凤又拿出撒手锏，大闹宁国府。她舞动"国孝家孝之中，背旨瞒亲"这张封建礼制的王牌，给贾珍、贾蓉一个下马威。对尤氏更是叱骂扭打，反复喝骂："你痰迷了心，脂油蒙了窍，国孝家孝两层在身，就把个人送了来。这会子叫人家告我们……"封建礼制像一把尚方宝剑，横在他们的头上。接着，又哭闹着以拉尤氏去见官相要挟，"滚到尤氏怀里，嚎天动地，大放悲声"，"又要寻死撞头。把个尤氏揉搓成一个面团儿，衣服上全是眼泪鼻涕"。在骂声中点明为平息官司、打点官府用了五百两银子，逼他们认账。其泼辣、强悍，闹得宁国府人仰马翻。直到"众姬妾丫鬟媳妇已是乌压压跪了一地"赔笑相求，凤姐才止了哭，又见贾蓉"磕头不绝"，答应给银子，才缓下口气。她又"委屈惊恐"地表白自己年轻，以听见有人告官"吓昏了"为遁词，结束了"大闹"宁国府，闹得有理、有利、有节。既出了口恶气，又赚了五百两银子。

临出宁国府，凤姐又说："外头好处了，家里终久怎么样呢？你也同我过去回明了老太太、太太才是。"尤氏又慌了，又求凤姐讨主意。凤姐一边埋怨，一边出点子：就说我看上了，亲上做亲。先住在厢房，"等满了服孝再圆房儿"。不经意间就又把他们拴在了扣里。贾母听了凤姐这套说辞，谴责尤氏办事不妥，并将此事交给"凤丫头去料理料理"。凤姐名正言顺地拿到了处理尤二姐一事的权力，还得到"贤良"的称赞，连因凤姐"风声不雅，深为忧虑"的王夫人都对她很满意。

王熙凤本体势能拓展结构的力度，从时空框架来说，从第六十五回贾琏偷娶尤二姐开始，到第六十九回尤二姐之死结束，整整五回的篇幅，是《红楼梦》描写一个事件叙事时间最长的也是最集中的，把贾琏与凤姐"小家庭"的矛盾和破裂，设置在与荣、宁二府潜在的矛盾纠葛之中，与官府"潜规则"的相勾结之中，而在这复杂的多层面的叙事时空中穿梭的焦点人物就是王熙凤。这样就造就了互动的态势，既折射出凤姐娘家王府的权势炙手可热，又显现了贾府的房族、夫妻、主仆和嫡庶之间微妙的人际关系的咬合。既披露了贾琏与凤姐夫妻之间的博弈，又突出了凤姐的精明和才智，获取了最大的支配权力和自由的空间。她不再像"生日泼醋"那样的大闹，这种变化来自她刻骨铭心的生命体验。因为贾府的男人偷情、纳妾，从上至下都不以为然。何况贾琏偷娶尤二姐，有贾珍、贾蓉的纵容、拉纤和包办，有贾赦、邢夫人的撑腰。凤姐即使为此事闹起来，也会不了了之，甚至还给那些好事生非的人留下口实，说自己"吃醋"。她虽不明白这一切是男权社会的礼制使然，因为封建伦理形成的传统习惯势力千年，重压之下的任何个体生命都不得不发生人格的扭曲和变形。而她却懂得如何运用男权社会的各种手段来消除对自己的威胁，所以她改变了心术。如果说两面性过去是王熙凤性格一个典型元素，那么现在则构成她人格扭曲和变形的基本特征——"外作贤良，内藏奸狡"。

王熙凤的性格结构中两极对立的要素互相渗透、互相交织，以至彼此消融，常常在同一时间、同一地点，既有善，又有恶；既含着真，又含着假；是同一性格要素下两种不同的表现形态，呈现出两副不同的面孔。她玩弄、欺凌、虐待尤二姐；弹压、威胁、控制贾琏；糊弄、利用、讨好贾母、王夫人；威胁、撕闹、诈骗尤氏、贾蓉；买通、拉拢、调遣官府为其所用；打压、淫威、驱使下人为其调派。王熙凤伸手之长、释放的能量之大，别说封建社会的女性，即使为官做宦的男性也难以作为，而且阴的、阳的、明的、暗的、软的、硬的各种手段的施展、变换、交替，犹如玩弄股掌之中。总之，表现出了其本体势能的强大和拓展结构的力度。

那么在这一过程中何谓"消耗自己"？正是研究凤姐悲剧性格走向的要害。从她人生轨迹审视，内因主要是潜在的、多方面的悲剧因素在她身上不断地积聚。其一，凤姐逞强好胜，透支了身体，病态愈到后来愈重。其二，贪图钱财，祸及己身。这两方面互相交融，逐渐推进王熙凤的人生趋于悲剧的走向。外因主要是房族倾轧，深受其害。特别是她的靠山娘家权势的突然坍塌、夫家贾府的被抄，外在的悲剧因素直接加剧了王熙凤内在悲剧因素，导致"墙倒众人推"、众叛亲离，其悲剧的命运结局就不可避免了。

（一）透支身体，常年生病

凤姐帮助王夫人打理贾府的内部事务，凡婚丧吊庆、迎来送往，哪怕一点露脸的事，她都乐于应酬，在这当中张扬自己，表现自我，撑持贾家的门面。那种虚荣和权势欲，给王熙凤注射了兴奋剂，使她不知疲劳地周旋于各种事务之中，去应付那"从上至下，也有三百余口人，一天也有一二十件事，竟如乱麻一般"的局面。过分的操劳，身体的透支，不管她如何逞能，如何要强，就不能再像"无事的人一样"了。凤姐短暂一生的后期处在常年病态之中，自然形成王熙凤性格悲剧内容的一个重要特征。

封建时代女性依附男性的基础是身体健康、性满足，这是女性维护两性关系的基础。"自身的维护依赖于对身体的维护，因为人们所处的文化中身体是通往生活中一切美好事物的通行证。健康，年轻，美貌，性，身体强壮，这一切都是身体维护能够成就而且保持的人生幸福。"[①] 而王熙凤恰恰是在这

[①] 汪民安、陈永国编：《后身体文化、权力和生命政治学》，吉林人民出版社2003年版，第342页。

根本上走向人生的下坡路。《红楼梦》后半部或明或暗披露她常年生病。第五十五回写正月里刚将年事忙过，凤姐"小月"了，"谁知凤姐一月之后，又添了下红之症，直到三月间未愈。后来一直服药调养到八九月间，才渐渐的恢复过来"。这一年凤姐大约是二十三四岁，贾琏大约是二十五六岁，都正值青春旺年，而凤姐这场病，持续八九个月。凤姐长期拖着病身子，一天到晚事无巨细地操持着贾府繁杂的家务。没有空闲调息静养，好两天，赖两天，致使凤姐病情，每况愈下。这是影响他们夫妻生活的一个潜在的因素，夫妻感情渐渐冷峙、疏远、破裂。起初贾琏在外偷鸡摸狗，谁知"凤姐生病"身子骨还没有好利索，便闻知贾琏偷娶尤二姐。这对凤姐来说，无论身体还是心理，都是重创和戕害，标志着家庭悲剧的开始。打这以后，凤姐生病，断断续续，一直到死。

简单排列其生病的日子：

第六十回赵姨娘骂街，说"趁着这会子，撞丧的撞丧去了，挺床的挺床"。这"挺床的"便是指躺在床上生病的凤姐。

第六十一回平儿劝凤姐说："况且自己又三灾八难的，好容易怀了一个哥儿，到了六七个月还掉了，焉知不是素日操劳太过，气恼伤着的？"

第七十二回鸳鸯去看望凤姐，碰上凤姐睡午觉，平儿对鸳鸯叹道："他这懒懒的，也不止今日了。这有一月之前头，就是这么着。这几日忙乱了几天，又受了些闲气，从新又勾起来。这两日比先又添了些病，所以支持不住，就露出马脚来了。"

第七十四回凤姐带领人抄检大观园完事后，"谁知夜里，下面淋血不止。次日，便觉身体十分软弱起来，遂撑不住。请医胗视，开方立案，说要保重而去"。

第七十八回王夫人便唤了凤姐，问她丸药可曾配来。凤姐儿道："还不曾呢，如今还是吃汤药。太太只管放心，我已大好了。"王夫人见她精神复初，也就信了。其实，她是强撑着。

第八十八回凤姐白天听了水月庵老尼遇鬼的事，"将近三更，凤姐似睡不睡，觉得身上寒毛一乍，自己惊醒了，越躺着越发起渗来，因叫平儿秋桐过来作伴"。

第一百一回贾琏与凤姐闲话说起，之所以没有将凤姐的哥哥王仁的缺德事告诉她，"头一件，怕太太和姨太太不放心，二则你身上又常嚷不好，所以我在外头压住了，不叫里头知道的"。

第一百五回凤姐听到抄家，"先前圆睁两眼听着，后来一仰身便栽到地下"，"凤姐面如纸灰，合眼躺着"，平儿说："奶奶才抬回来觉着像是死了的，歇息一会子，苏过来，哭了几声，略安了一安神。"这是继第五十五回写"凤姐生病"四年后的腊月，再一次受到重创，从精神到病体都受到致命的打击，病情岌岌可危。平儿让给凤姐请个大夫，贾琏啐道："我的性命还不保，我还管他么！"让人心寒的话，对于凤姐是雪上加霜，他们夫妻的名分形同虚设。

第一百六回凤姐病重，气息奄奄。

第一百十回贾母病逝，凤姐失去了最后一位关护她的人。料理贾母后事时，她又受到邢夫人的夹板气，加上疾病缠身，多日劳累，"凤姐这日竟支撑不住，也无方法，只得用尽心力，甚至咽喉嚷哑敷衍过了半日。到了下半天，亲友更多了，事情也更繁了，瞻前不能顾后，正在着急，只见一个小丫头跑来说：'二奶奶在这里呢。怪不得大太太说，里头人多，照应不过来，二奶奶是躲着受用去了。'凤姐听了这话，一口气撞上来，往下一咽，眼泪直流，只觉得眼前一黑，嗓子里一甜，便喷出鲜红的血来，身子站不住，就蹲倒在地。幸亏平儿急忙过来扶住。只见凤姐的血一口一口的吐个不住"。贾母病逝是在抄家后转年的正月，凤姐托着病身子操劳、受气、吐血，以至病重，是其第二年死亡的前兆。

第一百十四回凤姐之死。

凤姐从第五十五回生病到第一百十四回之死，前前后后总共五年。病危到死的笔墨都在后四十回，但《红楼梦》字里行间不经意处流露凤姐生病的信息，前八十回与后四十回叙事肌理，脉络一致，丝丝入扣，只不过描写凤姐人生悲剧的最强音是在后四十回。

(二) 贪图钱财，祸及己身

凤姐半生苦心孤诣地聚揽银子，在抄家之前是众人嫉恨；抄家后，落了个钱财尽失，被人戳其项背，毁掉了她的人生欲望。

王熙凤利用掌家理财之权，挪用一家主仆的月钱，去放高利贷，"一年不到，上千的银子"。其手段：一是克扣丫鬟们的月钱，一是预支和迟发丫鬟们的月钱。惹得丫鬟、姨娘不满和嫉恨，甚至连李纨都议论。第三十九回写袭人和平儿一段对话。袭人问道："这个月的月钱，连老太太、太太屋里还没放，是为什么?"平儿见问，忙转身到袭人跟前，又见无人，悄悄说道："你快别问！横竖再迟两天就放了。……这个月的月钱，我们奶奶早已支了，放给人使呢。等别处利钱收了来，凑齐了才放呢。"一吊钱也捞，有个空就钻，这就是王熙凤所说的"千凑万挪"，不到一年就可以搞到上千的银子。正像李纨说的："专会打细算盘，'分金掰两'的，……天下人都叫你算计了去！"

第七十二回描写凤姐也风闻她放高利贷一事引起众人的嫉恨，她对旺儿家的说："……说给你男人，外头所有的账目，一概赶今年年底都收进来，少一个钱也不依。我的名声不好，再放一年，都要生吃了我呢。"

凤姐对金钱的贪婪，招来祸患，是导致悲剧下场的直接原因。贾府被抄，翻出两箱借券，把凤姐的屋也抄了。入官的入官，抢去的抢去，"历年积聚的东西并凤姐的体己不下七八万金，一朝而尽"（第一百六回）。贾琏、秋桐等人抱怨，嗔斥她，凤姐对平儿道："虽说事是外头闹起，我若不放账，也没我的事。如今枉费心计，挣了一辈子的强，偏偏儿的落在人后头了。我恍惚听见珍大爷的事，说是强占良民妻子为妾，不从逼死，有个姓张的在里头，你想想，还有谁，若是这件事审出来，咱们二爷是脱不了的，我那时候儿可怎样见人。我要立刻就死，又耽不起吞金服毒的。你到还要请大夫，这不是你疼我，反倒害了我了么?"平儿愈听愈惨，恐凤姐自寻短见，只得紧紧守着。

(三) 家族倾轧，深受其害

凤姐从嫁进贾府，就贴在她姑姑王夫人身边，她帮助王夫人打理家政，贾琏跟着贾政办事。对此，她公公贾赦和婆婆邢夫人恨得咬牙切齿。从一开始她就被房族之争裹挟在其中，并且随着贾府的衰败，房族之争日益激化，她也在矛盾的旋涡中越陷越深。一直仇恨凤姐的贾赦、邢夫人看到贾琏敢于和王熙凤对抗，自作主张，偷娶尤二姐，"十分欢喜，说他中用，赏了他一百两银子，又将房中一个十七岁的丫鬟名唤秋桐赏他为妾"，潜在地埋下了更多的仇视力量，使凤姐"心中一刺未除，又平空添了一刺"，形成了多重的压力。

第七十一回贾母八十大寿，宁国府大奶奶尤氏过来操持。晚上路经大观园，只见园中正门和各处角门仍未关好，犹吊着各色彩灯，便责训看门婆子，反遭看门婆子所谓"各门各户"的顶撞，尤氏很生气。此事辗转传到凤姐处，为维护尤氏的面子，凤姐便命人"捆了送到那府里，凭大奶奶开发"。不料被捆的两个婆子中有一个和邢夫人的陪房费大娘是亲家，故此邢夫人受托，"当着众人，陪笑和凤姐求情说"："我昨日晚上，听见二奶奶生气，打发周管家的奶奶儿捆了两个老婆，可也不知犯了什么罪？论理我不该讨情，我想老太太好日子，发狠的还要舍钱舍米，周贫济老，咱们先倒挫磨起老奴才来了？就不看我的脸，权且看老太太，暂且竟放了他们罢！"说毕，上车去了。邢夫人摆出婆婆的架势，以奉敬贾母为由，当面讽刺、挖苦凤姐。使凤姐"当着众人，又羞又气，一时找寻不着头脑，憋的脸紫胀"。此时王夫人也帮衬说"你太太说的是"，"老太太的千秋要紧，放了他们为是"，并亲口"命人去放了那两个婆子"，"凤姐由不得越想越气越愧，不觉的一阵心灰，落下泪来。因赌气回房哭泣"，以至把眼睛都哭肿了。

第七十三回凤姐得知邢夫人来到大观园迎春处，因前往请安，"邢夫人听了，冷笑两声，命人出去说：'请他自己养病，我这里不用他伺候。'"紧接着"抄检大观园"事件中，邢夫人对凤姐的忌恨和报复的心理更显露无遗。只要一有机会，便挟怨相报。尤其是贾母死后，邢夫人对病中的凤姐更加冰冷无情。

被抄家后的贾府统共只剩下男仆二十一人，女仆十九人。其余就是些丫头了。贾母去世之后第三天，里面还乱哄哄的。亲戚们来了，供不出饭去，外头棚杠上要支几百银子也拿不出来。凤姐叫了这个，走了那个，竟弄得丧魂失魄似的。邢夫人和王夫人都责备她不操心。邢夫人还说她"躲着受用去了"。凤姐听了这话，一口气撞上来，血吐个不住。和当年协理宁国府秦可卿出丧，说一不二，叱咤风云的风采相比，简直判若两人。因此说，从凤姐悲剧性格的脉络发展和走向来看，越是逼近后四十回，其悲剧性越显露，越深刻，越典型。"机关算尽太聪明，反算了卿卿性命"，"家亡人散各奔腾"，她也就跟着去做"荡悠悠三更梦"。

三、后四十回王熙凤命运的潜在悲剧因素和社会文化内涵

从百二十回《红楼梦》的叙事肌理，梳理出了凤姐悲剧性格命运的轨迹，清晰地看到在《红楼梦》后四十回的叙事里，潜在的悲剧因素在她身上不断地积聚并集中在一点上，她既是一个以女性意识对抗男权文化的叛逆者，又是一个不自觉的女性意识自我毁灭者，女性意识与男权文化冲突在凤姐悲剧性格中形成异化心路。黑格尔说："生命的力量，尤其是心灵的威力，就在于它本身设立的矛盾，忍受矛盾，克服矛盾。"① 换句话说，性格就是要写出人性深层欲望的搏击和情感的波澜。曹雪芹天才地创造了如此无与伦比的典型——凤姐，犹如一块闪亮的陨石迸发光辉的同时燃烧自己，瞬间划过天空，结束短暂的悲剧人生。这种具有人性深度的人物，最令读者喜爱。正如王昆仑先生所说："《红楼梦》的读者恨凤姐，骂凤姐，不见凤姐想凤姐。"②

（一）王熙凤悲剧命运的内涵："一夫多妻"的婚姻制度是造成女性悲剧命运的根源

纵观凤姐短暂一生的所作所为，人们对她说三道四最多的是："好妒。"
在以男权为中心的封建社会里，像贾琏之流的有钱有闲的贵公子，出则寻花问柳，入则偷鸡摸狗。这不是什么"淫乱"，纳妾嫖娼本来就是他们的一

---

①黑格尔：《美学》第1卷，商务印书馆1982年版，第154页。
②王昆仑：《红楼梦人物论》，生活·读书·新知三联书店1983年版，第136页。

种特定的生活方式。对于女性来说，是不讲什么自我价值的实现，她们最大的职能就是生儿育女、相夫教子。因而婚姻也就成为绝大多数女性获得生活保障的唯一途径，永远都受制于男性。尤其是一夫多妻制，最明显地表现出女性在人格上的不平等和在家庭中的附属地位，是对女性人性的压抑，对情感自尊的侵犯和伤害。允许男性自由享乐，却容不得女性不满反抗，否则被谴责为缺乏贤惠平和的风度和宽容大度的气量。而这种根深蒂固的文化观念又加强了不合理的现实的稳定性，凤姐只能以"醋罐""醋缸"的变态形式去反抗。"在引发事端的场合，反而是冰山一角，许多嫉妒都是深藏在人们的心中的，使乌七八黑的功能发酵，以歪曲的形态爆炸开来。"王熙凤一嫁入贾府，就面临贾琏已纳有两妾的尴尬，而王熙凤则不能忍受，寻了个借口，就把贾琏那两个妾打发走了，于是得到了"醋妒"的恶谥。这种好妒不能说是凤姐的人格的缺陷，而更多的是反映封建一夫多妻制对女性的挤压和戕害，导致人性的扭曲和畸形。从性爱心理学的角度来说，"出于人类在性爱中与生俱来的排他性，无论男性还是女性都希望独占配偶或情人的爱宠，男女在性关系中的嫉妒心理，古今中外概莫能外"[①]。因此说，凤姐要求婚姻一夫一妻的合理性，限制贾琏纳妾，反映了女性的自主自强。而这一切在男权社会却被视为不合妇德，打在王熙凤身上的一个鲜明的烙印——妒。这不仅仅是个人的情感，而且是一夫多妻婚姻制异化的产物。

不管王熙凤个性如何张扬，在繁文缛节的荣府后院诸种关系定位中的次序是不可更改的。贾琏对她是夫权，邢夫人对她是族权。贾琏偷娶尤二姐，她觉察到一种巨大的变化就要到来。贾琏对尤二姐的情感，曲折地映衬出贾琏与凤姐夫妻情感的冷峙到破裂。在这之前，王熙凤与丈夫发生矛盾，总是借娘家的豪富和贾母的宠爱来压贾琏一头。越是这样，贾琏内心就越厌烦。但是凤姐泼辣，甚至撒泼，反抗贾琏与鲍二家的偷情、阻止丈夫与尤二姐的婚事，在客观上是对封建社会享有性自由特权男人的一次又一次正面的、直接的自发性的抗争，努力维护了一个女人的尊严，触及男权社会里的女性价

[①]诧摩武俊：《妒忌心理学》，湖南人民出版社1987年版，第1页。

值、女性地位。

然而，凤姐却得不到任何道义上的支持。人们这种世俗的社会潜意识，在她得势时，只不过是在背后说三道四而已，不会对她个人产生明显的影响。一旦处于贾府矛盾冲突的交叉点上的时候，就会形成不利王熙凤的"小气候"。当凤姐发现自己的情感和生活受到外来干涉时，就会对自身的生存产生一种严重的忧虑感。贾琏和尤二姐与上次和鲍二媳妇的偷情不同，这件事已威胁到了凤姐在贾府中的地位。假如尤二姐生了儿子，那么凤姐在贾府中的地位可能会岌岌可危。因而，王熙凤宁可让贾琏断后，也不能容忍尤二姐为贾家生下一男半女。其实尤二姐也是一夫多妻制的受害者，给凤姐带来威胁的根本原因，并不是尤二姐，而是一夫多妻制给女性带来的深切的自身危机感。

（二）王熙凤悲剧命运的独特形态：不自觉的女性意识与男权文化冲突中所形成的异化心路

"凤姐泼醋"，是发生在贾府的一场风波。其性质是不自觉的女性意识与男权文化的冲突、较量、失败。所谓"不自觉的女性意识"，是指凤姐性格中重要的部分情欲，主要是以性爱为中心从内心深处迸发出的各种欲望、情绪和情感。"欲并不是一个黑暗王国，它是情和理的生物基础。它的内涵是生命的目的性，即它的一切表现形态（动物性的情绪表现）的意义都是符合生命目的性的，即合自然目的。这是个体生命的保护机制，是情欲其他层次的基础，它具有巨大的潜在能量，但它是无意识的。"① "凤姐泼醋"时，她看到贾琏与鲍二家的偷情，气得妒火中烧，一脚将门踢开，撕打鲍二家的、扇平儿耳光、用头撞贾琏。惹得贾琏恼羞成怒，抓起宝剑满院子撵着要杀她。凤姐借故吓得扑在老祖宗贾母的怀里呼喊救命，是她本能地自卫、反击，也只是非意识地对抗男权文化。王熙凤早期极力维护一夫一妻的婚姻形态，假如说客观上起到了以一个女性不自觉意识对抗男权文化的叛逆行为，但这只停

---

① 刘再复：《性格组合论》，第429页。

留在女性本能的自我维护上，不是自觉的明确的女性意识。她不仅不敢公开打出不让贾琏纳妾的招牌，还自作主张把平儿许给了贾琏，只不过不让贾琏沾边罢了。"非意识的东西潜伏在人性的深层，它只有在某种条件下，才会流露出来。"

凤姐和尤二姐的矛盾和冲突，是男权文化下一夫多妻的婚姻制度必然产物。从本质上讲，阶级压迫的原始形态常常以男人对女人压迫来表现，王熙凤、尤二姐都是男权文化的受害者。王熙凤身受夫权的迫害而扭曲地将复仇的目标对准了同是受害者的尤二姐，她用男权文化的思维、观念和手段打骂、凌辱的是和自己同属封建礼制压迫下的尤二姐，何况还是自己手下弱势的女子。这一切却是有意识的，只不过模糊了性别意识。从私人情欲跨越到男权社会，也就彻底坠入女性意识自我毁灭的泥坑。这就是王熙凤异化的心路。

王熙凤异化的心路始于"凤姐泼醋"，当年整个贾府闹得沸沸扬扬，鸡飞狗跳，可这场风波却被贾府最高权威贾母几句话就平息了。贾母说：

> 什么要紧的事！小孩子们年轻，馋嘴猫儿是的，那里保的住呢？从小儿人人都打这么过。这都是我的不是，叫你多喝了两口酒，又吃起醋来了。

在贾母的眼里，贾琏和贾府老爷、少爷们的"偷鸡摸狗"的行为算不得什么，还数落了凤姐不该吃"醋"。我们知道，贾母到死都十分喜欢和心疼凤姐，为什么贾琏偷情，贾母却不以为然？问题就在于如何认识封建文化在人们心中所积淀的潜意识。贾母虽说是女性当家人，但她维护的是男权文化，延续的是百年望族封建礼制。封建礼制所宣扬的"男女授受不亲""男女之大防""万恶淫为首"，其实都是针对女人讲的，防的是女人不贞不洁。而女人出嫁，从一而终，是本分；假如追求自己的情欲，或寡妇改嫁，都被视为不洁不良，何况与男人私通，那简直就是"淫妇"。这种说不清而在实际生活中的的确确起着潜在作用的东西，就是封建文化造就的社会潜意识，其实质属于男权文化范畴。它在社会普遍地自发地传播，已造成人们的思维定式和伦理习惯。在人们的潜意识里,"以顺为正者,妾妇之道也"(《孟子·滕文公下》)。这是"夫为妻纲"对女性在道德伦理上的行为规范,"顺"就要容忍、谦让,不可言语过头,冒犯丈夫;"顺"就要克制、不妒不悍。尽管凤姐的性格与此大不相合,但在这场风波接受教训以后,她的性格也不得不被扭曲、变形,也不得不以屈从的面貌出现,这就是心路异化的开始。

这种在男权社会强大压迫下女性异化的心路,不只王熙凤这样的个别人有,上至贾母、邢夫人、王夫人之流,下至女管家、婆子之类的绝大多数人,都有程度不同或者表现不同的女性异化心路。宝玉曾有一句形象的话描述异化的形态:

女孩儿未出嫁,是颗无价宝珠;出了嫁,不知怎么就变出许多的不好的毛病儿来;再老了,更不是珠子,竟是鱼眼睛了。分明一个人,怎么变出三样来?(第五十九回)

宝玉这段话比喻的意思很明确,指出了女性意识的异化与一定婚姻制度和社会生活是联系在一起的,是受一定文化制约的社会行为。人类文明发展的不同历史阶段有不同的婚姻形式和制度,并在其上形成一定的意识形态,成为某种文化的强制势态(包括法律的、道德的、舆论的),甚至烙印在人们的潜意识里,会以有形或无形的习惯力量,规范并制约着社会成员的性爱以及婚姻关系,当然也会潜移默化地深层次地影响到女性的潜意识,并在"严重的时候就会涌入意识层"[1]。因此,宝玉比喻的三个阶段:未出嫁时,如《红楼梦》描写大观园内的少女,身上闪烁着纯真的光彩和亮色,她们或读书写字,或琴棋书画,或结社吟诗,或描鸾刺凤、斗草簪花、拆字猜谜,自由快乐,内心世界充满丰富的情感和对未来生活的向往。"是颗无价宝珠"。出嫁后,封建时代女性必须遵从"三从四德"等伦理道德规范。为人妻犹如置身壁垒,小心翼翼,恪守妇道,恭奉长辈,善待姑嫂,伺候丈夫,抚养子女,

---

[1] 刘再复:《性格组合论》,第409页。

操心柴米油盐，日复一日，年复一年，失去了未嫁时人性的自由自然的乐趣，"是颗死珠了"。而一旦沾染上男性世界的渣滓浊沫，即便是日月山川灵秀独钟的女子，也会逐渐退却人性的光彩，由熠熠生辉的珍珠蜕变为混混沌沌的"鱼眼睛"。

凤姐女性意识的异化，既不像邢夫人退却了人性的光彩，为封建的婚姻家庭所桎酷，"禀性愚顽"，只知顺承丈夫"以自保"，"次则贪取财货为自得，家下一应大小事务，俱由赦摆布"上；也不像王夫人内心世界充塞了封建伦理道德的训条，一旦遇到有人触犯或有违伦理规范之事，人性中蛰伏着的罪恶便活跃涌动，并夹带着阴森的杀气和狠毒。凤姐不同，她的女性意识异化，主要是性别认同意识的严重缺失。其显赫的家世和男权社会的影响、拜金主义的腐蚀、家族权力的追求，导致她贪欲太多太甚，常舞弄着"权力"的魔杖，以满足自己的金钱欲和虚荣心。在权势金钱的糙石上，磨粗了她的情感、本性和良心，走到了自私自利的极端，变得狠毒奸猾，甚至置人死地而后快。她不惜一切弄权获利而带来巨大的破坏性和自毁性，显示了一个异化了的她在女性意识与男性文化霸权冲突时所形成的全部矛盾性及异化心态，揭示了人性的深度。

（三）贾家和王家的败落，加剧了王熙凤命运的悲剧走向

造成人物命运的悲剧性最根本的原因是内因，而外因则是条件，但偶然性的不可抗拒的命运钳制，也会促成人物悲剧性结局。刘再复《性格组合论》中一再强调："性格的必然性总是通过双向的可能性表现出来，这构成性格的内在矛盾性，而这种性格的内在运动又总是处在随机变异的环境中，环境的变异作为一种外部力量推动着性格的矛盾运动，构成性格双向可能性的动态过程，即不断地背叛自己，又回归自己的过程。当人物处于异质环境时，性格就朝着负方向运动，此时人物就背离自己；当人物处于同质环境时，性格就朝正方向运动，这时人物就又回归自己。这就是典型人物的性格世界偶然

性的生的形态。"①

《红楼梦》前八十回展示的是凤姐"处于同质环境时,性格就朝正方向运动"。她出生在"东海缺少白玉床,龙王来请金陵王"的王家。她"爷爷单管各国进贡朝贺的事,凡有外国人来,都是我们家养活。粤、闽、滇、浙所有的洋货物都是我们家的"。在朝廷掌管着对外贸易,包揽了广东、福建、浙江和云南的洋船货物。出阁后的凤姐送给亲人的礼物,必是进口的,玩具是波斯国的、茶叶是暹罗国的,由于王家长期与外国商人打交道,商品经济的观念和开放的意识,使凤姐从小儿受到耳闻目睹,潜移默化。加之自幼假充男儿教养,"从小顽笑着就有杀伐决断",很少有封建伦理的妇道成分,融入女性人格中的从属意识也相对弱化。加上从小不读书,不但没有被封建社会传统道德的教化束缚了手脚,反而具有男子的钢骨。高贵的出身养成了她自负、独尊。说到底她豪横是因为有娘家做靠山,一次凤姐和贾琏偶有口角,听贾琏话中有话,不等他说完,凤姐翻身起来怒斥道:

我三千五万,不是赚的你的。如今里外上下,背着我嚼说我的不少,就短了你来说我了。可知"没家亲引不出外鬼来"。我们看着你家什么石崇、邓通?把我王家的地缝扫一扫,就够你们一辈子过的了。说出的话也不害臊。现有对证,把太太和我的嫁妆细看看,比一比,我们那一样是配不上你们的?

支撑凤姐霸气的一贯心理,是她娘家的权势和钱财,都胜贾家一筹。

凤姐比之传统型出身的贵族大家闺秀,能有更多的了解和认识官场和商场的机会。她既看清了封建统治集团成员之间的互相勾结、狼狈为奸的关系,又学会了一套如何"弄权"的本领。在贾府她靠着贾母这棵大树,不仅为她遮风挡雨,还为她提供了一块展示自己才能、拓展生存领地的空间。她是一个孙媳妇辈的年轻女子,面对贾府那长辈、平辈、小辈、本家、亲戚和男女

---

① 刘再复:《性格组合论》,第368页。

奴仆之间极其复杂的矛盾，"一个个像乌眼鸡似的，恨不得你吃了我，我吃你"。凤姐对付这种复杂关系的最好办法，就是施展浑身的权术机变。为了自尊、权力、利益而一路奔忙，绞尽脑汁，使尽手段，用她的聪明才智、粗俗泼辣，甚至虚伪奸诈、两面三刀、口蜜腹剑、见风使舵、冷酷无情来维护她在贾府中的突出位置。同时，因有女性固有的敏感、多疑，她也唯恐落人褒贬，形成了那种"自己想吃人，又怕被人吃了"的变态心理。

王熙凤潜在的悲剧因素逐渐积聚是从尤二姐死后变得明显的。尤二姐被逼死后，宁国府贾珍、贾蓉父子以及尤氏都心怀愤恨。连"园中姊妹一干人暗为二姐担心。虽都不敢多言，却也可怜"。即使凤姐身边的人，平儿见尤二姐受苦仍不忍，于是暗中相助，气得凤姐连骂"人家养猫会拿耗子，我的猫倒咬鸡"。平儿不得不"远着了"尤二姐。虽然如此，尤二姐死了，平儿还是"不禁大哭"。王熙凤为了杀人灭口，消除后患，又派旺儿追杀张华。旺儿自思道："人已走了完事，何必如此大做？人命关天，非同儿戏。"他在外躲了几天，哄凤姐说：张华在逃的路上，"已被截路打闷棍的打死了"。对凤姐最忠实的平儿和旺儿做事都有所保留，可见，凤姐失掉人心，为自己种下了悲剧的种子。贾琏小厮兴儿就说："如今合家大小除了老太太、太太两个人，没有不恨他的，只不过情儿怕他。"至此，凤姐已处在人心散尽、众叛亲离的地步，开始走向自己的反面。

《红楼梦》后四十回弥漫的悲凉之气，愈来愈浓，特别是贾府悲剧这条意脉被死亡的氛围所笼罩，出现了一系列死丧事件：元妃之死、贾母之死、迎春之死、鸳鸯殉主、司棋殉情、赵姨娘暴死，以及一系列破败风波：宁国府被抄、妙玉被劫、惜春出家等，真实地再现以贾府为中心的贵族处于风雨飘摇之中，其中贾府被抄是贵族之家运衰败的鲜明标志。总的来说，凤姐一旦失去娘家权势的靠山，失去贾母的庇护，也就丧失了豪横、张扬和自信的底气。凤姐的性格演变与贾府衰败——瓦解的过程是一致的，自身生命历程也发生了强横——消歇——绝望的变异。

凤姐娘家的权势和钱财，是她生存的支柱。在《红楼梦》的叙事中的元妃、王子腾，虽然是政治符号，但在叙事结构的演进中却起着"秤砣虽小压千斤"的作用。第九十六回传来王子腾的死讯。"贾琏打听明白了,来说道:'舅太爷是赶路劳乏,偶然感冒风寒,到了十里屯地方,延医调治。无奈这个地方没有名医,误用了药,一剂就死了……'"王夫人听了,"一阵心酸,便心口疼得坐不住"。(第九十六回)

就在传送王子腾丧信之时,又赶上元妃病危、去世,这不仅意味着贾家、王家与皇家的联系断了,而且王家最有实权的顶梁柱坍塌了。这巨大的变故,立刻使贾府的主子感到悲凉之气,凄冷入骨。宝钗叹息"四大家族"的不景气,说:"我们家的亲戚只有咱们这里和王家最近。王家没了什么正经人了。咱们家遭了……"(第一百四回)过去凤姐豪横的气势多仗着娘家有钱有势,占几分先。而王家败落后,凤姐先自觉得矮了半截,连那张扬性格的底气都没有了。随之周围的人际关系迅速发生了改变。这让在房族之争失落的贾赦、邢夫人这一派,得以寻机报复,把打击的矛头直指凤姐。凤姐操办贾母的丧事,邢夫人从中作梗,处处刁难,使她"力诎失人心"。王夫人外甥女宝钗亲上做亲成了自己的儿媳妇,凤姐在王夫人那里也失宠了。贾母去世,她又失去了唯一的保护伞。这一连串的打击,使凤姐身心俱伤,终于沦为被遗弃的怨妇。

凤姐"处于异质环境时,性格就朝着负方向运动,此时人物就背离自己"。我们再也看不到那俊俏风骚,那干练机敏,那风风火火,那眼睛都会说话的"凤辣子"了。她的精神崩溃了,没了思想,没了寄托,没了灵魂,只好乞灵在鬼神的脚下。第一百十三回写凤姐精神恍惚,"想起尤二姐已死,必是他来索命。被平儿叫醒,心里害怕,又不肯说出,只得勉强说道:'我神魂不定,想是说梦话。'""凤姐刚要合眼,又见一个男人一个女人走向炕前,就像要上炕的。凤姐急忙便叫平儿,说:'那里来了一个男人,跑到这里来了!'连叫了两声,只见丰儿、小红赶来,说:'奶奶要什么?'凤姐睁眼一瞧,不见有人,心里明白,不肯说出来。"恰好刘姥姥三进大观园,吊唁贾母,看望凤姐。"刘姥姥看着凤姐骨瘦如柴,神情恍惚,心里也就悲惨起来,说:'我的奶奶,怎么这几个月不见,就病到这个分儿?'"凤姐托刘姥姥求神祈祷,精明一生的凤姐也落到了这步田地。

最悲哀的就是凤姐穷得身无分文。这位出身于豪富之家,生活在花钱像淌海水一般的贾府的当家奶奶，在宁国府被抄时，独她一仰身便栽倒在地，"像是死了的"。"历年积聚的东西并凤姐的体己不下七八万金，一朝而尽"。到头来贾琏竟没钱给她治病。所以说凤姐最后是死于愚昧和贫穷，而这正是封建时代千千万万底层女性悲剧的必然原因。她们在封建礼教的禁锢和压迫下，集体无意识地盲从和顺从男权社会，生存在愚昧和贫穷之中。凤姐虽不属于社会底层，尚且她还有过并不屈从男性话语权的经历，为什么也落入这一不可逃避的命运中呢？

这正是王熙凤典型性格塑造成功之所在，"我们看到性格的必然因素在性格世界里，隐藏在不经意的偶然因素后面，悄悄地起着协调性格各种因素的作用"①。长期以来有些学者只着眼于凤姐死前是被休，"哭向金陵事更哀"，还是没有被休，病死在贾家，进而判断王熙凤悲剧结局是否符合曹雪芹的本意。其实这只是悲剧的一个形式问题，也就是王熙凤悲剧形式的偶然，既可以这样，也可以那样，说明不了悲剧的实质。有人认为凤姐被休回娘家，死在白茫茫大地上，这才是悲剧。其实，这都不是判断悲剧的理据。判断一个人死因是否对其悲剧内涵有决定的影响，主要看它是偶然因素，还是必然因素，是偶然因素的成分多，还是必然因素的成分多。因为死因越是偶然因素的成分多，越是减弱悲剧内涵的力量，哪怕情节再凄楚动人，使人泪水涟涟，也说明不了悲剧的实质。相反，死因越是必然因素的成分多，越是增强悲剧内涵的力量。凤姐性格悲剧的实质中起主导作用的是必然的因素——贫穷和愚昧。她既是一个以女性意识对抗男权文化的叛逆者，又是一个女性意识自我毁灭者，走在女性意识与男权文化冲突时所形成的异化心路上，成了一个可爱、可恨、可怜的悲剧典型。

原载上海《红楼梦研究辑刊》2012 年第五辑

---

① 刘再复：《性格组合论》，第 409 页。

《红楼梦》中"太平命案"的脉络和意蕴

"太平命案"是《红楼梦》悲剧中的一个重要节点。

第八十五回开始的薛蟠"太平命案",像一根明线串联着诸多叙事内容,并断断续续地披露着案情,贯穿了长达三十五个章回,直至《红楼梦》的结尾。这在《红楼梦》叙事结构中是绝无仅有的一笔。薛家并不是《红楼梦》叙事结构的重心,但曹雪芹宕开一笔,在四大家族风雨飘摇的大背景下具体写薛蟠"太平命案",并以此为脉络,对内串联起四大家族的破败、死丧和落魄,是对封建上流社会贵族之家贾、史、王、薛"连络有亲,一损俱损"的艺术再现;对外则披露统治阶级自下而上的官吏"寻租",揭示封建政权结构性的腐败。内外没落,相互辉映,说明贾、史、王、薛四大家族的悲剧命运不是个案,而与封建时代吏治、法制的黑暗是共生的,与封建专制下结构性的腐败是同质的,完成了《红楼梦》悲剧的意蕴。因此,无论对认识《红楼梦》的悲剧结构,还是对判断后四十回是《红楼梦》整个生命有机体的一部分,都有着重要的意义。

一、薛家两次命案折射出《红楼梦》叙事的脉络和走向

《红楼梦》开篇就点明了贾、史、王、薛四大家族的特征:"皆连络有亲,一损俱损,一荣俱荣。"其实这是平面图介绍。而《红楼梦》的立体结构则是以薛蟠命案拉开的序幕,薛家进京投靠贾家,即荣国府,形成薛家为次贾家为主的叙事结构模式。王家、史家则处于叙事结构模式的背景上,其一兴一

衰的演化都放到贾家来叙说，都在一次一主的叙事结构模式中透视展示。这个特点直到第八十五回薛蟠"太平命案"才有更鲜明的展现。

从《红楼梦》整个叙事进程的推进来看，两次命案相隔八十多个章回，已跨越故事全过程的三分之二。"葫芦案"是在"元妃省亲"前六年，"太平命案"是在"贾府被抄"的前一年，而"元妃省亲"至"贾府被抄"是五年，这样算来，两次命案相隔叙事时间大约是十年。这十年正是贾府"虚架子"衰败逐渐由内到外的暴露过程。"叙事时间是非常重要的，我们看每一篇叙事文章，就会发现时间的重要性在于它牵引着叙事者和读者的注意，操纵着文本展开的脉络。没有脉络就没有生命，没有注意就没有对生命的关怀和理解。"[1] 薛家依附贾家始于"葫芦案"，此时的贾家正如冷子兴所言已内囊尽上，但被"虚架子"撑着，掩映在奢侈豪华、纸醉金迷之中。当《红楼梦》的故事演进到叙事结构的黄金分割线之后，"虚架子"撑不住了。贾、史、王、薛"一损俱损"，都进入衰败的转折阶段，从第七十九回开始，集中笔墨描写多事之秋的薛家的"窝里斗"，薛蟠娶妻，其妻夏金桂大闹夫家，弹压薛蟠，压制宝钗，蹂躏香菱，勾引薛蝌，与薛姨妈拌嘴……故事连连发生，其中"太平命案"是这一阶段的中心事件。

薛蟠"葫芦案"发生在《红楼梦》开篇，作者的叙事目的是透过这个案子，展示贾家、王家在上流社会的权势熏天。而案子本身并没有过细的展开，只有当和"太平命案"联系起来，对比来看，才产生更深刻的意蕴。薛家是贾府的影子，薛家的彻底败落始于薛蟠太平命案，也是贾府衰败的前夜。第八十五回众人群贺贾政升迁，正大摆宴席的时候，传来了薛蟠打死人一事。薛姨妈急忙回家，先打发薛蝌带上银子去打点。薛蝌刚走，那夏金桂便哭闹起来："平常你们只管夸他们家里打死了人一点事也没有，就进京来了的，如今撺掇的真打死人了。平日里只讲有钱有势有好亲戚，这时候我看着也是唬的慌手慌脚的了。大爷明儿有个好歹儿不能回来时，你们各自干你们的去了，撂下我一个人受罪！"这埋怨话不仅道出实情，而且入木三分。薛家虽然富

---

[1] 杨义：《中国古典小说的叙事原则》，《河南大学学报（哲学社科版）》2004年第9期。

足，毕竟是寡妇带着两个子女，没啥社会地位，只好靠着姨妈贾家和舅舅王家这两家的权势。因此，透过发生在薛蟠身上的两次命案叙事脉络，便可以折射出薛家的靠山——昔日之威，炙手可热；如今势微，自身难保。这是一个层面。

另一个层面则是透视封建时代吏治、法制的黑暗。"葫芦案"的叙事脉络是以官吏判案为主展示司法诉讼的过程，被审一方几乎连面都没露。薛蟠为和乡绅之子冯渊争一个丫头而大打出手，命仆从将冯渊打个半死，不久冯渊一命呜呼。薛蟠却像没事人一般带着家眷扬长而去。冯渊的家人将薛蟠和他的手下告上衙门，但是当地知府却不敢为冯渊申冤，因为惧怕薛家背后的势力，将案子一直拖着。薛蟠在贾、王两府权势的荫蔽下逍遥法外，视人命官司如儿戏。贾雨村补任应天府尹后，徇私枉法，乱判"葫芦案"，趁机贴近了贾府。审案过程中借小门子的话反映了贾、史、王、薛四大家族上通朝廷，下联州县，权势炽盛，构成了专制政权下的封建统治网络。特别是王家和贾府的地位在上流社会官僚体系中有着很大的影响力。如门子所言："一时触犯了这样的人家，不但官爵，只怕连性命还保不成呢！……这件官司并无难断之处，皆因都碍着情分面上，所以如此。"

在宦途失势又重新爬上来的贾雨村对此，岂能不心知肚明，刻骨铭心？他接受了在宦海沉浮中被革职的教训，一心想在互相倾轧、暗潮迭起的官场上立足。多年来他一直寻找可以攀附、依靠的大树，而贾、王两府正是这样的靠山。何况他这次夤缘上任还得力于贾、王两府，岂能不主动献媚邀宠，巴结权贵？案子刚一了断，他就急忙作书信二封，分别给贾政和王子腾报平安："令甥之事已完，不必过虑。"不难理解这是贾雨村依附强大权势来做自己的保护伞，伺机往上爬的举动。这不是什么官吏的品质问题，而是官场的潜规则，每一个层面的官吏几乎都是围绕着封建专制运转，上仰权贵鼻息，俯首帖耳，对下麻木不仁，草菅人命。"在这种情势下，官僚或官吏就不是对国家或人民负责，而只是对国王负责。国王的语言，变为他们的法律，国王的好恶，决定了他们的命运（官运和生命），结局，他们只要把对国王的关系弄好了，或者就下级官吏而论，只要把他们对上级官吏的关系弄好了，他们就可以为所欲为地不顾国家人民的利益，而一味图其私利了。"① 而"下"对"上"仰其鼻息，何时何地闻之得势，则趋之；何时何地闻之失势，则去之。通过他们的脸色态度以及哼哈应对的变化，就可以折射出"上"的权贵地位的微妙变化和大势所趋。这才是我们认识的要点——官场潜规则。因"葫芦案"只涉及两个官吏，一个是拖着，一个是媚上，对官场潜规则表现得还不够突出。

第八十五回的"太平命案"则不同了，此时的贾府正值风雨飘摇之际，只有招架之功，没有回天之力，何能顾及他人。而正是这样的大背景下，薛蟠又惹出了大麻烦。叙事脉络则放在受审的一方，写其惊恐、奔走、贿赂、疏通、等待、无奈。显示在"贾府被抄"的前一年，已自身难保，薛家自怨自受。案件刚发时，太平县知县已经得知了薛蟠的家世背景，却想着法子，索取贿赂。送信人告诉薛姨妈："县里早知我们的家当充足，须得在京里谋干得大情，再送一分大礼，还可以复审，从轻定案。太太此时必得快办，再迟了，就怕大爷要受苦了。"直言当地知县索贿之意，可见，太平县吏丝毫没有畏惧四大家族权势之意。此时薛姨妈一心为儿子，只得一边取银子支应，一边请托贾政。贾政问了情况，一则薛家与贾家是两姨之亲，二则未来的亲家母张口了，"也只好含糊应了"。不知是碍于情面应付薛姨妈，还是太平县知县不领情，从后来的情形来看，太平知县并没有买账。"薛姨妈恐不中用，求凤姐与贾琏说了，花上几千银子，才把知县买通。"太平知县开庭将薛蟠罪"斗杀"改判为"误杀"。而从此后的道台、节度使和刑部的态度来看，他们也没顾及皇亲勋旧的贾府，反而乘机刁难。种种迹象说明，此时的贾府已经是明日黄花，不再像以前那样"赫赫扬扬"。

贾府势衰使贾政心中也没了底气，行事上变得小心翼翼，如履薄冰，不敢贸然出头，替薛蟠疏通这次案件。第九十一回薛蟠的一封告急家书道出，太平县将案件审理结果给府中，府里又将太平县为薛蟠开脱死罪的报告"准详上转"至道台，而道台拿在手里，却不买账，并将知县申饬。究其原因，

---

① 王亚楠：《中国官僚政治研究》，中国社会科学出版社1981年版，第22页。

乃是"没有托到",自然是指银钱贿赂不到位。薛姨妈无奈,又来求王夫人,王夫人又求贾政。贾政道:"此事上头可托,底下难托,必须打点才好。"其实,贾政这是托词,他既没有可托之人,又恐受到牵连,担惊受怕,只得让薛家再用大笔的银子去买通道台,这才得到道台的准允。

第九十九回"守官箴恶奴同破例　阅邸报老舅自担惊"中写道,贾政一日在公馆闲坐,无意看到了刑部邸报一本。"为报明事,会看得金陵籍行商薛蟠——"贾政便吃惊道:"了不得,已经提本了!"遂用心看下去,是"薛蟠殴伤张三身死,串嘱尸证捏供误杀一案"。贾政一拍桌道:"完了!"只得又看,底下是:

> 据京营节度使咨称:"缘薛蟠籍隶金陵,行过太平县,在李家店歇宿,与店内当槽之张三素不相认,于某年月日,薛蟠令店主备酒邀请太平县民吴良同饮,令当槽张三取酒。因酒不甘,薛蟠令换好酒。张三因称酒已沽定,难换。薛蟠因伊倔强,将酒照脸泼去,不期去势甚猛,恰值张三低头拾箸,一时失手,将酒碗掷在张三囟门,皮破血出,逾时殒命……

这份抄件全文引述了京营节度使综合了道府州县上交的承审材料之后,所提出的"候详"报告,称:发案时薛蟠并未骂张三,同时也不存在"举碗砸张"和"张三伸头叫砸"的事实。张三之死,实系"薛蟠因伊倔强",不肯换酒而突发暴性,"将酒照脸泼去,……将酒碗砸在张三囟门,皮破血出,逾时殒命"。这些案发原状记录,经节度使审查核实,并据以做出了结论,认定"薛蟠实系泼酒失手,掷碗误伤张三身死,将薛蟠照过失杀人,准斗杀罪收赎"。但是刑部对案件进行审查时,发现各犯证词前后不符,于是又令节度使审明实情,重新上报。节度使复查后的结果是"薛蟠因张三不肯换酒,醉后拉着张三右手,先殴张三腰眼一拳,张三被殴回骂,薛蟠将酒碗掷出,致伤囟门深重,骨碎脑破,立时殒命。是张三之死,实由薛蟠以酒碗砸伤甚重致死,自当以薛蟠拟抵"。贾政看过刑部对这次案件提本的抄件后,便暗自担惊,生怕"因薛姨妈之托,曾托过知县,若请旨革审起来,牵连着自己,好不放心。即将下一本开看,偏又不是。只好翻来覆去将报看完,终没有接这一本的。心中狐疑不定,更加害怕起来"。贾政的举止、心理、情绪等反映,正是四大家族逐渐走向了衰微的直接体现。贾政忐忑不安,以至和管门的李十儿相商,李十儿劝慰贾政说:"老爷放心。若是部里这么办了,还算便宜薛大爷呢。奴才在京的时候听见,薛大爷在店里叫了好些媳妇,都喝醉了生事,直把个当槽儿的活活打死的。奴才听见不但是托了知县,还求琏二爷去花了好些钱各衙门打通了才提的。不知道怎么部里没弄明白。如今就是闹破了,也是官官相护的……"

李十儿是一个奸猾的仆役,他的"官官相护"一句话,暗示出刑部也曾受贿,只不过当时没有弄清楚薛家花钱是要为薛蟠买个"死罪开脱",而误认为是"拟绞监候",给了个准其死中求活的结论,便就此撒手不管。薛姨妈急的又托人花大把银子打点,却不中用,照旧将薛蟠定了个死罪,等候秋天大审。整个"太平命案"案件的审批过程,从县到府,再到道台、节度使、刑部,可谓重重难关,每一道关卡发难,都可能会导致薛蟠丧命。"太平命案"让薛家费尽了周折,花掉大把银子,却始终没能像"葫芦案"那样轻易逃脱。

贾政担心薛蟠命案会对自己有挂碍,忙着人回京到吏部打听。得知知县判定的"误杀"不但被驳回,还被刑部参了一本"薛蟠殴伤张三身死,串嘱尸证捏供误杀",将薛蟠依《斗杀律》拟绞监候,等待秋天大审,太平县知县也被革职,吴良作伪证被杖责流放,贾政才放心。

二、"太平命案"折射出四大家族的破败之势

"太平命案"从第八十五回至第一百二十回,时断时续,跨越三十五个章回,愈是突出叙事的过程,愈是彰显叙事内容的气脉、艺术生命的律动、叙事脉络的节奏。假如说"葫芦案"目的是展示贾、史、王、薛四大家族"连络有亲,一荣俱荣",那么"太平命案"则揭示四大家族"一损俱损"。"太平命案"之后,四大家族中死亡、破败的事情接二连三。悲凉之雾四处弥漫,

已病入膏肓，显示出衰微的征兆。

"太平命案"串联的对贾府打击最致命的有三件事。

第一件事，第九十五回元妃病危，贾母等"遵旨进宫，见元妃痰塞口涎，不能言语，见了贾母，只有悲泣之状，却没眼泪……元妃目不能顾，渐渐脸色改变"。元妃之死，贾府与皇室的一条线断了。英年早逝，这不仅仅是她个人的悲剧，也意味着贾府这一皇亲国戚的靠山彻底坍塌了。也许元春的入宫并不意味着贾家权势的提升，但是有这样一个亲人在皇上身边，毕竟还有虚华荣耀罩着贾府。当年贾府不惜倾其家底打造大观园迎接元妃省亲，还不是为了显示皇亲国戚的气派！用贾母安慰元春的话说"娘娘不用悲伤，家中已托着娘娘的福多了"。因此，元春病危势必会成为贾府衰败的隐线。

第二件事，第九十五回喜讯传到贾府，王子腾升官了。在王夫人处，"贾琏进来请安，嘻嘻的笑道：'今日听得雨村打发人来，告诉咱们二老爷，说舅太爷升了内阁大学士，奉旨来京，已定明年正月二十日宣麻，有三百里的文书去了，想舅太爷昼夜趱行，半个多月就要到了。侄儿特来回太太知道。'王夫人听说，便欢喜非常"。王夫人喜的是娘家人升迁，自己的腰杆就更粗了。而对于贾府真正的意义，是巩固、扩大了权势的范围，所以贾琏一听到信儿就非常兴奋。可还没高兴几天，第九十六回又传来王子腾暴死的信息，"贾琏打听明白了来说道：'舅太爷是赶路劳乏，偶然感冒风寒。到了十里屯地方，延医调治。无奈这个地方没有名医，误用了药，一剂就死了……'王夫人听了，一阵心酸，便心口疼得坐不住"。王家处于贾家为主薛家为次的叙事结构模式的背景下，其一兴一衰的信息都通过王夫人、王熙凤言行透视和展示。现在王家唯一的顶梁柱坍塌了，他是王夫人和薛姨妈的哥哥，薛蟠的母舅，对薛家影响颇大。王子腾在书中从未正面出现，却又若隐若现通过他人的介绍，始终贯穿全书，像一个关键的棋子制约着王家、薛家的格局和走势。令人不解的是，当年在薛蟠第一次命案之前，王子腾曾主动邀薛姨妈一家上京，以便约束教管薛蟠，后帮着贾雨村复官，颇显权势。而从第八十五回"太平命案"发生，到第九十六回王子腾之死，长达十回、叙事时间近一年里，却始终没有出现他的只言片语。不祥之兆，隐没其里。王子腾死后，海疆御史参了一本，说王子腾在任时留下大量亏空，虽本人已死，应要求其弟王子胜和侄子王仁赔补。王仁投奔贾府，希望从王熙凤那里得些帮补，分些妹子的遗物和私房钱。可见，王家已经败落到了没有了立足之地。在要求不被满足的情形下，王仁竟然狗急跳墙，串通贾环卖掉自己的亲外甥女巧姐。还有一点，王子腾死后，曾经在荣国府无限风光的管家奶奶王熙凤，地位也一落千丈。虽然不排除王熙凤放高利贷而致祸、"抱病致羞惭"的因素，但她最终落得个"力绌失人心""哭向金陵事更哀"的悲惨结局，与王子腾去世、没了娘家的靠山也有直接关系。

《红楼梦》第九十五回、九十六回出现元妃之死、王子腾之死，意味着贾家、王家出现不可逆转的衰败之势。如果"元妃省亲"时，四大家族中的贾、王家尚不能说衰败的话，还支撑着烈火烹油、鲜花着锦之盛的"虚架子"，那么元妃、王子腾之死则是衰败的转折点，四大家族都因此而败絮其外、风雨飘摇……

第三件事，薛家用银子和权力进行交换。如果说薛蟠在第一次命案中的逍遥法外，是王家、贾家的权势辐射的效应，那么薛蟠第二次命案的死里逃生，则彻头彻尾用金钱与权力交换，整个过程一直用银子打点。从第八十五回到一百回分几层叙述了薛家与官府的勾结，白银与权力交换、腐败与破败共存。薛家算是殷实的贵族，要是贾家恐怕早就囊中羞涩了。早在七十一回贾母过生日，贾琏手头缺银子，已向鸳鸯商议偷出贾母不用的器具变换现钱。"太平命案"使本来已经走下坡路的薛家经济遭受了更加严重的打击，第一百回薛姨妈向薛宝钗哭诉，为了薛蟠的官司：

> 京里的官商名字已经退了，两个当铺已经给了人家，银子早拿来使完了。还有一个当铺，管事的逃了，亏空了好几千两银子，也夹在里头打官司。你二哥哥天天在外头要账，料着京里的账已经去了几万银子，只好拿南边公分里银子和住房折变才够。前两天还听见一个荒信，说是南边的公分当铺，也因为折了本儿收了。要是这么着，你娘的命可就活不成了。

这一番话道出了薛家经济上陷入困境。因此，从某种意义上来说，薛家的败落才算走到了"一损俱损"的地步。

史家用贾母的话说，前几年就垮了。《红楼梦》中没有进行明确的描写，只提到史湘云父母早逝，靠两个叔叔史鼐和史鼎来养育。但生计已经是十分艰难了，家中尽量减少使用下人，许多针线活儿都是史湘云和婶母们亲自动手，并且常常做到深夜。显然史家这时候的官位也高不到哪里去。

贾家的破败、死丧、没落也在加剧，"查抄宁国府""弹劾平安州"的事件接连发生。第一百五回贾府被抄，宁国公、荣国公的爵位被削、宁国府和贾赦、凤姐的家产被抄，仅保住了荣国府贾政这一支脉。虽不能说是灭顶之灾，但也是摧败了贾家的基业。从此悲凉之雾笼罩这个百年望族，死丧之事，频频发生，贾母之死、凤姐之死、宝玉出走、惜春落发……这一切都标志着四大家族"一损俱损"，他们是一代不如一代的元老集团世家，世袭制为他们带来纸醉金迷，同时也敲响了丧钟。做官者或昏庸无能，诚惶诚恐；或寻欢作乐，醉生梦死。政治堕落，经济衰败，加上子孙不肖，后继无人，注定是悲剧。

徐迟在《红楼梦艺术论》指出：

> 《红楼梦》写出了整个封建社会末世各阶级和阶层的总和。最大的奴隶主是皇帝。
>
> 小说中列举了皇帝、后妃、皇亲、国戚、公侯伯子男爵、将军、内部各部朝臣、文武百官和外省的政权机构大员酷吏以及所谓内监的特殊势力。
>
> ……
>
> 以上说的是和四大家族有来往的奴隶主贵族，秦可卿一死，全都出来了，或送殡或路祭。他们形成了一股联合在一起的政治集团，大体上属于元老派，或皇家集团。他们中间，曹家和北静王水溶的关系最好。

这北静王显然是这个集团的首领。①

四大家族是元老派,算是一代不如一代的元老集团世家,世袭制为他们带来纸醉金迷,同时也敲响了丧钟。对于《红楼梦》中元老派集团来说,失去任何一个重臣,都会导致四大家族官僚集团的政治势态随之发生倾斜。元妃、王子腾,从人物形象来说,他们没有多少性格,只是一个政治符号,但从拓展叙事进程来说,无论他们兴还是亡,都会推进叙事结构的演进,能够起到拓展情节深度和广度的作用。

三、薛蟠命案揭示了封建专制社会结构性的腐败

薛蟠两次命案都把视野焦点集中在封建专制社会的法制和吏治的节点上,如果说薛蟠第一次命案只出现一个贪赃枉法的官吏贾雨村,而且还有报恩的因素在内,那么薛蟠第二次命案就大大不同了。"太平命案"的全过程,可以说全部是靠银子来铺路。从县到府,再到道台、节度使、刑部,每一道关卡若不送银子,就不能打通关节。"司法诉讼是一方沃土,它能培育出公理和正义之花,也随时在滋生非理和邪恶之果。司法诉讼的过程,也就是国家行使审判权的过程。审判权是一种由国家独占而又绝对的权力,所有是非曲直以及生杀予夺都由它来决定。同时,权力又是产生腐败的温床,所谓绝对的权力产生绝对的腐败。当然,腐败作为一种现象,更多的时候落实在行使权力的主体身上。"② 官吏利用手中的权力"寻租",在职权范围内大肆敛钱受贿,虽不易被人察觉,但会导致国家政权层层腐败,这是一种结构性的腐败,是一种隐性的腐败。薛蟠第二次命案中太平县知府是权力"寻租"的典型,在一审时得知薛蟠身份之后,便故作正义之态,早早将薛蟠以"斗杀"罪名监禁起来,实则变相勒索受贿。薛家"捞人"过程的焦点是将"斗杀"改为"误伤",这样才可以免薛蟠一死。在改轻罪行过程中,表面上抓住吴良这一

---

①徐迟:《红楼梦艺术论》,上海文艺出版社1980年版,第17页。
②马作武、何邦武:《中国古代司法腐败的防治机制及其启示》,《法律评论》1999年春季号。

涉案证人和尸格的主要物证，实质上突出了金钱与权力的交换这一要害。在银子杠杆的作用下，才买通了层层官衙。第一百回"且说薛姨妈为着薛蟠这件人命官司，各衙门内不知花了多少银钱，才定了误杀具题。原打量将当铺折变给人，备银赎罪。不想刑部驳审，又托人花了好些钱，总不中用，依旧定了个死罪，监着守候秋天大审。薛姨妈又气又疼，日夜啼哭"。最后，在皇帝大赦天下的时候，薛家才又花钱买通了刑部，将薛蟠捞了出来。这一叙事过程勾勒了一个从下到上的贪官群丑图。"国家之败，由官邪也。"结构性的腐败是专制社会司空见惯的现象，并不是个人的行为。古往今来，官吏，尤其是司法官吏的腐败，不唯侵蚀蠹害国家肌体，更会滋起天怒人怨，从根本上动摇整个统治的根基。

"太平命案"叙事时间延伸了一条悲剧的脉络，不只展示薛家一个悲剧，同时还折射和贯穿了贾、王、史几家的悲剧，如同深沉哀婉的交响曲，大大小小的悲剧组成各种错落有致的音符。这悲剧音符内涵无论是性格悲剧、爱情悲剧，还是人生悲剧，人性被扭曲、灵魂被毒害的悲剧，抑或是赤裸裸的暴力凌辱所造成的悲剧，总之，展示了一个多重层次又互相融合的悲剧世界。长期以来，学者论述贾、王、薛、史四大家族的悲剧命运，便直接宣告《红楼梦》悲剧描写成功。其实大不然，四大家族的悲剧说到底也是个案，与庞大的封建上流社会相比，只是其中很小很小的一部分。只有以整个封建专制结构性腐败这一必然性为社会大背景，才能显现《红楼梦》悲剧的历史深广度，才是真正意义上的时代悲剧、历史悲剧。

原载《红楼梦学刊》2013年第四辑

薛家与《红楼梦》后四十回的叙事结构

现代理论越来越关注空间与社会的交互关系对于研究社会结构与社会过程的重要性，关注空间的社会实践，关注人们在空间的主体性行为，关注社会的再生产，因此，空间构成了浓缩和聚焦社会一切重大问题的符码。《红楼梦》悲剧叙事演进到了第八十回，史、王两家已经败落，贾家"内囊尽上"，渐渐外露，唯有薛家还保有家底，没有大的散失。如果仅仅从历史时间的流程审视，不会发现《红楼梦》的叙事结构在这里发生重要的转化。但恰在这时，薛蟠第二次打死人，惹出"太平命案"。由此《红楼梦》的主体叙事演变为薛家，叙事空间充满了薛家破财，疏通官府，打"捞"薛蟠等事件的描写。"贾、史、王、薛"四大家族最后走到"一损俱损"的境地。因此，薛家在《红楼梦》后四十回转化为主体叙事形态以后，有了极为特殊的意义，对认识《红楼梦》120回的内在结构、生命脉络和叙事肌理都十分重要。

一、薛家在《红楼梦》整体框架结构中的两栖形态

空间虽然表现为客观的，但就其本质来说，也是政治性的。单直观所见封建时代建筑群式的府邸，富甲一方，与满天下的低矮蓬草茅屋的对比；现代社会富丽堂皇的别墅群与无数贫民窟对比，无声地彰显了阶级的对立。空间的占有与分割就是政治经济地位的体现，继而形成自己独有的文化和社会形态。文学再现的艺术世界，既是历史客观世界的投影，也是精神世界的创造。《红楼梦》的故事介绍、展示和叙述了一个官僚豪族群体——"贾、史、

王、薛"四大家族：

> 贾不假，白玉为堂金作马。
> 阿房宫，三百里，住不下金陵一个史。
> 东海缺少白玉床，龙王来请金陵王。
> 丰年好大雪，珍珠如土金如铁。

四大家族具有中国宗族的基本特征："连络有亲"。我们知道：贾宝玉的爷爷贾代善娶了金陵史家的小姐，就是贾母，史湘云是史家的。贾母的二儿子贾政娶了金陵王家的小姐就是王夫人。王夫人的妹妹又嫁给了薛家，即薛姨妈。王夫人的侄女王熙凤嫁给了宝玉的堂哥贾琏。薛的女儿宝钗又和贾家的宝玉成亲。总之，他们之间盘根错节，互相照应，以至"一损俱损，一荣俱荣，扶持遮饰，皆有照应"。这说明四大家族休戚相关，命运与共，是封建上流社会的真实写照，也是《红楼梦》故事的叙事内容。但是作者对待"贾、史、王、薛"四大家族命运的叙事方式却各有不同，于是形成了四大家族的三种叙事形态。这对于我们解读《红楼梦》的 120 回整体结构是十分关键，而且是必要的。

《红楼梦》创造四大家族命运的三种叙事形态。

第一种，《红楼梦》时空结构是百年望族——贾府，作为一个社会空间，是贾家主要人物贾母、王夫人、凤姐、贾政等，以及宝玉和姊妹的主体叙事创造的。从一开始就密针细线地编织贾府的故事，写了五代死去的和活着的老爷、少爷们；写了几辈成群的妻妾、小姐、丫鬟、婆子等女流；写了十几个青年男女的婚姻和爱情的悲剧。一部《红楼梦》就是一部贾府的衰败史。

第二种，史家和王家是潜隐叙事。先说史家。"阿房宫，三百里，住不下金陵一个史。""阿房宫"隐喻史家这个官僚家族是以房地产为主业的，传统房地产业主要原料是砖瓦木石，因此，房地产兴衰周期为半个多世纪。这种经济的特征决定了史家是"贾、史、王、薛"四大家族最早衰败的家族。它的衰败主要通过史家的小姐史湘云来贾家串亲戚时流露的史家的点滴现状显示出来，往往易被人忽视，但却透视着史家的衰败。第三十二回写爱说爱笑的史湘云，被人问及家计，吞吞吐吐，无人处眼圈都红了。她来贾府走亲戚，离去时每每叮咛宝玉，别忘了提醒老太太时常打发人来接她。这种恳求表明，在这里，可以无忧无虑地同姐妹们一起，在风花雪月、酒宴诗会中怡情任性、高谈阔论，可以暂时躲开回家后那繁重的针线活计，像她这样的小姐还得为生计而起五更睡半夜，表明史家经济的困顿。

贾家被抄，贾政查阅账册，才知贾家早些年已经入不敷出，寅年吃了卯年粮了。贾母知道后，大为惊讶，从她的感叹中也披露出史家的信息。

> 怎么着，咱家到了这个田地了么？我想起我家向日比这里还强十倍，也是摆了几年虚架子，没有出这样事，已经塌下来了，不消一二年就完了。据你说起来，咱们竟一两年就不能支了？（第一百七回）

贾母的话已表明：史家早已衰败。这种叙事是断断续续的粗线条的点缀、流露、勾勒，它没有独立的时空结构，如影随形，没有边际，难以捕捉。没有史家的家族史的流程，只是借助史家的一两个人物的言语片段，出现在贾家的时空结构上，形成大的历史潜在的结构，能让我们感知时代的色彩和历史的沧桑感。

作者对王家采用的同样是潜隐叙事。最显眼的是王家嫁到贾家的王夫人和凤姐，她们的言行基本是贾家的叙事，偶然间也披露出王家的事情，那就是夸耀王家的豪富——"东海缺少白玉床，龙王来请金陵王"。凤姐说她"爷爷单管各国进贡朝贺的事，凡有外国人来，都是我们家养活。粤、闽、滇、浙所有的洋货物，都是我们家的"。在朝廷掌管着对外贸易，包揽了广东、福建、浙江和云南的洋船货物。出阁后的凤姐送给亲人的礼物，必是进口的，玩具是波斯国的、茶叶是暹罗国的。第七十二回写凤姐与贾琏吵架：

> 我有三千五千，不是赚的你的。如今里外上下，背着嚼说我的不少了，就短你来说我了。可知"没家亲引不出外鬼来"。我们看着你家什么

石崇邓通？把我王家的缝子扫一扫，就够你们一辈子过的了。说出的话也不害臊！现有对证，把太太和我的嫁妆细看看，比一比，我们那一样是配不上你们的？

与豪富孪生的就是权势，凤姐有个叔叔王子腾，始终没有出现，但他的存在直接左右着王家的命运，制约着《红楼梦》叙事的起伏跌宕。薛蟠打死人，带着家丁逍遥法外，靠的是贾家和王家权势。贾雨村重返官场，为宦升迁，虽说仰仗贾政，而最终还是九省检点王子腾的权势起了作用。第九十六回传来王子腾的死讯。"贾琏打听明白了来说道：'舅太爷是赶路劳乏，偶然感冒风寒。到了十里屯地方，延医调治。无奈这个地方没有名医，误用了药，一剂就死了……'"王夫人听了，"便有些心口疼痛起来"。就在传送王子腾丧信之时，元妃病危、去世，这不仅意味着贾家、王家与皇家的联系断了，而且王家最有实权的顶梁柱坍塌了。对于王家的这种叙事，尽管在《红楼梦》叙事结构的演进中起着"秤砣虽小压千斤"的作用，但它依旧是潜在叙事，"孤立地考察它们本身，是不足以组成结构的，但是许多情节线索从这里抽引出来，而且它们之间形成某种张力，吸附整个情节向特定的方向发展。这种非结构的结构，乃是一种潜隐结构，它们相互呼应，以象征的方式赋予整个情节发展以哲学意义"①。史家、王家在《红楼梦》的叙事上都十分重要，不仅是贾家历史的张力网，而且展示了独有的文化和社会形态。

第三种，薛家的叙事是潜隐叙事与主体叙事的合一，是两栖叙事形态。前八十回表现为潜隐叙事，后四十回转为主体叙事。前八十回薛家的主要人物薛姨妈、薛蟠、宝钗都在《红楼梦》的故事中反复出现，为什么薛家还属于潜隐结构呢？

薛家是大皇商，虽然当家的去世了，儿子薛蟠赖祖父旧日的情分，户部挂个虚名支领钱粮，家中有百万之富。京城有房舍、钱铺，颇为殷实富足。《红楼梦》前八十回中，薛姨妈一直傍在王夫人、贾母的身边，奉迎左右，插

---

① 杨义：《中国叙事学》，人民出版社1997年版，第97页。

科打诨,是贾家的一个典型的附庸人物。主要描写她的几件事:

1. 刚在荣国府住下,薛姨妈就拿出宫里做的新鲜花样儿堆纱花十二枝,当着王夫人的面,对周瑞家的说:"昨儿要送去,偏又忘了;你今儿来得巧,就带了去吧。"让周瑞家的送给贾府的姐妹们,还特别嘱咐送给凤姐四枝,很自然地博得王夫人欢心。

2. 宝钗生病,宝玉探望,"贾宝玉奇缘识金锁,薛宝钗巧合认通灵"是《红楼梦》中重场戏。薛姨妈一见宝玉,"一把拉住,抱入怀中笑说:'这么冷天,我的儿,难为你想着来,快上炕来坐着罢。'"亲热之极,宠爱有加。趁宝玉兴致浓,安排宝玉饮酒。既不像李嬷嬷那么直言劝阻,拿出老爷威吓他,叫宝玉扫兴,也不全由着他,而是笑着安慰他,又"千哄万哄,只容他吃了几杯,就忙收过了"。抚慰之,体贴之,写透薛姨妈的奉承。

3. 薛蟠挨了柳湘莲的打,薛姨妈"意欲告诉王夫人,遣人寻拿湘莲",被宝钗批评"兴师动众,倚着亲戚之势欺负常人"后才罢手。

4. 薛姨妈在潇湘馆给黛玉讲月下老人的故事,委婉地表达:"自古道:'千里姻缘一线牵。'管姻缘的有一位月下老儿,预先注定,暗里只用一根红丝,把这两个人的脚绊住,凭你两家那怕隔着海呢,若有姻缘的,终究有机会做成了夫妇。"顺便透露出贾母想让宝琴与宝玉为配的事情。

从上述几件小事可以看出,在《红楼梦》前八十回中薛姨妈是久居贾家的贵客,至多不过是一位清客,暗中打着小算盘,推动"金玉良缘"的实现。薛家住在贾家最初的动因是为了躲"葫芦案"带来的麻烦,而长期不归的深层原因是薛家的掌门人去世了,儿子薛蟠又撑不起家。贾家毕竟为官一方,有钱有势。薛姨妈就带着儿女靠着贾家,何况还盼着和贾家联姻。所以,前八十回中,薛姨妈跟在贾母、王夫人后面,敲敲边鼓,极尽人情的练达,没有自己的主体行为,没有实质的内容,在叙事形态中构不成一个独立的家族史。薛蟠与贾家的纨绔子弟混迹一起,呼朋唤友,吃喝嫖赌。宝钗生活在大观园,虽然是宝、黛、钗爱情脉络中不可缺少的一员,由于她并不主动表达自己的情感,是被动地裹挟在这场"金玉良缘"与"木石前盟"之争中,何况这属于贾家的叙事内容。总之,薛姨妈和其儿女的言行,从不涉及家族命运的选择等主体性行为。而七十九回之后就大不一样了，薛家所有人都出现在经济破败、命运选择的社会过程之中了。薛姨妈就前后操办了三件薛家的婚姻大事，第一件是为侄子薛蝌娶了一个媳妇，第二件是为薛蟠娶了夏金桂，第三件事是让宝钗和宝玉完婚，还一直操持着从囹圄之中"捞"儿子薛蟠，件件都是大事。

那么当薛家在《红楼梦》后四十回进入主体叙事形态以后，形成以薛蟠"太平命案"为脉络的薛家叙事独立的时空结构。其发生了实质性的变化，这涉及一个社会关系的重组和社会秩序的建构过程。其基本特征：

（一）薛家在《红楼梦》后四十回转化为主体叙事，其空间表现为家族政治和经济的演化。要说社会地位，薛家过去是靠王家、贾家的权势而获得的影子效应。要说"家底"，薛家曾是大皇商，豪富不在贾、史、王家族以下，俗谚说得好"丰年好大雪，珍珠如土金如铁"。后来虽然薛姨妈寡妇人家的，但家底殷厚，是"贾、史、王、薛"四大家族中最后一个经济破败的家族。它深刻地揭示了"一损俱损"最后是从经济上走向破败，这是四大家族衰败的共同特征。

（二）薛家在《红楼梦》后四十回的空间转换，带来了全新的生存体验，一个无权无势的家庭，在与权势打交道，只能用银子的输出，求得摆平。与贾家联姻后，他们共同包装了宝玉和宝钗的"金玉良缘"，在红红火火的喜庆中兑现了传统文化中的"父母之命，媒妁之言"，在传统社会潜意识的浸润下孕育一个遵从三从四德的贞洁女子宝钗，重蹈青春守寡、养育儿女的老路。这是从精神世界揭示了《红楼梦》悲剧的文化内涵。

（三）薛家在《红楼梦》后四十回转化为主体叙事，恰好踏在《红楼梦》整个叙事结构的"黄金分割线"，即第七十九回和第八十回之间，也就是《红楼梦》悲剧史的转折点。前八十回其实只写了贾家，诗礼簪缨、富贵豪奢的贾府"虚架子"撑不住了，内囊尽上，时时处处表露在日常的生活中。薛家、史家、王家都是贾府社会关系网中的一个网结，一个陪衬，一种拓展，最终目的是深化百年望族贾府的历史意蕴。

二、薛家在《红楼梦》后四十回转换为主体叙事，有了自己的社会空间

《红楼梦》描写"贾、史、王、薛"四大家族的败落到了第八十回，还没有完全出现"一损俱损"的局面，贾家还撑着一个空架子，而薛家还算富贵，家底没有被"伤筋动骨"。《红楼梦》后四十回，从第七十九回转换到时值多事之秋的薛家与贾家，直到第九十一回，有一个相对完整的叙事肌理，是自然严密的故事。分而叙之：薛家从薛蟠娶妻写起，招来夏金桂大闹薛家，弹压薛蟠，蹂躏香菱，与薛姨妈拌嘴……还有宝蟾勾引薛蝌、金桂勾搭夏三，薛家一事未平，又生一事。贾家从迎春误嫁中山狼写起，孙绍祖眼里没了贾府，敢于作践贾府小姐，使其一载赴黄粱。贾元春生病开启了死丧的氛围，贾府大故迭起，四处弥漫着悲凉之气。薛家与贾家的故事可以概括为"薛、贾家多事之秋"。第七十九回"薛文龙悔娶河东狮，贾迎春误嫁中山狼"，一进一出，大有深意。薛家娶的是"河东狮"，从一进门就搅得薛家鸡飞狗跳，惶惶不可终日；贾家嫁的是"中山狼"，不到一年蹂躏千金小姐迎春命丧黄泉，不管是出，还是进，全是败家的征兆。

（一）薛家上升为叙事主体缘由是贾家已靠不住了。

过去薛蟠打死人，靠贾家、王家，而现在的贾政自身平平，难及他人，薛家想靠也靠不上了。何况王子腾已死，也没指望了。这些信息首先从薛家冒出，这是薛家最无奈最悲哀的事情。夏金桂哭闹着说：

> 平常你们只管夸他们家里打死了人，一点事也没有，就进京来了的，如今撺掇的真打死人了，平日里只讲有钱，有势，有好亲戚，这时候我看着也是吓得慌手慌脚的了。大爷明儿有个好歹儿不能回来时，你们各自干你们的去了，撂下我一个人受罪。（第八十五回）

这埋怨话不仅道出实情，而且入木三分。薛家虽然富足，毕竟是寡妇带

着两个子女,没啥社会地位,只好靠着姨妈贾家和舅舅王家这两家的权势。因此,透过发生在薛蟠身上的两次命案叙事脉络,便可以折射出薛家的靠山——昔日之威,炙手可热;如今势微,自身难保。

靠不住包含三种意思:

一是薛家过去一直靠着贾家和王家。薛家进京傍在贾家至今已经十年了,足以说明过去薛家是能够靠贾家和王家的。薛蟠"太平命案"一出,薛姨妈被衙役唤去,王夫人不放心,赶快派人打探,宝钗劝来人说:"你先回去,道谢太太惦记着,底下我们还有仰仗那边爷们的地方呢。"张俊先生批注:"'仰仗'二字是眼。薛家平日即仰仗贾府,何况出事之际。"① 随便一句家常话便说透了。正因为过去一直靠着,现在靠不了,薛家才要自己挡事。

二是贾家和王家确曾靠得住。薛蟠第一次命案时,王子腾主动发力,先是邀薛姨妈一家上京,用来约束教管薛蟠,后是帮着贾雨村复官,成为贾雨村徇私枉法"葫芦案"的直接动因。这次案子中,王子腾始终没有只言片语,而贾雨村在判案之后,主动写信向贾政和王子腾报告、邀功。这是薛家傍在贾家的根本原因。

三是贾家和王家靠不住了是指现在,也就是《红楼梦》时空结构"黄金分割线"的阶段,也就是第七十九回。从八十回以后披露的事件渐渐看出,此时的贾府已在风雨飘摇之中,只有招架之功,没有回天之力,何能惠及薛家。首先是元妃病了。贾府听说宫里有一个娘娘病了,引起上至贾母,下至贾琏的关注。张俊先生批注:"元春染恙,贾赦风闻,寓意深远,提动后文。如张新之所批:'本回"染恙",九十五回"薨逝"之兆也。'元春死,贾氏败。"② 又说:"元春乃贾府靠山,故诸人疑问病讯即风声鹤唳。此处渲染,亦以明元春所关非轻。"③ 贾家拼出老底迎接"元妃省亲",无非昭示贾家的靠山是封建社会最高的权威——皇上,而现在已失去了。

薛蟠命案刚发,薛姨妈"托王夫人转求贾政。贾政问了前后,也只好含

---

① 张俊、沈治均评批:《新批注校红楼梦》,商务印书馆2013年版,第1560页。
② 张俊、沈治均评批:《新批注校红楼梦》,第1515页。
③ 张俊、沈治均评批:《新批注校红楼梦》,第1516页。

糊应了，只说等薛蝌递了呈子，看他本县怎么批，再作道理"。表现出他的为难和犹豫，不得已"只肯托人与知县说情，不肯提及银物"。贾政的这种态度和他在官场的处境有关，虽为贵妃之父，却郁郁不得志，终老未得升迁。近因年迈，名利心大灰。仕途失意，他既不做贪官，又碍于未来亲家母的面子，贾政不能不办，但怕事情闹大了，又恐受到牵连，他不敢贸然出头，担惊受怕。准确地刻画出贾府势衰，没了底气，此时的贾府已经今非昔比，不再像以前那样"赫赫扬扬"，而他们自己也意识到了这种危机，行事上变得小心翼翼，如履薄冰。第九十九回贾政无意看到了刑部对这次案件提本的抄件后，暗自担惊，生怕因为当时的说情而连累到自己。贾政的这些表现和反应，正是贾家逐渐走向了衰微的现实在他们心理上的投影。贾家已失去当年炙手可热的权势，失去权力枢纽的地位，没有更多的面子和人情的资源，这种江河日下的处境，难有让人再靠的实力。

同薛蝌一道去的人回来报告："县里早知我们的家当充足。须得在京里谋干得大情，再送一分大礼，还可以复审，从轻定案。"知县全然不买贾政的情，还公然向薛家"寻租"，收受银子。直等着薛家的银子送到，才将"斗杀"改判为"误杀"。而从此后的道台、节度使和刑部的态度来看，他们不仅没有顾及皇亲勋旧的贾府，反而乘机刁难，落井下石。人治社会的人情和面子的潜规则，是朝着权力和官员作向心运动，一级高过一级，俗话说："官大一级压死人。"因为只有位于权力系统，手中才能掌握荣辱升迁的大权，因此人们总是向上攀附，小官巴结大官。如果连知县都不买贾政的面子，可知在官场的潜规则中贾政地位多么的尴尬。五年前薛蟠在金陵打死冯渊，扬长而去，谁敢捕他？办案的贾雨村还主动献媚贾家、王家，替他们了结了命案。而今，薛家从地方到朝中，层层行贿，花了几千两银子，才算保住性命，人还被拘在案。"四大家族"已今非昔比。

（二）薛家内乱，折腾不断，导致破家。

薛家什么时候自立门户，《红楼梦》没有明确写到，只是在叙事中被张俊先生发现，他说："前叙薛姨妈回家时'上车'，此写衙役眼中薛母'势派'，并云让其'进去'，似薛家另立门户，与贾宅隔断。但前后仍写丫鬟往来，似角门仍可通行。或属暗写，或文有疏漏。"从《红楼梦》第七十九回以后，薛蟠成家，自立门户，扯开社会空间的一角，有了自己全新的外界交往和生命体验。

薛家在《红楼梦》后四十回上升为叙事主体，源于人物性格的动力性。当然动力性有正能量，也有负能量，甚至破坏力。"太平命案"指后者。薛家主要人物薛蟠人性要素的失衡、缺失，每每生事，致家庭内乱，从而延伸出家庭的灾难。我们知道："人与生俱来的人性诸要素，如生存欲、占有欲、责任心、情爱、性爱、同情怜悯心、惰性、嫉妒心、报复心、爱美之心、好奇心、理性、群体性、类性等。人与生俱来的人性诸要素之间的关系，就像大自然诸要素之间的关系一样，是互相矛盾、互相依赖、互相制约与互相平衡的。""人性诸要素是一个生态性结构。……生态性结构的一个最重要的特点就是构成事物的任何一个要素都不可缺失，一旦缺失某个或某些要素，事物内部就会出现混乱，平衡机制就会打破。同样道理，人与生俱来的要素都具有不可缺失性，一旦人性的某个或某些要素缺失，人性内在制约与平衡机制就会遭到破坏。"[①] 薛蟠是娇生惯养的花花公子，"虽是皇商，一应经济世事，全然不知"。第四回，骄纵成性的纨绔子弟薛蟠，为了抢买一个丫鬟，纵仆行凶，打死冯渊，而后像没事人似的走了。此命案不仅曝光了薛家乃名列"护官符"的"户籍"，这是《红楼梦》社会历史背景的大关节；而且也暴露薛蟠人性结构是缺失的，其占有欲、性欲强烈到人性失衡，带有破坏性和暴力倾向。

薛蟠人性结构的缺失，是长期处在非正常环境下形成的。家有财势，父亲早逝，寡母溺爱，亲友放纵，独根独苗，无人管教，养成"弄性尚气"、"气质刚硬"、"举止骄奢"、"贪图享乐"、愚钝无知而又憨直天真的贵公子性格。加上薛蟠与贾宅族中"那些纨绔气习者，莫不喜与他来往。今日会酒，明日观花，甚至聚赌嫖娼，渐渐无所不至，引诱的薛蟠比当日更坏了十倍"。一百二十回的《红楼梦》中对薛蟠的描写不过十回左右（第四回、第二十六

[①] 唐雄山、王伟勤：《人性组合形态论》，中山大学出版社2011年版，第61、67页。

回、第二十八回、第三十四回、第四十七回、第六十六回、第七十九回、第八十五回、第九十一回、第一百回)。从中可见,薛蟠不是大奸大恶之人,亦非流氓地痞之流,而是封建末世一个纨绔子弟,不学无术、骄奢淫逸。平日所为,不是会酒观花,就是聚赌嫖娼。他没文化,显得粗俗,被人称之"呆霸王"。但他对亲友还算有情有义,对母亲、妹妹,尚存挂念关爱之心。第六十七回,第一次随铺内总揽张德辉外出做生意回来,给母亲带了箱"绸缎绫锦洋货等家常应用之物",同时还给妹妹专门买了一箱玩意儿,琳琅满目、各色俱全,喜得母女俩到处派送,唯恐他人不知。薛蟠不只是"滥情人",还有仗义爽直的一面,他送贾珍为秦可卿做棺木的板材,可以说是一掷千金,十分豪爽。因此,宝玉很少和贾珍、贾琏、贾蓉等在一起,却和薛蟠有交往。薛蟠是一个性格丰富复杂而有个性的贵族子弟。

第七十九回,薛姨妈给儿子娶妻,是与有"通家"之好的夏家结亲。夏家与薛家"当年同在户部挂名行商,也是数一数二的大门户",薛蟠和夏家姑娘金桂,还是"从小儿都在一处玩过"。"夏奶奶又是没儿子的",见了薛蟠,"竟比见了儿子还胜",薛蟠也看中"这姑娘出落的花朵似的"。夏金桂也是人性结构缺失的人,父亲去世得早,又无同胞兄弟,寡母独守此女,娇养溺爱,养成她施虐、报复、仇杀的恶性。她在娘家时就是"盗跖的性情,自己尊若菩萨,他人秽如粪土。外具花柳之姿,内禀风雷之性。在家里和丫鬟们使性赌气,轻骂重打的",出了阁不过变本加厉罢了。她一出现在薛家,就把薛家弄了个鸡飞狗跳,不得消停。她"毫无闺阁理法",隔着窗子和婆婆顶起嘴来,说什么:"谁还不知道你薛家有钱,行动拿钱垫人,又有好亲戚挟制着别人。"气得薛姨妈"身战气咽",只得说:"这是谁家的规矩?婆婆这里说话,媳妇隔着窗子拌嘴。亏你是旧家人家的女儿!满嘴里大呼小喊,说的是什么!"薛蟠在金桂雌威慑服之下,结婚不到两个月,"气概就矮了半截下来"。"薛蟠虽曾仗着酒胆挺撞过两三次,持棍欲打,那金桂便递身叫打;这里持刀欲杀时,便伸与他脖项。"夏金桂无所顾忌,为所欲为,千方百计地要拔去香菱这颗"眼中钉"。先是胡搅蛮缠,强迫香菱改名字为"秋菱",理由是"菱角花谁闻见香来着";接着施离间计,挑拨香菱和薛蟠的关系,调唆薛蟠毒打香菱；继而又慢性折磨香菱，命她在地上打铺，陪自己睡，"刚睡下，便叫倒茶，一时又叫捶腿，如是，一夜七八次，总不使其安逸稳卧片时"；最后又诬陷香菱要谋害她，这一而再、再而三的虐待折磨，使香菱"内外折挫不堪，竟酿成干血之症"。

这一对人性缺失的夫妻，无法相安。薛蟠忍受不了家庭内乱，而出走经商。本来就正事干不了，还要惹祸。仗着有钱有势，任凭本能的冲动，胡作非为、仗势欺人，发展到行凶惹祸，虽说免受极刑，也最终折腾得家境败落了。他们性格的缺失，造成的人性不平衡性，产生的破坏性，就是推动叙事的人物性格的动力性。

（三）薛家内乱引出内外两条叙事线索的分支。

一条分支是薛蟠的"太平命案"全过程。另一条分支是夏金桂施淫威致死。薛蟠的"太平命案"全过程涉及第八十五回"薛文起复惹放流刑"、第八十六回"受私贿老官翻案牍"、第九十九回"阅邸报老舅自担惊"，直到第一百二十回薛蟠获赦罪归家，扶香菱为正。夏金桂施淫威致死涉及第八十回"美香菱屈受贪夫棒"、第八十三回"闹闺阃薛宝钗吞声"、第九十一回"纵淫心宝蟾工设计"、第一百回"破好事香菱结深恨"、第一百三回"施毒计金桂自焚身"。这两条叙事线索分支，都主要是在薛姨妈和宝钗主内，薛蝌跑外的合力下撑起薛家门户，构成了薛家主体叙事，也是《红楼梦》后四十回时空结构的重要内容。

在薛蟠的"太平命案"过程中，银子是薛家撑起门户的基础。薛家为捞薛蟠，只好采用世俗最赤裸的，也是最有效的办法——金钱手段去贿赂，打通官府门路。如果说薛蟠在第一次命案中的逍遥法外是权力与权力交换的结果，那么薛蟠第二次命案的死里逃生则彻头彻尾是金钱与权力的交换。从一发案就一直用银子在打点，为薛蟠开罪。空间是任何权力运作的基础，或者说是权力的容器。这也就是薛家为什么能够在《红楼梦》后四十回上升为叙事主体的叙事根据，从而撕开封建社会的一角，薛家上升为叙事主体最典型的特征是开拓了社会空间。

薛蟠"太平命案"，死者张三是当地的泼皮无赖，薛蟠与其争斗，将其打死,存在一定的过失行为,但是太平县知府在一审时得知薛蟠身份之后,便故作正义之态,早早将薛蟠以"斗杀"罪名监禁起来,实则变相勒索受贿。当薛蝌递上呈子,希望将"斗杀"改为"误杀"时,知县冠冕堂皇,故作义正词严之态给驳了回来,等着薛家送礼。为了替薛蟠开脱,先是薛蝌花钱在太平县请了一位有名的刀笔先生,另外上了一份呈子,试图将薛蟠的死罪免去。接着又花钱保出与薛蟠一同喝酒的吴良,并许以银钱,令他做伪证。同时还买通了其他一干涉案证人。两日后,薛蝌差人捎来一封书信,请薛姨妈拿出五百两银子做衙门上下的打点费,好使薛蟠在狱中不致受苦。

太平知县将薛蟠依"误杀"定罪,将案件审理结果上报给府中,府里又将报告"准详上转"至道台,没想到道台却不买账,并将知县申饬。薛蟠家人都以为薛蟠不久就可以出狱的时候,案件中途又起波折。第九十一回,薛蟠的一封告急家书道出实情:"男在县里也不受苦,母亲放心。但昨日县里书办说,府里已经准详,想是我们的情到了。岂知府里详上去,道里反驳下来了。亏得县里主文相公好,即刻做了回文,顶上去了。那道里却把知县申饬。现在道里要亲提,若一上去,又要吃苦。必是道里没有托到。母亲见字,快快托人求道爷去。还叫兄弟快来,不然就要解道。银子短不得,火速,火速。"张俊先生在这里批注:"信中所云县、府、道,乃至清王朝地方司法机关中三等审级也。州县为第一审级,除审理笞、杖及徒刑案件,亦审理死刑命案,但须呈报上级司法机关定夺。府为第二审级,审理州县所报之徒刑以上案件。道系第三审级,复审对上所报之刑事案件。薛蟠命案,府已准详,又被道驳,想是'请托未到'。"① 薛家使用银两只送到县和府,一时尚未惠及道台。所以道里反驳下来,并将知县申饬,实则是在要挟分赃,变相索贿。这封告急家书,逼得薛姨妈急忙叫薛蝌"兑了银子","连夜起程",把人情送至道台。薛家在"太平命案"整个过程中花掉了十多万两银子,掏空了家底。薛家唯一可资的本钱就是家底殷实。当家底掏空,也就意味着家族的败落。

---

①张俊、沈治均评批:《新批注校红楼梦》,第1662页。

另一条是夏金桂之死。以薛蟠出走为界,可以分为两段,前一段是夏金桂企图弹压夫家,在薛家横行霸道。后一段是她妄图勾结薛蝌不成,转恨香菱,设谋杀人,反误食毒药而致自己死亡。

夏金桂一嫁到薛家,就打算"今儿出了阁,自为要作当家的奶奶,比不得做女儿时腼腆温柔,需要拿出威风来才钤压得住人"。她的手段和步骤,先是挟制薛蟠。继之欺辱香菱,纵容自己的丫头宝蟾与薛蟠勾搭成奸。这几招让薛蟠彻底服软了,他被夏金桂"闹得无法,便出门躲着"。

第八十五回薛蟠第二次打死人被执受审。至此,夏金桂的弹压薛蟠的心计落空了。正在这时薛蝌的出现,给夏金桂寂寞无聊的生活带来欲火的复燃。她想勾结薛蝌,还没来得及,偏被香菱撞见。夏金桂把一腔怒火都倾泻在香菱身上,预谋将其害死。本来准备用一碗放有砒霜的汤毒死香菱,不料宝蟾掺和放错位置,有毒的汤被夏金桂喝了,致使丧命。

薛家内乱是《红楼梦》婚姻家庭的又一种典型,它不是以妻妾成群,妒忌仇恨为主,也不是以封建宗法,男尊女卑为重心,而是突出人性的缺失所酿成的人间悲剧。"饮食男女、追求享受乃人的本性,但若不加以规范和节制,就成了人性的弱点,并产生扭曲与畸形。""人性的弱点还在于,人性本身始终处于自然欲望与社会(文化)欲望、物质欲望与精神欲望的复杂的矛盾冲突之中,在诸种对抗冲突、拼搏中把握不好它们之间的平衡或张力,就会造成心理的扭曲和失衡。"[1] 薛家内乱,再现了"贾、史、薛、王"四大家族宗法世袭特性:封闭保守,竞争缺失。长期稳定的世袭制度使封建社会政权结构变成一潭死水,贵族子弟也在世袭的荫蔽下变得不思进取,慢慢堕落,他们一方面耗尽了祖宗九死一生挣下的家业,另一方面动摇了统治阶级的统治基础,成为封建社会的自戕品。这种安富尊荣,不思进取的心态成为封建世袭家族子弟的普遍心理。因而,他们不务正业,腐化堕落,为自己家族的衰落埋下了祸根,是四大家族走向衰落的必然的因素。

---

[1]王家忠:《人性、社会、心灵——社会潜意识研究》,山东人民出版社2006年版,第73页。

三、薛家主体叙事内涵的历史的社会的意蕴

《红楼梦》的主体故事是从第六回开始的,所以《红楼梦》整个叙事结构的"黄金分割线"应在第七十九回和第八十回之间。从第七十三回至第七十八回是"抄检大观园"叙事单元,从第七十九回至第九十一回是"薛、贾家多事之秋"叙事单元,而恰恰在《红楼梦》整个结构的"黄金分割线"上出现薛家的故事。这绝不是一般故事的流转,薛家主体叙事的出现,富有丰富的历史的社会的审美的意蕴,深化了历史本质的映现,提升了《红楼梦》主旋律的高亢。

(一)官场都以"寻租"发财为最终目的是封建政权的本质。

《红楼梦》叙事处处离不开官场的内容,胡文彬先生做过全面的介绍:"据我初步考察的印象,120回《红楼梦》所提到的职官机构、称谓——从中央到地方,上自王公侯伯、三司九卿,下至七品芝麻官,内相外臣、文武百官、军牢快手、番役太监,称谓不下百余种。"① 又说:"将《红楼梦》里提到的职官做一次排队,从而概括出以下三个主要的来源。……《红楼梦》里所写的职官来源之一,是世袭的。……《红楼梦》里多次多处提到科举的事。……捐纳:这是中国封建社会里国家以授予官职(虚衔或实职)取得捐款的办法,也是官吏来源之一,这种制度造就了大量腐败昏庸的官吏。这些官吏凭借金钱'捐纳'一官半职,上了任即千方百计敲剥天下黎民以收回成本。他们无德无才,信奉的就是'有权不用,过期作废',是祸国祸民的蠹虫。"② 阴险狡诈的悍吏贾雨村,荒淫无耻的贾赦,道貌岸然的贾政,都是个体形象。而具体而细致地展现现实的整个封建官场层层黑暗的,还是《红楼梦》时空结构"黄金分割线"上出现的"太平命案"。薛蟠一案揭示了司法的腐败是结构性的腐败。这是专制社会司空见惯的现象,并不是个人的行为。"国家之败,由官邪也"。古往今来,官吏尤其是司法官吏的腐败,不唯侵蚀蠹害国家

---

①《胡文彬谈红楼》,当代世界出版社2006年版,第244页。
②《胡文彬谈红楼》,第252页。

肌体，更会滋起天怒人怨，从根本上动摇整个统治的根基。由司法腐败始，而引发社会的动荡，并导致统治政权覆灭，已成为历史发展的规律。

现实的官场都以"寻租"发财为最终目的。"三年清知府，十万雪花银。"这是清代流传很广的一句官场谚。即使清廉的官员，也要捞上成千上万的银子，至于贪官呢，那就更不用说了。李乔《清代官场图记》云：

> 在"千里为官只为财"的清代官场上，捐官完全是以发财为直接目的。捐官者所以放弃原来的营生而捐官，是因为他们知道"遍天底下买卖，只有做官的利钱最好"，做官是真正的一本万利。有个富商捐了个知府，引见时皇帝问他："既然经商可以致富，你又何必捐官呢？"富商回答说："'三年清知府，十万雪花银'，经商获利虽多，但终不如做官获利优厚，而且当商人也不如当官体面，所以我才弃商捐官。"①

官吏利用手中的权力"寻租"，在职权范围内大肆敛钱受贿，虽是个人所为，但却导致国家政权层层腐败，是一种结构性的腐败，是一种隐性的政权腐败。薛蟠第二次命案中，太平县知府是权力"寻租"的典型，在一审时得知薛蟠身份之后，便故作正义之态，早早将薛蟠以"斗杀"罪名监禁起来，实则变相勒索受贿。薛家"捞人"过程的焦点是将"斗杀"改为"误伤"，这样才可以免薛蟠一死。在改轻罪行过程中，表面上抓住吴良这一涉案证人和尸格的主要物证，实质上突出了金钱与权力的交换这一要害。在银子杠杆的作用下，才买通了层层官衙。第一百回"且说薛姨妈为着薛蟠这件人命官司，各衙门内不知花了多少银钱，才定了误杀具题。原打量将当铺折变给人，备银赎罪。不想刑部驳审，又托人花了好些钱，总不中用，依旧定了个死罪，监着守候秋天大审。薛姨妈又气又疼，日夜啼哭"（第一百回）。最后，在皇帝大赦天下的时候，薛家才又花钱买通了刑部，将薛蟠救了出来。从而勾勒出从下到上"贪官群丑图"。

---

① 刘鹏九：《内乡县衙与衙门文化》，中州古籍出版社2009年版，第236页。

薛家的"太平命案"独特的历史内蕴就是揭示了封建政权的本质。中国官僚政治史,既是一部钩心斗角,相互残杀的历史,也是一部贪污史。做官与发财的统一,权即是钱,钱亦可为权,是官文化的一大特征。

(二)薛宝钗最终成为千百年所形成的社会潜意识浸润下的"僵尸"。

《红楼梦》叙事一条主线是宝黛钗的爱情和婚姻悲剧,"金玉良缘"与"木石前盟"之争演进到第七十八回,也就是抄检大观园之后,王夫人清理怡红院的丫鬟,把晴雯等都赶出大观园,也就意味着"木石前盟"遭受了一场霜冻。从此,"金玉良缘"从背后策划、酝酿、联络走向前台,第八十四回"试文字宝玉始提亲",一向支持"木石前盟"的贾母对"金玉良缘"开始默认。第九十六回"瞒消息凤姐设奇谋",贾母、贾政、王夫人、凤姐商量宝玉、宝钗的成婚大事,为防宝玉闹事,凤姐设计了"调包计",明里佯迎黛玉,暗里实娶宝钗。张俊先生评注:"凤姐所谓'调包儿'之法,亦称'调包计',在三十六计中称作'偷梁换柱'。堂堂公侯世家,婚配中竟行此计,不堪之极。……凤姐罪责轻,王夫人罪责重,贾母罪责更重,而宗法社会道德礼法及婚姻制度之罪责,尤为重中之重。"①

张俊先生在这里指出的"宗法社会道德礼法及婚姻制度"而外,还有像汪洋大海似的社会潜意识,与社会传统心理所适应的传统、习惯、风俗,会抑制、障碍、制约人的行为和性格。这一点更深刻地表现在宝玉与宝钗并不美满的婚姻生活。宝玉出家,给宝钗留下遗腹子。而今后宝钗就是李纨第二。王夫人与薛姨妈的对话说得很透辟:

> 王夫人便说道:"我为他担了一辈子的惊,刚刚儿娶了亲,中了举人,又知道媳妇作了胎,我才喜欢些,不想弄到这样结局。早知这样,就不该娶亲,害了人家姑娘。"
>
> 薛姨妈道:"这是自己一定的,咱们这样人家,还有什么别的说的吗?幸亏有了胎,将来生个外孙子,必定是有成立的,后来就有了结果

---

① 张俊、沈治均评批:《新批注校红楼梦》,第1746页。

了。你看大奶奶，如今兰哥儿中了举人，明年成了进士，可不是就做了官了么。他头里的苦也算吃尽了，如今的甜来，也是他为人的好处。我们姑娘的心肠儿姐姐是知道的，并不是刻薄轻佻的人，姐姐倒不必担忧。"

宝钗的性格已决定，在那个时代深受程朱理学极力推崇的三纲五常的熏染，在千百年所形成的社会潜意识浸润下，必然从精神到肉体受到封建纲常礼教的戕害和桎梏，沦为封建伦理规范而殉道的"僵尸"。这是《红楼梦》悲剧最深刻的一笔，但常常被人所忽视。叶朗先生指出：

> 在实际生活中，在很多时候，一些灾难性的后果并不是我自己选择的，而是由一种个人不能选择的、个人不能支配的、不可抗拒的力量所决定的。那就是命运。……但是这种由不可抗拒的力量所决定的灾难性的后果，从表面上看，却是由某个个人的行为引起的，所以要由这个人来承担责任。这就产生了悲剧。并不是生活中的一切灾难和痛苦都构成悲剧，只有那种由个人不能支配的力量（命运）所引起的灾难却要由某个个人来承担责任，这才构成真正的悲剧。[①]

封建宗法社会道德礼法及婚姻制度，以及像汪洋大海似的社会潜意识，构成社会传统心理所适应的传统、习惯、风俗，就是一种个人不可抗拒的力量。明清以来许多富有进步思想的哲人、诗人、小说家都奋笔疾书，对封建礼教"杀人"本质进行血泪的控诉与声讨。

宝钗是《红楼梦》十二钗最后走向悲剧的一位女性，这也是薛家上升为叙事主体的重要内容，至此，《红楼梦》"有情之天下"的悲剧拉下帷幕。正如叶朗先生所说："我认为，《红楼梦》的悲剧是'有情之天下'毁灭的悲剧。'有情之天下'是《红楼梦》作者曹雪芹的人生理想。但是这个人生理

[①] 叶朗：《美在意象》，北京大学出版社 2010 年版，第 373 页。

想在当时的社会条件下必然要被毁灭。在曹雪芹看来，这就是'命运'的力量，'命运'是人无法违抗的。""林黛玉的诗句'冷月葬花魂'是这个悲剧的概括。有情之天下被吞噬了。"①

（三）薛家是贾府的影子，最后一起走向"一损俱损"。

薛姨妈是唯一和贾府同命运、共患难的亲戚。她既不同于攀亲上门打抽丰的刘姥姥，也有别于母女双双来京投靠邢夫人的邢嫂等人，而在全书中承担着一个较为重要的角色。她来荣国府，是为躲薛蟠所惹命案。后因贾母、王夫人的热情挽留，朝夕相处，共叙家常，便答应住下来了。她说："一应日费供给一概免却，方是处常之法。"虽是这样说，其实薛家所遭遇的第一次命案，几乎全凭借贾府的势力，大事化小、小事化了。从第四回进入荣国府以来，一直到一百二十回，薛姨妈经历了秦可卿出丧、贾元春归省等"烈火烹油，鲜花着锦"的繁华场面；也饱尝了贾府被抄、宝玉出走的悲惨情景。她既是贾府衰败的见证人，也是和贾府一同走向衰败的同路人。

《红楼梦》衰败史是以贾府的叙事演进为主体，薛家依附贾家，而且是越来越紧密，宝玉与宝钗成婚，两家快成了一家人了。作者写薛蟠"葫芦案"的叙事目的，是透过这个案子的过程，展示贾、史、王、薛"连络有亲"、"扶持遮饰，皆有照应"，在上流社会权势熏天。而案子本身并没有过细的展开，而只有当和"太平命案"联系起来对比，才产生更深刻的意蕴。薛家是贾府的影子，薛蟠"太平命案"出了，贾家却靠不住了。两次命案相隔八十多个章回，已跨越故事全过程的三分之二，叙事时间大约是八年。"葫芦案"是在"元妃省亲"前六年，"太平命案"是在"贾府被抄"的前一年，这八年正是贾府"虚架子"衰败的暴露过程，是逐渐由内到外显露的时间记录。"叙事时间是非常重要的，我们看每一篇叙事文章，就会发现时间的重要性在于它牵引着叙事者和读者的注意，操纵着文本展开的脉络。没有脉络就没有生命，没有注意就没有对生命的关怀和理解。"② 薛家作为贾府衰败的隐线，就或多或少地为贾府大悲剧或铺陈，或渲染，或点睛，总之它的叙事内容不

---

① 叶朗：《美在意象》，第380页。
② 杨义：《中国古典小说的叙事原则》，《河南大学学报》2004年第9期。

能游离贾家。曹雪芹安排薛家上升为叙事主体，又恰恰在《红楼梦》整个结构的"黄金分割线"上出现薛家的故事。其中大有深意。从第七十九回"薛文龙悔娶河东狮"起，用了很多篇幅集中写薛家，故事虽然集中在薛家，但薛家并不是《红楼梦》叙事结构的重心。作者宕开一笔，写薛家的"窝里斗"，内生祸乱，正好和贾府的衰败同命运，应了《红楼梦》贾、史、王、薛"四家皆连络有亲，一损俱损，一荣俱荣"，四大家族都面临四面悲歌。其实，所谓"四大家族"，《红楼梦》只写了贾家，薛家、史家、王家都是贾府社会关系网中的一个网结，一个陪衬，一种拓展，最终目的是深化百年望族贾府的历史意蕴，形象地表现出"君子之泽，五世而斩"的历史规律。

  薛家与《红楼梦》后四十回的叙事结构是一个重要的命题，它包括一个要点，薛家上升为叙事主体，恰恰在《红楼梦》叙事结构的"黄金分割线"上，这是《红楼梦》衰败史主旋律高亢的表现，是时空结构最完美的体现。当史家、王家都衰败后，贾家的"虚架子"还没有赤裸裸暴露出来的时候，把薛家的叙事提到主体地位，一方面写薛家如何破败，一方面透视贾家也在衰败，从而深化了"连络有亲，一损俱损"的历史结局。这也是作者曹雪芹整体观的艺术再现，即《红楼梦》一百二十回内在艺术规律使之然也。

走近当代红学家

胡适与《红楼梦》"程乙本"

今年是胡适逝世五十周年,又是《红楼梦》"程乙本"刊行二百二十周年,在纪念此文化盛事的时候,最不应忘记的是胡适一生重视"程乙本"的出版和发行,促使其成为流行时间最长、读者面最广的《红楼梦》普及本。周汝昌说:"《程乙本》是胡先生提倡,有亚东图书馆排印的,行世至解放后亦达八十年之久。"胡适一生研究《红楼梦》集中在两个时期,又突出两个重点。前一个时期是20世纪20年代,其代表作品《红楼梦考证》《重印乾隆壬子本红楼梦序》《考证红楼梦新材料》等,重点是作者、家世、版本的建树和研究方法的确立,不仅奠定、规划、开拓了新红学,而且影响了近一个世纪的相关研究。后一个时期是50至60年代,发表论著少,主要是他晚年在《红楼梦》不同版本上,用红笔或蓝笔写下的批注和有关红学著作上题跋、书信。特别是这些批注文字,世人难以睹目。它尘封于台北胡适纪念馆,已经沉睡了半个世纪,海内外学者对此的研究寥寥。学术界评论、研究、关注胡适红学研究的大都集中在前一个时期,和作者、家世、版本研究这个重点,但对另一个重点——胡适无论早期还是晚期,都十分重视"程乙本",却没引起学术界应有的关注。

本文主要谈谈胡适一生重视《红楼梦》"程乙本"。

一、胡适重视《红楼梦》"程乙本"

胡适晚年用了很大精力比对《红楼梦》脂本与程本文本的不同,写下一些简短的批注，从中可以寻找到他一生研究《红楼梦》的思维脉络——重视文本。早在 1921 年他发表《红楼梦考证》（改定稿）时就强调：高鹗续书"这些证据固然重要，总不如内容的研究更可以证明后四十回与前八十回绝不是一个人做的"。当时他虽然强调文本研究，但正忙着把精力更多地投入了作者与版本的挖掘和创建上，因而没有来得及下更大的功力去研究文本。当时顾颉刚就这样说过："适之先生常常有新的材料发现；但我和平伯先生都没找着历史上的材料，所以专在《红楼梦》的本文上用力，尤其注意的是高鹗的续书。"直到晚年胡适才有更多的时间投入文本的梳理。一位大师级的学者，他的创造是多方面的，而一个人有限的精力总制约着他在某一个时期专注做一件事，但不论在哪个时期做哪件事情，都始终不会离开贯穿其一生的思维脉络。

　　胡适提出"高鹗续书"，但并没有否定后《红楼梦》四十回，这与周汝昌承绪"高鹗续书"说而对后四十回彻底否定是不同的。这一点经常被人所忽视，而恰恰这是非常重要的区别，显示了新红学发展过程中不同的脉络和走向。

　　胡适始终重视《红楼梦》"程乙本"，重视文本研究。这是胡适红学研究思维理念闪亮之处。

　　证据之一：客观评价《红楼梦》后四十回，形成重视"程乙本"的思想基础。

　　胡适在 1921 年 3 月 27 日作《红楼梦考证》（初稿），时隔大半年，发表了《红楼梦考证》（改定稿），其中结尾增补了一段客观评价《红楼梦》后四十回的重要文字：

> 我们平心而论，高鹗补的四十回，虽然比不上前八十回，也确然有不可埋没的好处。他写司棋之死，写鸳鸯之死，写妙玉的遭劫，写凤姐的死，写袭人的嫁，都是很有精彩的小品文字。最可注意的是这些人都写作悲剧的下场。还有那最重要的"木石前盟"一件公案，高鹗居然忍心害理的教黛玉病死，教宝玉出家，作一个大悲剧的结束，打破中国小

说的团圆迷信。这一点悲剧的眼光,不能不令人佩服。①

胡适在这段文字上还特意全加上着重号,以引起读者的注意,首先,"高鹗续书""有不可埋没的好处","不能不令人佩服"。其次,小说中的重要人物的命运结局都写得非常"精采(彩)"。构成了红楼人物性格和故事叙事的完整性。再次,宝黛爱情悲剧结局达到的审美效果,打破了传统,开拓的意蕴深度和广度,取得中国古典小说最高成就。胡适这一评价是客观的,奠定了他重视《红楼梦》程乙本的认知基础,也是他一生重视、倡导、力推《红楼梦》程乙本的学术动机。

证据之二:倡导"程乙本"出版和普及。

在《红楼梦》出版的版本选择上,胡适主张用"程乙本"作为普及本。他把程本命名两种。"程甲本"是乾隆五十六年(1791)排印,次年发行的。"程乙本"是乾隆五十七年的改订的本子。出版家汪原放在胡适等人影响下,20世纪20年代初,敢于创新,运用新式标点符号,对我国文学史上具有一定地位、又在人民群众中有深远影响的四大古典白话小说,进行了规模性的标点、刊印。胡适在1927年11月14日所作的《重印乾隆壬子本红楼梦序》说:"从前汪原放先生标点《红楼梦》时,他用的是道光壬辰(一八三二)刻本。他不知道我藏有乾隆壬子(一七九二)的程伟元第二次排本。现在他决计用我的藏本做底本,重新标点排印。这件事在营业上是一件大牺牲,原放这种研究的精神是我很敬爱的,故我愿意给他做这篇新序。"② 显然汪原放是受到胡适的影响,为了支持胡适的学术主张,在经济上做出了重大的牺牲。因为铅字排版既费时又费力,何况又是长篇小说的版,废弃并不是一件小事。当时他们具体商议的情景,我们现在已不可能得知,但从胡适对汪原放的称赞,便可以体味到胡适是力主《红楼梦》用"程乙本"作普及本的。其理由:

胡适认为"程乙本""这个改本有许多改订修正之处,胜于程甲本",并

---

① 宋广波:《胡适红学研究资料全编》,北京图书馆出版社2005年版,第175页。
② 宋广波:《胡适红学研究资料全编》,第207页。

举出例证具体说明，如：

程甲本原文：

> 第二胎生了一位小姐，生在大年初一，就奇了。不想次年又生了一位公子，说来更奇，一落胞胎，嘴里便啣下一块五彩晶莹的玉来，还有许多字迹。

程乙本改为：

> 第二胎生了一位小姐，生在大年初一，就奇了。不想隔了十几年，又生了一位公子。

"程乙本"纠正了"程甲本"的错误，更符合小说的叙事逻辑。诸如此类的例证还很多，不在这里赘述，但可以从中举一反三，知道胡适认为"程乙本"胜于"程甲本"。

证据之三：胡适晚年依旧关注"程乙本"普及和出版。

"程乙本"从1927年成为普及本流传开来，与胡适的重视、推介、支持有直接的关系，他本人对此也很欣慰。1961年2月12日，为影印"程乙本"原木刻本所写的序言，即《胡天猎先生影印〈乾隆壬子年木活字版百二十回红楼梦〉序》，特意指出：

> 民国十六年，上海亚东图书馆用我的一部"程乙本"做底本，出了一部《红楼梦》的重排印本，这是"程乙本"第一次的重排印本。民国四十八年，台北远东图书公司出版的《红楼梦》，就是用亚东图书馆的本子排印的。
>
> 民国四十九年香港友联出版社出版的赵聪先生校点的《红楼梦》，也是用亚东本作底本的。据赵聪先生的《重印红楼梦序》说，上海"作家出版社"曾在一九五三年及一九五七年出了两个《红楼梦》排印本，也

都是用"程乙本"做底本的，可能都是用亚东本重排的。

这就是说，"程乙本"在最近三十四年里，已至少有了五个重排印本了……现在他把这部"程乙本"影印流行，使世人可以看看一百七十年前程伟元高鹗"详加校阅改订"的《红楼梦》是个什么样子。这是《红楼梦》版本史上一件很值得欢迎赞助的大好事，所以我很高兴的写这篇短序来欢迎这个影印本。①

1961年1月24日胡适《与胡天猎书》说：

自从民十六亚东排印壬子"程乙本"行世以来，此本就成了《红楼梦》的标准本。近年台北远东图书公司新排的《红楼梦》，香港友联出版社新排的《红楼梦》，都是根据此本。大陆上所出各种排印本，也都是"程乙本"。②

为胡天猎作序的"程乙本"，胡适一次就预约购买十部，"为分赠朋友及自己留存之用"。可见其喜爱的程度。在胡适为代表的新红学派的努力下，近百年来程本《红楼梦》是唯一流行的最广泛的版本。

二、胡适晚年评析《红楼梦》"程乙本"

胡适晚年评红的文字，散见在书头页尾或者字里行间，大都是读书有感，随手而写的批注。虽文字不多，但笔笔都是胡适整体思维刹那间的思考、折射和披露。恰如钱锺书所言："往往无意中，三言两语说出了益人神智的精湛见解，含蕴着很新鲜的艺术理论，值得我们重视和表彰。也许有人说，这些鸡零狗碎的小东西不成气候，而且只是孤立的、自发的见解，构不成系统的、自觉的理论。不过，正因为零星琐碎的东西易被忽视和遗忘，就愈需要收拾

---

① 宋广波：《胡适红学研究资料全编》，第417页。
② 宋广波：《胡适红学研究资料全编》，第412页。

和爱惜；自发的简单的见解正是自觉的周密理论的根本。"① 胡适这些零散话语的背后，体现了他继前一个时期思维的拓展，只不过是发散式的闪光罢了。

胡适晚年的这些批注，一个鲜明的内容是程本与脂本叙事的比对，从而发现、寻找、探索《红楼梦》不同版本的区别，以及彼此联系。如用庚辰本与"程乙本"比对：

在庚辰本的第十一回回目"庆寿辰宁府排家宴　见熙凤贾瑞起淫心"上方批注："第十一回高鹗改动甚多。"②

在庚辰本的第六十九回"弄小巧用借刀杀人　觉大限吞生金自逝"批注："此段高本删了。"③

在庚辰本的第七十三回"痴丫头误拾绣香囊　懦小姐不问累金凤"批注："高本没有的。"④

还有用"程乙本"与其他脂评本相比对，从叙事肌理入手，着眼于文本叙事艺术，从而探索脂本到程本的版本演变。从他1961年5月18日《跋乾隆甲戌〈脂砚斋重评石头记〉影印本》中的论述，就可以看出这一思维的逻辑，他说：

> 在雪芹死后的二十几年之中，——大约从乾隆三十二年丁亥（一七六七）以后，到五十六年辛亥（一七九一），——有两种大同而小异的《红楼梦》八十回稿本在北京少数人的手里流传抄写：一种稿本流传在雪芹的亲朋好友之间，大致保存雪芹死时的残缺情形，没有人敢做修补的工作，此种稿本最近于现存的庚辰本。另一种稿本流传到书坊庙市去了，——"好事者每传抄一部，置庙市中，昂其值，（可）得数十金，——就有人感觉到有修残补缺的需要了，于是先修补那些容易修补的部分（第十七回分作两回，加上回目；十九回也加上回目，抹去待补的空白；二

---

① 钱锺书：《旧文四篇》，上海古籍出版社1978年版，第26页。
② 宋广波编：《胡适批红集》，北京大学出版社2009年版，第113页。
③ 宋广波编：《胡适批红集》，第198页。
④ 宋广波编：《胡适批红集》，第200页。

十回潦草补充；七十五回仍缺中秋诗三首；八十回补了回目）；其次补作那些比较容易补的第六十四回。最后，那很难补作的第六十七回就发生问题了。高鹗在'程乙本'的引言里说：'六十七回，此有彼无，题同文异，燕石莫辨。'可见当时庙市流传的本子，有不补六十七回的，也有试补此回而文字不相同的，戚本的六十七回就和高鹗的本子大不相同，而高本远胜于戚本。"①

综上所述，可以归纳几个要点：

（一）胡适把程甲本、程乙本、甲戌本、戚序本、庚辰本，都看作《红楼梦》版本的不同形态。正如1961年5月18日《跋乾隆甲戌〈脂砚斋重评石头记〉影印本》所说："这是《红楼梦》小说从十六回的甲戌（一七五四）本变到一百二十回的辛亥（一七九一）本和壬子（一七九二）本的版本简史。"

（二）胡适把"程乙本"当作"《红楼梦》的标准本"，认为"程甲本"不如"程乙本"，"戚序本"也不如"程乙本"。可见，"程乙本"是最适合广大读者阅读的普及版。从20世纪20年代到60年代逝世前，长达半个世纪的岁月中，在胡适收藏、研读、题跋的所有《红楼梦》版本中，唯一推介出版的是"程乙本"，而且为"程乙本"在中国大陆、台湾、香港的广泛发行感到自豪。

（三）胡适一直认为《红楼梦》后四十回是"高鹗续书"，但从来也没有贬低、排斥后四十回，相反，认真研读、比对、评介，有好说好，有不足说不足。

当时他使用的"程乙本"有两种：1959年台北远东图书公司版的"程乙本"、1961年台北启明书局版"程乙本"，并用庚辰本、甲戌本、戚序本来比对。由于胡适认为第六十七回最难补，所以他最关注"程乙本"的第六十七回。"闻秘事凤姐讯家童"一节，描写凤姐从平儿那儿听到一点信，什么"新

---

①宋广波：《胡适红学研究资料全编》，第448页。

奶奶旧奶奶"的，便起了疑心，顿时怒火上升，唤来贾琏身边的小厮旺儿，又扯出小厮兴儿，追问贾琏在外偷娶的事情。兴儿开始装傻充愣，凤姐大怒，喝令兴儿自己抽自己的嘴巴。兴儿无奈只好交代了贾琏偷娶尤二姐的过程。胡适比对"程乙本"和戚序本后，在此批注："高本改写此段，改成凤姐问话多次，兴儿回答多次，就生动多了。"

【戚序本】

（兴儿）见了凤姐，请了安。旁边侍立。凤姐一见，便先瞪了两眼问道："你们主子奴才在外面干的好事，你们打量我是呆瓜，不知道你是紧跟二爷的人，是必深知根由，你须细细的对我实说，稍有些儿隐瞒撒谎。我将你的腿打折了。"兴儿跪下磕头说："奶奶问的是什么事，是我同爷干的?"凤姐骂道："好小杂种，你还敢来支吾我，我问你二爷在外边怎么就说成了尤二姐?怎么买房子治家伙?怎么娶了过来?一五一十的说个明白，饶你的狗命。"兴儿停了仔细想了一想，此事两府皆知，就是瞒着老爷太太老太太同二奶奶不知道，终久也是要知道的，我如今何苦来瞒着。不如告诉了他，省得挨眼前打受委屈。再兴儿一则年幼不知事的轻重；二则素日又知道凤姐是个烈口子，连二爷还惧他五分；三则此事原是二爷同珍大爷蓉哥儿他叔侄弟兄商量着办的，与自己无干，故此把主意拿定，壮着胆子跪着说道：

【程乙本】

那兴儿听见这个声音儿，早已没了主意了，只得乍着胆子进来。凤姐儿一见，便说："好小子啊! 你和你爷办的好事啊! 你只实说罢!"

兴儿一闻此言，又看见凤姐儿气色，及两边丫头们的光景，早吓软了，不觉跪下，只是磕头。凤姐儿道："论起这事来，我也听见说不与你相干，但只你不早来回我知道，这就是你的不是了。你要实说了，我还饶你；再有一字虚言，你先摸摸你腔子上几个脑袋瓜子!"

兴儿战兢兢的朝上磕头道："奶奶问的是什么事，奴才和爷办坏了？"

凤姐听了，一腔火都发作起来，喝命："打嘴巴！"旺儿过来才要打时，凤姐儿骂道："什么糊涂忘八崽子！叫他自己打，用你打吗？一会子你再各人打你那嘴巴子还不迟呢。"那兴儿真个自己左右开弓，打了自己十几个嘴巴。凤姐儿喝声"站住"，问道："你二爷外头娶了什么'新奶奶''旧奶奶'的事，你大概不知道啊？"

兴儿见说出这件事来，越发着了慌，连忙把帽子抓下来，在砖地上咕咚咕咚碰的头山响，口里说道："只求奶奶超生，奴才再不敢撒一个字儿的谎。"

胡适在这批道："此下戚本是兴儿直说，只有大字本十九行。"① 所谓"直说"，就是兴儿一个人的一番话。所谓"十九行"，计386个字。

【戚序本】

"奶奶别生气，等奴才回禀奶奶听。只因那府里大老爷的丧事上穿孝，不知二爷怎么看见过尤二姐几次，大约就看中了，动了要说的心，故先同蓉哥商议，求蓉哥替二爷从中调停办理。做了媒人说合，事成之后，还许下谢礼。蓉哥满应，将此话转告了珍大爷。珍大爷告诉了珍大奶奶合尤老娘。尤老娘听了狠愿意。但说是二姐从小已许过张家为媳，如何又许二爷呢？恐张家知道，生出事来不妥当。珍大爷笑道，这算什么大事，交给我。便说那张姓小子本是个穷苦破落户，那里见得多给他几两银子，叫他写张退亲的休书就完了。二爷闻知方得放心，大胆的说定了。又恐怕奶奶知道拦阻不允，所以在外边咱们后身儿买了几间房子，治了东西，就娶过来了。珍大爷还给了爷两口人使唤。时常推说给老爷办事，又说给珍大爷张罗事，都是些支吾的谎话，竟是在外头住着。从前原是娘儿三个住着，还要商量给尤三姐说人家，又许下厚聘嫁他。如

---

① 宋广波编：《胡适批红集》，第239页。

今尤三姐也死了，只剩下那尤老娘，跟着尤二姐住着做伴儿呢。这是一往从前的实话，并不敢隐瞒一句。"

说毕，复又磕头。

【程乙本】

凤姐道："快说！"

兴儿直蹶蹶的跪起来，回道："这事头里奴才也不知道。就是这一天，东府里大老爷送了殡，俞禄往珍大爷庙里去领银子。二爷同着蓉哥儿到了东府里，道儿上，爷儿两个说起珍大奶奶那边的二位姨奶奶来，二爷夸他好，蓉哥儿哄着二爷，说把二姨奶奶说给二爷。"

凤姐听到这里，使劲啐道："呸，没脸的忘八蛋！他是你那一门子的姨奶奶！"

兴儿忙又磕头说："奴才该死！"往上瞅着，不敢言语。凤姐儿道："完了吗？怎么不说了？"

兴儿方才又回道："奶奶恕奴才，奴才才敢回。"凤姐啐道："放你妈的屁，这还什么恕不恕了。你好生给我往下说，好多着呢。"

兴儿又回道："二爷听见这个话，就喜欢了，后来奴才也不知道怎么就弄真了。"

凤姐微微冷笑道："这个自然么，你可那里知道呢！你知道的，只怕都烦了呢。是了，说底下的罢！"

兴儿回道："后来就是蓉哥儿给二爷找了房子。"

凤姐忙问道："如今房子在那里？"

兴儿道："就在府后头。"

凤姐儿道："哦。"回头瞅着平儿道："咱们都是死人哪，你听听！"平儿也不敢作声。兴儿又回道："珍大爷那边给了张家不知多少银子，那张家就不问了。"

凤姐道："这里头怎么又扯拉上什么张家李家咧呢？"

走近当代红学家　313

兴儿回道："奶奶不知道，这二奶奶……"刚说到这里，又自己打了个嘴巴，把凤姐儿倒怄笑了，两边的丫头也都抿嘴儿笑。兴儿想了想，说道："那珍大奶奶的妹子——"

凤姐儿接着道："怎么样？快说呀。"

兴儿道："那珍大奶奶的妹子，原来从小儿有人家的，姓张，叫什么张华，如今穷的待好讨饭。珍大爷许了他银子，他就退了亲了。"

凤姐儿听到这里，点了点头儿，回头便望丫头们说道："你们都听见了？小忘八崽子，头里他还说不知道呢！"

兴儿又回道："后来二爷才叫人裱糊了房子，娶过来了。"

凤姐道："打那里娶过来的？"兴儿回道："就在他老娘家抬过来的。"凤姐道："好罢咧。"又问："没人送亲么？"

兴儿道："就是蓉哥儿，还有几个丫头、老婆子们，没别人。"

凤姐道："你大奶奶没来吗？"兴儿道："过了两天，大奶奶才拿了些东西来瞧的。"

凤姐儿笑了一笑，回头向平儿道："怪道那两天，二爷称赞大奶奶不离嘴呢。"掉过脸来又问兴儿："谁服侍呢？自然是你了。"

程乙本将兴儿"直说"这一大段改为凤姐与兴儿的对话，凤姐随着兴儿交代的内容而激发的情感波动，时时钳制着兴儿：一个是居高临下，咄咄逼人；一个是低声下气，唯唯诺诺。如临其境，惟妙惟肖。兴儿虽是断断续续地交代，但叙事内容却层次井然，讲述了贾琏偷娶尤二姐的起因、寻找和布置新婚住房、张华退婚、娶亲过程等。显然这样的"改写"比兴儿一个人"直说"，"就生动多了"。胡适在《跋乾隆甲戌〈脂砚斋重评石头记〉影印本》（1961年5月18日）一文中也谈道："戚本的六十七回就和高鹗的本子大不相同，而高本远胜于戚本。"[①]

在"程乙本"的第六十七回还批注："此回戚本兴儿出去后，有凤姐与平

[①] 宋广波：《胡适红学研究资料全编》，第448页。

儿议论琏二爷、珍大爷、珍大奶奶，凡大字本44行86字，高本全删了。"①

以上是一个小的例证，但折射出胡适一贯的思维方式：重文本。晚年的胡适更加注重对文本的具体分析，对待不同版本《红楼梦》的研究，重在叙事内容、叙事线索、叙事肌理的比对上，始终以科学的态度对待红学研究，就是好的地方说好，不同意的地方就明确否定，不让个人的感情因素影响学术研究的结论。虽然他提出"高鹗续书说"，但他并不是盲目排斥程高本，从而引发他的一系列深刻的见解。翻阅胡适晚年评红文献，便会发现胡适这一点，多么值得当代红学界学者的借鉴！

三、在"高鹗续书"问题上反对"妄说"

如何对待《红楼梦》"程乙本"，焦点就在后四十回、就在"高鹗续书"上。胡适晚年对周汝昌1953年版《红楼梦新证》格外看重，批注很多，并以有周汝昌这样的"徒弟"而欣慰。他对《红楼梦新证》批注基本体现在两个方面：

一方面是胡适倾吐了他与周汝昌的师承关系。胡适开创的新红学，最突出的实绩是在作者与版本上打下一个基本的框架，周汝昌沿着胡适的框架和路数，进行充实和丰富，其功力之深、功力之大，可用说无出其右者。凡是胡适、顾颉刚发现的材料，《红楼梦新证》几乎全部引用了，胡适在复吴组湘的信中说："周书中接受我的成分太多。"

另一方面，胡适对周汝昌1953年版《红楼梦新证》中，笼统地大加贬低《红楼梦》后四十回是狗尾续貂没有表态。但对《红楼梦新证》"史料编年"这一章引用编发的"高鹗续书"的资料和说法，却提出明确的批评。

下面是周汝昌1953年《红楼梦新证》第443页的内容：

《红楼梦》实才子书也。……巨家有之；然皆抄录，无刊本。乾隆

---

①宋广波编：《胡适批红集》，第244页。

某年，苏大司寇家因是书被鼠伤，付琉璃厂书坊装订，坊中人借以抄出，刊板刷印渔利。

则乾隆间固似有刊行在先者。另据胡子晋《万松山房业书》本《饮水诗词集》"唯我"跋语云：

某笔记载其删削原委，谓：某时高庙幸临满人某家，适某外出，检书籍，得《石头记》，挟其一册而去。某归大惧，急就原本删改进呈。高庙乃付武英殿刊印，书仅四百部。故世不多见，今本即当时武英殿删削本也。

删削之说，临幸之事，姑且不论；苟曾付武英殿刊印一说为实，则《红楼》版本史更应提早矣。孙书目另一条云：

旧时真本《红楼梦》，佚。俞平伯考证"按当指《红楼梦辨》"引《续阅微草堂笔记》云：吴润生中丞家藏本，八十回后与今本大异：宝玉沦为击柝之流，史湘云为乞丐，后乃与宝玉成夫妇云云。俞氏云此书增补本当在高鹗之前，今书不传，亦不知撰人。

按俞氏云，曾见一续本，开端即从湘云为乞丐叙起，则此旧时真本信有之矣。惟《唯我》跋饮水集语又云：

尝记往见《石头记》旧版，不止百二十回，事迹较异于今本，其最著者：荣、宁结局有史湘云流为女佣，宝钗黛玉沦落教坊等事。

胡适在这页的页眉上，从右到左，并列写了短句批语："妄说""此等妄说，如何可信？""此皆妄说"，① 占满了页眉。一连三个否定，一个比一个口气加重，可见其态度鲜明。如此重的口气在胡适著作中是很少见到的，遗憾的是胡适的声音当时在大陆是被隔绝的。

周汝昌对《红楼梦》后四十回是彻底否定的，1953年《红楼梦新证》说高鹗有一副"丑恶的嘴脸"，是个"败类"，"我们该痛骂他，把他的伪四十回赶快从《红楼梦》里割下来扔进纸篓里去，不许他附骥流传，把他的罪状

---

① 宋广波编：《胡适批红集》，第314页。

向普天下读者控诉，为蒙冤一百数十年的第一流天才写实作家曹雪芹报仇雪恨！"① 后来又推进了。1980年他发表了《〈红楼梦〉"全璧"的背后》，在原有的几条材料的基础上，"穿穴爬梳，用心识别"，理出和珅——乾隆——高鹗之间的线索，公布了一个惊人的考证。《红楼梦》续书是乾隆、和珅"定下计策"，用重金延请高鹗捉刀，"将曹雪芹一生呕心沥血之作，从根本上篡改歪曲"。主要是根据嘉庆、道光年间陈镛和赵烈文的两则笔记。赵烈文《能静居笔记》记载："曹雪芹《红楼梦》，高庙末年，和珅以呈上。然不知所指。高庙阅而然之，曰：'此盖为明珠家作也。'"② 陈镛《樗散轩丛谈》说，《红楼梦》向无刊本。乾隆五十四年春，刑部尚书苏凌阿家藏抄本"被鼠伤，付琉璃厂书坊抽换装订，坊中人借以抄出，刊版刷印渔利"③，始流布于外。周汝昌说：这是"中国文化上最最令人惊心和痛心的事件"！2003年他在《红楼夺目红》一书说：高鹗续书"中华文化史上一桩最大的犯罪！伪续使雪芹这一伟大思想家在乾隆初期的出现横遭掩盖扼杀，使中华民族思想史倒退了不啻几千几百年，禁锢惑乱了无数读者的精神智慧的活跃时空"④。这形成周汝昌几十年一贯的思想，把百二十回的《红楼梦》定为"伪全书"。他强调"对一个读者、研究者如何看待曹雪芹八十回书和程高后四十回书，是一个关键性的问题"，换言之，否定《红楼梦》后四十回，当然也就从根本上否定程本。因此，周汝昌1995年在《北京大学学报》第四期上发表了长篇论文《还"红学"以学——近百年红学史之回顾》，激扬文字，指点大家，批评胡适"收到了价值极高的、可以代表雪芹真面貌精神的《甲戌本》，然而对这一珍贵文本却不见他发生多大的'整理'流布与深入研究的兴致与愿望，《考证》写毕，即将此珍本束之高阁了。相反，他一直对那部程、高二次篡改歪曲原文最厉害的《程乙本》大加欣赏，为之作序宣扬、排印流布，直至他晚年，

---

①周汝昌：《红楼梦新证》，译林出版社2012年版，根据1953年第3版首次简体字出版，第439页。
②一粟：《古典文学研究资料汇编·红楼梦卷》，中华书局1963年版，第378页。
③一粟：《古典文学研究资料汇编·红楼梦卷》，第350页。
④周汝昌：《红楼夺目红》，作家出版社2003年版，第8页。

仍然未见稍改早先的眼光与心情"。"他的《程乙本》一直流行到解放后1981年,而且是个垄断本。"①

以上可以清楚地看出周汝昌与胡适对《红楼梦》程乙本认识的不同:

周汝昌认为脂本是曹雪芹的真本,并把"甲戌本""庚辰本""戚序本"称之为"三珍本"。而视程本则是"伪本",如此区分,其意何在?与周汝昌接触最多、相识最深的梁归智在《周汝昌传》里一语道破:"周汝昌红学研究的核心,是区分曹雪芹原著和后四十回续书乃绝不可相提并论的'两种《红楼梦》',而四分支(即曹学、版本学、脂学、探佚学——笔者注)研究特别是探佚学正是实现这一目标的最重要途径。"② 由此可知胡适与周汝昌对待"程乙本"的认知截然不同,这不是对待一本书的态度问题,而是治学道路的根本不同、思维方式的根本不同、研究成果的根本不同。胡适是从考证走来,回归文本,这是他一生重视"程乙本"的理据。周汝昌是从考证走向探佚,其《红楼梦新证》和《石头记会真》,是其一生治红学具有标识性的两部作品,标志着他沿着胡适开创的路子走来,把胡适新红学的正面因素和负面因素都推向了极致。我们这里不是评价是非曲直,而是想说明"程乙本"的行世,代表了一种研究方法的支持,一种思维方式的体现,一种学术道路的标示。只有明白这一点,才真正懂得纪念"程乙本"的意义。

从胡适一生重视"程乙本",还可以看出他对红学研究的另一个重要的贡献,就是对研究方法的倡导和践行。他说:"凡做考据,有一个重要的原则,就是要注意可能性的大小。可能性(probabiLity)又叫做'几数',又叫做'或然数',就是事物在一定情境之下能变出的花样。"③ 这一方法不仅胡适实践了一生,而且开创了新红学的路数。与胡适亦师亦友的顾颉刚在《红楼梦辨·序》中说:

红学研究了近一百年,没有什么成绩;适之先生做了《红楼梦考证》

---

① 周汝昌:《还"红学"以学》,《北京大学学报》1995年第4期。
② 梁归智:《周汝昌传》,漓江出版社2006年版,第316页。
③ 宋广波:《胡适红学研究资料全编》,第210页。

之后，不过一年，就有这一部系统完备的著作；这并不是从前人特别糊涂，我们特别聪颖，只是研究的方法改过来了。从前人的研究方法，不注重于实际的材料而注重于猜度力的敏锐，所以他们专喜欢用冥想去求解释。①

如果说我们过去对胡适的"考证"的研究方法理解得不全面、不深刻、不透辟的话，那我们今天应该有自己的深层理解。胡适重视所有的《红楼梦》不同的版本，而唯独倡导将"程乙本"作为《红楼梦》的普及本。这里的道理便是"小众学术，大众欣赏"。研读脂评本"甲戌本""庚辰本""戚序本"，那都是学者的事情，都是小众的范畴。而为大众所需要的，则是故事完整、性格鲜明的在《红楼梦》诸版本中突出的"程乙本"。小众学术，只有在红学的研究领域奠基和开拓，才能不断地为大众欣赏铺设理解的台阶，为广大的读者对这部伟大著作的理解提供学术的指导，达到普及、逐步提高的效果。这是一个互动的过程，只有大众欣赏得到普及，对理性的需求提高，才会对小众学术激励和推动；相反，小众学术越是把理论研究贴向大众，为提升大众的理解力和欣赏水平铺桥架路，小众学术才会越有生命力。

当前红学研究特别值得注意的一个倾向，就是小众学术出现了把《红楼梦》的内容同戏说的"清宫秘史"搅在一起，把曹雪芹创作《红楼梦》同宫廷政治阴谋联系起来研究。这本来就使每个严肃的学者都有一种不舒服的感觉，但还是借助媒体和出版，推向了大众欣赏。试想《红楼梦》满纸都是阴谋、隐私、阴暗……既然是这样一本乌七八糟的书，那么还有什么伟大可言？还值得推到中国古典文学峰巅的位置吗？胡适建构新红学，为中国的学术事业领跑的同时，念念不忘倡导"程乙本"作为《红楼梦》的普及本，服务大众。其正是以自身实践"小众学术，大众欣赏"这一原则的典范，很值得我们深思。

原载《曹雪芹研究》2012年第三辑

---

①宋广波：《胡适红学研究资料全编》，第132页。

周汝昌红学研究的理念和走向

一、周汝昌现象

周汝昌六十年研究红学,是近年来"走红"的红学大家。

有一位记者风趣地说,就在人们快要将他视作"一段即将被时光拆除的古城墙"时,八十多岁的周汝昌近几年骤然发力,一口气出版了二十多部红学著作。其人其学,引人瞩目。有人评价他:"几乎一生始终处于红学论争的旋涡之中,他或者是论争的参与者,或者成为论争的对象。""周汝昌既成了红学界'最引人瞩目的人物,也是一个"毁誉参半"的人物'。""他既得到肯定、赞誉,身上罩着光环;也受到讥嘲、攻击,乃至'遍体鳞伤'。"[①]

评说者见仁见智,不足为凭。但他的学术成就和研究方法,不仅仅属于他个人。透过他大半个世纪所走过的治学之路,可以透视出中国传统治学的方法对当代红学研究的影响;折射出当代学术氛围、学术之争、学术方向;梳理出数十年他所形成的研究路数;分辨出他的学术成就、学术影响、学术误区。因此,总结他六十年的红学研究,是学术史研究课题中应有之义、是红学之争必然的话题、是红学健康发展的需求。

周汝昌从1947年12月5日在天津《民国日报》发表第一篇学术论文《曹雪芹卒年之新推定》算起,至今学术生涯已整整六十年了。其尤在红学研

---

① 王畅:《周汝昌与红学论争》,《邯郸学院学报》2007年3月。

究方面情有独钟,以毕生精力和全部心血倾入红学研究之中,在这方面当属国内第一人,且著作等身。简括其六十年红学研究,可以说干了两件大事。一个是出版、修订、再修订《红楼梦新证》,前前后后五十年。再一个就是出版了他一生校点的一部所谓"真本"《红楼梦》。这是他和其兄周祜昌逾半个世纪,根据十余个存世的脂评本,一字一句汇校而成的。因此,周汝昌一生用力最勤的红学研究都是围绕这两件事情进行的,而其他著作考证或者稀释出的东西,大都是从《红楼梦新证》中或抽引派生,或阐发扩充,或增饰铺张而来的。其出版了一系列红学丛书,如《曹雪芹小传》《献芹集》《石头记鉴真》《红楼艺术》《红楼梦的真故事》《红楼梦与中华文化》《红楼小讲》《红楼家世——曹雪芹氏族文化史观》《红楼夺目红》《恭王府考》《红楼鞭影》等。

学术界对周汝昌最突出的贡献,基本形成的共识是其为新红学考证派集大成者。

不论对他倍加推崇的,还是有过批评的,对这一点都是认可的。我们以20世纪80年代以来,出版的几本红学史论著作对他的评价为证。1981年郭豫适出版的《红楼梦研究小史续稿》"第九章 周汝昌的《红楼梦新证》",专章介绍了他的红学研究成果,长达两万五千多字。他说:"在《红楼梦新证》以前,还没有一部著作对曹雪芹及其家世进行过如此详细的考证工作。胡适的《红楼梦考证》对曹雪芹及其家世勾勒出了一个轮廓,但比起周汝昌这部《红楼梦新证》来,毕竟比较单薄;俞平伯对曹雪芹及其家世也作过一些考证工作,但在这方面用力也不像周汝昌这样大。"1982年韩进廉出版的《红学史稿》设专节介绍周汝昌的《红楼梦新证》。1997年白盾主编的《红楼梦研究史论》设专节介绍周汝昌的《红楼梦新证》。1999年刘梦溪《红楼梦与百年中国》设专节介绍"考证派集大成者周汝昌",并指出"考证派红学的中坚、集大成者不是俞平伯,而是周汝昌"。1999年欧阳健、曲沐、吴国柱的《红学百年风云录》也如是说。2005年陈维昭《红学通史》认为:"在这一阶段的实证红学中,最有成就的是周汝昌。"几乎国内出版的红学史论著作对周汝昌的学术成果,认识基本都是相同的。一言而概之:其为考证派集大成者，而且一致认为他的代表作是《红楼梦新证》。

二、《红楼梦新证》的基本框架和学术思想

《红楼梦新证》1953年初版，39万字，棠棣出版社出版。到1976年人民文学出版社出版《红楼梦新证》增订本已基本定型，以后没有大规模的修订。到1998年华艺出版社再版时，45年间已出版四次，每次都有局部修改。下面扫描一下《红楼梦新证》的基本框架，以及各个版本之间的变化，可以细数周汝昌学术积淀的年轮。

《红楼梦新证》是以考证为主体，而且是把胡适新红学考证的正面因素和负面因素都推向了极致。其所包含的红学研究内容已经形成曹学、版本学、脂学和探佚学的潜在体系，只是在其中还没有十分自觉地提出来"四学"，进行学理的建构。但《红楼梦新证》的主体内容已经表现出鲜明的特征，而且每一次对它的修订，实质上都是在强化这些特征的内涵。他在特定的政治氛围下不得不说一些违心的话，以此自我保护，这是我们能够理解的。一旦政治环境宽松，思想压抑得到松动，就会按照原来的思维滑道，以难以控制的惯性，自然前行。周汝昌孜孜、苦心孤诣地搞了一辈子，其思维张力、文化积淀、思考方式，就像血液一样在他周身流贯，无论他在外界的压力下，如何变换一些说辞，都不可能改变他的文化基因的组合，改变他的思维惯性的运转，改变他的学术结晶的成分。

（一）初版《红楼梦新证》奠定基本框架

初版《红楼梦新证》基本框架分为四大块：

第一，关于《红楼梦》的版本。第一章"引论"，基本论点是分清《红楼梦》两个版本，即脂批本和程高本。周汝昌认为目前流行的一百二十回的"程乙本"是伪本，因它包含了高鹗补写的后四十回。他主张复原《红楼梦》"真本"，也就是他"考证"要做的工作。

第二，曹雪芹的家世。也可以说是"曹学"。集中在第二、第三、第四、

第五、第六章，篇幅占全书的三分之一以上，从明崇祯三年曹玺出生（1630）到乾隆五十六年，即曹雪芹死后二十七年（1791），与曹家有关的各种各样的史料，基本观点如下：其一，发现了曹玺的次子曹宣，第一次滤清过继到曹寅寡妻名下的曹颙，其父是曹宣。其二，曹雪芹祖籍问题。从宋代的曹家一直梳理到后金，中心论点是曹家的祖籍在河北丰润。其三，曹雪芹生卒年问题。主张曹雪芹的卒年是乾隆二十八年癸未除夕，生年是雍正二年。将曹雪芹从出生到十五岁，与《红楼梦》前八十回所写的人物、年代一一比对。既是对自传体的考证，也是对自传体的展示。他说《红楼梦》"不独认为情节是'追踪蹑迹'，连年月日也竟都是真真确确的"，"是最有意义的一个收获"。其四，"地点问题"。考证小说中的大观园在北京的原型。

第三，脂批。第八章"脂砚斋"。主要研究脂评本的批语，用脂批坐实《红楼梦》中人和事。最突出的观点，脂砚斋的身份是一位女性，即小说中的史湘云。

第四，探佚。第七章"新索隐"。有关《红楼梦》的时代背景、历史典故、流传影响的材料。

以上四大块最突出的是，在整个考证过程中显示出一个特点，就是把小说中的贾家、史家等和历史上的曹家、李家等互相比照，以曹证贾，以贾证曹，强调了小说人物和历史人物的"同一性"。比如考证出迷失了的曹宣，紧接着在第三节"一层微妙的过继关系"，周汝昌就从曹家拉到《红楼梦》人物上，"贾赦和贾政，本是同生，都是曹宣的嫡子"。对于贾母来说，"贾政是过继的儿子"，"贾赦根本就不是贾母的儿子"。据此解释贾母与贾赦、贾政之间微妙的关系。在学术理念上已经形成"自传说"的体系。显然，考证是正确的，但是以曹证贾，以贾释曹，却滑入错误倾向的泥淖之中。

（二）1976年增订本《红楼梦新证》基本定型

1976年《红楼梦新证》增订本的基本框架四大块，虽与初版没有大的变动，但史料却翻倍地扩充了。以后二十年间《红楼梦新证》再版都是以此为基本规模。

扩充的内容主要是增加了曹家家世、《红楼梦》版本以及流传等大量的史料。比如第七章"史事稽年"原来只有253页,增订后扩展到568页,是增订本二分之一的篇幅。其稽年的历史跨度向上延伸了43年,并分为三个时期:前期上溯明万历二十年(1592)至顺治十八年(1661);中期为康熙二年(1663)至康熙五十一年(1712),主要稽录曹玺、曹寅父子两代任江宁织造期间的资料;末期为康熙五十二年(1713)至乾隆五十六年(1791),从曹頫继江宁织造开始,至《红楼梦》程高本问世。正如周汝昌在"重版后记"所说:"在增订上,几乎所有的力量都放在了史料方面。原第六章(今本为第七章)本来就是全书中最为冗长的部分,可现在篇幅却又多出了一倍,在这本怪物身上形成了一个便便巨腹,更增加了它的怪状。"① 而外,附录编"本子与读者",除保留"戚蓼生考""刘铨福考"两篇外,又增加了"戚蓼生与戚本""清蒙古王府本""梦觉主人序本""靖本传闻录"等版本研究篇章,还有对清代题红诗的几篇专论。附录编新增了150多页。仅第七章"史事稽年"和附录编,就比初版《红楼梦新证》增加了370多页,约占全书新增篇幅的三分之二。

扩充的内容其次是一些史料和按语、附记、补充说明等,维护初版时的基本观点。如第二章"人物考",增加了一篇附记:记录了当年周汝昌考证出曹雪芹嫡亲的爷爷曹宣——有些学者不以为然的事情。第三章"籍贯出身",增加了一篇附记:驳斥贾宜之发表在1957年《文学遗产增刊》第五辑上的文章《曹雪芹的籍贯不是丰润》,维护他的基本观点曹家的祖籍是河北丰润。第五章"雪芹生卒",针对王利器在《文学遗产》第61期发表的论文《重新考虑曹雪芹的生平》,增加了批评王利器一文。因为王利器强调了曹雪芹在江宁度过13年,那么曹雪芹生年就应当是康熙五十四年。这一观点直接否定了周汝昌提出的曹雪芹生年是雍正二年的论断。

还有一些新增的内容,有以下几个方面:

一是,卷首刊有李希凡、蓝翎发表于1955年1月20日《人民日报》的

---

① 周汝昌:《红楼梦新证》,人民文学出版社1976年版,第1124—1125页。

《评〈红楼梦新证〉》。1954年红楼梦风波中,李希凡和蓝翎的评论文章代表主流意识,虽然也批评《新证》"在自然主义'自传说'的观点上,和胡、俞取得了一致,并且用全部的考证工作发展了这个观点",但在当时主要是为周汝昌解围的,提出区分周汝昌与胡适、俞平伯的不同,起到了在政治上保护周汝昌的作用。周汝昌对此很感激。说:"蒙李希凡等同志专为本书写了评文,在党的报纸上发表。现在征得希凡同志的同意,把它刊在重排本上,我将它冠于卷首,请读者尽先取阅。"①

二是,史料之中掺杂一些个人的东西,引发了以后论争。其一,所谓曹雪芹佚诗。1973年左右曹雪芹《题琵琶行传奇》佚诗披露,引起很大的争论。此次载入《红楼梦新证》增订本"一七六四 乾隆二十九年 甲申"条目之下。"按雪芹遗诗零落,仅存断句十四字,有拟补之者,去真远矣,附录于此,聊资想象。"其二,载入《红楼梦新证》增订本同一条目之下还有一首《八声甘州·蓟门登眺凭吊雪芹》,仅注明:"佚名爽秋楼歌句。"②

题松堂琵琶行传奇

唾壶崩剥慨当慷,月荻江枫满画堂。
红粉真堪传栩栩,绿尊那靳感茫茫。
西轩鼓板心忼壮,北浦琵琶韵未荒。
白傅诗灵应喜甚,定教蛮素鬼排场。

三是,增添一个长达4万字的《重排后记》,这是研究周汝昌学术思想演化的重要篇章。因为这标志着他的学术理念开始定型,我们将在后面详细论述,这里简单地勾勒一下重排时对几个问题修订时的说法。

其一,《重排后记》修改了他的"自传说"。周汝昌说:"全书存在的中心问题是主张'自传说',全部各章各节,都从这个错误观点出发,拱卫着

---

①周汝昌:《红楼梦新证》,人民文学出版社1976年版,第1145页。
②周汝昌:《红楼梦新证》,人民文学出版社1976年版,第256页。

它,简直成了一个'体系'。我想过的,这种东西,如要修改,只能整个弃如敝屣,重写一部全新的书。"① 因而,这次文字上的修订只能是枝节上的变动,但却谈了对现代红学派的认识,特别是批判了胡适的"自传说"。"胡适'考证'的结果:《红楼梦》是曹雪芹的一部'自叙传',其内容意义,就是'老老实实的描写'一个'坐吃山空'的'自然趋势'。""他把这部划时代的反传统、反孔孟、反礼教的伟大作品说成只是写的个人的自叙传,把其间显示的封建社会总崩溃的历史变革趋势说成只是'挥霍惯了''坐吃山空'的'自然趋势',他的居心用意何在?岂不昭然若揭?——他把蔡元培先生所要试行阐明的即毕竟这部小说与政治与社会有关的那点意思反对掉了之后,就用'自叙传'的手法来掩盖《红楼梦》的时代背景、历史意义,政治社会内容。为什么?怕讲《红楼梦》所反映的问题根本是阶级斗争,是阶级斗争推动的历史社会的空前大变化,是强烈冲击封建制度的反孔孟反礼教的异端思想。这一点,就是胡适考证的中心要害。"② 特别是周汝昌谈到了他受胡适的影响形成的过程,"我的接受'自叙传'说,不是说当时的历史条件毫无关系,但最根本的原因是由于自己的世界观。这才是决定我如何解释《红楼梦》的主要因素。那时我的思想,基本上是属于资产阶级体系的。因此看见胡适的考证,认为它对,还要助长它,宣扬它"③。

其二,对有关曹家的几个历史问题的思考和追寻。虽然是零碎的思绪,但积淀着他长期的思考,铺垫着他以后整体说法的支脉,构建着他描绘曹学的基本素材。主要是以下两大问题。第一,乾隆五年弘晳逆案。"如此则我推断曹家应是在此大案中沾带牵连、再遭巨变的事,与此有无关系?像这样的问题,我是一直在摸索,但距离真懂得还远的很。"第二,程高续书的过程和动机。"乾隆朝的统治者们,在收买、威逼、迫害、破坏种种伎俩都经使尽而仍然得不到曹雪芹的笔让步的情形下,便施展出颇为阴险毒辣的一著:抽梁换柱,暗地腾挪,使之整个存形变质,并且'将欲取之,必固欲之',还不惜

---

① 周汝昌:《红楼梦新证》,人民文学出版社 1976 年版,第 1124 页。
② 周汝昌:《红楼梦新证》,人民文学出版社 1976 年版,第 1138 页。
③ 周汝昌:《红楼梦新证》,人民文学出版社 1976 年版,第 1144 页。

工本，不但要为之寿诸梨枣，而且还要刻出'全部'来。"为了这一特殊使命，这要物色'人才'。这种人才要不显山不露水，能力还要混得过耳目，身份地位要能够知己知彼，才便于取中要害。物色的结果，差使落到高鹗（也是内务府旗人）程伟元二人头上。其成绩，就是后来一直传世的百二十回本的《红楼梦》。"① 以上的问题当时他强调"还只是我个人的推测，是否能得其事之实，有待进一步研究讨论"。以后就变成了史实了。

其三，对《红楼梦》真本的追求。周汝昌最不满意《红楼梦》"程乙本"，他以"庚辰本""戚本""甲戌本"，"彼此互校，立下了汇校的骨干"，"从此立意要校写出一部接近曹雪芹原著面貌的本子来"。

（三）1985年版《红楼梦新证》的变动，体现了本来的面貌

1985年人民文学出版社再版《红楼梦新证》，虽然没有大的改动，但删掉了由于政治因素的干扰作者当时说的一些言不由衷的话语，使其学术观点更加明确。

第一，修订。王利器针对1976年版《红楼梦新证》中存在的硬伤和缺陷，发表一篇长达两万多字的《〈红楼梦新证〉证误》，指出数十处错误。1985年《红楼梦新证》第二次印刷时，利用挖版的技术，对明显的错误进行了改正。如原221页记录"后金天聪八年……金之汉官民诉差异繁重，努尔哈赤晓喻之……"将皇太极误为努尔哈赤，改正。再如825页将李白诗误为王昌龄的，今改之。等等。

1985年《红楼梦新证》第二次印刷时，史料之中掺杂一些个人的东西的地方，都做了改动。关于曹雪芹逸诗这句，1976年版原文："按雪芹遗诗零落，仅存断句十四字，有拟补之者，去真远矣，附录于此，聊资想象。"今改为"按雪芹遗诗零落，仅存断句十四字。余曾试为拟补三篇，附录一首，聊资想象"。② 关于《八声甘州·蓟门春晓凭吊雪芹》的题注，1976年版原文：

---

① 周汝昌：《红楼梦新证》，人民文学出版社1976年版，第1161页。
② 周汝昌：《红楼梦新证》，人民文学出版社1976年版，第750页。

"佚名爽秋楼歌句"。今改为"周氏爽秋楼歌句"。①

第二，删除。1976年出版的《红楼梦新证》增订本，尚处在"文革"时期，卷首刊有李希凡、蓝翎发表于1955年1月20日《人民日报》的《评红楼梦新证》，能够多一成保护色。1985年本将其取消。相应也将《重排后记》关于批判胡适"自传说"和自我批评的长篇文字删除了。本来这部分就是作者言不由衷的话。

第三，保留。1976年版《重排后记》的后一部分依旧保留了，作为1985年本的《后记》。主要讲的是高鹗续书。关于这一个问题，是周汝昌始终坚持而不断发展的一个观点。早在1953年初版，他就说："有人赞扬过高鹗保持了全书悲剧结局的功劳，但我总觉得我们不该因此便饶恕了高鹗这家伙……他也配续曹雪芹的伟大杰作吗？现在是翻身报仇雪恨的时代，曹雪芹被他糟蹋的够苦了……我们要痛骂他，把他的伪四十回赶快从《红楼梦》里割下来，扔进字纸篓里去，不许他附骥流传，把他的罪行向普天下读者控诉，为蒙冤一百数十年的第一流天才写实作家曹雪芹报仇雪恨！"②1976年版周汝昌不仅彻底否定后四十回，斥"伪四十回续书"，称高鹗为"败类"，还在增订本的《重排后记》里提出：乾隆朝的统治者、名公巨卿隐匿曹雪芹作的后三十回，又物色高鹗、程伟元偷改前八十回，续后四十回。正如梁归智所说："周汝昌的一切活动、说辞都围绕着一个核心运转，那就是辨明后四十回续书对曹雪芹原著的遮蔽扭曲，恢复原本《红楼梦》真正的伟大。"③这就是周汝昌为什么保留这一部分的真实的目的。

（四）1998年《红楼梦新证》第三次修订，真正体现了周汝昌的全部理念

1998年华艺出版社出版《红楼梦新证》，作者作了第三次修订。第一章引论是1997年冬新撰写的，取代了自1953年、1976年、1985年各版的第一章。

---

①周汝昌：《红楼梦新证》，人民文学出版社1976年版，第757页。
②周汝昌：《红楼梦新证》，棠棣出版社1953年版，第583—584页。
③梁归智：《红学泰斗周汝昌传》漓江出版社2006年版，第286页。

新撰写的第一章是对自己五十年红学研究的简明总结,表述了最主要的观点:第一,"'红楼梦现象'是个中国大文化的一种显相,绝非文学艺术的观念所能阐释。"第二,曹学虽源于胡适的《红楼梦》考证,但"实质成形"于1947—1953年,即《红楼梦新证》创稿至出版。其重要贡献的要点:曹雪芹家世身份是内务府包衣,满族正白旗;其祖籍是河北丰润;曹雪芹的曾祖母孙夫人是康熙的嬷嬷;曹家遭祸的主因是太子与雍正夺嫡之争而受株连;曹寅一生清正。曹学是红学的一部分,又是红学的基础。第三,曹雪芹"并不是一位'小说家'","而是与庄子并列抗衡的哲人高士,大师巨匠"。"雪芹一生的苦难和不平","如无'曹学'的贡献,难晓雪芹的身世悲深"。

新撰写的第一章虽然文字不长,但凝缩了周汝昌五十年从考证到学理构建的全部思考,"此书的首创性与价值所在,一是建立了'曹学';二是将'曹学'与'红学'紧密绾合,体现出一个根本认知:'曹学'方是'红学'的根本基础;三是从文、史、哲三大方面来综合阐释《红楼梦》的高层次文化意义(同时也对比了高鹗伪续后四十回的思想内涵与精神世界的迥异于雪芹原著)"。《红楼梦新证》就是奠定这种理念的基石。

三、周汝昌红学研究的核心——自传说

当代红学研究常常受政治风云的裹挟,因此,研究一位学者的学术历程,应当排除政治氛围压抑下使人表达的违心的言行。周汝昌在1954红楼梦风波中,甚至1976年版《重排后记》中对胡适和自传说的批判和自我批判,在他整个学术思想的发展进程中是不和谐的变调,可视作他不得不屈从的话语。凡是从那个时代走过来的人,对此都会以宽容和大度的心态对待之。不管我们赞同或者不赞同他的学术观点,都应当以尊重而客观的目光审视他所走过的学术道路。研究周汝昌,不单单评价他的学术思想,更重要的是通过展示他的学术思想,认识当代红学的历史进程给我们什么启迪、什么思考、什么教益。

1953年初版《红楼梦新证》有多处嘲讽和贬低胡适的地方,什么"爱出

风头的胡适""风头主义者胡适";胡适《红楼梦考证》"不过拾前人牙慧而已";"妄人胡适"。胡适看出了周汝昌所采取的"障眼法",周汝昌感念师恩的深情话语,只能用隐晦的方式来表达。那些对恩师违心嘲骂的言辞,都是不得已而为之。1960年11月19日,胡适《答高阳书》:"关于周汝昌,我要替他说一句话。他是我在大陆上最后收到的一个'徒弟',——他的书决不是'清算胡适思想的工具'。他在形式上不能不写几句骂我的话,但在他的《新证》里有许多向我道谢的话,别人看不出,我看了当然明白的。"[1] 胡适所指向他道谢的话是1953年初版《红楼梦新证》第30页一段话:"这些材料,因为机缘凑泊,在一两年内就先后聚在我手里,许我运用,种种幸会,有非人力所能幸求者。诸收藏家对我的慷慨和厚意我永不能忘怀,而我的感幸,也远非言语所能表达。这实是促本书于成的有力原因。"[2] 这与当年周汝昌致胡适的信对照来看,便会一目了然。

  1954年批评俞平伯运动之始,周汝昌在批判俞平伯时主动作了自我检讨:"我在《红楼梦新证》一书中,处处以小说中人物与曹家世系比附,说小说中日期与作者生活实际相合,说小说是'精裁细剪的生活实录'","受胡、俞二人的方法影响很深",以致"成为胡、俞二人的俘虏","导引读者加深对《红楼梦》的错误认识",从此就放弃自传说。在1976年4月"文革"风风雨雨中出版的增订本《红楼梦新证》,他在《重排后记》中说:"比附真人真事,其效果还可能影响一些初学创作的人,忽略马克思主义文艺理论的重要原则,即典型化与能动反映论。那将不利于现代创作的提高和发展。毛主席说过的:'**但是文艺作品中反映出来的生活却可以而且应该比普通的实际生活更高,更强烈,更有集中性,更典型,更理想,因此,就更带普遍性。**'(《在延安文艺座谈会上的讲话》) 真人真事派的创作方法论,实质就是违反这个科学的文学理论教导,仿佛作品只是等于生活,甚至倒是生活高于作品。批判了这些自传谬说,才能正确深刻地认识《红楼梦》的意义,也才能正确深

---

[1] 宋广波:《胡适红学研究资料全编》,北京图书馆出版社2005年版,第393页。
[2] 周汝昌:《红楼梦新证》,泽林出版社2012年版,第24页。

入地研究曹雪芹的艺术特点特色。"①

真正的学术思想非一时一地的言行,应当以他学术实绩显示的学术思想来审视,长达二十年三次修订的《红楼梦新证》其中或大或小、或深或浅的变化,特别是1976年版《重排后记》中所表述的,又在1985年版重现的学术观点,以后又多次在其他著作中反复谈到的,便成为构建他学理支撑的基础。这可以说是周汝昌六十年红学研究最真实的一面,显示了他的学术个性、学术走向、学术品位。当新时代复苏了人性,解放了思想,周汝昌把郁积心头的真正的想法终于和盘托出来的时候,他仍然不愿直说《红楼梦》是自传体,便借巴金的一封信为由头,重提"自传说",并强调:"怎样理解与评论'自传说'?为什么我们要讨论这个问题呢?因为除非你不想来思索或研究《红楼梦》的许多重要问题,那就'万事皆休';如果你还想要,那你首先得来把这个问题'先决'了才行。不然的话,想回避,想'绕开',那就是自愿永世也不想真正懂得这部小说的了。"②周汝昌的论证方法,很少开门见山,一语中的,而是常常采取铺叙的手法,从远处娓娓道来,先让你走进他的思维,跟着他去分析,去结论。有时左右拉弓,一会说这个,一会说那个,在环顾左右而言他的时候,已经让你在模糊中大致领悟他的意思。上面关于"自传说"的那段话,就是从巴金说起,铺叙到最后,才得出这样的结论。其实懂不懂"自传说"和懂不懂《红楼梦》是两码事,可周汝昌如此煞费苦心地强调,正表明他六十多年红学研究的全部家底就是"自传说",不说不行,不吐不快。

周汝昌红学研究的学术思想集中体现在《红楼梦新证》,而《红楼梦新证》的核心观点则是"自传说",正如他自己所言"全书存在的中心问题是主张'自传说',全部各章各节","拱卫着它,简直成了一个'体系'"。③而且他把胡适的"自传说"推到极端,处处将《红楼梦》的人物同曹家家世相比附,并认为《红楼梦》是曹雪芹的"年表",连"岁时节序、年龄大小"

---

①周汝昌:《红楼梦新证》,人民文学出版社1976年版,第1146页。
②周汝昌、周伦苓:《红楼梦与中华文化》,工人出版社1989年版,第23页。
③周汝昌:《红楼梦新证》,人民文学出版社1976年版,第1124页。

都"惊人的"吻合,"连年月日也竟都是真真确确的"。《红楼梦新证》书中常是曹家、贾府混为一谈,而且用《红楼梦》小说的描写作为曹雪芹家世身世的史料。在此基础上《红楼梦新证》提出的最主要的学术观点有:第一,主张《红楼梦》是"自传体",贾家就是曹家,贾宝玉就是曹雪芹。第二,主张"癸未说",曹雪芹的卒年是乾隆二十八年癸未除夕,生年是雍正二年。第三,曹家的祖籍是河北丰润。第四,小说中的大观园的原型是北京的恭王府。第五,曹家"中兴说",曹在乾隆即位后,官复原职,曹家中兴,四五年后又遭抄没。第六,高鹗补写的后四十回是"伪书"。第七,脂砚斋是一位女性,是小说中的史湘云。虽经半个世纪的岁月洗刷,这些论点却始终不变,曾引发了多次红学论争。

如果以 1980 年《曹雪芹小传》作为分界线,在此之前,他的这些观点基本都是以史料为支撑各自独立的,不管史料是否有说服力或者有价值。在此之后,这些观点不再各自独立了,逐渐连起来了。他开始将曹家的几个历史问题,进行整体性的思考和追寻。《红楼梦新证》将曹雪芹生卒年、《红楼梦》描写的地点、曹家中兴和乾隆五年弘晳逆案、曹家二次败落这一系列问题,构建"曹学"的框架。这种整体性的思考和追寻,不是建立在考证之上,不是以丰富的史料为基础,而是靠着思辨去串联。他自己也看到这一点,"虽然由于文献缺乏,我们对曹家再次惨遭彻底毁败的直接的、确切的案由一时无法列举,因而不能不用间接而曲折迂回的办法来窥测,但曹家最后一次的巨变显然是和这类案子里的下层人物、边沿关系有了株连,其他原因,是否还有,尚待深入研讨"。再如程高续书问题,1976 年增订本的《重排后记》还说:乾隆朝的统治者、名公巨卿隐匿曹雪芹作的后三十回,又物色高鹗、程伟元偷改前八十回,续后四十回。"以上这些,还只是我个人的推测,是否能得其事之实,有待进一步研究讨论。"① 过了五年,没有新的史料发现,1980 年,周汝昌提交威斯康星国际红学研讨会的论文《〈红楼梦〉"全璧"的背后》,则进而判定物色程、高续后四十回,是乾隆皇帝本人与权臣和珅,亲

---

① 周汝昌:《红楼梦新证》,人民文学出版社 1976 年版,第 1163 页。

自组织人炮制的。至此,长达半个世纪,周汝昌对高鹗续书从批判到定性,终于画上句号。正如余英时所说:"这个新红学的传统至周汝昌的《红楼梦新证》(1953 年)的出版而登峰造极。在《新证》里,我们很清楚地看到周汝昌是把历史上的曹家和《红楼梦》小说中的贾家完全地等同起来了。其中〈人物考〉和〈曹雪芹生卒与红楼年表〉两章尤其具体地说明了新红学的最后归趋。换句话说,考证派红学实质上已蜕变为曹学了。"① 周汝昌自己也这样认识。他在1998年华艺出版社再版的《红楼梦新证》总序中说:"此书的首创性与价值所在,一是建立了'曹学';二是将'曹学'与'红学'紧密绾合,体现出一个根本认知:'曹学'方是'红学'的根本基础;三是从文、史、哲三大方面来综合阐释《红楼梦》的高层次文化意义(同时也对比了高鹗伪续后四十回的思想内涵与精神世界的迥异于雪芹原著)。"②

进入 80 年代,周汝昌学术研究集中在学理的构建上,而考证对他来说意味着终结。

四、周汝昌学术思想的渊源和走向

周汝昌的史学考证方法,既与乾嘉学派在近代的影响分不开,又直接得力于胡适的实证方法。乾嘉学派对 20 世纪的史学考证影响很大,原因一是乾嘉学派与西方近代史学多有相通之处。20 世纪的历史实证派所采用的理念和方法既来源于西方,也来源于中国传统史学。乾嘉学派对近代中国文学也产生了重大影响。胡适提出实验主义的方法"大胆的假设,小心的求证",是他在《清代学者的治学方法》一文中,总结清代学者的治学经验的基础上首次提出来的,在某种程度上也是受乾嘉学派"无征不信"的影响。胡适在有关治学方法的文章和讲话中,总是称颂清代朴学大师们的治学方法为"科学方法"。原因之二,20 世纪涌现出像梁启超、王国维、胡适、顾颉刚、陈寅恪、吕思勉等历史实证派大学者,几乎无一例外地都受到乾嘉学派的深刻影响。

---

① 余英时:《红楼梦的两个世界》,上海社会科学院出版社 2002 年版,第 10 页。
② 周汝昌:《红楼梦新证》序,华艺出版社 1998 年版,第 1 页。

这说明中国传统的治学方法是不断延续的。

乾嘉学派考证主要是从文字音韵、名物训诂、校勘辑佚等方面从事于经书古义的考证,并由此而推广到其他方面。1953年初版《红楼梦新证》"迷失了的曹宣"这一节,是周汝昌运用乾嘉学派考据方法对曹家家世考证最显示功力的一节。他发现官书记载有误,曹宣不是曹子猷,应该是另外一个人。虽然没有找到文献"实证",但他凭借古代文化起名、字、号的传统,名中之字必然和经典词句有关合,根据曹寅字子清,号荔轩,典出《尚书·舜典》;曹宣字子猷,号筠石,典出《诗经·大雅·荡之什》,考据出曹玺有三子。其中曹宣被官书《八旗满洲氏族通谱》和《八旗画录》都搞错了,因此标题就是"迷失了的曹宣"。他兴奋地说:"最奇的还得算这一回,我们找着了迷失一百好几十年的曹雪芹嫡亲的爷爷曹宣。"① 当时没有文献来证实,二十年后,冯其庸通过发现的两篇《曹玺传》说:"曹雪芹的直系祖父曹宣的名字,是周汝昌同志考证出来的。(请参阅周汝昌《红楼梦新证》五七页至六七页,及周汝昌著《曹雪芹》二三五页至二三七页。)这样曹雪芹嫡亲祖父的名字'宣',不仅从考证中考了出来,而且从文献中第一次找到了直接的记载,从而证明了周汝昌等同志考证结论的正确性。"② 这是周汝昌受乾嘉学派影响的一个典型例证。

胡适对周汝昌的影响和帮助是他学术生命中的大事。一是胡适《红楼梦》考证思想对他的启示。最初胡适发现了敦诚的《四松堂集》,据此推断:宗室诗人敦敏的诗集《懋斋诗钞》必有关于曹雪芹的材料。但胡适没有下功夫去查找,是周汝昌找到这部书,又参阅胡适的考证,而从中产生了曹雪芹生卒年的新想法,写成他第一篇成名作;二是胡适对后学周汝昌热情帮助和言传身教,并借给他两部罕见的脂本,一是甲戌本,一是大字戚序本。也就是说当时别人难以看到的罕见的脂本,他得天独厚地享用了。这是导致他直接的高起点起步的重要原因之一。三是胡适对周汝昌的版本校勘计划的认同和支持,使他沿着这条道路走了半个世纪。

---

① 周汝昌:《红楼梦新证》,译林出版社2012年版,第44页。
② 冯其庸:《梦边集》,陕西人民出版社1982年版,第86页。

胡适第一次把西方实证的方法引入红学研究之中，开创了新红学。周汝昌对新红学的继承和发展，主要表现在学术体系的构建上。胡适在四个方面打下一个基本的框架：第一，曹家家世的考证；第二，曹雪芹的考证；第三，《红楼梦》版本的考证；第四，后四十回的探佚。周汝昌沿着胡适打下的框架，进行充实和丰富，其功力之深、功力之大，可以说无出其右者。凡是胡适、顾颉刚发现的材料，《红楼梦新证》几乎全部引用了，如：《诗人征略》《耆献类征》《楝亭全集》《楝亭诗钞》《楝亭词钞》《楝亭十种》《楝亭十二种》《楝亭书目》《楝亭诗钞别集》《四库提要》《四库全书提要存目》《四松集》《有怀堂集》《有怀堂文稿·楝亭记》《居常饮馔录》《糖霜谱》《粥品》《粉面品》《制脯鲊法》《茗笈》《蔬香谱》《制蔬品法》《说郛》《周易本义》《观古堂书目》《施愚山全集》《康熙圣训》《圣祖御制文集》《江南通志》《江宁府志》《江宁府志·拾补》《上元江宁两县志》《八旗通志》《八旗氏族通谱》《八旗文经》《八旗人诗集》《八旗艺文编目》《八旗画录》《啸亭杂录》《扬州府志·撰述门》《陈鹏年传》《曝书亭集》《仪征县儒学碑》《杨中讷墓志铭》《己畦集》《荔轩诗序》《儋园集》《东皋草堂记》《鹪鹩庵笔麈》《清代御史题名录》《雪桥诗话续集》《惟清斋全集》《操缦堂诗稿跋》《拙鹊亭记》《雍正帝朱批谕旨》《铁冠图》《琵琶亭传奇》《宋元戏曲史》《辍耕录》《读红楼梦杂记》《梦痴说梦》《昭代名人尺牍小传》《扬州画舫录》《丙辰札记》《振绮堂丛书》《随园诗话》《雪桥诗话》《云在山房丛书八旗画录》《吉州全志》《山西通志》《大同府志》《敕修浙江通志》《钦定重修两浙盐法志》《安序堂文钞》《劝戒四录》。他在胡适开创的基础上将曹家家世和曹雪芹的考证推向了一个极致，发展为"曹学"；以脂砚斋等批语，构建"脂学"的框架；以各种脂评本为基础的《红楼梦》八十回"真本"与高鹗续后四十回为"伪本"，构建"版本学"的框架；探佚后四十回的情节内容，构建了探佚学。1982年周汝昌发表《什么是红学》文章，第一次提出关于"什么是红学"。他解释"红学"包括"四学"：即曹学、版本学、脂学和探佚学，这是他长期在对红学认知中的归类。引起了红学界的一场争论，一直延续至今。

对"红学"范畴的界定是周汝昌学术研究走向偏执的开始。曹学、版本学、脂学和探佚学是周汝昌构建的红学范畴，对这些范畴学理的概括，是他近二十年主要思考的事情。他先后在不同的学术氛围下，提炼了不同的说法，但实质一样。开始强调《红学·史学·文化学》，认为"红学的基础和骨干，不是别的，而是史学"①。不仅为此付出了毕生的精力去考证之，而且从学理上阐释其正确性。但小说毕竟不是历史，要克服他的学理观点与历史学科范畴难以匹配的矛盾，他采取了先拉进大范畴，继而循环阐释，抹杀具体学科的特征，渐进过渡到他的学理观念。

周汝昌研究《红楼梦》的功力和底蕴全在考证上，也就是在史学考证的层面上。本来这和从文学理论层面的研究是互补的，但他却将二者对立起来，一面高扬红学就是史学，从史学的角度把红学推向特殊的地位，一面极力否定红学的文学本质。他说："'红学'是什么？它并不是用一般小说学去研究一般小说的一般学问，一点也不是。它是以《红楼梦》这部特殊小说为具体对象而具体分析它的具体情况、解答具体问题的特殊学问。如果以为可以把红学与一般小说学等同混淆起来，那只说明自己没有把事情弄清楚。"②这一大段话看起来挺费解，其实就是把"一般"和"特殊"词语重叠几遍，在模糊的说法中突出红学的"特殊"，不"一般"。所以不能用一般小说学解释《红楼梦》。他认为对《红楼梦》本身思想内容上的发掘、艺术构思上分析、情节、语言的研究，都只是浅层次的"小说学"的范畴，算不上真正意义上的"红学"。基于这种认识，周汝昌极端蔑视主张《红楼梦》是小说、是文学的观点。

周汝昌对现代文学理论大加排斥，集中反映在《红楼艺术》一书中，其中多处批评"时下流行的那些'形象塑造''心理刻画''描写逼真''分析细密'等等文艺观念来'说明'他表彰他，因为雪芹写书，是中国人想中国事，不会像现代人时时夹杂上西方的文化理论"③。又说"我自己非常害怕这

---

①周伦苓：《东方赤子——周汝昌》，华文出版社1999年版，第246页。
②周汝昌：《石头记探佚》序，山西人民文学出版社1983年版。
③周汝昌：《红楼艺术》，人民文学出版社1995年版，第34页。

种'科学的抽象思维'和'理论术语',觉得又啰唆又糊涂"①。"用'描摹''描绘''刻画'等等来解说'描写',等于'什么也没说'!还有'直接再现'的这种文艺理论观念,是来自西方的文化产物,讲中国文学如《红楼梦》,那是差之毫厘,谬以千里,引人进入艺术'误区'而难以自返。"② 从中可以看出他极力排除用现代文学理论审视《红楼梦》,目的是把《红楼梦》抬到史学的地位上。

对《红楼梦》文学价值否定,早在新红学派胡适就开始了。童庆炳在论《〈红楼梦〉"红学"与文学经典化问题》一文中指出:"著名的'红学'之一的胡适尽管拿《红楼梦》的考证来宣传他的研究方法,可他对《红楼梦》的文学价值是缺乏认识的,他甚至认为'《红楼梦》在思想上比不上《儒林外史》,在文学技巧上比不上《海上花》(韩子云),也比不上《儒林外史》——也可以说,还比不上《老残游记》'。这只能证明胡适并不十分懂文学或他持有文学偏见。他的这些说法与鲁迅等绝大多数人的看法相反,他的观点无法掩盖《红楼梦》的艺术光辉。"③ 周汝昌对《红楼梦》评价非常之高,和胡适大相径庭,人们误以为在这一点上他完全不同于胡适,二人思维就不一致了。其实恰恰相反,他们的结论虽不同,而思维却是一致的,周汝昌同样忽视和否定《红楼梦》的文学价值。不过他的忽视和否定是掩盖在另一种"捧"的手法之中,他将《红楼梦》定位为一部"文化小说"、红学是"中华文化之学"。看起来似乎抬得很高,实质上把大文化中的文史哲的学科特征抹平,把小说《红楼梦》拉进史学的范畴。他的《红楼梦与中华文化》从宏观上强调了《红楼梦》文化研究三个特点:第一,曹雪芹是中华文化的杰出人才。他说:"中国的文化历史非常悠久,少说已有七千年了。这样一个民族,积其至丰至厚,积到旧时代最末一个盛世,产生了一个特别特别伟大的小说家曹雪芹。……他是一个惊人的天才,在他身上,仪态万方地体现了我们中华文化的光彩和境界。"(14页)第二,红学是文化学。"'红学'所要涉及的

---

① 周汝昌:《红楼艺术》,第46页。
② 周汝昌:《红楼艺术》,第60页。
③ 童庆炳:《〈红楼梦〉"红学"与文学经典化问题》,《中国比较文学》2005年第4期。

众多问题,只有将它在文化史上的来龙去脉弄清楚,才能谈得到分析评议。"(4页)第三,《红楼梦》是中华民族的一部文化小说。他认为明清小说,"没有哪一部能够像《红楼梦》具有如此惊人广博而深厚的文化内涵的了"。[①] 说法都很大,没有什么实质的内容。其实说穿了,用他自己的话来表述:"史学的本质即是文化学,一部历史即是一部文化史。红学的趋向,正在由比较'具体'的史学(考证历史事实真相)而转向高层次的文化内涵的探讨。"[②] 读了此话,对他所说的什么《红楼梦》是"文化小说"、红学是"中华文化之学"的宗旨不都全明白了吗?说穿了红学就是史学考证。

我们说的理论创新与实证精神之关系,是一架车上的两个轮子,偏倚不得。理论探讨创新与注重实证考据只是两种不同的治学侧重点,并没有高下之分。不同学者有不同的个性,即使有不同的学术观念和追求,也不能以己之长、之好,去贬低他人之学、之术。或者对以上这两种学问做出了价值的区分与评价,这都是偏执的见解。周汝昌对《红楼梦》文学研究的贬低,是他晚年红学研究走向偏执的表现,也是他把胡适新红学研究的发展推向一个极端,必然显露出的问题。他一面自视其高,将他的心血之作《红楼梦新证》视为红学的奠基之作、划时代之作;一面又极力排斥红学中的文学研究,审美探讨。一正一反,捍卫红学就是史学考证,而且愈是晚年,偏执愈甚。正如清人戴震在《东原集·与某书》一文中所说:"学者当不以人蔽己,不以己自蔽。不为一时之名,亦不期后世之名。……其实破人蔽难,破自蔽更难。"周汝昌之偏执正是如此。

五、周汝昌代表了新红学考证派的终结

20世纪80年代初期周汝昌出版了《曹雪芹小传》,这是他红学研究历程的分界点。一方面红学难以出现新的史料,考证面临着终结;另一方面,周汝昌围着他个人考证内容,在曹学的基础上开始建构学理框架,提出"红学"

[①] 周汝昌、周伦苓:《红楼梦与中华文化》,第13页。
[②] 《东方赤子——周汝昌》,第253页。

的四个分支，继而不断提升学理概念的内涵和外延，从提升到"中华文化之学"，1999年再到"新国学"。所谓"新国学"，实质是区分他一贯高扬的曹著和高续"两种《红楼梦》"的真假、优劣，不过把它和中华民族迫切需要一种文化精神支撑的现实问题联系在一起。虽然他处心积虑地构建起的学理体系，名目很大，其实还是曹学考证那些东西。不同的是他开始为曹学考证在红学研究中定位，奉为一尊。因此，当他提出"什么是红学"，"红学"的四个分支，一开始便受到学者和专家的质疑和批评，没有被大多数学者所认同。如果说胡适的新红学的观点和方法引领了一个时代，是因为胡适所提出的理念，为大多数学者所认同，而并不在于胡适本人解决了多少具体的问题。周汝昌可以说使胡适新红学考证的具体问题丰富了，发展了，集大成了。同时，也把新红学的弱点和缺陷暴露得更加充分了，特别是他提出"什么是红学"的理念，更执极端。从这个意义上讲，他没有超越胡适，而只是标志着新红学考证派的终结。

新红学考证派面临着终结，余英时早在20世纪70年代就曾指出："《新证》以后虽然仍有大量的考证文字出版，并且在个别难题的解决上也多少有所推进，但从红学的全面发展来看，'自传说'的'典范'已经陷入僵局。这个'典范'所能解决的问题远比它所不能解决的问题为少。这就表示'自传说'的效用已发挥得极为尽限，可以说到了功成身退的时候了。"[①] 这话当然为周汝昌所反感，他在二十年后发表《还"红学"以学》一文，还针对余英时而言："无视于'红学'的独特性而要把它向'一般化'拉挽，其实余英时倒是个研究文化的高层次的教授（如对胡适的思想所评论等等），连他都那么看待《红楼梦》，则其他同类论红之人可推而知了。"[②]

且不论他们的见解是非，我们先看一看周汝昌的思维惯式。

1953年《红楼梦新证》的出版，给35岁的周汝昌以巨大的鼓励和荣誉，使他始终以"真理有时在少数人手里"自居，不管风吹浪打，特立独行。他多次借周策纵的话称《红楼梦新证》是"划时代的最重要的著作"，足见其

---

① 余英时：《红楼梦的两个世界》，第10页。
② 周汝昌：《还"红学"以学》，《北京大学学报》1995年第4期。

背上了巨大的光环,压得他变形了,扭曲了,连身上迸发的天才的火花,渐渐也被头上的光环所取代。在漫长的五十多年里,红学的论争使他的名声大噪。其后的著作虽多,也不乏智慧的闪烁,但比起《红楼梦新证》来,却更为逊色。旧货翻新多于新意,学理构建有失炒作。分析原因,固然有外界的因素,但主要是他以其弊而自弊。只要把他和另外一位考证派红学家俞平伯相对照,便不难发现他学术思维的局限。俞平伯是红学史上一个最具自觉意识的学者,他对别人的批评总能深入思考并进行调整。他从脱离胡适自传说的窠臼,到认识《红楼梦》的本质是小说,再到忏悔腰斩《红楼梦》是罪过,"纵观红学史,没有那一位红学家像俞平伯那样曲折之多,反复之大,痛苦之剧,忏悔之深,真堪称红学史上一大奇迹。他在治红道路上艰难跋涉七十个春秋,其契契苦心执于寻微探秘,一生中曾历过三次'发现'大关,每次'发现'都是一次自我否定也是一次自我超越,又是一次认识的飞跃和观念的转换"①。而周汝昌也是追随胡适的,但他比胡适走得更远,从自传说发展到创立曹学,从红学范畴定位到史学,从高鹗续书再到发现乾隆、和珅的"政治阴谋",几乎是学术道路越走越极端,学术思想越来越偏执,学术同道愈来愈稀少。

梁启超曾指出学术思潮衰败期的特征:"其时此派中精要之义,则先辈已浚发无余,承其流者,不过捃摭末节以弄诡辩,且支派分裂,排扎随之,益自暴露其缺点。"②周汝昌的学术局限不是他个人的问题,而是考证派走到今天自身的危机已经显露出来了,"应该承认材料不足给考证带来的局限性。到目前为止,红学考证走过六十多年的道路,应该解决而没有解决的问题远比解决的问题要多得多。这就是它的局限所在"③。这一点在几次红学论争中就表现出来了。比如曹雪芹卒年的争论。主张"壬午说"的有俞平伯、王佩璋、周绍良、陈毓黑、邓允建等。主张"癸未说"的有周汝昌、曾次亮、吴恩裕、

---

① 曲沐:《红学史上一大奇迹——论俞平伯治红的三次发现与三次超越》,《琼州大学学报》2003年第4期。
② 梁启超:《清代学术概念》,复旦大学出版社1965年版。
③ 刘梦溪:《红楼梦与百年中国》,河北教育出版社1999年版,第141页。

吴世昌等。1962年由中华全国文学艺术界联合会、中国作家协会、中华人民共和国文化部、故宫博物院四家联合主办"曹雪芹逝世二百周年纪念展览会"前夕，卒年论战达到高潮。由于材料缺乏，以谁也说服不了谁而告结束。以后关于脂砚斋、大观园、曹雪芹生父、张家湾曹雪芹墓石等的几次论争也大体如此。就从周汝昌本人的曹学来说，后期也由于材料匮乏，没有什么新的建树。

周汝昌后期更多的是倡导探佚学，探寻后四十回，校理前八十回追寻《红楼梦》真本。20世纪后二十年，本来探佚学只有几个人在那里敲敲打打，不成气候。不想近几年刘心武"《红楼梦》揭秘"，借助媒体的优势又刮起更强劲的探佚之风，又一次使周汝昌探佚学得到了空前的普及。当然也让红学家看到在当今多元文化的格局下，谁最关注下层，谁最贴近百姓，谁就最有市场。探佚学就是最先和大众文化拥抱，最先和大众媒体结亲，最先走进大众阅读之中，所以不管是娱乐《红楼梦》也好，恶搞《红楼梦》也好，总之得风气之先。尽管时间将证明这是红学史上悲哀，是倒错的文化现象，但也是对学术界的一次严重的警示，一次无情的嘲讽，一次善意的玩笑。

对于周汝昌来说，红学界许多学者对他的一次一次的批评，非但没有帮他慎思治学，相反却使他认为这是对他的不公，是对他一次一次成功的嫉妒。批评也罢，成功也罢，所有外界来的信息，都使他更加确认"真理有时在少数人手里"，换句话说，红学的真理就在周汝昌手里。他八十大寿赋诗："回眸五十费年华，惭愧人称红学家。遍体鳞伤还是我，一心横霸岂由他。入宫见妒非描黛，依阁相怜似枕霞。……"表达的就是这种心理和情怀。

周汝昌红学体系的封闭性，"置考证派红学压倒一切的地位，这正是学术宗派的所谓'严家法'"。刘梦溪对他的评议是很公允的。凡是相同的观点，他都大加赞扬，如搞探佚学的梁归智、主张"丰润说"的王畅、揭秘派刘心武；以至滑入炒作的泥坑，1992年3月3日《书刊导报》发表了一则报道：所谓农民红学家《为世人前所未闻，为学者前所未想：震惊人类的发现——红楼梦应有两部；王国华替曹雪芹完成"太极红楼梦"》，其中引证周汝昌的评价作为权威依据。他说："我认为王国华的工作是有重要价值和深远影响的。这门专学建立以后,红学上的所有重大问题(争议)都可以顺利解决。这不仅是'红学'的事,它实在是我国文化史上的一个课题,巨大贡献,所关至为重要。"一时媒体纷纷转载,学者瞠目结舌。《太极红楼梦》于1995年出版,周汝昌为之作序。直到张国光以《学风不正,令人齿冷——对周汝昌"条陈"八点的驳答》,指出周汝昌是"红学界不正之风的集中体现者",这场闹剧才告结。

如果说周汝昌对自我红学体系的封闭性认识不自觉,那么他制造的曹雪芹的佚诗一案,便有"恶搞"之嫌。从1974年吴世昌、徐恭时撰写和发表笺释、论证和评价的文章《新发现的曹雪芹佚诗》开始,这场大陆、香港的学者的争论,长达五年之久。到1979年周汝昌承认自己"试补",抖出真相,令人惊愕,令人不解,令人侧目。《红楼梦新证》还有一首《八声甘州·蓟门登眺凭吊雪芹》,仅注明:"周氏爽秋楼歌句。"沈治钧最近著文提出了新的质疑,因此词曾被多位学者所引用,他恳请"在此种情势下,周老先生的的确确有责任、有义务及时澄清其具体来历"。至今未有回音。

周汝昌年已九旬,耳目失聪,读书写作极端困难,仍然为之焚膏继晷,孜孜不倦,披览典册,旁搜博采,笔耕不辍,不能不令人钦佩,而他六十年所走过的道路,所写过的著作,所形成的学术偏执,也都将是我们所说的话题。

原载《红楼梦学刊》2009年第一辑

文化学者、红学家、诗人——周汝昌先生

2018年是周汝昌先生100周年诞辰，为了纪念这位杰出的学者，去年春恭王府"周汝昌纪念馆"主体建筑完工后，就开始筹备室内布展工作，并一直紧张有序地进行着，于2018年12月24日开幕。纪念馆布展工作最重要的就是撰写展词，它不仅是整个布展必要的核心内容，而且是纪念馆整体风貌、品格、档次的关键要素。

当初我们承担了撰写展词这项工作以后，感到压力很大。周先生长期处于红学界论争的旋涡之中，对他的著作评价褒贬不一、众说纷纭，因此，展词既要对历史负责，经得住时间的检验，又要让大多数学者、广大观众普遍认可，并达到周汝昌先生家属的满意。从一开始这些便成为我们商讨的重心。如何写好"周汝昌纪念馆"的展词？当时我们考虑的两个主要的问题，一个是展词的基本内容应该包括什么？再一个是展词突出的宗旨是什么？是突出周汝昌先生的红学观点和学术贡献，还是他执着的文化精神和文化自信？和恭王府张健处长多次商讨后我们取得一致的认知，主调是宣传周汝昌先生对中国文化的无比热爱，其是文化自信的先觉者。为此，他倾注一生的心血研读《红楼梦》，写下等身著作，传播、弘扬《红楼梦》伟大的民族文化的底蕴。特别是晚年在目盲耳背的病残身体条件下依旧焚膏继晷、孜孜不倦，每年出版一两部著作，这在当代学术界是绝无仅有的。他对中华文化的赤诚热爱、文化自信，老而弥坚，成为一代人望。这就是周先生基本的人生、人格的底色和不朽的精神，也就是"周汝昌纪念馆"的宗旨。

恭王府是国家一级博物馆，在这里建造一位《红楼梦》研究专家纪念馆，

它的意义不仅仅在于"周汝昌纪念馆"的本身，要保存文化学者、红学家、诗人的文物展品和历史记忆。更重要的是弘扬中国最伟大的文学家曹雪芹的国家级的形象，传播中华民族传统文化的精华，让观众尤其是年轻的群体产生近距离感，见历史，见文化，见人物，从而获得艺术享受和文化熏陶，让精神财富彰显闪光的社会价值。

周汝昌先生学术生涯之长、涉猎学术范畴之深、出版各类著作之多，都是当代学界屈指可数的。展词如何完整、概要、准确地介绍周汝昌先生的一生，首先就涉及展板的分布。按照展板的设计要求，整个纪念馆的展词要分几个部分。一般个人纪念馆前面除却"前言"而外，就是"生平简介"，这些都是基本的要素，恭王府张健处长爽快地说，"前言""生平简介"这些由恭王府来做，接着他介绍说：恭王府几任领导设计方案，已拿出一个成熟的思路，需要征求我们的意见。大家磋商后，展词按照周汝昌先生一生的学术经历和学术成果分成几大板块，即"周汝昌与红学""周汝昌与诗词""周汝昌与书法"三大板块。这三大板块基本涵盖了周汝昌先生的红学一生、诗词一生、书法一生。于是我承担"周汝昌与红学""周汝昌与诗词"两个板块的撰写任务，邀请周汝昌先生生前好友、擅长书法的严宽先生承担"周汝昌与书法"的撰写任务，确定后便分头去做。

一、周汝昌先生是文化自信的先觉者

在红学界最早高倡"《红楼梦》与中华文化"的是周汝昌先生。时间是改革开放初期的1980年，地点是美国，对象是"'美国之音'的采访"。据他回忆：一日，午会方散回寓，"美国之音"的梁君手携录音机来了，说：请您把声音留在美国吧。我便说道："《红楼梦》是中华文化的精华，是海外华人同胞与我们互相联系在一起的纽带。（大意）"[①] 1986年第二次赴美则集中撰著《红楼梦与中华文化》，并以此为题给纽约市立大学文学院院长、系主任等

---

① 周汝昌：《我与胡适先生》，漓江出版社2005年版，第176页。

讲授"《红楼梦》与中华文化"。从上面简要的介绍可以看出：

第一，周先生提出的"《红楼梦》与中华文化"的时间、地点、内涵这几个节点都非常重要，百年以来中国在遭受殖民地半殖民地的苦难过程中，残留下民族自卑情结和对中华文化的自我否定，至今西方文化强势在意识形态领域阴影不散，什么文化自大、文化霸权不时地出现在某些方面。改革开放的初期中国同世界交往，不仅要经济自强，而且要文化自信，增强做中国人的骨气。因此说，从"《红楼梦》与中华文化"提出的时间、地点、内涵这几个节点来看，不能仅仅将其看作学术命题，应视为国家要强盛、民族要自立于世界之林的关头，在文化上的时代反映。周先生是感应这种时代气息的先觉者，他能够在时间、地点、内涵这几个节点上表现出文化学者文化自觉和文化自信。

第二，文化是一个民族的血脉，只要文化不断根脉，中华民族就是一个统一的民族，一个完整的国家。所以周先生讲得很正确："《红楼梦》是中华文化的精华，是海外华人同胞与我们互相联系在一起的纽带。（大意）"周先生在美国讲这番话，无疑在表明，海外华人，你们有一个强大的祖国。我们中华民族有五千年不断根脉的文化。我常常想，周先生在国内面对批评他，甚至嘲笑他，并且他认为对自己不公正的时候，激愤不已，使气斗狠，表现出气度狭隘、心理暗淡的一面，但当他走出国门又表现出民族自信、文化自觉的远见卓识和阔达胸怀一面，这些都交揉在一个人身上，这才是一个活生生的有个性的周先生。所以我不赞成有的学者把他视为"民国学人"。因为民国时期出现过一批在文化上有过学术贡献的著名学者，但都是个人的事业，他们在国势屡弱、文盲众多的民国，根本谈不上民族自信、文化自觉。而周先生恰恰在中国新时期改革开放的国势下，折射出的民族之强音。

第三，"《红楼梦》与中华文化"是一个非常切合时代需求的命题，《红楼梦》作为一部文学著作，体现出中华传统文化方方面面的精华，涵盖了中华文化的器物、制度、思想和艺术审美的各个范畴。我们只能具体地解析《红楼梦》文本，从中领悟，这是我们对《红楼梦》文本分析的一个重要内容。

周先生对此说得很明确：

> 每当与西方或外国访问者晤谈时，我总是对他们说：如果你想了解中华民族的文化特点特色，最好的——既最有趣味又最为便捷（具体、真切、生动）的办法就是去读通了《红楼梦》。这说明了我的一种基本认识：《红楼梦》是我们中华民族的一部古往今来、绝无仅有的"文化小说"。这话又是从何说起呢？我是说，从所有中国明清两代重要小说来看，没有哪一部能够像《红楼梦》具有如此惊人广博而深厚的文化内涵了。①

红学家一生笔耕的目的，最根本的就是开掘名著《红楼梦》博大的内涵，从中提炼与表达中国传统文化的精华。只有达到这个层面，才能形成人们共通的价值、情感、思想，而取得和最大范围观众群体产生精神的契合和心灵的共鸣。周汝昌先生正是这样一位文化自信的先觉者。

二、周汝昌红学六十年的历程和贡献

周汝昌先生是新中国《红楼梦》专家中最长寿的学者，红学研究就有60年的历程。他以毕生精力和全部心血倾入红学研究之中，当属国内第一人，且著作等身。周先生所取得的令人瞩目的学术成就，不仅仅属于他个人，透过他所走过的治学之路，可以透视出中国优秀的传统研究方法对当代红学研究的影响；折射出当代学术氛围、学术之争和学术方向。几乎可以说读他，就是了解半部"当代红学史"。但周汝昌纪念馆面对的最主要的是广大普通观众，因此，"周汝昌与红学"这块展板的内容，对周先生的红学观点只做简要的客观的介绍，不做背景性的深度阐述，不牵扯与其他学者的争论，不做学术史上的评价，总之，客观的展示，体现这样几个关键词：文化学者、红学

---

① 周汝昌：《红楼十二层》，书海出版社2005年版，第5页。

家、诗人。

第一个时期：一举成名（1947——1976年）

周汝昌初踏红学，便以他的发轫之作亮相。他29岁考证曹雪芹卒年为乾隆二十八年，即癸未年（公元1763）的新发现。发表在1947年12月5日天津《民国日报》：《曹雪芹卒年之新推定》，引起北京大学校长、"新红学"开山胡适之先生的特别关注，由此开始了长达六十多年的红学历程。

"癸未"说的根据是从敦敏《懋斋诗抄》的《小诗代柬寄曹雪芹》得来的。

他说："在雪芹至友敦敏所著《懋斋诗抄》中，有一首以《小诗代柬寄曹雪芹》为题的五律诗，内容是请雪芹于：'上巳前三日'到他家来饮酒赏花；从《诗钞》中诸诗排列的年月次序而看，这一首很明显是癸未年的作品（此诗前三首题下也正注明"癸未"），那么，雪芹癸未暮春时期还在人间，不应于前一年'壬午'除夕已然'去世'；所以，雪芹实当是卒于癸未年的除夕，而脂砚斋批书时因时隔已久（批于"甲午八月"，乃乾隆三十九年秋日，雪芹卒后之第十一年），故而误记了那一年的干支。"

周先生提出的曹雪芹卒年"癸未说"在学术界产生很大的影响。1962年学术界对曹雪芹卒年进行了学术争鸣，但最后还是"壬午""癸未"两说并存。

《红楼梦新证》是周汝昌先生的成名之作，也是代表作，构成他的学术核心内容。

初版于1953年，《红楼梦新证》基本框架分为四大部分：

（一）《红楼梦》版本

第一章"引论"，基本论点是分清《红楼梦》两个版本，即脂批本和程高本。他认为目前流行的120回的"程乙本"是伪本，因它包含了高鹗补写的后四十回。他主张复原《红楼梦》"真本"，也就是他"考证"要做的工作。

（二）曹雪芹的家世

集中在第二、第三、第四、第五、第六章，篇幅占全书的三分之一以上，从明崇祯三年曹玺出生（1630年）到乾隆五十六年，即曹雪芹死后二十七年（1791年），与曹家有关的各种各样的史料，基本观点如下：

1. 发现了曹玺的次子曹宣，第一次滤清过继到曹寅寡妻名下的曹頫，其父是曹宣。

2. 曹雪芹祖籍。从宋代的曹家一直梳理到后金，中心论点是曹家的祖籍在河北丰润。

3. 曹雪芹生卒年问题。主张曹雪芹的卒年是乾隆二十八年癸未除夕，生年是雍正二年。将曹雪芹从出生到15岁，与《红楼梦》前八十回所写的人物、年代一一比对。既是对自传体的考证，也是对自传体的展示。

4. 地点问题。考证小说中的大观园在北京的原型。

（三）脂批

第八章"脂砚斋"。主要研究脂评本的批语，用脂批坐实《红楼梦》中人和事。最突出的观点，脂砚斋的身份是一位女性，即小说中的史湘云。

（四）探佚

第七章"新索隐"。有关《红楼梦》的时代背景、历史典故、流传影响的材料。

《红楼梦新证》提出的最主要的学术观点有：

1. 主张《红楼梦》是"自传体"，贾家就是曹家，贾宝玉就是曹雪芹。

2. 主张"癸未说"，曹雪芹的卒年是乾隆二十八年癸未除夕，生年是雍正二年。

3. 曹家的祖籍是河北丰润。

4. 小说中的大观园的原型是北京的恭王府。

5. 曹家"中兴说"，曹頫在乾隆即位后，官复原职，曹家中兴，四五年后又遭抄没。

6. 高鹗补写的后四十回是"伪书"。

7. 脂砚斋是一位女性，是小说中的史湘云。虽经半个世纪的岁月洗刷，这些论点却始终不变，曾引发了多次红学论争。

1980年《曹雪芹小传》在天津百花出版社出版，这又是周汝昌先生的一部代表作。表明作者将曹雪芹生卒年、《红楼梦》描写的地点、曹家中兴和乾隆五年弘晳逆案，曹家二次败落这一系列问题，构建"曹学"的框架。以后以此为基础，不断地丰富，不断地增订，不断地升华，1992年出版《曹雪芹新传》，1999年又出版《文采风流曹雪芹》。历时二十年，完成他一生的追求。

第二个时期：走向辉煌（1980——2005年）

20世纪80年代改革开放的大好形势给学术研究带来了机遇，周汝昌先生这一时期是红学成果最丰富的一个时期，主要表现在三个方面：

（一）周汝昌先生这个时期学术著作密集地推出，其年岁之长、时间之短、数量之多，在学术界都是罕见的

1980年4月，天津百花出版社出版《曹雪芹小传》。

1980年6月，上海古籍出版社出版《恭王府考》。

1982年8月，文化艺术出版社出版《书法艺术答问》。

1985年3月，山西人民出版社出版《献芹集》。

1985年5月，书目文献出版社出版《石头记鉴真》（与周祜昌合著）。

1985年5月，人民文学出版社重印《红楼梦新证》。

1987年6月，广东人民出版社出版《诗词赏会》。

1987年12月，广东人民出版社出版《红楼梦词典》（主编）。

1989年2月，工人出版社出版《红楼梦与中华文化》。

1992年1月，北京燕山出版社出版《恭王府与红楼梦》。

1992年8月，黑龙江人民出版社出版《曹雪芹新传》。

1995年9月，人民文学出版社出版《红楼艺术》。

1997年1月，东方出版社出版《岁华晴影》。

1997年8月，北京华艺出版社出版《红楼梦的真故事》。

1998年3月，华文出版社出版《胭脂米传奇》。

1998年6月，山西教育出版社出版《砚霓小集》。

1998年7月，北京华艺出版社出版《周汝昌红学精品集》。

1998年10月，北京图书馆出版社出版《红楼真本》。

1999年1月，华文出版社出版《东方赤子·周汝昌卷》。

1999年10月，东方出版社出版《文采风流第一人·曹雪芹》。

1999年10月，安徽教育出版社出版《当代学者自选文库·周汝昌卷》。

2000年1月，上海人民出版社出版《脂砚轩笔语》。

2000年6月，北京华艺出版社出版《千秋一寸心·唐宋诗词鉴赏讲座》。

2001年1月，辽宁教育出版社出版《北斗京华》。

2001年9月，北京十月文艺出版社出版《天·地·人·我》。

2002年1月，北京出版社出版《红楼小讲》。

2002年1月，广西师范大学出版社出版《永字八法》。

2003年1月，黑龙江教育出版社出版《红楼家世——曹雪芹氏族文化史观》。

2003年10月，作家出版社出版《红楼夺目红》。

2004年1月，团结出版社出版《周汝昌点评红楼梦》。

2004年3月，书海出版社出版《文采风流曹雪芹》。

2004年4月，作家出版社出版《曹雪芹画传》。

2004年5月，海燕出版社出版《石头记会真》。

2004年9月，书海出版社出版《诗红墨翠——周汝昌咏红手迹》。

2004年12月，海燕出版社出版《红楼梦（周汝昌精校本）》。

2005年1月，书海出版社出版《红楼十二层》。

2005年1月，漓江出版社出版《周汝昌梦解红楼》。

2005年3月，十月文艺出版社出版《红楼无限情——周汝昌自传》。

2005年5月，团结出版社出版《定是红楼梦里人》。

2005年6月，东方出版社出版《周汝昌红楼内外续红楼》。

2005年6月，作家出版社出版《和贾宝玉对话》。

2005年7月，山东画报出版社出版《红楼真梦》。

2005年8月，漓江出版社出版《我与胡适先生》。

2005年9月，山东画报出版社出版《神州自有连城璧——中华美学特色论丛八目》。

（二）周汝昌先生构建红学"四个分支"的理论体系

1982年周汝昌发表文章《什么是红学》，第一次提出关于"什么是红学"的问题。他解释"红学"包括"四学"，即曹学、版本学、脂学和探佚学。这是他构建的红学范畴，对这些范畴的学理进行了概括。曹学，即研究曹雪芹生平和曹雪芹世家，以及曹雪芹生活的时代、社会和环境。版本学，笼统地讲，就是研究《红楼梦》八十回的脂评本系统和一百二十回的刻印本。而周汝昌先生是以鉴别"曹雪芹真笔"为鹄的，特别注意"夹入的后人妄改劣笔"多还是少。脂学，即研究以脂砚斋为代表的《红楼梦》批注。探佚学是探讨曹雪芹完整的艺术构思，原著只保留下来前八十回，后四十回是曹雪芹逝世近三十年才发现的。通过脂批中透露了一些残鳞断甲的佚稿信息，探讨八十回以后的情节枝枝脉脉。

周汝昌先生为什么要提出曹学、版本学、脂学和探佚学呢？

周汝昌先生红学研究的核心，是区分曹雪芹原著和后四十回续书"两种红楼梦"，而"四学"，特别是探佚学正是实现这一目标的重要途径。

（三）《石头记会真》汇校本的面世

2002年4月2日，《光明日报》刊登一则消息："由著名红学家周汝昌先生与其已故四兄积50年苦功研究而成的红学研究大工程——10卷本《石头记会真》一书，500万言。这是周汝昌先生大半个世纪"为芹辛苦"的最终追求，也是周先生"红楼"大业完成的标志。5月22日，周汝昌先生在《光明日报》发表《五十六年一愿酬》一文，倾吐了风雨历程中的人生感言。当年自己从立志发愿汇校《石头记》才"而立之年"，待看到这部"命运之书"出版时，大半个世纪过去了，已经是八十六岁高龄的老人。

汇校本之所以定名为《石头记会真》，周汝昌先生的解释是："真者，谓雪芹原著文笔真面貌，真风格，真意旨，真精神。"

第三个时期：红楼无限情　夺目夕阳红（2006——2012年）

周汝昌一生治学著作等身，即使在晚年也坚持每年出版至少一部著作，直至去世前还在口述一本新书，这体现了他精进不息的精神。

简括其六十年红学研究，可以说干了两件大事。

一个是出版、修订、再修订《红楼梦新证》，前前后后五十年。周汝昌先生自1947年开始撰写《新证》，1950年定稿完成。1953年9月由棠棣出版社出版，39万字。

1976年人民文学出版社出版了《红楼梦新证》增订本，此版在篇幅上大大多于第一版，字数达到80万字。增订本的基本框架四大块，虽与初版没有大的变动，但史料却翻倍的扩充了，由初版39万字扩充到80万字。以后几十年间《红楼梦新证》再版都是以此为基本规模。1985年修订后又重印。1998年华艺出版社出版了一套《周汝昌红学精品集》，内中包括《红楼梦新证》。2012年中华书局新出版了《红楼梦新证》（增订本）。一本书的出版、修订、再版，长达半个世纪，几乎贯穿他的学术活动一生。1999年《红楼梦新证》荣获文化部第一届文化艺术科学优秀成果一等奖。

再一个就是出版了他用一生校点的一部《红楼梦会真》本。因此说，周汝昌一生用力最勤的红学研究都是围绕这两件事情进行的。

周汝昌先生一生研究红学，晚年虽已耳目失聪，读书写作极端困难，在家人的帮助下仍然为之焚膏继晷，孜孜讫讫，披览典册，旁搜博采，笔耕不辍，著作等身。其对中华文化的赤诚热爱、文化自信，老而弥坚，成为一代人望。

三、红学家本身是诗人

文心诗情是中国传统文化的最鲜明的表征。周汝昌先生一生酷爱中国古典诗词，文心诗情是他人生的本色。

20世纪50年代周汝昌先生在人民文学出版社做编辑时，编选出版三部诗人选集，即《杨万里选集》《范成大诗选》《白居易诗选》，特别是《杨万里选集》受到学术界广泛的推崇。台湾大学教授唐翼明说："老实说，在四九年以后出版的汗牛充栋的古典文学的注释本中，有特色、无八股气的并不多。我真正心悦诚服的只有一本，就是钱锺书先生的《宋诗选注》，那种博洽、精辟、幽默，实在无人比肩。接下来便是这本《杨万里选集》给我的印象最深了。而选注者就是周汝昌先生。"（《周汝昌访哥大纪实》，美国《华侨日报》1987年4月29日）

这三本诗选编选出版使他对中国古典诗词更情有独钟了。1987年6月广东人民出版社出版了周汝昌先生《诗词赏会》，包括对李煜、杜甫、杜牧、李商隐、温庭筠和宋代诗人诗作的赏析。2000年6月北京华艺出版社出版了《千秋一寸心：唐宋诗词鉴赏讲座》，是对《诗词赏会》的重写和扩充，可见，他几十年如一日对古典诗词的沉潜揣摩；几十年如一日对古典诗词遣词造句的咬文嚼字；几十年如一日对古人作诗其情其景的悟性解味。他在序言中特别强调指出："我国诗词是中华民族的汉字文学的高级形式，它们的一切特点特色，都必须溯源于汉语的极大特点特色。"

周汝昌先生本人就是诗人。他的诗作主要分三类：

一、咏红诗。周先生咏红诗数量极大，大都题咏《红楼梦》本身，如为刘旦宅《石头记人物画》题咏，还有书海出版社《诗红墨翠——周汝昌咏红手迹》，共113篇咏红之作。再如作家出版社出版清代孙温绘画的二十四册二百三十幅全本《红楼梦》绢本图册，每一幅画都请周先生题诗一首，共写了238首。

二、赠答诗。周先生与他的老师顾随、时贤，以及学人晚辈，都有许多诗词互答。大都是随手挥洒，出口成章，点点滴滴披露出他的情怀、好恶和心境。如给他的侄女的诗作，怀念当年和他一起抄写《红楼梦》甲戌本的亡兄周祜昌：

已隔幽明思对语，梦中言笑若平生。
读罢阿咸书一纸，几回忍泪莫纵横。

三、自咏诗。周先生一生做了大量的诗词，散见在他的著作、书信、报章杂志中，如《红楼无限情——周汝昌自传》卷尾诗，记载了他倾尽一生心血整理十卷本《石头记会真》，当大功告成，喜极而咏：

> 五十六年一愿偿，为芹辛苦亦荣光。
> 几番浩劫邪欺正，百世沉冤绿转黄。
> 大化无忧文照耀，微诚有幸力惭惶。
> 最怜棠棣情难尽，故里春晖新雁行。

恭王府"周汝昌纪念馆"的建立是继无锡"冯其庸纪念馆"之后，第二个当代红学家纪念馆。他们都是以个体文化记忆、生命体验为叙事线索，展示前辈生动的画卷，勾勒出当代中国文化史、学术史、思想史的历程。其意义不只让千百万观众读懂前辈的家国情怀、文化自信，而更多的是从前辈身上汲取精神养分，带来的情感震撼，积聚力量，喷薄而出，实现中华文化的复兴。

2018.12.9

访王蒙谈《红楼梦》研究

2010年底，北京曹雪芹学会筹划创办学术期刊《曹雪芹研究》，其中设置一个"名家访谈"栏目。编委会主任胡文彬先生提出创刊号访谈的第一位名家应是王蒙先生，一是王蒙先生担任了我们学会的名誉会长，二是他近几年推出多部红学研究著作，在社会上产生了很广泛的影响。这个提议获得大家的首肯，并让时任主编的我起草访谈提纲。会后，同王蒙先生取得联系，便定下来采取笔谈的方式。于是，我给王蒙发去一封信，并附上访谈提纲。

王蒙先生：

  您好！

  您担任了北京曹雪芹学会的名誉会长，我们感到十分荣幸。

  作为一位著名作家，您最近五六年一连出版了多部读《红楼梦》的评论著作和《红楼梦》评点本，在学术界以及社会上引起了广泛的影响，受到读者的喜爱和热议。有一位读者说："王蒙是杰出作家，所以有文学家的激情；王蒙是学者，所以有社会学家的冷静，由此交织挥洒出《红楼梦》的悲喜共鸣。"我们通读了您的著作，很有感悟，结合时下对红学关注的热点话题，从中提出了一些问题，想请您谈谈，并拟将此次采访以"访谈录"的形式发表于《曹雪芹研究》的创刊号上，以飨读者。

  谢谢！

郑铁生
2011年2月5日

2011年4月初，我们收到王蒙先生笔谈的电子文稿。全文如下：

一、关于红学研究

（一）《红楼梦》研究的现状

郑铁生：半个世纪以来，红学研究的态势是繁荣与混乱共存，这已成为有识之士的共识。恰如您所评价的："中华人民共和国成立以来，阅读、研究、改编、批判有关观点、借题发挥、胡乱拉扯《红楼梦》，高潮迭起，前后出了各种版本的上亿册的书籍，写了无数论文，做了许多讲演与系列讲座，一是盛况空前，一是令人絮烦。"造成"令人絮烦"这一状况的最基本原因，是否就是您在《王蒙活说红楼梦》中所讲的"误读的诱惑"？

王蒙：我所说的絮烦，可能是由于：一、太多，这方面的总供给多于总需求了。二、有一些论文彼此大同小异，互相重复，有的已成陈词滥调。三、有些过于边缘与生冷的说法，令一般读者感到莫名其妙。四、就红谈红，就曹谈曹，没有论者自身的生命体验与人生况味的互文互证。

（二）文学感受的批评方式

郑铁生：我们读您的著作，感知到您对《红楼梦》的评论是在作品感受基础上进行的，因而很清醒敏锐地意识到了当代中国文学批评存在的问题，并有意识地在自己的文学批评中运用"中国化"的批评方法、批评理论细读文本，还对文学批评中存在的这一现象进行反思。正如您所说："文学观念文学思潮虽然千变万化并且近年来颇有发展进步，但是反过来拜倒在某种思潮面前而不懂得去珍重、去领略、去研究文学特别是杰出的文学作品本身，以为逗一点洋货领略一点新词就有了独得之秘，就反过来可以视文学杰作如草芥，视炎黄作家如草芥，恐怕是本末倒置，热昏了头。"① 这是当前学术界存在的一个重大问题，想请您着重谈谈如何展开"中国化"的批评方法、批评理论细读文本。

王蒙：我并非这方面的专家。只是我认为文学作品的价值在于它感受了，重新发现了生活与世界。文学与文艺评论的价值，在于它感受了，并且重新发现了作品，并通过发现作品来发现生活与世界。没有对于生活与世界的发现，我说的是新发现，洋理论再多，或者土理论或者古理论再多，是不会有很精彩的火花与亮光的。

（三）怎样评价脂砚斋

郑铁生："唯脂是尊"，红学界有些人对脂砚斋崇信到了几近痴迷的程度。一些有着丰富创作经验的作家往往不以为然，作家徐迟早就批评过脂砚斋。您也说："'脂砚斋'这个似乎对文学知之甚少而对曹家知之甚多的刻舟求剑的自封的老大，偏偏插上一杠子，变成了事实上的'红学祖师爷'。区区如老王者也不是没有这样的哭笑不得的经验，一个绝不把自己当外人的或沾亲或带故的爷或姑奶奶，到处散播你写的张三乃源自王五，你写的李四乃源自赵六。他说得板上钉钉，入丝入扣。这是一种关切，这是一种友谊，这对小说写作人来说也确实是一大灾难。这是命定的小说的扫帚星……"② 这是大实话，可能会颠覆许多红学家心理的平衡。但您这段话毕竟只是从创作角度谈的，能否全面地评价一下脂砚斋？

王蒙：问题在于把《红楼梦》当成机密档案来看，来破译，来解开密电码，来暗算或者进行风声风语的猜谜，是我所无法理解也太不擅长的。有时也想，热闹热闹也好，无大恶。至于我说脂砚斋不知小说为何

---

① 王蒙：《红楼梦启示录》，安徽教育出版社2010年版，第211页。
② 王蒙：《王蒙的红楼梦（讲说本）》，湖南文艺出版社2010年版，第282页。

物，恐怕是真的。几乎所有的小说家身边都有这样的人，替小说作者爆料，把小说中的人物与故事说得如《红楼梦》后四十回所言的刻舟求剑、胶柱鼓瑟，他们确是小说作者的扫帚星。但他们说的又确实不是全无根据，他们是用反文学的方法来透露文学家的某些秘闻或者生猛材料的。

（四）《红楼梦》小说的性质

郑铁生：《红楼梦》的性质，是小说还是史传，这本来是很简单的问题，却在《红楼梦》研究史上纠结为一个焦点问题。正如您所描述的："在中国，《红楼梦》这部书有点与众不同。你说它是小说，但是它引起的争论、兴趣、考据、猜测、推理更像是一个大的历史公案。围绕它出现了一个又一个包公或者福尔摩斯。它掀起的一波又一波的谈论与分析，几乎像是一个时政话题。"① 索隐派一茬又一茬地出现，这是否和新红学开启的"贾曹互证"的弊端有直接的关系？

王蒙：我怪其异，但不知其详。

二、关于《红楼梦》文本

（一）《红楼梦》悲剧的要害

郑铁生：对《红楼梦》悲剧认识，您说："到第二回，冷子兴更是提纲挈领地讲演了荣宁二府的走向衰败灭亡的不可逆转的大趋势——'外面的架子虽然没很倒，内囊却也尽上来了'，还用了'百足之虫，死而不僵'的成语，所有这些都与吊读者胃口的一般通俗小说特别是'公案''推理'小说不同，不是用各种障眼法给你制造悬念再制造一个出奇制胜的结局，而是一上来就

---

① 王蒙：《王蒙的红楼梦（讲说本）》，第279页。

把结局的总体的悲剧性先告诉你。"谈到这个问题时,还明确指出:"好的评论是一种独特的阐释,这种阐释不但远远超过了一般读者对于一作品的领会受用而且大大超越了作者已有的自觉。"① 可见,是写贾府由盛到衰的过程,还是写"走向衰败灭亡的不可逆转的大趋势",这涉及对《红楼梦》整个悲剧的基本认识,对贾府这个"虚架子"历史的、社会的、经济的、伦理的方方面面的底蕴的认识,是一个大的阐释问题。请您谈谈这个要害问题对理解《红楼梦》的至关重要性。

王蒙:这有两条,一个是宿命,盛极则衰,谁也没办法。第二是腐烂,看《红楼梦》,中国的封建社会、封建贵族、腐烂到了什么程度!还颇有些小人物、低层人物拼命往贵族上拉扯自己,其实中国的贵族早烂透了。还有人至今认为中国本来是孔夫子教导出来的好好的仁义道德之邦,是"五四"运动毁了孔夫子。不用抬杠,请他看看《红楼梦》就足够了。

(二)描写贾府"虚架子"的筋骨笔墨

郑铁生:认识贾府走向衰败灭亡的不可逆转的大趋势的关键,是如何认识《红楼梦》描写"烈火烹油、鲜花著锦"之盛的那些文字。您在书中写道:"五十三回、五十四回,祭宗祠,开夜宴,元宵之夜吃喝玩乐,表面上红红火火,实际上外强中干。一方面是穷奢极欲,一方面是入不敷出。从准备过年到过年,一直到正月十五,虽说是礼仪堂皇、娱乐升平,实际上穷极无聊,毫无新意。作者写繁华中的衰败,闹热中的悲凉,辉煌中的阴冷,令人觉得是写绝了,写尽了。"② 这个问题涉及描写贾府"虚架子"的筋骨笔墨对《红楼梦》悲剧底蕴的揭示,请您从创作的角度再展开谈谈。

---

① 王蒙:《红楼梦启示录》,第 19—20 页。
② 王蒙:《红楼梦启示录》,第 107 页。

王蒙：读一下那一回书，全明明白白的呀。

（三）《红楼梦》时间的"模糊性"和"多重性"

郑铁生：关于小说的背景时间，20世纪80年代学者才以现代意识来审视，作为小说的叙事进行研究，但还没有像您分析《红楼梦》时间的视野这么宽广。从《红楼梦》实行的"无朝代年纪可考"策略，谈到其时间的"模糊性"和"多重性"等问题，指出这部小说几乎囊括了以往所有时间表述方式，以及在过去、现在、未来三种时态与时序回旋往复、浑然一体的叙述，蕴涵了深邃的时间意识。最后得出结论说："总之，在《红楼梦》中，确定的时间与不确定的时间，明晰的时间与模糊的时间，瞬间与永恒，过去、现在与未来，实在的时间与消亡了的时间，这些因素是这样难解难分地共生在一起、缠绕在一起、躁动在一起。《红楼梦》的阅读几乎给了读者以可能的对于时间的全部感受与全部解释。"① 此处，我们感觉您似乎还有更多的话要讲？

王蒙：

（四）《红楼梦》最大的真实是细节

郑铁生：有许多文章都是穿靴戴帽，用西方的理论加上《红楼梦》的例子，絮烦，读之令人生厌。而您平平淡淡的几句话，就把《红楼梦》创作的艺术成就点破了："细节是真实性的基础，生活细节最难虚构，《红楼梦》中诸凡大富之家的饮食起居、吃喝玩乐、服装用具、礼数排场、建筑庭园、花草树木、鸟兽虫鱼、红白喜事、梳妆打扮、收入支出、迎来送往……如果没有生活经验，没有至少是见过听过——没吃过猪肉至少也见过猪跑——没有一定的生活事实作根据，你是虚构不出来的，虚构出来也会是捉襟见肘，破绽百出。……内行人都明白，一部巨制长篇小说，最大的真实是细节，最大的虚构是人物性格的鲜明化……"② 请您谈谈《红楼梦》对细节的把握与作

---

①王蒙：《红楼梦启示录》，第222页。
②王蒙：《王蒙的红楼梦（讲说本）》，第284页。

者经历之间的关系？

王蒙：

（五）《红楼梦》最大的虚构是人物性格的鲜明化

郑铁生： 中国古典小说靠什么令人荡气回肠，最主要的是栩栩如生的人物形象，这才是《红楼梦》最大的亮点、最大的魅力。恰如您所指出："文学与非文学的最大不同往往首先在于人物性格的鲜明化。鲜明了才引人注目，才过目难忘，才一见倾心，才令读者击节赞赏，才令人回味不已。……实际生活的根本特点是平凡，你当了皇上娘娘，自我感觉仍然会是难耐的平凡。而小说的要求是不平凡，这是最大的文学与真实间的悖论。其次，所有的社会，都有太多的共性要求、普适规范，所有的社会的政权、学堂、尊长、师表、家长、村镇、社区、教会、团体、社会舆论与新闻媒体都肯定是按社会的共识，按集体的意识与无意识，按人性的平均数，而不是按个性，更不是按个性的鲜明性来塑造一个人的。……《红楼梦》的人物描写的成功中，显然表明的是曹雪芹的文学功力，他的对于人性的深刻了解与无限困惑，而绝对不是曹雪芹的运气——独独他碰到了那么多个性非凡的人物尤其是少女。"① 您的这段话涉及几个问题："文学与真实间的悖论""普适规范""按人性的平均数而不是按个性更不是按个性的鲜明性来塑造一个人的"。这几个问题一般不好理解，能不能请您再细致地说说？

王蒙：

（六）《红楼梦》的虚构性

郑铁生：《红楼梦》"是虚构的小说，是'假作真时真亦假，无为有处有还无'。这两句话已经从方法论上宣布了对于脂砚斋思路的否决。当一部作品使用了虚构（假）的情节、人物以后，即使同时使用了比较有生活依据的即有模特儿的人物原型与事件类型（真）作模子，这仍然只能算假，只能算是

---

① 王蒙：《王蒙的红楼梦（讲说本）》，第285页。

虚构作品而不是事实记录。……偏偏人们往往因了小说的真实感而忘记了它的虚构性,因了小说的细节的真切与质感,因了传述的翔实与生动而'被真实'、被说服、被一切信以为真,被跟着对于小说写作其实不通的脂评走,反而看不出或小视起它的文学性来"。① 这是一个很有趣的话题,现在很多读者,不是着眼于这方面,而是透过人物去探佚什么隐逸、隐私、隐藏、阴谋等等。您认为应该如何导引读者恰当的理解《红楼梦》的虚构性?

王蒙:

(七)《红楼梦》把传统的思想和写法都打破了

郑铁生: 您说:"《红楼梦》这样一部长篇小说的结构应是写作中的最大难题。人物、事件、情感、语言、环境,作者是烂熟于胸、烂熟于灵魂的。写一部长篇小说的首要课题,从某种意义上来说,在于结构。它千头万绪,千人万物,又是全方位地写生活。写平凡的事情,写人情,这就比以某个大事件为经纬,以某个人物为中心(前者如《三国演义》《西游记》《水浒传》《双城记》《九三年》……后者如《安娜·卡列尼娜》《约翰·克利斯朵夫》《悲惨世界》……)要困难得多。"② 这使我想起鲁迅先生说过的话:"总之,自有《红楼梦》出来之后,传统的思想和写法都打破了。"这是从中国小说发展史的视角进行高度概括的,可惜鲁迅先生没有解释。想请您具体谈谈《红楼梦》究竟是怎么打破传统写法的?

王蒙:

三、说不尽的《红楼梦》

(一)关于《红楼梦》后四十回

郑铁生: 您曾在多处写到不相信有人能补《红楼梦》后四十回,"《红楼梦》有极大的残缺性。按现在一般说法,前八十回是曹雪芹的,后四十回是

---

①王蒙:《王蒙的红楼梦(讲说本)》,第283页。
②王蒙:《红楼梦启示录》,第78页。

高鹗的，它的文本就是残缺的。对于我来说，这是一个死结，我到死也不明白——高鹗怎么能给曹雪芹续四十回，续了三分之一？开玩笑！谁能给谁续？小说能续吗？我不但不能给别人续，明确地说，自己给自己续也是没门的。我的第一部长篇小说是1953年写的，《青春万岁》，打死我也续不出来。现在甭说续四十回，就是让我续三回，二万字"①。这种说法又不似港台的学者作家直接否定《红楼梦》后四十回是高鹗续书，这是为什么？

王蒙：

（二）读《红楼梦》如品人生

郑铁生：您说："《红楼梦》具有与人生同样的丰富性、立体性、可知与不可尽知性、可解与无解性、动情性、多元性、多义性、争议性、因果性必然性、规律性、偶然性、或然性等等。大体上说，人们对于人生诸事诸如恋爱、性欲、朝廷、官阶、政治、风气、家族、兴亡、盛衰、祸福、进退、生死、贫富、艺文、诗书、上下、主奴、忠奸、真伪……有多少感受有多少讨论，你对《红楼梦》此书也会有同样多的感受与讨论。你在现实社会中发现了什么有趣的故事，诸如弄权谋私、文人商人联手、短命夺权、抄家打非、忘年嫉妒、拉帮结派、显勤进谗、巧言邀宠、东风西风、一面铺张浪费一面提倡节约……也都会在《红楼梦》中找到似曾相识的影子。"读红楼，品人生，在顿悟中产生心灵的默契和人格的启迪，这是您读《红楼梦》的价值所在，是否也可以说是引起不同的民族、不同的时代、不同的阶层产生共鸣的根本原因？

王蒙：

（三）从《红楼梦》中怎样获得"阅读的活力"？

郑铁生：我们注意到您的《王蒙活说红楼梦》和上海文艺出版社出版的王蒙评点《红楼梦》（增补版）都是2005年完成的，而这距之前漓江出版社

---

①王蒙：《王蒙的红楼梦（讲说本）》，第175页。

出版的王蒙评点《红楼梦》已经十年了。可不可以这样说,正因为您有这十年潜心读《红楼梦》的功力,所以才形成2005年至今,一发不可收,接连出版《不奴隶,毋宁死》《王蒙的道理:红楼梦启示录》《王蒙的红楼梦》近120万字的著作。如您所说:《红楼梦》"好像是一座宝山,你已经来过多次,但是,你不可能,别人也不可能穷尽它,吃透它,时有新景新意新启发新光辉新的诠释的可能性涌现,使你得意扬扬,从中看到了'红'书的活力也看到了自己阅读的活力……"①"阅读的活力"不仅是对审美、解读和创造过程的概括,是否也是您教给我们如何阅读《红楼梦》、读《红楼梦》如品人生如何培养自己"阅读的活力"最重要的话题?

王蒙:非常感谢您对有关拙作的细心分析。其实您的分析已经解答了您所提出的问题,我没有什么好补充的了。至少暂时,我能说的就是同意分析。

记得当时编委会正在香山研究第一期稿件,开始大家一看回复的文字不多,有些失望,但当我一字一句读给大家后,都不由得兴奋起来,编委会一致认为,这篇访谈稿给《曹雪芹研究》创刊号增添了亮色。胡文彬先生说:"王蒙先生话语不多,但真是四两拨千斤啊。"张俊教授还提出,让我以主编的身份一定要给王蒙先生写封感谢信。

4月10日给王蒙先生的信:

王蒙先生:

您好!

收到访谈您的书面回答,我们十分兴奋,仔细阅读。您的话语虽简短,但一语中的,堪称"四两拨千斤"。遗憾的是未能读到您更多的文字。您是创刊号"访谈录"第一位大家,为此,我做了必要的案头工作,尤其细读了您全部评红的著作,感受到最重要的一点,就是读红楼,如

---

① 王蒙:《王蒙的红楼梦(讲说本)》,第280页。

品人生，在顿悟中产生心灵的默契和人格的启迪。期盼当面聆听和请教。

我作为《曹雪芹研究》的主编，再一次对您致以真诚的感谢。

郑铁生
2011 年 4 月 10 日

附记：

王蒙访谈录在《曹雪芹研究》创刊号上，编辑为另一种形式发表以后，见仁见智，有所反响。其中霍国玲、紫军两位红学爱好者连续在网上以《王蒙、郑铁生为否定"石学"竟走上诋毁曹雪芹之路——评郑铁生对王蒙的访谈》为题，一连发表了七论。考虑无论当时撰写访谈提纲过程，还是得到王蒙先生精辟的解答，感觉都是一次学习。现将访谈王蒙的原始文稿发表。王蒙先生对访谈提纲虽没有逐条回答，但从他对回答问题的选择上，可以看出他对《红楼梦》研究现状的关注、思考和倾向。相信会带给读者一个更全面的解读空间。

原载《曹雪芹研究》2011 年创刊号，又载《乌鲁木齐职业大学学报》2012 年第 1 期

访红学家冯其庸

郑铁生：冯先生，首先感谢您抽出时间接受我们的访谈。

您的《瓜饭楼丛稿》33卷出版了。这套丛书凝聚了您一生的心血，记录了您的心路历程，铺垫了您的学术造诣，其体大精深，无论对学术界、出版界，还是对红学研究领域都是一件大事。我想请您先简介一下这套丛书。

一、关于《瓜饭楼丛稿》的介绍

冯其庸：这套丛书分三个部分，总名称叫《瓜饭楼丛稿》。我童年的时候经常饿肚子，没有饭吃，以南瓜代饭。因此，我的斋名叫"瓜饭楼"。《瓜饭楼丛稿》分三个部分：

第一部分"冯其庸文集"，共13种书、16卷。文集里所收录的，都是我个人所写的专著和文章，不包含合著、编选的一些东西。其中有讲历史方面的一本书——《逝川集》；也有讲文学的，叫《文心集》，像讲北宋前期两种不同词风的文章《论北宋前期两种不同的词风》，再如《罗贯中考》《玄奘取经东归古道考实》。反正关于文学史和作家的一些文章，都在《文心集》里头。

郑铁生：这两本书大部分都属于"文革"前的文章？

冯其庸：对，基本上都是"文革"前写的，也有"文革"中写的。1974年有篇关于李贽的文章，题目叫《战斗的思想家——李贽》。1973年人民大学解散了，我被分配到师范大学，当时正是评法批儒的高潮，要编一本《李赞作品选》，而找我写前言，而且要求必须把李贽当作法家来写。我把李贽所有著作认认真真读了两遍，读完之后，觉得李贽的著作没有一丝一毫的法家的内容；相反他对儒家、法家，一概采取批判的态度，尤其是对儒家，批判得更多。我也不愿意跟着当时"四人帮"的调子走，又不能拒绝，所以我的题目就叫《战斗的思想家——李贽》。在文章里，所有的评论我都用李卓吾的原话，然后对他的原话作评价，一句也没提法家，但你不能说他不是战斗的思想家。结果拿出之后，不久就告诉我说："你这文章不能用。"这就达到我的目的了——我就想他们不用，我不能就跟着"四人帮"的调子，也在那里掺和。所以这篇文章就保留下来了。等到"四人帮"垮台以后，陕西人民出版社要出我文集的时候，他们说这是篇真正有战斗力的文章，在那个时期，你坚决不承认李贽是法家，我们觉得非常高兴。

其他的，像《剪烛集》是回忆我的许多老朋友——学术的朋友，有老一辈的，也有与我同辈的，还有比我年轻的；有已经去世的，也有尚在人世的。我交往的朋友很多。有一本《墨缘集》，专门是怀念书画界的老朋友，包括老前辈，像刘海粟、朱屺瞻、王蘧常、启功、唐云等老专家，和我交往的时间都很长，他们故去了，我写纪念文章。也有他们尚在人世时我评论他们书画的文章。其中，也有关于年青的，我觉得有前途、有成就的，我也写了文章放进去了。这些合在一起叫《墨缘集》。

还有一本《春草集》，是专门关于戏曲方面的评论文章的总集。我跟京剧界的好多名角都是非常要好的朋友，像周信芳、盖叫天、李少春、袁世海、白云生、厉慧良、赵燕侠、吴肃霜等。这些一流的表演艺术家，跟他们相处了好几十年，你在天津，应该知道厉慧良。他功夫真好！我跟他交往了好几十年，还给他题了几首诗。他去世的前几天还来看望我，身体挺好。我住在红庙，他祝福我："你保重身体。"他跟他夫人一起来的，我还跟他拍了好几张照呢。回去就到上海去排戏，突然间心脏病发作。他当时没有想到的是心脏病，以为是旧伤发作结果耽误了治疗。因为他是武生嘛，老是有伤。等到发现是心脏病，已经来不及抢救了。所以我写了一篇很长的文章悼念他。《春草集》里头还包括很多地方上的名演员，凡是到北京来演出，跟我有交往的，我都反复看他的戏。像武汉的陈伯华，跟李罗克两个人演《小放牛》。一个八十岁的人了，演十六七岁的小姑娘演得活灵活现。我对戏剧界的老朋友的印象特别深，他们对我的影响也很大。主要是他们练功的精神，我觉得做学问也要像他们一样苦练，不是那么泛泛地看看就算了。

还有《中国文学史稿》上下卷。我的诗词集——《瓜饭楼诗词草》。以上这些加在一起都属于"文集"的内容，一共13种16卷。

《瓜饭楼丛稿》的第二部分是"冯其庸评批集"，就是我写过《瓜饭楼重校评批〈红楼梦〉》的排印本。一共上中下三卷。还有我评的甲戌、己卯、庚辰三个本子，我都用朱、蓝两色作了批。甲戌本是一卷，己卯本是两卷，庚辰本是四卷，合起来是10卷。

《瓜饭楼丛稿》的第三部分是"冯其庸辑校集"，就是我所编辑、校订的古人的文字。其中第一种就是《八家评批红楼梦》，再就是《曹雪芹家世·红楼梦文物图录》，收我搜集到的上千张图片，有关《红楼梦》的图版。这是原来在香港出的，国内没出过。全书分成上下两卷。第三种就是《水云楼诗词辑校》《重校十三楼吹笛谱》，还有我写的《蒋鹿潭年谱考略》，合在一起，这是一部清代太平天国时期两位词人的词集。现在市面上已经很难找到了，我校对后重新出版了。所以，整个这套丛书——《瓜饭楼丛稿》分三部分：第一部分"文集"，第二部分"评批集"，第三部分是"辑校集"，共计33卷。为了使读者读起来方便，有一卷是总目录。"总目"里面还附了我的简要的学术年谱，大概五六万字。这样便于读者去查重要的著作和文章。还有就是叶君远先生给我写的一个《冯其庸学术简谱》，有25万字，放在一起。所以，整个合在一起，共计35卷。

二、关于曹雪芹祖籍辽阳的考证

郑铁生：冯先生，你是当代著名的红学专家，著作等身。从《冯其庸文集》便可以看到您一生倾注在治学上。特别是对于《红楼梦》的研究，主要做了三件大事：一是考证了曹雪芹家世；二是研究《红楼梦》的抄本；三是研究《红楼梦》的思想。以上三方面是否集中体现在《冯其庸文集》之中？

冯其庸："文集"里头的《沧桑集》和《曹雪芹家世新考》上下卷，是专门讲曹雪芹家世的。《漱石集》是专门讲《红楼梦》或曰《石头记》早期抄本的。

郑铁生：冯先生，1975年您受命国务院文化组，带领一批学者校注《红楼梦》。

冯其庸：是的。

郑铁生：在此期间，你读了《五庆堂谱》《曹玺传》，这些因素是不是促使您最后把学术研究的方向定在曹雪芹家世的考证之上？

冯其庸：也不完全是这样。在校注《红楼梦》的时候，我考虑到首先要写个序言或前言，而首先就涉及曹雪芹家世、生卒年等问题，是人家说什么你照样说什么，还是你自己找材料？我想来想去，就算曹雪芹祖籍是丰润，那你也要找出根据来啊。现在流行的"丰润说"没有根据，完全是猜测。我如果也这样写，实在说不过去。所以我就想找史料来证实。当时真是想找到一个有关丰润的根据，证明曹雪芹是丰润人。结果就意外地发现了《五庆堂曹氏宗谱》，拿到这个谱以后，我认真地读了。同时我也找清朝的历史资料来印证。我从《清史稿》中找出了《五庆堂谱》上有的二十几个人的名字，而且记载和《五庆堂谱》上记载基本一致。更重要的是，我查《清太宗实录》卷十八，找到了曹振彦的资料。天聪八年甲戌（1634年，明崇祯七年），"墨尔根戴青贝勒多尔衮属下，旗鼓牛录章京曹振彦，因有功，加半个前程"。这是到现在为止发现的有关曹家上世材料中最早的一条直接史料，是我从《清太宗实录》里头查出来的。

当初我天天要上班，《清实录》是社科院的一位朋友——他是图书馆的一名工作人员——搬到我家，一大堆。我天天下班在家里开夜车读《清实录》，当时的目的：如果读过这书有用当然更好，就算没有曹家上世的资料，我也放心了，因为这书我读过了，没有他的事。结果一查，查到了曹振彦这一条，我太高兴了。因为以前谁也没有查到过这条资料，而且清清楚楚地写到——多尔衮属下、旗鼓牛录章京，就是"佐领"，在军队里管三百个人。这条史料帮我搞清楚很多问题。后来又看到了《大金喇嘛法师宝记碑》，碑阴上刻有曹振彦的名字。这碑是天聪四年的，比《清实录》的记载又早了四年，由此可知在归顺多尔衮之前，曹振彦已是驸马佟养性的部下，在当一个教官。曹家上世的史料，一个是属于历史文献，一个是属于碑刻史料，都越来越明确地证明，曹雪芹的祖上不是丰润人，他的祖籍是辽阳。

  我的一个人民大学同事李华，是研究清代经济史的，他天天上图书馆看地方志，找经济方面的史料。我就随便跟他说了一句："你翻地方志，要是碰到有关曹家的史料就告诉我一下。"他说"好"。有一次我跟他聊天，他说："昨天看到一篇《曹玺传》，这个你们肯定都看过，我也没跟你抄下来。"我说："你不能这样说，不可能样样都看到。你明天再去把开头几句抄下来，不用整个抄。我看几句就知道有没有见过。"他说："好。明天我给你抄一段。"第二天他回来了，就抄了开头五六句吧。我一看，说："没见过这个文字，在哪里看到的？"他说："在北京图书馆，是《上元县志》。"于是我就跟他一起到北京图书馆，找到《上元县志》一看，是全新的一篇康熙二十三年的《曹玺传》。那时曹家正值鼎盛的时期。《曹玺传》从上代——曹振彦写起，一直写到康熙二十三年。这段历史很清楚了。过了几天，李华同志又来看我，说："我在社科院图书馆又看到有篇《曹玺传》，不知道是不是重复？"他只是查目录时看到。我说："那也得看。重复不重复，还得看了才知道。明天我跟你一起去。"第二天我们两个人一起到社科院图书馆一看，是康熙六十年《江宁府志》里边的《曹玺传》。刚好能够跟康熙二十三年的《曹玺传》衔接下来。就在这篇《传》里直接记载了曹玺"著籍襄平"，襄平就是辽阳。

  以后，我又查到了曹振彦的《职官志》。曹振彦在山西、浙江都做过官，地方志上都有每一任官员的官职和履历。我查到山西《大同府志》上面写着："顺治九年，阳和府知府曹振彦。奉天辽阳人。"交代得一清二楚，《职官志》上写的是"奉天辽阳人"，那曹振彦当然就是辽阳人了。后来在《两浙盐法志》查到，曹振彦当盐法道了，履历上也是"奉天辽阳人"。这些史料放在一起，曹雪芹祖籍是辽阳，应该是没有任何问题了。

  郑铁生：为了考证曹家祖籍辽阳，您翻阅了几十种史籍、宗谱、方志、诗文集，解决了长期以来的误断"丰润说"。可以说是自胡适创建新红学以来，特别是中华人民共和国成立后在曹雪芹祖籍上取得的一个重大成果。

冯其庸：当时我之所以要重视曹家的史实，就是为了要写好这篇序言或前言，就是为了要写得可靠、真实、有依据，没有想到我下一步要专门研究曹家的历史。但是，一开了这个头，就引起了我的兴趣。特别是《五庆堂谱》，看到之后，我非常高兴。

《五庆堂谱》记载曹德先葬于河北涞水县张坊镇沈家庵村，我就想，到底有没有这个张坊镇沈家庵村？我找了本老地图，一查就查到了"张坊"。当时顾平旦、林冠夫也一起去了。我们的车开了两百来里路，顾平旦出主意说找当地农林局长袁德印问，有没有沈家庵村，他说："有啊，就在太行山的脚底下。我们当年打游击，打日本鬼子就在沈家庵村。路很难走，我带你们去。"他上了我们的吉普车领路，带着我们找到了沈家庵村。到了那里，我询问村民："你们这里有没有姓曹的？"他们说："没有姓曹的。"我的心一下就凉了下来了。又接着问："有没有曹家的坟墓呢？"他们说："有。"就领着我去看了"曹家大坟"，坟头已经平掉了，但是坟的原始形态都在。旁边有个茅屋。我问："这个房子是做什么的？"他们说："是看坟的老太太住的。"我随即进去询问。老太太叫言凤林，七十几岁了。我问她："这儿一共几个坟堆？"她说一共七个坟堆，这跟《五庆堂谱》的记载完全一样，在那里葬了七个人。我问村干部："你们挖了没有？"他说："挖了。"我问："挖出来什么？"他说："什么也没有。就一个木盒子，里面有几块骨头。"因为当时曹德先跟着定南王孔有德守桂林，南明的军事势力还很强大。顺治九年李定国发动广西桂林之役，把桂林全部包围起来，孔有德求救，救兵来不及。最后，孔有德放火自焚，曹德先全家都烧死在里头了。等到清朝平定以后，为了旌表这些殉难的将士，就赐葬在沈家庵村。因为人都烧死了，只能拣几块骨头放在盒子里下葬。这个跟历史记载完全符合。最后我们找到了这个坟，而且还找到了一块五庆堂坟地的界石，一共四块，砸掉了三块，有一块还保留着，我们把它运到了艺术研究院。

郑铁生：我记得您在一篇文章里写道："调查研究，也是我自己读书治学的一个基本的原则和方法。……在文史研究中,调查是必不可少的,而且,往往许多新的思想、新的发现,是来自实地调查。"① 看来,这的确是治学的经验之谈。

冯其庸:是的,我十分喜欢作实地调查,我一向认为我们除了应该读书架上的书外,还必须读保存在地面上的、地底下的各种历史遗迹和文物这部书,从某种意义上来说,这地底下、地面上的书,可能更为真实和更为丰富。这次《五庆堂谱》和实地调查相结合更加证实了曹雪芹祖籍是辽阳。因为《五庆堂谱》的名称就是《辽东五庆堂曹氏宗谱》。这点没有任何疑问了。所以现在学术界大部分都相信曹雪芹祖籍是辽阳,也有少数人还坚持是丰润。

三、关于乾隆年间脂评本系统的研究

郑铁生:冯先生,在"文革"时期,您有一套《红楼梦》被抄走了,让您很痛心,于是就发愤抄了一部庚辰本《脂砚斋重评石头记》。整整一年,终于抄完。还赋诗一首:"《红楼》抄罢雨丝丝,正是春归花落时。千古文章多血泪,伤心最此断肠辞。"② 您抄写的是庚辰本,后来评注的是庚辰本,是否和这件事激发了您的"红楼情结"有关?

冯其庸:这个不完全是一回事。当时抄一遍《红楼梦》对我后来研究《红楼梦》很有帮助是毫无疑问的。因为抄了一遍之后,对《红楼梦》的印象就很深很深。但当时抄的动机,并不是我以后要研究《红楼梦》,而是怕《红楼梦》被造反派毁灭。后来一个偶然的机遇,我应吴恩裕先生之约,同到北京图书馆查阅"己卯本",从中第一次发现了己卯本是怡亲王府的抄本,后来我又发现乾隆年间两个珍贵的脂砚斋评本,也就是己卯本和庚辰本内在关系,打开了《红楼梦》抄本的研究的新局面。

郑铁生:1978 年您出版的《论庚辰本》,是红学史上第一部系统研究《红楼梦》抄本的专著。在对《红楼梦》早期抄本的研究上,您发现所谓的

---

① 叶君远:《冯其庸学术简谱》,青岛出版社 2012 年版,第 155 页。
② 冯其庸:《风雨平生——冯其庸口述自传》,商务印书馆 2017 年版,第 184 页。

"庚辰本"是全照"己卯本"抄的,等于说"庚辰本"包含了"己卯本"。因此,从完整性和早期性来讲,现存其他抄本都无法与"庚辰本"相比。庚辰是乾隆二十五年,这时离开曹雪芹去世只有两年了(曹雪芹卒于乾隆二十七年壬午除夕)。到现在为止,还没有发现比这更晚的曹雪芹生前的改定本,是最接近作者亲笔手稿的完整的本子。这在版本史上是有重大意义的。

冯其庸:曹雪芹生前,庚辰本是最晚的一部。曹雪芹在世时,再比庚辰本晚的本子没有了。

郑铁生:那么,我们搞一个百衲本抄本的话,把所有本子的精华都集中起来,会不会比庚辰本还好呢?

冯其庸:校订的一个根本的原则,就是必须要有底本,不能完全东抄一句,西抄一句,不成体系。它要有一个基本的抄本作底本,然后增损。所以我们以庚辰本为底本,也只有以庚辰本为底本才可靠,因为它最完整。庚辰本上有错别字,抄错的、抄漏的都存在,但没有有意修改、歪曲的。己卯本也是这样。到甲戌本,甲戌是乾隆十九年,但现存的甲戌本是乾隆后期抄的,至少我们现在发现甲戌本上,有的脂批被拆成几段分开抄,也有的脂批抄错位置。所以现存甲戌本是后抄并被改编过的,它是一个书商抄卖的本子,但它的底本是甲戌年的本子,可惜现存的甲戌本也只剩16回了。庚辰本是曹雪芹生前最后的一个本子,也是最完整的一个本子。

郑铁生:冯先生,从完整性和早期性来说,庚辰本是不是最优秀的抄本?

冯其庸:说它具有"早期性"和"完整性"是可以的,但不能说是"最优秀"的。因为各本有各本的特点,例如甲戌本上第一回就多出四百余字,其他各本都没有,但没有那些字就读不通。从这点来讲,甲戌本就有它的优点。曹雪芹还活着的时候,乾隆时期有三个抄本,它们各有各的长处、优点。因此,我们不能说庚辰本是最优秀的。你说它是最早、最完整的本子,那是事实。因为它有78回,甲戌本是16回;己卯本是41回又两个半回,只有庚辰本有78回。所以,在对待版本研究的问题上,要确切地、实事求是地看待各个本子。

郑铁生:2008年人民文学出版社出版红楼梦研究所校注的第三次修订本

是不是您最为满意的本子？

冯其庸：从我自己的感觉来讲，2008年版应该是最满意的一个本子。从我们第一次出版以后，二十多年积累下来的认识，感到原先的不足，到了2008年的时候，我们把所有我们知道的确切的都修改进去了。

郑铁生：这个本子就以庚辰本为底本？

冯其庸：一直都是以庚辰本为底本嘛。因为校勘学的原则，其中有一条：一定要有一个底本作为依据，然后再采纳各个不同的本子参考。如果毫无依据，东采一句，西采一句，整个本子就会变得很乱。我们的书出来以后，李一泯特地写了一篇评论文章，认为这个本子可以作为定本。那还是第一次的本子呢。到了2008年，我们修改以后，大家心里更觉得痛快。参与修订的几位，吕启祥、胡文彬——他们出了很大力，都很高兴。把别人文章里提出来的正确的问题，也吸纳进去了；把我们自己这二十年来的研究成果，也放进去了。当然，也不能说到此为止，我们的本子就再也没有可修改的了。以后一直研究下去，很可能还会有新的认识、新的修改。但至少是到现在，我们是比较满意的。最近陈熙中先生写了篇短文章，非常有意义。是说断句的问题，到底应断在哪里？对我们有的句子的标点提出了建议修改。所以，我们这个本子，尽管非常认真，我们自己也比较满意，但是也不能说是无一差错，将来就没有必要修改了。不能这样讲。因为学问不断地往前走，遇到有新的收获，我们应该再来修订。那也要若干年以后了，需要积累。

庚辰本是据己卯本抄的。我在批这两个本子时，把这两个本子有密切关系的地方，都标出来了，读者读这两个批本时，可以相应地在这两个本子上查到，而且查起来很方便了。

甲戌本。我用毛笔，以朱、蓝双色把甲戌本珍贵的价值、所存在的问题也都批出来了。甲戌本肯定是后来抄的，不是甲戌年的本子，不是乾隆后期的原本，而且是被人重新整理过的。因为，只要仔细分析己卯本、庚辰本上的一条脂批，完完整整的一段在甲戌本被分作二段，而且放错了位置。说明当时的书商抄了"甲戌本"，为了增加评语的数量，就把一条脂批分抄在几处，看起来到处都是红脂批了，好卖钱。所以周绍良先生叫它作"蒸锅铺本"。在清代，北京有一种卖馒头的铺子，专为早市人而设，凌晨开肆，近午而歇，其余时间，则由铺中伙计抄租小说唱本。其人略能抄录，但又不通文理，抄书时多半依样葫芦，所以书中会"开口先云"变成"开口失云"，"癞头和尚"变成"獭头和尚"。

郑铁生：您在《瓜饭楼重校评批红楼梦》中指出："其实此段文字的是雪芹原笔……将青埂峰下的石头后来变成扇坠大小的过程，说得清清楚楚，而庚辰本则石与玉的关系未有交代。"

冯其庸：尽管甲戌本只有16回，但是它的价值高——它有它所独有的四百余字，还有一些己卯本、庚辰本所没有的批语，如"壬午除夕，芹为泪尽而逝"。这一大段批语多重要！以前有人认为"壬午"是记错了，现在由于"夕葵书屋本"有同样的记录，还有张家湾出土的曹雪芹墓石上面也有"壬午"两个字，这些证据都确凿地摆在那里，曹雪芹确实是在壬午除夕去世的。而且，尽管有癸未年《小诗代简寄雪芹》，约他上巳前三日来喝酒的诗，但没有下文。我请你，你也没理。那时候没有电话，只能写信、写诗，他连答复也不答复。这是一个问题。第二个问题，就算撇开这件事，癸未年只有这首诗，其他朋友自癸未年和癸未年以后再也没有关于曹雪芹的诗了，只有悼念他的诗。这只能说明曹雪芹壬午除夕就不在了，但他的朋友可能还不知道。因为壬午除夕到癸未三月三实际上只隔了两个来月，而当时曹雪芹在西郊，住在白家疃那一带，家里面只有遗孀，没有人给她传递信息，当时敦诚、敦敏还不知道，还寄信去邀请他去喝酒，这是完全可能的。不要说在那个时代，就是我们这个时代，有时候朋友发生意外都不知道。今天都存在类似的事情，何况在曹雪芹生活的那个时代信息不灵通，死后两个月朋友不知道并不奇怪。所以凡是甲戌本的优点、珍贵处和存在的问题，我都用朱笔、蓝笔批在这个本子上。

四、关于文学鉴赏和文学批评的一种形式——评点

郑铁生：冯老，我们抓紧时间，再请教您一个问题。评点是传统的文学

鉴赏和批评的一种形式，历史悠久，在红学史上早已成为一大流派，"脂砚斋重评"便是明证。但是，从清中叶以降，风行不绝，而中华人民共和国成立以后就逐渐消歇了，近年来却又浮出水面。您在这方面继承传统，除了《脂砚斋重评石头记汇校汇评》之外，还出版了《八家评批红楼梦》，甚至自己也进行评点，出版了《瓜饭楼重校评批红楼梦》。您为什么这么重视评点这种形式？您在实践中对这种形式有何创新和发展？有何体会？

冯其庸：这个传统的文学批评形式是我近年重新提出来的。中华人民共和国成立以后，把古代东西大都否定了，认为外国的评论方式才算好，起码你要写文章，对于评点这种形式，完全抛弃了。可是，我觉得中国文学有中国文学自己的形式，也有自己评点的方式。我们自己的《文心雕龙》《诗品》，这些都是古人的评点形式。明清以来的对于小说的评点，也是古人创造出来的一种评点形式。它最大的长处是非常灵活，既可以有总论，如洪秋藩就是总论加回后评，别的人则在重要的句子下面加评。为什么叫"评点派"呢？因为我们以前，像我小时候读书，文章写得好的地方老师都用圈，"双圈"就是对这个句子很高的奖励了，如果密密地圈，整个一段全部圈下来，说明老师欣赏得不得了。有时不用圈也用点，密"点"、重"点"——点两点，那说明这一句非常好。如果一路点下来，那就是称赞得不得了。所以叫"评点派"。也有些句子圈圈点点，就指的这个意思。我们不是也提倡用符号吗？其实我们的先人最早就会用符号来评论了，用圈用点就表示奖励，打叉叉那就是不行。而我们中国的文字形式跟外国的不一样，我们一个字就有一个意思，所以从用字就可以看你的功夫。一个字、一个词用得很好，非常准确，往往就在这一个字、一个词上给你加一个圈、两个圈。这种评点形式非常灵活，使读的人读到那里就明白了，不需要整篇文章读完了以后回过头再看才明白。你读到那里，马上就给你指出来这句话重要，这句话好，给你提醒了。这多灵活啊！所以我就主张，我们的文学评论既可以长篇大论，也可以短评，洪秋藩就有总评、总论。所以我觉得这种文学评论形式本身是可用的，没有任何不妥的地方，圈点则已不适用了。所以，不是这个形式好不好，是你的水平够不够的问题。

《瓜饭楼丛稿》的第三部分是"辑校集",其中第一种就是《八家评批红楼梦》,真正在清代有影响的还有好多,我整理了一遍,一共八个人。有的是一回一回地评,有的是回后总评,我就把"总评"放前面,一回一回地评放后面;有的人主要是眉批,我就将眉批放到它所针对的正文的"眉"上;有的人是双行小字批——正文下面双行小字批,我就把这些词句放到其对应正文的下面;有的是旁批,我就把批语放到其对应句子的下边。我是这样来处理的:让批语回到它的原位,同时又使其紧扣正文。这样,读者读起来就会非常亲切,哪句是谁评的一目了然。而且,每一"家"都是他的全文,不是摘一小部分。原来并没有这样的书,是我去搜集起来,把八家编在一起的,所以取名"八家评批红楼梦"。

五、曹雪芹家世与《红楼梦》的关系

郑铁生:您在著作中一再说道,"《红楼梦》里隐含的曹家上世的史事","《红楼梦》里有关曹寅、李煦两家的史事","《红楼梦》里曹𫖯时代的史事","《红楼梦》里曹雪芹自身生活的痕迹"……那么,您认为这是《红楼梦》的"原型""本事",还是素材?

冯其庸:我研究曹家家世只是开头,后来我悟到曹雪芹这部《红楼梦》跟他的家庭、遭遇关系太大了,所以必须要弄清楚曹家的整个的盛衰,其中的辛酸,其中的荣耀。这些都完全弄明白之后,你再对照《红楼梦》看,才能看出《红楼梦》里头有一些是隐隐约约露出他的家庭的历史。譬如他在《红楼梦》开头所讲的"因念及当时所有之女子,皆在我之上"等一大段,我感觉到这是曹雪芹的伤心事。因为李煦被抄家,全家三百多口在苏州插着牌子出卖。曹雪芹从小跟李煦家特别亲密,他的表兄妹有多少啊!都是在这场大祸里被插了标,卖掉了当奴隶。所以他这句话里,包括曹家自己。最后算是因为怡亲王的关系,让李氏带着曹雪芹他们回到曹家的蒜市口十七间半房。那个地方也是他们自己的老房子。所以,《红楼梦》里把李煦家的遭遇也隐隐约约地写进去了,但是你是说"原型""本事"都不合适,它只能是作家的创作"素材"。

曹雪芹是把李煦家的历史、亲戚家的悲惨历史以及他所见到的社会上的种种情节当作自己创作的素材来写的。所以塑造这些人物，心目中间总有一定的对象，但是这是素材。譬如林黛玉，应该是在曹雪芹心目中间有印象最深刻、感情最深的人，但是到他的笔下了，就不可能一模一样写那个人了，不是原型了。鲁迅就有一篇文章批评胡适说，作者塑造一个人物总是东拿一点，西拿一点，组合成一个完整的形象。事实上，原型的说法不准确。他取材于生活中所接触过的人物，其中有部分的因素是来自生活中的，但已不是原来的样子了，已经经过他的塑造了。

所以到后来我特别悟出来，《红楼梦》作者曹雪芹是含着眼泪来写自己家庭的辛酸史的。开始元妃省亲时多辉煌啊，但是里头都带着一种悲凉的意味。你看晚上元妃游园，灯烛辉煌，整个一片繁荣富贵的气象。元妃在轿子里看了之后，叹息说："你们再也不能这样奢华过费了！"这句话多有分量！脂砚斋说："借省亲事写南巡，出脱心中多少忆昔感今。"他虽然写的元妃省亲，实际上写南巡的奢华，而这个盛况恰好是造成他家庭败落的根本，所以"出脱心中多少忆昔感今"。这种"忆昔感今"是一种悲凉的回忆，不是一种欢乐的回忆！再看看元妃省亲里头的那个看戏，其中有一出《豪宴》。为什么要演《豪宴》？

《圣祖五幸江南记》里写道，曹寅接待康熙到扬州，第一次的宴席是"御宴一百桌"。皇帝吃的待遇，一次就是一百桌，真正称得上"豪宴"。所以他写《豪宴》是有用意的。关于《红楼梦》，你要不认真弄明白曹家、李家以及有关人家的悲惨历史，就很难体会作者的用意。但是，反过来，当然也不能把这几家的历史当小说的实录，曹雪芹在碰到合适的地方就提一笔，碰不到的地方就不提。比如说"乌进孝进租"，乌进孝说："那府里如今虽添了事，有去有来，娘娘和万岁爷岂不赏的！"贾珍听了，笑向贾蓉等道："你们听，他这话可笑不可笑？"贾蓉等忙笑道："你们山坳海沿子上的人，那里知道这道理。娘娘难道把皇上的库给了我们不成！他心里纵有这心，他也不能作主。岂有不赏之理，按时到节不过是些彩缎古董顽意儿。纵赏银子，不过一百两金子,才值了一千两银子,够一年的什么?这二年那一年不多赔出几千银子来!头一年省亲连盖花园子,你算算那一注共花了多少,就知道了。再两年再一回省亲,只怕就精穷了。"这些话都是有意无意地跟你透露一些曹家当时的历史情况。所以,你既不能忽略这些东西,又不能执着地把它们当成曹家的历史来看,曹雪芹讲得很清楚:甄士隐(真事隐)去,贾雨村(假语村)言。

郑铁生:我记得您在《论红楼梦思想》里面,特意讲到"虚"和"实"的关系,您有一大段话:

> 在研究《红楼梦》的思想过程中,我同时研究了那个时代的社会,才更加体会到《红楼梦》里的"真假""有无""虚实"等等的概念,不仅仅是指书中的贾府,也不仅仅是隐含曹、李两家,而是具有更深远的社会现实意义的。因此,研究《红楼梦》,确应重视曹家和李家从煊赫到败落的家史,但不应该仅限于此,因为当时社会上真假、有无、虚实的情况太多,"落了片白茫茫大地真干净"的人家决不限于曹、李两家,因此它具有更广阔更深远的历史内涵和意义。①

冯其庸:是的,是写了这么一段话。所以《红楼梦》这部书要参透它,必须要把康雍乾这一段历史——尤其是曹、李两家的兴衰两段历史——搞得越清楚越好。不是说件件去对证,而是启发你悟到那个时代当时的状况。像曹家、李煦家的"晚年",李煦充军时,曹雪芹大约是13岁。而李煦当时特别喜欢曹雪芹,因为曹寅去世以后,曹家很多事情都是李煦帮他们家料理的。曹雪芹人又聪明,并且13岁了,已经懂事了,自己的长辈、最疼爱自己的老人一下子充军去了,能没有感慨吗?

郑铁生:李煦充军的地点,现在已经考证出来在吉林打牲乌拉,李煦死在了吉林。其实离长春市很近的。

---

① 冯其庸:《论红楼梦思想》,黑龙江教育出版社2002年版,第3页。

冯其庸：我去过长春，但没有到打牲乌拉。《红楼梦》开头说："满纸荒唐言，一把辛酸泪。"这一句话太重要了。"都云作者痴，谁解其中味。"这句话也是很重要的。你如果不了解曹家的兴衰史，就读这部书，就读不明白，也读不出那种深厚的历史内涵。所以我研究曹雪芹家世就是因为这个开头，后来又悟到要了解《红楼梦》，必须把它弄明白。其中有一些在《红楼梦》中有蛛丝马迹透露着，更多的没有透露。但这更多的伤心事在作者心里头都是有的。所以，他写这书的时候才会"一把辛酸泪"，否则为什么要写这句诗？尤其是"谁解其中味"，因为他大部分都隐去了，后人是很难弄明白的。所以作者写道：谁能明白我现在的苦，我现在心中的悲凉？曹雪芹号"梦阮"，这个"阮"就是《咏怀诗》，"八代以下"无人能讲清楚阮籍这八十二首《咏怀诗》到底讲什么。但是讲的不是欢乐的事情，都是悲伤的事情，都是当年朝政黑暗的情况，阮籍不敢明说，只能隐隐约约讲出来。这一点大家都是明白的。《红楼梦》有类似的情况。曹雪芹号梦阮，我觉得他也是有意地给别人一点启示：我这个书跟《咏怀诗》一样，有很多隐晦的、无法讲出来的情节，但是蛛丝马迹他还是透露出来了不少。

对曹家的史实，确实值得去更深一步地深入研究。包括已经公布的曹家档案史料里头，也有很多非常重要的内涵。比如康熙五十年，曹寅给康熙写的奏折，我开始也没注意，后来反复读，忽然注意到曹寅多次讲到，"我"家里平日开支不够的时候，都是朋友互相帮助，跟运库的钱粮没有任何牵涉；"我"公事上面的来往、公家的用费，都有清楚的账目。这两条就说明，他没有任何的亏空，他没有任何欠国家的钱。但是第三条，他又说，"我"现在的任务是赶快把大量的债务还清，否则"我"将成"病废"——顶不住了，快病倒了，他第二年就死了。这个奏折就太重要了。前两条说明他没有贪污，没有任何亏空；第三条他不说原因，但是康熙心里明白，为什么有这么大的亏空，就是因为那多少"一百桌御宴"，都用在自己身上了。所以，王熙凤跟赵嬷嬷对话，王熙凤就说：不知俺们家怎么会有那么多钱。赵嬷嬷说："告诉奶奶一句话，也不过是拿着皇帝家的银子往皇帝身上使罢了！谁家有那些钱买这个虚热闹去？"这话一下子点明白了。公家的钱是用在皇帝身上的，不是用在"我"身上的。到最后算账算成"我"的了,你想这冤枉不冤枉?曹雪芹为什么"一把辛酸泪"?自己的祖宗忠心耿耿于清王朝,为清王朝做了多少事情,最后落得个"亏空"国库的罪名,被抄家。而且自己的同辈人都被卖掉了,你说伤心不伤心?所以一部《红楼梦》,你如果不懂得曹家的历史,你就不能明白曹雪芹当时心中的凄凉。但是,你却不能把《红楼梦》当作曹家的历史;如果把它当曹家的历史来看,那就大错特错了。

所以,我觉得你们办《曹雪芹研究》这个刊物有意义、有价值,但是要注意历史是历史,小说是小说,只能参悟,不能混淆。最主要还应该是正面地研究曹家的史实。山东不是有李煦的信吗?特别里面提到李煦跟曹寅不和。对这种情况,要分情形来分析。曹寅跟李煦有些意见不一致,有些想法不一样,这都不是什么不可理解的东西。几十年的往来,完全一样,没有差异,没有这种可能。有些不一样的想法,有些见解不一致,完全是可以理解的。曹寅病重,李煦赶忙写报告,要"圣上"赐药。曹寅去世以后,李煦一直帮他料理他的债务,这些都是事实,摆在那里。曹寅死后,都是李煦帮助料理的。这都有奏折在啊!这还不能表现曹李两家的亲密关系吗?所以看问题要从大处着眼,要做历史的认真的分析,不能只看小枝节。不然,你看见这棵树上有几个黄叶子、枯叶子,就说这棵树快死了,如果你抓住这一点点就说树快死了,那不符合全局啊!哪一棵大树没有几个枯枝?"茂林多枯枝",古人老早就讲了。编这个刊物的时候,一定要掌握整个的方向。

郑铁生:谢谢冯老!

原载《曹雪芹研究》2013年第五辑

李希凡学术研究六十周年访谈录

李希凡先生:

您好,今年是毛泽东主席亲自发动的1954年《红楼梦》研究问题批评六十周年。作为当事人,那场运动给您留下深刻的记忆,在20世纪80年代写过《我和〈红楼梦〉》、《毛泽东与〈红楼梦〉》、1999年《答〈文艺理论与批评〉记者问》,对当时实际发生的经过以及现在的认识都做过明确的阐释。从您的《李希凡自述——往事回眸》记述中可以看出,在不同的历史时段:1954年、"文革"后,以至近两年,总有人"纠结"您给《文艺报》的一封问询信,看来这件事并不是写几篇文章,就能让人们明白的。说到底,还是与对那场运动的认识裹挟在一起。当然,随着时代发展,人们再回顾那非常具有历史内涵的年代,也会不断产生新的认识。因此,对于那场运动,无论其深远意义还是经验教训,都值得我们不断地再认识、再评述、再借鉴。

下面请您谈谈。

一、关于1954年《红楼梦》研究问题批评六十周年的回顾

郑:2011年9月21日《中华读书报》发表了山东大学王学典一文:《"红楼梦研究"大批判缘起揭秘——两个"小人物"致函〈文艺报〉的事是否存在?》掀起了一场小的辩论。缘起涉及您给《文艺报》的一封信的有无,而花费这么多笔墨在报纸上连篇累牍地大做文章,开始我很不理解,而后意识到问题还是出在对那场运动性质的再认识上。为了直逼主题,是不是可以

这样概括，1954年《红楼梦》研究问题批评是毛泽东主席用马克思主义占领上层建筑及意识形态领域的战略部署必出的一招棋，是必然的战略举措。而毛泽东在发动这场运动中起用"两个小人物"的批评文章，只是一种策略，可以说是偶然的。您看是否可以从这个角度回顾一下当年的历史情景？

李：你说得很对。王学典的那篇"揭秘"，本就是弦外之音，拿有没有这封信来做文章，那是借题发挥，不要说《文艺报》，就是当时的《人民日报》，也包括今天的所有报刊，有哪家对读者来信每信必回？何况那是一封简单的问询信。当时《文艺报》也到处查找这封信，那是因为挨了批评，故作张致。他们不想批评俞平伯先生的红学观点，早有白盾的文章他们都退稿了。1953年第9期《文艺报》有一则向读者推荐俞先生《红楼梦研究》的评介文字。其中说这本书的前身是三十年前曾出版过的《红楼梦辨》，作者根据三十年来发现的材料重新订正补充，改成现在的书名重新出版。过去所有红学都戴了有色眼镜，做了许多索隐，全是牵强附会、捕风捉影。《红楼梦研究》一书做了细密的考证、校勘，扫除了过去"红学"的一切梦呓，这是很大的功绩，其他有价值的考证和研究，也还有不少。姑且不论这个评介是否准确，但这是《文艺报》编辑部的看法和态度。据此，人们是否也可以考虑一下，他们怎么会理睬一封问询信？

我不认为王学典的"揭秘"对1954年那场运动是认识问题，这是近年来意识形态领域斗争的一部分。不过，真理是真实的存在，不是一帮人占有一两个报刊的位置就可以靠絮喋不休改变的。《文史哲》在全国知名，虽然与开创学术论争、百家争鸣的办刊宗旨有关，但1954年发表"两个小人物"文章受到毛主席的表扬，也大大提高了《文史哲》的声誉，以至几十年来《文史哲》都列为全国刊物之首。这原是山大引以为荣的事情，现在有一些人却自以为"耻辱"了，作个翻案文章，再出一次名，这才是现任《文史哲》主编王学典所要达到的目的。本来他要揭的秘，完全在山大就可以取证，可他偏偏要硬造，拿一封信做文章。

事情很清楚，所谓"缘起"，也就是引起毛主席关注的，1954年9月号《文史哲》发表的李希凡、蓝翎的《关于〈红楼梦简论〉及其他》这篇文章，是对胡适派新红学唯心主义观点的批评。毛主席在关于《红楼梦研究问题》的信中，开宗明义的第一句就是"驳俞平伯的两篇文章附上，请一阅。这是三十多年以来向所谓红楼梦研究的权威作家的错误观点的第一次认真的开火"。正因如此，他才写信并把两篇文章推荐给党的政治局委员以及文化界有关领导阅读，这才是这场思想批判运动的"缘起"。

的确，在信中下面一段话，也讲道："他们起初写信给《文艺报》，请问可不可以批评俞平伯，被置之不理。他们不得已写信给他们的母校——山东大学的老师，获得了支持，并在该校刊物《文史哲》上登出了他们的文章驳《红楼梦简论》。"王学典们的所谓"揭秘"就在这几句话上。对他"揭秘"的理由，我已据理反驳，不再细说。他们既然自称是历史学家，就要全面研究历史，首先应当看看《毛泽东文集》在这一时期大量的批语和谈话，才能清晰地了解毛主席为什么要亲自发动和领导这场思想批判运动。他们总是抓住这封找不到的问询信，搞什么"缘起"揭秘，一口咬定我没写过信，仿佛《文艺报》看了我这封信，就会热烈欢迎我们的批评文章，并立即发表，也就没有了这场思想批判运动。这样虚拟中的"揭秘"，难道就符合历史实际吗？即使现在重读毛主席这封信，我们也能感受到，他对当时思想文化界对胡适及其唯心主义的影响麻木不仁，十分不满。王学典们既然想搞清楚"缘起"，为什么不想想，一封信的有无怎能说明毛主席要领导和发动这场思想批判运动主旨呢？从胡适、俞平伯到周汝昌的红学论著，毛主席都是读过的，何况那几年反对历史唯心主义，要把马克思主义作为指导我们思想的理论基础，正在往思想文化领域扩展，而两个小人物文章的出现，适逢其时，正是开展批判运动的由头。可是，毛主席只是要求《人民日报》转载小人物的文章，还受到那样的鄙视和反对，遇到了那样强大的阻力，说实话，毛主席讲的那些"感受"，是我们当时并没有认识到的。我们从来没有说过《文艺报》没有回信就是压制我们，我们投稿《文史哲》也算不上"不得已"，因为我们是初学写作者，不回信，不退稿，那是经常受到的待遇，何足为奇？有谁会理睬我的那封问询信呢？我和蓝翎都并没有在意这回事，邓拓同志问起，也只是据实回答。就是看蓝翎对邓拓的回答，也可知并无告状之意，我的回答就更简单了。因为写信和写稿，报刊没有答复，我在大学写过十几篇稿子，没有回音是多数，所以，直到《质问〈文艺报〉编者》刊出以前，我们并不知道毛主席的看法，我们对《文艺报》那个编者按，也并不觉得它有什么错。何况《质问〈文艺报〉编者》批评的也是当时思想文化界的普遍现象，"小人物"哪有毛主席的战略眼光？即使读了《质问〈文艺报〉编者》，也从蓝翎那里知道了此文曾经毛主席阅改，我们也从未向《文艺报》发难，《红楼梦评论集》没有对《文艺报》的批评。

毛主席的信虽然对《文艺报》不理不睬我们的问询信，表示了不满意，但还是同意他们转载，并寄望于通过转载，"这个反对在古典文学领域毒害青年三十余年的胡适派资产阶级唯心论的斗争，也许可以开展起来了"。毛泽东亲自发动和领导，难道会"缘起"于我那封"问询信"的有无？我们何许人也？即使有毛主席的推荐，仍然是"小人物的文章"，不得登大雅之堂。而《质问〈文艺报〉编者》的盛怒，却是由《文艺报》"编者按"引起的。关于"转载"，遇到那么多阻力，转载的"编者按"，只字不提这场论战是要开展反对胡适派唯心论的主旨，也并不力求客观，反而挑剔"小人物"文章的缺点。历史是一个活的整体，它不是鸡零狗碎的"揭秘"索隐写成的。毛主席要从批评俞平伯先生的红学观点开端，也不能简单地说只是什么"策略"，因为俞先生那些红学观点，就是唯心主义的，贬低了或歪曲了《红楼梦》的伟大现实意义，这一点用不着在这里细说，只要看一看《毛泽东论红楼梦》一书，比较一下俞先生对《红楼梦》的评价，就明白了。何况毛主席是看过《红楼梦辨》的，据《毛泽东传》记述："毛泽东在他仔细阅读过俞平伯所著《红楼梦辨》一书中，差不多从头到尾，都有他画的杠杠和圈点的笔迹，还打了很多问号，共50多处。本书所引俞著的那些话，毛泽东都画了杠杠，打了问号。""显然，这些观点毛泽东都是不赞成的。"[①] 因此，说"批俞"完全是"一种策略，可以说是偶然的"并不准确。谁都知道，毛主席对《红楼梦》评价很高，而俞先生却把《红楼梦》看成闲书，还说它"不脱东方思想的窠

---

① 逄先知、金冲及：《毛泽东传》，中共中央文献出版社2004年版，第293页。

曰",这是毛主席所不能容忍的,何况俞先生的观点,又恰恰是新红学派的代表作。他的这些看法又和胡适的"自传说"一致。对《红楼梦》这样深刻反映封建时代的现实主义杰作,做了各种唯心主义的"误读",而中华人民共和国成立之初,毛主席在政治战线与理论战线一直在致力于对历史唯心主义的批判,《毛选》四卷最后几篇文章,都是这个主题。他所不满意电影《清宫秘史》《武训传》的,也正是因为它们从历史唯心主义立场出发,美化了封建阶级及其意识形态的统治和影响。

《红楼梦》本是一部深刻反映封建社会而对封建阶级及其上层建筑又多有所批判的伟大的现实主义杰作,在新红学研究中却认为,它只是作家感叹身世(即自传说)的闲书一本,不入世界文化之林,他们这样贬低《红楼梦》,什么"贾政即曹𫖯,贾宝玉即曹雪芹",什么"为十二钗作本传",写"闺友闺情""感叹自己身世的",什么"精裁细剪"地写实自传,这种完全不顾作品深刻反映复杂社会生活及其思想文化蕴含,只摘引作者自叙的片言只语或"假语村言"来解读作品内容和作家思想,这样的以偏概全,绝不可能引导读者正确认识、理解《红楼梦》。

自然,在毛主席的心目中,影响学术界的,绝不只是两个"小人物"笔下的唯心主义的新红学,而是思想文化界资产阶级唯心论的广泛存在,以及有代表性的人物胡适的广泛影响,特别是意识形态领域的党的领导干部的不闻不问,麻木不仁。两个"小人物"的文章,可以说是毛主席把一直在进行的反对唯心主义的斗争引向深入的一个线索,因为不管两个"小人物"多么浅薄,他们毕竟提出了俞平伯先生的红学观点是唯心主义的,而且进而点名批评了胡适的红学观。不过,确如你所说:"1954年的批判运动是毛泽东主席用马克思主义占领上层建筑及意识形态领域部署的一招必出的棋子。"不过,他的这种战略部署,虽在全国人民代表大会第一次议会上就已明确提出,并立即发现了《文史哲》(1954年9月号)出现了两个"小人物"向新红学派的唯心主义观点打出的"第一枪",并要求《人民日报》转载,却遭到思想文化界某些领导人的婉拒,即使达成"妥协",由《文艺报》转载,结果还出现了《文艺报》和《文学遗产》那样两个"编者按",它们根本不提要批判红学研究中的唯心主义观点，反而挑剔"小人物"文章的缺点，可见毛主席下出了这步棋，并不偶然，因为他已表明了对这场批评的明确立场和态度，还有如此大的阻力，使他不得不发出那封信了。至于如何发展到今天如此又死灰复燃的，确如你所说，不是写一两篇文章就能解决问题的，特别要由我（小人物之一）来说明这一场运动的性质、作用和影响，也不那么容易。因为"小人物"写文章的意图，只是针对着"新红学派"对《红楼梦》的"误读"，他们绝对没有想到，两篇文章会引起那样一场批判运动，至于我个人的认识，我已讲过多次。其实，关于这场运动的得失，《毛泽东传》《中国共产党历史》都有过详尽的讲述和结论，这本来就是共产党领导的一次运动。毛主席在那封关于《红楼梦》研究的信中，已经清晰地阐明这场论争的性质和当时的思想文化界的形势。这场运动尽管也有缺失，过火的批判伤害了俞平伯先生，伤害了冯雪峰同志，但却大大促进了全社会学习马克思主义的热情，这是过来人都亲身感受过的。至于有些新红学派自传说的学者又在"文革"后复活了他们的旧观念，并发展了他们的过时了方法，而且为了自圆其说，总要为那些来自曹家之外的人物找出与曹家相关的来源，于是，秦可卿就成了废太子胤礽的公主，连戴发修行的妙玉，也是来自贵族之家的郡主，后来还被一位老王爷霸占。如此延伸下去，《红楼梦》真要变成一部"清宫秘史"了，关于周汝昌先生的《红楼梦新证》，在20世纪50年代，我们的确写过一篇评论文章，虽是奉命之作，却只是肯定了《新证》集中了有关曹雪芹家世的文献史料，而对自传说也是进行了批评。

至于周先生近几十年来的著作，我已经很少看，我想，什么高鹗续书是政治阴谋，以至"林黛玉是第三者"，恐怕已经不是什么"红学研究"，而是和所谓"秦学"相呼应，确实又回归了唯心主义的"谜学"。我想，现实的红学"乱象"，正如有的学者指出的"1954年之于红学研究仍有极强的现实意义"。自然，不是指的当时上纲上线的过火之处，而是《中国共产党历史》和《毛泽东传》所讲的正能量。在毛主席的心目中，《红楼梦》是我国优秀文化遗产的代表，他在《论十大关系》的讲话中，就曾说过："我国工农业不发达，科学技术水平低，除了地大物博，人口众多，历史悠久，以及在文学上有部《红楼梦》等等以外,很多地方不如人家,骄傲不起来。"① 这意思很明白,毛主席认为,《红楼梦》是中华文化的最高成就,只有它是可以拿出去和世界文化精品比一比的。可在俞平伯先生的《红楼梦辨》里虽然有浓厚的小趣味、小考证,却把它当作"闲书"消烦释闷,完全看不到它的博大精深,它在中华文化中的崇高地位。因此,不能说毛主席看到两个小人物批评俞平伯红学的唯心主义观点,只是一种"偶然的"借题发挥,因为俞的观点和胡适的红学观是一致的,但俞先生只是观点问题,又和胡适在政治上不是一路,这在毛主席那封信的最后,也有所交代。

至于王学典们,一直想完全否定这场批判运动,那倒真是把两个小人物的文章当作反毛非毛思潮的一个"棋子",这是当前这股思潮的一种策略。胡绳同志的《中国共产党七十年》以及随后出版的《毛泽东传》,和几部党史评价这场运动,用现代语言来说,它们代表的是主流意识形态。自当实事求是,虽然谈缺点更多些,但却还公允。但作为亲历者,对有些问题,我也有些不同的看法,譬如说那场批判运动伤害了大批知识分子,这就不大符合当时的实际,因为"批判"分明只集中在俞平伯先生的"红学"观点,很快又转到对胡适的批判,并未涉及他人。反而是古典文学的研究名家们,都撰文批评了俞先生的红学观。又如说,被要求在《人民日报》转载李、蓝的《关于〈红楼梦简论〉及其他》,遭到邓拓婉拒。作为亲历者,我们不知道当时邓拓同志怎样婉拒,只知道,我们被邓拓要求补充、修改《〈红楼梦简论〉及其他》,并告知《人民日报》准备转载,这一改稿虽未转载,却保留在《红楼梦评论集》第一版里。我以为,对这场运动的评价,较为简洁和准确的,应为前几年出版的杨德山、刘建美编著的《中共党史简明读本》。他们认为,毛主席"亲自发动和领导了这场批判运动,从批判俞平伯的学术观点、研究方法进,而批判胡适的资产阶级唯心主义思想。这场全国规模的批判运动,在干部和知识分子中产生了广泛的影响,通过批判运动,知识界划清了与胡适思想的界限,树立了马克思主义观点"②。自然,如上所说,毛主席在意识形

---

① 毛泽东:《论十大关系》,《人民日报》1976年12月26日第1版。
② 杨德山、刘建美:《中共党史简明读本》,华文出版社2011年版,第125页。

态领域同历史唯心主义作战,并不始于1954年,而是中华人民共和国成立初期就开始了,到1951年的《武训传》,也包括这次信中提到《清宫秘史》,对近代史所持的观点,都是错误的,而且出现在土地改革时期,更使毛泽东感到愤怒。对于武训的事迹,鲁迅早在三十年代就曾用儿童的口吻嘲讽说:"大朋友,你讲这个故事是什么意思?"但武训行乞办学,那种奴才的丑态,不只在旧社会受到一些文人、知识者的吹捧,新中国电影还为其树碑立传!我们有些文化界的领导视而不见,这样的污泥浊水,难道不需要新中国意识形态领域扫除吗?1954年这场批判运动所以遭到质疑和否定,在当前思想文化界并不是孤立的现象,而是普遍存在的,历史唯心主义是社会科学领域乱象之源。

自然,批俞只是开头,清算胡适思想才是正题。但是,把《红楼梦》从新红学派的琐细趣味中解救出来,深入研究、评价它的文化内涵、社会意义、艺术成就,也还是从这场批判运动中开始迈出新的步伐。不过,学术问题哪怕是与资产阶级唯心论的斗争,也应以论争形式进行,因为用运动方式,既伤人,也难以达到真理愈辩愈明的目的。

郑:对1954年《红楼梦》批评这段历史,"文革"后有两种对立的评价:一种是有的人全盘否定1954年《红楼梦》批评,把它作为极"左"思潮看待。显然这是欠缺客观、公允、求是的说法。另一种是在主流方面作了正面、肯定、客观的评价,在支流方面作了批评。如胡绳主编的《中国共产党七十年》指出:"1954年,毛泽东从支持两位青年关于《红楼梦》研究问题的批评文章开始,又领导发动了一场对胡适派资产阶级唯心主义的广泛批判。胡适是五四运动以后思想文化战线资产阶级代表人物中影响最大的一位。这次批判提出的问题不仅是如何评价和研究《红楼梦》这部中国古典小说名著,而且是要从哲学、文学、史学、社会政治思想各个方面,对五四运动以后最有影响的一派资产阶级学术思想,进行一番清理和批评。党发动这两次批判,提出的问题是重大的,进行这样的工作是必要的。"[①]

[①] 胡绳:《中国共产党的七十年》,中共党史出版社1999年版,第312页。

它代表了主流意识形态的评价，明确说明1954年《红楼梦》批评并不是重心，而真正的目的是清算胡适的思想和影响。您从亲身经历中谈谈自己的认识？

李： 上面已经提到胡绳同志主编的《中国共产党七十年》的评价，是代表党史的评价，他本人又是这场批判运动当时的具体的领导人之一（中共中央宣传部的秘书长），自然很了解当时的背景，评价自然也比较公允。后来的《毛泽东传》和《中国共产党历史》都有更详尽的记述和评价。共产党领导的新中国，当然要重视意识形态领域谁战胜谁的问题，所有的今天的史书，更不要说那些有"异见"的红学史，都忽略了毛泽东同志这一时期论著的一贯性，总是孤立地评论《武训传》《红楼梦》的批判运动，而忘记中华人民共和国成立初期意识形态领域的尖锐而复杂的矛盾斗争。《毛泽东选集》第四卷的最后几篇文章，更多的是在政治和历史层面上讲的，《武训传》与《红楼梦》研究以至胡适唯心主义思想的批判，已是延伸到学术与文艺思想领域。我还以为，毛主席在当时感到不满的是思想文化界的共产党领导人思想的麻木不仁，而他对《红楼梦》的博大精深，又有独到的理解、崇高的评价，他当能看得上俞平伯先生"红学"的零零碎碎？因此，虽然这次批判运动真正的目的是"清算胡适的思想影响"，但也不能说，批评俞先生的红学观只是一个由头，以毛泽东同志对《红楼梦》的崇高评价来看，他当然不会同意俞先生把《红楼梦》当作"闲书"的那些零零碎碎的观赏趣味。老实说，就我当时对胡适资产阶级唯心主义思想认识来讲，也很肤浅，只是觉得他思想很反动，读过他的《白话文学史》和一些新诗、剧本。在他的心目中，中国文学，多系抒发个人情怀的"闲书"，文学价值不高，他只对它们做考证工作，连《红楼梦》也看不上眼。直到晚年，在给高杨和苏雪林的信中，他也把曹雪芹和《红楼梦》都贬得很低。可在当时的思想文化界，胡适的文学见解在大专院校的文科教学中，还有着相当的影响。现在评论这场批判运动得失的时候，有些人往往忽略它的时代背景，也离开了毛泽东在这个时代所关注的意识形态领域的斗争，一味地斥责和否定批判运动，这不是公正不公正的问题，而是立场不同。的确，在意识形态领域，采取运动的方式，往往流于浮躁，运动一过，仍会遗留下回潮的可能。其实，对于这场批判运动的得失，毛泽东同志随后就有过评论，也包括对胡适的批判，他曾说过："我们开始批判胡适的时候很好，但是后来就有点片面性了，把胡适的一切全部抹杀了，以后要写一两篇文章补救一下。"① 这是在意识形态领域搞运动难以避免的失。尽管如此，这场批判运动，发生在1954年全国人民代表大会之后，毛泽东主席刚刚在大会上庄严宣布："领导我们事业的核心力量是中国共产党，指导我们思想的理论基础是马克思列宁主义。"因而，它的出现，也自有历史必然性，有其现实的积极意义。

《毛泽东传》是这样做的结论：

> 应当说，在思想文化领域，以马克思主义清理和批判唯心主义等非马克思主义观点，特别是影响很大的代表人物胡适的思想观点，是必要的，有着积极的意义。对党内出现压制"小人物"批判学术权威的现象进行批判，以推动学术问题的深入讨论，也是必要的。但在批判过程中，出现了偏差和过火现象，把一些复杂的思想认识问题和学术问题简单化了，出现了上纲越高越好，调门越高越好的不正常现象，伤害了一批虽然不赞成或不完全赞成马克思主义，但拥护共产党，热爱新中国的知识分子，给党对思想文化工作的领导造成了相当程度的损害。同时，也不利于学术的繁荣和健康发展。②

这是《毛泽东传》作者的结论。偏差和过火现象的确存在，我想最受伤害的是俞平伯先生和冯雪峰同志，至于知识分子的大多数，从此，却是努力学习马克思主义，不管赞成不赞成，人们看到的，无论在高校讲坛还是学术研究中，都出现了运用马克思主义观点分析问题的新气象。

至于近年来"红学"研究中的乱象，倒恰恰反证了1954年批判的必要性。一部伟大的文学杰作，在新红学的学徒的心目中，已不只是写实自传，

---

① 逄先知、金冲及：《毛泽东传》，第299页。
② 逄先知、金冲及：《毛泽东传》，第298页。

而且隐藏着一部康雍时期的清宫秘史。现在是什么样的"索隐""揭秘",都纷纷"出笼"了。真是把唯心主义新红学发展到极致了。但我相信,这种红学乱象,虽然可以一时吸引青年人的眼球,却决不会在真正"红学"研究者和大专院校讲坛上得到认同。

郑:1954年《红楼梦》批评之所以不被有些人看好,主要问题是学术问题用政治运动的方法来解决,并且其中掺杂一些个人的恩怨,无形中伤害了一部分学者。这些情感因素、非理性的东西遮挡了人们的视线,历史的教训带来的负面影响,使得有相当一部分人对1954年《红楼梦》批评所产生的正能量认识不清,这也是不可低估的因素。您曾说:"我知道,反右斗争在文艺界是错综复杂的,其间还交织着历史纠纷与宗派情绪,甚至涉及鲁迅先生,作为'旁观者',我有自己的感受,以后再谈。"现在是否可以具体谈谈?

李:我不大同意你这种看法,《毛泽东传》的作者们似乎也有这种说法。我认为,这恐怕是把那连续发生的几场运动连在一起算账了。却不能因此而说"'文革'后受到迫害,甚至蒙冤的人都得到昭雪"是这场批判运动造成的。当时,不仅对胡适,而且对俞平伯先生、冯雪峰同志的批判,都有过火之处。但也只是批判,并没有"迫害"。不过,毛主席当时的不满,却是对文化界党的领导,至于广大的知识分子,倒是都被动员起来,参加了这场运动,和胡适思想划清了界限。至于后来又展开了反胡风的斗争,以至作协内部批判丁陈反党集团,也包括后来的反右斗争,应当说都和批胡适无关,不能把这些账算在1954年那场运动上。

所谓反胡风的斗争,后来已经上升到敌我矛盾,那的确伤害了一大批知识分子,更不用说反右斗争的扩大化了。我所说的错综复杂是反右斗争,并不包括批判胡适和俞平伯红楼梦研究这场运动,也没听说有其他知识者因为这场运动受到伤害而平反,只有主持中国社会科院工作的胡绳同志在"文革"后为对俞先生的过火批评开过一次会,也无关平反昭雪,它不同于反胡风和反右,那都被划为"异类",而且有政治上的处理。至于"文化大革命"表示歉意,那就更难说了,那连开国元勋都不能幸免,连"小人物"也被戴上反动学术权威、文艺黑线干将、修正主义黑苗子的帽子,如果把这些账都算在 1954 年批判运动上，可真是连党史都难写了。

我所说的"反右斗争是错综复杂的，其间还交织着历史纠纷和宗派情绪"，只是我在参加作协反右批判会上的亲历的感受。原文如下：

> 丁陈反党集团事件，应当说和《质问〈文艺报〉编者》事件无关，因为那次"质问"，是指名道姓地批判了冯雪峰同志，虽然陈企霞同志当时也是《文艺报》副主编，但是作协内部最初揭露和批判的资料都是丁陈的"翻案"，是我们从未听说的事情，后来又把雪峰同志拉进去，那是涉及 30 年代的历史旧案了。当时主持会议的，虽是郭小川同志，但是公布揭发材料的，却是作协党委的两位女同志，那可真是不打无准备之仗，有理有据。不知为什么，我越听越觉得，有些领导同志的发言，带有浓厚的宗派主义的"积怨"，对鲁迅当年的批评表现了强烈不满的情绪。而作为领导人的周扬同志，批评雪峰，居然涉及丁、冯两人当时的私人生活，并进行嘲笑，那种批评的氛围，把许广平先生逼得哭了起来。我对夏衍同志改编电影《祝福》的才华，十分钦佩，又对他几次攻击鲁迅，十分反感……

中国作协反右斗争十分激烈，错划右派不少，多数还是来自延安的革命文学工作者，甚至还是世界知名的大作家、大诗人如丁玲、艾青等，可说是对新中国的文学发展，做了很大的伤害，但无论在北京，或在全国文艺界，都没听说过，有谁是因为 1954 年批判问题而被划右派或受到政治迫害。

至于有的学者说那时我们的文章有点"虎气"，大概是因为我喜欢论战，而且有点得理不让人，说是"虎气"，还是高估了我，说"初生牛犊不怕虎"，还比较恰当，但那时我们也是有点傲气，这在我的文化生活中，也带来不少负面影响。

二、1954 年《红楼梦》批评的意义是开启了全新的观念与研究方法

郑：李老，您一生对《红楼梦》的研究的成果很丰硕，而且影响巨大。

孙伟科先生说："不管怎么高估1954年之于红学研究的意义都不算过分。这一年，意味20世纪初诞生的'新红学'的衰落与式微，意味着红学研究将再次与中国意识形态的转变与脱胎换骨结盟，意味着《红楼梦》研究的重大历史转折———一种全新观念与方法的粉墨登场。"① 我认为"1954年之于红学研究的意义———一种全新观念与方法"这段话概括得非常好，请您结合自己的研究成果，谈谈怎么理解"全新观念与方法"？

李：首先应当说，这场批判运动有它的特殊性，即毛主席亲自在发动和领导，而方式又是支持两个"小人物"向权威挑战，这给了文坛以很大震动。要说两个"小人物"文章有"新的理念和新方法"，无非是他们尝试运用马克思主义观察和评价文学现象，重视作品对社会生活的真实反映、艺术形象的创造，反对对文学作品作烦琐考证和猜谜式的索隐。至于说到"红学"研究成果这可是你过奖了。在红学领域，我可真谈不上有什么丰硕成果，影响有一点，那也是毛主席领导了那场批判运动和那封关于《红楼梦》研究问题的信引起的。就我自己来说，对"红学"并无修养，在我的老友中间，如胡文彬、吕启祥，特别是冯其庸同志，都可以称得起是红学家，他们对作家家世、《红楼梦》作品的思想艺术、版本考证、文化内涵，都有全面深入地研究；和他们同时代的，北京的蔡义江、刘世德，广州的曾扬华，上海的应必诚、孙逊，黑龙江的张锦池，也都是有多种专著问世；更年轻的一代，人就更多了。我虽然较早地接触《红楼梦》，却只是就这部伟大杰作进行了一些思想艺术的分析和评论，至于所谓"红学"的诸多领域，却毫无研究，也从不涉及。1954年所以对俞平伯先生的《红楼梦》研究提出商榷，就是因为新红学派研究《红楼梦》的观点和方法，都是唯心主义的，他们虽然做了很多考证工作，却完全忽视这部伟大杰作所取得的思想艺术的高度和成就。我们认为，《红楼梦》虽然通过封建末世四大贵族之家，或者也可以说，贾氏荣宁二府的错综复杂的兴衰际遇，真实地、深刻地反映和描绘了封建社会的世态人情，以至上层建筑、意识形态经纬交织，头绪纷繁，万事万物熙来攘往，场

---

①孙伟科：《1954年的红学风景线——读孙玉明著〈红学：1954〉》，《云南民族大学学报》2005年第5期。

面忽新忽败，忽丽忽朽，人物与人物，人物与环境，都以其独特的氛围和境界而又汇合成一个色彩丰富的整体呈现在读者面前。至于处于小说情节中心的各种矛盾中的人物形象，鲁迅曾给予崇高的评价，称作"都是真的人物"。用马克思主义的文学语言来说，即典型环境中的典型性格。《红楼梦》写人艺术，堪称"文学是人学"的世界之最。《红楼梦》写了几百个人物，以个性鲜明，形象丰满，深印在读者的心目中。像这样一部深邃反映现实的伟大作品，人类文化的精品，只有马克思主义才能给它以正确的评价。毛泽东同志评价《红楼梦》曾说过一句简短的评语"不读《红楼梦》，就不了解封建社会"，深刻地道出了《红楼梦》在文学史上最高的认识价值、历史意义。而新红学做了几十年的考证、解读，却始终在作家"假语村言"中兜圈子，"新红学"本来就是在"消闲"情趣中诞生的，胡适根本看不上曹雪芹和《红楼梦》，他只对考证有兴趣。他认为，曹雪芹只不过是个破落户的王孙。

关于《红楼梦》他"写了几万字的考证，差不多没说一句称颂《红楼梦》的话"，"我只说了一句《红楼梦》只是老老实实地描写这一个坐吃山空，树倒猢狲散的自然趋势。正因如此，《红楼梦》是一部自然主义杰作"。胡适这里所说的"自然主义"也不是左拉的那种"自然主义"，而是所谓"贾政即曹頫、贾宝玉即曹雪芹"的写实自传。即使按照俞平伯先生有点文学性的说法，《红楼梦》是写情场忏悔的，是写闺友闺情的，是为十二钗作本传的；《红楼梦》的思想是色空观念，并且仍把《红楼梦》归属于中国文人抒发个人情怀的"闲书"之类，"不脱东方思想的窠臼"，也没有离开自传说。他们看不到《红楼梦》的博大精深，而只从作者的片言只语中找寻作家的构思，这本身就不能不是唯心主义的浅见。

而当时我们在大学学习期间，已开始接受马克思主义世界观、文艺观的培养和教育，对我来说，接触马克思主义和所谓左翼文学更早一些，虽是半瓶子醋，却对自己喜爱的几部古典小说，无论是老师的讲解还是研究者的专著，听了、看了都不大满足，而且在毕业前夕，就有了要做"新解"的计划。从《水浒》开篇，在1953年春夏之交，就写了两篇文章，一篇是同历史学家张政烺先生商榷《关于〈水浒〉评价问题》，一篇是同茅盾同志商榷《〈水浒〉的作者和〈水浒〉的长篇结构》,毕业分配时已写完初稿。(似是还有一篇评金圣叹批《水浒》的文章,投稿《文艺报》被遗失。)那时的"雄心壮志",是用马克思主义的历史观、文艺观重评四部古典小说,实际在文艺观上,对我影响最大的,是鲁迅和俄国两位大评论家别林斯基和杜勃罗留波夫,以及我的老师吕荧先生。而且自负中还隐含着一些"狂妄",认为当时一些研究古典小说的著作,都没有或很少对它们正确的解读,我要用马克思主义分析挑战他们的观点。毛主席所以重视我们批评俞平伯先生新红学,据说也是看到了这一点。

《毛泽东传》在谈到这场批判运动起因时,曾有过这样一段评述:

> 毛泽东认为,李希凡、蓝翎批评俞平伯的文章,提出一个大问题,就是在思想文化领域,用马克思主义观点,还是资产阶级观点指导社会科学研究,而不单单是一个纯学术问题。所以,他才那么重视,抓住不放,要求全党注意。从两个年青人批评权威人物的文章受到冷遇和压制这件事情中,他认为党内存在着压制新生力量的情况,这是不能容许的。①

这才使两个小人物的文章成为这场思想批判运动"缘起"的历史真实。用时下的一句时尚的语言来说,这里所讲到的引起毛主席重视的这两个方面,都是这场批评的"正能量",进一步推动了广大知识分子学习马克思主义的热潮。

郑:您20世纪50年代的红学研究成果,是以《红楼梦评论集》为代表,可以说"名扬天下",换句话说,没有任何人能达到这种阅读效应。后来您自己谦逊地称之为"儿童团时代的文章",可我认为那个时期的文章充满了"虎气"。比如说,您说:"我特别反对用'历史事实'的考证来解释文学作品的内容,歪曲或否定作家源于生活进行典型的艺术形象的概括和创造。"您那些

---

① 逄先知、金冲及:《毛泽东传》,第293页。

"虎气"文章,在当时起到了遏制考证派"贾曹互证"错误倾向的影响。最典型的是周汝昌先生,他在1976年出版的《红楼梦新证》增订本"重排后记"中,不仅对自己接受胡适"自传说"作了自我批评,而且还说:"批判了这些自传谬说,才能正确深刻地认识《红楼梦》的意义,也才能正确深入地研究曹雪芹的艺术特点特色。例如,他到底是怎样创造他的小说中的典型人物形象的呢?这是一个值得探讨的课题。"① 可是等到1985年《红楼梦新证》再版时,周先生不仅将《重排后记》中关于批判胡适"自传说"和自我批评的长篇文字删除了,而且红学观点比过去偏离得更远。这个典型例证从反面更加印证"1954年之于红学研究的意义——一种全新观念与方法",和新红学"自传说"格格不入。那些坚持新红学"自传说"的人,在政治压力下即使认错,一旦政治空气松动,依旧走老路。

李:得先说一句,50年代的文章,是两个"小人物"的合作,不是我一个人的文章。我最近出版了个人的文集,共七卷,有关《红楼梦》的论著有两卷,遗憾的是并无《红楼梦评论集》,因为它毕竟是两个人的合作成果。从我个人来说,严格地讲,我不是研究《红楼梦》的,虽然我写的有关《红楼梦》的著作,包括与蓝翎合作的《红楼梦评论集》,也有百余万字,但无论是论战和评论,都只是涉及《红楼梦》作为伟大文学杰作的思想艺术的分析和评价。周汝昌先生把这叫作"小说学"的研究,他认为,它不适合对《红楼梦》的研究,也不能称之为"红学"。周先生的《红楼梦新证》本是"自传说"最典型的论著,1954年批判运动却给予了特殊的"优待",我们曾奉命写过一篇评论《红楼梦新证》的文章,邓拓同志交代的精神是,周也是一位青年人,他的书受新红学派的影响很深,但这部书作者下了很大功夫,他集中了曹雪芹家世的所有资料,又是最近几年才出版,和新红学派的著作要区别对待。所以,我们那篇文章虽然批评了他的自传说,却只是说他受了胡适的影响,不过,周先生当时虽然做了自我批评,可近些年来他的"红学"著述,不只没有改变"贾曹互证"的自传说,而且越加把《红楼梦》排除在文

---

① 周汝昌:《红楼梦新证》,人民文学出版社1976年版,第293页。

学创作的小说之外，公开反对对《红楼梦》作小说艺术的研究，而且随心所欲地对曹雪芹创作《红楼梦》作主观臆造的猜测和推断，什么后四十回是清乾隆皇帝的授意，什么《红楼梦》写的本是贾宝玉和史湘云相爱，林黛玉是第三者……这种"前言不搭后语"，只能说周先生在学术研究方面缺少理论品格。

而自称是周先生学生的"秦学"发明者，又对"自传"说做了延伸，那便是对"莫须有事实"的追寻！于是，康熙王朝的夺嫡内斗，就成了《红楼梦》故事情节和人物关系隐藏着的秘密。于是，贾珍与秦可卿的"乱伦"，变成了与废太子胤礽的公主的自幼真诚相爱，而带发修行的妙玉，也成了寄居在贾府某亲王的郡主，这真是"自传"说向老索隐的一大"发展"，《红楼梦》真成了鲁迅在20世纪20年代就已警示过的"流言家看到宫闱秘事"。这样的解读《红楼梦》，岂不是把一部深刻反映历史现实的文学杰作，变成了索隐大全？从那两年电视台红火的"论坛"，图书大厦大字推出的畅销书，确实恰恰证明1954年那场批判仍有现实意义。周汝昌先生在当年做自我批评时所说："批判了这些自传谬说，才能正确深刻地认识《红楼梦》的意义，也才能正确深入地研究曹雪芹的艺术特点特色。例如，他到底是怎样创造他的小说中的典型人物形象的呢？这是一个值得探讨的课题。"[①]可惜这些年来，继续大加鼓吹这些谬说的，正是周先生自己。而且越走越远，真到了完全不用小说学观点来研究《红楼梦》的地步。这样把《红楼梦》特殊到文学作品之外，并不是对曹雪芹艺术才能的褒奖，而是对《红楼梦》这部伟大杰作的一种最肤浅的贬低。写生，无论怎样精裁细剪，也显示不出作家的杰出的艺术才能，也不能产生动人心弦的艺术魅力，这样的红学，这样的"揭秘"只能把读者引向对《红楼梦》的可悲的误读。

自然，文学作品，也包括那些享誉世界的文学杰作，都会有现实生活的素材，以至作家本人的某些身世经历思想感情的印迹，这都是可以理解的。但是，这些也只有化为作品的特定人物性格内涵和艺术世界，才能有感人的

---

① 周汝昌：《红楼梦新证》，第1161页。

艺术魅力。没有任何一部长篇小说，是用自传写成的，也没有任何一本自传，成为伟大的文学杰作。只写真人真事，是不符合创造艺术形象的规律的。艺术真实，不等于事实的真实。马克思主义所看重的是文学作品的典型环境中的典型性格，并不是抽象的人，自然的人，而是复杂社会关系中的人。人"是社会关系的总和"，只有写出社会的人，才是鲁迅所赞扬的《红楼梦》写出了"真的人物"。周汝昌先生和他的弟子们，自传说的考证和宫闱揭秘热的发现，永远不可能引导读者读懂《红楼梦》的博大精深，却反证了1954年批判唯心主义的斗争还是有其必要性的。

郑：您在20世纪90年代出版的《红楼梦艺术世界》，特别是2006年出版的封笔之作《传神文笔足千秋》，分析了《红楼梦》60多个人物形象性格，是迄今为止，《红楼梦》研究中最厚重的人物论。这些论著再一次表明，您的一生在坚守学术上追求："文学典型论"。"不仅在马克思文艺学的观念里，是属于长篇叙事文学中的标志性的范畴，而且早在黑格尔的美学，以及别林斯基的论著中，就已成为衡量作品艺术成就高低的标尺……"而我们现在丢失的恰恰是这些经典文学理论，恐怕缺少理论品格成为当代红学研究的软骨症。请您从这一根本问题上，着重谈谈它的重大意义。

李：在1954年的论战中，我们就想写出正面评价《红楼梦》思想艺术的文章，所以，即使那本《红楼梦评论集》的十七篇文章，也只有九篇是批评文章，其余八篇，就都是评论《红楼梦》思想艺术成就的，而且篇幅也多于前九篇，自然那时对《红楼梦》思想艺术的理解，还有一些片面、肤浅的见解，但是，为《人民文学》写的《论〈红楼梦〉艺术形象的创造》，却是两万多字的长文，是我起草的，可算是我们当时对《红楼梦》现实主义艺术形象的创造，做了比较详尽的分析和评价。尽管如此，我仍然认为，从这方面讲，《红楼梦评论集》是我们"儿童团时代的文章"，而何其芳同志的《论红楼梦》和蒋和森同志的《红楼梦论稿》，比我们的分析要全面而深刻，虽然他们的有些观点，我并不同意。

《红楼梦评论集》结集以后，两个"小人物"已无法合作了。我不想失去我的伙伴，七年没有再思考《红楼梦》的问题，也没写一篇评《红》的文章,而转向《水浒》《三国演义》和《西游记》了。因为在我的"规划"里,是要重评四部古典小说,《水浒》也是开始于不同意见的探讨。直到1963年——曹雪芹逝世二百周年,奉命要写一篇纪念文章,我觉得虽然蓝翎不能参加,我仍然把文章小样先送他征求意见。文章题名《悲剧与挽歌》,基本观点还是重复了《红楼梦评论集》那些看法,没想到他并不喜欢,回信时还说了一句:"要是他就不这样写。"我想,他的意思可能是我应该写自己新的看法。我知道他可能还有情绪,没大在意。这时,我的《论中国古典小说的艺术形象》已结集出版,两年间重印四次,很想再写一本深入分析评价《红楼梦》创作艺术的书,可终因有思想顾虑,没有动笔,而在"文革"中奉命写的《红楼梦》序言,则只能按照评《红》运动极"左"的调子写。

  粉碎"四人帮"后,中国红学会成立,《红楼梦学刊》创刊,向蓝翎约稿,他写了一篇谈《红楼梦》时代背景的文章,他既没有给我看,也未征求我的意见,我领会了他不愿意再合作的意愿。那时我也恰巧完成了两本论鲁迅"五种创作"的书,就放心大胆地着手论述《红楼梦》思想艺术的研究,先是拟定了一个庞大的计划,拟定了四十个题目。谁知雄心勃勃,收效甚微。从1982年着笔写《神话和现实》,我实在没想到,断断续续写了十五年,才只写了四十题目中的十五个,有的并不是原来设想之内的,而且还是被人逼宫逼出来的,虽题名为《红楼梦艺术世界》,内容却还构不成"世界",只能算作"一角"。这长长的十五年间,我确实失去了"自由人"写作的资格,先是在《人民日报》被任命为文艺部副主任,分管副刊和作品版,每天都有,一周也不闲着,搞好它,可不是件容易事,这最后三年的工作真比我前三十年还忙乎。1986年秋,调入中国艺术研究院,却又有了另外一番经历,都使我没有多少时间把"梦"追完,何况自1996年换届之后,我又承担了主编艺科重大课题《中华艺术通史》的任务,那甘苦和情趣,自难细说,我只能为我们这个科研团队抄录曹雪芹的一句话:"十年辛苦不寻常。"21世纪初,《中华艺术通史》已完稿交师大出版社,进入后期工作。2003年"非典"肆虐,我和老伴儿避居顺义马坡,既已离休,也解除了《通史》的重担,未完成的"评红"宿债又浮现在心头,但《红楼梦》创作艺术的博大精深,已使我失去了过去的雄心，曹雪芹实在太伟大了！他的《红楼梦》可以称之为人类艺术思维的活标本，凡是文学艺术能使人感受到的魅力和美的享受，《红楼梦》都可以给你提供可分析、研究的范例，甚至包括现代中外文学艺术创作中出现的各种流派，我们也能从曹雪芹笔下按迹寻踪窥探到某些源头。

文学，我想特别是长篇叙事文学的美誉是人学，只不过这里的所谓"人"，并不是人性论者的"普遍人性"，而是鲁迅所说的"真的人物"，即社会生活中的人，用马克思主义的文学语言来表达，即要写出"典型环境中的典型性格"。

如上所说，只用现实主义来评价《红楼梦》思想艺术成就，的确难以概括曹雪芹的创作才能，但是，从写人的人学视角来评价《红楼梦》，又不能不说，艺术形象生动，深刻的典型环境和典型性格的概括和创造，又是曹雪芹现实主义的最杰出的艺术才能。不用多说，《红楼梦》，不只是中国文学史，也是世界文学史上写出"真的人物"典型性格最多的长篇小说，清代人说他塑造形象丰满个性鲜明的人物"如过江之鲫"，这也是《红楼梦》最深切感人的艺术魅力所在。

而20世纪末和21世纪初，红学界讨论的却仍然是为那些"红外线"的争吵。这时，我的视力衰退，已看不清五号字报刊，难获新知。原来想写一本全面分析《红楼梦》创作艺术的书，那计划只能半途而废了。这时又逢一位大学教授在红学研讨会上批评1954年事件。把李希凡、蓝翎的"红学"算做"典型派"，并且扣上一顶拉普派观点的帽子，我听了的确有点生气，批评1954年的人很多，那是不同观点和不同看法，可以讨论，也可以不理会，而这个批评，不只是无知，而且是对马克思列宁主义的污辱。又是出自一位大学教授之口，他还是中国艺术研究院培养出来的硕士研究生！前面已经说过，文学艺术典型的理论，不是马克思主义的发明，而是作家艺术家反映生活、表现生活的艺术思维的必然规律，即所谓"典型化"，是文艺审美功能一种表现，也是"文学是人学"的极致的表现。既富有深刻的历史内涵又显示着强烈的时代精神。这是文学艺术概括生活的古老的范畴，早在希腊亚里士多德的《诗学》中就曾有过论述，到了十八九世纪叙事文学大发展时期典型创造更成为评价一部作品成就的标尺。德国伟大作家歌德就曾说过:"艺术的真正生命正在于对个别特殊事物的掌握和描述",而"每种人物性格,不管多么个别特殊,每一种描绘出来的东西,从顽石到人,都有些普遍性"。(《歌德谈话录》)到了19世纪,黑格尔的《美学》和别林斯基的论著中有了更清晰的阐述:"一种对一个人的描绘,其中包括多数人,在一位真正有才能的人写来,每一个人物都是典型,每一个典型对于读者都是似曾相识的不相识者。"马克思主义文艺学继承并发展了艺术典型理论,只要读过马克思主义经典著作的人都知道,从马克思、恩格斯、列宁、斯大林到毛泽东、鲁迅,对典型问题都有系统而明确的论述。连并不懂"典型论"的"脂评"也能讲出曹雪芹创造的"贾宝玉"所给予的典型形象的感受:"据此书中写一宝玉,其宝玉之为人,是我辈于书中见面而知有此人,实未目曾亲睹者。……合目思之,却如真见一宝玉,真闻此言者,移之第二人万不可,亦不成文字矣。"《红楼梦》的男女主人公们,基本上就是生活在封建社会的一个贵族家庭里的几百个主子和奴仆。而《红楼梦》的魅力无垠,首先是在这特定历史与社会生活环境里的各种人物创造上典型化的概括与刻画。在曹雪芹的笔下有名有姓的人物,就有三四百,可以说,他们的出场,只要有活动,有对话,就会有个性化的表现,都是复杂生活中的"真的人物"。可谓纷繁多姿,决无重复。如第七回焦大醉骂,不过一个镜头,几句醉话,就活画出一个忠心奴仆的灵魂,并以小即大,隐示了宁府贵族多少乱伦的败象。曹雪芹笔下也写了三姑六婆、市井人物,如水月庵的静虚,只是同王熙凤的一席对话,就活脱脱地揭示了她的损人利己的丑恶的精神面貌。在贾芸眼里,倪二本是个"市井无赖",却是和他的偶然相遇,并蒙他出手相助,才使自己有了晋见王凤姐的机遇。曹雪芹只写了他们的两次短暂的会面,就把这个重义的江湖人物刻画得入木三分。而村妪刘姥姥,虽只写了她的两次出场,却完全可以称得上淋漓尽致地创造了一个富有特殊社会意义的典型性格。

自然,这都是小说写到的次要人物,或者只有一次露面,但从作者简洁的笔墨中,也能窥见鲁迅所赞誉的作家塑造人物个性的高超艺术手腕。不过,成功的文学典型,自非一两个生活镜头的投影,几个细节的个性描写所能完成的，特别是像《红楼梦》这样的作品，它是以雍容华贵的贵族上层的家族生活和社会生活为主要描写对象。其中多数人物又是生活在末世繁华的膏粱锦绣的贵族府第，但在曹雪芹的笔下，却各有各的身世经历，各有各的命运遭际，各有各的个性风神，各有各的审美意义。金陵十二钗，虽然都是生活在大观园的同一环境，年龄和生活方式也大体相同，可个性、气质、言谈、风采，以至音容笑貌，却绝无雷同的描写，也包括各房的大丫头们，如鸳鸯、平儿、袭人、晴雯、麝月、秋纹、小红、司棋、紫鹃、莺儿。她们深印在读者心目中的，既是熟悉的陌生人，又是独特的这一个，特别是处于情节中心的婚恋悲剧的主人公贾宝玉、林黛玉、薛宝钗，借用"脂评"的一句评语说，都应当是"亘古一人，并无二致"的"真的人物""典型环境中的典型性格"。

马克思主义认为，"人是社会关系的总和"，《红楼梦》作为"文学是人学"的代表作，正在于它写出了封建社会复杂人生的"真的人物"。既然有人把我当作"典型论"派来批判，我就该写一本《红楼梦人物论》来回答，因为我认为，离开马克思主义，是不可能正确评价《红楼梦》的。就是这样，在大女儿李萌的帮助下，写了那本《传神文笔足千秋——〈红楼梦〉人物论》，"厚重"不敢说，但却自信仍然是尝试运用马克思主义的观点与方法，认识《红楼梦》，分析和评价《红楼梦》的实践。我认为，离开作品内容过多的烦琐的考证，以至遐想的索隐抉微，一直是红学研究中的弊病。切实地研究曹雪芹艺术形象的创作，即使是一得之见，也有益于读者。

郑：当前红学研究存在诸多乱象，可能比1954年《红楼梦》批评时期还要糟糕。一些索隐红学、龙门红学、娱乐红学，什么《红楼梦》揭秘、探佚、戏说等误导的东西，登堂入室，招摇过市。虽然一个标志性的人物红学家周汝昌走了，他所延续的新红学最后的学术生命解体了，考证、索隐、探佚在浮躁、喧闹中罩上的光环也失去了，但他所倡导的"探佚"研究方法，以及他把新红学留下的问题，什么"高鹗续书"的政治阴谋，仍旧困惑着人们。想想1954年之于红学研究，对今天仍然有着极强的现实意义。

李：当前的红学乱象，能使人想到1954年的批判运动，已经可以见证它的正能量。21世纪初,从我自己来说,因为已进入老年,自觉虽然写过一本《红楼梦艺术世界》,但那实际上是一本很早计划,却因多种原因,始终没有完成,连自己也失去信心,却又很不甘心,才写了《传神文笔足千秋》。至于你所说的红学乱象种种,有的我都不知道他们提倡的是什么,因为我患目疾,早已看不清五号字。除《文艺报》《文艺研究》《红楼梦学刊》《文艺理论与批评》,已经很少能看到别的报刊,何况对《红楼梦》,自它问世以来,就有不同的看法,这是很难求得完全一致的,也不必强求一致。几十年来对红学研究影响最大的,是老红学的索隐和新红学的自传考证之说,至于"探佚",那倒不是谁的发明,只要研究"脂评"的人,就很少不涉及探佚,因为"脂评"多处提及"佚"去回目的的线索,我们不能排除这方面的探讨。其实,新红学自传说现在最有代表性的,确是周汝昌先生的《红楼梦新证》。它是把《红楼梦》作为曹家家事的"精裁细剪的生活实录"进行对比分析的。而《红楼梦》的"揭秘",也实是历史新时期又在自传说基础上发展出来的"新说"。它是把"自传"说和老索隐混合起来创造的奇谈怪论。所谓"揭秘"也就是在电视台一个"论坛"上盛极一时的自称为"秦学"的"宫闱揭秘"。这种天花乱坠的揭秘,虽"畅销"在电视台、网上和图书大厦,但在大专院校教学和红学研究者中间,似是都没有什么"市场"。不过,正经"红学"研究却被边缘化了。这种"乱象"的出现,可真是新红学的末路。《红楼梦》写了那么错综复杂的社会矛盾、政治斗争、人生悲剧,终致四大贵族败家,既然都是曹家败家的精裁细剪的写生,那就总得找出康熙、雍正王朝与曹家相联系的具体的"政治背景",于是,"秦学"的发明者,异想天开地"发现"了贾珍自幼就与康熙废太子胤礽的公主(即秦可卿)相爱……"新红学"的继承者如此把考证变成"揭秘",居然是现代中国的一位小说作家的文学见解,这恰恰说明了新红学的自传说走上了绝路,这也反证了1954年那场运动,总的倾向是在学术界掀起了广泛学习运用马克思主义的热潮,它曾经使得古典文学的研究专家和学者从胡适派那种烦琐考证的泥潭中解放出来,重视民族遗产的精华与糟粕,重视作家和作品的社会意义、思想意义和艺术价值,于是,要用马克思主义文艺观继承评价遗产,蔚然成风。几十年来,红学研究经久不衰，1954年批判运动的正能量，仍然占据主流地位。自然，历史唯心主义民主个人主义者，和资产阶级知识者，是共生的一对，他们对马克思主义世界观，又天然地敌对，即使一时"屈服"，也不会真正入脑，一遇风吹草动，就会回潮。历史新时期，由于"文革"的失误，导致学术界自由化思潮一度十分泛滥，以至历史翻案风，可谓随处可见，"红学"何能例外，何况以"自传说"发展成"阴谋论"与"揭秘说"。即使是毫无根据的猜谜，也给《红楼梦》找了不少续作者，而胡适作为马克思主义最早的反对者，又为新一代自由化知识者所推崇。他们本就是要翻1954年这个案，因为毛泽东在意识形态领域所进行的斗争，不管对与错，他们一概加以否定。而这一切乱象，并未为这些年来"主流意识形态"所重视。其实1954年以后的"红学"，已有了长足的进步，人们虽也重视作家身世的考证，但并没有多少研究者再把《红楼梦》看成曹雪芹的自传。死灰复燃，是"文革"后的"新潮流"，也不只在"红学"领域，非意识形态化，已经是思想文化领域的常态化的时髦，有些人甚至把马克思主义的基本观点，都当成极"左"思潮来批判，至于对"古圣先贤"的历史唯心主义的推崇，更是充斥着各种讲坛，影视创作中的"戏说"，也包括有关古典名著和历史题材改编的所谓"大片"，以"娱乐"化的名义，任意涂写，这是要继承发扬优秀遗产，还是在糟蹋歪曲历史，贻害青年，明眼人都清楚。

现在党中央已经提出要发挥舆论的正能量的问题，但愿那些"娱乐化"的知识者，能发扬自己的良知，少追求一点商业利益，真正尊重自己祖宗留下的珍贵遗产。也希望我们的社会主义文化产业的领导者在重视票房价值的同时，也重视娱乐化的价值观的取向。

三、操文学批评利器的背后是理论修养的积淀

郑：您1954年红学研究一炮打响，并不是偶然的，它说明操文学批评利器的背后是理论修养的积淀，也和您中国古典文学的功底深厚分不开。1953年寒假您连修订带写作，一下完成4篇《水浒传》研究的论文，其中一篇是

和茅盾先生商榷《水浒传》长篇结构的有机性问题，这篇文章在那么早就涉及叙事结构的问题，而且是中国古典小说中的一个极其重要的理论课题，真是难能可贵。遗憾的是讨论没有展开，直到30年以后，才接续讨论。您对学术界长期对叙事结构、史实与虚构、典型论等重大理论问题不能深入持久地展开，提升学术界的理论品格这种现象，有何看法？

李：我上大学时，就想搞文艺评论。我的偶像，是俄国革命民主主义的大批评家杜勃罗留波夫和我的老师吕荧先生。杜勃罗留波夫虽只活了二十七岁，但他的论《奥勃罗莫夫》和《大雷雨》，那气势磅礴、逻辑严谨的理论说服力，令我向往，而吕先生二十几岁写的《人的花朵》，简直是美文学的评论！我虽自知那是难以企及的，但他们却鼓舞着我向这方面努力。我读书不大做笔记，特别是阅读作品，我的学习是笨办法，一般都是先读作品，先梳理一下自己的理解，再看别人的研究评论，比较一下双方的理解，从对方的正确评价中得到启示，也找到了自己独到的看法，作重点发挥。这样，写出的评论来，总会有自己的特点的。一般来说，无论搞创作、搞评论，也不管是有无才能，总还得有知音者，这也是一种机遇，1954年可算是我的稀世的机遇。我们的文章，首先是得到了《文史哲》编委，我们的老师们的重视，才得以发表。但即使有毛主席的推荐，当时文艺界的领导，首先看到的是它的态度不好（周扬同志）或者"幼稚"（雪峰同志），至于最高国家研究机构，多数人则视它是无知无识，可见幼苗没有雨露的滋润，也难得成长。

我对中国四部古典小说的不同意见的论争，就是这样开始的。在《往事回眸》里我讲过，所谓"四部古典小说"，至少是三部我在十一二岁就已读过，当然那时是连懵带猜，有很多不认识的字，也有点不求甚解。可以说，就连《西游记》，那也不是儿童读物，看不懂而又能读下去，还在于作者对师徒三众的塑造。那猴子太可爱了，既调皮，又忠诚；那呆子可笑而又可气，傻头傻脑的，可取经路上如果没了猪八戒，那却少了不少情趣；那"老和尚"虽耳根子软，但他是取经的主角，"僧是愚氓犹可训"。不过，读《西游记》，还是不如读《水浒》，更能激起我的英雄梦。至于《三国演义》，那是幼时灯下启蒙的读物，关羽关老爷，更是我最崇拜的大英雄，正义的神。老实说，这都和三部古典小说的认识价值、思想艺术价值没一点关系。

真正思考古典小说的问题，那是已开始听吕荧先生讲文艺学，自己也看了苏联和俄国大批评家别林斯基和杜勃罗留波夫以及马恩列斯论文艺，总觉得我国那些古典小说的论著，都是非马克思主义观点，而且多数陷进考据的泥潭，不能正确评价四部长篇小说的社会意义、艺术价值。在大学三年级时，我已开始积累材料，拟定我的重评的计划。先从《水浒》开始，缘起是读了《历史教学》1953 年第 1 期张政烺先生的《宋江考》，张先生对历史人物宋江不征方腊，和他只有三十六人规模，做大量文献和史实的考证，我觉得他为历史人物宋江不征方腊正名，是有说服力的。但是，张先生把这一考证引申到《水浒》评价上，完全否定了所谓施耐庵的艺术创造。这种用历史事实来评价文学作品的观点，正是我读了四部古典小说研究专著最不同意的看法。于是，在 1953 年毕业前夕的暑期，就动笔写了一篇《关于〈水浒〉评价问题》，与张先生商榷，接着又写了《〈水浒〉的作者与〈水浒〉的长篇结构》，《谈豹子头林冲》，也都是和《水浒》研究者商榷不同看法的文章。你说的那篇谈叙事结构的，就是《〈水浒〉的作者与〈水浒〉的长篇结构》这一篇，是同茅盾同志讨论不同看法的。我记得茅盾同志评价《水浒》比较强调它是短篇英雄故事连缀而成，我则认为即使连缀，也是有着"逼上梁山"同一母体产生的背景。聚义梁山、与封建朝廷对抗、大规模起义，才是这部作品的主旨。这个章回长篇的创作的意义，不是短篇连缀所具有的，我是从内容出发来讨论问题，主观意识还不在艺术上的叙事结构。此文发表前曾送茅盾同看过，他只说了一句欢迎讨论，可能不同意我的看法。我认为，就算说书人先有水浒英雄个人的故事，也隐含着逼上梁山的经历，所以当它进入长篇章回说部时，只有成为长篇有机构成的一部分，才能显现它的思想意义。

我记得，当时探讨这个问题时，我是结合着《水浒》的主题、作品的叙事结构以及《水浒》长篇章回的作者的整体构思加以论述的。那篇文章是发表在上海《文艺月报》1954 年最后一期上。那时全国都在讨论《红楼梦》研究问题，茅盾同志既然没有答复，也就没有人注意它。至于今天又在讨论这个问题，我已老迈，即使在报刊上发现，也是无力参加的了。

郑：1959年史学界为曹操翻案，殃及小说《三国演义》。本来二者风马牛不相及，而有些学者，包括像郭沫若、翦伯赞这些大家都说错了话。而您却力排众议，分清史学与文学的区别、历史真实与艺术真实的区别。这看似是学术讨论，实则需要人品、胆识和人生的定力。您能谈谈论辩之外的感受吗？

李：我说过《三国演义》是我开始识字的启蒙读物，三国人物自幼就深印在我的脑际。在大学学习期间，小说戏曲课，又是名师冯沅君教授在讲课。1952年文艺学课程受阻，吕荧先生出走，我转向关注四部古典小说的研究，读了当代的研究专著，独独研究《三国演义》著作不多，直到1959年历史学界"为曹操翻案"大讨论，我才知道，《三国演义》在历史学家眼中过失如此之大。不过，郭沫若老人毕竟是大文学家，他承认《三国演义》是一本好作品，只不过是时代不同了，"萧瑟秋风今又是，换了人间"而已。

我并没有反对历史学家为历史人物"超世之杰"的曹操正名，为他所起的历史作用做出正确的评价。甚至郭老写《蔡文姬》，塑造了另外一个文采风流的曹操的形象，这是今人对曹操这个历史人物的认知，它们可以在戏剧舞台上并存。其实，在历史上文人士大夫中间，并非都是否定曹操的，曹氏父子曹操、曹丕、曹植，在文学史上的地位，历代文论都是称颂的。唐代大诗人杜甫就有借称颂友人曹霸"将军魏武之子孙"，而赞颂曹操的名句，清代人诸联赞扬《红楼梦》作者曹雪芹才能，也是以有曹操为先人作标榜的——"想八斗之才，又为曹家独得"，何况真正的正史《三国志》，对魏武"超世之杰"确是称颂备至的。但文学作品创造历史人物的艺术形象，却不同于评价历史人物的历史作用。如鲁迅所说，作家要写的是"真的人物"，何况曹操又是那样一位性格复杂的封建阶级的政治家。1959年历史学家开始讨论为曹操翻案时，我只是好奇，后来找来剪报一看，有点感到奇异了。这哪里是只为历史人物曹操翻案，简直就是对罗贯中和《三国演义》以至三国戏的谩骂和讨伐，这未免引起我强烈的兴趣。于是，我把史书和有关曹操的历史资料尽量收集来阅读。我认为，那些大历史学家同张政烺先生评《水浒》犯了同样的错误，他们用历史事实的标准来评价小说，而不能在更广阔的历史视野里来观察文学作品的艺术的真实。我就历史学家否定《三国演义》的观点，写了四篇文章——《〈三国演义〉和为曹操翻案》《历史人物的曹操和文学形象的曹操》《〈三国演义〉里的关羽的形象》《一个忠贞、智慧的封建政治家的典型——〈三国演义〉里的诸葛亮》，和他们进行商榷。首先，我并不认为《三国演义》是曹操的"谤书"，而是深广地概括和创造了一个性格复杂多面的封建政治家的典型——一个"真的人物"。罗贯中不仅写出了他的多面性格，而且写出了培植出这样复杂性格的封建阶级内部复杂斗争的政治环境，它已经不完全是曹操一个历史人物所能包容的，而是历代封建阶级统治者生活和精神面貌的积淀和升华，并且它作为封建统治者的文学典型，也包括《三国演义》的所谓"尊刘抑曹"的思想倾向，都不是罗贯中一人的"创造"，而是在魏晋南北朝以至唐宋以来"野史"和口头文学中早已存在。无论从《三国志》裴松之的《注》里，还是从《世说新语》里，人们都可以看到关于曹操性格、行为的各种记述，也曾有过《阿瞒传》《魏晋春秋》等各种"野史"。这种历史资料，虽为陈寿《三国志》所不取，也为裴松之所不齿，但即使在魏晋时代，也有大文学家陆机另外一种评价："曹氏虽功济诸夏，虐亦深矣，其民怨矣！"不过，正如翦伯赞先生所说，后学罗贯中完全熟悉这些材料，作为一位具有政治眼光的伟大作家，这些生动活泼的素材，却正使他有了发挥、概括、集中、创造一个封建阶级权臣，奸雄而又富于雄才大略的政治家性格典型的才能。这不是一个历史人物曹操所拥有的，但对广大人民群众来说，这却是认识封建统治者多面性格的一个"榜样"，像诸葛亮一样，曹操的典型，也不是罗贯中一个人的艺术创造，而是千百年来中国人民口头艺术的结晶。这就是直到今天，还没有一个"翻案"的艺术形象，能够取代这个"古老典型"的原因所在，艺术典型是不朽的。

何况《三国演义》，作为一部历史小说，其中历史文化的积淀，远超出三国实有的历史事实，并已超越国界，形成世界共识。用历史文化的经验宝库、谋略智慧的知识结晶来赞誉《三国演义》，这不只属于中国，也该是世界人类文明的成果。这种文学的效应，不只是"为曹操翻案"的翦伯赞先生们难以理解的，也是当时孤军作战，为《三国演义》辩护的我，也没有看清的。我想这就是中华文化传统跻身世界之林的恒久的魅力。

我不是智者，但热爱文艺，中外文学名作读了不少，喜欢思考问题，对前辈权威学者并不迷信，对他们的理论观点，有时也要刨根问底，问个是否正确的答案。这不是"胆识"，我是确实认为他们的看法有错，并不惧怕他们的蔑视。"定力"则更不敢说了。《三国演义》问题，我不同意历史学家的看法，历史剧问题，我同吴晗、朱寨先生争论，首先我的启蒙老师（姐夫）赵纪彬就训斥我不懂历史，吴晗先生反驳我的意见，不提我的名字，翦伯赞先生则嘱托他的助手，写了一篇短文进行谩骂。我反感在讨论问题时摆权威架子，有时就未免有些不敬了。

郑：李老，我上高中就读过您的《论中国古典小说的艺术形象》一书，以后上了大学，细读过《红楼梦评论集》等著作，前两年还咬了咬牙，花上千元买了一套您主编的《中华艺术通史》。可以说基本上对您的著作比较熟悉。再加上通读《李希凡自述——往事回眸》，对您的一生有了大致的了解，我想请教红学而外的几个问题。

您的一生治学得力于"识"，看问题富有穿透力，而这种学养的积淀，关键在于理论的修养。您上大学时文学理论学得扎实、灵活、有见识。在校期间，1951年第4期《文史哲》就刊载了您的《典型人物的创造》，奠定了您一生的理论基石。您是否也这样认为？

李：真要谢谢你，你是我的老读者了。一个搞写作的人最大的希望，也就是写出来的东西有人读。《论中国古典小说的艺术形象》，可算是这类著作的畅销书了，20世纪60年代出版，"文革"前重印四次，修订一次，发行五万余册，"文革"后1980年又重印两次三万册，这样的书，能重印六次，有八万多册出版，在当时已经很不错了。20世纪80年代，四部古典小说都成立了研究学会，每参加有关研讨会时，不相识的学友初次见面，大家也总是谈到这本书，赞誉有加，不过，这都是在五六十岁的相知者中间，至于三四十岁学者中间，就已经少有读者了。

据我猜想，《论中国古典小说的艺术形象》在当时之所以有读者，只是因为，我对《三国演义》《水浒》《西游记》，有不同的看法，并做出了一点独到的研究分析，我坚持的是马克思主义评价文学遗产的观点，而且是公开提出不同观点商榷。这是我上大学就有过的愿望，其中没有《红楼梦》，因为那是1954年就和蓝翎共同完成了。这本书可能是在当时青年文艺爱好者中间有些影响。

我一生作了三十二年的文艺编辑，后来又在艺术研究院搞了十年行政，艺术史是开始于离休之年，从1996年到2006年，又是十年，应当说这最后十年带给我的艺术新知最多，至少使我对中华民族传统艺术的融合发展，有了一个大概的了解，而中华艺术历史形成特有的审美理想和一整套的审美观念，也是在《中华艺术通史》编撰过程中逐渐弄懂的。我在晚年，能有幸主持这个项目，并聚集了一支品质优良的学者队伍共同奋斗，既学到了很多东西，又增加了无穷乐趣。

谈到理论修养，在我来说，似乎有点"得天独厚"，我是在理论无知的精神状态中，接触马克思主义的。1947年，投奔姐姐，要帮助姐夫赵纪彬写作。他是一位马克思主义哲学家，而他讲课和研究的对象，又是中国哲学思想，所以，无论现代还是古代的启蒙，在我这一穷二白的头脑里，都是马克思主义的观念和观点，别的理论我没接触过，最早读过的哲学理论，也是艾思奇的《大众哲学》和赵纪彬的《哲学要论》《中国哲学思想》，所以，我看了胡适博士的半本哲学史，就心存蔑视，认为简直是小儿科。

在文艺理论上，对我影响最大的，是俄国革命民主主义者别林斯基和杜勃罗留波夫的论著。在中国，最初使我对文艺评论感到有兴趣的，是李何林同志的《近二十年文艺思潮史论》和我的老师吕荧的《人的花朵》，以及姐夫书架上的红本《鲁迅全集》20卷。

我想，一个搞文艺评论的，讲修养，首先不是理论，而是阅读大量的文学作品，博观而约取，厚积而薄发。我是一个只有小学学历的人，虽然幼时就读了《三国》《水浒》《西游记》，以至《聊斋志异》的若干篇，但也有过一段时间浪费在迷恋"武侠"上，只是在十六岁以后，才接触"五四"新文艺，知道文学还有反映现实同情苦难人民的作品，当时印象最深的是老舍先生的《月牙儿》。1947年，学了马克思主义，又读了李何林同志的《近二十年文艺思潮史论》，对"五四"以来中国革命文学的发展有了概念的了解，开始崇拜鲁迅，但说句狂妄自大的话，对茅盾、巴金两位文学大师的作品，并不十分理解，甚至认为，茅盾同志早期作品，近似自然主义，对巴金的前三部曲——《家》《春》《秋》，还是喜欢的，到了《雾》《雨》《电》《新生》诸篇，就觉得没写出什么人物来，都是些概念化的符号。在我的心目里，他们和鲁迅先生不在一个等级。

让我对现实主义文学有了进一步认识的，是俄罗斯文学，如普希金、莱蒙托夫、果戈理、屠格涅夫、冈察洛夫、契诃夫、托尔斯泰、尼克拉索夫，只要有中译本的，我都读过，契诃夫还是读了全集。欧洲其他国家的文学，倒是只读了几位名作家的名作，如英国狄更斯、拜伦，德国的歌德，法国的巴尔扎克等，西班牙则只读过一部没有读懂的《堂吉诃德》，丹麦的安徒生童话却读了不少；不能完全读懂的倒是英国大戏剧家莎士比亚，可是在大学一年级时我就读了他的全集。读得最少的，是美国文学，远没有看好莱坞的影片多。我真没觉得那个国家有多么大的文学成就，当然，点燃我革命热情的，还是大量的苏联文学，高尔基、法捷耶夫、奥斯托洛夫斯基、马雅可夫斯基、西蒙诺夫，但那位受到特别尊崇的肖洛霍夫的《静静的顿河》，我并不喜欢，特别是葛里高里和阿克西尼亚的爱情，我更难理解。我想，如果对文学创作中的规律性的现象，我有一点自己的敏感和体会，该是同我大量阅读国内外文学作品的知识积累有关。

你讲的"识"，大概是指对问题有独到的看法，那的确有过一段时间的思考。譬如我国四部古典小说，"五四"以来已有不少研究专著，在中国文学史的课程中，它们当然是必读的作品，也一定要读参考书。对我来说，又是从幼时就读得烂熟，更要寻找研究它们的论著。说实话，我对许多老人家们的解读，都是不满意的，有些我甚至认为他们是误读，唯一使我心仪的，是鲁迅先生的《中国小说史略》，特别是他对《红楼梦》的评价，真可视为真知灼见的经典评价，至今无人可以逾越。它和"新红学派"同时出现在文坛，而新红学诸公们却只在考证上做出了贡献，却没有读懂《红楼梦》的思想和艺术。

我立意要重评四部古典小说,自然认为只有用马克思主义上层建筑和意识形态学说,才能对它们,特别是《红楼梦》这样划时代的伟大杰作做出正确地分析与评价。1954年,我们开始写同俞先生商榷的文章,就是尝试的开端,随后我自己写的论述《三国》《水浒》《西游》的文章,也就是《论中国古典小说的艺术形象》一书,也是这种想法的继续。如果那里也有一些长期积累的"识",那也是一个马克思主义信徒,对我国古典遗产的感受和认识,它们都是青壮年时代的成果。穿透力谈不上,敢于发表不同意见,是我做学问的个性。在学术问题上我不是"尊师重道"者,并认为在学术上提出这种主张,毫无意义,也不符合"五四"新文化的传统。《三国演义》《水浒》《西游记》不同意见的讨论,我都是向权威前辈的观点发难,强调的是艺术形象的真实,艺术思维的规律,也包括历史剧问题的争鸣。如果依照吴晗同志对历史剧"无一字无来历,无一事无出处"的主张,中国戏曲哪还有一出历史剧;如果按照翦伯赞先生认为《三国演义》是曹操"谤书"的评价,那这部伟大杰作,就将在中国文学史上被抹掉。而中国文学和戏曲中的曹操的艺术形象,无疑是一个封建政治家的艺术典型,如上所说它并非罗贯中一人的创作,而是有着历代人民口头文学深远的源头。

《中华艺术通史》,那已是晚年到中国艺术研究院承担的一项国家重大课题了。你既然是国家艺术科研机构,又是艺术各学科都具备的研究机构,各艺术门类史论人才济济,而且已有多部门类艺术史完成和出版,我虽然早就想到这个课题,但终因工程太大,动员人力过多,我又兼任全国艺术科学规划领导小组常务副组长,深知当时国家科研经费有限,组织这样大项目,只能自筹经费,所以,我提出这个课题,虽然很希望艺研院有人出面承担,却不敢去动员。从八五规划一直到九五规划,直到这项目被全国社会科学领导小组确定为艺术科学"九五"重大课题,经过几番周折,只好在几位热心的副主编的大力支持下由我出来主持,才得以聚集编委会开始工作。其实,我虽然已经搞了几十年文艺编辑工作,对艺术仍然是外行,现在想起来还有点后怕,真是要感谢我有那么好的一个班底,大家齐心努力,为编撰《中华艺术通史》奋斗了十年,总算完成出版了。中华艺术博大精深,我们相信这部

《通史》的面世，只是艺术科学事业上的一次填补空白的尝试，但这是中国艺术研究院理应完成的课题。

六十年过去，弹指一挥间，1954 年的这场批判运动，在学术界评价不一，它也确有缺失，但中共党史对这场运动的经验教训已经做了总结，是毛泽东同志发动和领导的在意识形态领域一场斗争，这是历史，应当经得起任人评说。

郑：谢谢您，半年来多次接受我们的采访。祝您身体健康。

原载《辽东学院学报》2014 年第 5 期

论端木蕻良对红学的贡献

端木蕻良是横跨现当代的著名作家，他生命的最后十年推出一部压卷之作《曹雪芹》，为他赢得了巨大的声誉。他比那些专门从事学术研究的红学家多了一份沉甸甸的小说创作成果；他比作家又多了几十万字红学研究的成果。这不仅是他创作的特点，也是他对红学独特的贡献。

在纪念端木蕻良先生一百周年诞辰暨学术研讨之际，我们对端木蕻良红学贡献的扫描，为丰富中国当代文学史添加笔墨、书写篇章。

一、端木蕻良一生的"红楼情结"和红学成果

端木蕻良对《红楼梦》的挚爱，从青年时代就开始了，20世纪40年代初，他在《论忏悔的贵族》一文中深情地说：

> 《红楼梦》的作者，在我很小时候，就和他接触了。我常常偷看我父亲皮箱里藏的《红楼梦》。我知道他和我同姓，我感到特别的亲切。等到我看了汪原放评点的本子，我就更喜爱他了。我作了许多小诗，都是说到他。这种感情与年日增，渐渐地，我觉到非看《红楼梦》不行了。也许我对《红楼梦》的掌故并没有别人那么深，但我的深不在这里，而在"一往情深"之深。可有人曾听见过和书发生过爱情的吗？我就是这

走近当代红学家

样的。①

从青年时代起,直到他走到人生的最后岁月,在长达半个多世纪的时光里,深深雪藏在端木蕻良心底的"红楼情结",与日俱增,至死不渝。熬过"文革"磨难,重新跃返文坛的他,激发了巨大的创作热情。一边挥洒"说不尽的《红楼梦》"随笔,一边投入小说《曹雪芹》的创作,因而形成20世纪70年代末到80年代末的创作高潮。其成果鲜明地呈现出两种形态:一部分是红学随笔80多篇,大部分写于1979—1995年;另一部分是小说《曹雪芹》的上卷和中卷。从中我们可以深深地感受到,端木蕻良用自己那颗跳动不安的心灵去激活红学文献,激活《红楼梦》文本,使流淌的文字成为自己情感、意志、生命和血肉的载体,去追求曹雪芹生活时代的历史真实与艺术真实的完美统一。这种长期的学术积淀而形成理性的锻造,托起了他心中曹雪芹伟岸的形象,而创作情感的喷涌又不断地推进他对红学的探索,始终如一地沿着学术和创作交相互动而逐步地提升。总之,端木蕻良对红学的贡献,无论是红学随笔,还是《曹雪芹》这部小说,达到异曲同工之效,使我们更深刻地理解《红楼梦》。正如他自己所说:"我写《曹雪芹》,就是想回答这样一个问题:他为什么要写《红楼梦》。"②

"红楼情结"贯穿端木蕻良的一生,这种巨大的情感力量,显然不仅仅是心理和情感上的巨大的潜在的长期的眷恋和冲动,而是来自他长期的红学研究,伴随着他对《红楼梦》的认知而不断提升的,从而获得理性的支撑。可见,其"红楼情结"的内核是学术精神,是长期不懈地求索《红楼梦》的精神价值。对《红楼梦》的精神价值的认知,是产生"红楼情结"的情感动力,是支撑"红楼情结"的认知基础。只有解读这个问题,才能读懂端木蕻良的"红楼情结";才能在其随笔中捕捉他自然流露的"红楼情结"思绪。读他的红学随笔,仿佛是和他面对面地交谈,亲切、谦和、实在,没有大家的派头,也没有高深学问的架势。在随意谈吐中迸发出的闪亮的思绪,渐渐

---

① 端木蕻良:《端木蕻良文集》第6卷,北京出版社2009年版,第8页。
② 马云:《端木蕻良与中国现代文学》,北京出版社2001年版,第167页。

地从各个方面把思维触角伸向《红楼梦》文本意义的世界。

这种价值追求，主要地包括在三大领域内对价值进行的精神文化探索，那就是："求真"、"求善"、"求美"。应该说明的是，这所谓"三大领域"是我们对人的价值追求赋向的性质的"理论"划分，是为了进行明确的阐述而对人的文化的精神活动的现实统一性所作的一种不得已的"分解"或"分析"，实际上，人在其生命存在的活动中，对价值的这三个方面的追求是统一的，即使在不同的情况下侧重点有所不同，也仍然是融三者为一体的精神活动。①

端木蕻良半个世纪以来，或者根据创作的需求，或者参加红学的活动，或者与友人谈红学，等等，在不同的时空、不同的心境下写出一篇篇红学随笔，呈现出发散式思维，哲思触点很多，但要追索到精神文化原点的层面上，仍不外乎"真""善""美"三个方面。

所谓"真"，早在20世纪40年代初，端木蕻良就明确地宣示："我爱《红楼梦》最大的原因，就是为了曹雪芹的真情主义。""真正的美，必须是真的。为了爱美，也就爱真，而终于殉了真理。"② 这与曹雪芹的创作理念是完全一致的。《红楼梦》开篇便讲："莫如我这石头所记，不借此套，只按自己的事体情理，反倒新鲜别致。……竟不如这我半世亲见亲闻的几个女子，虽不敢说强似前代书中所有之人，但观其事迹原委，亦可消愁破闷……期间离合悲欢，兴衰际遇，俱是按迹循踪，不敢稍加穿凿，至失其真。……却也省了些寿命筋力，不更去谋虚逐妄了。"真实，永远是文学艺术的基本品格。作家对真实的追求，犹如破璞见玉。端木蕻良对《红楼梦》基本品格的把握，与他早期就创造出成名之作的亲身经历是分不开的，也许他从《红楼梦》中汲取乳汁的最早的成分，就是真实。可以说他的"红楼情结"是创作的真情实感体验的凝结，是最渴望、最强烈、最美好的心理符号。

---

① 李鹏程：《当代文化哲学沉思》，人民出版社1995年版，第256页。
② 端木蕻良：《端木蕻良文集》第6卷，第9、10页。

所谓"善",就是中国古代的价值观和由此生发的伦理道德准则,简明地说,就是优秀的传统文化。端木蕻良引用了美籍教授唐德刚一段话概括了《红楼梦》的"善",他说:"《红楼梦》体现的是中国人的心态,是中国传统文化的独到韵致。因此,我们之所以喜爱《红楼梦》,民族感情远远超过学术兴趣。"① 他还在《曹雪芹师楚》一文勾勒了曹雪芹对"善"的理解,屈原、李贽这些时代的转折期的先进思想家,阐明"只有社会的变革,才足以来揭示生活过程在意识形态上的反射和回声的发展轨迹来"。才是"求善"的内涵。因此,他看到了曹雪芹塑造宝玉、黛玉的性格是对于个性解放的要求,对于婚姻的初步民主的要求。"晴雯之死正是黛玉之死的先声,因为她们不可能见容于当时的现实社会的"。

所谓"美",在端木蕻良红学随笔所谈中随处可见,除却对以大观园为代表的园林文化、饮食文化、服饰文化、瓷器文化等赞美外,最典型的就是对人性美的讴歌。他把大观园比作伊甸园,说:"曹雪芹的恋爱观是主张灵肉一致的,从他天真未凿起,他认为只有爱情才能体现出'幽微灵秀'的境界,而皮肤滥淫之徒,正是败坏了这种超凡入圣的境界。"②

总之,"求真""求善""求美"这三方面互相交融构成了《红楼梦》的精神文化价值的基本层面,也构成了端木蕻良对《红楼梦》挚爱的理由,即"红楼情结"的认知基础和精神价值内涵。

二、端木蕻良对《红楼梦》博大内涵的解读凝聚在"红学随笔"

曹雪芹对世间万物、对人生、对社会、对文学创作都有自己的深刻的理性思考和把握,并在小说中酣畅淋漓地表现出来,构成了《红楼梦》博大精深的思想内容和巨大的艺术魅力。而对《红楼梦》的解读,则构成端木蕻良红学研究成果。这些主要凝聚在数十年写作的"红学随笔"之中,目前收集在《端木蕻良文集》的有"红学篇"66则,加上"序跋篇"7则,共计83

---

①端木蕻良:《端木蕻良文集》第6卷,第173页。
②端木蕻良:《端木蕻良文集》第6卷,第225页。

篇，20多万字，就是他对红学贡献的重要组成部分。

任何一个文本都存在一种潜在的思维状态，依赖在解读中发现。解读是一个过程，端木蕻良正是通过解读《红楼梦》的过程和曹雪芹的心灵发生交往、契合和共鸣，写下许多诠释的篇章，涉猎的内容十分广泛，因此，我们只能择其荦荦大端之处，分析如下：

（一）捕捉曹雪芹创造《红楼梦》所代表的先进思想

端木蕻良红学随笔的思维特征，就是为创作《曹雪芹》作准备，因而，他不是一般的解读者，而是沉迷在生命体验中，努力捕捉《红楼梦》思想价值的定位，也就是文本整体的意义世界。

思想价值的定位，首先涉及的就是《红楼梦》所代表的先进思想的高度。他常把曹雪芹和代表时代潮流的学者进行纵横比较，他说：

> 曹雪芹和戴震在思想上有某些相通的事实，早已为人们发现……
> 任继愈在他主编的《中国哲学史简编》中曾经说过："……要求解除某些封建束缚，反抗封建等级制度，控诉封建礼教、伦理纲常的压制迫害，在某种程度上向往自由、个性解放……这些都为曹雪芹的文学巨著和戴震的哲学巨著所共同地憧憬。"①

从中国学术思想史来观察，戴震、王夫之都是时代先进思想的高峰，端木蕻良在多篇文章中都谈到这些学者和曹雪芹相通之处，因为这一问题直接关涉到小说《曹雪芹》意义世界。对小说创作来言，必然要刻画人的性格。而戴震等都主张进步的人性观，和曹雪芹一样面对新的社会生活对于传统文化价值的严峻挑战，以不同方式寻觅到同一价值符号——情，去追问思索生命存在的意义。戴震说："人生而后有欲、有情、有知，三者血气心知之自然也。"（《孟子字义疏证》）王夫之说："夫性者，生理也，日生则日成也。"

---

① 端木蕻良：《端木蕻良文集》第6卷，第116页。

(《尚书引义》卷三），这些都和曹雪芹的情欲观是相通的，对曹雪芹的创作有极大的启迪、教益、激励。"曹雪芹发现了感情宇宙，感情的天地，感情的海洋，化生出感情的肉体来。感情是长期社会生活的产物，它伴随着意志、权力、相互支配、相互接受、相互了解而产生，随着社会的发展，它又和金钱、商品等变化而发生变化……在人类生活的环境中，到处都充满着人情世故，人际关系超过了其他一切关系，在这样没有止境无可排遣的交接中，人们便以情感的内耗和人性的失落作为支付的代价。"[1] 端木蕻良在小说《曹雪芹》第38章中特意写了"戴震出生"。为下卷戴震和曹雪芹的思想相通做了铺垫。

思想价值的定位，还涉及《红楼梦》与当时主流意识形态的关系。端木蕻良在《曹雪芹与孔夫子》一文中说，曹雪芹反对科举，反对俗儒，但又借宝玉之口说孔子是"亘古一人"。"由此，我常想到，曹雪芹对孔子的思想到底抱什么样的态度？"

《红楼梦》第十九回借袭人之口转述宝玉的话，"除'明明德'外无书"。"明明德"语出《大学》首章，此处可以理解为对《大学》甚至是"四书"的借代。宝玉对"明明德"外一切书籍的否定，反之也就是对"四书"的肯定。这个细节不仅是对"四书"的尊重，而且体现了对孔子、孟子等儒家圣贤的敬畏。《红楼梦》中出现"孔子""孔夫子""孔圣人""周、孔""孔孟""孔孟之道"，或者代指孔孟的"圣人""圣贤"，多达35次。不但没有对孔孟的不敬甚或亵渎，而且一再流露出对孔孟的尊崇和钦敬。端木蕻良注意到了这一问题，为了做出合理的解释，他从先秦和马王堆出土的文献中，通过对"明明德"本义的考索，寻找到了根据。并强调指出："处在新旧交替时代中的曹雪芹，提出了'明明德'，正是要求重新认识那些本来被人们认为已经认识的事物。这就是曹雪芹的伟大之处。"[2] 其实，这里有当代人误解之处。《红楼梦》中处处表现宝玉对"八股文"的厌烦。"八股文"是俗称，而正式的名称则称之"四书文"、"经义"和"制义"。例如乾隆初年方苞奉旨

---

[1] 端木蕻良：《端木蕻良文集》第6卷，第228页。
[2] 端木蕻良：《端木蕻良文集》第6卷，第114页。

编选明清两代八股文代表作，书名即为《钦定四书文》。可知"四书文"不等同于"四书"，而这一字之差却导致了后人的误解。

端木蕻良在小说《曹雪芹》第15章的情节中，特意把福彭和曹霑读书的书房命名为："明德堂"。就是隐含《大学》"在明明德"这句话意思。

（二）捕捉《红楼梦》文本披露的思维方式

《红楼梦》第三十一回有一个细节，湘云讲"阴阳"。一般都引不起重视，而端木蕻良却十分看重这个细节，认为《红楼梦》披露的思维方式，既是中国元典的哲学，又是朴素的唯物论。

> 史湘云道："花草也是和人一样，气脉充足，长的就好。"翠缕把脸一扭，说道："我不信这话！要说和人一样，我怎么没见过头上又长出一个头来的人呢？"
>
> 湘云听了，由不得一笑，说道："我说你不用说话，你偏好说。这叫人怎么答言呢？天地间都赋阴阳二气所生，或正或邪，或奇或怪，千变万化，都是阴阳顺逆。就是一生出来，人人罕见的，究竟道理还是一样。"
>
> 翠缕道："这么说起来，从古至今，开天辟地，都是些阴阳了？"
>
> 湘云笑道："糊涂东西，越说越放屁。什么'都是些阴阳'！况且'阴''阳'两个字，还只是一个字：阳尽了就是阴，阴尽了就是阳。不是阴尽了又有一个阳生出来；阳尽了又有一个阴生出来。"
>
> 翠缕道："这糊涂死我了！什么是个阴阳，没影没形的。我只问姑娘，这阴阳是怎么个样儿？"
>
> 湘云道："这阴阳不过是个气罢了。器物付了，才成形质。譬如天是阳，地就是阴；水是阴，火就是阳；日是阳，月就是阴。"
>
> 翠缕听了，笑道："是了，是了！我今儿可明白了。怪道人都管着日头叫'太阳'呢，算命的管着月亮叫什么'太阴星'，就是这个理了。"

端木蕻良在《曹雪芹朴素的唯物主义思想》等多篇文章中谈到曹雪芹的阴阳论："曹雪芹借湘云口中说出：'阴阳两个字，还只是一个字。阳尽了就是阴，阴尽了就是阳，不是阴尽了又有个阳生出来，阳尽了又有个阴生出来。'湘云是个识字的，怎么会说出，阴阳两个字还只一个字呢！这就表明曹雪芹认为阴阳是一个气的两个方面。……这才是曹雪芹的根本思想，他是元气一元论者，是元气本体论者。这是曹雪芹的朴素的唯物主义思想的表现。认为阴阳实质上是一个气，是物质相互运动的关系的表象。"[1]

在古人心目中，天地、男女、昼夜、上下、吉凶……几乎生活环境中一切现象都体现着普遍的、相互对立的矛盾。根据这种直接的观察，前人把宇宙间变化万端、纷纭复杂的事物分为阴阳两大类，并用两种符号来表示：阴物为"- -"，阳物为"—"。阴阳爻象的形成，象征着广泛的相互对立的种种事物和现象。通过对出土的甲骨文、金文等的探查，阴阳的概念早在殷商和西周时就广泛流行。《易传》"一阴一阳之谓道"的思想就是在这个基础上逐步形成的。也就是"变"的本质是透过阴阳现象而展示出来的。把阴阳对立看作自然界和人类社会最根本的规律，包含了古代朴素的辩证法。曹雪芹在《红楼梦》中自觉地贯穿在创作和创作实践中，只不过借湘云之口表达而已。对此，端木蕻良在小说《曹雪芹》第53章的情节中，专门写了一节"刘仲温妙理论阴阳"，体现曹雪芹的阴阳论。

曹家请刘仲温看罗王府老宅的风水，刘仲温大讲阴阳之论。例如他对一处"园子"议论：

"当年造这园子的，确是一位大师，称作'园林观止'，不为过也。不过，恕山人直言，大家虽尚未领略园林全貌，已可看出，这园子是有意模仿江南了。又加以人工铺排，便难免现出一派阴柔之气。"

……

曹霑也道："这园子过于秀丽，请教师傅，该如何克服这阴柔之

---

[1] 端木蕻良：《端木蕻良文集》第6卷，第23页。

气呢?"

刘仲温道:"天地之间,二气存焉。园林水木,概莫能外。精忠之柏,枝条南向,温热之汤,回漾东行。又比如,天有冰雹,以炮轰之则解;野有雾气,以草焚之则散。盖阳气盛,则阴气消。镇邪以正,逢凶化吉,万事万物,得之在手。"①

(三) 捕捉《红楼梦》受道家思想的影响

端木蕻良有一篇文章论《红楼梦》里的"空"和"无"。②从两个层面:一是本体论,一是实体论,来谈论老子的"无"与"有"在《红楼梦》中的表现。运用谐音双关的修辞手段,如姓氏的"甄"与"贾",谐指事物的真与假,进而表达"假作真时真亦假,无为有处有还无"的哲学理念,并将这种哲学理念广泛地贯穿于作品的框架结构、人物塑造与情节设置的构思之中。

老子说:"无名,万物之始;有名,万物之母。"(一章)"始"是本源,万物的本源是无,是自然,是无法用语言概述的,因此"无名"。但万物却在"无"、在"自然"中形成,这就是"有",是万物的根本。老子虽然没有解释"道"是什么,却指出了"道"的特点,万物皆在生生化化反复地运转着,天下万物皆从"有"之中而生,而这个"有"还是从"无"之中生化而来的。"无"是什么,老子没说。这正是关键所在。这"无"就是"自然"。"有生于无"与"道法自然"是相一致的。老子"道"论包含了许多辩证法思想,他认为矛盾是无处不在的,并共处于一个统一体中,相互依存,相互依赖,相互渗透。其中"有无相生"命题的前提是"有生于无"。

三、端木蕻良是发现《红楼梦》意象创作手法的第一人

鲁迅先生早在八十年前《中国小说的历史的变迁》中指出:"总之,自有

---

①端木蕻良:《曹雪芹》,江苏文艺出版社2009年版,第501页。
②端木蕻良:《端木蕻良文集》第6卷,第303页。

《红楼梦》出来之后,传统的思想和写法都打破了。"这是从中国小说发展史的视角提出的,而对传统写法究竟是怎么打破的,遗憾的是鲁迅先生没有说下去。但对这个问题的探寻,学术界走过漫长的求索之路。

端木蕻良对《红楼梦》的挚爱和感悟,必然触及《红楼梦》的写法。而他对这个问题是怎么思考的,从他说话的语气,可以判断,思之久矣。他说:

> 说真的,我一直不认为《红楼梦》纯粹是写实手法,我对它的艺术有我自己的看法,无以名之,试名之曰意象手法。至于合适不合适,我不想去管他。总之,我认为是这样。①

话说得很平实,但深深地浸透着端木蕻良的"发现",既有他敏感而睿智的成分,也有他长期研究红学的积淀,非此是说不出这么深刻的见解的。作家曹革成先生说:"端木先生提出一个'意象手法'的概念。这是端木先生几十年来,思考《红楼梦》艺术表现手法的总结,实际上也是他自己创作小说时遵循的'圭臬'。这里的'意象手法',与西方文学现代派讲的'意象'无甚关系。与中国古代'主观情意和外在物象相融合的心象'也不相同,更不是明清以后专指借助具体外物,用比兴手法表达作者情思,即'寓情于景''寄情于物''寓意于象'的意象涵义。那么,端木先生的'意象手法'指代何意呢?他曾说过他的创作追求四种东西:风土、人情、性格、氛围。又说,他规定自己要达到的创作境界是:'三分风土能入木,七种人情语不惊。'(《我的创作经验》)这大概可以作为他心目中'意象手法'的注脚吧。也许用'氛围场'能切合他的意思?"曹革成先生实际在这里提出一个如何理解和评价端木蕻良提出的意象叙事。

端木蕻良的"发现",是在1989年发表的文章中披露的,而进入理论家的视野,已经是90年代的末期了。恰如杨义先生在《中国叙事学》中指出的:"研究中国叙事文学必须把意象,以及意象叙事方式作为基本命题之一,

---

①端木蕻良:《端木蕻良文集》第6卷,第206页。

进行正面而深入的剖析,才能贴切地发现中国文学有别于其他民族文学的神采之所在,重要特征之所在。"①

从《红楼梦》中发现了意象叙事,是端木蕻良先生第一次提出的一个独具中国特色的叙事学独有的命题。意象叙事是《红楼梦》对传统写法的打破,我们知道,意象是中国传统美学的核心范畴,将意象美学范畴与叙事思维方式联系在一起,像一座极有价值的富矿等待开掘。因此这是一个重要的发现,也是构建中国叙事学体系的重要组成部分。

其一,意象叙事与结构、时间和视觉是相交融的,便出现意象的选择、提炼和物化的问题,而作家的天才就在于如何把握、驾驭、操作?意象的浅层结构是对客观事物的摹写和移入,意象的深层结构才是内在生命的真正显现。端木蕻良对此体会非常深刻,他形象地解说:

> 我只想捕捉住他在重要情节里,怎么会造成那么浓郁的气氛来。别的书只会刻画细节,只会交待情节,只会卖弄关节,唯独《红楼梦》却把精力贯注到这个方面来。……使读者好像置身在全景电影中一般,但又不是刻板的真实,而是从人物的情绪中散发出来的主客交流的气氛,会使读者摄魂动魄地接受,……而且,使读者也走进书中去了,……它是以意象征服了读者的心。②

意象的选择是一次简化和强化的过程,集中体现了中国人的整体意识。因为他们面临的自然意象、社会意象、民族意象、文化意象或神话意象等,不论取自哪一种意象,一旦为创造主体所选取或加工,就会有丰富的历史文化内涵和民族心理的积淀,就会从意象浅层指向深层,表达对人生、历史、民族的深刻的思考。而且这种指向永远是整体意识中的一小部分,是最能激活创造主体心灵中的那一小部分。因而,意象的组合方式只是个叙事形式问题,真正决定组合的内趋力是创造主体在价值关系的审视中,所产生的情感

---

① 杨义:《中国叙事学》,人民出版社2009年版,第267页。
② 端木蕻良:《端木蕻良文集》第6卷,第207页。

力量和赖以习惯的思维方式将意象或简化、或强化、或变形、或提升。在这个过程中，意象总是处于一定的叙事视角之中转换，时空交错，大小变异，虚实对应，单一与复合轮替等，这才是意象叙事的真正价值。

其二，意象叙事方式的关键是意象的选择和组合。意象的选择和组合要着眼于叙事功能上，看其是否在叙事结构中有贯穿力，看其是否在意象的意义指涉中有穿透力，归根到底要发挥意象在叙事中审美的超越性。对此，端木蕻良深情地说：

> 我看《红楼梦》是写心灵世界的第一部作品，曹雪芹自己就指出，他表现的是幽微灵秀地，他控诉的是无可奈何天，在这两个方面撞击的过程和细节当中，作者在捕捉一切心理变化，这也就是曹雪芹的本领之所在。曹雪芹为宝玉、黛玉立传，但他写两人的笔墨并不多，可是在每个人身上，在每个事物的发生中，都在反映着两人的精神面貌……①

刘勰《文心雕龙》第一次揭示了"神与物游"的意象特质以来，历代大家多有论述，一般都强调创造主体心灵世界与客观物象的融合过程，既强调"以意为主"，又突出"超以象外"。王夫之认为："意犹帅也"，"烟云泉石，花鸟苔林，金铺锦帐，寓意则灵"。这就是说意象的意义深刻之处就在于蕴含的思想、情感、文化、哲思的底蕴，形成了以形传神的感性形态，导入人们的心灵。这就是我们所说的穿透力，或者超越性。之所以能激发人们心中的历史文化积淀，是因为那些早已深深地内化为人的心灵结构的一部分，是活的意识力量。用端木蕻良的话说："真正通过作者的主观意识使人物产生典型意义，同时透过作者的观察和体验，上升到思想高度，而以艺术手法构成一部具有典型环境和时代精神的作品，应该是从《红楼梦》开始。"②

其三，意象叙事功能的发挥最终取决于意象的表现力。简化是意象内在含量得到强化、扩大表现力的基本规律。由于简化，意象已不再是巨细无遗、

---

① 端木蕻良：《端木蕻良文集》第6卷，第207页。
② 端木蕻良：《端木蕻良文集》第6卷，第399页。

毫发毕呈的物像，而是一种整体的简化和部分的强化，这样它才具有凝聚意义、凝聚精神的功能；简化又是一种叙事手段，它理顺了意象关系，才使文脉贯通，肌理顺畅。简化使叙事世界的情感内涵得到了极大的拓展，提供了更多的审美信息。中国古代又称之为"遗貌传神"，端木蕻良在为陈昭著《红楼梦谈艺录》作序中指出：

> 下面，我想再略谈一下您提出的"遗貌传神"。
>
> 曹雪芹对宋玉、曹植的文学传统，当然是有意识继承的。……您指出曹雪芹在描写人物中，"求神似不求形似"，也就是说对人物的容貌尽量用简笔，而对神情却要有画龙点睛的妙笔，并举出有说服力的证明来。《红楼梦》对林黛玉的表象，应该说写得最不具体，只是作了一般的勾勒。对她的头发、皮肤，等等，"一概略而不谈"。可以说，"这是很有用意的"。这说得很对！试看对林黛玉眉毛的特点，作了交待后，绝不再三再四加以重复，可是读者却偏偏不会忘记。这就是您所说的"遗貌传神"。①

上述所讲的三方面是我对意象叙事基本范畴的界定，当然这个命题还需开拓。我之所以把"端木蕻良是发现《红楼梦》意象创作手法的第一人"作为独立一节，是因为这个问题还没有得到应有的重视。近日曹革成先生向我推荐马宏柏先生对此的论述，他认为：综合端木晚年的多次论述，他心目中《红楼梦》的意象主义包括三方面要义：第一，关键词是"意象"，须体现"意"（主观）与"象"（客观）的有机结合。第二，仍强调写实，但不刻板、拘泥。端木认为曹雪芹写人，求神似不求形似，外部形象勾勒简洁，似不完整，但可通过人物性格塑造，通过读者的审美再创造加以补偿；端木认可有人提到曹雪芹写人深得浪漫主义手法诀窍，用"如影纱事"写法，如同纱窗后朦胧的人影与情事在活动着一般。曹雪芹打破了史传文学传统。第三，叙

---

① 端木蕻良：《端木蕻良文集》第6卷，第401页。

事手段上"绘事后素","淡而有味"——表面上平淡无奇,内在蕴涵丰富,值得再三玩味。总之它确实是一个极其重要的问题,无论对于创作者,还是理论者,都是一个待开采的富矿。

四、红学研究支撑《曹雪芹》的创作

历史小说《曹雪芹》是当代著名作家端木蕻良的一部重要作品,1979年他推出《曹雪芹》上卷,1985年出版了《曹雪芹》中卷。遗憾的是,作品没有写完,端木蕻良就谢世了。《曹雪芹》这部作品不同于同类题材的最大特征,就是作者从红学考证入手,以苏州织造李煦、江宁织造曹頫被革职、抄家的真实历史搭建起整个小说框架结构,具有写实的一面;而在这历史画卷之中,突现了核心人物曹雪芹性格的雏形,试图还原《红楼梦》创作背景的现实底图,又具有虚构的一面。这种创造性的复现使得读者在阅读中印证、思考、联想,正如作者所言:就是想回答这样一个问题:他为什么要写《红楼梦》?

《曹雪芹》前两卷的故事,勾勒了曹家大厦将倾的特定的历史时期,雍正即位,苏州织造李煦就被革职,家被抄没,他被发配到打牲乌拉。这件事极大地震惊了曹家,何况曹頫主持的江宁织造府,亏空很大。为此,曹頫整日战战兢兢,不知前景如何。而身为小少爷的曹霑,正过着不知愁滋味的豪华奢靡的生活。端木蕻良以大手笔,编织了一幅上至宫廷皇帝,下至市井草民的历史生活的画卷,复原了曹雪芹生活时代的历史真实,从而塑造了典型环境中的少年曹雪芹的面目,展示了艺术的真实。由于《曹雪芹》下卷没有问世,小说前两卷有许多情节铺展了,却不能够看到后面的呼应。

历史小说一直围绕着历史真实与艺术真实的关系,形成了理论取向的基本话题。与曹雪芹的爷爷曹寅交好的孔尚任,是一位从创作到理论的结合上,最早也是最完美地把历史真实与艺术真实统一的古代戏剧家。他认为历史真实,首先是历史上的重大事件和重要人物都不能虚构。为了求实,他创作《桃花扇》经过十多年的文献资料的准备,"朝政得失,文人聚散,皆确考时地,全无假借",以昭信史。但也不废虚构,"至于儿女钟情,宾客解嘲,虽稍有点染,亦非乌有子虚之比"(《凡例》)。也就是说,基本史实不违背真实,具体细节可以虚构渲染。《桃花扇》创作的成功,就在于体现了历史剧的历史真实和艺术真实统一的创作原则,生动而真实地再现了那惊心动魄的历史上的"人"和"事",产生了巨大的审美功能和社会效应。端木蕻良创作《曹雪芹》同样不可避免的问题,也是历史真实与艺术真实的关系。寻找所谓对人物个性、对事件本质起界定作用的历史事实,这就是"历史真实"与"艺术真实"的切点。只有把握这个切点,才能为艺术真实的核心问题——"艺术虚构"定位。因为这个切点,也是"艺术虚构"腾飞的基点,虚构的性质和功能是多层面的,而历史题材的作品的"艺术虚构"永远不能离开"艺术真实"的磁场,由此规定了它的性质。端木蕻良的创作过程正体现了这一原则。

(一)从研究曹雪芹家世入手,搭建小说的整体框架

学术界对于曹雪芹生卒年及其父辈是谁,存在着很多的争议,况且对曹雪芹本人的生平事迹也知之甚少。这对于创作小说《曹雪芹》来说,不仅存在基本素材稀少的难题,而且也直接关涉如何建构小说的整体框架。

端木蕻良在《不是前言的前言》一文中谈到对曹雪芹的生卒年及其父辈曹颙、曹頫的认识时说:

> 我只是要写出曹雪芹这个人来。塑造人物是要借助于形象思维的,我是根据这种要求来看待一些素材的。
>
> 对曹雪芹的生年,我就采取了康熙五十四年,也就是公历1715年的说法。
>
> 一、曹颙死后,曹頫奉旨过继给曹寅寡妻李氏,继织造任。曹颙寡妻马氏生的遗腹子,就是曹雪芹。
>
> 二、曹頫十几岁当差,曹寅、曹颙所担当的东西,他已有些担当不了啦!因此,他自然会想到,重振家声,再靠荫袭是长久不了的,所以

他鼓励曹雪芹要重视科举。这和曹雪芹自幼喜好杂学,恰恰立于相反的地位。

三、1715年上距曹寅之死仅仅三年。曹雪芹受曹寅影响最深,这对创造曹雪芹的典型人物典型性格,颇有好处。曹雪芹自然是早熟的,这样处理,对他了解曹寅,有许多空间时间上的便利。①

端木蕻良选取和认定的关于曹雪芹的学术观点,是学术界多数学者认同的一种观点,也是最能令人信服的一种说法。这种学术观点支撑了端木蕻良的小说《曹雪芹》的叙事框架结构。

我们知道:一部伟大的作品最终的成功,是创作者在文学创作过程中心理定式和审美超越之互动的结果。所谓心理定式,就是创作者人生的体验、艺术的修养和情感的勃发。这是一个长期的积累过程。曹雪芹生于康熙五十四年,到曹家被抄,约13年。曹雪芹少年时代生活在一个诗礼簪缨、荣华富贵的环境里,曹家从曹玺、曹寅、曹颙到曹頫,祖孙三代四人,先后在南京担任江宁织造,长达近六十年。特别是曹雪芹的祖父曹寅开创了曹家的鼎盛时期。曹雪芹姑姑家纳尔苏王府、舅爷李煦家苏州织造府比之曹家有过之而无不及。而曹雪芹的童年和少年在那里度过的,给他一生留下刻骨铭心的记忆。直到曹家被抄,才结束了"烈火烹油,鲜花着锦""锦衣纨绔,饫甘餍肥"的贵族之家的生活。这位早慧的少年天才对钟鸣鼎食、豪富一方的曹家、李家,以及平郡王府姑姑家的深刻印象,为他创作《红楼梦》提供了最切肤的生命体验。因此,有没有曹雪芹在钟鸣鼎食贵族之家生活过13年的人生经历,对于他创作《红楼梦》至关重要。曹雪芹为什么能够写出《红楼梦》?就是因为他有特殊的生活历练。

基于这种认识,端木蕻良搭建起小说《曹雪芹》的框架结构。整体大背景基本是写实,特别是苏州织造李煦、江宁织造曹頫先后被革职、抄家,都是历史的真实。上卷第1章一开篇就展现了历史大转折的背景:康熙驾崩,

---

① 端木蕻良:《端木蕻良文集》第6卷,第51页。

雍正继位。到卷末第28章披露苏州织造李煦犯事,阴云笼罩曹家。尽管曹家在风雨飘摇之中,但曹霑在奶奶的宠爱下,又有姑姑平郡王府那样亲戚,所以享尽其乐。他在正月十五前被姑姑接到北京,作表哥福彭的伴读,跟着福彭进圆明园,游园赏景。整日吃喝玩乐,看花灯、品名茶、听戏文,见识了他从未见识过的东西,大开眼界。"曹霑住到平郡王府来,觉得王府里什么都显得大一号。好像北京不管修造什么大小东西,不但要想到万年牢,而且,时时都怕给狂风吹到,冰雹打到,地震震塌一般。"①

小说《曹雪芹》下卷应当写道:曹家相继被抄,这场变故对曹雪芹的一生影响至大,特别是处在兴衰、荣落、贵贱、悲欢、爱憎、雅俗众多"交叉点"上。使他在盛衰转化、成败相依、祸福相倚的人生体验中,阅历非凡,感悟深刻,其思、其才都得到了升华。

(二) 虚构小说贯穿人物,更有利于展现曹雪芹生活的具体环境的历史真实

历史上,与曹家关系最为密切的是平郡王府纳尔苏家、苏州织造李煦家。

平郡王府纳尔苏福晋是曹寅的女儿,李煦是曹寅妻子的堂兄,都是曹雪芹家族的至亲。平郡王纳尔苏与曹寅女儿结合是康熙的"指婚"。他们的儿子福彭,幼时是弘历的伴读,弱冠便受命于雍正,独当一面。福彭受康熙恩养,雍正拔擢,乾隆赞誉,三朝知遇。像曹家这样一门重要的亲戚,自然就进入作家构思的视野。康熙三十二年(1693)李煦接任苏州织造,是曹寅推荐的,也是康熙精心安排的。从此,曹寅在江宁织造任上和李煦共同接驾康熙南巡,轮流担任两淮盐运使,彼此照应,长达二十年。康熙五十一年(1712)七月曹寅在扬州病故后,其任上尚有欠款,李煦主动请求再做一年两淮巡盐御史,补完曹寅名下所有的亏空。康熙对李煦此举很满意,给他的朱批特别指出:"曹寅与尔同事一体,此所奏甚是。"②

特别是曹寅去世后,李煦鼎力辅助曹家的后继人。康熙五十四年(1715)正月曹颙在京病故,其后事及曹頫过继等家族事务,也是李煦一手料理。他

---

① 端木蕻良:《曹雪芹》,江苏文艺出版社2009年版,第91页。
② 故宫博物院明清档案部:《关于江宁织造曹家档案史料》,中华书局1975年版,第120页。

给康熙的奏折里说："奴才与曹寅父子谊属至亲，而又同事多年，敢不仰体圣主安怀之心，使其老幼区画得所。"①李煦代任盐差补两府亏空银两，帮衬江宁织造少不更事的曹颙和曹頫，曹、李两家来往密切，小时候曹雪芹跟着大人经常到苏州和扬州去。苏州李煦的家庭戏班子、曹寅扬州书局的典籍、接驾皇上的行宫、江南丝织、漂染、刺绣手工业的兴旺，江南风土人情使曹雪芹终身难以忘怀。也就是说李煦在曹雪芹家族史上是一位极其重要的人物，与曹家两代三人共命运长达三十多年。所以无论研究曹雪芹家世，还是探索《红楼梦》创作素材都离不开苏州织造李煦。

端木蕻良正是基于这种认识，设置曹霑在全书叙事结构中是一条主线，整个故事是以曹霑的活动为线索，他在第7章亮相后，两次进京，都住在其姑姑家平郡王府。他说："曹雪芹有两个姑姑，大姑姑嫁给平郡王纳尔苏，生了福彭。福彭对曹雪芹的命运有很大的影响。他比曹雪芹大了几岁，我使曹雪芹小时做他的伴读。曹雪芹还有一位姑姑，也嫁一位显赫人物。但是由于对曹雪芹的影响，找不出具体的细节来，我就使她成了并无其人。"第一次进京从第11章至第28章，第二次进京从第45章至第60章，长达44个章回的叙事内容，占据前两卷的三分之二还要多。《曹雪芹》的上卷、中卷的时空跨度是康熙病故时，曹霑7岁，至曹頫遭贬时，曹霑已13岁。曹霑的性格和《红楼梦》中贾宝玉有相似的一面：深受祖母李太夫人喜爱和护佑，喜欢和丫鬟们平等相处，喜欢读杂书，喜欢表妹李玥。曹雪芹的姑妈平郡王妃的儿子福彭，身上既有纨绔子弟的影子，也有世袭贵胄的基因。曹雪芹跟随其表哥福彭，畅游了皇家禁地圆明园；陪伴福彭就读私塾，结识了一群富家官宦子弟；认识了社会底层的大妞二妞；见识了丫鬟们的瞬息万变的命运……总之，历经皇都王公贵族的锦衣玉食、诗礼簪缨、节庆婚俗，加之福彭曹霑二人充满学识的对话，把宗教、建筑、风俗等等都融会进去，令读者犹如享受美的历程，潜在地展示出曹雪芹所生活的历史时代风貌。

另一条副线是李煦被抄家，其孙女李玥的隐藏、保护、遭劫、转移，牵

---

①故宫博物院明清档案部：《李煦奏折》，中华书局1976年版，第170页。

动着曹家的上上下下。为了贯穿这一系列情节,端木蕻良设置了一个虚构的人物:"我倒写了可能有的一个人——李芸出来。李芸是李煦(苏州织造,曹寅的大舅子)同父异母的小妹妹,也是曹寅妻子的小妹妹。她自小寄居曹家,终身不嫁。我写李芸,一方面省去许多笔墨,对于李煦家就可以做到'不写而写'了;一方面又可以生出许多笔墨来,因为李芸不是曹家的成员,从她眼中来看曹家的变迁,就更显得富有透视的质感来。""关于某些史实,请读者按照专家的考证为据,千万不要以我的作数。因为我是要通过虚构和想象的。"① 第29章李煦托孤、第44章贼人劫孤、第52章戏班藏身等。曹霑的太姨李芸,是李太夫人的妹妹,终身未嫁,长期跟随姐姐生活在曹府。年轻时倾慕姐夫曹寅,孤傲冷峻,但对曹霑无限溺爱,李煦家被炒以后,李芸又时刻看护李玥,歹人赖保打上了李煦之孙女李玥的主意,就派人到曹府抢夺被藏在那里的李玥。此时曹府主事人都不在家,孤傲的李芸为搭救李玥,冒充李玥上了轿。抢人的人稀里糊涂地把李芸抢走了,导致李芸投水自尽。这几乎全部是虚构,是在整个历史大框架写实而形成的"磁场"之中,而且把李家与曹家紧密联系起来,更多的是发挥了李芸的叙事功能。

小说《曹雪芹》整个故事形成两个叙事点,一是北京平郡王府;一是江宁织造曹府。这两点之间的转换,从形式上看是随着曹霑的去留而来往,但实际受制于看不见的龙颜好恶,从而引发了不同阶层的惊恐与喜悦、纱帽的滚落与荣升、家族的破灭与宠幸,从而扩大了叙事的时空结构的深层内蕴,展示了典型环境平郡王府和江宁织造曹府,及其背后蕴含的皇宫的权力之争波及下的悲剧人生。

除了曹霑而外,在这两条线索交叉、贯通、延伸中还有一个重要的人物便是脂砚斋。虽然我们至今也不知道脂砚斋何许人也,但根据史料可知脂砚斋是曹雪芹身边很亲近的人,而且了解、联系、参与曹家和李家的事情,端木蕻良就是根据史料关于脂砚斋基本定位,然后在这个基础上,进行了合理

---

① 端木蕻良:《端木蕻良文集》第6卷,第52页。

的想象和虚构。端木蕻良一再强调他是写历史小说《曹雪芹》，而不是写人物传记《曹雪芹》，这其中最大的差异，就是前者虚构的空间更大。而虚构的目的正是开拓更大的艺术空间，表现当时曹家与李家的历史真实。这是他创作的构思原则，也是需要。只有这样做，才更有利于小说整体结构中人物关系的设置，才更有利于叙事脉络和情节的协调、生发和推进。

  脂砚的父亲，是曹寅的远房本家兄弟。早年中了秀才，只善吟诗作画，不善拍马逢迎。因而官宦无门。待他死后，曹寅便将他的独子脂砚接来抚养，待之如同亲生。

  脂砚自幼生得聪明伶俐，深得曹寅全家喜爱。脂砚是个知恩图报的，他看到曹寅、曹颙相继去世；虽蒙皇上恩宠，命曹頫过继过来承袭家业，照看老小，但曹寅这支，人手毕竟单薄。

  待到脂砚年事稍长，便要承担一些事务，来往于江宁、苏杭、京师之间。不但为曹、李、孙三府办事得力，成为三府信得过的人，就是在京师，也颇得一些王孙贝子的赏识。知道他和苏州李府的关系，但凡想得到江南戏班、苏绣行头的，也都会来找他，求他代为置办。

  脂砚在曹、李、孙三府同辈中，和李鼎最为相投，经常出入李家。李家事无巨细，对他也从不隐瞒。①

（三）在历史真实上，在合乎情理的范围内进行艺术加工

  "每个人都会按照自己的理解，创作出一个曹雪芹的形象来。我不过是其中的一个罢了。我所追求的，不过是要求尽可能地忠实于历史的真实。但是，对于细节的真实处理，它要通过形象来使人得到感动。这就不能不在历史的真实上予以艺术加工，处理方面也就不尽相同了。"② 在细节的处理上，端木蕻良有时直接采用史料，在合乎情理的逻辑氛围内进行艺术加工。例如第39

---

① 端木蕻良：《曹雪芹》，第256页。
② 端木蕻良：《端木蕻良文集》第6卷，第59页。

章写"李煦被革职抄家,曹頫惶惶不可终日……曹頫为察龙颜晴雨,来卜曹家的祸福凶吉",给雍正皇上上了奏折。这则奏折引自史料,即雍正二年正月初七日《江宁织造曹頫奏谢准允将织造补库分三年带完折》①,小说却围绕这则奏折上雍正的朱批:"只要心口相应,若果能如此,大造化人了。"刻画了曹家当事人的心理:

  曹頫看后,心想:新皇上对曹家还是照顾的。因此,立即禀报太夫人,将府中表面虚华,一一加以减免,连自己的生日,也早早通知不做了,摆出确实心口相应的样子。②

  雍正二年四月,年羹尧在边疆打了胜仗。"曹頫心想,舅舅李煦抄家后,皇上把舅舅的房屋赏给了年羹尧大将军。如今大将军在边疆打了大胜仗,应立即上一贺折,向皇上表白曹家和李家并无牵扯,是以朝廷社稷为重的。"立即连夜拟写奏折,也是引自史料,即雍正二年四月初四日《江宁织造曹頫贺折》③,曹頫看到朱批:"此篇奏表,文拟甚有趣,简而备,诚而切,是个大通家作的。"知道龙颜大悦,"万分高兴,没想这一着棋又走对了"。兴奋之余,还刻了一枚铜印章,篆上"大通家用",自我陶醉。"绷了数月之久的心情,这才松了下来"。

  真实的史料和与此相符合的虚构形象完美地融合在一起,复原了历史的现场,创造出的历史真实,就是艺术真实。

  端木蕻良对于曹雪芹晚年著书的地方十分关注,因为这直接涉及他所创作的小说的具体生活环境。他多次探寻过西山一带的白家疃贤王祠、樱桃沟、健锐营的碉堡、老屋子(今北京植物园黄叶村),结合史料与传说,进行田野调查。虽然不能确指某一具体的方位是曹雪芹的遗址,但西山为曹雪芹故里应是题中之意。因此,他在《关于"黄叶村"》写道:"我写曹雪芹著书黄

---

① 故宫博物院明清档案部:《关于江宁织造曹家档案史料》,第157页。
② 故宫博物院明清档案部:《关于江宁织造曹家档案史料》,第157页。
③ 故宫博物院明清档案部:《关于江宁织造曹家档案史料》,第158页。

叶村，也就是以这块儿做背景的。因为，从这儿翻过山去，就到白家疃贤王祠，向西望去，便可看到香山全貌。那边又接近四王府、樱桃沟和卧佛寺，出入京城，也很方便。"① 在《红楼梦醒黄叶村》又强调："曹雪芹著书黄叶村，这却是事实。黄叶村在西山脚下，是正白旗所在地，这也是事实。这一带是曹雪芹把最后生命注入的地方，也是时所公认的。"② 我认为，端木蕻良的见解是可信的。对于这样一位旷世天才——曹雪芹，不仅是北京的、中国的，也是世界的。理当建立国内一流的文化地标，让人们看到它，就像看到中国。端木蕻良对曹雪芹太崇仰了，他不仅用笔塑造曹雪芹的形象，还希望："发展黄叶村，成为海内外人士喜欢观光的地方，不也是一件很有意义的事吗？"

上面从大的方面，也就是涉及小说《曹雪芹》的整体框架的结构、典型环境的开掘和具体生活环境的细节描写，谈了端木蕻良创作《曹雪芹》时，对历史真实与艺术真实关系的把握，正如他所说："无可否认，《红楼梦》有曹雪芹的自传成分，我们不应着重追求这其中自传成分的细枝末节，而应研究它精神方面的广度和深度。我们面对《红楼梦》，不能仅仅按照只有细节才形成小说的观点来衡量他。"③

端木蕻良对红学的贡献是他文学成就的一个重要组成部分，但这一方面的研究尚待开拓的空间很多，我们纪念他诞辰百周年，应该下点功力读他的书，就更加能领略端木蕻良对红学的贡献。

2012年9月25—26日辽宁铁岭昌图"纪念端木蕻良诞辰百年研讨会"会议论文，收入《端木蕻良诞辰百年研讨会论文集》，辽海出版社2014年版，载《红楼梦学刊》2012年第六辑（有删节）、《乌鲁木齐职业大学学报》2012年第4期（全文）

---

①端木蕻良：《端木蕻良文集》第6卷，第107页。
②端木蕻良：《端木蕻良文集》第6卷，第152页。
③端木蕻良：《端木蕻良文集》第6卷，第253页。

红学研究的结晶及对学术走向的思考

略评胡文彬先生《红楼梦》研究的五部著作

红学家胡文彬近年陆续推出五部著作：《红边漫笔》（华艺出版社 1994 年 10 月版）、《红楼放眼录》（华艺出版社 1995 年 6 月版）、《红楼梦探微》（华艺出版社 1997 年 8 月版）、《梦香情痴读红楼》（山西教育出版社 1998 年 4 月版）和《酒香茶浓说红楼》（山西教育出版社 1998 年 4 月版），约 150 万字，收集整理了他从事红学研究的部分成果。其涉及红学研究领域之宽、层面之多、问题之繁，令人感到这不仅仅是作者个人红学研究的结晶，几近乎当代红学研究的缩影。掩卷深思，无论是作者对小说文本深入浅出地"探微"，还是对当代红学界林林总总的"漫笔"；无论是浏览其将酒香茶浓毫芥细节解读于纸上，还是领略其把梦境情事瞻言见貌于笔端，都使人深深地体味到：他站在了世纪末的学术前沿，对波澜横生的百年红学发展的历程，特别是 20 世纪 80 年代以来的繁荣与发展、喧闹与猎奇的红学界，进行了审慎的理性回顾。当然，既包括他自己走过的脚印，也涵盖了前辈与同仁踏过的路子。这种穿透"红学热"之后冷静的思考，不单是潜心学术的理性的思考，而且带着红学社会活动家的责任感。因此，其视野投向，还饱含着对未来学术走向的追求和期盼。

一

胡文彬先生在红楼梦研究上著述颇丰，实绩显著。当扫视他走过的学术道路时，便会发现其投身学术之初，就参加了新版《红楼梦》的校注工作，"有幸接触到国内已发现的早期脂评抄本和为数极少的程甲本、程乙本，读到了当时所能搜集到的各种有关资料"。① 这种机遇并不是一般学者所能遇到的，而却为他既拓展了研究的视野，又提供了厚实的基础，如后来写作有关考论的著作《列藏本石头记管窥》（上海古籍出版社1987年版）以及论文《读新发现的脂怡本》《关于〈红楼梦〉抄本的几个问题》《论恒文致静泉二函与〈石头记〉原本的流传》等。假如他沿着考据之途走下去，也许比红学界某些人更有机遇和资本，更何况20世纪80年代以来，在考据领域取得学术成就的周汝昌先生，正极力地宣扬和提携一些年轻人朝着这个方向努力，衍生出与《红楼梦》本体并驾齐驱的"曹学""探佚学"。我认为无论是对"曹学"倾注功力，还是将"探佚学"作为一个研究视角，都是直接或间接地对《红楼梦》文本解读或阐释不可或缺的学术基础研究。但当把它抬到一个吓人的高度去误导舆论，就跨过了《红楼梦》研究的"度"，走向了反面。当然任何一种学术风气形成都有一个历史的原因。新红学是自胡适以"考证"方法对旧红学变革而始的，而且产生了像胡适、俞平伯、周汝昌、冯其庸等数位学术大家，取得了重要的实绩，使得这一研究方法大有"独占鳌头"之势。但作为一种研究方法，将其放在整个红学研究领域去审视，就出现一个问题，看我们如何驾驭它，把它放到红学研究的一个什么地位。如何把握了这个"度"，将导致一个人走什么样的学术道路。胡文彬先生将对《红楼梦》版本的校理，以及在此基础之上的考论，都作为自己在更广阔的视野下，更丰厚的学养基础上，更准确地选择自身学识优势的方向，从而展开对《红楼梦》文本矻矻不舍的研究，于是结成这五本专著的学术格局，是以《红楼梦》文本研究为重心。

以《红楼梦》文本为研究的中心，看起来仿佛不是问题的问题。其实不然，只要纵观红学发展史，便知其难，而且难的严重性，几乎成为世纪之交红学界，乃至中国古典小说研究整个学界最强烈的呼声：回归文本。最近白

---

① 胡文彬：《红楼梦探微》，华艺出版社1997年版，第403页。

盾先生推出的一部《红楼梦研究史论》，尽管作者在某些方面带有较多的个人感情色彩，失之于偏激，影响和降低了史评合理的因素，但当我们读后，联系 20 世纪红学的发展历程，不能不由衷地感到作者在"后记"中写下的那一语中的文字是多么深刻：

> 我们的基本论点是：两个世纪以来《红楼梦》研究的是非得失与所以扰扰的症结之所在，乃因为《红楼梦》是小说、是文学作品，却往往不把它当小说、当文学看待，而是把它当成那样与文学、小说不相关的东西，也就治丝益棼，越争越乱，问题也就越来越多，终成了"梦魇"或"红魇"。挽救之道只有一条：那就是"还红楼以红楼"。①

对这个问题，早在 20 世纪 80 年代初期，胡先生就在关于"近年来红学研究述论"中尖锐地指出："有人讲，红学的内容包括'曹学''脂学''版本学''翻译学'等一大串，唯独没有《红楼梦》的研究，既然名曰'红学'，又不包括《红楼梦》本身的研究，这在逻辑上都说不通。'皮之不存，毛将焉附？'没有《红楼梦》，哪里会产生'红学'呢？'红学'与'曹学''脂学''版本学''翻译学''探佚学'，究竟谁包括谁？还是并列？如果是'红学'包括其他诸学，那么讲'红学'，首先应当是对《红楼梦》这部文学作品进行研究，其次才是作家身世生平的研究，而作家的研究又是为正确认识作品服务的。"② 可见他对《红楼梦》研究以文本为中心，早已有自己的清醒认识，并付诸实践。当人们从现实的教训中得出"回归文本"这一共识时，胡先生已将自己的学术成果摆在了世人的面前，显示了一位学者的睿智。

《红楼梦探微》是一部以文本研究为中心的红学专著。这部专著的特点是文本考证，融为一体，你中有我，我中有你，剖析自如，解读深透，不仅知文本意义构成之然，而且还知文本意义构成之所以然，从而通过透视一点，窥视整体，对文本进行了审美判断和评价。以第八章"秦可卿之死初探"为

---

① 白盾主编：《红楼梦研究史论》，天津人民出版社 1997 年版，第 656 页。
② 胡文彬：《红楼放眼录》，华艺出版社 1995 年版，第 261 页。

例,我们知道,《红楼梦》中的女性人物研究难度较大的是秦可卿,其难简单地说是其死之谜,不得其解。此文抓住要害,鞭辟入里,从1902年(光绪二十八年)青山农《红楼梦广义》提出秦可卿本死于缢开始,直到1959年南京发现靖藏本脂批:秦可卿淫丧天香楼,内有"遗簪""更衣"等细节为止,共梳理半个世纪以来五条其死于缢的见解和佐证。转而又分析了早期抄本《石头记》和现存《红楼梦》中的描写,其死均为因病。从而指出曹雪芹"披阅五载,增删五次"的创作过程残留下的一些文字矛盾的现象,但修改后的因病而死要比其死于缢更深刻、更富有思想意义。文章通过分析清楚地勾勒了"所以然",进而又剖析了这个人物在全书中的典型意义有三:一是标志着贾府由盛到衰历史过程的转折点;二是秦可卿出丧是《红楼梦》情节发展的第一高潮;三是引出了王熙凤协理宁国府,使主要人物的性格特点得到深化。行文还每每带出史学独特的眼光,如评析秦可卿给王熙凤托梦中提出的退身之策:"如果将秦可卿的话同清代统治者所颁布的有关法律条文合而观之,就可以明白是符合当时的法律规定的。大清律中规定:凡犯罪抄家之族,其祖茔祭产(包括茔地附近的田庄、房舍等)均不在抄没之列。秦可卿的'定见'恰在这一点上为贾家日后败落下来留了一条维持生计的退路。"① 出文入史,以史鉴文,见解独到。

二

关于文体研究是一个多方位、多层次、多学科的系统工程,任何一位学者或一代人都不会对伟大名著的精神空间做出最终的解读,名著的精神空间总是随着我们不断地解读而不断地拓展。小说的本体是作家用心血凝结成的审美客体,是一个潜在的艺术世界,处于开放的形态之中。只有当我们走进去,使它成为我们审美感知的对象,其艺术生命才鲜活起来。红学研究就是从更高的理性品位和审美层次去研究《红楼梦》的本体。当然,走进名著也

---

① 胡文彬:《红楼梦探微》,第113页。

就留下了自己学术生命的印痕。也就是学术品格、学术个性。这五本著作对《红楼梦》文本研究的一个总的特点，便是整体性思维。散为万珠，聚则一贯。特别是那些小到信手拈来的千字文，洋洋洒洒数百篇，但当它们有机地组合到一起的时候，就会出现举小以贯大、推末以至本的整体性艺术效果。具体地讲：

（一）以文本为根，贯通考论，融为一体

这几部著作，几乎每部都有考论的内容，《红楼梦探微》从第十三章专设了"考论篇"：红学历史形成及其研究；程高本《红楼梦》初论；《红楼梦》后四十回探微。"版本篇"：《红楼梦》抄本蠡测，己卯本《石头记》残卷钩沉等。《红边漫笔》关于《程甲本："全璧"之功永不可磨》《〈红楼梦〉"原始作者"考论》。《酒香茶浓说红楼》中关于曹寅的酒茶诗话16则；关于敦敏、程伟元等人的酒茶诗话24则，占全书的三分之一。《梦香情痴读红楼》一书有"红楼外篇"和"红楼杂篇"，约占全书的二分之一强。考论性质的内容占如此大的比重，当我们读后，为什么没有考据烦琐枯燥之感，其中一个重要的原因，就是考论性质的内容的枝枝叶叶都长在了《红楼梦》文本这株大树上了。既有别于零零碎碎、牵强附会、猜谜式的考证，又不同于抓住一星半点的史料，穷其精力，汰伪存真的考据。因为只见枝叶，不见树木，用力虽勤，但毕竟无关宏旨。倘若将考论内容为文本的阐释服务，那将别开生面。

《红楼梦探微》第十二章"曹雪芹与绘画艺术"，作者从曹雪芹同时代相熟的朋友敦敏、敦诚、张宜泉和脂砚斋等人的诗文中，考证了曹雪芹的绘画才能最原始的根据和证明，就使我们更深入地解读了《红楼梦》中的一些情节和曹雪芹艺术构思的匠心所在。（1）借书画布置环境，表现贾府的豪华与骄奢淫逸。小说开篇第三回写黛玉进府所见景象……（2）信手拈来，随文而设。在《红楼梦》中，曹雪芹是大展画才，办了一次古代书画展览。例如第三十七回写到"真卿墨迹"，第四十回又写到"米襄阳《烟雨图》"，第五十回写到"仇十洲《双艳图》……（3）以文绘画……（4）诗中有画……"以及《红楼梦》人物对绘画技艺具体、细致的评论。这一章很能代表作者将考论的"死"材料,还原到《红楼梦》的情节和人物性格之中,使其"活"起来,成为解读或阐释文本的有机素材。这不仅是一种研究方法,而且更是一种思维方式。也就是将硬结的考证资料与鲜活的小说情节、人物都统摄到一个有机的整体之中,产生的整体效应大于其统摄的各个部分相加之和。不仅能够透视《红楼梦》本体艺术空间,而且还洞悉了曹雪芹创造这个艺术空间的家学及民族文化的渊源,从而更清楚地了解到"绘画的才能、知识、修养只不过是他的全部艺术修养的一部分,但仅从一个'善画'侧面,也可以看出一个成功的作家要写出一部盛久不衰的脍炙人口的作品所需要的基本修养。就此一点来说,《红楼梦》所提供的写作经验是多么宝贵,多么值得当代或后世的小说家们认真总结和学习"。可见,这种研究方法和思维方式,是将一切有价值的考证素材有机地融合到《红楼梦》文本之中,调动它全部因素的活性剂,激活一片生命的境遇,使读者对《红楼梦》的审美感知升华到一个高层次,获得更深刻的审美意识和艺术理解。不仅打破了传统做法上将考证和文本艺术分析各自封闭和孤立的态势,而且扩大了研究领域的张力,无疑是一种好的方式。

因此,回归文本,并不是从研究方法上简单地划分什么是《红楼梦》本体的研究,什么是考证的研究,而应当从思维方式上,将一切研究都纳入以文本研究为中心的整体思维之中。具体到每一位红学家究竟选择什么视角,调动什么知识,发挥什么优势,那倒是一个研究方法的问题。

(二)微观研究具有推末至本之功

整体性思维要求,即使研究极小的若干要素,也不能脱离所处的特定范围和形态特征,来推断事物的整体性质。当前古典文学研究中有一种倾向十分值得注意:就是热衷于采用文化视角研究《红楼梦》等古代文学作品,抓住其中一点,孤立开来,生发开去,口似悬河地大讲中华文化。结果离文本研究越走越远,甚至连边都沾不上。采用文化视角研究《红楼梦》是因其性质决定的,正如周汝昌先生所言:"因为曹雪芹的《红楼梦》是中华大文化的代表著作之一,其范围层次远远超越了文学的区域。"① 但应该强调一下,无论《红楼梦》蕴含么丰富的中华文化,即使称之"百科全书"也好,它都是通过文学形态体现出来的。只有立足于文本文学形态的分析或解读,才能求索文本形态的文化意义。也就是通过对作品中具体的人物和事情的渗透、支配和制约而获得自己的规定性。因而,文化基因有雅有俗;有优有劣;有的偏重官僚文化,有的则偏重民间文化;有的展示典籍文化,有的则弥漫神秘文化。总之,文化的层次、形态和特征各不相同,纷彩奇异,不能统而概之。否则,就会滑入泛文化的泥坑,什么都是文化,什么文化特点也没有。胡先生这几部著作的一个显著特点也是采用的文化视角,如"《红楼梦》与中国药膳文化"、"《红楼梦》与中国传统饮食文化",以及《红楼梦》中的神秘文化、琴文化、绘画文化、俗文化等,构成他这几部著作的重头内容。这固然与他是学历史出身的,发挥学术优势所在,善于追踪明清文化思潮,无不关系,但笔者认为最重要的是他的文化视角的研究方法、研究思维。如《红楼梦》中的"论琴"艺术。《红楼梦》中"论琴"的细节只有五六处,而且文字不多,只谈到了"琴谱""琴曲""琴材""指法""听琴"等,但作者透过细节的分析向读者展示出:

> 琴、棋、书、画是高雅的艺术,也是一种文化。自古至今,作为一种高雅的艺术,琴可以陶冶人们的情操;而作为一种文化,它又长传不息,世代相继。《红楼梦》是中国古代文化艺术的集大成者,它把琴棋书画写入小说中是非常自然的事,这叫"顺理成章"。通过"论琴",我们看到:(1)丰富了小说的故事情节,反映了生活的真实性,并且通过这种描写深化了《红楼梦》的悲剧主题。(2)丰富了小说人物的形象和个性。从"论琴"中,我们看到林黛玉、妙玉等人物的知识、修养、志趣,也写出了黛玉的悲剧性格。因此,《红楼梦》中的双玉"论琴",同宝钗"论画"、妙玉"论茶"、妙玉与惜春的"论棋",具有同等的审美价值。②

---

① 周汝昌:《还"红学"以学》,《新华文摘》1995年第9期。
② 胡文彬:《红边漫笔》,华艺出版社1994年版,第66页。

文化视角研究《红楼梦》是从宏观上解读其文本的一种好的研究方法。文化对研究对象来讲，好像人身体中的血液，流贯周身，既不能去掉，也不能增添。应如同上面胡先生对《红楼梦》中的琴艺术的分析，需要中肯、精到而实在。而目前有些人将小说文本中挖出的细节当作引子，生发开去，大谈文化，就违背了这种研究方法的基本准则。整体之中的部分只有纳入有机的系统之中，才能表现出它的那个部分的意义。如果一旦离开整体，也就失去了其所具备的意义。例如，从《红楼梦》写酒的细节和人物的酒态，写到了曹雪芹的酒话，其爷爷曹寅，好友敦敏、敦诚等的诗酒逸事，且不说文笔活泼，妙趣横生，知识典故、风土民情，随文而出，为读者喜闻乐见，单就整体立意的构思，便使你感受到：无论是梦文化、酒文化、茶文化，凡此种种构成的中华文化，都是由历史沿传下来的，体现中国人的行为模式、思想品质、伦理道德、审美情趣和语言特色，构成了全民族的文化认同，文化意向，且代代相传，辈辈相袭，其生命力就是传统文化的内蕴。

（三）散篇零章出自气脉一贯的理论思考和审美激情

《梦香情痴读红楼》《酒香茶浓说红楼》这两部著作有一个共同的特征，都是"短文"。诚如作者所言："各篇短文，都是'信手拈来'的小题目，即兴而写，一气呵成。"当笔者读完这几百篇的短文，不由得想到了钱锺书先生的一段话：

> 在考究中国古代美学的过程里，我们的注意力常给名牌的理论著作垄断了。当然，《乐记》、《诗品》、文话、画说、曲论以及无数挂出幌子来讨论文艺的书信、序跋等等是研究的中心；同时，我们得坦白地承认，大量这类文献的研究并无相应的大量收获。好多是陈言加空话，只能算作者表了个态，对理论没有什么实质性贡献。倒是诗、词、笔记里，小说、戏曲里，乃至谣谚和训诂里，往往无意中三言两语，说出了益人神智的精湛见解，含蕴着很新鲜的艺术理论，值得我们重视和表彰。也许有人说，这些鸡零狗碎的小东西不成气候，而且只是孤立的、自发的见

解，够不上系统的、自觉性的理论。不过，正因为零星琐碎的东西易被忽视和遗忘，就愈需要收拾和爱惜；自发的简单见解正是自觉的周密的理论的根本。①

构建理论体系，铺排鸿篇巨制固然可贵，但正如钱先生所言，有相当多的这类著作"并无相应的大量收获"。时下学术界不断有才子们推出新名词叠床架屋、新体系眼花缭乱的大作，当喧闹一通之后，究竟有多少值得回味的收益。这种现象，即使在红学界也不乏其人，钩沉几条史料，捕捉几点本事，抓住点文本细节，便索隐钩沉、猜测推想、穿凿附会地大搞什么这个"学"，那个"学"。当穿透迷雾，冷却喧闹，还剩下多少真理的颗粒，合理的内涵？

相形之下，胡先生历三十年红学研究的历程，焚膏继晷，孜孜矻矻，笔耕不辍，积年累月，在专题专论的写作之余，挥洒出这数百篇点点滴滴的真知灼见，的确让人开卷有益，掩卷回味。如果认识这些散篇零章的价值，那么一是要和其人的学术思想、学术道路联系起来，整体观照；另一是将这些"短文"贯穿起来，找出聚则一贯的理论见解和学术建树。这才能体味到其中"往往无意中三言两语，说出了益人神智的精湛见解，含蕴着很新鲜的艺术理论"。仅以《梦香情痴读红楼》的写作思路为例，其"红楼内篇"，举凡典章物件、俚言歌谣、占卜玩艺、趣闻诗话等，大都是从内向外这条思想扩展开来，去披露特定历史环境下的人们的情绪、心态和风貌，去勾勒历史社会的礼仪、风俗和制度，去推见文学作品特有的非理性的历史的精神、氛围和灵魂。其"红楼外篇"大都围绕着《红楼梦》本体去挖掘史料、诗词、逸闻等，从外向内渗透和开掘。这也许是作者用"红楼内篇"和"红楼外篇"作为栏目的用意所在，不管"红楼内篇""红楼外篇"，还是"红楼杂篇"，都遵循着一个艺术原则：以小见大。小物件透视大背景，小事情反映大内容，小细节表现大主题，这不是形式，是研究艺术感知的穿透力，写作功底的深厚和文史学养的综合表现。

---

① 钱锺书：《旧文四篇》，上海古籍出版社 1978 年版，第 26 页。

那带有学术内容的短文,大都是有深厚的知识底蕴,对某一领域的研究,倾注于长篇论著之后,犹嫌未足。特别是锐意搜寻,"踏破铁鞋无觅处"之时,偶然发现,惊喜之余,将"自发的简单见解",不得不发,于是挥笔而就,呵成短文数则。日积月累,集腋成裘。《梦香情痴读红楼》一书的后记中,胡先生就叙说这样的创作体会:"从春寒料峭的三月开始动笔,到酷热难耐的夏日,我一边写《红楼梦与清代文化》的书稿,一边又穿插写这些读《红楼梦》的短文。两种内容不同的文章交叉写作,既是一种精神上的'调剂',又是充分利用零碎时间的好办法。到了七月底八月初,计算一下竟有了40余万字,着实吃了一惊。"其实,从深层讲二者之间的内在联系,则是对某一学术专题进行研究,并取得成果的过程。胡先生关于程高本及程伟元、高鹗的研究在学术界取得了领先的地位,已发表了如下论著:

《高鹗诗文集》(与周雷合编),百花文艺出版社 1984 年 9 月版;

《谈程高本〈红楼梦〉的篡改及其目的》,载《理论学习》1978 年第 3 期;

《辽宁新发现程伟元绘"双松并茂图"》,载《红楼梦研究集刊》第七集,1981 年 10 月;

《高鹗手抄"唐·陆鲁望"诗稿》《程甲本、程乙本与程本系统》,载《红楼梦学刊》1991 年第二辑。

将这些论著与《梦香情痴读红楼》中"红楼外篇"有关程伟元、李煦等 20 则短文比照来读,那"自觉的周密的理论"不言而明。当然,保留在这些短文中那些资料就更珍贵了。

数百篇的短文题目全部是七字句三字尾,除却部分是借用、点化古人的诗词原句而外,其余都是作者精心提炼的,务使其秀美,读起来,朗朗上口。这点睛之笔虽只是全书的"一景",但也可以看出作者的审美激情倾注在文字上。研究的评论文章无论是长还是短,富有审美激情是我们民族的文化之长,鸿篇巨制如刘勰的《文心雕龙》,那骈散相间,对偶排比,辞藻华丽的句式,论文析理,至今令人读罢余香绕口;现代学者何其芳、蒋和森用充满诗意的语言写下的评红论著,倍添魅力,令人爱不释手。这都说明文学艺术评论文章的写作需要审美激情,应当是感性与理性的结合,是感性冲动下的理性演绎；应当是作者主体在文章写作中显示出个性，透视出独特的心灵感受和审美感情，否则也就失去了艺术的魅力。

三

关于红学的研究和发展的述论与述评，也构成了其著作的一个重要内容，并集中在《红楼放眼录》中。红学同历史上一切文学运动一样，都是在矛盾和斗争中发展的，凡是有作为的学者都是一手在创作或理论上颇多建树，一手又同文坛上形形色色的思潮或弊端展开斗争。既要坚持"百家争鸣，百花齐放"的方针，又要反对门户偏见、文坛霸气等劣风。因而他提出："红楼不废百家言。"

对待学术要有宽容的精神，收入《红边漫笔》为十几位作者所作的序跋都体现了他这一贯的主张。如为《红楼解梦》作序没有流露一句苟同作者观点的言辞，但他还是对作者"拘泥成说，刻苦钻研的态度"表示了由衷的钦佩；为他们研究成果的问世表示了欢迎，并为之序。在红学界提倡宽容的精神是极有现实意义的，那些是是非非、冷嘲热讽、互相攻讦、恩恩怨怨，势同水火，更有甚者，高呼打假，诉诸法庭，闹得红学界沸沸扬扬，有害于创造良好的学术环境。鉴于红学界这种不正之风，他特意在《红边漫笔》"怀念篇"记述了几位学人长者的大家风范，特别是宽容的精神。革命老前辈宋振庭先生自称与胡文彬是"忘年之交"，在《红楼梦探微》序中说："他们每有新的成绩，我都为之兴奋、鼓舞。因为我知道，在学问一道上，要靠这一辈人的努力，我只配做个'啦啦队'了。"[1] 真是礼贤后生，虚怀若谷。凡是具有宽容精神的学者总是奖掖青年，提携后进，正如作者追叙另一位大师的风范："吴世昌先生是我在红学研究的道路上认识最早、给我教诲最多、支持最大的老前辈之一。记得，从1972年初我第一次去拜访吴世老到今天，我们相识已有整整十四个年头了。……在学术研究中所取得的每一点微小的进步，

---

[1] 胡文彬：《红楼放眼录》，第194页。

吴世老都予以热情的鼓励。为此，我是永远铭记在心的。"① 正是从老一代学者身上汲取了这种优良的品质，因此，他总是倡导："一部红楼百家言。"并为此专门有一章论述了红学研究与百家争鸣的问题，即（1）红学研究必须提倡"百家争鸣"；（2）近年来红学研究中的"争鸣"；（3）对红学"争鸣"中的问题的几点看法。

红学界的"霸气"主义早已引起许多人的不满，胡先生指出：他们"只准别人附和，不准另有异议，缺乏学术上的民主作风，大搞红学界内的'霸气'主义，结果是谁也压服不了谁。相反扩大了矛盾，加深了隔阂，从学术之争发展到不正常的人事之争。还有的人为了建立自己的权威，横扫一切，全盘否定别人的研究成果，以为自己最革命最正确。凡此种种，由来已久，至今尚有余风"②。历史上像这样"风"刮得最典型的莫不过北宋古文运动后期。王安石当政废除诗赋取士而试经义，并把自己主持编写的《三经新义》，以及他那部《字说》作为学校教材，致使文坛一度沉寂冷落。苏东坡继承欧阳修为端正文风而斗争的传统，对王氏的新学的危害进行了深刻的剖析和尖锐的批评：

> 文字之衰，未有如今日者也，其源实出于王氏。王氏之文，未必不善也，而患在于好使人同己。自孔子不能使人同颜渊之仁，子路之勇，不能以相移，而王氏欲以其学同天下。地之美者，同于生物，不同于所生；惟荒瘠斥卤之地，弥望皆黄茅白苇，此则王氏之同也。③

造成天下"程式文字，千人一律"的局面虽然根源于王安石，但未必是其本意，然而在北宋末年又被野心家利用，文坛学术之争终于演变为互相倾轧，专制横行，霸气十足。特别值得一提的是苏东坡为匡正文风，敢于力排时俗，直言相争，但并不由此贬低王安石，反而明确指出："王氏之文，未必

---

① 胡文彬：《红边漫笔》，第111页。
② 胡文彬：《红楼放眼录》，第194页。
③ 苏轼：《苏东坡集》卷三十，商务印书馆1930年版。

不善也。"王安石也并没有因苏东坡的批评而引起彼此之间意见抵牾,从而构怨积恨,导致人与人之间关系的恶化。相反,在苏东坡落难时,爱才心切,胸无芥蒂,出于公心,相助于危。而当王安石罢相后,苏东坡路过江宁,拜访王安石,两人聚会金陵,同游蒋山,流连累日,唱和诗文,倾注友情。古代有苏东坡、王安石如此高尚的人品,近代有蔡元培和胡适的红学相争,但彼此推崇,共创新文化。从古至今学术之争是必然的,讲究人品的高尚也是一贯的。所以红学界特别应当"提倡理解和宽容,对人要理解、要宽容,对学术也应该如此"。这是胡先生在其著作中多次讲述此问题的良苦用心吧!

胡文彬先生推出的五部红学研究著作,只是他要问世的学术著作的一部分,为红学界"一部红楼百家言"的大花园又增添了几朵鲜花,这不仅是他个人的幸事,也是世纪之交中国红学界的幸事。

原载南京师范大学《文教资料》1999 年第 1 期,收入胡文彬著《梦里梦外红楼缘》,中国书店 2000 年版

《红楼梦》文化研究的学术扫描和界说

《红楼梦》文化研究从20世纪80年代以来，在国内外文化热潮的推涌下，已走过20多年的历程。作为一种新的学术视角，在一种多维度、多层次的整体观照中揭示文学的深层内涵，来透视文学表层中内含的文化因素，无疑开拓了文学审美意识形态的深度和广度。但不可忽视的是出现了一种《红楼梦》研究的泛文化倾向，有的一说到文化，便大而无当，超越文本所提供的文化空间；有的以文化为出发点和落脚点，其研究的思路是文化—文学—文化，文学只不过是个由头而已；有的是重新给"考证"和"索引"贴上文化的标签。《红楼梦》文化研究这种现象已经引起人们的反思，当然，反思只有在学术扫描和理论界说中，才能逐步走向学理的成熟和厚实。对《红楼梦》文化研究进行学术扫描和理论界定，需要采用历时性和共时性两种手段，前者是考察20年来《红楼梦》文化研究的基本状态，后者是遴选几部学术方法具有代表性的著作进行界定。

一

《红楼梦》文化研究早在20纪二三十年代就有散篇零章，涉及地域文化、民俗文化、民族文化和性文化等许多问题，但没有形成明确的学术意识，后来中断了，直到20纪80年代在讨论中国文化热潮中，才鲜明地倡导《红楼梦》文化研究。最早推出《红楼梦》文化研究专著的是周汝昌。他的《红楼梦与中华文化》是80年代末的代表作，这部作品不是具象的微观的零散的文化研究，而是从宏观上强调了《红楼梦》文化研究的三个特点：一是曹雪芹是中华文化的杰出人才。他说："他是一个惊人的天才，在他身上，仪态万方地体现了我们中华文化的光彩和境界。"二是"红学"是文化学。"'红学'所要涉及的众多问题，只有将它在文化史上的来龙去脉弄清楚，才能谈得到分析评议。"三是《红楼梦》是中华民族的一部文化小说。他认为明清小说，"没有哪一种能够像《红楼梦》具有如此惊人广博而深厚的文化内涵的了"；"汉学中出现了三大显学：一曰'甲骨学'，二曰'敦煌学'，三曰'红学'"。在百年"红学"史上是周汝昌先生把"红学"与文化提到如此高度，进行了全面的概述。

《红楼梦与中华文化》另一鲜明特色是提出作品结构论，对曹雪芹民族文化心理与《红楼梦》审美格局同构的探源和实证。作者说：一部《石头记》，"'三春'和'三秋'是全书大关目，这就是大对称。节序的春与秋之对称，是文之相；贾府的盛与衰之对称，是事之质。……一共写了三次过元宵节，三次过中秋节的正面特写的场面。这六节，构成全书的重大关目，也构成了一个奇特的大对称法"。中国传统文化讲求整体性。"三春""三秋"的结构"章法"隐喻了《红楼梦》整体生命形态的促动；"君子之泽，五世而斩"，本身就具有文化意义和隐喻功能的构成。这种整体性叙事思维，建构了《红楼梦》故事叙事之网，是对传统小说线性描述的解构。因为利用文本中的痕迹和线条，寻找文本和作家之间的那种无法确定的感受，是无法涵盖《红楼梦》叙事结构所蕴含的巨大底蕴的。因此，"三春""三秋"的结构"章法"对《红楼梦》这种文化空间的文化密码的解读，具有意象思维的优势。

但通读全书却感到作者文化视野过于高远，高远得大有替换文学的架势，什么"红学是文化学""《红楼梦》是中华民族的一部文化小说"，文化与文学的区别在其阐述中被忽视、被模糊，直接导致这部著作泛文化的议论倾向。也可能如作者所言"思力不能真正集中于一义一事"，"行文草草"，因此，上编、中编"是以温故为主"，"唯有下编，或者够得上一个探新的名义"。可知作者的自谦中确实道出了学术上的准备不足，除了下编作品结构论而外，其余泛泛而论，缺乏对《红楼梦》文化内涵的实实在在的开掘，尚未起到大师级的学者肩起探索的闸门，为《红楼梦》文化研究注入活水之作用。

二

中国学术史上常常出现这样的现象，热潮当中趋之若鹜者多见，而甘心坐冷板凳呕心沥血地为之者、勇于拓荒艰辛跋涉者少见。文化"热"虽然在20世纪90年代以后渐渐平静下来，但事实上，学理的探讨往往是在沉寂中走向深沉。因为《红楼梦》文化研究20多年的潮起潮落，造就的文化环境和理论的准备，为一批有才气有实力的学者的涌现提供了平台。2005年，《红楼梦》文化研究出现了一部代表性的著作——成穷的《从红楼梦看中国文化》。这部著作对《红楼梦》研究的思维方法进行了反思，也可以说是学术扫描和理论界说。不管你对作者的观点认可与否，但它反映出学术界对文化研究有了自觉的学术方法的选择。这是《红楼梦》文化研究阶段性深化的表征，也是不同于90年代《红楼梦》文化研究的一个新的起点。

因为每个学者审视问题的文化维度不同，所以必然有自己的研究路数和对问题切入点的选择。成穷认为以往研究《红楼梦》的路数有三种：一是"外在化"的研究倾向。"迄今为止的'红学'研究大抵还在作品的外部兜圈子。'索引派'和'考证派'所做工作的性质颇类'侦探'和'考古'。他们在作品之外探索，或寻找与作为古人的'他人'有关的蛛丝马迹，或寻找与作为古人的'作者'有关的事实材料。他们翻遍了几乎所有的档案和资料，可就是对作品本身不做触动。作品文本的精神和意义，对他们来说基本上仍是一个封存完好的密室。他们在这密室外用学问之锤敲敲打打，用考据之锄挖挖刨刨，长期都在为打开这密室做准备，可就是不想亲自动手去打开这密室并走进去窥其堂奥。"① 二是"社会学"一派。"由于一开始就把《红楼梦》当作所持理论的一种佐证，因而除了在作品中寻找印证其理论的有关社会事实外，对作品本身并无真正的兴趣。后来，当此种倾向发展到仅把《红楼梦》

---

①成穷：《从〈红楼梦〉看中国文化》，云南人民出版社2005年版，第122页。

当作单纯政治工具来使用的时候，作品与该派及其研究方法的外在性质便暴露无遗了。"① 三是"美文学"一派。"所从事的主要是对作品主题、人物、性格、语言、情节、结构等方面的具体解释，并且这种解释多半是通过流俗的艺术理论进行的。该派对作品本身的内在精神特别是从此种精神中透视出来的文化精神缺乏明确的意识和深入领会。"② 对以往《红楼梦》研究路数的缺陷，成穷看得十分真切，甚至评价得几近刻薄，但他还是强调对《红楼梦》文本的文化研究。"本来，它们的所有工作都是为了接近、敞开并进入作品的内在精神之中，但当它们在打通通向作品的路径的时候，却忘记了这一根本任务而留连中途。如果永远只满足于外部的清扫工作而不登堂入室，那么，此种工作做得越多，耽搁的时间越久，对作品本身的遗忘就会越深。"③

正是基于上述的认识，他对自己研究的定位，在"题记"中作了直白的概括："以《红楼梦》为话头，对中国古代的精神气质与国人的生存状态做了深度的解读。"并在其著作的"下篇"分了十个题目，都是从《红楼梦》中选择一个视角展开论述，最后落脚在中国文化上。以《存在的焦虑与呼唤——〈葬花词〉与中国文人的伤时》为例，全文写了5小节：（1）《葬花词》是黛玉的象征；（2）《葬花词》核心意象是"飘落"；（3）《葬花词》倾吐出存在的焦虑；（4）伤时是中国文化的一个普遍现象；（5）黛玉的生存处境就是中国文人的生存处境。尽管每节用一句话概括太简略，但大体可以勾勒出全文的思路。不可否认他的解读很多地方的确鞭辟入里，发人深省。在文化广阔的背景和视野中来审视黛玉的心灵和性格，理应跃到一个不乏感性、又具理性的更高的审美境界中。可事实上其解读的整个过程，《红楼梦》是"话头"，其阐释的归宿点是"中国文化"。用哲学家的角度看问题，如此解读也许恰到好处。而从文学的角度审视，就越过了文本所提供的文化空间，漫游在哲思的天地里，文学的审美功能被弱化了，文学只是进行文化哲理阐释的一个载体而已。如何把握文本文化空间的界限？即文本的某一具体形态的文

---

① 成穷：《从〈红楼梦〉看中国文化》，第122页。
② 成穷：《从〈红楼梦〉看中国文化》，第123页。
③ 成穷：《从〈红楼梦〉看中国文化》，第125页。

化内涵到底是什么文化范畴？在这一范畴中文化空间的张力到底有多大？这就触及每一位学者的研究路数和对问题的切入点。

文化研究的范围很大，而文学的文化研究只是文化研究的一个层面，不能大而无当。仿佛文化是一只筐，什么东西都能装，其结果必然走向泛文化。我认为这是《红楼梦》文化研究中值得深思和探讨的一个课题。

三

文化研究中出现泛文化的倾向，其实许多问题都是值得我们思考的。如：文化空间的界限如何把握？文化空间的张力以什么为制约机制？文化研究中如何体现和保持文学的审美性？

解读在本质上是一种意义的创造，没有止境。尽管每一位学者都会用自己独特的视角去解读，然而学术的创造总是沿着"新故相资而新其故"的道路前进。《红楼梦》文化研究又一个十年过去了，2005年出现了又一部代表这一阶段研究成果的著作，即胡文彬的《红楼梦与中国文化论稿》。他在"《红楼梦》文化解读在红学研究中的地位"一节中，谈到自己对这一问题的思考："我开始思索过去十多年间自己走过的研究道路，总结自己的人生经验教训，同时也开始思索过去十年间红学研究中感到困惑的一些学术问题。寻找其症结，也在寻找解开这些症结的方法。想为自己的继续研究和前进找到一个最佳的途径。"[①] 作者虽然没有具体地讲，但我们可以从全书的结构和论述中反观其解读的路数，都没有绕开文学审美性这个根本的问题。

其一，《红楼梦》文本所蕴含的文化形态是作者文化思维的体现和物化，表现为两个层面：一是作者潜在的审美思维定式对中国文化的认知和选择；另一方面是作品文本对中国文化的多层次、多类型的显现。前者抽象，后者具象。因而，对《红楼梦》文本文化形态的研究，应从后者研究入手，归纳和梳理出不同的文化形态的范畴，这是对研究对象的内涵恰当的概括和外延

---

① 胡文彬：《红楼梦与中国文化论稿》，中国书店2005年版，第18页。

明确的切入，也就是对文化对象的定性。只有这样，才能渐进到前者，才能把握前者。《红楼梦与中国文化论稿》分为21章，如"诗性文化""戏曲文化""绘画文化""园林文化""医药文化""饮食文化"，等等。虽然在具体切分文化形态时，容易出现重合和交叉之处，譬如民俗文化中包含"避讳文化""梦文化""姓名文化"等；"礼文化"与"官制文化""家族文化""服饰文化"交叉，但毕竟以开创之功勾勒了《红楼梦》文本文化的基本形态。因为对文化范畴的切分，把握了文化研究的定性，才在《红楼梦》文化研究中既避免了大而无当的泛论，又节制了过度的诠释。

其二，《红楼梦》的文化性的本体属性都是润物无声地伴随、贯穿、体现在文学具体形态之中，在每一个范畴内只有将体现这一文化形态的情节和细节都勾勒出来，才能条分缕析，提升概括。《红楼梦与中国文化论稿》的特点之一，就是全面而细致地扫描和归纳了《红楼梦》具体的文化形态。以"《红楼梦》与中国戏曲文化"一章为例。一是检索了《红楼梦》全书写到戏曲词语条目80余条，并在此章附有《红楼梦》戏曲剧目一览表，可以说囊括了文本中有关戏曲文化的描述。二是细分了表现戏曲文化的具体类型：（1）买优伶，养戏班；（2）点戏看戏；（3）论戏曲。三是选择了对《红楼梦》影响最大的《西厢记》进行个案分析。"我略加统计《红楼梦》中提及《西厢记》书名、人名、诗词名句，竟达20余处。其中第23回、第26回、第35回、第36回、第40回、第51回、第54回，尤为突出。"[①] 这样，所扫描的文化现象、把握的文化层面与《红楼梦》某一范畴的文化空间基本相合。文化研究也要从微观做起，从定性、定量入手，渐进界定文化形态的范畴，直到宏观上把握《红楼梦》文本文化的整体面貌。

其三，在定性和定量两个限定范围内进行自己的解读，从而对《红楼梦》的每一个文化范畴的特点进行了简括和升华，这就是所谓的定位，并具有如下特征：（1）对文化空间的把握都是以文学形象的内蕴为基础的；（2）文化内涵的特征与人物的性格、地位、教养都是丝丝入扣的；（3）文化具体形态

---

① 胡文彬：《红楼梦与中国文化论稿》，第83页。

与审美叙事结构都是呈互动互补的关系。《红楼梦与中国文化论稿》每一章都概括出《红楼梦》文本的其中一个文化范畴的特点。如"《红楼梦》中戏曲描写及其特点","《红楼梦》民俗描写的特点","《红楼梦》服饰的描写与特点",等等。

上述几点解读方法和研究路数,是《红楼梦》文化研究中一种十分可取的方法,也是《红楼梦》研究史上的重要课题。

四

在《红楼梦》文化研究中,为什么要特别强调文化范畴的界定呢?

其一,文化范畴的界定是对《红楼梦》文化形态认识和阐释的基本前提。

文化的范畴广大而多样,凡是有关人的生活和事物,都有文化的存在。文学所创造的人物形象、社会图景同现实生活一样,虽然处处折射出文化现象,但都是在具体的文化范畴中。《红楼梦》文化研究首要的任务是确定文化的范畴。范畴就是我们说的"种",什么种开什么花,什么种结什么瓜,"种"是在范畴化过程中形成的。范畴化是以个别事物为基础,并根据个别事物建立起的,进而根据个别事物"种"的本质把某物纳入此范畴或彼范畴。对"种"的认识,就是探源什么"基因"决定了"种"的性质。换句话就是文化空间的张力的制约机制。同理,我们对《红楼梦》文化形态的认识,正是探寻在其身上存在这样或那样的中国文化的"基因"。只不过这种基因是长在《红楼梦》文本身上,渗透在艺术生命之中,而不仅仅是什么"话头",借此去诠释中国文化,那样往往超越了文化空间的张力的制约。因此说,对文化形态范畴的切分和把握,其实是对不同的文化范畴意义的认识,是对《红楼梦》文化认识和阐释的基本前提。

文化有一定的空间边界,有其特定的范畴。无论《红楼梦》具有何等广博而深厚的文化内涵,也是在一个具体的历史的文化空间,对其的认知也需建立在文化范畴的基础之上。文化范畴在《红楼梦》文化空间中形成诸多不同的文化形态,并以此界定了《红楼梦》文本的种种文化特征,以不同文化范畴的性质区别不同的文化空间。因为文化范畴的差异,首先反映在人们空间和时间观念里。《红楼梦》中涉及的汉族文化与满族文化、南方文化与北方文化、中国文化与西洋文化之类,属于空间文化范畴;官制文化、奴婢文化、服饰文化等,又多涉及时间文化范畴。不同文化中的优势因素被主流文化所吸收,主流文化得以成为诸文化体的"共同文化",也就是一种以传统文化为主流文化的新的优势文化。这样才能涵盖《红楼梦》文本不同范畴的文化形态的特点,扫描不同范畴下文化形态的基本面貌,即层面的深浅,范围的大小,时间的长短,诸如此类。

其二,文化范畴的空间张力的制约机制是以文学内蕴为基础的。

文学所能透视或折射出的文化空间,是以人的生命为核心,以人的活动来展现的。哪怕一个酒杯、一味中药、一道菜肴,离开了人的生命存在就没有了文化意味。"一个真正的艺术品,它的叙事的每一点都是一个完整的结构中蕴含着特殊意味的一点,它所蕴含的意味、意义或哲学,都最终在结构的完整性中获得说明。"① 一部作品的文化意味,主要也是从结构设置、性格能量和意象功能上得以体现的。同一文化形态在不同的时间、不同的地域、不同的人物身上所表现的层面、深度和范围大小也是不一样的。对文化形态的扫描和切分,不仅要从纵的方面,而且要从横的方面,立足于《红楼梦》文本具体的描述,求其纵横"相合"。比如结构要素大到整体框架,小到不同的层面、段落。无论大小,笔锋所致,作者对人生、社会的真实描绘和哲学思考,都会渗透其中。但随着结构的大小,其显露的文化空间亦不尽相同。文化空间的大小并不仅仅取决于叙事文字的多少,而更主要的是取决于人物性格在叙事结构中的位置和长度,以及性格能量对结构的作用。王熙凤性格结构是《红楼梦》整体结构中重要的叙事线索和主要的叙事成分,即使她的一句话,外射的能量有时也会在整个结构中产生贯穿或拓展效应。第五十回小姐们在芦雪庭联诗,凤姐凑了一句:"一夜北风紧。"对此王朝闻先生分析:"它不只是对自然现象的一种描写,也是人物特定心情的自然流露。这'一夜

---

① 杨义:《中国叙事学》,人民出版社1997年版,第41页。

北风紧'的'紧'字,仿佛是凤姐对于贾府形势的概括,或者说是凤姐不自觉地对贾府形势所引起的不安情绪的流露。"① 第五十五回凤姐向平儿发牢骚:"你知道我这几年生了多少省俭的法子,一家子大约也没个背地里不恨我的。我如今也是'骑上老虎'了……家里出去的多,进来的少,凡有大小事儿,仍是照着老祖宗手里的规矩,却一年进的产业,又不及先时多……若不趁早儿料理省俭之计,再几年就都赔尽了。"可见,这五个字所展示的文化空间却是一位贾府"当家人"的潜在的思绪,随着贾府经济日见拮据,愈发显示出这句诗的穿透力。性格能量又体现在圆形人物、扁形人物和尖形人物的功能上;意象又有深浅、大小、强弱之分。这就是说具体到结构的某一点、性格的某一面、意象的某一处所表现的文化空间,其张力都存在着大大小小、形形色色的区别,因此,文化空间的张力始终是以文学的内蕴为基础的。如何把握文学文本文化的张力场,便成为我们认识和研究的关键所在,也就成为《红楼梦》文化研究的一个核心问题。

其三,《红楼梦》文化形态有助于文学的审美性的升华。

宁宗一曾说:"一个时期以来,我常常感到批评的文学性和文学性的批评正受到有意无意地斫伤,文学研究在被泛化着,泛化成无边无际'文化'或者别的什么。我想那最终导致的必然是对文学审美性的消解。"② 文化研究是大课题,《红楼梦》文化研究是大课题下所进行的"美的观照",它不但不应对文学审美性消解,而且文化形态的充分展示还有助于文学的审美性的升华。"文学史任何经受住时间检验的作品,都是艺术杰构,无不是某一种文化的象征,只不过《红楼梦》的档次更高,不仅代表了中国的传统文化,而且是中国传统文化的一个宝库。"③ 当代红学研究一个显著的特征是《红楼梦》文化研究,近20多年来出版的专著与论文与过去相比,不可同日而语。好的范本会给《红楼梦》文化研究带来正面效应,而偏颇倾向则会带来负面效应,也会将其引入"误区"。因此,对20年来《红楼梦》文化研究的学术扫描和理

---

① 王朝闻:《论凤姐》,百花文艺出版社1980年版,第181页。
② 宁宗一:《无问无应集》序,南开大学出版社2005年版,第403页。
③ 刘梦溪:《红楼梦与百年中国》,河北教育出版社1999年版,第44页。

论界定，将有利于文学文化的研究。

有一位雕塑家将一块生冷的石头雕成一位人物，顿时透出了人的皮肤的质感和生命的律动。有人问他是如何给这个塑像注入灵性和血肉的，雕塑家回答："把多余的石料都砍掉。"这句话给了我们一个启示，从某种意义上讲就是节制以"文化"为视角对《红楼梦》文本的任意的解说、过度的诠释、冗长的阐述，要砍掉文化解读的枝蔓，从而在文化解读中升华叙事结构的哲学内涵，深化人物性格的美学境界，扩展文学意象的潜在功能，不仅使人体味文学的文化品位，也领略文学的审美艺术。

原载《天津师范大学学报》2007年第3期

散点透视台湾红学
——兼谈台湾红学研究的学术规范给我们的启迪

目前中国大陆出版的几部红学史,如郭豫适的《红楼梦小稿》,韩进廉的《红学史稿》,欧阳健、曲沐、吴国柱的《红学百年风云录》,在当代红学这一领域,对中国台湾红学的描述不是语焉不详,便是简单介绍。只有陈维昭的《红学通史》开始关注海外红学,其书关于"海外红学的迅猛发展""海外的红学史反思""余英时的意义及其负面影响"等,对海外红学论争的基本要点做了勾勒,对其基本理论的发展演变做了阐述,但还没有笔墨酣畅地对中国台湾红学发展演变的多层面给以应有的学术评析。因此,2009 年春胡文彬先生《跨越海峡的记忆——红楼梦与台湾》这部专著一问世,给人耳目一新,为丰满当代红学史的研究,提供了一部不可不读的学术著作。

《跨越海峡的记忆——红楼梦与台湾》是以随笔的形式,短篇集纳,使我们领略了台湾红学的方方面面。其灵动的思维,娓娓的叙谈,时时迸发着情感的火花,流露着理性的智慧。可称之"散点透视"。全书"所收录的那些长长短短的文章"都不是书斋研究出来的,而是作者三次赴台,亲自与台湾学术界的朋友交往后,凝思慎虑记录下来的"血浓于水"的文字。它在当代红学史的空白处涂上了一抹鲜亮的颜色——台湾红学。我们知道:对一部学术著作价值的衡量,最重要的不是看其讲了什么,而是看其讲了什么新的信息,特别是学术前沿上的新材料、新观点、新思维,以及这些新的东西给当前学术研究有什么新的启迪。本着这一原则,通览全书,掩卷而思,渐渐悟出其书6卷88篇，很有自己的特色——形散而神不散，它从三个基本的方面展示了台湾红学发展的流变：

一、台湾红学发展的三个时期；

二、台湾红学的代表专家和著作；

三、台湾红学研究的学术规范给大陆带来的启迪。

下面分而述之。

一、台湾红学发展的三个时期

"台湾红学是中国红学史的重要组成部分，研究中国百年红学史必然涉及20世纪50年代以后台湾红学发展的历史及其现状。但是由于众所周知的历史原因，海峡两岸的学术交流被长期阻隔——'红楼隔雨相望冷'。半个多世纪中，两岸学人都为资讯的匮乏而不能全面地了解和认识对方的实际状貌和发展趋势而焦虑。这一状态使中国红学史研究和编写出现了暂短断裂的现象，令近现代红学史研究者遗憾。"作者对"台湾红学"的关注有三个特点：第一个特点是"台湾红学"情结。早在三十年前，从20世纪70年代中期，就开始关注《红楼梦》一书在台湾的传播与研究。那时一般的大陆学者对"台湾红学"都很漠然，为了使大家了解"台湾红学"，1981年天津百花文艺出版社出版了《台湾红学论文选》，打开了"台湾红学"的一扇窗子。三十年间他无论作为红学研究专家，还是红学社会活动家，对台湾红学的关注和研究都在国内学术界是屈指可数的，甚至是无人能与之比肩的。再一个特点是随手成文，不拘细小，集腋成裘。全书从80年代初期写起，此后断断续续，长达三十年，可见，学术需要长期的积累，需要才华、兴趣和修养，甚至责任感。最后，集纳成书——《跨越海峡的记忆——红楼梦与台湾》。因是随手所记，当时人物的音容笑貌、举止谈吐，氛围环境的浓淡，逸闻趣事的点缀，都穿插其中，增添了细节的真实性。第三个特点，透过全书的零篇短章，可以体会到作者并没有有意识地描述台湾学术史，而他本身思维中所具有深刻的史知意识，他对红学现象的把握和揭示，不自觉地从笔尖下流露出文字，便影影绰绰地画出了史的轨迹。使我们从不同的层面和视角清晰地看到了台湾红学发展的进程。因此，尽管读的是散章，但脑海能够呈现出台湾红学三个时期基本界限和特征：

第一个时期恰好是《红楼梦与台湾》卷一"渡海篇"的内容。清道光三十年（1850）张新之的《妙复轩评石头记》的传世，是第一个时期的起点。"据目前已经发现的文献记载，太平闲人张新之是第一位携《石头记》（即《红楼梦》）渡海到达台湾的大陆《红楼梦》评点者。"成为清代《红楼梦》三大评点家之一。至20世纪50年代，胡适携"甲戌本"《红楼梦》到台湾之前为第一个时期终点，跨度约一百年。对红学的传播主要体现在三个方面：一是对《红楼梦》评点的发轫之作问世。二是出现《红楼梦》的续书，以及改编的红楼戏剧。以清代嘉庆道光年间孔昭虔为代表，是最早改编《红楼梦》为杂剧的作家之一，其改编的《葬花》被收入在阿英先生编辑的《红楼梦戏曲集》，录为首篇。三是"题红诗"。以著名爱国诗人丘逢甲为代表，流传于世的有《红楼梦分咏绝句》八首、咏黛玉和香菱的六首。

第二个时期，从20世纪50年代初期至首届国际红学研讨会（1980年6月美国威斯康星州）之前，达三十年。这个时期台湾红学流变的典型特征：

（1）"新红学"的创始人胡适带动台湾红学跨入一个崭新的时代。"胡适用自己的学识和影响推动了台湾红学围绕'著者'和'本子'的研究，培养和团结了台湾的红学研究人才，形成了台湾岛内一个新的'红学'中心。"①

（2）20世纪60年代形成了一个高潮期。"或许是因为胡适返台的影响，一批对红学怀有浓厚兴趣的旅居欧美华裔和华人访台交流的次数、时间明显激增。一大批红学文章和专著发表在台湾的报刊上或由台湾的出版社出版，形成了一股奔腾不息的'红流'。读者较为熟悉的学者中有夏志清、周策纵、赵冈、唐德刚、柳存仁、李田意、余英时、白先勇等，都加盟到台湾的红学阵营，为台湾红学发展注入了一种新的血液。学术上的多元化，激发了岛内一批学人'重操'旧业，转向了红学领域，发表和出版了一批具有高水准的红学著述。例如，李

---

① 胡文彬：《红楼梦与台湾》，白山出版社2009年版，第97页。

辰冬、高阳、林语堂、苏雪林、方豪、齐如山、墨人、翁同文、俞大纲等先生，在这一时期的红坛上都非常活跃，掀起新一波的'红学热'。"[1]

（3）多元并存的学术环境形成，无论是版本研究、文本研究还是索隐红学都齐头并进，构成这一时期的主流，并取得了纷呈异彩的成果。引人瞩目的是80年代以后一批新一代红学人的崛起。

第三个时期。从首届国际红学研讨会议（1980年6月）至今，又三十余年。这个时期台湾红学流变的典型特征是两岸学术得到直面交流，并逐渐扩展到红学文化的交流，把学术交流推至深层次。

（1）1980年6月在美国威斯康星州召开的首届国际红学研讨会，冲破了两岸的坚冰，"以红学为纽带架起了两岸学界直接对话的金桥"。

（2）两岸各自都以学术会的形式展开交流，1986年哈尔滨国际红学会、1992年扬州国际红学会、1997年北京国际红学会分别邀请台湾学者参加。1994年台湾召开了甲戌年红学研讨会，在台湾红学史上留下不可或缺的记载。作者深情地记述了台湾甲戌年红学研讨会，并指出其意义："这次红学研讨会的主题是'与世界对话'，意义深远。所谓'对话'，其一就是联系、接触、交流。试想，在两岸分隔了40余年，现在大家终于聚首宝岛共论芹《红》，就是一次非常重要的联系、接触、交流。其二是在交流中比较、碰撞、竞争，达到互补、吸收、合作，在激励中共同提高。这种'对话'是彼此的、双向的，正是通过这种'对话'促进了红学事业的兴旺和发展。人类世界的文明就是在这种'对话'运动中不停地前进！"[2]

（3）两岸分别出版对方的学术著作，推进学术交流的深度和广度。大陆出版了康来新、陈益源等学者的著作，台湾出版了吕启祥、邓云乡、周中明、朱淡文等学者的著作，促进了交流。特别是1981年出版的《台湾红学论文选》，当时大陆学者刚刚从两岸信息封冻、思维禁锢中走出，忽然接触到台湾红学这么多学术信息，其惊喜的程度可想而知。《台湾红学论文选》共刊载26位学者的43篇论文，计56万字，涵盖了台湾红学论著的基本面貌，可以

---

[1] 胡文彬：《红楼梦与台湾》，第97页。
[2] 胡文彬：《红楼梦与台湾》，第105页。

称为台湾红学三十年。涉及《红楼梦》版本渊源、思想内容、艺术成就、人物评价、创作过程、作者考证、脂砚评语、续书问题，等等，上至胡适、潘重规等老一代学者，下至中青年，可谓人才济济。由于他们治学的思维和方法，都和以大陆意识形态作为主流的那三十年截然不同，所以，对大陆学者来说，仿佛扑面来的一阵清风，感受很新鲜。

二、台湾红学的代表专家和著作

《跨越海峡的记忆——红楼梦与台湾》6卷88篇，其中卷四"书话篇"就占有31篇，可以说是全书的重头，也是理论色彩最浓的一部分。介绍了31位专家的代表作，展示了台湾红学研究的实绩。评价某一个学者、某一学术社团，或者某一时期学术成果，一方面是看其比之前有哪些前进，哪些创新，另一方面对已往错误有什么认识，表面看其似乎没有什么进展，而实质则是退一步进两步。从这两方面审视台湾红学的代表专家和著作，给人突出的印象，一是关于《红楼梦》后四十回的研究，否定了高鹗"续书"说，高扬了《红楼梦》"全璧"的观点。另一是视角的更新，提倡新"典范"。只有更新视角，才能发现此前未曾留意的新问题，才能在旧材料中读出新见解，才能变已知为未知，化腐朽为神奇。

（一）晚年胡适研红更重视他一生强调的分析文本的叙事肌理

中国现代学术是从新红学开始的，胡适与红学是近百年学术史上一个永恒的话题。《红楼梦与台湾》专设一个栏目"胡适篇"，其深意正在于此。

胡适关于《红楼梦》后四十回的话题是重大的课题。他本人虽然提出高鹗"续书"说，但并不固执己见。胡适1958年4月由美国回到台湾，到1962年2月24日突然逝世，在近四年的日子里，继续研读《红楼梦》，用红笔或蓝笔在有关红学著作上的批注，散见在页面的字里行间或者书头页尾，大都是胡适读书感触之时，随手写下的话语，虽文字不多，但笔笔都是胡适整体思维运行时刹那间的披露。但这些散金碎玉似的见解，一直沉睡在胡适纪念馆长达半个世纪。这笔遗产被一位青年学者宋广波介绍到大陆，而《红楼梦与台湾》收录了作者为宋广波三部书《胡适红学年谱》《胡适论红楼梦》《胡适与红学》所写的序言，其奖掖后进、提携青年的热忱自不必说，而其公正的评价胡适的新红学的贡献却是值得注意的。

　　人们只记得胡适提出《红楼梦》后四十回是高鹗续书，但并没有注意他十分重视《红楼梦》文本的叙事肌理的分析。早在1921年发表《红楼梦考证》（改定稿）时，胡适就强调"这些证据固然重要，总不如内容的研究更可以证明后四十回与前八十回绝不是一个人做的"。在强调文本叙事研究的同时，还肯定了高鹗续书的成绩："我们平心而论，高鹗补的四十回，虽然比不上前八十回。也确然有不可埋没的好处。"程高本完成了一部伟大的悲剧。晚年的胡适更加注重对文本的具体分析，他将"程高本"作为一种不同版本的《红楼梦》，与其他版本的《红楼梦》相对照，着眼于叙事肌理的探索。比如程乙本第六十七回"闻秘事凤姐讯家童"一节。凤姐从平儿那儿听到一点信，什么"新奶奶旧奶奶"的，便起了疑心，顿时怒火上升，唤来贾琏身边的小厮旺儿，又扯出小厮兴儿，追问贾琏在外偷娶的事情。兴儿开始装傻充愣，凤姐大怒，喝令兴儿自己抽自己的嘴巴。兴儿无奈只好交代了贾琏偷娶尤二姐的过程。胡适在这批道："此下戚本是兴儿直说，只有大字本十九行。"所谓"直说"，就是兴儿一个人的一番话。所谓"十九行"，计386个字。接着胡适又批注："高本改写此段，改成凤姐问话多次，兴儿回答多次，就生动多了。""高本"指高鹗参与整理的程乙本，将兴儿"直说"这一大段改为凤姐与兴儿的对话，凤姐随着兴儿交代的内容而激发的情感波动，时时钳制着兴儿，一个是居高临下，咄咄逼人；一个是低声下气，唯唯诺诺。惟妙惟肖，使人如临其境。兴儿虽是断断续续地交代，但叙事内容却层次井然，讲述了贾琏偷娶尤二姐的起因、寻找和布置新婚住房、张华退婚、娶亲过程等。显然这样的"改写"比兴儿一个人"直说"，"就生动多了"。这是一个很小的例证，但它折射出胡适一贯的思维方式：重文本。胡适虽然提出"高鹗续书说"，但他并不是盲目排斥程高本，相反，早在1927年他就向上海亚东图书馆推荐程乙本《红楼梦》的出版，可见在他的心目中对程乙本一直是看重的。后来程乙本一直是流行和普及最广的《红楼梦》

版本。

(二)关于《红楼梦稿》的研究,否定高鹗"续书"说

20世纪60年代《红楼梦稿》在大陆发现,其后在台湾影印出版,引发了许多学者的兴趣和探索,开始真正动摇胡适的说法,否定高鹗"续书"说。在这方面大陆学者虽也做过研讨,但不如台湾学者下的功力大。《红楼梦与台湾》卷四"书话篇",第一位介绍的就是台湾红学大家潘重规。"潘重规先生认为,胡适考证《红楼梦》的三点重要结论:第一,《红楼梦》前八十回的作者是曹雪芹;第二,《红楼梦》后四十回是高鹗所伪造;第三,《红楼梦》是作者隐去真事的自序传,书中甄贾两宝玉即是曹雪芹的化身,甄贾两府即是当日曹家的影子。胡适的说法,博得一般学者的信从。虽有人提出异议,但不断发现的《红楼梦》旧抄本,不论是庚辰本、己卯本、甲戌本,都是没有后四十回的。所以,无法证明胡适说法的错误。直到发现了《乾隆抄本百廿回稿》,胡适的说法才真正开始动摇。"① 当《红楼梦稿》出现,潘重规极为重视,他在《读〈乾隆抄本百二十回红楼梦稿〉》一文中强调指出:"要解决此一(注:后四十回)问题,必须在八十回抄本新材料之外,再发现百廿回抄本,才有解决的希望。"② 并认为《红楼梦稿》是"目前抄本中唯一具有早期后四十回的抄本。这部抄本,在版本和文学两方面都有极重大的重大的关系和贡献"③。潘重规从70年代开始,倾注十几年的心血,带领学生校定《红楼梦稿》。仅"校定札记"就写了400多页。得出的结论"是程小泉积累收集的一个抄本,其间颇有漫漶之处",从而否定高鹗为后四十回的续作者。

在潘重规之后,高阳《红楼梦一家言》是近年来台湾红学界一本比较有影响的书。他在《曹雪芹对红楼梦的最后构思》这一节中说:"我一向不以为高鹗是后四十回的作者。"理由是:

第一,后四十回的文字虽不及前八十回,但一般公认还是相当不错的。

---

① 胡文彬:《红楼梦与台湾》,第165页。
② 胡文彬、周雷编《台湾红学论文选》,百花文艺出版社1981年版,第446页。
③ 胡文彬:《红楼梦与台湾》,第166页。

我不认为高鹗有此能力。

第二，八十回与八十一回之间，找不出有什么不同。

第三，第三十一回"因麒麟伏白首双星"是一大漏洞，因此原书《引言》及高程两序，所说的都是实情。

高阳最后说："后四十回既非高鹗所续，更非另一'满人'改写，那么当然是曹雪芹的原著了。不过不是'增删五次'之稿，更不是定稿。事实上恐怕永无定稿。脂批有一条：'书未成而芹逝矣'可证。当然，这不是说初稿未成，而是指照此最后的构想、重新改写的全书未成。"①林语堂先生是台湾著名的老学者。他的《平心论高鹗》，于1966年由台北文星书店印行，此书出版后，受到红学界内外的注意。主要集中在两点上，一是，《红楼梦》一百二十回本（简称高本）后四十回非高鹗所"续"；二是后四十回情节与前八十回情节一致，对"高本"应做重评价。首先，林语堂认为高鹗"续《红楼梦》书是不可能的事"。因为，其一："这是超乎一切文学史上的经验。古今中外，未见过有长篇巨著小说，他人可以成功续完。"其二："曹雪芹有时间可以续完《红楼梦》全书，且必已续完"，"因为此书至八十回中止，只有'风月繁华'，而无沉痛故事。其时宝玉尚未提亲，骗局未成，黛玉未死，故事尚未转入紧张关头（黛玉死，钗嫁，玉疯）；中心主题尚未发挥（宝玉斩断情缘，贾府繁华成为幻梦）；全盘结构（贾府败落，各人下场），尚未写出；初回伏线，未见呼应。倘使草蛇灰线，只有伏笔，而不见于千里之外，则《红楼梦》一书，不能成其伟大。"②

相比之下，大陆学者对《红楼梦稿》的重视和研究大有差距。中国红楼梦研究所重校《红楼梦》本，在作者署名问题上，则采取了一种看似稳妥的策略，后四十回标注"无名氏"，其实还没有否定"续书"说，只不过不是程、高，以"无名氏"代之而已。

---

① 胡文彬：《红楼梦与台湾》，第175页。
② 胡文彬：《红楼梦与台湾》，第182页。

（三）余英时倡导以叙事学的新视角，研究《红楼梦》

《红楼梦与台湾》卷四"书话篇"介绍了旅美华裔著名学者余英时与他的代表作，这是余英时在香港中文大学新亚书院作了一个题为"《红楼梦》的两个世界"的学术讲座，会后把报告的内容整理成两篇文章：《〈红楼梦〉的两个世界》《近代红学的发展与红学革命———一个学术史的分析》。文章发布后，产生很大的影响。红学研究时至今日，除了发现"新材料"之外，要寻觅古代典籍中未经人用过的材料已非易事，而且"新材料"未必就一定能导致新结论，在不少情况下，"新材料"也可能只是对旧认识的一种补充和印证。于是，新视角便提升到了突出的地位。要突破、要变革、要提倡新"典范"。何谓新"典范"？余英时说："新'典范'是把红学研究的重心放到《红楼梦》这部小说的创造意图和内在结构的有机关系上。""新'典范'的两个特点：第一，它强调《红楼梦》是一部小说，因此特别重视其中所包含的理想性与虚构性。……第二，新'典范'假定作者的本意基本上隐藏在小说的内在结构之中，而尤其强调二者之间的有机性。"[1] 余英时提倡的新"典范"是受20世纪西方叙事学飙扬的影响，叙事学对小说的结构模式、叙事机制、形式技巧的分析，呈现出科学化和系统化的特征，还特别注重小说文本的整体性。这是当代文艺理论提供的最有力的"批评的武器"，已在国内外得到了广泛的践行，开拓了文学批评和理论研究的广度和深度，提高了对文学作品审美特征的认识和欣赏。《红楼梦》后四十回作为一个气韵生动的生命有机组成部分，只有从具有宏观意义的叙事结构上入手，才能衡量它所具有的整体性。余英时倡导叙事学的新视角，研究《红楼梦》，在当时是有其积极意义的。

（四）红学多元研究的新视角

《红楼梦与台湾》卷四"书话篇"展示了多位学者研究红学的多元新视角。从历史、政治、地域、宗教、家族、主题学、人类学等角度切入，用综合的、关

---

[1] 余英时：《红楼梦的两个世界》，上海社会科学院出版社2002年版，第18页。

联的、比较的眼光审视文学，所得出的结论自会形同云泥。早在100多年前，丹纳《艺术哲学》就提出了影响文学艺术的三大因素——种族、时代、制度，以及与此相关联的地域、环境、风俗、语言、政治、军事等重要条件，并据此提供了文学艺术分析的成功范例。萨孟武《红楼梦与中国旧家庭》从研究社会文化的角度探讨了《红楼梦》所展示的传统大家族的种种流弊，剖析了大家庭的伦理格局、官场恶习、吏胥舞弊、清客附势、妾的地位、奴才的种类及其等级、贾府的浪费及其子弟的堕落、凤姐的专权等诸方面问题，他从家庭细胞的解剖，透视出"大家庭制度的流弊"：之一，"各房之间，有的富，有的贫。贫富不同，贫者妒富，富贫，势所免。""其能保持和气，是因为贾母尚在，众有所怕，表面上不得不和睦。其实彼此妒忌，仍是免不了的。"之二，"财产既然不是个人私有而是全家公有，那么，有权势的就可从中舞弊，且将公产变为私财，凤姐的作风就是如此。其贫穷的则利用红包，讨好富的，假其权势，分润微利"。从第一百一十四回贾政与清客程日兴对话可见一斑："我在这里好些年，也知道府上的人那一个不是肥己的？一年一年都往他家里拿，那自然府上是一年不够一年了。"……贾政点头道："先生，你有所不知！不必说下人，就是自己的侄儿，也靠不住！若要我查起来，那能一一亲见亲知？"之三，"大家庭之内，人口众多，男女同住一个邸舍，暧昧之事，似难避免"。这种社会文化角度研究在大陆论著中司空见惯，而其不同之处是从《红楼梦》里的现实生活中归纳出来，上升到理性——分析，而不是从中国传统社会意识、社会风气中寻出几个观点，再和《红楼梦》的例证一结合。所以萨孟武此书读起来令人很舒服，没有生吞活剥之感。此外，还有建筑系毕业的红学研究者关华山1984年出版了《红楼梦中的建筑研究》；皮述民的《李鼎与石头记》，从《红楼梦》创作素材这一视角，来研究苏州织造李家与《红楼梦》的关系；余昭的《红楼人物的人格解析》，揭示人物性格的外在表现、人物内心世界的美丑，都不是单一的。原因就在这里："每个人的行为，诸如其书法、言辞、声调、语气、写作的笔调、风格。至于其适应环境与人相处之方式，或做出重要的抉择时，更明显地表征其人格。""大千世界人众矣，有品格者又各具模式。"[1]

---

[1] 胡文彬：《红楼梦与台湾》，第224页。

作者在介绍台湾红学的代表专家和著作时,特别强调一个最突出的特征,即多元并存的学术环境。这种学术环境的形成需要一个长期的培育学术规范的过程,这一点非常值得我们借鉴。目前大陆学术界还残存着学术资源的垄断、学术评价的扭曲、注水学术和资料的堆积等不端的现象。甚至在金钱和权力的浸润下,犹如《楚辞·卜居》所说:"黄钟毁弃,瓦釜雷鸣。"

三、台湾红学研究的学术规范给大陆带来的启迪

《红楼梦与台湾》发表后,我通读了全书,虽然收获颇多,但没有动笔。沉寂了一年后再一次阅读,理性思维越来越清晰,一种强烈的责任感,让我最想谈的就是台湾红学研究的学术规范给大陆带来的启迪。

台湾红学发展的历程,可以使人看到近半个世纪以来,无论是研究的队伍,还是研究的成果都是与日俱增,形成了多元的、规范的学术氛围,有利于红学健康的发展。没有受什么"需要"的驱动,让红学也成了"时尚",形成了今天这个"热",明天那个"热";或者围着一个权威形成小团伙"一窝蜂"似的高唱一个腔调;或者是因学术评价体系出了问题,中国文人的清高没有了,在利益面前,尊严受到亵渎;许多人到处拉立项,花钱买版面,出论文,于是一批又一批的注水的学术著作出笼了。凡此种种在红学界举不胜举,难怪老百姓开玩笑地说:"曹雪芹做梦也没想到,一本《红楼梦》养活了这么多人。"学术是公器,既不是为什么思潮服务,也不受什么权威和利益的驱使。

台湾红学规范的学术氛围还表现在敢于批评错误的倾向和不端的学风。周汝昌《红楼梦新证》自1953年出版后,其考证和文献的搜集可以说自胡适倡导新红学以后,达到了顶峰的阶段,其实绩自在,但也不可否认存在失误颇多。早在20世纪70年代由于当时这部书局限在学术圈内,加之又处在当时意识形态为文化主流的环境下,其误导作用是有限的,尽管这样,也遭到了海内外学者的尖锐批评,主要有两个方面:

一是考证失误。如1980年王利器曾撰写长文《〈红楼梦新证〉证误》指出其几十处硬伤。台湾学者高阳在《曹雪芹摆脱包衣身份考证初稿》一文中

指出:"周汝昌的'红学',先有一成见梗于胸中,穿凿附会,全力想证明他的牛角尖是一条康庄大道,以致越陷越深,不克自拔;连带害得好些人枉抛心力。因此,我首先要就此一问题,做一分析,证明周汝昌的考证表面言之成理,其实毛病百出。"①

二是思维方式的错误。三十年前李希凡在批评俞平伯把胡适所考证的那些结论加以扩充和吹胀时,明确地指出:"本末倒置地把小说《红楼梦》的内容变成事实考证的对象,又把史实上的曹家和小说中的贾家互相比附,把分析和研究艺术形象的工作变成了剔骨拔刺,以琐细的考证凌迟了人物和情节,使《红楼梦》的完整艺术形象从社会现象中孤立出来,成为偶然的事实碎片。"② 其实《红楼梦新证》恰恰是这样。其最大的要害便是抹杀了文学与史学的基本区别,把小说当作历史考证,把《红楼梦》中的贾府与曹雪芹世家对照起来考证,以贾证曹、以曹证贾,误导了《红楼梦》研究。正如余英时所说:"这个新红学的传统至周汝昌的《红楼梦新证》(1953年)的出版而登峰造极。在《新证》里,我们很清楚地看到周汝昌是把历史上的曹家和《红楼梦》小说中的贾家完全等同起来了。其中《人物考》和《雪芹生卒与红楼年表》两章尤其具体地说明了新红学的最后归趋。换句话说,考证派红学实质上已蜕变为曹学了。"③ 一部学术著作有问题、有毛病、有硬伤,引发批评和自我批评,这都是正常的,也是合乎学术规范的。进入20世纪80年代,改革开放给学术界带来了空前的民主和自由,红学研究蓬勃发展。但学术的自由应该遵循科学而规范的准则,尤其是具有主流传播性质的强势媒体就更应该严肃而规范。前几年刘心武在《百家讲坛》开讲《红楼梦》,他的许多观点均出自周汝昌的著作,而且是周汝昌学说中的糟粕东西。这样就等于把周汝昌红学研究的错误倾向和失误,迅速地在广大的电视观众当中传播开。周汝昌学说中的糟粕东西对于一般的学者来说都难辨析,更不用说普通大众了,这的确是理解、欣赏《红楼梦》的一个严重的误导。更为严重的是,非但学术界不能抑制这种逆浪,反而在出版界一窝蜂地打着周汝昌这块名家招牌,不分良莠,竞相哄抬,

---

① 胡文彬、周雷编:《台湾红学论文选》,第572页。
② 李希凡:《曹雪芹和他的红楼梦》,北京人民出版社1973年版,第72—73页。
③ 余英时:《红楼梦的两个世界》,第107页。

追逐利润。

最近，香港学者杨启樵出版了《周汝昌红楼梦考证失误》一书，并道出写作动机："我阅读周先生著作。匆匆读了二十来册，意外地发现不少问题，主要是历史与小说的结合部分，我与周先生的论断，截然不同。是非如何？尚请读者判断。"① 再一次向大陆红学界发出质疑的声音，他就周汝昌《红楼梦》考证失误的六大问题：1. 曹家没落说；2. 编年混淆；3. 周刘配失误；4. 矛盾曲解；5. 史事稽年芜杂；6. 考证失误。在《书后》中，尖锐地指出：

> 《揭秘》（即《刘心武揭秘〈红楼梦〉》）那样拥有数十万读者的畅销书，处处牵涉清史，却问题丛生。然而清史专家多保持沉默；红学专家虽有评论，却被认为"以专家身份压人"。或视之为学术"垄断"，不允"百姓点灯"，甚至贬之为"围剿"，这是不是正常现象？②

所以说问题的严重性就在于学术界竟然没有高喊打假的声音。胡文彬先生也有感于此，在《学术腐败是民族的耻辱》一文中指出："可怕的是面对恶化了的学术环境，甚少听到公开批评的声音。其实，多年前当这种现象初起时，就有学者不断地讨论，不断地呼吁，但是声音太弱。最近国内外召开的一些学术会议，对我国学界的这种乱象发出了批评的声音。每个有良知、有责任感的中国学者都应思考这个问题，站出来说话。"③

只有规范的学术氛围，科学的学术评价体系，才能让红学研究健康地发展。这就是台湾红学给我们的最大启示。

原载《辽东学院学报》2011 年第 2 期

---

① 杨启樵：《周汝昌红楼梦考证失误》，上海书店出版社 2014 年版，第 3 页。
② 杨启樵：《周汝昌红楼梦考证失误》，第 201 页。
③ 胡文彬：《学术腐败是民族的耻辱》，《民主与科学》2006 年版，第 6 期。

批评与争鸣

与刘心武争鸣的态度、原则和意义

一、前言

有朋友知道我要写与刘心武争鸣的文章，便劝我说："刘心武是名作家，他能上中央电视台开讲《红楼梦》，你何必要得罪人，蹚这浑水呢？"

"学术争鸣，是善意的。"我回答。

"谁还管你善意不善意，只要你一批评人家，就得罪人。"

"蜜房各自开牖户，蚁穴或梦封侯王。"（黄庭坚诗句）学术界确有不好的风气，只要学术观点不同，便会演化成人际关系无原则的纠纷，各立学派，党同伐异。朋友的劝说很现实，可我读了《刘心武揭秘〈红楼梦〉》和《红楼望月》，越读越觉得大有争鸣的必要，因为学术争鸣并不是个人的私事，只有争鸣，才能促进学术向前发展。诚如梁启超在《清代学术概论》中所言：

> 凡"思"非皆能成"潮"，能成"潮"者，则其"思"必有相当之价值，而又适合于其时代之要求者也。凡"时代"非皆有"思潮"，有思潮之时代，必文化昂进之时代也。其在我国，自秦以后，确能成为时代思潮者，则汉之经学，隋唐之佛学，宋及明之理学，清之考证学，四者而已。[1]

---

[1] 梁启超：《清代学术概论》，东方出版社1996年版，第1页。

从中国学术发展史来看，每一个学术繁荣的时代，都是学术批评活跃的时代。先秦的诸子百家争鸣、汉代经学的论争、隋唐佛学的叛教创宗、宋代理学内部的辩论……直到近代中西文化的碰撞，愈是学术思想体系的创建，愈是学术批评激烈的争鸣。最后的结果走向整合。可见，学术批评水平正是学术水平的直接体现，是学术思想创新不可或缺的必要环节。

哥白尼说："人的天职，在于探讨真理。"而我们每一代人由于受到政治制度、经济发展、科学水平以及自然生态的制约，在思维方式和认识能力上有着不可避的局限性，因而，我们在探索真理的过程中，只能是越来越逼近真理，但不能穷尽真理。1985年，著名学者卡尔·R·波普尔先生曾为中国读者写了一篇文章，说了不少关于学术批评的话。纪树立先生编译波普尔科学哲学选集《科学知识进化论》时，将这篇文章置于篇首。作为科学哲学思想的一部分，波普尔的学术批评观，对于我们很有现实意义。他认为：一种创造性理论总是"真理的一种近似"；学术必须批评，学术发展离不开批评。这个道理就决定了学术研究永远处于争鸣的过程，只有在争鸣中，才能提升和发展学术的水平。

一、争鸣的学术平台——尊重他人

《红楼梦》问世240多年来，在政治风云舒卷变化、文化思想潮涨潮落中，从来没有停止过争鸣，评论之多，派别之复杂，争论之激烈，在中国学术史上都是罕见的。每一次红学的论争，其结果是"日出江花红胜火，春来江水绿如蓝"，红学研究得以发展了。所以问题不在于要不要学术批评、学术争鸣，而在于我们应当恪守什么样的学术规范和学术道德。波普尔很有意味地指出，"中国流行的生活态度都认为，犯错误是丢面子的事。如果这是真的，根据我对科学的看法，就要求改变这种态度。甚至应当代之以另一种相反的态度。如果有人发现了你坚持一种错误的看法，你应当对此表示感谢；对于批评你的错误想法的人，你也应当表示感谢。因为这会导致改正错误，从而使我们更接近真理"①。于是写了这一章《与刘心武争鸣的态度、原则和意义》。这不是题外话,是题中应有之意。

学术批评、百家争鸣最基本的原则是尊重他人,尊重他人的创造劳动和学术成果。无论是批评者还是被批评者都应当恪守这一学术原则,决不能摆出一副真理在手,掷枪于对方且置其于死地的架势。"非其种者,锄而去之。"更不能拉帮结派,以亲疏为线,正像鲁迅先生批评的"不是举之上天,就是按之入地"。近年学术界歪风非但没有好转,反而愈演愈烈,动辄便"轰炸""封杀",令人避之唯恐不及。再者有"小人物情结"者,常常揪住文学大家,以调侃漫骂的口吻恣意批评,缺乏深入严谨的文学分析,缺少切中肯綮的事实论证,常常攻其一点不及其余,语出惊人,故弄玄虚。同理,被批评者也不能一触三跳,意气用事,反唇相讥,把本来正常的争鸣或学术批评,变成了人际关系的恶化;更不能恣意扩大,因学术批评引发什么"名誉侵权",诉诸法律,吵吵嚷嚷,搞得两败俱伤。一句话:尊重人是最基本的学养。

从刘心武先生著作中的表述,可以看出他是一位很尊重不同观点的人,他说:"我也一直提醒自己:一、千万不能以为真理就只在自己手中;二、千万要尊重别人的研究成果;三、广采博取,从善如流,欢迎批评,不断改进。"他还针对与他争鸣的陈诏、梁归智的文章,坦言:"这些与我争鸣的文章,我是只恨其少,而绝不嫌其多。""我确实非常珍惜陈诏、梁归智等同志的不同见解。'秦学'必得在坦率、尖锐的讨论中发展深化,我此刻心情正如商议结诗社的贾宝玉一般,要说:'这是一件正经大事,大家鼓舞起来,不要你谦我让的。各有主意说出来大家评论!'"②他还谦虚地说:"我在中国只是一个非专业的《红楼梦》研究者,我的'红学'论著更仅是一家之言。"③他说的这些话很真诚,显示出大家风度。有学养,懂道理,是争鸣的学术平台。争鸣首先要尊重他人,理解他人。

---

① 张茂泽:《论学术批评》,《学术界》2001年第1期,第92页。
② 刘心武:《红楼望月》,书海出版社2015年版,第54页。
③ 刘心武:《红楼望月》,第197页。

陈寅恪先生在冯友兰著《中国哲学史》审查报告中提出，批评学术，应具有"了解之同情"，明了作者"所处之环境，所受之背景"，用"艺术家欣赏古代绘画雕刻之眼光及精神"，了解作者，欣赏作者，在精神上设身处地和作者"处于同一境界，而对于其持论所以不得不如是之苦心孤诣，表一种之同情"，在客观如实、实事求是的认识基础上，进行学术批评，"始能批评其学说之是非得失，而无隔阂肤廓之论"。①

陈先生关于"了解之同情"的说法，很形象地概括了尊重他人，尊重他人的创造劳动和学术成果的原则。刘心武先生对此颇有同感，他说："我欢迎批评，但希望批评者一定先要读过我的'秦学'著作再来发言，现在有的批评者似乎很权威，但他显然并没有看过我的有关著作，我觉得这是一种'学阀'作风。"②

尊重他人，就是尊重他人的学术成果。不管你是否赞同他人的观点，一定要读懂他人的著作以后再来发言，这是起码的做法。刘心武先生的红学著作大致可以分为三种类型：一是"秦学"；二是"红学"随笔；三是学术小说。第三类从严格意义上讲属于文学创作，不属于我们争鸣的范围。"秦学"是我同刘心武先生争鸣的主要内容，现在就"红学"随笔谈谈看法。

从一位作家的审美视觉出发，刘心武先生向《红楼梦》学习曹雪芹的创作经验，去丰富和提升他的小说创作的水准，这是他不同于一般学者研究《红楼梦》的地方，也是搞创作的人的优长。近几十年来，有许多作家专门写出谈《红楼梦》的著作，像徐迟、王蒙、李国文等，他们的著作章法灵活，言语俊俏，常常能着眼他人不曾留意的细节，稍加点拨，意趣横生。刘心武先生谈体会："我研究《红楼梦》，其中有一个动机就是从曹雪芹大师的写作当中来汲取营养，使我能够更好地来写当代题材小说，……我觉得我从曹雪芹的创作当中获得的最好的营养就是对那些别人忽略的小人物的关爱。"③ 又说："贾宝玉他所关注的是青春短暂的花朵般的女性无可奈何的命运。"他以

---

① 陈寅恪：《金明馆丛稿二编》，上海古籍出版社1980年版，第219、247页。
② 刘心武：《红楼望月》，第237页。
③ 刘心武：《红楼望月》，第231页。

作家的感悟能力对贾宝玉性格结构中积极的肯定的素质,三言两语就点透了。《贾珍尤氏的夫妻生活》这一篇写得很出色。他说:"这个人物过去研究《红楼梦》的人们很少专门进行分析探讨,其实,作为一个艺术形象,它的生命力是非常旺盛的。"①

每个人的性格,就是一个独特的世界,都是一个有机的系统。不管性格多么复杂,都有潜意识下原始本能的一面,有意识提升精神品味的一面,从而构成所谓"灵与肉"的矛盾。贾珍之流是有钱有闲的贵族,出则与妻妹染指,入则同儿媳爬灰,这不单是传统的道德评判,而是他们的一种特定生活方式。纳妾是中国古代"一夫一妻制"婚姻家庭的合法补充,是一种妻妾有别的礼制。嫖娼是男性社会的必然反映,是世俗之欲在商品经济下的泛滥。正如贾蓉所概括的:"从古至今,连汉朝和唐朝,人还说'脏唐臭汉',何况咱们这宗人家!谁家没风流事?"因而,这样的叙事内容就具有了深刻的社会文化的意蕴。整个封建社会就是男人文化,封建礼制从根本上就决定了男女之间的不平等。

再如他对曹雪芹的美学思想的剖析,他说:"曹雪芹他的伟大之处就在于他超越了政治,超越了家族苦难,也超越了个人得失,进入到了一种最了不起的对人的生存、对人性进行深入思考的境界。我认为他在第二回中借贾雨村之口所说的'正邪两赋相激论'透露出了他的初衷,他就是要为那些被正方和邪方都忽视的个体生命树碑立传,从中表达出对个体生命有权力过一种诗意生活的无限肯定。"②

他的见解,是那么深邃,又那么灵气,充满了审美意味的哲思,表达了他独到的见解。

"红学"随笔有些文章,对《红楼梦》的物件和掌故,如"腊油冻佛手""羊角灯""烟画""齐纨""热车"等的来龙去脉说得十分细致,成为他研究《红楼梦》中的一个不可忽视的组成部分。比如"曲柄七凤黄金伞"讲的是皇宫仪仗里的一种伞,康熙、雍正朝的时候,伞把都是直柄的,而到了乾隆

---

① 刘心武:《红楼望月》,第84页。
② 刘心武:《红楼望月》,华艺出版社1995年版,第234页。

朝开始变为曲柄。虽然细小，但可以看出他研究的深入和细微。何况类似这样信手拈来的解说，对于今天的读者，不仅丰富了知识，还颇有趣味。

我之所以举上述的例子，是想说明刘心武先生研究红学的确是下了功夫，读了许多书。假如说争鸣的对方有一桶水，那么你就得掂量掂量自己是否也有一桶水，争鸣的过程是学习的过程，也是提升自己的过程。尽管作家审美视角与学者有很多不同的地方，但只要是学术研究，就为开展争鸣铺垫了前提。

二、争鸣的学术原则——理性批评

理性原则是学术批评的规范，也就是说理性的学术批评，不是针对个人的。它不去批判坚持某一理论的个人，它只批判理论本身；只批评该思想理论形成的历史背景、思想渊源；批评作者的立场、观点和方法；批评其学术思想对该领域和社会的影响等。我在1998年曾发表过一篇评论红学家胡文彬的论文，其中特别写了一节关于学术争鸣的问题，对今天我们红学界的学术批评仍不失启迪的作用。摘引如下：红学界的"霸气"主义早已引起许多人的不满，胡先生指出：他们"只准别人附和，不准另有异议，缺乏学术上的民主作风，大搞红学界内的'霸气'主义，结果是谁也压服不了谁。相反扩大了矛盾，加深了隔阂，从学术之争发展到不正常的人事之争。还有的人为了建立自己的权威，横扫一切，全盘否定别人的研究成果，以为自己最革命最正确。凡此种种由来已久，至今尚有余风"[①]。历史上像这样"风"刮得最典型的莫过北宋古文运动后期。王安石当政废除诗赋取士而改试经义，并把自己主持编写的《三经新义》，以及他那部《字说》作为学校教材，致使文坛一度沉寂冷落。苏东坡继承欧阳修为端正文风而斗争的传统，对王氏的新学的危害进行了深刻的剖析和尖锐的批评：

[①] 胡文彬：《红楼放眼录》，第194页。

> 文字之衰，未有如今日者也，其源实出于王氏。王氏之文，未必不善也，而患在于好使人同己。自孔子不能使人同，颜渊之仁，子路之勇，不能以相移。而王氏欲以其学同天下，地之美者，同于生物，不同于所生；惟荒瘠斥卤之地，弥望皆黄茅白苇，此则同王氏之同也。[①]

造成天下"程式文字，千人一律"的局面虽然根源于王安石，但未必是其本意，然而在北宋末年又被野心家利用，文坛学术之争终于演变为互相倾轧，专制横行，霸气十足。特别值得一提的是苏东坡为匡正文风，敢于力排时俗，直言相争，但并不由此贬低王安石，反而明确指出："王氏之文，未必不善也。"王安石也并没有因苏东坡的批评而引起彼此之间意见抵牾，而构怨积恨，导致人与人之间关系的恶化。相反，在苏东坡落难时，爱才心切，胸无芥蒂，出于公心，相助于危。而当王安石罢相后，苏东坡路过江宁，拜访王安石，两人聚会金陵，同游蒋山，流连累日，唱和诗文，倾注友情。古代有苏东坡、王安石如此高尚的人品，近代有蔡元培和胡适的红学相争，但彼此推崇，共创新文化。从古至今学术之争是必然的，但讲究人品的高尚则是一贯的。所以红学界特别应当"提倡理解和宽容，对人要理解、要宽容，对学术也应该如此"。这是胡先生在其著作中多次讲述此问题的期盼吧。[②]

80年前蔡元培和胡适的红学论争，是中国现代学术史上一个极具象征意义的标志性事件。除了学术见解不同之外，他们执着于学术探讨，营造争鸣的友好氛围，体现了崇高的学者风范，都实在令人赞赏和钦佩。当我们今天又一次面对红学问题展开论争，不能不从他们身上汲取精神的素养，学习他们理性的范式，追从他们为人的道德。

（一）学术观点的分歧

1917年1月辛亥革命元老、著名学者和教育家蔡元培到北京大学任校长。

[①] 苏轼：《张文潜县函书》，曾枣庄、舒大刚主编：《三苏全书》（第十二册），语文出版社2001年版，第365页。
[②] 郑铁生：《红学研究的结晶及对学术走向的思考》，《文教资料》1999年第1期。

胡适于1917年9月到北京大学任教授。胡适在北大，颇为蔡元培所倚重。他的《中国哲学史大纲》（上册）杀青后，蔡元培亲自为其作序，并推荐到上海商务印书馆出版。这部书的出版为胡适在中国学术界赢得了声誉。他们两人的交往更为密切，除经常见面外，还不断书信往来，彼此关照，结下了深厚的友谊。如胡适1919年6月22日致蔡元培函："先生现有胃病，并有寒热。我们见了，都很关心。"① 蔡元培对《红楼梦》研究非常认真。《石头记索隐》一书，虽然不算太长，只有四万多字，但他却花费了很多时间和精力，是一部倾注心血的结晶。1913年至1916年间，他游学欧洲，时间较为宽余，于是写了这部书稿，并于1916年在《小说月报》（1—6期）上发表；1917年9月上海商务印书馆出版单行本。这是民国初年风行一时的一本"索隐"性质的红学著作。该书出版后，很受欢迎，有人给予很高评价："民国五年蔡孑民先生作了部《石头记索隐》说《红楼梦》是历史小说，暗射清初政治上的事情——都能够说出凭据来，识见要算加人一等的了——从此《红楼梦》的读法，就开了个新纪元，都要拿他来考证掌故。"② 该书后来多次重印，到1919年7月时，已印行4000部，还要加印1500部。到1922年时，已出版到第6版。其间蔡元培仍不断补充材料，进行修订，这在其1918年至1919年的日记中屡有记载，于此也可见其研究学问的严肃和认真。

《石头记索隐》提出：《红楼梦》为"清康熙朝政治小说"，"本事在吊明之亡，揭清之失，而尤于汉族名士仕清者寓痛惜之意"。"书中红字多影朱字，朱者，明也，汉也"，怡红院"即爱红之义"，悼红轩"则吊明之义"。他把小说中的人物与情节同清朝的人物、事件一一比附，如以贾宝玉影射胤礽，林黛玉影射朱彝尊，薛宝钗影射高士奇，探春影射徐乾学，王熙凤影射余国柱，史湘云影射陈维崧，刘姥姥影射汤斌（潜庵），等等。此外，他还将其索隐派研究上升到理论层面，总结出了一套索隐的方法，即他本人所说的"知其所寄托之人物，可用三法推求：一、品性相类者；二、轶事有征者；三、姓名相关者"。经过这种索隐法梳理之后，正如蔡氏本人所言："一切怡红快

---

①蔡元培：《蔡元培全集》第3卷，中华书局1984年版，第305页。
②吕启祥、林东海编：《红楼梦稀见资料汇编》，人民文学出版社2001年版，第33页。

绿之文，春恨秋悲之迹，皆作二百年前之因话录、旧闻记读可也。"①

针对蔡元培《石头记索隐》的观点，1921年3月27日胡适写成《红楼梦考证》，文章写成后，他还亲自送给蔡元培，听取意见，随即刊载于这年5月上海亚东图书馆出版的标点本《红楼梦》卷首。同年11月12日，胡适写出《红楼梦考证》（改定稿），并编入亚东图书馆出版的《胡适文存》卷三。《红楼梦考证》批评蔡元培等人的"索隐红学""走错了道路"，是"绝无道理的附会"，是猜"笨谜"，"完全是主观的，任意的，最靠不住的，最无益的"。胡适说："蔡先生这部书的方法是：每举一人，必先举他的事实，然后引《红楼梦》中情节来配合。我这篇文里，篇幅有限，不能表示他的引书之多和用心之勤。这是我很抱歉的。但我总觉得蔡先生这么多的心力都是白白的浪费了，因为我总觉得他这部书到底还只是一种很牵强的附会。"②

胡适发表《红楼梦考证》时，校长蔡元培正在国外考察教育。蔡元培将如何对待胡适的批评，是胡适和许多学人关注的事情。1921年9月，蔡元培回到北大，胡适将刊有《红楼梦考证》的亚东版《红楼梦》送了一部给蔡元培。蔡元培复信说："《考证》已读过。所考曹雪芹家世及高兰墅轶事等，甚佩。然于索引（隐）一派，概以'附会'二字抹煞之，弟尚未能赞同。弟以为此派之谨严者，必与先生所用之考证法并行不悖。稍缓当详写奉告。"③

1922年1月30日蔡元培写出《〈石头记索隐〉第六版自序——对于胡适之先生〈红楼梦考证〉之商榷》，同样，蔡元培也将自己的文章送给胡适听取意见，在给胡适的信中写道："承索《石头记索隐》第六版自序，奉上，请指正。"④

此事在胡适1922年2月18日的日记中也有相应记载："下午，国学门研究所开会，蔡先生主席。我自南方回来之后，这是第一次见他。他有一篇《石头记索隐》六版自序，是为我的考证作的。蔡先生对于此事，做的不很漂

---

① 蔡元培：《蔡元培全集》第6卷，第69页。
② 胡适：《胡适红楼梦研究论述全编》，第80页。
③ 胡适：《胡适日记》，中华书局1988年版，第224页。
④ 蔡元培：《蔡元培全集》第16卷，第154页。

亮。我想再做一个跋，和他讨论一次。"蔡元培在文章中说："自以为审慎之至，与随意附会者不同。近读胡适之先生《红楼梦考证》，列拙著于'附会的红学'之中。谓之'走错了道路'；谓之'大笨伯'，'笨谜'；谓之'很牵强的附会'；我实不敢承认。意者我亦不免有'敝帚千金'之俗见。然胡先生之言，实有不能强我以承认者。"①

（二）学者的风范

蔡元培和胡适二人辩论内容本身存在着分歧，学术观点针锋相对，互不相让，我们姑且不论，仅就双方的态度和方式是在平等友善、随时沟通的气氛中进行，不失学者的风范，就令人钦佩不已。相对于后世频频由学术论争，屡屡演变成人身攻击的诸多红学论争，可以为我们提供许多值得思考的东西。

胡适在《答蔡孑民先生的商榷》一文中，曾引用亚里士多德的一段话来表明自己论辩时的态度和立场：

> 讨论这个学说（指柏拉图的《名象论》）使我们感觉一种不愉快，因为主张这个学说的人是我们的朋友。但我们既是爱智慧的人，为维持真理起见，就是不得已把我们自己的主张推翻了，也是应该的。朋友和真理既然都是我们心爱的东西，我们就不得不爱真理过于爱朋友了。我把这个态度期望一切人，尤其期望我所最敬爱的蔡先生。②

在两人论争期间，蔡元培帮胡适借到了其久寻不遇的《四松堂集》刻本，为胡适解决了有关曹雪芹生平的一些问题。胡适为此很是兴奋。

胡适的《跋〈红楼梦考证〉（一）》，就是根据《四松堂集》对《红楼梦考证》所做的补充与订正，又写出《红楼梦考证》（改定稿）。文章末尾，胡适对蔡元培为他提供《四松堂集》特意表示了谢意：

---

① 胡适：《胡适红楼梦研究论述全编》，第142—143页。
② 胡适：《胡适红楼梦研究论述全编》，第141页。

> 我在四月十九日得着这部《四松堂集》的稿本。隔了两天，蔡孑民先生又送来一部《四松堂集》的刻本，是他托人向晚晴簃诗社里借来的。……蔡先生对于此书的热心，是我很感谢的。最有趣的是蔡先生借得刻本之日，差不多正是我得着底本之日。我寻此书近一年多了，忽然三日之内两个本子一齐到我手里！这真是"踏破铁鞋无觅处，得来全不费工夫"了。①

不仅如此，蔡元培还对考证派另一位主要人物俞平伯的著作表示欣赏："阅俞平伯所作《红楼梦辨》，论高鹗续书依据及于戚本中求出百十一本，甚善。"② 同样，胡适也把《雪桥诗话》借给蔡元培，让他了解其中所载曹雪芹情况。③

两人的这种雅量和胸怀是后世许多学人无法企及的，堪称学者的风范。胡适晚年在回顾这场争论时曾颇有感慨地说："当年蔡先生的《红楼梦索隐》，我曾说了许多批评的话。那时蔡先生当校长，我当教授，但他并不生气，他有这种雅量。"④

蔡元培晚年回忆自己在北京大学的往事经历时，总爱提及胡适，显然他将引进胡适作为自己发现人才而自豪。如1934年1月1日他在一次演讲时，曾这样评述胡适："我们认识留美的胡适之君，他回国后，即请到北大任教授。胡君真是'旧学邃密'而且'新知深沉'的一个人，所以一方面与沈尹默、兼士兄弟，钱玄同、马幼渔、刘半农诸君以新方法整理国故，一方面整理英文系。因胡君之介绍而请到的好教员，颇不少。"⑤

（三）辩论的成果

批评和论争是发展学术的必要方式。学术上的是与非，是在学者们的研

---

① 胡适：《胡适红楼梦研究论述全编》，第136页。
② 蔡元培：《蔡元培全集》第16卷，第201页。
③ 蔡元培：《蔡元培全集》第17卷，第37页。
④ 胡适：《胡适红楼梦研究论述全编》，第201页。
⑤ 蔡元培：《蔡元培全集》第6卷，第350—351页。

讨、争论中才能辩清的。经过胡适的批评和胡、蔡之间的论争，"索隐红学"很快在读书人心目中失去了吸引力，失去了学术地位。胡适把《红楼梦》研究纳入考证的道路，赋予红学考证以特殊的对象、范围和方法，并逐渐形成红学史上影响最大、实力最雄厚的学派。考证派红学的创始人是胡适，考证范围是《红楼梦》的作者与版本。他是根据一定的历史材料进行逻辑的推理，虽然考证有很多疏漏，"自传说"也难以成立，但他提出新的研究方法，建立新的学术规范，为一门学科打开了局面，有力地推动了红学研究。1964年8月毛泽东同哲学工作者谈话时说："蔡元培对《红楼梦》的观点是不对的，胡适的看法比较对一点。"[1]

毛泽东的这个评语是客观的。胡适的批评和胡、蔡之间的论争，激发俞平伯的兴致，促成了《红楼梦辨》一书的问世。顾颉刚在《红楼梦辨》的"序"中提出，《红楼梦考证》和《红楼梦辨》的出现，意味着"新红学的成立"。从顾颉刚这篇"序"开始，有了"新红学"一词，后来学术界普遍把《红楼梦考证》视为"新红学"的开山之作。截至今日，胡适考证《红楼梦》作者曹雪芹及其家世的论断，虽经近百年时光的冲击、洗刷，依然是站得住的，有着里程碑的性质。这是胡适评红的历史功勋，应予充分肯定的。这场学术辩论标志着新红学的最后形成，从此新红学考证派为研究《红楼梦》提供了一个基本的前提和基础，其后的研究多是以此为起点进行的。

三、与刘心武先生争鸣的意义

我与刘心武先生争鸣，其意义首先在学术探讨，彼此补益，促进研究。刘心武先生说："我个人的研究方法，属于探佚学当中的考证派，我考证的思路，就是原型研究，所以我现在进行这些考证，我觉得不好笑，因为脂砚斋鼓励了我，脂砚斋就说了，'大有考证'。"

何谓探佚学呢？姚奠中先生1981年在为梁归智的《石头记探佚》所作的

---

[1] 毛泽东：《谈红楼》，毛泽东：《毛泽东文艺论集》，中央文献出版社2002年版，第208—209页。

序文说:"他所用的论据:一是原著未佚部分中的伏笔、隐喻、暗示和文章发展的必然趋势;二是和作者有相当关系的亲属、朋友以脂砚斋为代表的基本上是在作者写书过程中所作的一些批注评语——即所谓'脂批'。从今天看,两者都是第一手材料。但是这一工作,却仍十分困难。因为伏笔、隐喻之属,需要猜,猜,就难保证十分准确;而脂批既零碎,又有相互矛盾之处,要分析、辨别,才能用来印证。这就决定'探佚'工作,必须目光敏锐,必须细心深入,必须思虑周密,必须善于论证。但由于资料有限,而明确的资料更少,这就使得有些结论,猜测推论占了很大比重,不能使人满足。在这里,其意义便只限于提出问题,作出可能的设想给人启发,为进一步钻研打基础了。"① 姚先生说的很中肯,探佚学作为一种学术研究范式,不仅先天不足,而且有一个界限。在界限之内,是探索曹雪芹创作思想的研究;超越这一界限,就容易滑进索隐的泥坑。除非新的第一手材料被发现,否则,探佚学只能止步于某些片断的探索上。而实际上这个界限很难把握,操作起来往往是作者、版本考证和本事考证双管齐下,双向互证,互为条件,互为因果。它不是简单的"以贾证曹"或"以曹证贾",而是"以贾证曹"与"以曹证贾"同时进行,交错使用,连环互动。以致当今考证派与索隐派似乎有合流的倾向,其实二者早就有扯不断的联系。对此表述最为简洁醒豁、深刻全面的,还是新红学创始人之一的俞平伯在《索隐与自传说闲评》中讲过的一段话:"索隐派凭虚,求工于猜谜;自传说务实,得力于考证……索隐、自传殊途,其视本书为历史资料则正相同,只蔡视同政治的野史,胡看作一姓家乘耳。"②

刘心武先生的"秦学"正是这样做的,他说:"《红楼梦》因其传稿的不完整与其作者身世之扑朔迷离,给我们留下了刻骨的遗憾,也使我们在'花开易见落难寻'的惆怅中,产生出永难抑制穷尽的'寻落'激情,我们不断地猜谜,在猜谜中又不断派生出新谜,也许,《红楼梦》的伟大正在于此——它给我们提供了几近于无限的探究空间,世世代代地考验、提升着我们的审美能力!"所以,红学家蔡义江先生认为刘心武的研究可称为新索隐派。他

---

① 姚奠中:《石头记探佚》序,山西人民出版社1983年版,第7页。
② 俞平伯:《俞平伯论红楼梦》,上海古籍出版社1988年版,第142页。

说:"之所以这样区别,是老索隐派所认定的影射对象还实有其人其事,而新索隐派连影射的对象也是虚妄的,比如说废太子胤礽有个私生女寄养在曹家等等。"我同意这样的观点。这是我们同刘心武先生之间的分歧之一。

其次,刘心武先生的"秦学"研究是当今多元文化格局在红学中的反映,所谓"平民红学"这个提法尽管不准确,但它向从事传统文化中精英文化的"专业人士"发起一场挑战。这种文化现象说明:无论是中国古代的旧经典,还是现代以来形成的新经典,抑或是外来的洋经典,都面临着一个空前强大的对手的挑战,这就是大众文化。胡文彬先生在最近的一次学术讲座中指出:"红学家们应该从刘心武的现象中看到,在普及《红楼梦》方面,红学家还做得不够。为什么刘心武的讲座很受欢迎,那就是大众在对《红楼梦》知识的了解上还是有很多需求的。"又说:"研究者不应该只做学术,还应该想想怎么把学术的东西简单化,让更多的大众了解红学。"同时,他又指出:"他并不反对红学应该有公众参与,但是在中央电视台的一个普及性节目应该提供给公众正确的知识。"这个问题提得很中肯,"刘心武揭秘《红楼梦》"完全背离了原著,是在误导广大听众。在网上已有观众发表了相同的看法:"秦学"值得在央视"普及"吗?

与电视台的热播相应和,近日刘心武的《红楼梦》研究讲座也在网上引起了广泛的争论。似乎电视台再找不到更值得让全国观众关注的事了,要拿刘心武的"秦学"来说事儿。这事我总觉得有点无聊。我觉得无聊的原因,首先是,完全没必要通过中央电视台来向全国观众普及刘心武的红学研究中的"秦学"。有的人说:我谈点儿看法:刘心武在《百家讲坛》上的讲座,固然有一定的新意,但他的推测和臆断实在太离谱了,有很多地方明显是牵强附会、捕风捉影或生编硬造,特别是连自己都还拿不准、不理解的东西,就敢在央视上公开讲,实在缺乏应有的严肃性。与其说是"揭秘《红楼梦》",不如说是"臆测《红楼梦》"。还有的人说:央视毕竟不同于网络,受众无法自主选择听什么内容,所以能到央视上讲的东西不能是云里雾里的猜测,而应是具有权威性、正确性及现实意义。

刘心武文化现象的确值得我们思考,其讲授的内容所带来的隐性的负面影响，常常不会为大众群体所识别。所谓的"秦学"是经过多次的渐变而生成的，追溯其胎记，可以找到胡适自传说的胎痕，经周汝昌推向极致，又经过变构，及延至刘心武开创"秦学"。80年光阴，潮涨潮落，轮番转换。恰如"文化人类学之父"泰勒在肯定了文化的"道路是向前的"的同时也指出："人类的思想和气质的全部广泛的历史领域证明……文化是以活生生的形态流传于世界的。它有时阻滞和停留在途中，它常常偏入歧途，这歧途把疲惫的它引向后退，引向它久远以前走过的地方。"①

他的话恰恰击中"秦学"的要害，"秦学"的问题集中表现在：

（一）"红学"是秦可卿之谜吗？刘心武的"秦学"是新索隐派"红学"，但它比同类型的索隐派对广大听众有更大的误导作用，是因为他将索隐、探佚故事化，以文学的感染力打动读者或听众。如学术小说《秦可卿之死》，反过来又强化了他的"秦学"论述。

（二）"秦学"与曹家本事合流，使广大听众更加信以为真，以为是在求真，是在还原"曹雪芹的构思"。因为广大听众毕竟不是学者，他们分不清什么是真，什么是假。何况又是名作家说的。

（三）"秦学"解构了《红楼梦》的精神、意蕴和哲思，却以电视讲座这一大众化的消费形式去推广，以猜谜这种通俗的民间方式表达，颇受听众的欢迎。在悄悄地不为人所注意地向听众偷换《红楼梦》真正的审美价值。我将分章加以阐释，以期与刘心武先生互相切磋，碰撞出真理的火花。

第三，同刘心武先生争鸣的过程，也是清理我的学术思想、锤炼我的思辨能力、提升我的写作水平过程。十几年前我曾读过美学家朱光潜先生的一篇文章，至今记忆犹新。朱老是中国美学界的拓荒者，早在1936年他就出版了《文艺心理学》。中华人民共和国成立初期国内美学界的批判和讨论中，他挪动了原来的唯心主义立场。他表示决心要学马列主义，而批评他的人中，却有人公开宣布："朱某某不配学马列主义！"这就极大地刺激了朱老的自尊心，他暗暗地下定决心，近30年来主要是钻研马列主义。译文读不懂时，便

---

①爱德华·泰勒：《原始文化》，上海文艺出版社1992年版，第73页。

对照德文、法文和英文的原著，还一边自学俄文。终于弃旧布新，转到了历史唯物主义的立场上，写出了《西方美学史》、翻译了黑格尔的《美学》、莱辛的《拉奥孔》和《歌德谈话录》种种美学经典著作，在中国美学领域建树甚丰。而当他回顾20世纪50年代参加美学批判讨论中的一些朋友们时，有人却落伍了，有人思想还处在僵化状态。特别是当年有些操马克思主义解剖刀批判他的人，至今除了摆弄教条的理论条条之外，没有多大长进。相形之下，朱老的前进正得益于他在批判中，认真清理自己的学术思想、矢志不渝地学习新的理论和新的知识。

原载《温州师范学院学报（哲学社科版）》2005年第6期

刘心武红学之误源于周汝昌

学术史上常常出现一种共生的现象,围绕着学术大家,形成一个个学术流派或学术团体。有的是师承关系,有的是地缘关系;有的是学术方向或研究方法相近,具有共同的特征。当全面审视刘心武先生的红学研究,发现他的学术倾向和基本观点之误,主要源于周汝昌先生的学术观点。特别是20世纪90年代以后,彼此有了学术交往,更促进了刘心武对周汝昌学术之误的承继和发挥。

刘先生深情地谈到周先生对他的影响。

四十三年前所买到的那本《红楼梦新证》,现在竟还可在我的书橱中找到。……20世纪80年代初,我买到了周先生增订过的《红楼梦新证》,如饥似渴地一口气读完。……十二岁翻阅过《红楼梦新证》后,开始模模糊糊地知道,《红楼梦》不仅可以捧读,而且可以探究,但我自己真正写出并发表关于《红楼梦》的文章,却是90年代初,五十岁时候的事了。……万没想到的是,我这个学养差的门外汉所弄出的这些文字,竟引起了周汝昌先生的垂注,他不仅撰文鼓励、指正,通过编辑韩宗燕女士的穿针引线,还约我晤谈,并从此建立了通信关系,与我平等讨论,坦诚切磋,他的批评指正常使我在汗颜中获益匪浅,而他的鼓励导引更使我在盎然的兴致中如虎添翼……[1]

---

[1]刘心武:《红楼望月》,书海出版社2005年版,第205页。

周先生以《红学——沉滞中之大突破》为题，对刘先生的红学研究给予了高度的评价：

> 前几年，忽有作家刘心武先生对秦氏之死提出了他自己的新见解。……去年，刘心武先生从清初人王渔洋的记载中见到康熙太子胤礽的对联，感到风格与《红楼梦》中联语有其近似处。在他的启示下，我立刻想到"荣禧堂"御笔大匾之下，一副对联从联文到署名，可断为即系胤礽的艺术造影。大匾老皇帝御笔，字是"赤金"，而联字则是"凿银"，正点醒这是皇帝和太子的规格。……于是，刘心武先生之说得到了新的支持点。他进而推断：可卿（原型）是胤礽家之女，因势败变名隐匿于曹家（即贾家）。
>
> 我亦大悟：曹家之遭祸，全由胤礽及其长子弘皙与雍、乾两朝的政争而受到了株连。……
>
> 二百多年的红学，直到今时今日，这才有了一个新"启"点，也是新"起"点。此点若继续深入研考，就会成为久已沉滞、久乏光彩的红学上的一个极有价值的重大突破。①

刘心武对周汝昌学术造诣的崇拜之情，周汝昌先生对刘心武学术探佚的评价之高，都基于一点，探佚思维和方法相近，都在企图还原《红楼梦》的曹家本事，追寻《红楼梦》的原本真貌。为了更清楚地理清二人学术观点的承继关系，我们不得不引证大量的原文，进行对照分析。

一、刘心武对周汝昌关于"曹家中兴说"观点的播扬

刘先生在《刘心武揭秘〈红楼梦〉》一书，屡屡谈到的关于曹家本事与清代史实，基本上都围绕周先生关于"曹家中兴说"的主要观点，并以这些

---

①周汝昌：《红楼夺目红》，作家出版社2004年版，第298—299页。

观点作为"历史依据",进行创造性的发挥、想象、推理,进而结构出"秦可卿故事新编"。周先生早期的代表作《红楼梦新证》,便提出曹雪芹生年、曹家中兴说、弘晳逆案等新的观点,而且曹家在乾隆朝"中兴"说,是周汝昌学术体系中的核心观点。因为他红学考证的重点,是曹雪芹的家世和生平,关涉到了曹雪芹的生年,曹雪芹少年经历过的繁华是在北京还是南京,大观园的原型是在北京还是南京等一系列的问题,也是红学界争论不休的问题。由于周汝昌先生关于"曹家中兴说"的史料不足,推理颇多,正如刘梦溪先生所说:"总的看,考证曹雪芹的家世生平,周汝昌颇多真知灼见,于版本、于脂批、于文物,虽不乏创见,但主观臆断成分经常混杂其间,减弱了立论的说服力。"① 因此,长期以来并没有得到学术界的认同,却被刘心武先生以《红楼梦》讲座的形式做了普及性的宣传。

现将周汝昌的学术观点与刘心武的解说对照,不辩自明。

(一)关于"曹家中兴"说

周汝昌先生在《红楼梦新证》中说:

> 余曾谓以乾隆嗣位为枢纽,曹家一脱前此之罪累,又得数年"中兴"。有人颇不以为然,谓曹氏"中兴"说出余"制造"。观本年事实,罪状既得赦免,亏项亦在宽遣。曹家为内务府员,例得起用。其亲戚又皆煊赫一时。此而不曰"中兴",不知如何始为"中兴"?史迹载在档书,以"制造"相责难者,其更考焉,或别有反证,未可知也。
> 一七三六年 乾隆元年 丙辰
> 曹𬱟官内务府员外郎。曹雪芹十三岁。
> ……
> 一七三九年 乾隆四年己未
> 曹雪芹十六岁,家重遭巨变。②

---

① 刘梦溪:《红楼梦与百年中国》,河北教育出版社1999年版,第113页。
② 周汝昌:《红楼梦新证》,人民文学出版社1976年版,第676—692页。

周先生关于"曹家中兴"说，还在他的其他著作中也作了同样的表述，如《曹雪芹小传》"百足之虫"这一章：

> 雍正做皇帝做到第十三个年头的八月间，忽然"驾崩"（传说是被死仇的后人暗杀了），他的第四子弘历继位，是为乾隆帝。这个新皇帝上来后，又给曹家带来了新的命运。
>
> ……
>
> 新皇帝即位，照例要有"覃恩"，普遍的封赏和赦宥，示庆贺，买人心。因此在雍正十三年九月初三日，曹雪芹的高祖曹振彦（曹世选之子）得诰封为资政大夫（二品的虚衔等级），原配欧阳氏、继配袁氏得封为夫人。……说明了此时曹家早已解除了政治犯的罪名，家里还有作参领（从三品）的家长或族长，祖宗里面除了曹玺本来是一品尚书的封赠外，又有了二品的高级封诰。曹雪芹的父亲曹頫，此时似乎也已作了内务府的员外郎。……
>
> 所有这一切，都给我们提供了线索，使我们看得出，曹家的败落并不是从雍正六年就直线发展下来的，他家在新皇帝嗣位的政局下又曾稍稍"中兴"，至少达到了恢复"小康"局面的地位。那时曹雪芹大约正是十三岁左右。①

对于周汝昌先生提出的"曹家中兴"说，刘心武先生几乎和盘采用，并用更通俗的语言加以表述：

> 一般人都知道康、雍两朝交替后，曹家很快败落，抄家被逮，戴罪还京，曹頫被枷号，李氏等少数家属只得蒜市口一十七间半小院居住，仆人则只剩三对，曹雪芹幼年时代是很穷窘的。但一般人又很少知道，

---

① 周汝昌：《曹雪芹小传》，百花文艺出版社 1980 年版，第 50—51 页。

到雍正暴薨、乾隆继位后,新皇帝实行"亲亲睦族"的政策,先抚平雍正朝皇室骨肉相残留下的伤口,又对在雍正朝的权力斗争中被牵连的官员大都予以宽免,曹頫的罪名以及亏空欠款也就在这样的政策下都一风吹了,并重被内务府叙用,而那时曹雪芹的姑母的儿子也就是他的表哥平郡王福彭,甚得乾隆优宠,居高官,住华府,有权有势,因此已到少年时期的曹雪芹,很过了几年舒适自在的生活,并有机会到比自家更优裕的王府中观察体验,也就是说,并不是像有的人估计的那样,似乎曹雪芹从幼年起就一直与富贵人家公子生活无涉了。①

"曹家中兴说"并不仅仅是一个论点的提出,而是带有体系的特点。也就是说"曹家中兴说"并不是孤立的,与曹雪芹的生年、弘晳逆案、二次抄家都是互相支撑的。关于曹雪芹生年,周汝昌先生主张"甲辰说",即曹雪芹生于雍正二年,以此推理,曹雪芹十三岁,刚好乾隆元年,适逢"曹家中兴",曹雪芹历练繁华;乾隆四年弘晳逆案,导致二次抄家,曹家遭故,曹雪芹历经苦难。这大喜大悲、大荣大枯、大起大落的巨大落差,才使曹雪芹面对社会与家庭、时代与人生、礼教与人性这些重大的命题。尽管周先生借助考证与想象,互相激发,齐头并进,从零碎的史料中,在思维中勾画出了一个完整的历史事件,但因为缺乏史证,难以达到自圆其说。长期以来"曹家中兴说"在学术界不为大多数学者认可,而刘先生将周先生这一学术观点故事化,进一步去弥合难以自圆其说的一面。

(二)曹雪芹的生年

关于曹雪芹的生年,学术界主要有两种说法:一是"乙未"说,公元1715年,即康熙五十四年;一是周先生主张的"甲辰"说,公元1724年,即雍正二年。那么这两种说法有什么本质的差别呢?按照"乙未"说,曹雪芹在雍正六年曹家被抄时离开南京,已是十三岁的少年了。"秦淮旧梦"给他留

---

① 刘心武:《红楼望月》,第2页。

下了刻骨铭心的印象，他创作《红楼梦》是以江南的曹家为素材的来源。按"甲辰"说，曹雪芹生于雍正二年，抄家时他只有四岁，不可能在他心中留下当年繁华的印记。只有当乾隆元年曹家中兴，他才能赶上好时光，或到亲戚家平郡王府亲历繁华盛事。他创造《红楼梦》的那个贾府，便是以北京的曹家为依托。于是周先生的"自传"说，把曹雪芹生年和贾宝玉生年相比照，乾隆元年贾宝玉正好十三岁，而且是生活在北京。这是贯穿周先生整个《红楼梦》考证中的一个时间坐标。下面看一下他的论述：

"至次日乃是四月二十六日，原来这日未时交芒种节。"是日黛玉"泣残红"——凤仙、石榴等各色落花。

按殿版万年书，乾隆元年丙辰："四月小，二十六日庚寅，亥初一刻四分芒种。"普通遇节气，无人细记时刻，只记日期，"未时"云者，殆雪芹随手拈来补足之语。①

几十年周先生始终坚持此说，在《红楼小讲》说："至于宝玉为什么单单生在四月二十六芒种节？这就牵涉着历史事实了：原来那日那时，正是雪芹的生日。"并用注的方式讲述他对此的发现和考证：

我用历法细推时，发现了一个极大的奥秘：自从雍正二年雪芹生辰的闰四月二十六日往后看，次年正四月二十六日为芒种日（已见正文所叙）。此后，再无四月二十六与芒种相叠合的巧例，——直到乾隆元年，这个重要年头的四月二十六日，恰好又巧值与芒种节交会！因此在雪芹来说，乾隆元年的四月二十六芒种节是他自己的一个特大纪念日（中经家世巨变）！我在四十年前推断第二十七回所写，乃是乾隆元年的事，也是有人嘲笑过的；但使嘲笑者惊讶的是，我的推断到今日却获得了确证！②

---

① 周汝昌：《红楼梦新证》，第196页。
② 周汝昌：《红楼小讲》，北京出版社2002年版，第181页。

刘心武在讲到这个问题时，直接点明"周先生关于曹雪芹年龄和生日的推算，您可以去读他的著作，我这儿借用他的学术成果"。并做了详细的解说：

> 什么日子呢？就是四月二十六日。作者就很明确告诉你，这一年的四月二十六日是芒种节。……那么你去查《万年历》，乾隆元年就是四月二十六日交芒种。这不是巧合。再加上有的红学家，比如像周汝昌先生他就考证出来，实际上四月二十六日就是曹雪芹的生日！作者之所以这么郑重地来写这一年的故事，就是因为那一年他十三岁了，关于那段时间他的记忆是最完整的，而且这一年生活是最美好的，所以他铆足了劲来写这一年的故事。《红楼梦》里多次明写暗表，贾宝玉在那些情节中，是十三岁。例如第二十三回，写贾宝玉住进了大观园怡红院，就写了几首诗，抒发他四季里快乐闲适的生活。在叙述文字里，曹雪芹就这样写道："因这几首诗，当时有一等势利人，见是荣国府十二三岁的公子作的，抄录出来各处称颂……"又如第二十五回，写贾宝玉和王熙凤被魇后奄奄一息，一僧一道忽然出现，来解救他，癞头和尚把通灵宝玉擎在手上，长叹一声道："青埂峰一别，展眼已过十三载矣！"都是表明书里的这位主人公落生十三年了。
>
> 周先生关于曹雪芹年龄和生日的推算，您可以去读他的著作，我这儿借用他的学术成果，我不做铺开的讲述，因为这太复杂。
>
> 那么在小说里面，在一个艺术的故事里面，曹雪芹他设定为，这一年是四月二十六日交芒种节，这应该就证明，他写的是乾隆元年的事情。因为整部书它是具有自叙性、自传性的，是有写实的前提的，它的艺术的升华，都是在现实的时间和空间的基础之上去渲染完成的。把这点搞清楚，很要紧。而且曹雪芹写得非常有趣，他把四月二十六日这个芒种节说成是饯花节，饯花神的日子。因为到芒种的时候，所有的花就都谢光了。《红楼梦》里引用了一句诗，叫"开到荼蘼花事了"——据说，

荼蘼这种花是开得最晚的，因此也谢得最晚，等它谢了，那基本上就没有什么花开了……因此在《红楼梦》里面，出现了那一回的描写，包括黛玉葬花。黛玉为什么要在那一天葬花啊？因为那一天，是一个跟花神告别的日子……第二十七回准确地点明芒种节日期，大写饯花神，更证明了第一回到第五十三回，应该就是写乾隆元年的事情。①

（三）弘晳逆案

周先生为了寻找乾隆元年曹家中兴过后，曹家再遭巨变，在《红楼梦新证》中提出"弘晳逆案"的说法。并采用详细汇录乾隆对人的评论，勾勒了"逆案"的经过。而恰恰史书未有明确的记载，连他自己也不得不承认："虽然由于文献缺乏，我们对曹家再次惨遭彻底毁败的直接的、确切的案由一时无法列举，因而不能不用间接而曲折迂回的办法来窥测，但曹家最后一次的巨变显然是和这类案子里的下层人物、边沿关系有了株连，其他原因，是否还有，尚待深入研讨。"

> 十月，治庄亲王允禄与弘晳等逆谋案。
>
> 按此一案，乾隆帝上年已闻，至是宗人府审结议奏。此案甚关重要，且极可能与曹雪芹家再度惨败之由有涉，须稍详叙。
>
> 乾隆此次谕略谓庄亲王"乃一庸碌之辈，若谓其胸有他念，此时尚可料其必无，且伊并无才具，岂能有所作为；即或有之，岂能出朕范围，此则不足介意者"。
>
> 谓弘晳"乃理密亲王之子，皇祖时父子获罪，将伊圈禁在家。……乃伊行止不端，浮躁乖张，于朕前毫无敬谨之意，惟以谄媚庄亲王为事；且胸中自以为旧日东宫之嫡子，居心甚不可问"。弘晳，废太子胤礽之长子。

---

① 刘心武：《刘心武揭秘〈红楼梦〉》，东方出版社 2005 年版，第 261—262 页。

……

乾隆命允禄免革亲王,仍管内务府事,其亲王双俸及议政大臣、理藩院尚书俱著革去。其他职掌甚多,去留著自行请旨。弘晳革去亲王,免高墙圈禁,仍住郑家庄,不许出城(按指郑家庄之城圈)。

……

按观此案,以废太子之嫡子弘晳为首,弟兄辈密谋大事,内有允禄之子,事不足异;最奇者其中竟有怡亲王二子在。可知在宗室内,反对雍正之人实夥,震于威严,不敢轻动,至是乃欲于其子弘历之身以报之。

……

十二月,平郡王等审讯弘晳一案,逆谋益显,重定罪责。

谕宗人府略谓"福宁首告弘晳一案,经平郡王、公讷亲一一审讯,内有弘晳听信安泰邪术,捏称祖师降灵一款。询问安泰,据供弘晳曾问过:'准噶尔能否到京?''天下太平与否?'及'皇上寿算如何?''将来我还升腾与否?'等语……今弘晳听信邪说,其所询问妖人之语,俱非臣下所宜出诸口、所忍萌诸心者!……拟大逆绞立决,'洵属允当',但仍从宽免死,挐交内务府总管,在景山东果园永远圈禁(清宫词所谓"皇孙终老郑家庄"者,误也)庄亲王罚亲王俸五年。安泰应绞监候秋后处决。寻又经康亲王等奏请,弘晳子孙著照阿其那、塞思黑之子孙革去宗室,给与红带"。

……

稍后,乾隆更自行揭示,弘晳等此次举事,组织周密,规模异常,"从前阿其那、塞思黑,居心大逆,干犯国法,然尚未如弘晳之擅敢仿照国制,设立会计、掌仪等司;是弘晳罪恶较之阿其那辈尤为重大!"会计、掌仪等七司,内务府之制也,可见弘晳当时已自立宫廷,非同托诸空言、徒有希冀者之可比。

余疑曹家之最后惨破,与此一大案有关。此案之主要人物,为胤礽、胤祥、胤禄三人之子,曹家与之皆有牵连。如胤礽家,曹寅在时其乳公凌普常往索求银两;胤祥家,则雍正曾明言胤祥甚疼怜曹頫,故交与胤祥照管。

曹家于乾隆初元复得小康后，盖即又于本年之大逆案中再遭巨变。

惜遗档零落，竟不能详。要之，曹家重遭变故，势不出四年、五年之间，固甚显然矣。①

关于"弘晳逆案"，周先生《曹雪芹小传》"再遭巨变"也作了描述：

曹雪芹在"小康"复苏的家庭中的生活，并没有维持多久，就告了结束。曹家又经历了另一场变故。由曹雪芹后来的处境来看，这场变故似乎更突然，更巨大，使他家破败得更彻底。

……到乾隆四年，以弘晳为首的"逆谋"案件便发作了。

现在所能知道的情况是：四年十月，宗人府议奏"庄亲王允禄（雍正之弟，乾隆之叔）与弘晳、弘昇、弘昌、弘晈等结党营私，往来诡秘"，请将庄亲王允禄及弘晳、弘昇俱革去王爵、永远圈禁，余人亦都革爵。乾隆说：此事"朕上年即已闻之"，并认为允禄庸材，不足成事，唯弘晳乃康熙废太子胤礽之子，父子皆曾圈禁，现仍不知悔改，"行止不端，浮躁乖张，于朕前毫无敬谨之意，惟以谄媚庄亲王为事，且胸中自以为旧日东宫之嫡子，居心甚不可问！"遂加监管，不许出城。……稍后的"上谕"又露出这样事实："从前阿其那、塞思黑，居心大逆，干犯国法，然尚未如弘晳之擅敢仿照国制设立会计、掌仪等司：是弘晳罪恶较之阿其那辈尤为重大！"这就说明，弘晳竟然设立了自己的"内务府"了，俨然是"小规模"的宫廷，完全准备"登极"了！

……

曹雪芹家，从雍正末年，经过乾隆改元一段时间，大约维持了为期五年左右的小康局面，到此遂再次、也是最后的宣告彻底败落。②

---

① 周汝昌：《红楼梦新证》，第695—698页。
② 周汝昌：《曹雪芹小传》，第54—57页。

刘先生在《红楼望月》"月色凄迷"和《刘心武揭秘〈红楼梦〉》"日月双悬之谜""秦可卿原型大揭秘"都谈到了"弘皙逆案",至此这段未有明确的史书记载的事情,被他当作一个真实的历史事件来讲述。

那段故事应该发生在乾隆元年,那一年的春天,"义"字派聚集过一次力量,做过一次尝试,没有能够成功。当然,秦可卿之死这段故事,发生在我说的这个情节之前……①

胤礽在王位继承中落败后,康熙另外的儿子们展开角逐,最后是很多人没有想到的雍正得到了宝座,胤礽死在雍正二年,他死后,他的儿子弘皙被以理亲王的身份移出宫去,安排在现昌平区的郑家庄居住。雍正原以为弘皙不过是"死老虎"的弱后代,集中精力去对付其他政敌,谁知曾被康熙喜爱的弘皙却以"嫡王孙"自居,在雍正暴薨、乾隆继位后,竟图谋政变,他在郑家庄另立内务府,一些被雍正厚待过的王爷及其与弘皙平辈的皇族,集结在他周围,在乾隆四年,他们举事,险些成功,不过最后仍被乾隆破获扑灭,也就是在"弘皙逆案"中,曹家才受牵连而彻底覆灭,落了片白茫茫大地真干净。在我这极其简要的概述中,你是不是已经憬悟:曹雪芹写《红楼梦》,那素材里隐藏着一个太子胤礽,以及他的儿子弘皙?所以书里借秦可卿嘴说"三春去后诸芳尽"。曹家虽在雍正六年被抄家治罪,但"百足之虫,死而不僵",乾隆一上台就实行的怀柔政策使曹家一度回黄转绿,但在乾隆元年到三年这三个好年头过去后,在第四年的"逆案"里,生活里的曹家和书中的贾家,就家破人亡各奔腾了!②

……

废太子在被圈起来以后,开头是软禁在紫禁城里面一个叫咸安宫的

---

① 刘心武:《刘心武揭秘〈红楼梦〉》,第174页。
② 刘心武:《红楼望月》,第32页。

地方，康熙觉得这早晚是个事，有这么一个人，被废掉的，在紫禁城里面住，不安全，但是他又是自己的骨肉——康熙这个人也有他注重骨肉感情的一面，所以他就说，那就在郊区给他盖一个大的王府，便于把他看管起来。……昌平的郑家庄建成的房屋情况是这样的，行宫里面是大院套小院子，大小房屋是二百九十间，游廊是九十六间；给当时的胤礽盖了一个王府，是大小房屋一百八十九间，这个待遇还是比较高的，是吧？为了供应这个行宫和这个王府，在周围又盖了比如饭房、茶房、兵丁住房、铺房等等，有多少间呢？有一千九百七十三间。①

按说胤礽在雍正二年囚死后，曹家作为"太子党"无论主观上还是客观上，就都"没戏"了，乾隆既已登位，成为"新日"，哪里还有什么"旧月"，但历史上的情势却是，"太子党"不仅没有覆灭，反更活跃起来，他们聚集在胤礽儿子弘皙麾下，积蓄力量，频繁计议，寻求时机，以求一逞。那时弘皙以理亲王身份，居住在北郊规模宏大的郑家庄王府，居然设立了自己的内务府七司，俨然有"影子政权"之架势，弘皙在康熙活着时，已是一少年，而且甚得祖父喜爱，雍正的登位，他自然不服，到了乾隆登位，他更不忿，自以为康熙才是"正日"，自己父亲胤礽是"明月"，"明月"继承"正日"才是正理，他以康熙嫡长孙自居，父亲既殁，他便是"明月"了，视乾隆为"伪日"，要"正位"取代。弘皙这样想倒也罢了，谁知乾隆初年，一些皇族亲贵，包括几位雍正优渥重用的王侯及其后代，竟也如是想，并且勾结起事，在乾隆二三年时已公然营造出了"双悬日月照乾坤"这一紧张局面，"三春去后"，到乾隆四年，他们想趁乾隆出猎时行刺政变，乾隆不动声色，却以迅雷不及掩耳之势粉碎了他们的阴谋，此即"弘皙逆案"，牵连到许多官员，曹家也就彻底毁灭在此一"逆案"中。曹家不能不受弘皙一党之诱惑吗？一来他们内心也是一直倾向于"明月"的，二来根据他们的"老根"，弘皙的

---

① 刘心武：《刘心武揭秘〈红楼梦〉》，125—126页。

新"太子党"是绝不会在集结力量时,不找到他们这个老"太子党"来"捧月"的,"双悬日月照乾坤",对曹家来说——折射到小说里就是贾家——既是对所面临的政治大形势的比喻,也是在"日""月"夹板中煎熬难耐的写照。①

二、刘心武对周汝昌探佚成果的全面接受

"曹家中兴说"是周先生在史事考证的基础加上推理而形成的学术观点,围绕这一中心观点,进行探佚的成果,也被刘心武先生全盘接受,并进行了创造性的发挥。略举几例:

(一)关于"天香楼"的解释

周先生说:

> 秦可卿命尽之处,叫做天香楼。天香者何?雪芹字字皆有匠心巧设,不是闲言旧语。
>
> 天香有二义,皆涉花木。一是形容牡丹,谓之"国色天香",崇拜之至了。但我不想多为牡丹锦上添花,到此为止。二是形容桂花,却要多讲几句——因为这对《红楼梦》实在是太重要了。
>
> 据孟棨的《本事诗》所载,初唐诗人宋之问有西湖灵隐寺诗,记其一联云:"桂子月中落,天香云外飘。"这就是天香(不与"国色"相联)通指桂花的来历。
>
> ……秦可卿的原型是胤礽之孙、弘晳之女,因祖、父两代的政治祸变而隐去真名,寄养在"营缮郎"秦业家。"营缮郎"者,是内务府营造司的郎中(或员外郎)。这家人因把她养不了而转给了"贾(曹)

①刘心武:《红楼望月》,第2—3页。

府"。

这件"隐"去的真事，是曹家二次抄家的罪款之一条。

这实在关系太大了，雪芹终于将她死去的真情节全部删去，并另想办法来"写"她。

……

可卿之死，绝非什么"淫丧"，那是烟幕或故作诬谤之词。其时，大约当政者已然得到秘信，探知了这个女子的真身份，是政敌"危险人物"胤礽之孙、弘皙家的匿隐者，也是祸根一条，不会容她存在。可卿为人，心胸识见，一切洞然，不愿因己而又为两府引惹灭门之祸，故此一条绳索自己先"行"，于心方安。①

刘先生也说：

那么，天香楼这个楼名，有怎样的含义？有两句诗："桂子月中落，天香云外飘。"这是唐朝诗人宋之问的句子。你想想，那是非常尊贵的，如果说太阳可以比喻为皇帝的话，月亮就可以比喻为东宫，比喻为太子。……天香楼是一个什么象征？就是来自月亮里面，芬芳从云层飘向人间，可见秦可卿出身非同小可，是高于贾府的。②

(二) 关于"义忠亲王老千岁"的探佚

周先生在《红楼夺目红》中讲道：

老千岁者，东宫太子也。康熙大帝得次子胤礽，两岁即立为皇太子，后封理亲王。"义理"相关，故化称为"义忠"。老千岁的"老"字也另有语味——藏有一个"少千岁"，即胤礽的长子弘皙。

---

①周汝昌：《红楼夺目红》，第214页。
②刘心武：《刘心武揭秘〈红楼梦〉》，第80页。

义忠老千岁后来"坏了事",立而废,废而立,最后救不得,但雄心不死,壮志长存——他通过一名医士秘密传信息;时常算命打卦,问:"我还升腾否?"

……

老千岁"坏了事",曹家也就倒了霉,避都避不及,逃也无处逃。

南巡时,坏人阿山,噶礼等进谗,太子(南巡的实际主角人物)要杀"陈青天"(鹏年),曹寅力救而免,就是曹寅在"小主子"跟前的情面。

义忠老千岁的棺木,是薛蟠之父从"潢海铁网山"带来的,无人敢用——给了秦可卿。

……

老千岁被囚死后,少千岁弘晳要报仇——报在雍正安排好的弘历(乾隆)身上,就暗组了小政府,联络皇族多人,要推翻乾隆。

这回曹家又受了挂累。弘晳也"坏了事",于是才有雪芹一生所经的二次抄没,家亡人散。①

《刘心武揭秘〈红楼梦〉》说:

那么义忠亲王老千岁,后来这个太子是被封为亲王的,甚至太子已经被圈禁起来以后,康熙仍然厚待太子和他的太孙。……义忠亲王这个字眼里面就不但包含着太子,实际上也包含着弘晳。他是这样的现实生活当中的原型人物,在小说里面的一种折射。当然主要还是指胤礽……②

---

① 周汝昌:《红楼夺目红》,第219页。
② 刘心武:《刘心武揭秘〈红楼梦〉》,第146页。

(三)关于"日月双悬"的探佚

周先生在《红楼夺目红》中说:

> 胤礽是一英材……
> 且说他的文采如何呢?我们不得而尽知了,史料已不可寻。幸而王渔洋《居易录》中偶尔保存下一份珍贵的遗痕,而由此却透露了胤礽与《红楼梦》的微妙关系。
> 胤礽作的一副对联,文云:"楼中饮兴因明月,江上诗情为晚霞。"这就重要极了。
> 考察雪芹原本,其情节终始,真不妨说是由明月起到晚霞收。
> 曹家似乎曾悬有胤礽所书之对联,联语应与此联相仿。
> 请看第三回黛玉初入荣府,眼见的正房堂屋的那副联,写道是:"座上珠玑召日月,堂前黼黻焕烟霞。"下款是"同乡教弟勋袭东安郡王穆莳拜手书"奥妙就在这儿逗漏出来。
> ……
> 胤礽豪纵奢侈,向江南织造讨东西要钱,他的"嬷嬷爹"凌普,一次向曹寅要去了二万两——不见记录的讨索,还无法"估计"。
> ……
> 然而,此刻更要注意的就是那副对联——"座上珠玑召日月,堂前黼黻焕烟霞。"又特笔明文写清是"鏊银"——正与"赤金"相连对举。旧日的小说戏文,皇帝之殿称"金銮",太子之殿称"银安",这金、银二"级",标示分明。再加上"东安郡王"(注意:并非"东平郡王",是两回事),又隐太子为"东宫"的制度。所以此联实为太子胤礽所书,已甚明显。
> 但最主要的"隐语""廋词"还在"穆莳"一名。
> 考之古训诂"莳"有二义:一为"立"也,二为"更(改)种(植)也"。这儿,雪芹是施用了最巧妙的笔法字法,来暗指太子胤礽的

既立又废（移植）的重大史实，这大事关系着曹家的政治命运，生死存亡！①

关于周先生所提到的太子胤礽所作的对联，蔡义江先生最近指出了出处，那是中唐诗人刘禹锡《送蕲州李郎中赴任》中的一联诗："楼中饮兴因明月，江上诗情为晚霞。"（《全唐诗》卷三百五十九）他说："王渔洋将唐诗当成本朝诗，说得有鼻子有眼的，闹出了笑话。不知是他叙述不清呢，还是犯糊涂，瞎说一气。现在，我们退一步说，假设'楼中饮兴'一联不出自刘梦得而真是胤礽所拟，那么它有没有可能是小说中荣禧堂对联的原型呢？也绝不可能。因为既是'原型'，总得在诗意构思上有某些相似。可是，误归太子一联说的是江上楼头风景极佳能助酒兴，添诗情；小说中的一联说的是来荣国府者，尽是达官贵人，其佩饰袍服珠光炫耀，五色映辉。前者'明月''晚霞'是实景，后者'日月''烟霞'是虚喻；两联风马牛不相涉，怎么能是'原型'呢？"②

刘心武揭秘在《红楼梦》时说：

在《红楼梦》上写得清清楚楚，写的是"座上珠玑昭日月，堂前黼黻焕烟霞"，这样一副对联，有印象吧？现在我告诉你，这个胤礽做太子的时候，他有一副对联是备受他的皇父康熙表扬，而且他到处把它写出来送人。史书上只是没有具体记载，他也写了送给了曹寅而已；他在江宁南巡的时候把它送给别的官员，都被记载在案。他没事就写自己这个名对，这是他很小的时候就对出的一个好对子，这个对子是什么呢？叫做"楼中饮兴因明月，江上诗情为晚霞"。你把这两副对子对比一下，结构相同："座上"与"楼中"，"堂前"和"江上"都是呼应的；对联最后一个字呢，干脆就一样，上联都是"月"，下联都是"霞"。我现在让

---

① 周汝昌：《红楼夺目红》，第227—229页。
② 陈晓红：《请告刘心武先生：新索隐派之路走不通——访红学家蔡义江先生》，《艺术评论》2005年第10期。

你把林黛玉在荣国府所看到的那副银联,和真实生活当中胤礽在做太子的时候写的对联加以对比,你就会发现这两副对联是有血缘关系的,它们之间是有一个从生活真实升华到艺术真实的过程。也就是说,它们是从一个生活中的原型物件,演化为一个作品里,一个故事里面的物件,它们之间有这个关系。①

(四) 关于"元春之死"的探佚

周汝昌先生在《红楼小讲》中说:

> 皇帝每年都要到口外去避暑,去打围。那地点相当于现今的河北省承德及其西北的围场县,距京800里。
>
> 那时的旗人贵家公子,因习于逸乐享受,已经视打围为苦事了。书中第二十六回,有一段特提铁网山打围的事,看似闲文,却正是伏笔要害。
>
> 那是薛蟠请客,神武将军冯唐之子冯紫英忽然来了,因久不见,又脸上带有一处青伤,问起缘故,方知就从三月二十八跟他父亲到铁网上打围去了,脸上是让鹰的翅膀划伤的。这贵公子彼时就说:我没法儿,只得去;不然咱们一起聚会多么乐,会自去寻那苦恼去?还又说,此行有一件"不幸中之大幸",前文还特提与"仇都尉"打架的事。隐隐约约,内藏无限丘壑,大有文章在后面。
>
> 原来,在历史上,发生了一件大事变。
>
> 乾隆四年(1739),皇族内四家老亲王(康熙之子)的本人或子侄,许多人联合密谋,另立了自己的"朝廷"机构,准备推翻乾隆(旧恩怨还是在报复雍正的残杀骨肉),至此暴露,获罪者不计其数。到次年,乾隆又举行"秋狝",在围场又遇到庄亲王王子的密计,险遭不测,幸被发

---

① 刘心武:《刘心武揭秘〈红楼梦〉》,第110页。

现,将主犯囚禁后,假装无事,照样行围,以安人心。这种历史事态,曲折地反映入于小说之内。元春的死,正是在她随驾到口外围场期间,事变猝起,她乱中被敌对势力的人员乘机杀害了。①

《刘心武揭秘〈红楼梦〉》:

贾元春之死应该是在贾家彻底败落之前。那不应该是八十回以后最后几回的故事,应该是在写到整个贾家家族大败落之前发生的事,她作为一个前奏,她的死亡应该是在那样一个节点上。前几讲里我分析了,到第八十回,故事的真实的时代背景,已经写到乾隆三年了,写到那一年的深秋了,宝玉吟出了"池塘一夜秋风冷,吹散芰荷红玉影"的句子;八十回后,应该很快就写到乾隆四年的事情。乾隆四年春天,发生了所谓"弘晳逆案",就是弘晳那一派趁乾隆离宫外出春狩,实行了对他的谋刺;但是没有成功,并且也不再是"大不幸之中又大幸",弘晳那派这回是彻底地"大不幸"了,乾隆快刀斩乱麻,果断地处理了此案。对外他尽量不动声色,似乎朝政并没有出现什么大的问题,对弘晳一党则分化瓦解,有的参与者处理得相当轻,对弘晳本人也没有处死,而是把他拘禁到景山东果园里严密看管。后来乾隆又销毁了绝大部分有关档案,但这个逆案对乾隆本人的刺激,是很深重的。现实生活中的曹家,也正是因为被牵连进了弘晳逆案,而遭到毁灭性打击。曹家在雍正朝遭打击的情况,还可以查到一些档案,乾隆朝的这次彻底殒灭,却几乎找不到任何正式档案了。但是我们可以估计出来,贾元春原型的死亡,应该就是在乾隆四年的这个刺杀事件当中,乾隆皇帝没有被刺而死,并且最后平定了叛逆,但是贾元春的原型却没能幸免于难。②

---

① 周汝昌:《红楼小讲》,第 203 页。
② 刘心武:《刘心武揭秘〈红楼梦〉》,第 263—264 页。

三、刘心武接受周汝昌学术观点的再评价

  我们用了很大的篇幅将周汝昌与刘心武的观点加以对照,说明刘心武先生的说法源于周汝昌的观点,是确凿无疑的。假如这是学者之间的交流、切磋,特别是前辈学者对后来者的提携和帮助,那就不是什么问题了。而问题是上面所举的周先生的观点,本身就缺乏史证,带有很大的推理和想象的成分。20世纪50年代周先生提出后,在长达半个世纪里不被学术界所认可,只是作为一家之言。而当被刘心武在揭秘《红楼梦》中,从人物形象、文本内涵、曹家本事等方面,进行洋洋洒洒的解说时,就把周汝昌学术之误,直接传导到广大的听众和读者,客观上起到了误导听众和读者,偷换了《红楼梦》文本内容,歪曲了《红楼梦》伟大著作的审美价值。这一切与他吸收周先生学术研究的负面因素有直接的关系。要回答这些问题,必须先搞清他接受和传播的周先生的这部分观点究竟是什么。因此,我们不得不对刘心武从周汝昌那里接受的学术观点再评价。

  周先生是红学大家,其代表作是《红楼梦新证》,其他著述如《曹雪芹小传》《红楼小讲》《红楼夺目红》等,大都是从这本奠基之作的观点和论据派生的。对《红楼梦新证》的研究和评价,有多部红学研究史谈到,已成共识。在1953年《红楼梦新证》问世之前,没有一部著作对曹雪芹及其家世进行过如此详细的考证。胡适的考证只是对曹雪芹及其家世勾勒出了一个基本的框架,俞平伯等对《红楼梦》的考证,更多的是从文学的角度论述的,因此,20世纪80年代初郭豫适先生《红楼梦研究小史续稿》第九章"周汝昌的《红楼梦新证》"中,指出:"《红楼梦新证》是至今所知的主张《红楼梦》是曹雪芹'自传'的最彻底的书,它把胡适、俞平伯的'自传'说作了更详细、更确定的发挥。在《红楼梦新证》里,小说中贾府的人物事件和曹雪芹家里的人物事件是被当作一回事情来加以互相印证的。在该书《人物考》一章中,周汝昌同志在论述《红楼梦》的'旧时真本'时,竟然毫不犹豫地考定'曹雪芹是先娶薛宝钗,后娶史湘云'(着重点引者所加)。在这里,这位考证家已经觉得无须区别曹雪芹和他笔下主人公贾宝玉的不同,直接把曹雪

芹同贾宝玉当作同一个概念来运用了。"① 过了二十多年陈维昭在《红学通史》中进一步指出:"实证红学中,最有成就的是周汝昌。……周汝昌的体系的源泉不是来自西学,而是来自传统经学的'实证和实录合一'的知识结构。胡适建立起'新红学'的基本构架——实证和实录合一,周汝昌则把这一构架充实完善为一个庞大的体系,把'实证'和'实录'更加全面地合一起来。"② 对于这样一部有影响的著作,"我们既不应当由于它彻底主张所谓'写实自传'说的观点便对之全盘否定,也不应当由于它比别的著作提供了较为丰富的材料而全盘肯定。而应当是采取分析批判的态度,实事求是地肯定作者在材料收集方面付出的辛勤劳动,肯定其中一些材料的认识价值以及某些评论的正确性;同时也认真地评析这部影响很大的'材料考证书',在材料搜集、思想观点和考证方法方面存在的问题和错误"③。因而,摆在我们面前的一个课题,便是吸收那些有价值的正面的研究成果,抛弃那些负面的东西。这些从理论上讲是一个简单的道理,而一旦落实到具体的学术思维和研究方法上便是一个很复杂的问题。用一篇文章很难说清这样一个大问题,只能从刘先生接受周汝昌学术研究的那一部分,即上面所列举的几点来谈。

周先生沿着胡适开创的曹雪芹家世和《红楼梦》版本的研究路数,做了大量的考证,他红学研究最有价值的那部分是为研究曹雪芹和《红楼梦》提供的罕见的翔实的史料;最为红学评论家所不认可的是探佚文字,夹杂着大量的随意发挥的东西。简括地说,他囊括的史料中提出了新的带有体系的观点,主要表现在以"曹家中兴说"为核心,以及与此相连的曹雪芹的生年、弘晳逆案、二次抄家等。并在此基础上,建构"曹贾合一"的体系。20世纪80年代以后,发表了《〈红楼梦〉"全璧"的背后》等一系列的文章,也就是"四学",即曹学、脂学、版本学和探佚学。把"曹贾合一"的体系上升到理论层面上建构,周汝昌红学研究中负面的东西,很快便受到红学界广泛的批评,而他却偏执己见。支撑他这一切的不外乎:一是脂评本《红楼梦》八十

---

① 郭豫适:《红楼梦研究小史续稿》,上海文艺出版社1981年版,第255页。
② 陈维昭:《红学通史》,上海人民出版社2005年版,第242页。
③ 郭豫适:《红楼梦研究小史续稿》,第274页。

回;一是脂砚斋评语。他把脂砚斋抬到了吓人的高度,唯脂是尊。而刘先生从周汝昌那里所吸收的那部分学术观点,大都是周先生的负面东西,恰恰对这些,刘先生却产生了持久而浓厚的兴趣。在《追寻"红学"迷踪》中,明确地讲到自己探佚的两个范畴:一个是八十回以后,曹雪芹打算怎么写?写过什么?一个是前八十回里面也有探佚的空间。这就是说他自觉地与周先生负面的东西产生了共鸣。过去周先生的"四学",只在红学研究圈中为少数人所了解,被刘心武在《红楼梦》讲座中向广大听众和读者作了介绍:"红学除了曹学的分支,版本学的分支,还有一个很大的分支叫脂学。"并对脂砚斋在《红楼梦》中的批注、作用、地位及其与作者的关系,进行了通俗的解释。"这个脂砚斋很厉害,她的批语里都有什么内容呢?很多曹雪芹用的生活素材她知道,她门儿清——北京土话。""更重要的线索是,脂砚斋整理过八十回以后的书稿,她不但目击过、阅读过曹雪芹八十回以后的写作,她还整理过。但是非常奇怪的是,八十回以后曹雪芹写的稿子不知道为什么都丢失了。脂砚斋她留下很多这样的批语。"等等,诸如此类的话,篇篇皆有,处处可见。使周先生偏激而冷门的负面东西,一下子被推向大众,为其揭秘制造了神秘的热门话题。认识刘心武所吸收的周汝昌那些负面的学术观点,才能知其然,又知其所以然。

周汝昌是当代新索引派代表,把索引和探佚推向了极致,其做法最典型的特征:

(一)把《红楼梦》和曹家本事合一,推向极致

周汝昌先生在初版《红楼梦新证》"人物考"中直言不讳地说:"曹雪芹是先娶薛宝钗,后娶史湘云。"这一代表性的观点被多位红学史评学者所引用,因为它简明而深刻地反映了周汝昌先生"曹贾合一"的学术思维,并支持和影响了他大半生的红学研究。以曹雪芹生年为例,这是他颇为得意的考证。

《红楼梦》第二十七回写四月二十六日正好交芒种节。查《万年历》,这个日子在乾隆元年。

按照《红楼梦新证》第六章"红楼记历"中的排列：

第一年—第四年：第一回

第五年—第六年：第二回

第七年：第三回—第四回

第八年：第五回—第六回

第九年：第七回—第九回

第十年：第十回—第十二回

第十一年：第十三回—第十六回

第十二年：第十七回—第十八回

第十三年：第十九回—第五十三回

第二十七回是宝玉十三岁。这一年的芒种节是宝玉的生日，"至于宝玉为什么单单生在四月二十六日芒种节？这就牵涉着历史事实了：原来那时那日，正是雪芹的生日"。这一天恰逢乾隆元年，回溯十三年，雍正二年就是曹雪芹的生年。由此而推之，《红楼梦》第十九回至第五十三回定位在乾隆元年，第一回至第十八回写的是乾隆前的事情；第五十四回至第八十四回写乾隆元年到四年的事情，此时正值曹家中兴，乾隆四年发生弘皙逆案，牵连曹家，又遭大故。

而这一连串的曹家本事都于史无考。曹家中兴的标志是曹頫复官，为内务府的员外郎。这一史料除了《红楼梦新证》出现过，至今无史料佐证。"弘皙逆案"也是由零碎史料碎片拼接而成的，也没有详细而完整的记载。至于曹家二次被抄，惨遭败落，正如周汝昌先生自己所言："虽然由于文献缺乏，我们对曹家再次惨遭彻底毁败的直接的、确切的案由一时无法列举，因而不能不用间接而曲折迂回的办法来窥测……"所谓"间接而迂回的办法"，就是联想、推测，靠个人的悟性去发现。因此，郭豫适先生批评他说："由于在周汝昌先生的观念里，《红楼梦》中的人物即是曹雪芹及其家里的人，所以有时候简直就把二者画上等号，可以互相代替，不必再加区别。"[①] 可见，"自传

---

① 郭豫适：《红楼梦研究小史续稿》，第270页。

说"是支撑他全部学术思维和研究方法的理念,只有认识到这一点,才能看清他的学术观点,总是在"以曹证贾""以贾证曹"这个怪圈中徘徊,并为之付出了半生的心血,成于斯,也败于斯。

半个世纪以来,周先生在坚持"自传说"有一个否定之否定的过程。他在1953年出版的《红楼梦新证》里说:"现在这一部考证,唯一的目的即在以科学的方法运用历史材料证明写实自传说之不误。"① 因此,他把曹家和贾府合二而一,说"曹雪芹是先娶薛宝钗,后娶史湘云"②;说"贾母因提到死去的丈夫曹寅而落泪"③;后来"唯一的儿子曹颙病死","曹频在二十来岁上被过继给贾母"④。1954年批评俞平伯运动之始,周汝昌作了一个检查,说:"我在《红楼梦新证》一书中,处处以小说中人物与曹家世系比附,说小说中日期与作者生活实际相合,说小说是'精裁细剪的生活实录'","受胡、俞二人的方法影响很深",以致"成为胡、俞二人的俘虏","导引读者加深对《红楼梦》的错误认识",从此就放弃了"自传说"。⑤ 在1976年4月增订本《红楼梦新证》中,周先生把"写实自传说"全部删光了。他在该书的《重排后记》中说:过去"全书存在的中心问题是主张'自传说',全部各章各节,都从这个错误观点出发,拱卫着它,简直成了一个'体系'"。他还说:"比附真人真事,其效果还可能影响一些初学创作的人,忽略马克思主义文艺理论的重要原则,即典型化与能动反映论。那将不利于现代创作的提高和发展。毛主席说过的:'但是文艺作品中反映出来的生活却可以而且应该比普通的实际生活更高,更强烈,更有集中性,更典型,更理想,因此就更带普遍性。'(《在延安文艺座谈会上的讲话》)真人真事派的创作方法论,实质就是违反这个科学的文学理论教导,仿佛作品只是'等于'生活,甚至倒是生活高于作品……批判了这些自传谬说,才能正确深刻地认识《红楼梦》的意义,也才能正确深入地研究曹雪芹的艺术特点特色。"周先生的这种自我批评

---

① 周汝昌:《红楼梦新证》,棠棣出版社1953年版,第566页。
② 周汝昌:《红楼梦新证》,人民文学出版社1976年版,第100页。
③ 周汝昌:《红楼梦新证》,人民文学出版社1976年版,第78页。
④ 周汝昌:《红楼梦新证》,人民文学出版社1976年版,第79页。
⑤ 周汝昌:《我对俞平伯研究〈红楼梦〉的错误观点的看法》,《人民日报》1954年10月30日。

显然是受到当时政治影响的违心之论。

改革开放以后,他的论著中逐渐全面恢复了旧版《红楼梦新证》的观点,在《红楼梦与中华文化》说:曹雪芹在《红楼梦》中"正写的是他曹门的'家史'","表明了我对'自传说'的认识较之早年更为明晰不疑"。① 20世纪80年代以后,他开始为"自传说"研究进行理论上的建构,提出红学的四个分支:曹学、脂评学、版本学和探佚学,走入一个更加偏执的学术状态之中,固执己见。其观点越是不被大多数学者所接受,他越是独立不移;其提法越是受到红学家的广泛的批评,他越是独行而进。此时,能够和他的观点同声相应的,只有像刘心武、梁归智寥寥数人而已。

(二) 在史证和探佚、推理与想象中自如而为

周先生在20世纪80年代之前,受到当时意识形态的控制,他于"自传说"是"犹抱琵琶半遮面",其实内心却顽强地固守着。一旦政治空气松动,他便接连爆出一个个令人瞠目结舌的结论,尽管红学界的大多数人摇头置疑,但难以下手。一则周先生是红学大家;二则批评者功力尚浅;三则红学界存有宗派情绪。当批评者还在尴尬之时,一些索引啊,探佚啊,纷纷而出,粉墨登场,打造红学的"普及"。自然周汝昌的著作以其盛名,更胜一筹。这个时期他的著作有一个鲜明的特征,已将"四学"的界限打破,融会贯通。无论谈论哪一个问题,即使小到一个词语的解说,都在"四学"中游刃有余,俯身拾取,犹如探囊取物,生发而就,目标如一,直指所谓《红楼梦》的真故事。诚如周先生在《红楼真梦》开篇所讲:"这本书很特别,题个什么书名方能表其性质体裁?最初不假思索,冲口而出的,是七个字:《红楼梦的真故事》。……我又想改用《红楼寻梦》四个字,最后定名为《红楼真梦》。虽然这个'真'字还可以推敲,但我的本怀确实在此一字上:'真',从头到尾永远是我寻求的最高目标。若用'寻梦'为题名,那么所'寻'何'梦'?不是别的,仍然是追索雪芹原著之真,即其本来宗旨与基本精神。""'红楼'

---

①周汝昌、周伦苓:《红楼梦与中华文化》,中华书局2009年版,第52、85页。

之梦有真有假。真梦是曹雪芹的原著,即脂砚批语中透露的'百十回'本,即一百零八回手稿;假梦就是流行已久、蒙蔽世人的程高伪续一百二十回本。"①

我们以此书中《楼榜天香》一文为例,说一说周先生的特点。这篇小文章只有一千二百多字,却多处涉及的"四学":

第一,题目的缘起:"秦可卿命尽之处,叫做天香楼。"这是从脂砚斋关于"秦可卿之死""删节"的批语谈起。

第二,"秦可卿的原型是胤礽之孙、弘晳之女,因祖、父两代的政治祸变而隐去真名,寄养在'营缮郎'秦业家。'营缮郎'者,是内务府营造司的郎中(或员外郎)。这家人因把她养不了而转给了'贾(曹)府'"。这段介绍从清代历史跨入了曹家本事,从曹家本事又过渡到《红楼梦》文本。

第三,"这件'隐'去的'真事',是曹家二次抄家的罪款之一条。这实在关系太大了,雪芹终于将她死去的真情节全部删去,并另想办法来'写'她"。寥寥数语又以探佚的手法与《红楼梦》文本组接到了一块。

第四,"这'办法'之一是借香菱以叙可卿。……周瑞家的送宫花,第一次碰到香菱,有一段特写——周瑞家的便拉了他(指香菱)的手,细细的看了一回,因向金钏笑道:'倒好个模样儿!竟有些像咱们东府里蓉大奶奶的品格。'……这就把可卿和香菱联系了起来。……"这段文字稍多,意思是从《红楼梦》字里行间探佚出"送宫花"的细节,笔笔都落在秦可卿身上。这是曹雪芹的隐秘的叙事安排,既然"宫花"与秦可卿相连,其背后的隐语不正是"宫中之女""皇室之女"吗?正如周先生的结论:"可卿之死,绝非什么'淫丧',那是烟幕或故作诬谤之词。其时,大约当政者已然得到秘信,探知了这个女子的真身份,是政敌'危险人物'胤礽之孙、弘晳家的匿隐者,也是祸根一条,不会容她存在。可卿为人,心胸识见,一切洞然,不愿因己而又为两府引惹灭门之祸,故此一条绳索自己先'行',于心方安。"② 从《红楼梦》文本跨到探佚,从探佚再影射清史,糅合成一团。

---

① 周汝昌:《红楼真梦》,山东书画出版社2005年版,第1—5页。
② 周汝昌:《红楼夺目红》,第216页。

第五，为了证明此结论之确切，又在行文中不加说明地引出了甲戌本回前诗：

　　十二花容色最新，不知谁是惜花人。
　　相逢若问何名姓，家住江南本姓秦。

　　这又涉及了版本学，因为百二十回《红楼梦》根本没有这首诗，一般读者哪里知道？如此一篇小文，便调动曹学、脂评学、版本学和探佚学的东西，自如地组合，水乳般交融，自然地生成。正如陈维昭先生所指出的："周汝昌的这些文章已经不能用索引红学、考证红学、曹学、探佚学、脂评学、版本学等来归类，这些文章就是所有这些'学'的融会贯通。周汝昌潇洒地游刃于各'学'之间，令人瞠目结舌而难置一问。""他在材料之间的过渡全凭'悟'性的自由翱翔。"①

　　（三）盛名之下，真假莫辨，以讹传讹

　　周先生是红学界的元老，盛名之下，别说一般读者对他盲从，就是一些专家学者也随其后人云亦云。最典型的是20世纪80年代《红楼梦》电视连续剧的改编，由于受周汝昌"崇曹贬高"偏见的影响，其权威地位"造成不能按后40回改编的恶果"。"探春远嫁"改编时落入"昭君出塞"的俗套；凤姐结局改编成瘐死狱中，还用席子卷上在雪地里"拖尸"；让湘云作了"官妓"……这所有的改编都是依照脂评本和脂砚斋的提示进行的，甚至把秦可卿与公公"爬灰"，"遗簪"，"更衣"都用正面画面补出，改变了《红楼梦》一百二十回本流传两个世纪的客观事实和欣赏习惯，破坏了《红楼梦》的完整性。抛开《红楼梦》一百二十回本，以脂评本八十回和脂砚斋对后四十回的提示去改编一部投资如此之大的电视连续剧，可见周汝昌先生"权威"影响之大。

　　周先生20世纪80年代初发表了一篇长文《〈红楼梦〉"全璧"的背后》，

---

①周汝昌：《我对俞平伯研究〈红楼梦〉的错误观点的看法》，《人民日报》1954年10月30日。

公布了一个令人震惊的结论：乾隆四十五年（1780）十月，和珅担任《四库全书》总裁后，出重金延请文士，为他续补《红楼梦》。当学者对这个惊人的探佚结论摇头的时候，已被历史学者所引用，成为史传的证据。如《和珅评传》：

> 据红学家们考证，《红楼梦》的流传是差不多与《四库全书》成书同时开始的。《红楼梦》成书后，被作为是一部对当朝有不利"碍语"的秘本书。当时只有少数书贩为了牟取暴利而冒险传抄出售。但是到了乾隆五十四五年之后，不仅各种抄本的八十回和一百二十回并行，广泛流传于民间，甚至一百二十回的刻印本也已传布在市井之间，特别是在将江浙地区，更广为流传，几至家喻户晓，人人争阅。为什么乾隆帝大搞禁毁碍书的高潮时期，《红楼梦》却得以公开流行呢？据周汝昌先生研究，是和珅在其中起了决定性作用。
>
> 原来和珅之弟和琳的亲家苏凌阿的家里就收藏着《红楼梦》的原抄本。大概和珅阅览后十分感兴趣，并深受该书影响，例如在和珅的诗集中有不少诗句是与《红楼梦》中的诗句相同或大同小异的。同时在他的诗中也常引《红楼梦》中的故事和人物，如"金陵十二浑闲事，漫拟同车携手行"。于是便请人删改了书中的"碍语"，又找人增补了后四十回。在和珅认为满意后，就呈送乾隆帝御览，得到了乾隆帝的首肯。不久《红楼梦》的京版问世，并流传于大江南北了。
>
> 和珅所找到续曹雪芹《红楼梦》者乃高鹗和程伟元二人。高鹗在程伟元本《石头记引言》中还说："是书词意新雅，久为名公巨卿赏鉴。"
>
> 曹雪芹《红楼梦》的原著只传出八十回，大概是在乾隆五十年代中叶起，才有一百二十回本的所谓"全璧"本流传。据说是因为苏凌阿的原抄本被老鼠咬损，到琉璃厂书铺"抽换装订"时，由"好事者"乘机补续了后四十回。
>
> 赵烈文所著《能静居笔记》引用宋翔风的话时说："谒宋于庭丈于葑溪精舍，于翁言：曹雪芹《红楼梦》，高庙（即乾隆——笔者注）末年，

和珅以呈上。然不知所指。高庙阅而然之,曰:"此盖为明珠家作也。""后遂以此书为明珠遗事。曹实楝亭先生子,素放浪,至衣食不给。"由此可以证明,《红楼梦》一书是由和珅审阅后,呈给乾隆帝阅览的,并得到乾隆帝的首肯。这样,《红楼梦》一书才得以广泛流传。其次也可以说明,正是乾隆帝首先指出《红楼梦》一书记载的是明珠家的事情,这样就为后来红学中的索引派开了先河。①

连史学著作都盲从大家,以周汝昌探佚为据,以讹传讹,岂不悲乎!

四、刘心武播扬周汝昌负面东西更有魅力

刘先生播扬周汝昌负面东西更有魅力,究竟有哪些新的发展和新的特征?这是我们需要关注的。

刘先生把自己的研究归纳为"秦学",并从理论上划分出四个层次,最后落脚点还是探寻曹雪芹原来的构思,恢复《红楼梦》原来的面貌。这与周先生的做法有异曲同工之效。半个世纪前,周先生与其兄周祜昌开始了长达数十年的《石头记会真》的对勘工作,疏理考证、簸扬夹杂、筛汰粗陋,终于出版了这部浩繁的书籍,其目的就是为了恢复曹雪芹《红楼梦》的真文本意。但刘先生不同于周先生的是,更有自己的特点。

第一,对周汝昌学术之误,已从学术层面向大众文化发展。周先生从零碎的、片断的史料中,靠着悟性,拼接出以"曹家中兴"为核心,以及与此相连的曹雪芹的生年、弘晳逆案、二次抄家等新说,并在此基础上,建构了"曹贾合一"的体系。不管这一体系是否具有史证的可靠性,不管这一体系是否得到学术界的认可,但只在考证的圈子里。而刘先生却将它扩展到曹雪芹的创作构思,提出"秦学"的学理框架,不仅支持了周汝昌先生"曹贾合一"的体系,而且扩大了它的外延,向广大听众和读者播讲。刘先生说:

---

① 冯佐哲:《和珅评传》,中国青年出版社1997年版,第147—148页。

在《红楼梦》第四十回"金鸳鸯三宣牙牌令"中，就惊心动魄地宣示了《红楼梦》这本书它整个的政治背景是"日月双悬"，最后鹿死月手还是日手，至少到书中第四十回的时候，还尚未可定。①

"双悬日月照乾坤"是刘心武先生对周汝昌学术之误的发展，是他的新发现，很快得到周先生的赞赏，进而从荣国府的对联又作了引申，补充了刘的假说。刘先生致信周先生：

比如您这回来信中关于"密""穆"二字协音相通的内容，有的人可能莫名其妙，哪来的"穆"字啊？原来他看的是根据程伟元、高鹗篡改过的本子印行的《红楼梦》，林黛玉进荣国府，先看到"赤金九龙青地大匾"写着斗大的三个字"荣禧堂"，……跟着写到林黛玉又看见一副比"金"低一级的錾"银"对联"座上珠玑昭日月，堂前黼黻焕烟霞"，这对联是从当时气焰万丈、等候接班的皇太子胤礽的名对"楼中饮兴因明月，江上诗情为晚霞"演化来的，真本《红楼梦》里曹雪芹明明白白交代下面一行小字是"同乡世教弟勋袭东安郡王穆莳拜手书"，这实际上是点明了太子身份，程、高立刻紧张起来，马上大笔一挥，改为了"衍圣公"云云。可见不研清史，不研曹家家史，又不研究中国传统文化中"穆""莳"等字可以喻示的含义，怎么读得懂《红楼梦》呢？

第二，将周先生探佚之说进行文学化、故事化。

刘心武先生是一位作家，他的红学探佚具有其他人不可比拟的优势，就是文学化、故事化。探佚并不是像一般人的理解，只是对《红楼梦》具体的情节和人物作一些索引和考证，而是有更高的追求。还是让我们先看一看从事探佚学研究的梁归智的解说：

---

① 刘心武：《刘心武揭秘〈红楼梦〉》，第127—128页。

因为探佚的具体操作固然是"显示原著中情节和人物命运的基本轮廓和脉络",但这种"显示"并不是探佚的最终目的,……我的认识是:探佚的精髓和本质正在于"遗形取神"和"得鱼忘筌"。

……

红学界的一个大问题是大多数研究者缺少艺术感悟力和深邃的思考力,因而不能进入《红楼梦》的思想和艺术堂奥,不能与曹雪芹的心灵作深层的对谈,也就是不"解其中味"。①

梁先生所说的"大多数研究者缺少艺术感悟力和深邃的思考力",在刘先生那里不但不缺少,反而是优长。刘先生自己也认识到这一点:"我有我的优势,我会写小说,我把我的研究成果以探佚小说形式发表。"刘心武先生就是根据脂砚斋的残言断语的简单而又模糊的提示或点拨,生发出了"秦可卿故事新编"。这是他比其他搞探佚学的人更能赢得普通读者或听众欢迎的重要原因。

第三,将周先生之说通俗化、普及化。

目前有关红学的著作没有比刘心武的解说更通俗的了。这是一个不可忽视的重要现象。古代通俗小说传播的一个原因是:话须通俗方传远。周汝昌的文章有"掉书袋"之嫌,本来能够说明白的话,有时还要添上一两个一般人都不认识的字眼,如强调荣禧堂那副对联隐语的意义:用一个"隐语"就说能清楚,再重复一个"廋词",这个十分生僻的字眼,还是隐语的意思。刘先生十分重视通俗的解说。脂砚斋对宝玉的考语是"情不情",刘先生作解释:

> 第一个"情"是动词,第二个"情"是名词,就是贾宝玉他能够用自己的感情去赋予那些……她说黛玉的考语是"情情",第一个字是动词,第二个字是名词,黛玉是把她的感情只献给她爱的那个人……

---

① 梁归智:《关于"红学探佚学与结构论"的对话》,《山西大学学报(社科报)》1998年第2期。

整部书都有这样通俗的解说,是他赢得了广大听众和读者的一个重要原因。但通俗形式中蕴含更多的则是,学术的娱乐化、探秘的欲望化和受众的平面化。其一,所谓"学术娱乐化",是指"揭秘"并不是真正解读《红楼梦》文本,而是在大多数人崇尚《红楼梦》的心理驱使下,以揭秘而达娱乐。讲得挺有趣、挺新鲜。其二,所谓"探秘的欲望化",是指把"秦学"称为学术研究的同时,又把它下嫁到低俗的层面,言其"揭秘"。有意为之,制造悬念,迎合民众的猎奇和探秘的心理。特别是"宫闱秘事"更加强化了探秘的欲望。其三,所谓"受众平面化","受众"是指听众的主体,他们大多对《红楼梦》知之甚少,缺少有关"红学"方面的基本常识,是一个社会大众群体。这三点是"刘心武现象"的表征,内蕴则是探佚与揭秘相交而生成的合力,成为向"平民红学"趋动的情感动因。

原载《湛江师范学院学报》2006年第2期

我是如何写作《刘心武"红学"之疑》的

《刘心武"红学"之疑》这本书在 2006 北京书市上市以后，引起很大的反响。最近，有些记者和不相识的人问我："你为什么要写《刘心武"红学"之疑》这样一部专著呢？"我觉得有偶然的，也有必然的因素，有必要告诉大家，我是如何写作的，有助于对这场红学争论的理解。

一、写作动因

2005 年夏天，天津电视台邀我讲《红楼梦》。朋友建议我看看央视 10 台，学习学习刘心武的讲授方式。我听了刘心武的讲座后，只觉得他讲的和《红楼梦》离得太远，并没有多想。当我在天津电视台讲完了，电视台编辑说："您和刘心武讲的不一样，就叫作《正说红楼梦》吧。"

国庆节放长假，我在北京买了一本《刘心武揭秘〈红楼梦〉》，边读边想，引发我思考了不少的问题。恰好新华出版社副社长要力石来约稿，谈话中有一个话题，便是"刘心武揭红热"，越谈越有共识。一个有心出书，一个有意写书。一本同刘心武争鸣的书，就敲定下来。

周围的朋友知道我要写与刘心武争鸣的文章，都劝我说："刘心武是名作家，他能上央视讲《红楼梦》，必定有背景，你何必要得罪人呢？"

"学术争鸣，是善意的。"

"谁还管你善意不善意，只要你一批评人家，就得罪人。"

"蜜房各自开牖户，蚁穴或梦封侯王。"（黄庭坚诗句）近年来，学术界确有不好的风气，只要学术观点不同，便会演化成人际关系无原则的纠纷，各树派别，党同伐异。朋友的劝说很现实，可我读了《刘心武揭秘〈红楼梦〉》和《红楼望月》，越读越觉得有话说，越读越觉得大有争鸣的必要。因为只有争鸣，才能促进学术的向前发展。因此，我写了一篇长长的《前言》，讲了三个问题：

（一）争鸣的学术平台——尊重他人；

（二）争鸣的学术原则——理性批评；

（三）与刘心武先生争鸣的意义。

二、学术准备

《刘心武"红学"之疑》出版后，2005年12月30日，我在网上看到一则消息："刘心武同时还表示想看看这本书，他告诉记者：前一段时间陕西出了一本批评他的书，但仅仅是把一些公开发表过的文章凑在一起，甚至还夹杂了一些以前的红学文章。他说自己的《揭红》是花了很长时间的研究才写出来的，而这本书的作者在这么短的时间里就能写出这么一本批评他学术观点的书，确实非常快，是他预料之外的。"

那么在这么短的时间内，怎么写出这本书的呢？

20世纪80年代初我在大学讲授古典文学，开始研究《红楼梦》，但很长一段时间都是学习和研究前人和当代的红学研究成果。另外，当时我的主要精力都投到《三国演义》的研究和学术写作之中，从1992年出版《三国演义艺术欣赏》，1995年《三国演义诗词鉴赏》，2000年《三国演义叙事艺术》，直到90年代后期，我才开始写红学论文。1999年在《红楼梦学刊》发表了第一篇红学论文《半个世纪关于〈红楼梦〉叙事结构的理性思考》。学术界朋友说："你一出手就从文学研究最重要的视觉——叙事结构，扫描了半个世纪红学研究现状，并上升到理论高度，进行了反思。"这也许正是我长期的学术积累。以后数年接连在《红楼梦学刊》发表了《〈红楼梦〉脂评的叙事思想》《从〈红楼梦〉文本叙事反观程本与脂本回目的异同》《〈红楼梦〉性描写的叙事根据、层次和特征》等文章。2001年开始,我在学校给本科生开设《红楼梦欣赏》选修课,又给研究生开设了《红楼梦与叙事学》专题课。2003年底我获得天津市"十五"社科立项,课题是《红楼梦叙事艺术研究》。近两年来,围绕着《红楼梦》我一直处在研究和写作的状态。

上面的教学和科研,是我写作《刘心武"红学"之疑》的学术准备。

三、写作过程

第一,搭建提纲。

我考虑最主要的是立意的问题。如何从大处着眼,小处落笔。所谓"大处着眼",就要全面地把握和审视,避免在具体枝节上纠缠,主要体现在"三个区别"上:

一是刘心武"红学"研究与刘心武现象是两个不同的范畴,要分别开来,前者是个人行为,后者是社会现象。

从社会文化视觉来看,刘心武在央视讲《红楼梦》,从形式上实现了学术研究向大众文化的转型。刘心武正是看到这一点,并有利地运用这一手段,将《红楼梦》名著的文本阅读转换为电视播讲,收到前所未有的效应。这是"刘心武现象"的正面效应。学术界的许多学者苦苦地在日渐荒芜的学术领地守望,只懂得在一个层面,即学术上对话。这是他们执着和可爱的一面;而他们长期远离基层、远离大众、远离书房外面喧腾的世界,对"刘心武现象"所产生的正面效应,客观上产生的挑战,毫无知觉,这又是他们木然和可叹的一面。我们知道:大众文化以其特有的娱乐性、流行性、通俗性,以及对普通百姓日常生活与内心世界的揭示,使人感到可亲可敬,把平民百姓关心的话题引到时代舞台的中心,在文化领域开拓出了一片新的绿地,是大众文化之所以能赢得普通百姓的青睐的重要原因。这些都是精英文化与主流文化无法企及的。多年来,我们的精英文化与主流文化更多地讲的是思想性、政治性,强调灌输、启蒙和引导,形式单一,内容枯燥,从而在老百姓中形成一种逆反心理,往往沦为走过场。相反,那些低俗的搞笑、宣泄的狂欢,无益的猜谜等，却乘虚而入。而刘心武却用通俗而形象的形式将传统文化中的经典名著带进大众文化的平台，是不容忽视的。

二是要区分刘心武"红学"研究中的"秦学"与红学随笔。刘心武的红学著作大致可以分为三种类型：一是"秦学"；二是"红学"随笔；三是学术小说。第三类从严格意义上讲不属于学术研究，我和他争鸣的范围只在"秦学"。

刘心武借助《红楼梦》崇高的文化品位吸引了人们的眼球，但其内容明为《红楼梦》讲座，实为从《红楼梦》文本索引、考证、探佚出一些碎片，把它重新组织成一个"秦可卿故事新编"。或者说，它像黑洞一样吞噬着《红楼梦》一切可资利用的东西，《红楼梦》经典名著的价值在被悄悄地改变，崇高的文学品味在慢慢地变味。他以揭秘的形式，背离了《红楼梦》文本的基本内涵，从而在客观上误导了广大听众。作为一种文化现象，这是不容忽视的负面效应。

三是刘心武"秦学"的主要观点都源于周汝昌的学术观点，既继承，又发挥。也就是说，刘心武在内容上继承了周汝昌的学术观点，而在内容和形式的结合上却发挥到了极致，把零碎、冷僻的史料和周汝昌的推想、探佚，都用通俗而形象的语言讲述出来，收到意想不到的效果。

刘心武在《红楼梦》讲座中，以及《刘心武揭秘〈红楼梦〉》一书，屡屡谈到的关于曹家本事与清代史实，基本上都围绕周汝昌关于"曹家中兴说"的主要观点，并以这些观点作为"历史依据"，进行随意性的发挥、想象、推理，进而结构出"秦可卿故事新编"。周汝昌的代表作《红楼梦新证》，便提出曹雪芹生年、曹家中兴说、弘晳逆案等个人观点，而且曹家在乾隆朝"中兴"说，是周汝昌学术体系中的核心观点。因为他红学考证的重点，是曹雪芹的家世和生平。由于周汝昌先生"曹家中兴说"的史料不足，推理颇多，正如刘梦溪先生所说："总的看，考证曹雪芹的家世生平，周汝昌颇多真知灼见，于版本、于脂批、于文物，虽不乏创见，但主观臆断成分经常混杂其间，减弱了立论的说服力。"[①] 因此，长期以来并没有得到学术界的认同，却被刘

---

① 刘梦溪：《红楼梦与百年中国》，河北教育出版社1999年版，第113页。

心武先生以讲座的形式做了普及性的宣传。

第二，写作过程。

我10月下旬动笔，每写三章传给出版社一次，责编、校对一起上手，终于12月15日写完。这五十多天，可以说日夜兼程。等看全书清样时，就感到急就章有很多不如意的地方，比如几个主要问题还欠深刻的展开：

（一）刘心武的"秦学"研究背离了《红楼梦》文本的整体性。它比同类型的索引派在客观上对广大听众有更大的误导作用，是因为他将索引、探佚故事化，以文学的感染力打动读者或听众。如小说《秦可卿之死》强化了他的"秦学"论述。

（二）借曹家本事，贯穿于"秦学"之中，使广大听众信以为真，以为是在还原"曹雪芹的构思"。其实是讲述他自己的"秦可卿故事新编"。因为广大听众毕竟不是学者，他们不会也不需要分清什么是史事，什么是虚构，何况是名作家说的。

（三）"秦学"解构了《红楼梦》的精神、意蕴和哲思，却以电视讲座这一大众化的消费形式去推广，以猜谜这种通俗的民间方式表达，颇受听众的欢迎。在不为人所注意地向听众偷换《红楼梦》真正的审美内涵。

第三，最想说的话。

2006年元月初北京图书订货会参展新书中，新华出版社推出红学专著《刘心武"红学"之疑》，引来出版界、新闻界的格外关注。《工人日报》《参考消息》《中国书报博览》《新民晚报》《北京晚报》《劳动午报》等，大都以"郑铁生专著叫板刘心武"为题，网络上更是一派热闹，什么"'叫板'刘心武　新年伊始红学纷争硝烟再起"。正如安徽师范大学文学院教授俞晓红所说："网上搜索一下，你可以看到'郑铁生叫板刘心武'的标题，充斥了整个屏幕。这类题目颇让人感到好笑，仿佛向读者宣说一个初出茅庐的无名后学敢于挑战名家的勇气。其实就古典文学研究圈而言，郑铁生早已是名家、行家，正宗的中年学者，而刘心武呢？他也许是个名作家，但从来就不是个学者。论做学问，郑铁生是教授级，而刘心武好比是跨进研究门槛的小学生。"2005年12月23日，人民网报道说："由于红学研究本身需要一定的学识和学术修养,刘心武'揭红'书面世后,除了几位红学家发表简短文章提出批评外,目前还没有一部可以应对刘心武红学研究的专著。这部新书的作者郑铁生是中国红楼梦学会理事,多年研究红楼梦等中国古典文学,此书将成为应对刘心武'揭红'的'叫板之作'。"其实,我写完书稿以后,想到最多的不是与刘心武先生叫什么"板",而是深深地感到:刘心武"揭红"捅出的问题,实质是红学的研究方法出了偏差。是几十年来"红学"研究中某种潜在的深层的思维方式的折射,是在文本和阐释上或明或暗的冲突和对立的必然反映,绝不是什么个人的具体的观点之争。否则,就会陷入"公说公有理,婆说婆有理"的怪圈。比如,刘心武讲"秦可卿出身寒微",而有的学者就说秦可卿之父身为"工部营缮司郎中",相当现在的建设部副部长,可见不寒微。照如此研究,不正应了网上所说的"打嘴仗"。

《刘心武"红学"之疑》写作目的,就是以期与刘心武互相切磋,碰撞出真理的火花。恰如华东师大副校长、中国古代文学博士导师、国务院学校委员会学科评议员郭豫适教授在《论红学索隐派的研究方法》一文中指出的:"近又见郑铁生同志的专书《刘心武"红学"之疑》,(新华出版社,2006年1月),全面质疑刘心武的红学(含'秦学')研究,深入评述其根源、本质和特点,指出新索隐派著述的错误及其不良影响。"[①] 中国红楼梦学会会长、研究员、博士生导师张庆善在为本书作序中指出:"郑铁生先生是一位卓有成就的学者,对中国古典小说深有研究,我相信大家读了他的这本书后,一定会对刘心武先生'秦学'有一个正确的看法,对如何解读《红楼梦》有进一步的认识。"[②] 另外,还有一层意义,就是研读刘心武"揭红"和自己写作的过程,也是提升自己思辨的过程。盘点了我多年以来学术的积累,清理了我学术思维的碎片,明晰了我的学术方法。这将对于我深入研究《红楼梦》大有益处。

[①] 郭豫适:《拟曹雪芹"答客问"——论红学索隐派的研究方法》,华东师范大学出版社2006年版,第8页。
[②] 张庆善:《刘心武"红学"之疑》序,新华出版社2006年版。收入《惠新集》,北京时代华文书局2016年版,第381页。

这篇小文很难表达我的更多的思想,借唐朝诗人韦应物两句诗表述我此时的心情:

怪来诗思清人骨,门对寒流雪满山。

原载《红楼梦》2006 年第 1 期

《红楼梦研究与津沽文化》创刊词

天津是一个多元的历史文化名城。有学者概括为雅文化、俗文化、洋文化三者合流。"地当九河要津，路通七省舟车"的地缘优势使之然也，自北京定都，便拱卫京畿，沟通南北漕运、海运，形成"十里鱼盐新泽国，二分烟月小扬州"的地理人文环境。盐商率先建造"水西庄"，吸引南北学人，聚揽当代名士。社会百流，五方杂处，市民群体，生计奔波劳碌之余，娱乐身心，繁荣了通俗小说、戏剧、曲艺。现代教育和报业两大支柱产业，加速了天津向现代化的转型，拓展了津沽文化。

古人说："礼乐所由起，百年积德而后可兴也。"

文化的前驱，后学的努力，都自觉不自觉地在"积德"的道路上行进。当然，历史告诉我们，思想的自觉依然是具有关键的作用的。新思想的启蒙者、传播者严复使天津文学第一次站到了20世纪中国文学的前列；维新派文学革新的主将梁启超著述"饮冰室"，名扬四海，功垂一世；辉耀桑梓的弘一法师李叔同、卓越的现代教育家张伯苓先生，把话剧艺术引进中国，首创津门，活跃南开。

其中，还得先说说天津与《红楼梦》扯不断的联系。曹雪芹祖上的"受田"在北京东南部的宝坻、武清之间，其地筑有"东皋草堂"。康熙四十年（1701），曹寅在《东皋草堂记》中记载：

> 东皋，在武清、宝坻之间，旧曰崔口，势洼下，去海不百里。非有泉石之奇、市廛之盛、工艺之巧、弋钓之足乐也。其土瘠卤，积粪不能

腴；其俗鄙悍，诗书不能化。故世禄于此地者，率多以为刍牧之地，或弃之而请益于大司农，即拨给之者，亦每勤其恤而薄其徭。……予家受田亦在宝坻之西，与东皋鸡犬之声相闻。

出身宝坻名门的清代诗人王煐，在康熙二十一年便与曹寅相交，成为挚友。几十年间两人书信往来，诗歌互答，是研究曹寅生平的珍贵资料。曹寅逝世后，王煐有悼曹寅挽诗12首。

对《红楼梦》研究，早在1925年天津大公报馆就印刷和发行了阚铎《红楼梦抉微》。李辰冬在天津河北女子师范学校执教期间，写作了《红楼梦研究》。周汝昌是从津沽大地崛起的一代红学巨匠。在天津生长、学习过的著名翻译家杨宪益和夫人戴乃迭女士共同完成了英译本《红楼梦》……

20世纪90年代在南开、天津师大等几所高校著名学者引领下的天津红楼梦文化研究会便是一支活跃的学术团队，曾在国内很有影响。有南开大学著名教授宁宗一、冯尔康、朱一玄、鲁德才，天津师范大学著名教授李厚基，以及天津日报著名学者滕云等，他们虽命之红楼梦研究，但却跨越学界，旁及津沽文化，并团结、聚拢、影响了一大批新闻、出版、美术、工艺诸多领域的学者和专家，究其实，他们是为天津文化脚踏实地做了点事。因之，天津"泥人张"推出金陵十二钗等红楼人物，天津《红楼梦》清代服装衣饰展走向台湾，举凡葫芦、玉器、根雕、象牙等"红楼人物"，琳琅满目。

时代推移，薪火不断，今天又有一批同道者重新聚合，再张旗鼓，成立天津红楼梦研究会，创办《红楼梦研究与津沽文化》学术刊物，使红学与津沽文化彼此支持，并驾齐驱，继承传统。前贤为重建中国的新文化，甘于寂寞，献身于学术的精神，永远是我们学人的追求。天津红楼梦研究会将遵循孔子教诲"用志不分，乃凝于神"，远离浮躁，远离名利，洗刷贫困的思想，摒弃人为的炒作，为天津文化的繁荣发展默默地耕耘。

"文章者，天下之公器也。"《红楼梦研究与津沽文化》办刊的目的是为大家提供一个平台，以文会友。不忘老学者，结识新文友，欢迎一切有志于文化研究的年轻朋友。"不遇亲者而谀之，不遇疏者而略之。"坚持百家争鸣，发扬清新学风；倡导严谨创新，鼓励多元研究。学刊以学术为鹄，唯有求新，才能进步。因此，新材料、新视角、新观点的发现与传播是学刊之要义。同时，津沽文史的笔墨也会丰满版面，先睹学人。

适逢盛世，有为今日。《红楼梦研究与津沽文化》将打造一个全新的红学研究和津沽文化的平台，愿诸同仁共同创造，奋力前行！

刊载于《红楼梦研究与津沽文化》创刊号（2013年），发表时略有修改

从"忠实原著"谈《红楼梦》改编

近年来名著改编电视剧是一个热门话题，但较少有人从理论的高度探讨问题。名著改编电视剧面临最大的问题是忠实原著，如何得其神似，而不是形似。一部文学名著叙事的意脉、基调和节奏，是小说的灵魂。要忠实于原著叙事的意脉、基调和节奏，这是基本准则和基本使命。本文针对新版《红楼梦》电视剧的剧本，讨论它在原著改编方面的得失，并试图从理论的高度来对其认识。

名著改编电视剧是世界性的文艺理论课题，把握、忠实于原著的灵魂，获取丰富的文化内涵和崇高的美学品味，是对电视剧编导者的要求。新版《红楼梦》电视连续剧播放之后，引起议论杂沓，评说不一，这是很正常的现象。但评价一部名著改编的电视剧，则应拨去即兴而发的见解，清理非理性的碎片，把改编的实践提升到理论上认识。它不仅仅涉及如何正确评价新版《红楼梦》电视剧，而且可从理论高度提升对电视剧改编名著的认识。这是一个亟待解决的重大问题。

我们知道，1987年版《红楼梦》电视剧是普及和弘扬我国优秀民族文化的壮举。但是仍有不少专家对它进行尖锐批评，主要认为它更多的是完成原著文字向荧屏画面的转化，而在对原著灵魂的把握上、对原著叙事的理解上，缺乏意脉贯通。正如白盾、吴溟所指出："在电视剧中，原著那种抱此注彼、目送手挥的神韵，天花水月，一击数鸣的灵气消失了，那回肠荡气、悱恻缠绵的情意、花柳繁华、诗情画意的场面不见了——剩下的是葫芦案、天香楼、风月鉴……直到凤姐的'拖尸'、湘云的为妓、宝玉的行乞，等等，评者所说

'形''实''俗'的地方。这就不仅'伤害原著筋骨',而且戕杀了她的灵魂——她那美的、诗的、情的、洋溢着人性之光辉的灵魂!"[1] 那么,什么是忠实于原著?到底如何忠实于原著?这是从一开始就摆在新版《红楼梦》电视剧编导面前的重大课题。

一、改编《红楼梦》的基点

一部文学名著叙事的意脉、基调和节奏是它的灵魂。评价一部名著改编的电视剧,主要是看其能否把握、忠实于原著叙事的意脉、基调和节奏。这不仅是基本准则,也是基本使命。遵循这一点,名著改编才能做到神似。否则,用荧屏画面连缀《红楼梦》的故事,用形式元素去铺张,去装饰,去拼凑,也只能是形似,甚至脱形。

涉及《红楼梦》原著叙事的意脉、基调和节奏的问题,首先就是版本的选择。只有抓住这一根本点,才能说清名著改编的得与失。而《红楼梦》的版本问题在学术研究中一直争论不休,焦点集中在后四十回。版本的选择一直左右和影响着电视剧的改编。1987年版《红楼梦》崇尚只有八十回的脂评本,典型表现在三个地方:第一,关于秦可卿淫丧天香楼。改编者在细节处理上直接选择了戚序本,因为脂评本中只有戚序本有批语注明删节了"遗簪"和"更衣"的字眼。改编者在"遗簪""更衣"的启示下,丰满了细节,披露了公公与儿媳的淫乱,暴露宁国府淫乱,贾珍沿着"淫于宁、乱于宁、衰于宁、终于宁"的路子走下去。第二,尤三姐形象,选择了脂评本中的庚辰本。尤三姐不是刚烈自洁的性格,而是淫荡的女性,她与贾珍、贾琏的喝酒调笑,不是"偶有戏言",而是坐在贾珍怀里一同喝酒、调笑、淫乱。尤三姐形象的刻画并非改编者之新创,而是因版本选择所致。第三,后四十回"舍弃了通行的一百二十回本,而按照'探佚学'的研究成果,新编了后四十回的情节,拍摄了一部自认为是忠实于曹雪芹原意的《红楼梦》。改编后的本子

---

[1] 白盾、吴溟:《"梦"魂失落何处寻?——关于〈红楼梦〉电视剧及其评价问题》,载《汕头大学学报(人文科学版)》1988年第3期。

有八集是写八十回以后情节的（电视剧拍了六集），所根据的材料是前八十回中的第五回的十二钗判词、图画和十四支《红楼梦曲》、脂砚斋等人评语透露的有关后几十回情节和人物结局，同时也参考了与曹雪芹同时代和稍后一些人所著的诗文笔记，以及二百年来红学研究中的探佚结果"[1]。

新版《红楼梦》电视剧采用的是《红楼梦》一百二十回流行本。最大的变化就是上述三点与1987年版《红楼梦》电视连续剧完全不同。特别是后四十回。我们知道，称《红楼梦》后四十回是高鹗所续，几乎被普及成了常识。把这种说法体现在作品上，则始于1957年人民文学出版社出版的《红楼梦》，第一次在曹雪芹的后面加上了高鹗的名字。半个世纪以后，直到2008年，由人民文学出版社出版的红楼梦研究所重校本《红楼梦》的问世，才标明一百二十回《红楼梦》是程伟元、高鹗整理的。这是第一次以学术权威机构的名义，明确地对程伟元、高鹗整理和出版一百二十回《红楼梦》的历史功绩给予了恰当而公正的评价。新版《红楼梦》电视剧一改1987年版《红楼梦》电视剧崇尚脂评本的倾向，恢复了二百多年来已为人们所接受的《红楼梦》一百二十回流行本。这是尊重《红楼梦》大众传播的基本事实。第一，程高一百二十回流行本的后四十回早已为人们所接受，从乾隆年间流传到清末，没有任何人怀疑后四十回的真伪，已为人们广泛所接受。第二，《红楼梦》后四十回的续书很多，但都无法与程高本相比。采用程、高一百二十回流行本是尊重历史、尊重读者，更大范围地满足了广大观众的"前理解"。特别是在当前戏说、乱说成风的背景下，维护了原著悲剧结构的完整性，这是值得肯定的。第三，1987年版《红楼梦》电视连续剧对《红楼梦》后四十回采用疑而不确的说法，断然割裂《红楼梦》的整体结构，将探佚想象得到的支零破碎的东西组合在一起，取代了二百多年来为读者所接受的《红楼梦》后四十回，留下了不可弥补的缺憾，当然也为新版《红楼梦》电视剧的再改编、再创造提供了的空间。

一百二十回《红楼梦》是一个完整的艺术生命。电视剧改编的首要前提是真正读懂这个艺术生命，解读它的叙事意脉、基调和节奏，从分析叙事肌

---

[1] 姚小鸥：《古典名著的电视剧改编》，中国传媒大学出版社2006年版，第20页。

理入手，解剖叙事单元、叙事脉络，才能抓住原著的灵魂。否则，就会出现视屏流水账，无法层次渐进地表现这部伟大悲剧的演进。为此，有必要简要地概述原著叙事的意脉、基调和节奏是什么。原著整体的叙事结构，形成了三条贯穿整部书的意脉，在演进过程中都有质的变化阶段：一条是赫赫扬扬的贾府已历百年，尽管背后所隐藏的是"内囊尽上"，但原著的前半部表面还呈现出鲜花著锦、烈火烹油之盛。因此，《红楼梦》写的不是由盛而衰，而是衰败史。衰败是一个过程，首先表现在经济上——上下都图排场、挥霍金钱，导致家族生活的日渐困顿，而且潜伏着的房族之争、嫡庶之争、尊卑之争越来越激化。从第六回开始到第五十三回乌进孝交租为第一阶段；从第五十四回到第七十一回贾母八十大寿为第二阶段；从第七十二回到第一百七回贾母分余资为第三阶段。衰败过程的最后阶段是由后四十回完成的。另一条是宝、黛、钗情窦初开，以"金玉良缘"与"木石前盟"为标志的爱情观的博弈，虽然发展到宝黛热恋，却又在封建家长的干预下，造成钗嫁黛死的结局，最终宝玉放不下"木石前盟"情感重负，无奈出家。宝玉爱情婚姻悲剧的发展，也表现为三个阶段：从第八回"探宝钗黛玉半含酸"开始到第三十六回黛玉赠手帕诗为第一阶段；从第三十七回到第七十八回宝玉写"芙蓉女儿诔"为第二阶段；从第七十九回到第一百二十回黛死钗嫁、宝玉出家为第三阶段。再一条是王熙凤性格的张扬、欲望的膨胀，被淹没在封建礼教的习惯势力之中，导致悲剧的下场，但前一个阶段她仍是以女强人的风采活跃着，也表现为三个阶段：从第六回贾琏戏凤姐开始到第四十四回"凤姐泼醋"为第一阶段；从第四十五回夫妻冷峙到第六十九回尤二姐之死为第二阶段；从第七十回夫妻争吵到第一百十四回凤姐之死为第三阶段。在总的意脉清楚以后，才能理解为什么说新版《红楼梦》电视剧维护了原著悲剧结构的完整性，因为新版《红楼梦》电视剧在荧屏上用画面完整地表现了原著这三条意脉。换一句话说，把后四十回作为《红楼梦》整体结构的有机组成部分，并完整地转换为视觉艺术。

需要强调的一点，《红楼梦》后四十回为学术界长期所争论的要害，在于它是否是《红楼梦》叙事的有机的组成。这一问题不能回避，否则就无法理解电视剧对后四十回的改编是维护了原著悲剧结构的完整性。唯一的办法是回到原著，从文本的叙事肌理入手分析。前八十回与后四十回之间，是否有一条接缝？如果有，那么就会在某一个人物身上、某一个事件发展流程中，或者在一个叙事单元的叙事肌理中，出现人为的弥合、精巧的组接。原著八十回之前从第七十三回傻大姐捡到"绣春囊"，引发"抄检大观园"事件，最后导致晴雯之死，以第七十八回宝玉作"芙蓉女儿诔"结束，可以概括为"抄检大观园"叙事单元。这是一个结构完整而叙事自然的故事，细针密线地刻画出贾母与王夫人在宝玉婚姻大事上的分歧。不仅与宝玉爱情婚姻悲剧的意脉丝丝相扣，而且也是宝玉爱情婚姻悲剧转折点的标志。这一叙事内容被表现在新版《红楼梦》电视剧的第三十四至第三十六集中，其再现了原著的叙事内容。

原著从第七十九回转换到处在多事之秋的薛家与贾家（第七十九至第九十一回），又是一个叙事肌理自然严密相对完整的故事。特别是第七十九回、第八十回，写薛蟠娶妻，招来夏金桂大闹薛家，弹压薛蟠，蹂躏香菱，与薛姨妈拌嘴……故事集中在薛家，而薛家并不是《红楼梦》叙事结构的重心，但宕开一笔，写薛家的"窝里斗"，内生祸乱。正好和贾府的衰败相映照，应了《红楼梦》贾、史、王、薛"四家皆连络有亲，一损俱损，一荣俱荣"，如今四大家族都面临四面悲歌。在《红楼梦》悲剧结构的黄金分割线的范围之内，写薛家包含了很深的意蕴。显然，两个叙事单元在前八十回与后四十回之间的接榫处是第七十八回和第七十九回之间，自然流转，没有断裂、接续的瑕疵。新版《红楼梦》电视剧从第三十四集到第五十集，用了十七集完成了原著的后四十回，用视觉形象维护了《红楼梦》悲剧结构的完整性。在这一方面来说，其改编过程中，无论存在什么样的瑕疵和缺陷，新版《红楼梦》电视剧的故事，都是沿着《红楼梦》原著的叙事向前推进的。

二、对原著末世基调的淡化

目前有许多观众称新版《红楼梦》电视剧为"动态连环画""纪录片""配画广播剧""皮影戏"，其实表达的都是一个意思，即它没有表现出原著的灵魂,只有形似,缺少神似。为什么观众会有这样的印象?新版《红楼梦》电视剧的问题出在了哪里?为什么选准了版本,甚至把原著的语言都搬到了屏幕上,还不等于忠实原著?这是新版《红楼梦》电视剧最根本的问题,它完成了小说向影视画面的转化,而没有达到意脉贯通、基调统一、节奏鲜明的层面,而这恰恰是电视剧的灵魂。

对名著的改编,最重要的是既要保持原著的叙事,又要对原著结构的某些内容进行强化或者省略。强化要从电视剧本身的艺术规律出发,依据原著的叙事特点,对原著情节或合并或删减,使原著精髓更添光彩,原著那些脍炙人口的段落和情节,都以生动传神的场景予以重现。这是判断电视剧改编成功与否最根本的标志,也是表现改编者创造力的要害。具体到《红楼梦》电视剧,就是根据原著的叙事特征,强化原著的"筋骨笔墨",以此为依托,展现原著意脉的延绵和贯通,梳理叙事肌理的张力和运动,深化故事深厚的底蕴。

原著成功地刻画了贾府的势"百足之虫,死而不僵"这一基调,展现百年望族在上流社会盘根错节的联系,所形成的政治、经济和人望的势已衰败,只不过还被"虚热闹"笼罩着,虽"内囊尽上",却未显露。这些都蕴含在原著的"筋骨笔墨"之中。新版《红楼梦》电视剧恰恰省略了这些"筋骨笔墨",淡化了原著的基调,使得贾府经济状况由"虚架子"转向败絮其外的节奏没有得到清晰地展现。

这种"筋骨笔墨"在原著有三,是三个似断实连的关键穴位,缺一就不通畅。

其一,冷子兴演说荣国府,明确指出贾府一个重要的现实:"如今的这宁荣两府,也都萧索了,不比先时的光景。"贾雨村听了却大为不解,说:"那日进了石头城,从他宅门前经过。街东是宁国府,街西是荣国府,二宅相连,竟将大半条街占了。大门前虽冷落无人,隔着围墙一望,里面厅殿楼阁,也还都峥嵘轩峻,就是后边一带花园里,树木山石,也还都有蓊蔚洇润之气,那里像个衰败之家?"冷子兴听了笑道:"亏你是进士出身,原来不通!古人有云:'百足之虫,死而不僵。'如今虽说不似先年那样兴盛,较之平常仕宦之家,到底气象不同。……如今外面的架子虽没很倒,内囊却也尽上来了。"

新版《红楼梦》电视剧删掉了冷子兴演说荣国府的这个内容。从一开始就淡化了贾府衰败的基调。

其二，原著第五十三回有黑山村庄头乌进孝交租的一个典型的镜头，贾珍看了交租单子很不满意。乌进孝说荣府那边也是如此，土地"比爷这边多着几倍，今年也是这些东西，不过二三千两银子，也是有饥荒打呢"的时候，贾珍随意感慨道自己这边只是日常用费，"没有什么外项大事，不过是一年的费用。我受用些就费些；我受些委屈就省些"。而荣府那边"这几年添了许多花钱的事，一定不可免，是要花的，却又不添些银子产业。这一二年赔了许多，不和你们要，找谁去！"这话中透出的意思很明显，荣府那边迎皇妃省亲，掏尽了百年积蓄的老底。这一细节在原著中占的文字并不多，但却是"筋骨笔墨"，它像贾府悲剧叙事意脉上的穴点，第一次正面触及贾府的经济困顿、内囊尽上，也就是全年整个收支发生了入不敷出，揭开了贾府衰败的经济原因。不仅为凤姐因难以支撑局面，借病告退，探春理家、开源节流这一系列的情节做了铺垫，而且是整部《红楼梦》意脉的转折点。新版《红楼梦》电视剧删掉了这一"筋骨笔墨"。像这样在意脉起着结穴叙事功能的情节，非但不能删节，相反可以给观众留下更深刻的印象，应当调动影视特有的艺术手段加强对观众视野的冲击力。

其三，展现贾府衰败的"筋骨笔墨"，是层层铺垫而形成的，而新版《红楼梦》电视剧第四十六集出现贾府被抄，仿佛是突然事件。其实不然。当贾政问起现有的经济情况时，"那管总的家人将近来支用簿子呈上，贾政看时，所入不敷所出，又加连年宫里花用，帐上有在外浮借的也不少。再查东省地租，近年所交不及祖上一半，如今用度比祖上更加十倍。贾政不看则已，看了急得跺脚道：'这还了得！我打谅琏儿管事，在家自有把持，岂知好几年头里，已经"寅年用了卯年"的，还是这样装好看，竟把世职俸禄当作不打紧的事情，有什么不败呢！我如今要就省俭起来，已是迟了。'"请注意贾政所说的"岂知好几年头里，已经'寅年用了卯年'的"，原著描写从"元妃省亲"到"贾府被抄"才五年，与贾政说的"好几年"，虽是一个虚数，但也差不了多少，逆时而推，不正是"元妃省亲"的那一两年吗！恰好印证了冷子兴说中的事实:"如今外面的架子虽没很倒,内囊却也尽上来了。"非但贾府外面的人看不透,就连贾府的主子们也还沉浸在"安富尊荣",豪奢淫靡之中,而只有像冷子兴的岳父周瑞那样的管家,掌管贾府春秋两季地租,周瑞家的在王夫人手下管理家族内部具体事务,可能比主子清楚贾府的"内囊",只不过下人对主子报喜不报忧罢了。

新版《红楼梦》电视剧这时所展现的"虚架子"尽管忠实于原著,但由于将这条意脉前两个结穴的"筋骨笔墨"删掉了,就减弱了原著所具有的张力。没有了铺垫和伏笔,剧情自然就少了应有的深度和意蕴,仿佛贾府的败落就是因为一次抄家。一个百年望族之家的衰败有一个过程,因其有复杂的盘根错节的社会关系,即使是"虚架子",在没有抄家之前表面上也会风光地支撑着。《红楼梦》深刻之处就在于,它以"百足之虫,死而不僵"的形式,写出"君子之泽,五世而斩"的本质,为《红楼梦》定下了一个"末世"基调。这二字在小说中曾数次出现。凤姐判词"凡鸟偏从末世来",探春判词"生于末世运偏消",都明点了"末世"。既是对当时整个封建社会所处历史时期的一种形象而深刻的总结,也是对小说所写贾府的最鲜明的时代特点的概括。理解这一点很重要。

原著三次"筋骨"笔墨层次渐进地展示了贾府"内囊尽上",为意脉构建了巨大的张力。潜在意蕴是:"元妃省亲"到"贾府被抄",仅仅过了不到五年,而这正是贾府"虚架子"的五年。"叙事时间是非常重要的,我们看每一篇叙事文章,就会发现时间的重要性在于它牵引着叙事者和读者的注意,操纵着文本展开的脉络。没有脉络就没有生命,没有注意就没有对生命的关怀和理解。"[①] 所以说这"筋骨"笔墨是电视剧改编中的一个重大问题,也是一个美学问题。因为这"筋骨文字"的"意义",能够形成一种潜在的结构,许多情节线索从这里抽引出来,具有自身的转换和调解的功能,而且它们之间形成某种张力。电视剧改编时应当调动自己的特技,强化潜在结构,形成张力的聚合,使之具有整体性,体现出活力,以电视特有的手段加强对观众

---

① 杨义:《中国古典小说的叙事原则》,《河南大学学报》2004 年第 9 期。

的视觉冲击力。新版《红楼梦》电视剧的编导非但没有这样做，反而却将原著"筋骨"笔墨删节了。荧屏画面给人一种密实的故事连续感，缺少深邃空远的意境，缺乏云聚雨大之气势，削弱了潜在结构的张力和活力，难以形成原著那种抱此注彼、目送手挥的神韵，那种浓厚和凝重的风格。

三、对原著诗词的叙事功能的误解

新版《红楼梦》电视剧存在多处对原著叙事的误解而形成的硬伤。《红楼梦》原著第五回是一个特殊的叙事部分，现实时空叙事之中包容着神奇的神话故事，宝玉梦遇警幻仙姑，所见的和所闻的《红楼梦曲》《金陵十二钗判词》，首要的是起到一部大书开篇介绍人物的作用。金陵十二钗及其一些身份低微而品性不凡的青年女性，多数在《红楼梦》前五回不能亮相，于是曹雪芹先将金陵十二钗及一些青年女性的生活道路和独特的命运，涵盖在诗、图、曲中，在待展开的故事叙事中打下"伏笔"。这些隐喻的生命信息，含蓄地预示着十二钗不同的性格发展和命运走向，支撑起了《红楼梦》女性人物体系框架。

新版《红楼梦》电视剧改变了原著第五回的叙事结构，将判词拆开，分别出现在人物命运的关键时刻或特定场景中。改变原著的叙事是电视剧的安排，这本无可厚非，问题是因误解判词的内涵会造成硬伤。

比如在第四十三集"黛玉之死"和第四十六集宝玉在楼去人空的潇湘馆悲苦之时，反复出现一首判词："可叹停机德，堪怜咏絮才。玉带林中挂，金簪雪里埋。"这首诗是《金陵十二钗判词》之一，是咏宝钗、黛玉合二为一的一首。前一联以《汉书·列女传》记载的乐羊子妻的妇德，比喻宝钗；后一联借东晋才女谢道韫的诗才，比喻黛玉。这种设置是从《红楼梦》整个叙事结构考虑的，黛玉和宝钗是一条重要的叙事意脉中的两个典型人物。她们和宝玉的婚恋关系，是按两条线索并行交替叙写的。这两条线索始终扭股在一起，与宝玉的一生生死相依。全书所描写的宝、黛、钗爱情婚姻悲剧构成了《红楼梦》令人荡气回肠的叙事内容，既与贾府衰败的基本意脉相联系，又自成首尾，有相对独立的思想内涵。判词把黛玉和宝钗并列一起，正是这种叙事的需要。新版《红楼梦》电视剧把这首判词放在黛玉一人身上，不仅误解了原著判词的叙事内容，而且造成观众的迷茫。

又如，新版《红楼梦》电视剧第六集对于秦可卿之死，反复出现判词："情天情海幻情身，情既相逢必主淫。漫言不肖皆荣出，造衅开端实在宁。"这一判词点明了贾珍与秦可卿的淫乱关系。1987年版《红楼梦》电视连续剧就是根据判词以及戚序本脂砚斋批注，再创造地直接展示了贾珍与秦可卿的淫乱的视屏画面。一百二十回《红楼梦》虽然保留了秦可卿的判词，但没有贾珍与秦可卿的淫乱的描写。只是借他人的嘴和眼，交叉递进地交代了他们之间的暧昧关系，这是解读原著的一大难点。这个叙事单元如何进行改编？需要编导者对原著不仅吃透，而且在从小说到电视的转换上要特别地下功力，用蒙太奇构思把影视潜在的叙事脉络展示出来。遗憾的是新版《红楼梦》电视剧没有解读到位，在贾珍与秦可卿关系上，荧屏画面颇为模糊，其原因是脉络不清，深层意蕴没有展示出来。当然，观众也看不明白。

一百二十回《红楼梦》原著披露秦可卿之死，在《红楼梦》叙事结构的设置上很特殊。对秦可卿从病到死的叙事过程的设置，层层铺设，含而不露，采用"不写之写"的手法，唯有细心铺排，才能寻出潜在的信息和文脉。它是沿着两条线索铺开叙事的：一是从第七回"焦大之骂"到第十三回"秦可卿出丧"的一条叙事明线，拉开"家事消亡首罪宁"的大幕。焦大骂"爬灰的爬灰"，捅破了贾珍与秦可卿的乱伦。还有一条不为人所注意的暗线，从第九回"闹书房"到尤氏叙说秦可卿的病情，加大了致秦可卿之死的内在张力。第十回尤氏对金寡妇说："偏偏儿早起他兄弟来瞧他，……谁知昨儿学房里打架，不知是那里附学的学生，倒欺负他。里头还有些不干不净的话，都告诉了他姐姐。婶子，你是知道的，那媳妇虽则见了人，有说有笑的，他可心细，不拘听见个什么话儿，都要忖量个三日五夜才算。这病就是打这'用心太过'上得的。今儿听见有人欺负了他兄弟，又是恼，又是气。恼的是那狐朋狗友，扯是搬非，调三惑四；气的是他兄弟不学好……他为这件事，索性连早饭还没吃。"可见秦可卿对这些"不干不净的话"很上心，只是小说文本没有明写，但披露出内因，由秦钟"贴烧饼"牵出秦钟的姐姐秦可卿"爬灰"和

"养小叔子"的丑事。因此,"贾珍想亦风闻得些口声不好,自己也要避些嫌疑,如今竟分与房舍,命贾蔷搬出宁府,自去立门户过活去了"。说"养小叔子"点到秦可卿与贾蔷,因此,贾蔷感到"说得大家没趣"。像贾蔷这样"外相既美,内性又聪明",比贾蓉生得还风流俊俏的"宁府正派元孙",既是"赏花玩柳"能手,又和贾蓉"最相亲厚,常相共处",能不垂涎希冀他那"擅风情,秉月貌"的蓉嫂子并时常与之往来言笑?秦可卿与贾蔷天长日久,厮混熟了,难免眉来眼去,有所动作。这样一来暗写金荣骂语,明写焦大骂话,一明一暗,"爬灰"和"养小叔子"的丑事就昭然若揭。无论是贾蔷,还是贾珍,这样乱伦的事一旦泄出,受谴责的首当其冲的就是被人们视为"难养""祸水"的女人秦可卿。从张太医之口可知其用心太过伤神:"据我看这脉息:大奶奶是个心性高强、聪明不过的人;但聪明忒过,则不如意事常有;不如意事常有,则思虑太过。此病是忧虑伤脾,肝木忒旺……"道出秦可卿终日焦心,内心痛苦,正像尤氏对金寡妇说她的病"就是打这个秉性上思虑出来的"。张太医论病穷"源",这"源"只有秦氏本人心里明白。其实,婆婆尤氏也心知肚明,特别强调:"她这个病得的也奇。"秦氏刚死,"莫不悲嚎痛哭者"。而且丧礼隆重,皇亲国戚,老亲旧眷,好友相识,频频吊唁。而对秦氏一向关心体贴的"尤氏又犯了旧疾,不能料理事务",从秦氏咽气到出丧断七,尤氏借病回避与整个气氛似乎很不协调。尤氏只是慑于贾珍淫威,唯命是从,不敢发作罢了,何况自古道家丑不外扬!她本人焉有不气不恼之理!尤氏表面关心秦可卿,内心是想借闹书房事件亲自去劝说秦可卿,暗示"爬灰"和"养小叔子"丑闻已内外皆知,使秦可卿在病中分外增添心理压力,更加煎熬。其心计如此,而新版《红楼梦》电视剧却没有展示出来,仿佛"闹书房"与尤氏劝慰秦可卿毫无关联,尤氏表面与内心的两面性不但没有表现出来,相反还把她塑造成心疼儿媳妇的婆婆,完全背离了原著尤氏的基本性格特征。

结 语

《红楼梦》从原著到电视剧的改编,应遵循的基本原则是"大众欣赏"。

《红楼梦》原著在未被读者解读之前,是一种雪藏状态的审美现实,是潜在的艺术世界。但当转换为电视剧后,成为有生命的审美现实,即是不识字的观众也能欣赏,并进入了观众理解的意向结构之中。其欣赏的深浅粗细,往往决定于两个方面:一是电视剧《红楼梦》所显示的艺术形式和叙事内容,对原著灵魂的把握是否精准;二是广大观众自身所具有的感悟、情感和体验。观众在接受改编成果时,必定从潜在的审美意识的积淀出发。因为名著的成书和传播过程与戏曲、绘画、说唱等文艺形式有千丝万缕的联系,形成了一种互塑互生的关系,既促进了名著的传播,又使名著中的人物、情节,甚至一些细节,都在人们心目中定型,形成了程度不同的对《红楼梦》叙事的意脉、基调和节奏的"前理解"。这一点是改编名著《红楼梦》的基点问题,是任何一位编剧和导演都不可忽略的。别说大的方面对原著结构的理解和改编,即使是一个演员的形象选择,一种发式的定型,也会引起众说纷纭。

名著改编电视剧要有对待经典的态度。1987年版《红楼梦》电视播放之后,尽管有许多不尽人意的地方,但是它所受到的喜爱程度是空前的,至今人们都为美妙绝伦的《红楼梦》歌曲所倾倒。特别是1987年版《红楼梦》电视连续剧的改编典型地体现了当时主流文化与精英文化的印迹。一大批红学家、音乐美术、服装道具、文化民俗等方方面面的专家怀着一种历史的责任感投入改编工作,他们的工作心态与其说是在制作一个大众娱乐产品,倒不如说是在从事一项庄严的文化教育工作。大众欣赏的整体水平的提高为重拍《红楼梦》电视剧提供了机遇,遗憾的是出现了许多观众不认可的方面,原因固然很多,但纵观新版《红楼梦》电视剧五十集,从把握、忠实于原著叙事的意脉、基调和节奏这一点上看,不难看出名著改编电视剧首要的是应当有一个优秀的脚本。而新版《红楼梦》电视剧的剧本是"短、平、快"的产物,再加上导演主观倾向于形式元素的铺张扬厉,而导致不尽人意。

原载《文艺研究》2010年第12期

《红楼梦叙事艺术》[①] 自序

《红楼梦》是中国文学瑰宝,是人们最喜爱的一部古典小说名著。多年来,我在大学开设《红楼梦》精品课,本书就是在我的讲稿基础上,修订而成的。所以它最大的长处就是从整部书着眼,从一个一个叙事单元讲起,总想给人讲明白,讲得透亮。

对于中国古典小说的研究,我一直有一个难以释怀的想法,这就是解读任何一部名著,先从叙事结构入手,把握其宏观的框架、整体的脉络、演进的肌理。当下解析《红楼梦》论著汗牛充栋,且不说索隐派的微言大义,把红楼人物当由头去追逐所谓的"本事",贾曹互证;且不说评点派的即兴而谈,看似洋洋洒洒,实则东一榔头西一棒槌;且不说考证派的敲敲打打,经年累月,寻根索源;且不说那些理论思维云山雾罩、语言概念叠床架屋的,食洋不化,故弄玄虚。总之,他们既缺乏完备的理论支持,也没有自觉的系统研究。即使那些研究《红楼梦》人物、结构、意蕴、语言可圈可点的论著,也存在着一种倾向,即缺少整体性把握的自觉意识。常出现一种现象,解读一部大书,讲到某一个情节,某一个人物,甚至某一个细节,津津乐道,一旦把它放到整体结构之中,视作一个有机的生命,让情节和人物定位在其所属的必然的位置上,就苍白无语了。只有整体性地解读,才会全牛在胸,目视一端,顺着叙事肌理自如地伸张,不会让某一人物或事件孤立地出现,评论一二,难免走偏。

---

①郑铁生:《红楼梦叙事艺术》(修订版),新华出版社2013年8月版,卷首。

朱光潜先生说："一个艺术作品必须为完整的有机体，必须是一件有生命的东西。有生命的东西第一须有头有尾有中段，第二头尾和中段各在必然的地位，第三有一股生气贯注于全体，某一部分受影响，其余各部分不能麻木不仁。"① 他强调的即是整体性的把握，首要的是解析整体结构，其中包括整体与部分、部分与部分、层面与层面、脉络与脉络等。只有把这些东西把握了，才能把各种复杂的叙事"关系"找准。关系出性格，关系出意蕴，关系出哲理。只有把它作为一个有机的生命整体来把握，才能发现整体大于其他部分相加的总和，看到生气勃勃、风光迤逦、魅力无穷；才能跨越"续书"之说带来的偏颇和误读；才能真正地把一部长篇古典小说解读到位。多年来，在授课中我努力践行这一理念，同时在我的学术著作中也体现这一理念。

本书将一百二十回《红楼梦》视为一个鲜活的艺术生命，提出了三个基本的观点：

一、《红楼梦》整本书是一个有机的生命，在叙事结构上分为两种叙事形态：一是前五回作为《红楼梦》故事的蓝图，展示了故事时间贯穿贾府兴衰的百年，勾勒了贾府末世衰败的流程。目的就是介绍《红楼梦》的主要人物和他们生活的典型环境，让读者身临其境，感受贾府。另一是第六回至第一百二十回为《红楼梦》故事的生命历程。这是《红楼梦》叙事的主体，是一座璀璨夺目的艺术大厦，展示出活脱脱的群体人物形象的生命轨迹，包容着巨大的思想内涵。这部大书从第六回以后，其实只写了 12 年的光景，即宝玉 10 岁读书到 21 岁出家。而这 12 年的叙事是依托在"前五回"百年望族的历史背景里的。

前者与后者是互动的结构关系，前者所展示的画面、所形成的潜在结构，不仅表现了封建时代上流社会的政治、经济和文化，还蓄积了封建社会的潜意识、潜能量，营造了巨大的张力空间，形成了大历史语境。许多情节线索都是从这里牵引出来的，许多人物的欲望、心理、情绪都是从这里生发出来的，即使人物的一颦一笑、一举一动也能勾人魂魄，令人荡气回肠，其奥妙

---

①朱光潜：《朱光潜全集》第 4 卷，安徽教育出版社 1988 年版，第 207 页。

就在这里。

二、本书使用最多的一个词是"意脉"。中国古代文论十分讲究结构线索，从毛宗岗评《三国演义》、金圣叹评《水浒传》，到脂砚斋评《红楼梦》，都十分重视小说的结构线索。说线索，或者脉络，是从文本本身中寻找叙事的经络，必然涉及故事与故事、人物与人物之间的关系，像《红楼梦》这样人物繁多、故事网结密密麻麻的作品，捕捉线索就像探索文本的迷宫，反反复复，不得其解。无论从哪里开始，最终都会被带到另外的地方；无论想从哪一处解开结，都会在另外一处重新纠结起来。何况"草蛇灰线"，似断实连。犹如中医针灸穴位，不但要懂得脉络的走向，而且要了解医治的部位。所以它不是一个简单的线性运动，而是深入到了文本内含的意蕴之中，看似无形，实则构势。不仅是叙事线索的形式问题，而且牵涉到叙述内容的深广度，那么选用一个什么样的词，才能更准确地涵盖这一特点呢？我认为最恰当的一个词：意脉，既隐含着曹雪芹的心灵世界，又导引入富有无比魅力的红楼世界。其特征：一是，意脉既涵盖形式，又包孕内容；意脉贯通，形散神聚。二是，意脉是过程，有一气流贯、万途同归之势。三是，意脉有焦点，制动诸小，振彰潜隐。而最终都受制于贾府衰败的三个流程：即第一阶段——钟鸣鼎食"虚架子"的贾府（第六回—第六十三回）；第二个阶段——风雨飘摇中的贾府（第六十四回—第九十一回）；第三个阶段——走向衰败的贾府（第九十二回—第一百二十回），向前推进。

《红楼梦》叙事结构主要由三条意脉贯穿：一条是贾府的悲剧，沿着"虚架子"的繁华锦绣，到"内囊"尽上，衰枝败叶纷纷而下，百年老楼摇摇欲坠；一条是宝玉的爱情婚姻悲剧，从初恋到和宝玉心心相印，再到生死相许，最后黛死钗嫁，宝玉出家；一条是王熙凤的人生悲剧，她从叱咤贾府到心衰力挫，演绎了封建社会礼制下女性的无奈、悲哀和死亡。这三条意脉相互裹挟，牵动、生发和制约着大大小小的伏线和余脉，织成《红楼梦》的艺术之网。

三、《红楼梦》叙述内容由十个叙述单元组成，分为三个流程：

（一）钟鸣鼎食"虚架子"的贾府（第六回—第六十三回）：第一叙事单

元;王熙凤与贾府的豪奢淫靡(第六回—第十八回);第二叙事单元:宝、黛、钗情窦初开和家长里短(第十九回—第三十六回);第三叙事单元:贾府的钟鸣鼎食与潜流暗礁(第三十七回—第五十二回);第四叙事单元:贾府的内囊尽上(第五十三回—第六十三回)。

(二)风雨飘摇中的贾府(第六十四回—第九十一回):第五叙事单元:凤姐的性格能量与尤二姐悲剧(第六十四回—第六十九回);第六叙事单元:贾府用度紧巴、大故迭起(第七十回—第七十八回);第七叙事单元:处于多事之秋的薛家与贾家(第七十九回—第九十一回)。

(三)走向衰败的贾府(第九十二回—第一百二十回):第八叙事单元:宝玉婚事和贾府被抄(第九十二回—第一百十回);第九叙事单元:贾府死丧接连、刁奴欺主(第一百十一回—第一百十八回);第十叙事单元:沐皇恩、复世职、家道复初(第一百十九回—第一百二十回)。

以上三个基本点组成我对《红楼梦》叙事艺术的整体性解读,也就是对《红楼梦》艺术生命审美的理解。

学术著作应该说理通透些,这不仅仅是需要驾驭语言文字的功力,而更重要的则是对研究命题深层次的把握。我正是借助中国叙事学的理论范畴——叙事形态、意脉、叙事单元,构架了《红楼梦叙事艺术》体系。当然,是否具有穿透性的眼光,透过作品的形式和内蕴,揭示或悟出一些文本未说出却已流露,并渴望在读者心中唤起的东西?是否具有整体性的思维,感悟文本生命的律动,而不是肢解作品,将流灌作品肌体中的血液流失,导致苍白?那将等待读者的评说。

当然,无论讲课,还是整理书稿,我时时提醒自己从文本出发,说理要明白透亮。本书第一章理论色彩稍微浓一点,但并不难懂。只要认真读,会有收益,提升自己对《红楼梦》整体把握的能力、对《红楼梦》意蕴的理解力、对文学名著的鉴赏力。最重要的是如何摆正"小众学术,大众欣赏"的关系。只有小众学术,为红学的研究开路和奠基,才能不断地为大众欣赏铺设理解的台阶,为广大读者对这部伟大著作的理解提供学术的指导,达到普及、逐步提高的效果。这是一个互动的过程,只有大众欣赏得到普及,对理性的需求提高,才会激励和推动小众学术;相反,小众学术越是把理论研究贴向大众,为提升大众的理解力和欣赏水平铺桥架路,小众学术才会越有生命力。

  我正是按照自己上述的想法,构思和写作这部书稿的,希望读者会喜欢。

2013 年 4 月 16 日

苔花如米小　也学牡丹开
——纪念《红楼》杂志创刊二十周年

《红楼》杂志创刊已经二十周年了，而这二十年正是中国红学史上论争最热闹、最激烈的一个时期，当透视在"热点"中被五颜六色的泡沫裹挟着的有价值的内核，冷观在"论争"中被意气和情绪掺杂着真实的发现，才能品味《红楼》杂志的品格。

用袁枚的两句诗"苔花如米小，也学牡丹开"来比喻，是很贴切的。一个普通的内部刊物与国内大型刊物相比，确实"小"，而且像"苔花"一样，朴实无华，不媚不俗，也学国色天香的牡丹花，俏姿迎春，傲然盛开，在中国红学界有自己存在的价值和不可忽视的地位。其品格"不因为遇亲者而谀之，遇疏者而略之，遇强者而屈之，遇弱者而欺之"，得到红学界的同仁，乃至普通的红学爱好者的认可和喜爱。

即使与红学界观点对峙、意见相左的学者也会对《红楼》有共同的评价。直接摘引他们的评价，或许能更真实、更客观地反映《红楼》的品格。

欧阳健先生说："唯一仍然在坚持发表争论双方文章的，是'最先推动了红学版本论争的开展'[1]的贵州省红楼梦学会主办的《红楼》杂志，它'不畏权势，培育红学新人'[2]，无论大人物还是'小人物'的文章，只要有一得

---

[1] 朱一玄:《呼唤红学研究中的双百方针——为贵州〈红楼〉创刊十周年而作》,《红楼》1997年第1期。
[2] 梅玫:《红楼寄语》,《红楼》1997年第1期。

之见,都给予发表的机会,让读者去评论得失。"①

梁归智先生也说:"贵州省红学会办的《红楼》虽然只是一个省内自办的刊物,却从1986年12月出版'试刊'号以来,每年四期,一直坚持下来。刊物的主编梅玫(1946年生)女士倒真是实实在在地坚持了'百家争鸣'的方针,完全对立的意见全部照发不误。比如,既发'批周'的文章,也发'拥周'的文章;对'基石''祖籍''程前脂后'等各种争论问题,正反两方面的意见也次第刊出,连文字的'芒刺'也不作任何修改。"②

这些评价在当今学术界不仅难能可贵,而且不可多见。因此,中国红楼梦学会副会长胡文彬先生给予了高度评价:"令我深有感慨的是,《红楼》杂志自创刊以来所坚持的办刊方针:即坚持内容丰富多彩,形式灵活多样;坚持百家争鸣,平等对待大人物和'小人物';坚持普及红学,融学术性、知识性、信息性于一体;坚持扩大队伍、培养人才。以上四个'坚持',说来容易,但真正办到却极不容易了。譬如'百家争鸣',这是党为发展文学艺术提出的'方针',某些人口头上也大喊大叫要'百家争鸣',可实际上是'一家独鸣'。……而《红楼》杂志恰恰在这一点上坚持了自己的办刊方针,这恐怕也是她愈来愈受到读者欢迎的原因,也是愈来愈受到某些人'白眼'的根结。"③

刊物的品格根植于"文德"。古人言:"形之正,不求影之直而影自直;声之平,不求响之和而响自和;德之崇,不求名之远而名自远。"《红楼》杂志走过了二十年,靠的是一篇篇文章、一本本刊物而树立起自己的品格。"假如一味跟风、跟势、跟上,或者抱着几个小兄弟,操纵着几家传媒,一心考虑如何包装、炒作,还有什么学术良心可言,还有什么学术良史可读?"④此话一言中的,学术界一向缺乏鲁迅先生那种压不弯的脊梁精神,也一直缺少巴金先生说真话的勇气。何况近年来金钱和权势对学术的腐蚀和干扰,学术

---

①欧阳健:《红学百年风云录》,浙江古籍出版社1999年版,第386页。
②梁归智:《红学泰斗——周汝昌传》,漓江出版社2006年版,第450页。
③胡文彬:《引君入梦话红楼》,山西教育出版社,1999年版,第334页。
④黄霖:《红学通史》序,上海人民出版社,2005年版。

界的庸俗风气不断蔓延，不端行为愈演愈烈，粗制滥造，学术泡沫，假冒伪劣，抄袭剽窃，学术腐败，就连某些学术权威也接连爆出造假的丑闻，这实在是学术的悲哀。而《红楼》杂志在办刊资金匮乏、编辑人手短缺等诸多困难情况下，非但不向金钱和权势低首，反而面对学术大是大非的问题，敢于发表处于弱势情态下作者的文章，使得读者能听到不同的声音。这不单单是在实践"百家争鸣"的办刊宗旨，而更重要的是为红学史的撰写提供了难得的材料。时间越久远，其意义越能彰显。这不正是《红楼》杂志"苔花如米小，也学牡丹开"最好的注脚。

人有品格，就有人缘；书有品格，就有书缘。《红楼》杂志创刊二十年以来，结识和团聚了一大批红学专家、学者、作者和读者。这实在值得大书一笔，我们知道，内部刊物最大的尴尬，是稿源中好稿少，名家稿少。而恰恰在这一点上，《红楼》杂志不同寻常。红学大家俞平伯、周汝昌、冯其庸、李希凡、胡文彬等先生，以及台湾学者魏子云先生的文章不时地刊出。几乎当代活跃在红学界的学者、专家都在《红楼》杂志上留下了墨香。这当然与主编梅玫女士是分不开的。她对红学研究的历史和现状都有清晰的了解，明确这一学术领域研究的主流是什么，哪些论题有争议，争议的焦点是什么。她不仅力主发表敢为人先、旗帜鲜明的文章，哪怕是正遭"封杀"的学者文章。而且还率先撰稿，直面"走红"的人物，疾呼拨乱反正，与国内许多学者和专家对《刘心武揭秘〈红楼梦〉》"的批评之音，形成共鸣。正如周汝昌先生挥笔赋诗《赠〈红楼〉主编梅玫女士》：

> 贞梅立何处，南望出幽枝。
> 为红辛苦甚，广厦独柱支。
> 学术大民主，群言得陈言。
> 虽待汇沧海，百川已趋之。
> 展卷何丰盈，妙绪喜纷披。
> 时有异葩绽，拍案惊共奇。
> 耻效一言堂，讵媚某姓私。

> 康庄修坦路，促学日荣滋。
> 勤劳心力瘁，乐业岂知疲。
> 所惜犹内刊，四海常嗟咨。
> 新纪瞻丽景，应显迈前姿。
> 敬佩奇女志，遥寄俚言诗。
> 良鉴谓若何，请作深长思。

老一辈学者提出的"良鉴"是什么？"长思"什么？这的确是纪念《红楼》杂志创刊二十周年应当思考的问题。

《红楼》杂志诞生和成长在文化大省——贵州，其品格承传着中国传统文化的基因，"民之秉彝，好是懿德"（《诗经·大雅·烝民》）。对《红楼》杂志最好的纪念，就是每一位红学研究者、每一本红学刊物都应弘扬民族文化优秀传统，学习曹雪芹的人品。曹雪芹生于富贵，长于苦难。无论富贵，还是苦难，对于曹雪芹这位有思想的人来说，都是一种精神财富。它涵养了曹雪芹的气质，提升了他的精神境界，塑造了他的风骨。人生都有无奈的境地，而曹雪芹在无奈中寻找、追求、奋争，这是一种独立人格的追求，是一种自由思想的追求，是一种众人皆醉我独醒的精神！这种精神，不是视富贵如浮云，而是拒绝与功名相掺和的庸俗；不是视权势如污浊，而是拒绝与权势相孪生的肮脏。这是"红学"带给我们永远享受不尽的精神财富。

原载《红楼》2006年第4期

《曹雪芹与〈红楼梦〉》[1] 后记

多年来,我在大学开设《红楼梦》专题课,年年修订教案,十年间写下尺把厚的讲稿,并以此为基础,完成了《曹雪芹与〈红楼梦〉》一书。

一

康德说:"学术的讲述是通俗讲述的基础。因为只有能够彻底讲述某物的人,才能以通俗的方式讲述它。"这段话十分有道理,只有自己真正读懂经典,才能给人讲明白。我把这话作为自己的学术追求,锲而不舍地践行。因此,这部书稿最大的特点,就是系统地解读《红楼梦》,让人知道《红楼梦》写的是什么?是怎样写的?

无论讲课,还是整理书稿,我都从文本出发,力求说理明白透亮。这不仅仅是一个文字表述的能力,更重要的则是对研究命题的深层次的把握。我正是借助叙事形态、意脉、叙事单元等理论范畴,构架起这部书的理论框架。当然,是否以穿透性的眼光,解析作品的形式和内蕴,揭示或悟出一些文本未说出却已流露,并渴望在读者心中唤起的东西,那将等待读者去体会吧。

二

《红楼梦》是中国文学的瑰宝,是人们最喜爱的一部名著之一。然而我们

---

[1] 郑铁生:《曹雪芹与〈红楼梦〉》,中州古籍出版社2016年12月第1版。

对其博大精深的历史文化内蕴的解读和普及，与其应有地位和价值相比，差距甚远。长期以来许多专家学者为做好普及工作而不懈地努力，而影响最大的当属将近三十年前拍摄的电视连续剧《红楼梦》。尽管学术界对改编有争议，但仍不得不承认其普及《红楼梦》的实绩卓著。当然普及有各种形式，无论是纸质文本，还是影视媒体，都是形式问题，我以为核心的问题是如何处理好"小众学术，大众欣赏"关系。

所谓："小众学术"，是指研究红学的学者、专家，他们从文本到版本，从作者到家世，上穷典籍，下考文物，举凡涉及曹雪芹及其家世的一纸一石、《红楼梦》版本的几张残页都孜孜以求，当然，更多的还是阐释《红楼梦》文本的艺术成就。一言以概之，学术也。"小众学术"为红学研究奠定了基石，并从不同的层面、不同的角度开掘了红学研究的领域。

所谓："大众欣赏"，简单地说，欣赏是解读的过程，《红楼梦》在未被读者解读之前，是一种雪藏状态的审美现实，是潜在的艺术世界，是开放的心灵家园。只有通过读者的欣赏，《红楼梦》才能成为有生命的审美现实，《红楼梦》文本的审美意义，才能进入读者理解的意向结构之中。而解读的深浅粗细，往往取决于读者自身的感悟、情感和体验。"凡操千曲而后晓声，观千剑而后识器。"

二者之间的关系是一个互动的过程，只有大众欣赏得到普及，对艺术理性的需求提高，才会激励和推动"小众学术"；相反，"小众学术"越是把理论研究贴向大众，为提升大众的理解力和欣赏水平铺桥架路，"小众学术"才会越有生命力。只有"小众学术"深入地为红学的研究开路奠基，才能不断地为"大众欣赏"铺设普及的台阶。欣赏也是不断提升的过程，"大众欣赏"与"小众学术"的两极差越小，"大众欣赏"的整体水平就越高。从某种意义上讲，"小众学术"达到的最高极致就是雅俗共赏。

三

2015年10月10日，中华网报道一个学术信息，前不久，在台北大学文学院白先勇先生就《红楼梦》的艺术成就和版本问题，做了精彩的演讲。其中谈道：

> 历来一种较为流行的红学观点认为："庚辰本"才更接近于曹雪芹的原著，拥有一百二十回的"程乙本"的后四十回为高鹗续编，并非曹雪芹原作。然而在仔细比较了这两个版本之后，白先勇提出了自己的质疑："庚辰本"在人物塑造方面的诸多矛盾，恐怕是抄书者做了不少手脚的结果；而"程乙本"后四十回在文字丰采、艺术价值上面并没有明显的逊色于前八十回，甚至出现了不少有过之而无不及的亮点。

对白先勇先生的见地，我颇有同感。在《红楼梦》诸多版本中，"程乙本"的语言最通俗、简洁、明快。胡适一生都推荐"程乙本"作为普及版推广大众，可见，其选择是十分恰当的。因此，在《曹雪芹与〈红楼梦〉》书中，我除了特别标明使用的《红楼梦》版本而外，其他所有的引文都出自张俊、沈治钧新批校注《红楼梦》（商务印书馆2013年版）。这个新批校注的《红楼梦》是根据北京师范大学馆藏乾隆五十七年（1792）程伟元、高鹗萃文书屋活字本《新镌全部绣像红楼梦》（"程乙本"）为底本，并参校其他十几种版本整理而成的。

四

最后，不得不说中州古籍出版社资深编审张弦生先生对拙作青睐有加，犹如一股暖流湿润了我那日渐板结的心田。三十多年"淡如水"的相交，无论是编辑，还是著述，在学术领地拓荒，心愿都是一致的。我们不仅仅是在传播文化知识，更是在传递一种理念、一种精神、一种追求，甚至可以说，是在默默地为民族传统文化的传承铺下几粒石子。

2015年11月22日

和珅与恭王府、《红楼梦》

恭王府的前身是和珅宅,和珅在这里生活了将近20年。和珅到底是什么样的人物?他怎么和《红楼梦》连在一起了?这几个问题就是今天我给大家讲的内容。

对于和珅的形象的认识,大家多是从前几年的影视剧中看到的,他油头滑脑、阿谀奉迎、机关算尽、不学无术,常常遭到正直的大臣刘墉、纪晓岚的嘲讽。仿佛他就是一个靠溜须拍马、往上爬的家伙。其实,这之中大多是戏说,民间传说的成分很大。那么,历史上的和珅到底是一个什么样的人物呢?

一、和珅的家世

和珅不姓和,这是满语音译汉文,他姓钮钴禄。钮钴禄是"狼"的意思。是满族最古老的姓氏之一,也是满洲八旗的大姓和望族,人口众多,遍布各地。清朝许多名人、皇室贵族都姓这个姓。

和珅家族世代行伍,并有战功。在后金建立初期,就归顺了努尔哈赤,成为八旗军的一员战将。其旗籍属于满洲"正红旗"。根据《御制八旗满洲氏族通谱》一书记载,和珅的直系:

先祖叫噶哈察鸾。

噶哈察鸾的后代中有个叫尼雅哈纳的,由闲散兵丁随清军入关并征伐山东。由于攻打河间府时首先登上城墙,因而被赐"巴图鲁"(勇士)称号,并被授予三等轻车都尉世职（正三品）。

尼雅哈纳的四世孙常保，也就是和珅的父亲袭此职，由于常保堂叔阿哈顿色在跟随康熙皇帝出征准噶尔时英勇阵亡，所以常保被特赐为一等云骑尉。到乾隆之时，常保出任福建都统。

常保死后由其长子善保（即和珅）承袭其职。

他们的家族在顺治元年（1644）与其他八旗军民一起入关，进入京师（今北京）后，便按照当时的规制：汉人全部迁出内城，其房屋由八旗军民居住；又按"旗分制"的规定，八旗军民严格按照旗分不同划分住处。特别是在清朝前期，京师的内城设有按满洲、蒙古、汉军等旗籍划分的24都统衙门，各旗分别有自己的驻防领地和固定教场、学校等设施。至于各旗人员的家居住处，也是按旗分不同，分别住在不同的区域。一般说来，这一规定从清初至清末大体上没有什么变化。当时的具体规定如下。

镶黄旗居安定门内（清皇族属于此旗）；

正黄旗居德胜门内；

正白旗居东直门内（以上三旗为"上三旗"，由皇帝亲自统领）。

镶白旗居朝阳门内；

正红旗居西直门内；

镶红旗居阜成门内；

正蓝旗居崇文门内；

镶蓝旗居宣武门内（以上五旗为"下五旗"）。

和珅生于乾隆十五年（1750），据清史档案与和珅的《嘉乐堂诗集》的"诗注"记载，他家隶属于满洲正红旗，其原来的宅第坐落在西直门内驴肉胡同（民国后改为"礼路胡同"，即今"西四头条"）的东头、著名古刹广济寺（今中国佛教协会驻地）后面，离该寺不到一箭射程的地方。和珅与其弟和琳都出生在这里。

二、和珅是什么样的人物？

和珅生于乾隆十五年（1750），去世于嘉庆四年（1799）。他一生耗尽心血贪婪地追逐着最大的权力和巨大的财富,在35岁的黄金岁月成为大清帝国最受皇上宠幸的权贵,他紧随乾隆皇帝走到人生终点。活了50岁被嘉庆皇帝处死,以中国封建历史上最大的贪官而名留青史。他死后清查没收的家产是清王朝十几年国库收入的总和。俗谚曰:"和珅跌倒,嘉庆吃饱。"

(一) 和珅的才华和机遇

历史上任何一个人才或者成功人物的成长史,都具有两点最基本的要素:个人的才华和历史的机遇,而且是缺一不可的。

第一,自强不息,勤奋读书。

和珅10岁时,父母已双亡。家境的遭遇更激发和珅奋发向上的志气。要想改变命运,只能靠自己,只有读书,考取功名,才能改变命运,从那时起和珅就立志要出人头地。和珅被选入咸安宫官学,其因为办学地点在紫禁城内咸安宫而得名。进入咸安宫官学并不是一件容易事,只有那些有关系、后台硬的八旗子弟才可以进入这座名校。和珅是怎么进来的?无法知道,但他年少聪明,刻苦用功是别人比不了的。能够进入咸安宫官学是相当幸运的,可以免费获得一份口粮和生活补贴。但是维持学业是不够的,于是和珅一横心把祖上留下的土地卖了,这样刚刚够兄弟俩的生活费用。和珅在咸安宫官学如饥似渴地读书,接受儒学经典和满、汉、蒙古文字教育。他天资聪颖,勤奋努力,成绩突出,因而得到老师的器重。乾隆三十三年(1768),18岁的和珅参加科举乡试,没有考中举人。对于自负才学的和珅来说,落第使他极为郁闷。

第二,贵人相助,人生转折。

和珅一生,有两个贵人,一位是袁枚,一位是英廉。

袁枚在乾隆朝已是著名诗人,一次他到咸安宫官学访友,朋友同他说起咸安宫官学富贵子弟整日沉迷吃喝玩乐,小小年纪学会官场中的虚伪、骄横跋扈。而和珅兄弟刻苦读书,《四书》《五经》倒背如流,工诗善画,又习满、蒙、汉、藏四种语言,连老师都不及他俩。袁枚是爱才之人,约定与和珅兄弟俩相见。袁枚一见和珅年轻英俊,一表人才。言行处事颇有儒雅之风。

再看文章，亦有文采。袁枚很欣赏兄弟俩，写诗称赞：

> 少小闻诗礼，通侯即冠军。
> 弯弓朱雁落，健笔李摩云。
> 擎天兼捧日，兄弟各平分。

袁枚称赞和珅兄弟，期盼他们成为国家的栋梁之材，一个能"擎天"，一个能"捧日"，给他们带来极大的声誉。

另一个在仕途上给和珅帮助的是英廉。

英廉时任刑部尚书，经常前往紫禁城内向乾隆递奏折，路过西华门，对咸安宫官学的学生也有所了解。他听说袁枚为和珅兄弟题诗一事，很是惊奇，特意见一见这位年轻人。为了考察和珅的才华，还约他到自己的庭园题写匾额。和珅待人落落大方，他的书法和文采使得英廉对他爱慕不已。

和珅17岁那一年，英廉将自己的孙女许配给了和珅。对他来说，这段婚姻的确太重要了，成为上流社会英廉的孙女婿，铺就了进身的台阶。和珅通过英廉，结识了一些朝廷官员，而且还在乾隆三十七年（1772）十一月，23岁的和珅被任命为乾隆身边的三等侍卫，成为他人生的一个重要转折点。和珅利用随帝侍君的关系，竭力向乾隆展示自己，以期得以飞黄腾达。

清代人陈康祺在光绪年初写过一部《郎潜纪闻》的书，对了解、研究清代历史提供了不少史事。据这部书记载：乾隆四十年（1775），有一天，乾隆在轿中翻阅奏报，说有罪犯潜逃。乾隆微怒，背诵起《论语》："虎兕出于柙，龟玉毁于椟中，是谁之过与？"这时随从的掌护卫、护卫军等，都惊愕相视，不知所措；继而互相询问，帝语何意？和珅胸有成竹地对答道："爷谓典守者不能辞其责耳。"乾隆听后大为惊异，"问'汝读《论语》乎？'对曰：'然'。又问家世、年岁，奏对皆称旨，自是恩礼日隆"。这是一则关于和珅发迹的传说。

本来侍卫就是干保卫、抬轿子，以忠君为第一要事。乾隆没想到这个侍卫在咸安宫官学读书，熟悉儒家经典、诗书礼仪，龙颜大悦。几次乾隆问和珅问题，他都能应对如流，颇令乾隆满意。和珅明白，不光要学会揣摩皇上的心思，还要将才华用到皇上需要的时候，才能恰到好处。君臣知遇从此开始。乾隆升他为御前侍卫，授正蓝旗满洲副都统。相当于京城卫戍部队副指挥，正二品武官。

从乾隆四十年升为御前侍卫算起，仅五年时间，和珅升迁就有十次，这时他才 30 岁。可谓少年得志，"青云直上"：

军事方面，和珅兼镶蓝旗满洲都统，授正白旗领侍卫内大臣。

文化方面，任《四库全书》馆正总裁。

民族事务方面，任理藩院尚书。

皇上对他的恩宠，简直无以复加。这一切难道仅仅靠阿谀奉承、溜须拍马能行吗？关键还是和珅对皇上有忠心有才干。

（二）和珅善于包装自己

皇帝的侍卫很多，但为什么和珅会得到乾隆的赏识呢？

乾隆博学多才，政治的雄才大略，我们且不论，他在文化艺术方面天赋也很高，北京三山五园的规划，皇家园林的建设都是在乾隆亲自参与下进行的。他喜欢鉴赏、把玩古玩、奇珍异宝，擅长书法绘画，吟诗作赋等等。和珅也博学多才，善于古玩鉴赏，而且文笔非常好，这是他得宠的重要原因。和珅的另一手腕就是投其所好。乾隆一生喜爱作诗、书法和绘画，和珅为了迎合乾隆，在这些方面下了不少功夫，努力提高自己的能力，并达到了较高的水平。乾隆的书法很见功力，和珅的字酷似乾隆，可能是他刻意模仿的，乾隆后期的有些诗匾干脆交由和珅代笔。挂在北京故宫崇敬殿的御制诗匾，据考证就是由和珅代笔的。和珅想要做到恰到好处，就必须投皇上所好，才能使龙颜大悦，得到赏识。

和珅是聪明人，他知道自己资历浅，升迁快，容易招嫉恨。他在往上爬的初期，时时处处揣摩皇上的心理，投其所好，同时办事十分小心。有些官员求他办事，给他送礼，他对底细不清，交往不深的人，都摆出一副公事公办的样子，对贿赂更是严加拒绝，并极力标榜自己清廉。京城内竟然传出新任军机大臣拒绝行贿的口碑，很快传到皇上的耳朵里，乾隆认为和珅是一位刚正不阿、洁身自好、为官清廉的人，所以破格提拔他。

和珅不管肚子里藏着什么祸心，但外表总是保持儒雅的风度。和珅被处死后，有关他的材料一是被销毁，一是被篡改，但从外国人的记述中，还能看到不受政治影响的评价。乾隆五十八年（1793）英国来华使臣、外交家兼学者马戛尔尼爵士描述：和珅"容貌端庄，长于语言，谈吐隽快纯熟""无一时不注意于礼节，无一时不保守其大臣之威仪"①。英国使团之英使斯当东认为和珅"态度和蔼可亲，对问题的认识尖锐深刻，不愧是一位成熟的政治家"②。可见，和珅很善于包装自己、修炼自己，提高个人的魅力。

（三）和珅的忠心和才干

第一，办事精明老到。

和珅办事的精明老道，绝对是出类拔萃的。第一次出外查办李侍尧一案，就显示出他的政治才干。李侍尧历任两广、湖广、云贵三任总督，是乾隆很倚重的大臣。他到哪里，不管处理官场上的问题，还是用兵打仗，都能够迅速处理，不留后患。再加上他善于给皇上进贡，颇得乾隆赏识。但这位屡有战功的将军却看不起和珅这号人，当面给和珅难堪。和珅处心积虑地想除掉他，便网罗亲信，收集证据。终于和珅的亲信海宁找到了李侍尧的把柄，于是暗中安插海宁弹劾李侍尧。乾隆大怒，授权和珅办案。

办案关键是证据。和珅首先拉拢云南巡抚孙士毅和贵州巡抚舒常，只针对云贵总督李侍尧一个人。其次，麻痹李侍尧，整日游山逛水，仿佛就是走走过场。第三，暗中查实，逮捕了李府管家赵一恒，严刑下掌握了证据，才提审李侍尧，一举突破。

李侍尧巧立名目，搜刮钱财，其贪污的大部分银子不知去向，当找到单据才发现都是用于给乾隆进贡。还有一张是为乾隆今年八月十三的七十大寿

---

① 英·马戛尔尼著，刘半农译：《龙与狮的对话：英使觐见乾隆记》，天津人民出版社2005年版，第94、111页。
② 英·斯当东著，叶笃义译：《英使谒见乾隆纪实》，上海书店出版社2005年版，第342页。

准备的礼单,当时才三月份,可李侍尧却如此用心。本来李侍尧是死罪,和珅也想把他"斩立决"。但是和珅得揣摩乾隆是怎么想的。二十年来李侍尧进贡有记录的就有120多次,连乾隆都夸赞他:"优于办贡"。和珅认为皇上不忍杀他,善于揣摩皇上心思、投其所好的和珅于是在奏折中拟议"斩监候",正中乾隆下怀。第二年春,李侍尧东山再起,从大牢里出来待罪赴甘肃镇压农民起义,后转为甘陕总督。李侍尧死里逃生,不忘和珅的好处,屡屡给和珅行贿。

和珅是查办贪污腐败案件的能手,甘肃冒赈窝案办得非常漂亮,引起朝野的极大震动。

第二,关键时刻展露才华。

乾隆四十五年(1780),乾隆在承德避暑山庄收到一封文书,是六世班禅送来的。西藏有什么动向,朝廷十分关注。乾隆打开文书,一看是藏文写的。而京城的翻译官并没有跟随到承德,随行的官员没有一个懂得藏文,有几个稍微认识的,也只是勉强认识几个字,乾隆大怒。乾隆想到和珅兼通四种文字,便传旨和珅从京城赶来。和珅奉旨日夜兼程,仅用了三天就赶到了。他看了文书,知道六世班禅明年为庆贺乾隆七十大寿,决定亲自带领几百名喇嘛进京,乾隆听了和珅的翻译大喜。让和珅拟定诏书,请六世班禅直接到承德进见。为此,决定在避暑山庄周围选址,仿照西藏扎布伦寺的风格建造喇嘛庙,作为六世班禅的行宫。

整个建造过程,和珅亲自参与勘测地形、设计样式、督造施工,不到一年,行宫建成。前部是汉族形制,有石桥、石狮、山门、碑亭、琉璃牌坊。后部有一座大红台,上面建有三层大殿,殿顶覆盖着鎏金铜瓦,殿脊共匍匐着八条鎏金铜龙,沿袭藏族风格。乾隆对这座行宫非常满意,特意题写了《须弥福寿之庙碑记》,并对和珅大加封赏。

第三,一丝不苟地照旨办事。

和珅不仅忠实地领会皇上的旨意,而且一丝不苟地照旨办事。这是和珅深得乾隆信赖的成功之处。

乾隆不仅博学多才,而且一向以明君自居。盛世修典,这是中华的文化传统。宋代有《资治通鉴》，明代有《永乐大典》。康熙年间曾编《古今图书集成》，乾隆也要仿照并超越历代的典籍，编一部《四库全书》。乾隆三十八年（1773），朝廷设立"四库全书馆"，开始了这一空前浩大的文化工程。总编纂官是大名鼎鼎的学者纪晓岚。其他参与者都是一流的学者陆锡熊、孙士毅、戴震、周永年、邵晋涵等。参与编纂的文人有3600多人，抄写人员3800多人。

乾隆四十四年（1779）《四库全书》编修遇到了一些问题，为此朝廷几次下诏寻找历史上流传下的文献，特别是明代的《永乐大典》收录了的古代重要典籍七八千种之多。可惜的是，由于时间久远，经历明末战乱，《永乐大典》全书不知去向。纪晓岚带人到翰林院的书库反复查找，还是一无所获。乾隆干脆任命他心中最忠心最能干的和珅为《四库全书》馆正总裁，负责统领协调整部《四库全书》的编纂工作。

和珅认真查访了《永乐大典》的下落，了解到《永乐大典》一直珍藏在南京。永乐十九年（1421），明成祖朱棣迁都北京，将《永乐大典》带到京城，收藏在故宫内。嘉靖四十一年（1562）八月，誊写副本一部，从此《永乐大典》才有了正副两部，后来《永乐大典》的正本遗失，副本一直保存在明朝的档案库里，并且没有丢失的记载。和珅认为找不到，可能是暂时的，他请求皇上给翰林院下旨，再次查找《永乐大典》的下落，务必找到。翰林院的官员对再次寻找虽然心存不满，也只好遵旨再查找。和珅还下令，除了书库外，各处房屋的顶架、角落，闲置的亭子、阁楼等处，都不放过，进行"地毯式搜索"。果然在一个叫"敬一亭"偏僻的阁楼找到了。用金黄色丝绸装订成的书，足有上千册。和珅非常兴奋，为《四库全书》的编纂立下了大功。那些学识渊博、为人清高的学者文人，对和珅这个正总裁开始刮目相看，有了好感。

三、和珅与皇上

和珅的命运和结局都和皇上捆绑在一起，他侍奉乾隆皇帝到死，被乾隆宠奉到"一人之下万人之上"的地步。他与皇储嘉庆相处期间，本来嘉庆帝就看不起和珅的为人，而在乾隆做太上皇时和珅监督嘉庆帝，随时给乾隆奏报，惹得嘉庆对和珅恨之入骨。在历史上皇位继承，一直是非常敏感的政治问题。往往围绕这个问题，上层权力，暗流涌动，兴于此，亡于此。

自乾隆三十七年（1772）十一月，23岁的和珅被任命为乾隆身边的三等侍卫开始，一直在乾隆皇帝身边，长达27年。和珅与乾隆除君臣关系而外，还有一层就是儿女亲家。

乾隆四十五年（1780年），乾隆赐和珅长子名丰绅殷德，并把自己最心爱的年仅六岁的小女儿和孝固伦公主许配给他，"待年行婚礼"。从此乾隆与和珅两人结下了"娃娃亲"家，是年乾隆已年届古稀，而和珅刚刚31岁。这是和珅官运亨通、稳稳擢升的另一个重要因素，可见乾隆对和珅的宠信。

和孝公主生来活泼伶俐，长得也颇似其父乾隆，而且又是乾隆最小的女儿，因此格外受宠，真可谓"掌上明珠"。她在诸皇女中备受乾隆宠爱、娇惯，从小就被养育在他的身边。在《清史稿·公主表》中记载："主，高宗少女，素所钟爱，未嫁赐金顶轿。"在她13岁时，破格被封为固伦公主。按清朝体制，皇后所生之女才能封为"固伦公主"，品级相当于亲王。妃、嫔所出或由皇后收养的宗室之女，只能封为"和硕公主"，品级相当于郡王。

乾隆五十三年（1788年）三月二十日起固伦公主留起头发，准备下嫁。据清代档案记载，乾隆在这一天赏赐给她一批绫罗绸缎、珠宝玉器。三月二十六日，又下谕赏给她金镶松石如意一柄、伽南香念珠一盘、汉玉扇器四件。同时还赏给丰绅殷德金镶松石如意一柄。乾隆五十四年（1789年），固伦和孝公主与丰绅殷德将要举行指婚礼。闰五月初二日，乾隆又下谕旨说："凡下嫁外藩固伦公主，例支俸银一千两。如系在京住者，即照下嫁八旗之例支给。从前和敬固伦公主，虽系在京居住，而俸银、缎匹仍照外藩之例支领，年久未使裁减，不如早年之下嫁后，所有应支俸禄，亦著一体赏给一千两，以昭平允，而示嘉奖。"这就是说，固伦和孝公主的俸禄是最高一级的，与下嫁外藩的固伦公主相同，显然这是乾隆对她的偏爱。与此同时，乾隆还下谕旨："命固伦额附丰绅殷德在御前行走。"后又被授予散秩大臣。这一年的十一月二十七日，是黄道吉日，刚刚 15 岁的和孝固伦公主和丰绅殷德举行了婚礼。乾隆除了赏给她大量的土地、庄丁和奴仆外，还赏赐了一大批妆奁。

乾隆愈老愈倚重和珅，无论在宫内还是圆明园、避暑山庄，他都有意把和珅留在身边，与自己形影不离。而和珅揣摩他的心思，满足他自我陶醉、自我吹嘘、孤独狐疑的心理。

嘉庆元年（1796）以后，和珅周旋在太上皇乾隆和嘉庆帝之间。或许更早一点，嘉庆做太子时，他就埋下悲剧的祸根。清史专家戴逸在《乾隆帝及其时代》①中指出：

> 乾隆帝统治的时间很长，晚年吏治趋于腐败，诸蔽丛生，阶级矛盾尖锐，社会动荡，反抗斗争蜂起。他禅位给儿子嘉庆帝的时候，正值湖北白莲教揭竿而起，发动了轰轰烈烈的大起义，清朝统治极盛而衰。从乾隆帝个人来说，进入老年，理政不如早年之勤劳，用人不如早年之明察，办事不如早年之决断，体力渐衰，精神不支。而一切军国要务仍要由他一人决断，习惯站在权力巅峰的君主不会因自己精力的衰退而让出权力，甚至禅位以后，乾隆仍旧是实际的统治者，嘉庆帝仅仅是名义上的皇帝，新皇帝很识趣，"自丙辰（嘉庆元年）即位以来，不欲事事。和珅或以政令奏请皇旨，则辄不省。曰：'惟皇爷处分，朕何敢与焉。'"老皇帝掌握实权，但管不了事，新皇帝又不敢管事，正因为如此，和珅得以狐假虎威，窃取权力，擅作威福。

这里道出和珅被赐死的直接原因。

嘉庆四年（1799）正月初三乾隆驾崩，15 天后嘉庆皇帝闪电出手，处死了和珅。

从康熙时期到乾隆时期，历史上称为"康乾盛世"。然而乾隆年间的繁荣盛世大约持续到乾隆四十五年之前，此后官场腐败，行贿受贿的现象越演越

---

①戴逸：《乾隆帝及其时代》，中国人民大学出版社 2008 年版，第 8 页。

烈。这与和珅人生的轨迹大致是相同的，在乾隆四十五年以后和珅在军事、文化、教育各个方面都掌握了实权，已经是朝廷不可一世的重臣。网罗党羽，大肆敛财，卖官鬻爵，排斥异己，陷害忠良。和珅当道，国将不国。乾隆驾崩后，翰林院编修洪亮吉说："士大夫渐不顾廉耻。""十余年来，督抚藩臬之中贪欺害政的，比比皆是。和珅当道，官场风气败坏至极，官员之中，洁身自爱者不过十中之一二。即使有稍知自爱，能为国为民考虑的人，十不能一二也，这些人又经常被其他人讥笑为迂腐、笨拙。"[1] 和珅当道，官场腐败。这是嘉庆皇帝处死和珅的根本原因。

举一例：

乾隆末年，和珅受宠达到在朝廷一手遮天的地步。外地的督抚每年回京述职，都会向和珅送重礼。和珅报复心理很强，不管是巡抚大员，忠于职守的监察御史，还是七品芝麻官，不管是有意还是无意，凡得罪他，都会受到他疯狂的报复，不是人头落地，就是丢官弃职，家破人亡。

浙江巡抚福崧为人正直，豪爽不羁，他看不惯和珅的贪得无厌，不愿随波逐流，还公然不给和珅面子。和珅对福崧一直怀恨在心。乾隆四十六年（1781），和珅的亲信两淮盐政全德悄悄查了盐道的旧档，查出与福崧交好的两淮盐运使柴桢"馈福公金一千两"的记录。这句话指的是户部尚书福长安，全德知道福长安是和珅的死党，便将此事告知了和珅，福长安得知大惊。和珅出主意将"福公"说成福崧，让他成为替罪羊。福长安担心福崧不承认，可是和珅有阴招：1. 推荐乾隆派兵部尚书庆桂为钦差大臣查办此事。2. 庆桂是和珅的亲信，和珅嘱托庆桂，此行主要目标是福崧。对柴桢软硬兼施，让他咬住福崧。3. 和珅说：福崧不承认也得承认，大刑伺候，他就得乖乖就范。使他掉脑袋，就死无对证了。

就这样和珅杀害了一位无辜的大臣。

嘉庆皇帝赐和珅自尽时，特意下旨让福长安到和珅狱中，跪在地上，亲眼观看和珅自尽的全过程。

---

[1] 戴逸：《乾隆帝及其时代》，第279页。

四、恭王府与《红楼梦》

关于和珅与恭王府、《红楼梦》，主要涉及两个方面的内容：一个是和珅命高鹗续补《红楼梦》。另一个是恭王府是《红楼梦》大观园的原型。这两个观点都是周汝昌先生的学术主张。

（一）和珅命高鹗续补《红楼梦》。

周汝昌先生在《红楼梦新证》中提出和珅命高鹗续补《红楼梦》这一学术主张，先后被冯佐哲《和珅评传》、华博《和珅秘史》等著作所引用。

1. 冯佐哲《和珅评传》引用周汝昌的说法。

周汝昌先生20世纪80年代初发表了一篇长文《〈红楼梦〉"全璧"的背后》，公布了一个令人震惊的结论：乾隆四十五年（公元1780年）十月，和珅担任《四库全书》总裁后，出重金请文士，为他续补《红楼梦》。历史学者中国社会科学院研究员冯佐哲在《和珅评传》①中这样写道：

> 据红学家们考证，《红楼梦》的流传是差不多与《四库全书》成书同时开始的。《红楼梦》成书后，被作为是一部对当朝有不利"碍语"的秘本书。当时只有少数书贩为了牟取暴利而冒险传抄出售。但是到了乾隆五十四五年之后，不仅各种抄本的八十回和一百二十回并行，广泛流传于民间，甚至一百二十回的刻印本也已传布在市井之间，特别是在江浙地区，更广为流传，几至家喻户晓，人人争阅。为什么乾隆帝大搞禁毁碍书的高潮时期，《红楼梦》却得以公开流行呢？据周汝昌先生研究，是和珅在其中起了决定性作用。

2. 华博《和珅秘史》引用周汝昌的说法。

和珅是怎么看到抄本《红楼梦》的呢？

---

①冯佐哲：《和珅评传》，中国青年出版社1997年版，第147—148页。

和珅的党羽苏凌阿庸愚不堪,唯一的爱好就是喜欢收藏典籍。苏凌阿偶然看到《红楼梦》,非常喜欢,于是花费巨资买到了,珍藏在家中。抄本被鼠伤,"付琉璃厂书坊抽换装订,坊中人借以抄出,刊版刷印渔利,今天下俱知有《红楼梦》矣"。和珅从苏凌阿那里看到这部书,读后非常感兴趣。前八十回读完以后,又牵挂后面的内容,嘱咐苏凌阿代为寻找,令人遗憾的是只找到遗存的回目和零散的片段。他想请人修改和续补。

和珅想起高鹗。高鹗是汉军黄旗内务府人,熟读经史,工于八股文,诗词、小说、戏曲、绘画,以及金石之学。在乾隆年间颇负盛名,和珅找到他,命他续补《红楼梦》。

3. 周汝昌先生的学术主张:和珅命高鹗续补《红楼梦》。

和珅命高鹗续补《红楼梦》后四十回这一说法,是当代著名红学家周汝昌先生提出的,可谓一家之言。

周汝昌先生在 1976 年出版了《红楼梦新证》(增订本),关于程高续书,写道:"乾隆朝的统治者们,在收买、威逼、迫害、破坏种种伎俩都经使尽……为了这一特殊使命要物色'人才'。……物色的结果,差使落到高鹗(也是内务府旗人)、程伟元二人头上。其成绩,就是后来一直传世的百二十回本的《红楼梦》。"[1] 周汝昌先生说,这种说法在 20 世纪 50 年代"还只是我个人的推测,是否能得其事之实,有待进一步研究讨论"[2]。

这一观点后来又在《红楼梦"全璧"的背后》一文中得到了进一步的阐述。

周汝昌先生认为,高鹗续书是乾隆皇帝亲自策划下的阴谋活动。因为封建统治者害怕《红楼梦》,但又无力消除它的巨大影响,于是找到高鹗,毁去八十回后的原稿,"另行续貂",篡改原书。高鹗续书是在乾隆皇帝及其大臣和珅策划下的"一个政治事件",续书的目的是篡改、歪曲前八十回。

周汝昌先生的根据是两条清人记述:"曹雪芹《红楼梦》,高庙末年,和珅以呈上,然不知所指。高庙阅而然之,曰:'此盖为明珠家作也。'"(见

---

[1] 周汝昌:《红楼梦新证》,人民文学出版社 1976 年版,第 1161 页。
[2] 周汝昌:《红楼梦新证》,第 1163 页。

赵烈文《能静居日记》）"某时高庙临幸满人某家，适某外出，检籍，得《石头记》，挟其一册而去。某归，大惧，急就原本删改进呈。"（见胡子晋《万松山房丛书》本《饮水诗词集》第一集唯我跋语）周汝昌先生引用后，就从中引申出这样的推论：乾隆不忘"《石头记》这桩公案"，"委派和珅去查访处置"，"凭着鬼伶俐，和珅很快就弄明白了这部书的来龙去脉"，并决定"物色适当人选，编造四十回假书，凑成'全本'"，"物色的结果，差使落到高鹗、程伟元二人头上"。"高鹗续书，是有后台授意的，是有政治目的的"。①

（二）周汝昌先生另一学术主张：恭王府是《红楼梦》大观园的原型。

1. 周汝昌先生长达60多年始终不渝地为这一学术观点发表著述、向中央有关部门投书建议在恭王府建曹雪芹纪念馆。大体过程如下：

（1）1953年12月《红楼梦新证》第三版补遗中，周汝昌先生明确指出曹雪芹老宅的历史应为：曹家——和珅府——庆王府——恭王府——辅仁大学女部，并首倡国家文化部门在该处修建"曹雪芹纪念馆"。

（2）1961年周先生向中央反映恭王府萃锦园即红楼大观遗址，应加以保护。2月，北京市政府采纳恭王府萃锦园即红楼大观园遗址一说，并遵周总理指示而开会讨论，拟于恭王府建曹雪芹纪念馆。9月，周总理邀请越剧演员、红学家一同游览"大观园"。

（3）1964年《曹雪芹》一书出版，主张恭王府即是《红楼梦》大观园。

（4）1979年《芳园筑向帝城西》（4万字）发表于《文学论集》，主张曹雪芹写作荣国府大观园的蓝本即恭王府。

（5）1980年《恭王府考》出版。

（6）1992年《恭王府考》改写为《恭王府与红楼梦》。

2. 恭王府的前身是和珅宅。

乾隆四十一年（1776），和珅受命军机处行走。从此，和珅由一个官场新贵变成一位朝廷重臣。乾隆十分高兴，赏给这位新任的军机大臣白银5000

---

① 周汝昌：《红楼梦新证》，第1161—1162页。

两，恩赐和珅在什刹海北岸筹建和府。也就是说和珅宅不仅从外城西直门搬到内城什刹海，而且搬到八旗之首正黄旗领地。

为了说明恭王府是《红楼梦》大观园的原型，周汝昌先生强调恭王府的前身是和珅宅。而和珅宅之前就有"旧迹"。只有这样，曹雪芹生活与写作的年代，才有把恭王府作为《红楼梦》大观园原型的可能。

和珅从选址、设计到内部装修，都花费了心血，甚至偷取皇宫建筑装饰样式，仿建于内宅之中。乾隆四十五年（1780）乾隆将最宠爱的幼女固伦和孝公主许配给和珅的儿子，又建筑公主府。这样就形成了和府的基本格局：南面是府邸，北面是花园，由这两部分组成。

府邸建筑以严格的中轴对称三路多进四合院落。

主路是中路，一宫门门前矗立着一对硕大的石狮，显示王府的尊严。进入一宫门，穿过二宫门，迎面是雕梁画栋琉璃绿瓦的大殿——银安殿。王府在这里举行庆典、议政等大事。银安殿后面是神殿，举行萨满教祭祀的地方。银安殿和神殿都是五间开脸，低于《大清会典》亲王可用七间的规制。但后罩楼却远远超过七间规制，多达百余间。两层楼的后罩楼耸立在王府府邸的最北面。这种建筑空间结构，隐隐透视着当年主人的狡猾，表面谦恭，内里欲望无限。

东路主要两进院落。最北面的院落是"乐道堂"，固伦和孝公主在这居住了34年。南面是"延禧堂"的院落，恭王府时期改为"多福轩"。

西路也是两进院落，最北面的院落是"嘉乐堂"。其内部装修系仿照故宫宁寿宫乐寿堂，室内修建了两层的楠木仙楼，成为和珅死罪的证据之一。恭王府时期改为"锡晋斋"，珍藏西晋陆机的《平复帖》。南面是"葆光室"所在地院落。这是唯一四周带完整回廊的院落，雨雪天可以沿着回廊走路。

后罩楼位于府邸最后一排，东西长156米，109间房子。北墙上层有形状各异的砖雕什锦窗46扇，雕刻石榴、桃、书卷、折扇、元宝等吉祥图案，寓意"福庆有余"。在后罩楼位于府邸中轴线的位置，建有一座佛堂，现供五方佛。

从和珅宅到恭王府，其总体建筑格局大致如此，变化不大。

3. 和珅宅之前的"旧迹"。

根据乾隆十五年（1750）的《京城全图》，在和珅建宅之前，这里曾散落着几座规模比较大的豪门大院。周汝昌先生在《恭王府考》一书中谈到了"旧迹"几点：

（1）假山。"方池上正面的石假山，叠有山洞，即滴翠岩秘云洞，洞内的最正中，立有一块石碑，镌刻了一个行书大'福'字，上方并刊有'康熙御笔'的一颗印记，镌刻甚精。'福'字字体狭长，确是康熙笔迹。"（第21页）这块碑是1962年周总理批示重修恭王府后找到的，称为天下第一福。周汝昌先生认为此碑应在和府之前。

（2）从康熙御笔"怡神所"来看，这里原来应有一处建筑。

（3）"围墙范围极大，唯东侧者，形制极古朴，'收分'（下大上小）显著，与西四（按，西四牌楼，北京地名俗语简称——引者）羊市大街之历代帝王庙者相同，而雄伟过之。此庙为明嘉靖九年（1530）就保安寺址创建，清雍正七年（1729）重修。于此可证恭王府旧址由来久矣。"（第139页）

还有几点，我们就不一一列举了，周先生是想说明和珅宅是在旧有建筑群的基础上建造的。

我的看法，半个世纪以来学术界关于恭王府是《红楼梦》的大观园，赞成者有之，反对者亦有之。这种争论有没有结论并不重要，重要的是在这种争论中，引发了上至国家领导，从周总理到邓小平、胡耀邦、杨尚昆等视察和关注，下至文化、艺术、新闻、古建各界人士以及群众的关心。于是恭王府的保护、修缮、开发在这种关注下越来越好。2008年，终于全面开放，成为中国唯一一座对公众开放的清代王府。这是其一。

其二，《红楼梦》中关于大观园的文字是人们心目中中国最优秀、最典型的古典建筑的描写，恭王府是明清时代古典建筑最杰出的代表，二者的共同点就在于对中国古代建筑美的崇尚，所以人们热衷于把二者联系在一起，无论是考证，还是推理，从逻辑思维来讲都有其合理的因素。关于恭王府是不是《红楼梦》的大观园的争论，可能还将持续下去，也许永远没有结论，但不影响人们从中对中国古代建筑美的认知。

其三，更重要的是它是现存清代王府建筑中唯一基本完整保留原有建制，未经大规模拆改的一座。恭王府是实实在在的中国古代建筑，是"实"的，人们可以驻足观赏。而从《红楼梦》读出的大观园是精神的，是脑子中的影像，用俗话说是"虚"的。所以，只有"实"的作基础，才能更深刻地理解"虚"的，否则"虚"的就虚无缥缈了。

也许正是从上述几个层面上，才能更深刻地理解周总理讲的一段耐人寻味的话。20世纪60年代初，周总理莅临恭王府，陪同他的有《红楼梦》专家、北京市副市长王昆仑，周总理问他："你看像不像（大观园）?"王答："我看不像，园子显得不够大。"

周总理说："要说人家是想象，人家也总有一定理由。不要轻率地肯定它就是《红楼梦》的大观园；但也不要轻率地否定它就不是。"

以上是今天讲的内容，分四个方面：一、和珅的家世；二、和珅是什么样的人物？三、和珅与皇上；四、恭王府与《红楼梦》。讲述了和珅与恭王府、《红楼梦》这个专题。不妥之处，请指正。

谢谢大家。

　　此文为2017年7月9日晚在北京恭王府大戏楼讲座稿

关于《曹雪芹研究》创刊号编辑出版的工作汇报

尊敬的胡德平会长,与会的专家、学者和代表:

大家好!

今天我们在庐山举办《曹雪芹研究》创刊号首发式,既是北京曹雪芹学会的一件大事,也是曹雪芹与《红楼梦》学术研究历程的一个重要标志。因此,我们在此召开评刊会,集思广益,目的是为了办好《曹雪芹研究》这份刊物。为此,我受北京曹雪芹学会和《曹雪芹研究》编委会的委托,向大会汇报前一段《曹雪芹研究》创刊号的编辑出版工作。

一、创办《曹雪芹研究》的回顾

北京曹雪芹学会成立伊始,创办学刊所面临的基本问题是:组建编委会和编辑部机构。只有一个好的编辑班子,才能办好一个刊物。

2010年10月18日,北京曹雪芹学会召开第一届会员大会,我在大会上发言说:"我们的学术研究不是束之高阁,而是广泛联络红学专家,以及'草根派'民间红学研究者,还有艺术家和考古、园林、工艺等方方面面的专家学者,为开展'曹雪芹与红楼梦'研究,创办国内一流的学术刊物,组织和编辑系列曹雪芹文化丛书。"于是,我们先后成立了编委会和编辑部。

编委会由五人组成:胡文彬、张书才、段启明、张俊、郑铁生,胡文彬担任编委会主任；编辑部由郑铁生、位灵芝、雍薇、樊志斌，以及后加入的顾斌、殷鑫、侯君梅组成，郑铁生担任主编，位灵芝担任编辑部主任。

在这里，我特别需要向大家指出的是：我们的编委会虽然人少，但却是一个精英班子，是一个工作班子。胡文彬、张书才、段启明、张俊四位堪称国内学术界翘楚的著名专家学者，为了我们的刊物能够顺利并且漂亮地与大家见面，都将手头的个人研究工作暂放一边，不辞辛劳地参加了一次又一次的期刊研究会，提出了许多宝贵的意见和建议。大到期刊的定位、方针；小到栏目的设置、如何有针对性地向学界同仁约稿、每篇稿件的顺序安排，甚至封面设计想法……事无巨细，他们不厌其烦，亲力亲为，对每篇稿件进行细读细审。几位先生的付出，保证了《曹雪芹研究》的稿件质量，提升了《曹雪芹研究》的学术品位。在此，我谨向在《曹雪芹研究》创刊号的整个诞生过程中倾注了大量心血的几位先生，表达我的敬意和谢意！

学会秘书处的李明新秘书长和位灵芝副秘书长在刊物的创办之初就开始对各项工作进行细致准备，为配合刊物编辑出版流程的顺利进展，自始至终，她们都在东奔西忙，联系出版社，组织安排刊物工作会议，联络专家学者……为我们刊物的编辑工作得以顺利开展铺平道路。她们是我们刊物最贴心，也是最坚实的后盾。还有学会办公室的钟莹、刘颖、王冉超，对各项工作的衔接，以及配合各项服务工作，也给了最有力的支持。

另外不得不说的是，在将近半年的时间里，编辑部的年轻人付出了辛勤的劳动和汗水。出刊前的最后一个月，为保证刊物的质量和工作效率，放弃了五一的休假和接下来的数个周末，我带领着这帮年轻人不分昼夜、夜以继日地对每一篇稿件进行数遍编辑加工，从每篇稿件的结构，到每段文字、每句话，甚至每个字进行反复的推敲锤炼。作为编辑部的领头羊，我也向这些辛苦付出的年轻人表示感谢！

还有一些在期刊诞生过程中给予过我们无偿协助的同仁和朋友，恕我不能一一列出他们的名字，也在此一并向他们表示敬意！

不能漏掉的，当然是为我们的创刊号投稿的每一位作者。半年来，共收到全国各地（包括港澳台和海外的学者）的稿件近百篇。根据本辑期刊的主题定位和稿件质量等综合考虑，从中筛选出二十余篇编入我们的创刊号。不管是入选创刊号的还是待选的，抑或是没有选上的稿件作者，我们都表示由衷的感谢。为了配合每篇稿件的篇幅控制和要求，也为了让每篇稿件能够去芜存菁、甚至精益求精，我们密切与作者进行沟通。为了达到稿件的高要求，作者也不厌其烦地配合修改，积极提供图片，台湾刘广定先生就曾三易其稿，董志新先生更是五易其稿。学者们对稿件的认真态度让我们由衷地感佩。希望你们能继续支持我们的《曹雪芹研究》，共同携手为我们刊物的壮大，为我们的学术研究出一分力！

最后要感谢的，是我们学会会长胡德平先生。在今天，中华文化真正走向世界的伟大时代，他为我们提供了一个平台，创立了学会，《曹雪芹研究》得以诞生；让我们可以放开手脚，在这个坚实的平台上奋力前行。

谢谢诸位，谢谢你们对我们《曹雪芹研究》的支持和付出！让我们共同见证《曹雪芹研究》的历史性开端！

二、编辑学刊的定位和思维

创办国内一流的学术刊物，关键在于如何通过栏目的设置和稿件的选拔，透视出高品位的学术倾向。为此，我们在春节前发出了征稿函，鲜明地表达了我们的学术研究理念和规范要求，并在我们学刊栏目的设置上体现出来。

《曹雪芹研究》有七大版块："发现·研究""访谈·思考""文本·版本""文化·艺术""人物·史料""书简·随笔""文博·产业"。其中，"发现·研究""文本·版本""文化·艺术"三个专栏形成三驾马车，并驾齐驱。这三者是学刊的主体框架结构。围绕着主体框架我们还力图办好具有鲜明特征的"访谈·思考""人物·史料"等栏目，以期达到主体框架坚实挺拔，其他栏目丰富多彩。

在这里，特别强调"发现·研究"是一个重点栏目，我们每期都将推出新的史料发现和相关的研究论文，使之成为学刊的拳头版块。比如，本期创刊号有七首新发现的曹寅的诗词，有在考证曹宣旁证的基础上新发现的本证证据；近期我们的刊物还将逐步披露《虚白斋尺牍》的新史料。这些都让多年来新材料匮乏的曹学、红学研究燃起新的、耀眼的火花。同时，这也表明了我们的一个重要的编辑思想：需要培养学术发现和创造的能力。衡量一篇学术论文有无价值、有多大价值，要看它是否具备"三新"：新材料、新视角、新方法。自胡适倡导新红学，发掘锈渍斑驳的文物、寻找虫蠹风蚀的字画，殊非易事，却势在必行。新视角意味着视域的拓展。只有更新视角，才能发现新问题；只有让沉睡的史料复活，在旧材料中读出新见解，才能在小问题里发现大道理。新方法同样重要，因研究方法的改变而使得旧材料获得新阐释、旧领域被拓展为新天地的事情并不少见。清代学者王船山先生说："学成于聚，新故相资而新其故；思得于永，微显相次而显察于微。"挖掘新材料、拓展新视角、开辟新方法，这是我们《曹雪芹研究》的宗旨，是我们为之努力的方向。

半个世纪以来，红学研究的态势是繁荣与混乱共存。《曹雪芹研究》致力于倡导正确的学术规范和端正的学术风气。不把学术研究当作"稻粱之谋""名利之选"；不跟风造势、自我炒作。

曹雪芹是中国文化的巨人，《红楼梦》是中国文化的瑰宝。研究曹雪芹和《红楼梦》，既是扬厉国学，也是高蹈文化。无论是弘扬中华文化的时代需要，还是提高国人文化素质、自豪感、凝聚力和爱国心的社会需要，《曹雪芹研究》是适逢盛世，必将有为当代。

三、对《曹雪芹研究》创刊号的自我评价

创刊号从征稿到出版仅仅五个月，时间短促，尚有不尽人意的地方，但她的基本框架、有分量的论文，以及引人注目的新史料，都令人耳目一新。本辑创刊号有四新：一是上面谈到的新史料的发现；二是发布了著名作家王蒙先生对红学现状的最新论述；三是文本、版本研究的新视角；四是将新整理的昆曲剧目——曹寅的《续琵琶》推向文化前沿。仅此"四新"就将《曹雪芹研究》创刊号推上了较高的平台。

另外，我们还设立了一个在同类期刊中比较鲜见的栏目"红学家书札"，创刊号上并入在"书简·随笔"版块。新红学已近百年的岁月，一大批老红学家逐渐离我们远去，发掘他们的书信，公布他们的学术观点，展现他们的学术交往，无论是对百年红学史的编撰，还是对未来新人的启迪都具有极大的意义。坚持办好这个栏目，日积月累，就可以出版《红学家书札》一类的专著。

再有，创刊号还设立了"文博·产业"专栏，这是学术研究与文化产业结合的一个平台，将打通国内曹雪芹和《红楼梦》博物馆、纪念馆的交流通道，共同从理论上探讨这项事业的价值和意义，提升中国曹雪芹文化品牌的效应。此专栏体现了我们与时俱进的编辑思想，这也是有别于其他学术刊物之处。

有一句广告语说得很好：凝聚产生力量，团结诞生希望。我们这支队伍，为了共同的事业走在一起，虽然每个人的经历、年龄等存在差异，但是我们能够齐心合力，向着打造一流学术期刊的方向而努力。为了这个目标欢迎大家多提宝贵意见，让《曹雪芹研究》成为我们大家的骄傲。

谢谢！

此文为2011年6月26日下午北京曹雪芹学会在庐山举办的2011年会上的发言稿

跋

人生走到吟咏夕阳的时候，已到了冬藏的时节。

我喜欢荷塘里的残荷败叶，那饱经风霜、留得孤清、独立不移的景象，别有情趣。这种心境不是远离车马喧嚣就有的，而是在心中修篱种菊而后所得。人闲了、心静了，但那春寒料峭的搏击、争红斗艳的喧闹、金秋硕果的喜悦，时不时地在脑海里掠过。前几年友人就劝我把近二十年自己发表的论文整理成集，我一直忙碌得没上心。近日偶然搜罗一下《红楼梦》的论文，如果加上《三国》《水浒》《金瓶梅》研究论文，就更多了。索性翻箱倒柜，把这些年的学术成果粗粗地清理一番，越是倒腾，心里越是百味杂陈。

一

我对学术研究和写作很执着，几十年一直在努力，在爬格子。20世纪80年代末到90年代末的那十年，我的学术方向是《三国演义》叙事研究，先后出版了《三国演义艺术欣赏》（中国国际广播出版社1992年7月第1版）、《三国演义诗词鉴赏》（北京出版社1995年3月第1版）、《三国演义叙事艺术》（新华出版社2000年7月第1版）三部书。

1997年11月2日至6日中国第十一届《三国演义》学术讨论会在陕西省汉中市举行。我去汉中，一上火车便躺在卧铺上看书，一路上床铺对面的一位学者也在默默地看书，一搭话方知是红学家胡文彬先生。会议期间我们住在一个房间，虽刚刚相识，但有说不完的话题。过去我虽然讲授《红楼梦》，但一直沉迷在研究《三国演义》的写作中。与胡先生相识后，他邀请我为《红楼梦学刊》写点东西。从此我一边给研究生开设《红楼梦》专题课，一边接二连三地发表"红学"论文。

2011年北京曹雪芹学会成立，我被推举为副会长。在这之前个人在书斋里钻研《红楼梦》文本，逐渐有了一个《红楼梦》叙事结构的框架，经胡文彬先生的推荐，在董志新主编的运作下，于2009年4月在白山出版社出版《红楼梦叙事结构》。充实、补充、提升后，于2011年12月在新华出版社出版《红楼梦叙事艺术》。之后，我有更多的机会和北京的资深红学家广泛接触，视野渐渐开阔起来，情怀不断提升。体会最深的是，选择论文角度时，常常和当代红学发展态势联系，自觉不自觉地生成一种责任感。

2013年10月北京曹雪芹学会举办了"大师与经典"国际论坛，来自英国莎士比亚、法国巴尔扎克、俄国托尔斯泰故里的学者聚集北京，交流学术，研讨文化，增进友谊。莎士比亚出生地国际信托基金会主席黛安娜·欧文女士说："莎士比亚是英国的象征之一，也是我们国家对外形象中必不可少的组成部分。"从英国政府到民众，已经形成了这样的文化共识。托尔斯泰于俄罗斯、巴尔扎克于法国，亦是如此，而曹雪芹显然没有受到这样高规格的重视，获得国家层面树立的文化伟人的殊荣。特别是中国与会者对莎士比亚、巴尔扎克、托尔斯泰的生平和著作都有程度不同的了解，而外国学者对曹雪芹却不甚了解，这使得我由衷地产生一种使命感，一种创作的冲动，想写一部翔实的学术的通俗的著作，向世界介绍我们中华民族的伟大的文学家——曹雪芹。历经三个寒暑，一部40万字《曹雪芹与〈红楼梦〉》书稿终于杀青。被中州古籍出版社原副总编、资深编审张弦生看中，选入《古典名著释读丛书》一种而出版。

二

退休意味人生休闲的开始，而我却淡忘了自己的年龄，心里还惦记完成《水浒叙事艺术》这部书的写作。这是我1996—1997年在北京师范大学中文系作童庆炳先生的访问学者时，童先生指导我的学术课题。当时已写出4万字的提纲，童先生逐一进行了批注，并希望我在访学期间完成。遗憾的是当年没完成，一晃二十多年过去了。本打算要做这件未尽的事，没想到又被一个国家社科项目拦住了。

我任汉学院院长时，接触到许多国家来华的留学生和对外汉语教师，深切地感受到，外国留学生学习汉语言，最大的障碍是对中国传统文化不了解，甚至连中国对外汉语教师、大学生、研究生也不同程度地缺乏中国传统文化的知识。那时我就有意识地编写教材，开设《中国文化》课。没想到脑子里这种潜意识，日后引发了一个大课题。2008年天津外语音像出版社社长夏钢、总编于恪歆找我，一块探讨，争取一个新闻出版国家社科后期资助项目。商定将我编写的《中华文化概览》，分别翻译为英文、日文和韩文三种外文，形成双语的文化普及读物，其特色：一是中国传统文化，二是翻译多种外国语。有了这两个优势，果然申报国家课题成功了。

文化读物既要有学术性，又要有通俗性。中国传统文化的东西浩如烟海，材料的取舍就是一个难题。正如我在《中华文化概览》前言中所说：

> 中国文化就是中华民族的文明发展史，历史悠久，博大深邃，一句话文化知识密度太大了。别说一本《中华文化概览》了，即使编写《中华文化史》也颇费取舍定夺之难。因而首要的问题是选材，如何做到既要广博，又要精要？所谓广博，即尽可能系统地介绍源远流长的中国文化的基本特色，全书十八个章节基本上涵盖了中国文化的各个范畴；所谓精要，即选择最有代表性、最具亮色的文化素材，"以一目尽传精神"。为此，我们选材的原则，一，力避"选篇集萃"，要突出文化内容的系统性和整体性；二，力避内容庞杂散漫，要突出具体文化范畴的讲述；三，力戒专业性的艰深，要通俗易懂。这样，遴选了中国文化各个方面的具体范畴的具体形态，减少抽象的文化思想和理论阐释，从而搭建了本书的知识结构，以及叙述的原则。

2008—2009年我一直在马不停蹄地撰写《中华文化概览》文稿。2010年1月根据出版社审读意见，一连数月又一次推敲、订正、润色。《中华文化概览》英语翻译之后，又用了半年的时间，日夜兼程大幅度地修订，中文稿增加了5万多字。从日语翻译版开始，形成目前的定本。接着每三个翻译语种申报国家项目一次，一连四次获得国家社科出版基金的资助。已出《中华文化概览》翻译版为英、日、韩、法、俄、西班牙、阿拉伯、葡萄牙、德语9种，待出的还有意大利和斯瓦希里语，共计11种。一本书稿连续获得四次国家社科基金的出版资助，实属不多，可见国家对传统文化的重视。但它像"唐僧肉"一样给大家带来了享受，评奖的、评职称的、评教学名师的……纷争异彩，好不热闹。这真是高校科研"闹腾"的一个写照。

三

《中华文化概览》刚有了眉目，就同时接到两个邀请。一个是著名语言学家、上海外国语大学教授王德春先生的电话。王先生主持"21世纪对外汉语系列教材"的统筹和编写，这套丛书是一个大的工程。王先生把一套基础教材《阅读教程》，交给我来主编。王先生的信赖和倚重，我不能拒绝，而当时我不再任汉学院院长，担心组织众人协同编写6册教材有难度。但当我将各分册派给大家，18位中青年教师都愉快地接受了。每每想到这些，心中欣欣然。

《阅读教程》这项写作任务从2008年开始，编教材烦琐细致，而且必须反复修改。一旦遇到撤换的章节，不仅要和出版社沟通，还要和编写教师一块分析如何修改。2008年1月14日在天津师范大学召开通稿座谈会，王德春先生一再强调：

  首先是建构现代语言学体系指导下的教材应接近现代公用语言，要求体现音义结合。再一个是体现使用话语的能力，"说写"与"听读"的能力，语言能力与言语能力。学生是从教师的话语中学到语法、词汇，从而进一步理解下一步的课文，能够做到在学中用，用中学，在言语中学语言。要有适当的"重复率"，一篇课文里90%是熟词，熟词里包括"全熟"和"半熟"的词，另有10%是生词，也就是说要在复习旧的同时学习新的。

每个生词都要求在课文或者练习中出现16次，所以每动一个篇章，牵涉上下左右的篇章和练习，这是一项细致而又浪费精力的事情。好在参与编写的教师都是在国内外给外国留学生讲过课的，有一定的经验，很多困难都在商讨中化解了。

2011年刚出版了《阅读教程》第一、第二册，8月初的一天传来王德春先生逝世的消息，我感到很突然，印象中王先生身体很好，何况他年龄并不算很大。后面几册还未编写好，第二年的5月7日上海外国语大学副书记、"21世纪对外汉语系列教材"副总编李月松给我来信，请我们将继续做好《阅读教程》的编写。我很快复信："我们一定不辜负王德春先生的遗愿，将未完的书稿做好。"这套书六册，直到2013年总算杀青，唯一聊以自慰的是王德春先生的嘱托，我做到了。

另一个学术课题是《中国化妆史稿》的编撰。胡文彬先生是中国艺术研究院资深研究员，学术视野开阔，他很早就关注《中国化妆史稿》的编著。他向我交代这件事时，拿出两本大部头的精装书，分别是从日本和韩国买的化妆史。对我说："这里面保存了大量的汉唐到明清的中国化妆史料。我们泱泱大国连一部化妆史都没有，这是一个空白的学术领地。"他原想开拓这片荒地，但苦于人手。希望我在天津外国语大学组织团队，先翻译日、韩这两部书，并着手收集、整理和研究中国化妆史料，进而撰写《中国化妆史稿》。开始我一听，颇感新奇，因为过去从来没有涉猎过这个话题。而我接手以后，越来越认识到《中国化妆史稿》是一项重大的传统文化课题，具有很高的学术价值、文化品位和社会意义。它是人类社会普遍存在而又独具民族性的文化现象，像一面镜子形象而生动地反映了中华民族在各个历史时期的政治制度、社会风俗、审美追求和科学技术，具有地缘性、民族性、传承性和时代性的特征。中国化妆史是一门专门史，它是中国风俗史、文化史和美学史的综合。研究它，既能提升中国文明史、中国社会发展史的大格局，又能开辟一个新的研究领域。我越是对它了解得深透，越是激发了一股热情，全身心地投入其中。以资深日语、韩语教授为首的团队也翻译完日、韩化妆史两部书，中文团队用了五年时间搜集、整理上百万字史料，进入撰写，初具规模，待机推出。

四

2010年教授评级，我被评为二级教授（文科不设置一级），天津市中文二级教授就那么几个，我感到欣慰。粗粗算了一下被延聘这五年，全部业余时间都投入了学术写作。常常一干就是半夜，乐此不疲。日复一日，年复一年，潜在的一个想法支撑着自己，得抓紧时间完成科研。爱因斯坦说："人的差异在业余。"这句话对我很有启发，一个人到60岁，除吃饭、睡觉、工作，而业余时间倒是不少。利用业余的时间学习、钻研、拼搏，才可能比别人真正多付出，才可能成为某方面的专门人才。有这样思想的学者，在20世纪80年代很普遍，他们恨不能把"文革"十年失去的时间都补回来，甚至透支身体，造成许多英年早逝的悲剧。2000年以后这样的人渐渐地少了。且不说这些年高校合并、大学扩招、唯学历等瞎折腾带来的负面冲击，就拿现在一些学者来说，大有我们不可比拟的境界——玩学问。能玩出职称、玩出官职、玩出灯红酒绿，总之是不再坐"冷板凳"了。

当年我沉浸在一心做学问时候，有一位同时退休的教授同我商量，咱们不延聘，一块去北京，买套房，守着儿子养老多好。我笑笑说："还有科研没搞完，过几年再说吧。"他哈哈大笑："这年头，谁还做学问？"延聘五年一晃就过去了，正是这五年北京的房价打滚地往上涨，那是我一辈子的工资也买不起的啊。再看先我五年回北京的同事住着明亮而宽敞的楼房，心里酸酸的。老年本来就是在现实面前不断地碰壁、认知、退缩的人生历程，再被社会大潮所裹挟，应了一句俗话：老得太快，而聪明得太迟。我之所以不厌其烦记述这五年,是因为个人行迹被社会大背景的调色板涂抹得杂乱了。

五

最后再交代几句,我的文章多数都是应学界友朋约稿而发,所以不在乎学刊的地域或所谓的等级。学术是公器,学人追求的是真知,而不是炫耀名利,那样就会失去说真话的本能。我向约稿的朋友,或是编辑,致以诚挚的谢意。对题写书名的刘世德先生表示由衷的感谢。

2019 年 12 月 26 日